Brigitte Riebe

I
S
I
S

Brigitte Riebe

I S I S

Roman

DROEMER

Besuchen Sie uns im Internet:
www.droemer.de

Die Folie des Schutzumschlags sowie die Einschweißfolie sind PE-Folien
und biologisch abbaubar.
Dieses Buch wurde auf chlor- und säurefreiem Papier gedruckt.

Umschlaggestaltung: ZERO Werbeagentur, München
Satz: Ventura Publisher im Verlag
Druck und Bindung: Franz Spiegel Buch GmbH, Ulm
Printed in Germany
ISBN 3-426-19570-4

2 4 5 3 1

Für Miranda & Willie S.

Es gibt keinen Gott,
der tat, was ich getan habe,
noch eine Göttin:
Ich machte mich zum Mann,
obwohl ich eine Frau war.

Papyrus Louvre 3079

INHALT

WERDEN

Ich kenne das Gestern und habe das Morgen gesehen. »Die Augen des Nil«, so nannten sie mich, als ich noch die Gabe besaß, wenngleich ich nur das verborgene Schicksal anderer sehen konnte, jedoch blind war bei allem, was mich selbst betraf. Aus Liebe habe ich diese Gabe schließlich aufs Spiel gesetzt – und verloren. Seitdem gibt es für mich nur noch die Leere und darin, eingebettet wie in einen Kokon, die Vergangenheit, vorsichtig atmend, damit kein Unbefugter sie aufspüren kann.

Bei den Tränen der Isis: Nichts ist so schmerzlich wie die Liebe, die im Herzen aller Geschöpfe wohnt. Ich habe für diese Erfahrung einen hohen Preis bezahlt. Erst nach und nach lernte ich zu begreifen, dass Vergessen und Erinnern keine Gegensätze sind. Man muss sich erinnern können, um zu vergeben – und zu vergeben bedeutet auf seine Art zu vergessen.

Dabei wäre es mir noch immer am liebsten, es gäbe gar keine Geschichte zu erzählen. Lange Zeit habe ich daher eifersüchtig über sie gewacht, um sie wenigstens zu beschützen, wenn ich sie schon nicht ungeschehen machen konnte. Nun jedoch hat sich etwas ereignet, was niemand vorhersehen konnte, und ich werde nicht länger schweigen. Denn das Wort allein, das der Schöpfergott Ptah uns geschenkt hat, ist stärker als jede Waffe, mächtiger sogar als der Tod: das Einzige, was uns Menschen helfen kann, den Schmerz unserer Existenz im Angesicht der Endlichkeit zu begreifen.

Der Morgen, der alles für mich verändern sollte, begann wie gewohnt. Das Jahr ging zur Neige und die Tage zwischen den Zeiten waren angebrochen, die Isis und ihren göttlichen Geschwistern geweiht sind. Längst hatten die Bauern ihre Arbeiten an den Bewässerungsanlagen beendet. Auch ihre Tiere waren bereits vor der Flut evakuiert. Überall sah man gereinigte Kanäle mit ihren aufgeschütteten Dämmen, die sich wie ein exaktes Muster durch die rissige Erde zogen. Sie

würden das Nilwasser zunächst aufstauen, um es später nach dem Durchstich auf die Felder zu leiten.
Natürlich hatte die allgemeine Unruhe vor dem Neujahrsfest, das mit dem Einsetzen der Flut gefeiert wird, auch mich ergriffen. Wir alle auf der Insel Philae fieberten dem Tag entgegen, an dem die Tränen der Isis den großen Fluss endlich über die Ufer treten lassen würden. Ein paar Gänse schnatterten im Schilf; ein Reiher stieß seine heiseren Schreie aus. Noch schliefen die anderen Bewohner der Tempelanlage, die große Hitze würde sich erst später auf das Flussufer legen. Eine kurze Nacht lag hinter mir, die ich auf dem Flachdach verbracht hatte, um der Schwüle drinnen zu entfliehen.
Vor Tagesanbruch stieg ich hinunter. Meine Knöchel waren geschwollen, als hätte ich im Traum eine weite Strecke zurückgelegt; mein Zehenstumpf pochte. Ich dehnte und streckte mich, um die Steifheit aus meinen Gliedern zu vertreiben. Die Morgentoilette verrichtete ich ohne den Kupferspiegel, der irgendwo herumlag. Mein Gesicht mit dem Leberfleck interessierte mich schon lange nicht mehr. Nicht einmal meinen Körper hasste ich noch, einst in seiner Besonderheit ebenso verstörend wie verlockend für mich und andere. Ich war schon zufrieden, wenn das Feuer in meinem Magen schwieg. Dass der ungleiche Gang, zu dem die Behinderung mich zwang, die linke Hüfte stärker belastete, war mir zur lästigen Gewohnheit geworden.
Ich knüpfte das Lederband auf, das die Holzprothese hielt, und massierte meinen Stumpf, bevor ich sie erneut anlegte und fester verschnürte. Inzwischen bewegte ich mich damit so behände, dass Fremde meine Beeinträchtigung oft nicht einmal bemerkten. Wie gewöhnlich zog ich eines der frischgescheuerten weißen Leinengewänder an und trank etwas Wasser, weil meine Eingeweide in letzter Zeit sogar gegen stark verdünnten Wein rebellierten. Dann wandte ich mich der Nische zu, die das Kostbarste meines bescheidenen Zu-

hauses barg: eine kleine Statue der Herrin der zehntausend Namen, der Mutter aller Mütter.
Die Göttin kniete auf einem Sockel, den Kopf nach links gewandt. Ein Pektoral lag um Ihren Hals, Reifen schmückten die erhobenen Arme, die in gefiederten Schwingen ausliefen. Das Kleid, das nach der herrschenden Mode die Brüste freigab, erinnerte an einen Schuppenpanzer, Huldigung an die allmächtige Herrin der Schlangen. Je nach Lichteinfall ließ der Schiefer, aus dem die Statue gefertigt war, Sie einmal grau, dann wieder eher grünlich erscheinen, ein schweres Material, aber so perfekt bearbeitet, dass es bei der Berührung wie seidiger Stoff wirkte.
Unzählige Male hatte ich vor diesem Isis-Bild schon mein Ritual verrichtet, hastig und dann wieder gelassen, voller Zweifel, den Tränen nah oder erfüllt mit Freude. Ich war sicher, die Göttin kannte meine Stimme, die sich manchmal schlaftrunken zu Ihr erhob, während die Sonnenscheibe sich im Leib der Nut vom Greis in ein Neugeborenes zurückverwandelte. Am liebsten waren mir jedoch jene intimen Momente der Dämmerung, wenn der Himmel in durchsichtigem Dunkelblau über der Wüste stand und den Morgen ankündigte. Dann hatte ich das Gefühl, Sie ganz direkt zu erreichen.
Ich räusperte mich und wollte mit dem ersten Satz meiner Anrufung beginnen. Doch zu meinem Erstaunen konnte ich nicht sprechen. Meine Zunge lag rau im Mund, der Hals war wie zugeschnürt.
Göttliche Mutter, was haben wir getan?
Auf einmal war alles wieder gegenwärtig, als wäre es erst gestern gewesen. Wir hatten uns angemaßt, Schicksal zu spielen. Und waren dafür bestraft worden – meine Brüder mit dem Tod, ich mit Verbannung, was mir, je länger ich lebte, als das härtere Los erschien. Denn die Lebenden mögen ihre Toten vergessen, die Toten aber lassen die Lebenden

niemals ruhen, solange alte Schuld noch offen ist. Ich hatte schon zu hoffen gewagt, der Schmerz würde nach und nach an Schärfe verlieren. Jetzt aber war die Wunde plötzlich wieder offen.

Gebrauche nicht den Kopf, gebrauche dein Herz ...

Kam diese Aufforderung von Ihr, der Beschützerin aller Frauen, die den Sternen ihre Wege weist und die Bahnen von Sonne und Mond ordnet? Aber durfte ich mich überhaupt zu den von Ihr Beschirmten zählen? Und wusste Isis nicht besser als jede andere Gottheit, dass es gerade das Herz gewesen war, das mich vom Weg abgebracht und in Verzweiflung geführt hatte?

Hilf mir, Isis!, bat ich stumm. Was soll ich tun, um Frieden zu finden?

Die Statue blieb regungslos, und doch glaubte ich plötzlich einen Lufthauch zu spüren, als hätten die steinernen Schwingen sich leicht bewegt. Und ich begann zu weinen, endlich. Die Feuchtigkeit verlor sich in meinen Haaren, die noch immer lang und lockig waren, wenngleich seit jener unvergessenen Nacht von silbernen Fäden durchzogen. Ich hatte nicht einmal geahnt, dass ich so viele Tränen in mir barg, denn meine Augen waren all die Jahre trocken geblieben: als Ruza starb, meine Mutter, die mich niemals geboren hatte, als wir Anu im Wüstensand betrauerten; sogar als Bewaffnete Khay in Fesseln abgeführt hatten. Tränen wie die ewigen Fluten des Nil, die das verdörrte Land aus seiner Erstarrung erlösen.

Auf einmal konnte ich den niedrigen Raum nicht mehr ertragen. Fast blind vom Weinen stolperte ich nach draußen.

ooooo

Ich wusste nicht, wie viel Zeit verstrichen war, der warme Wind jedoch, der von Süden kam, hatte mein Herz gereinigt.

»Da bist du ja endlich!«

Es war Maram, die mich rief, anmutig und geheimnisvoll wie alle ihres Volkes. Als sie vor drei Sommern zu uns gekommen war, damals eher noch Kind als junge Frau, bedeckten lange Tuchröcke ihre Hüften und Beine, braun gefärbt mit dem Extrakt der Mimosenrinde, wie sie erklärte, nachdem sie sich einigermaßen in unserer Sprache ausdrücken konnte. Ihre Heimat war Punt, das Land Gottes, wie wir in Kemet es nennen, wo eine der zahlreichen königlichen Goldexpeditionen sie aufgegriffen und nach Sunu verschleppt hatte. Dunkelhäutige Schönheiten wie sie erfreuen sich auf dem hiesigen Sklavenmarkt so großer Beliebtheit, dass sie in Silber aufgewogen werden; kaum einer gelingt jemals die Flucht. Maram jedoch hatte entkommen können und war, halb verhungert und erschöpft, schließlich bei uns im Tempel aufgetaucht. Niemals hatte sie sich über Einzelheiten ausgelassen. Aber trotz der Qualen und Gefahren, die sie gewiss hatte überstehen müssen, war sie fröhlich geblieben. Außerdem war sie so jung, dass sie meine Tochter hätte sein können – wäre ich jemals in der Lage gewesen, ein Kind zu gebären.

Tatsächlich schien sie töchterliche Gefühle für mich zu empfinden und leistete mir freiwillig kleine Dienste, die ich dankbar annahm. Auch jetzt glättete sie mir mit ihren geschickten Fingern die Haare und drückte mir einen Kranz aus blauen Lotosblüten auf den Kopf, wie sie ebenfalls einen trug. Außerdem hatte sie an mein Instrument gedacht, das ich in meiner Verwirrung vergessen hatte.

»Wir müssen uns beeilen«, sagte sie beiläufig, obwohl ihr Blick verriet, dass ihr die Tränenspuren auf meinem Gesicht nicht entgangen waren. »Die anderen sind alle längst bei der Anlegestelle.«

Ich erhob mich und folgte ihr.

Die silberne Barke der Isis erreichte gerade den kleinen Quai im Südwesten der Insel. Tared, der Oberste Priester, stand frisch geschoren und mit einem gefältelten Schurz bekleidet ein Stück entfernt vor der Schar der anderen Gottesdiener. Einige der Musikantinnen schüttelten ihre Sistren. Maram, die sich niemals anstrengen musste, um den Takt zu halten, fiel mit ein. Andere schlugen Rahmentrommeln oder bliesen auf Rohrflöten. Darüber erhob sich die reine Mädchenstimme unserer jüngsten Priesterin:

Leih mir Deine Worte der Kraft
Dein Lied zu singen vor aller Welt.
In den Tiefen der Ozeane weilst Du, Herrin der Meere,
in den Höhen der Berge weilst Du, Gebieterin der Berge.
Dein Leib umfasst uns mit liebenden Armen,
in Dir, mit Dir und durch Dich leben wir ...

Eine stattliche schwarze Kuh, zwischen den Hörnern eine Mondscheibe aus poliertem Silber, wurde von Tared ans Ufer geführt. Freudenschreie erklangen. Überall wurden Fackeln entzündet. Isis, die ferne Göttin, war endlich nach Ihrem Zuhause zurückgekehrt!

Mir jedoch stockte der Atem. Befand ich mich bereits im Land der Schatten? Hatte ich all die Jahre in einem Traum gelebt, der soeben jäh endete?

Denn vom Tempel her näherte sich auf der Prozessionsstraße eine junge Frau, mit Knochen, die für den Rest des Körpers zu groß erschienen. Sie war hoch gewachsen, mit mageren Beinen, die eher zum Weglaufen taugten als zum Anlocken. Ein unverwechselbarer Gang, den ich nicht vergessen werde, solange ich atme: Schritte, ungleichmäßig, mal schnell, dann wieder langsamer, als drohe sie hinzufallen, was natürlich nicht geschah.

Sie blieb stehen und schaute sich um, als wolle sie alles in sich aufnehmen. Dann fiel ihr Blick auf mich.

Unaufhaltsam kam sie näher.

Für einen Moment empfand ich Abneigung, ja geradezu Hass. Wer gab ihr das Recht, so auszusehen wie jenes Mädchen namens Isis, das wir alle geliebt hatten – Khay mit verzehrender Leidenschaft, Anu hingebungsvoll und ich voller Entzücken? Selbst wenn unsere Isis noch am Leben war, konnte sie kein Mädchen mehr sein. Seit jenen Tagen hatte der große Fluss viele Male die Ufer überspült. Aber wer war sie dann, diese rätselhafte Doppelgängerin, diese Wandlerin zwischen den Zeiten?
Inzwischen war sie nah genug, dass ich Einzelheiten erkennen konnte: staubiges Haar, volle Lippen, leicht angespannt verzogen, eine schmalrückige Nase. Augen, nicht hell wie das große Grün jenes Mädchens, das uns alle in seinen Bann geschlagen hatte, sondern dunkel wie Schwarzdornbeeren. Furchtlos bohrten sie sich in meine, als wollten sie ihnen alle Geheimnisse entreißen. Und dann sah ich das Muttermal, exakt an der gleichen Stelle wie in meinem Gesicht.
Eine schreckliche Gewissheit stieg in mir empor. Was, wenn unser Versuch, in das Schicksal einzugreifen, doch geglückt war?
Inzwischen waren offenbar auch die anderen auf unseren wortlosen Dialog aufmerksam geworden. Die Sängerin verstummte, einige der Musikantinnen hatten die Instrumente bereits sinken lassen. Auf einmal klang dünn, ja fast schon jämmerlich, was eben noch als heiteres Loblied zum Himmel gestiegen war. Schließlich schwiegen alle. Und starrten uns neugierig an.
Tared ließ das rote Seil sinken und sah mit gerunzelter Stirn zu mir herüber. Was, wie ich wusste, Konsequenzen haben konnte. Denn ich war im Tempel nur geduldet.
»Ich suche Meret«, sagte die junge Frau.
Was sahen ihre Augen? Konnten sie hinter den Spiegel schauen, wie ich es einst vermocht hatte?
Ich versuchte, Ruhe zu bewahren. Die Gabe war ein gött-

liches Geschenk. Es gab keinerlei Anspruch auf sie, das hatte ich am eigenen Leib erfahren müssen. Oder täuschte ich mich auch darin, wie ich mich in so vielem getäuscht hatte?

Ihr Ton wurde fordernd. »Bist du Meret?« Ich senkte meinen Kopf, was ihr offenbar als Antwort genügte. »Dann ist meine Reise zu Ende.«

Hör auf!, flehte ich stumm. Bitte sprich nicht weiter, sonst stürzt du uns beide ins Unglück! Aber sie schien mich nicht zu verstehen. Und plötzlich traf es mich wie ein Schlag: Es gab kein Zurück – weder für sie noch für mich.

»Was ist mit meinem Vater?«, sagte die junge Frau, und ich entdeckte in ihrem eben noch so forschen Blick einen alten Schmerz, der mich erst recht befangen machte. »Ich muss wissen, wer er war. Du bist meine letzte Hoffnung, Meret.«

Sogar die Stimme war zum Verwechseln ähnlich!

Jetzt zitterte sie leicht, was sie plötzlich verletzbar aussehen ließ. Ich spürte fast körperlich, wie sehr sie sich anstrengen musste, um die Fassung nicht zu verlieren, und empfand einen Anflug von Mitgefühl.

»Wirst du mir helfen? Du musst!«

Ein Befehl, keine Bitte. So hatte auch Isis geklungen, als sie von mir den größten Liebesbeweis forderte. Wie damals schnürte mir Entsetzen die Kehle zu, als ich die gefürchteten Worte vernahm, und mir war, als würde mir der Boden unter den Füßen weggerissen. Eine jähe Welle schoss durch meinen Körper, als sei der glühende Ball in meinem Inneren explodiert. Ich schwankte, tastete vergeblich nach einem Halt und sah gerade noch, wie Maram die Arme ausstreckte, um mich zu stützen.

Dann fiel ich ihr bewusstlos zu Füßen.

ooooo

Lehnte sich mein Körper gegen meine Seele auf, oder war es umgekehrt? Was ich hörte, bevor fiebriges Dämmern mich erneut umfing, waren Stimmen aus der Vergangenheit, die sich zögernd im Dunkel des Zimmers verloren. Die Krankheit bewegte sich wie ein gefangenes Tier in mir, verursachte Schweißausbrüche, Übelkeit, Schüttelfrost. Das Feuer in meinem Magen brannte. Manchmal glaubte ich förmlich zu sehen, wie es mich von innen unaufhaltsam zerfraß.

Unfähig aufzustehen, wurde ich zunächst von Maram versorgt, die mir Wasser einflößte und dünnen Tee, aus der Wurzel des Granatapfelbaumes, mit einer Prise Natronsalz versetzt. Als ich nach drei Tagen noch immer keine feste Nahrung zu mir nehmen konnte, holte sie trotz meines Protestes den Vorlesepriester an mein Krankenlager.

Djedi stellte ein Figürchen der löwenköpfigen Sachmet neben mich, um die Schlange in meinem Bauch zu töten, die er nicht zum ersten Mal als Ursache der Erkrankung vermutete. Nachdem er mich eine Weile eingehend betrachtet hatte, wiegte er bedenklich den Kopf. Ich ahnte trotz meiner Schwäche, dass er als Nächstes Maram hinausschicken würde, und tatsächlich befahl er ihr, uns allein zu lassen.

»Sie bleibt.« Ich versuchte mühsam, mich aufzurichten. »Und keinerlei Untersuchungen!«

»Wie soll ich dir dann helfen?« Nicht einen Moment ließ er mich aus den Augen. »Du musst dich schon fügen, wenn du wieder gesund werden willst!«

Aber an diesem Tag hatte ich offenbar gewonnen, denn er entschied sich für keine seiner widerlich schmeckenden Arzneien, sondern begnügte sich damit, einen Zauberspruch zu murmeln und heiße Hühnerbrühe zu verordnen.

»Ich spüre die Anwesenheit eines Dämons«, sagte er, als er am nächsten Tag wiederkam und mich ein wenig lebhafter vorfand. »Als hätte man verbotenerweise eine Grabkammer geöffnet.« Ich erstarrte, versuchte aber, es nicht zu zeigen.

»Gibt es jemanden aus jener anderen Welt, den du fürchtest?«
»Ich habe noch niemals erlebt, dass Tote sich rächen«, erwiderte ich schnell. »Komm lieber zur Sache! Ich habe das Gefühl, dass mein Magen sich gleich nach außen stülpt.«
»Wer weiß?«, erwiderte er. Seine dünnen Brauen zogen sich zusammen. »Manchmal reicht das Silber der Haare nicht aus, um das Herzensfeuer zu löschen. Gibt es etwas, was du loswerden möchtest, Meret? Mein Ohr ist allzeit für dich bereit. Aber das weißt du ja längst.«
Ja, ich wusste, worauf er lauerte, ebenso wie er wusste, dass ich niemals etwas freiwillig preisgeben würde. Oder hoffte er, meine Schwäche ausnützen zu können? Dazu würde er keine Gelegenheit erhalten! Er widerte mich an mit seinem wabbeligen Bauch und dem feisten, neugierigen Gesicht, das mir viel zu nah kam. Ein schwerer Duft stieg mir in die Nase, Djedi musste förmlich in Moschusöl gebadet haben. Außerdem hasste ich seine ölige Ausdrucksweise – und das war nicht alles, was ich hasste.
Trotz meines Verbots griff er nach meinem Arm, um den Puls zu fühlen. Die Berührung war mehr, als ich ertragen konnte. Jetzt besaß ich keine Macht mehr über das Fieber, das jäh anstieg, mich eine heiße Woge wegspülte und mir Bilder zutrug, Fetzen von Gesichtern und Stimmen, Gerüche, die ich längst schon vergessen geglaubt hatte ...
Es ist wieder Sommer, und es ist sehr heiß. Ich bin ein zu schnell gewachsenes Kind, das nachts nicht mehr schlafen kann und tausend Fragen hat, auf die es keine Antworten gibt.
Wer bin ich? Woher komme ich?
Mein Grübeln findet kein Ende.
Langsam gehe ich hinunter zum Fluss, wie immer allein, weil Ruza mir eingeschärft hat, mich niemals nackt vor anderen

zu zeigen. Ich weiß längst, weshalb. Auch wenn weder sie noch ich den Mut aufbringen, darüber zu reden.
Das Wasser ist erfrischend, winzige Sonnenflecke tanzen auf der grünlichen Oberfläche. Ich liege flach auf dem Rücken; kurze Wellen laufen über meinen Bauch. Mit geschlossenen Augen lasse ich mich treiben. Stirn und Augen sinken immer tiefer ins Wasser, bis nur noch Mund und Nase zum Atmen frei sind. Auf einmal klingt das Quaken der Ochsenfrösche und das Rauschen des warmen Windes wie eine ferne Melodie. Alles ist köstlich: die heiße Sonne auf meinem Körper und die Kühle darunter. Ein Fisch berührt meine Schulter, ich erschrecke kurz, aber entspanne mich wieder.
Plötzlich Rennen, Schreien, Spritzen – da sind sie, eine Schar Halbwüchsiger, die mir schon seit langem nachstellen. Älter als ich, grob und wild. Djedi ist darunter, und ein paar andere, vor denen ich mich fürchte, weil sie noch gemeiner sind als er. Sie zerfetzen mein Gewand, das am Ufer liegt, und lauern darauf, dass ich nackt aus dem Fluss kommen muss.
Ich aber schwimme flussabwärts, so weit ich kann, angstvoll, außer Atem. Schließlich verstecke ich mich im Gebüsch, bis sie endlich die Lust verlieren und verschwinden. Mücken zerstechen meine Haut, mein Schädel brummt vor Durst und Hitze, aber sie dürfen mich nicht kriegen, niemals, weil sie sonst …
»Sind wir nicht alle Grabräuber, sobald wir uns anschicken, Türen zu öffnen, die andere aus gutem Grund geschlossen haben?« Ich zog meinen Arm zurück, befriedigt darüber, dass jetzt Djedi jäh nach Luft schnappen musste. »Außerdem bin ich müde«, fuhr ich fort. »Ich möchte schlafen.«
Er ließ mich allein.
Ich wusste, er würde seine Vermutungen weiterplaudern. Es gab im ganzen Tempelbezirk keinen schwatzhafteren Mann als ihn. Und so war es nach wenigen Tagen ausgerechnet er,

der meine Ahnungen bestätigte: Die Fremde, die sich noch immer auf der Insel aufhielt, hieß tatsächlich Isis.
Ich fühlte mich zu mutlos, um die Göttin anzurufen. Ich hatte Maram sogar gebeten, die Isis-Statue zu verhüllen, weil Ihr Anblick mir zum ersten Mal keinen Trost spendete.
Aber Mauern allein können das Leben nicht aussperren. Und draußen hatte die Flut bereits eingesetzt. Der große Fluss sang von Veränderungen, vom ewigen Wechsel, den kein Sterblicher jemals aufzuhalten vermag.

ooooo

Ich spürte ihre Anwesenheit, noch bevor ich sie sah. Plötzlich schämte ich mich, dass der Raum nach Krankheit und Schlaf roch.
»Wieso bist du gekommen?«, fragte ich leise. Ein schneller Blick, dann Erleichterung. Das Laken verhüllte meinen verschwitzten Körper.
»Ich tue, was ich tun muss.« Sie schwieg eine Weile. »Kann ich auf dich zählen?« Ohne zu fragen, hatte sie sich neben mein Bett gesetzt. Sie war dünn, von einer noch jugendlichen Schlaksigkeit, die ihr eine eigenwillige, fast jungenhafte Anmut verlieh. »Du warst sehr krank«, fuhr sie fort.
»Meinetwegen?«
»Heute ist kein guter Tag für Antworten. Außerdem erfordern manche Fragen zu komplizierte Erklärungen. Bitte geh!«
Sie starrte gedankenverloren auf ihre Zehen: schmal, lang, makellos. Meine Prothese lag neben dem Bett, Seite an Seite mit dem scharfen Steinmesser, das ich immer in meiner Nähe hatte, und plötzlich schämte ich mich. Nichts an mir war vollkommen – nicht einmal die Füße. Ich spürte, wie mein Widerwille wuchs. Niemand konnte mich zwingen etwas preiszugeben. Selbst Isis nicht.

»Aber ist das wirklich vorzuziehen?« Ein einschmeichelndes Flüstern. Vom wem hatte sie ihre Klugheit geerbt? »Ein Leben lang mit einem Wissen herumzulaufen, das nichts als Schmerzen bereitet? Wo doch Worte trösten und heilen können!«

»Worte können aber auch gefährlicher als Steine sein«, entgegnete ich absichtlich barsch. »Hat man sie erst einmal geschleudert, verletzen sie. Oder töten sogar. Denn nichts von dem, was einmal gesagt wird, lässt sich jemals wieder rückgängig machen.«

»Ach, es gibt nichts, was sich nicht rückgängig machen ließe«, entgegnete sie altklug.

»Außer Zeugung und Tod.«

Jetzt hatte ich sie getroffen. Ich sah, wie das Licht in ihren Augen erlosch, und hasste mich im gleichen Atemzug dafür.

Schweigend starrten wir uns an.

Schließlich drehte ich mein Gesicht zur Wand, als sei die Unterhaltung für mich beendet. Vielleicht hatte ich Glück und sie gab auf.

»›Die Augen des Nil‹«, begann sie erneut, »so hat man dich genannt ...«

»Das ist vorbei – lange schon! Meine Augen sind blind, verstehst du, vollkommen nutzlos. Wenn du deshalb gekommen bist, muss ich dich enttäuschen.«

»Dann ihretwegen«, beharrte sie. »Tu es für meine Mutter. Du hast sie doch geliebt.«

Der glühende Ball in meinem Inneren ließ Feuerfunken fliegen. »Was weißt du von Liebe? Nichts, gar nichts! Oder hast du schon am eigenen Leib erfahren, dass sie schnell und scharf ist? Brennend und verzehrend? Dass Liebe sogar vernichten kann?«

»Und sie, sie muss dich auch geliebt haben«, fuhr sie fort, als habe sie meinen Ausbruch nicht gehört.

»Woher weißt du das?«, flüsterte ich. »Hat sie es dir gesagt?«
»Nicht, solange sie lebte. Aber …«
»Isis ist tot?«
Wir alle sind Tiere, hatte Khay gesagt, als er die Gefahr schon spüren konnte, die uns schließlich alle vernichten sollte. *Wir alle müssen sterben. Jeden Tag werden die Schatten länger. Ich fürchte mich, Meret, ich fürchte mich so sehr …*
Er hatte Recht gehabt, mein Bruder Khay, der so leidenschaftlich gern gelebt hatte und so lange schon tot war. Ebenso wie Anu und wie ich soeben gehört hatte, auch Isis. Alle waren sie vor mir gegangen.
»… drei Tage nach ihrem Begräbnis habe ich von ihr geträumt.« Die Stimme des Mädchens rief mich in die Gegenwart zurück. »Sie sagte deinen Namen, so warm und herzlich, und dass ich dich auf Philae finden könne. Seltsamerweise jedoch war Mutter in meinem Traum kein Mensch. Und was noch seltsamer war: Ich konnte sie genau verstehen, obwohl sie ein flatterndes Sperberweibchen …«
»Schweig!«, verlangte ich heiser.
»Nur wer sich schuldig fühlt, windet sich vor der Wahrheit.« Jetzt klang sie unerbittlich. »Du hast meine Mutter gekannt. Aber wer ist mein Vater, Meret? Was weißt du von ihm?«
Anu, lag mir bereits auf der Zunge, mein Bruder Anu, der Mann deiner Mutter – wer sonst? Wieso sollte ich sie unnötig verwirren? Wo die Lüge doch die schnellste und einfachste Lösung war. Vielleicht würde ich sie damit endlich zum Schweigen bringen. Ich war schon beinahe so weit. Dann jedoch entdeckte ich die kleine bläuliche Ader, die aufgeregt an ihrem Hals pochte, genauso wie einst bei Isis.
»Du willst es wirklich wissen?«, fragte ich leise.
»Ich kann nicht anders.«
»Dann komm morgen Abend wieder! Aber sieh dich vor,

denn du wirst einiges ertragen müssen. Und du brauchst Ausdauer und Offenheit. Denn was du zu hören bekommst, wird dir unfassbar erscheinen. Ich warne dich: Danach ist nichts mehr wie bisher, Isis.«
»Alles nehme ich auf mich«, sagte sie schnell, »wenn ich nur ...«
»Geh!«, erwiderte ich.

ooooo

Was konnte sie dafür, dass unsere Herzen damals vor Hunger brannten? Dass wir blindlings verstrickt waren und uns trotzdem unbesiegbar fühlten? Tod und Zeugung lassen sich nicht rückgängig machen, das hatte ich selbst gesagt. Vielleicht galt das auch für die Liebe, die alles fordert und nicht danach fragt, ob sie auch erwidert wird.
Wie ich es auch drehte und wendete – ich besaß kein Recht, ihr die Wahrheit über den Vater zu verweigern. Die Seele der Himmelsgöttin besteht aus Tausenden von Sternen, so wird in unseren schönsten Hymnen das Lob der Isis besungen. Eine Isis aus Fleisch und Blut hatte ich vor Jahren verloren. Nun war wie durch ein Wunder ihre Tochter in mein Leben getreten.
Waren das die Gesetze der Liebe?
Ich war bereit, mich ihnen noch einmal zu unterwerfen.
Ordnung würde mir helfen, klare Gedanken zu fassen. Deshalb war der Raum gefegt, die Decken auf dem Bett lagen sorgfältig gefaltet. Auf dem Tisch standen Brot und Früchte sowie Wasser- und Weinkrug. Maram, die keine überflüssige Frage stellte und meine Unruhe taktvoll überspielte, hatte sich mit dem Räuchern viel Mühe gegeben.
Ich war gebadet, mein Haar geflochten. Ich legte sogar die silberne Kette mit dem Flügelamulett an, die ich Jahre nicht mehr getragen hatte. Noch immer fühlte ich mich zittrig,

gerade diese körperliche Schwäche jedoch verlieh mir besondere geistige Klarheit.

Als der Mond aufging, steigerte sich meine Unruhe, ähnlich wie einst, wenn die Visionen sich angekündigt hatten. Plötzlich wusste ich, was ich zu tun hatte.

Ich zog das Tuch von der Statue und kniete einen Augenblick vor der Göttin nieder. Danach griff ich nach dem Steinmesser und schnitt meinen Zopf ab. Wie eine schwarzsilbrige Schlange ringelte er sich auf dem Lehmboden. Mein Kopf fühlte sich plötzlich ganz leicht an, befreit von einer Last; der Nacken war angenehm kühl.

Mit einem Tuch bedeckte ich Kopf und Schultern, wie es die vornehmen Frauen Assurs tun, um sich von Sklavinnen und Huren zu unterscheiden. Ohne die Truppen Aschurbanaplis, des Königs der Assyrer, die in meinem ersten Lebensjahr Waset gebrandschatzt hatten, hätte ich vermutlich nicht überlebt. Außerdem erschien mir dieser Tribut an die Sitten Assurs nützlich, um meine Aufregung zu verbergen. Ein zusätzlicher Schleier verhüllte mein Gesicht. Nur die Augen blieben frei.

ooooo

Wenn sie mein Anblick überraschte, so ließ sie es sich nicht anmerken. Ohne Zögern trat sie ein. Von nahem erschien sie mir so vertraut, dass ich sie am liebsten in die Arme genommen hätte. Aber zuerst hatte ich zu Ende zu bringen, was ich ihr schuldig war. Was danach geschehen würde, daran wagte ich nicht einmal zu denken. Der Feuerball in meinem Magen war zu neuem Leben erwacht. Ich musste an mich halten, um mich nicht vor Schmerzen zu krümmen. Trotzdem gelang es mir, mich zu beherrschen. Isis war die Tochter einer besonderen Frau und blutsverwandt. Wem also, wenn nicht ihr, gebührten Ehre und Höflichkeit?

Fast schon formell bat ich sie, auf einem Kissen Platz zu nehmen, und ließ mich ihr gegenüber nieder. Isis saß gerade wie eine Statue, die Beine gekreuzt. Ihr Atem ging unhörbar. Nur die Lider bewegten sich leicht.
»Ich bin bereit«, sagte sie, als die Stille im Raum unerträglich zu werden drohte.
Die Flut der Bilder wurde so stark, dass ich abermals zu zittern begann. Alles schien auf einmal zu einem mächtigen Strom zusammenzufließen, der mich ergriff und davontrug – was ich erlebt und jemals gehört hatte, Ruzas Erinnerungen, was ich in den Herzen von Khay und Anu gelesen hatte, Isis' Ängste und schönste Hoffnungen. Geheimnisse, die meine Gabe einst entschleiert hatte.
Es war eine Geschichte der Liebe, gewebt aus unseren Schicksalssträngen, die sich auf einmal zu einem verschlungenen Muster verwoben und alle mit einschlossen: Sarit und Basa, Nezem und Selene, Ruza, meine beiden Brüder, mich selbst, vor allem aber Isis – ihre Mutter.
»Willst du nicht endlich beginnen?« Jetzt hörte sie sich an wie ein Kind.
Ich warf einen Blick auf die allmächtige Göttin, deren Schwingen uns alle beschützen, tat einen tiefen Atemzug und fing an zu erzählen.

1

ATUM

Als die Sonnenbarke am östlichen Horizont aufstieg, schlief keiner mehr im Anwesen des Basa. Die Schreie seiner Frau Sarit, die alle aus dem Schlaf gerissen hatten, waren inzwischen verstummt. Aber trotzdem wagte niemand, den Tag wie gewohnt zu beginnen. Dienerschaft und Mägde schlichen im Haus herum. Sogar die alte Neshet, sonst immer die Erste an der Feuerstelle im Hof und lärmend dazu, gab sich Mühe leise zu sein, während sie die Brote aus dem Ofen holte.
»Das waren noch keine Wehen«, sagte die Hebamme, als sie sich vom Bett abwandte, und ihrer Stimme war nicht anzuhören, ob sie besorgt oder erleichtert war. »Erste Warnzeichen, nichts weiter.« Sie furzte unbekümmert. »Wie es bei feinen Damen eben vorkommt, wenn sie ihre Blagen zu schnell hintereinander kriegen.« Als sei damit alles gesagt, nahm sie ihren Korb, in dem ein paar Bierkrüge schepperten, und strebte in Richtung Tür.
Basa packte sie fest so am Arm, dass seine Finger helle Male auf ihrer Haut hinterließen. »Du willst meine Frau doch nicht etwa allein lassen – in diesem Zustand?«
Sarits Haar glänzte schweißverklebt, die Lippen waren aufgesprungen. Erschöpfung und Angst ließen ihre Züge wie erloschen wirken.
Mit einem Schnauben machte die Hebamme sich los.
»Die Götter bestimmen, wann es an der Zeit ist für neues Leben, nicht wir. Schätze, wir werden uns noch gedulden müssen.« Sie zeigte ein aufsässiges Lächeln. »Eigentlich müsste sie ja bereits wissen, wie es geht – beim dritten Mal.«
»Und wofür werfe ich dir mein gutes Silber hinterher?«, fragte Basa scharf.
Sarit, die auf dem zerwühlten Bett vergeblich nach einer bequemeren Lage suchte, kannte den Grund. Die Alte mochte nach Fusel stinken, grobe Hände und einen kaum minder derben Wortschatz haben, aber wenn Basa nicht sie gerufen

hätte, dann eben ein anderes billiges Weib. Irgendeine, die für ein paar Deben Silber zu allem bereit war – sogar dazu, ein Neugeborenes zu beseitigen, wenn es der Vater so schnell wie möglich loswerden wollte.

»Lass sie gehen!«, sagte sie leise, »die Amme kann mir doch beistehen. Schließlich kennt sie sich mit dem Kinderkriegen aus.«

Ein Vorschlag, der ihr alles andere als leicht gefallen war. Aber die Amme genoss Basas Gunst, und es wäre unklug gewesen, den Namen ihrer Freundin zu erwähnen, die sie jetzt viel lieber an ihrer Seite gehabt hätte. Selene war ihm nicht nur deswegen suspekt, weil sie sagte, was sie dachte, und sich von keinem einschüchtern ließ. Er beschimpfte sie wegen ihrer grünen Augen als »Fischdämonin« und hasste sie mittlerweile so, wie er sie früher begehrt hatte.

Der Grund dafür lag auf der Hand: Sein Werben hatte Selene, die aus Keftiu stammte, nicht mehr als ein Lächeln entlockt. Sie liebte ihren Nezem, den Steinmetz, der am Hof der »Gottesgemahlin des Amun«, wie die höchste Priesterin hieß, gut bezahlte Arbeit gefunden hatte und mit seinen Händen Steine zum Leben erwecken konnte. Selene dachte nicht daran, sich mit einem anderen einzulassen, geschweige denn mit dem Ehemann ihrer Freundin. Wutentbrannt darüber, dass eine Frau und eine Fremde dazu es gewagt hatte, sich ihm zu verweigern, hatte Basa Sarit den Umgang mit Selene kurzerhand untersagt.

Nicht einen Augenblick hatte Sarit sich an dieses Verbot gehalten. Allerdings wollte sie vermeiden, Basas Zorn unnötig zu reizen, der aus dem Nichts aufsteigen konnte, um dann schwarz und stark wie eine Gewitterwolke loszustürmen, die alles unter sich hinwegfegte. Daher trafen sich die beiden Freundinnen nur noch heimlich. Wegen der fortgeschrittenen Schwangerschaft war Sarit mehr und mehr auf die Hilfe der Amme angewiesen, was ihr nicht gefiel, denn

eigentlich erschien ihr die Amme des Kleinen kaum weniger suspekt als Basas Hafendirnen.
Aber blieb ihr eine andere Wahl?
Die Amme Ruza war die Einzige, die das schier Unmögliche tun konnte – und hoffentlich auch tun würde. Sie war Sarits letzter Ausweg, was der Hochschwangeren schlaflose Nächte bereitete. Sie liebt das Kleine wie ihr eigen Fleisch und Blut, versuchte sie sich Mut zuzusprechen. Niemals würde sie zulassen, dass ihm hinter ihrem Rücken ein Leid geschieht. Aber es fiel ihr noch immer schwer, wirklich daran zu glauben.
Basa runzelte die Stirn, und die helle Narbe an seiner Braue begann zu zucken. Normalerweise verließ er sich auf sein Siegerlächeln, das auf Frauen wie Männer wirkte. Jetzt aber, im frühen Licht des Morgens, erinnerte er sie mit der gebogenen Nase und seinem kräftigen Körper mehr denn je an einen Raubvogel.
Plötzliche Angst zog ihr das Herz zusammen.
Für ihn war sie nichts als ein fruchtbarer Schoß, der Söhne hervorbringen sollte – makellose Söhne. Versagte sie abermals, wie sie es in seinen Augen schon einmal so kläglich getan hatte, würde er keine Gnade kennen.
»Bitte!«, fügte sie in dem unterwürfigen Ton hinzu, der ihn manchmal umstimmen konnte. »Tu es für Khay!«
Bei der Erwähnung seines Erstgeborenen schien er tatsächlich unschlüssig geworden zu sein, denn plötzlich schrie er die Hebamme an: »Hast du nicht gehört, was sie gesagt hat? Verschwinde! Und lass dich hier nicht wieder blicken!«
Die alte Frau ließ sich dies nicht zweimal sagen. Vorsichtshalber hatte sie den Löwenanteil des vereinbarten Silbers im Voraus kassiert, denn der Erste Baumeister des Stadtfürsten Montemhet war für seine Launen bekannt. Sich mit Basa anzulegen konnte gefährlich sein. Es gab viele in Waset, die das bereits zu spüren bekommen hatten, zumal in diesen

unruhigen Zeiten, da täglich neue Schreckensmeldungen über den Vormarsch der Assyrer stromaufwärts die Runde machten. Bereits vor drei Jahren hatten sie die Stadt belagert, wegen einer tödlichen Seuche im Heerlager jedoch unverrichteter Dinge wieder abziehen müssen. Es gehörte nicht viel Phantasie dazu sich auszumalen, was geschehen würde, wenn sie nun abermals anrückten – und dieses Mal Erfolg hätten.

Die Hebamme war so schnell draußen, dass sie beinahe das Kind vor der Tür umgerannt hätte. Der kleine Junge in seinem fleckigen Leinenhemd rieb sich erschrocken die Stirn: ein hübscher Dreijähriger, kahl geschoren bis auf die übliche Jugendlocke, der gewöhnlich äußerst selbstbewusst auf seinen pummligen Beinchen umherstolzierte. Jetzt jedoch hatte ihn der ungewohnte Lärm ängstlich gemacht.

»Mama«, rief er und begann loszuschluchzen. »Meine Mama!«

Ruza gelang es gerade noch, ihn an der Schwelle einzufangen.

»Du kannst jetzt nicht zu deiner Mama, Khay.« Sie hob ihn hoch und drückte ihn gegen ihre Brust, die schwer und weich geblieben war, weil sie noch immer stillte, wenngleich ihre Milch schon lange nicht mehr ausreichte. Der süßliche Geruch, auch Khay nicht unvertraut, weil er manchmal eifersüchtig darauf bestand, dass sie nicht nur das Kleine, sondern auch ihn koste, schien ihn halbwegs zu beruhigen, denn sein Weinen wurde leiser.

»Komm her zu mir, mein Sohn!« Basa riss ihn aus Ruzas Armen, und Khay begann erneut loszuschreien. »Das da drinnen ist Weibersache, da haben Männer nichts verloren. Verstehe ohnehin einer, weshalb sie partout nicht das prachtvolle Geburtshaus benutzen will, das ich eigens für sie habe errichten lassen. Andere würden sich auf Knien dafür bedanken, aber ihr, der Verwöhnten, ist ja nie etwas gut genug!«

Sichtlich angewidert schnupperte er an seinem Sohn. »Du stinkst ja wie eine ganze Affenherde! Gibt es in diesem Haushalt denn niemanden, der dich sauber halten kann?« Er streckte Khay weit von sich, als fürchte er sich zu besudeln. Wie jeden Morgen hatte er sich nach dem Bad mit Mandelöl massieren lassen und anschließend ausgiebig parfümiert. Keiner im Haus hätte es gewagt, ihn dabei zu stören. »Neshet, kümmere dich um ihn, aber schnell! Ich muss zum Stadtfürsten. Und mein Großer wird brav sein und tun, was ihm gesagt wird!«
Scherzhaft zog er an Khays Ohr, was wohl als unbeholfene Zärtlichkeit gedacht war, den Jungen aber noch mehr zu ängstigen schien. Das Schreien steigerte sich zu ohrenbetäubendem Gebrüll. Mit seinen Beinchen hämmerte er gegen den Leib der Alten, die ihn kaum noch halten konnte. Ruza, die erneut tröstend nach dem Jungen greifen wollte, wurde von Basa daran gehindert.
»Siehst du nicht, dass du hier gebraucht wirst?« Er wies nach drinnen. »Oder willst du lieber zurück in die Gosse? Ich hasse es, enttäuscht zu werden!«
»Aber das Kleine«, wandte sie ein und versuchte sich gegen die jäh aufsteigende Furcht zu wehren, die sie ganz schwindelig werden ließ. »Ich sollte vielleicht lieber ...«
»Bist du taub?«
Wenn Ruza eines in Basas Haus gelernt hatte, dann, zur rechten Zeit den Mund zu halten. Sie zog den Kopf ein, starrte scheinbar demütig zu Boden und betrat das ebenerdige Wöchnerinnenzimmer, dessen Fenster sich zum Garten hin öffneten.
Drinnen schien die Luft plötzlich schwerer geworden zu sein. Keine der beiden Frauen sagte etwas, weder die Hochschwangere, die mit halb geschlossenen Augen vor sich hindämmerte, noch Ruza, die zunächst eine Weile unbehaglich herumstand. Schließlich zog sie die blauen Leinenstreifen vor

die Fenster, um die zu dieser Jahreszeit schnell aufsteigende Hitze auszusperren, und stellte das benützte Geschirr zusammen. Dabei musste sie aufpassen, weder die Tawaret-Figuren umzuwerfen, die Bildnisse der hochschwangeren Nilpferdgöttin, die in verschwenderischer Anzahl herumstanden, noch auf die Kupfer- und Silberamulette zu treten, die alle dem gleichen Zweck dienen sollten: einer glücklichen, harmonischen Geburt.

Als sie Sarit Mandelmilch anbot, um das Einsetzen der Wehen anzuregen, verzog diese angeekelt den Mund. Einen Becher Wasser jedoch leerte sie durstig und verlangte nach einem zweiten, den sie ebenso schnell austrank.

»Willst du nicht aufstehen«, fragte Ruza schließlich, »und dich ein bisschen bewegen? Viele Frauen schwören darauf, und mir hat es auch geholfen.«

Sie hätte ebenso gut mit einer Wand reden können.

»Oder soll ich dich kämmen?« Ruza griff nach dem verzierten Elfenbeinkamm. »Dein schönes Haar ist ganz verfilzt.«

Sarit blickte nicht einmal auf.

»Ich könnte dich feucht abreiben«, schlug die Amme vor, langsam mutlos, weil ihr bald nichts mehr einfiel. »Das würde dir bestimmt gut tun.«

Bei jedem Wort war ihr bewusst, dass die Herrin ihr von Anfang an misstraut hatte. An deren Stelle wäre es ihr wohl nicht anders ergangen, bestand doch ein wichtiger Unterschied zwischen ihnen: Sarit konnte sich Launen leisten. Sie dagegen war nur ein nicht mehr ganz junges Tanzmädchen gewesen, das ungewollt schwanger geworden war. Der Liebste hatte sie vor der Geburt verlassen. Dann war ihr Töchterchen nach wenigen Tagen an der gefürchteten Baa-Krankheit gestorben, die so viele Neugeborene dahinraffte. Betäubt vor Kummer, hatte sie in einer Schenke Arbeit gefunden. Dort hatte Basa sie aufgelesen und als Amme verpflichtet. Und plötzlich schien das Schicksal, mit dem sie so gehadert hatte, sich zu wenden. Wenn das Kleine an ihrer Brust lag und sie seinen warmen Duft einatmete, war in ihrer Vorstellung alles, wie sie es sich immer erträumt hatte: Sie war in Sicherheit, wohnte in einem schönen Haus – und ihr kleines Mädchen lebte.

Freilich war sie schlau genug, solche Phantasien niemandem anzuvertrauen, nicht einmal Neshet, die von allen Mägden am freundlichsten war und ihr manchmal sogar eine Extraration frisch gebrautes Dattelbier zukommen ließ. Ruza blieb dennoch auf der Hut. Sie wusste, sie konnte nicht vorsichtig genug sein. Denn wenn Basa erfahren sollte, was sie sich heimlich zusammenspann, würde er nicht zögern, sie auf der Stelle hinauszuwerfen.

»Ich werde auch ganz vorsichtig sein«, schickte sie in einem Anflug von schlechtem Gewissen hinterher.

Ein schwaches Nicken. Erstaunlicherweise schien ihr Vorschlag der Herrin zu gefallen.

Ruza zog die Decke beiseite und bemühte sich, ihr Erschrecken nicht zu zeigen, als sie Sarits Hemd nach oben schob. Die Haut hatte einen fahlen Olivton, der sich an manchen Stellen vertiefte, an den Schlüsselbeinen, feinknochig wie bei einem Mädchen, und den Rippen, die ihr geradezu zerbrechlich vorkamen. Sarits Arme und Beine waren während der Schwangerschaft dünn wie Holzstäbe geworden, während der Leib zum Platzen reif wirkte. Mit einem feuchten Lappen fuhr Ruza vorsichtig über den Körper. Das Gemisch aus Natron und Sand, das sie als Seife angerührt hatte, verströmte einen erdigen Geruch, der die Schwangere zu beruhigen schien. Jetzt war es still im Haus geworden, und die wenigen Laute, die zu hören waren, klangen gedämpft wie durch dicke Tücher zu ihnen herein.

»Ich weiß, dass ich entsetzlich aussehe«, sagte Sarit, die sich unter den Händen der Amme allmählich entspannte, unvermittelt. »Aber was macht das schon? Seit Monden hat er mich nicht mehr angerührt. Der große Basa hat offenbar Zerstreuungen gefunden, die ihn mehr befriedigen.« Sie verzog den Mund. »Wer ins Herz der Finsternis reist, muss mit allem rechnen.«

»Du brauchst dich nicht zu fürchten!« Ruza gab sich Mühe, zuversichtlich zu klingen. Früher hatte Sarit stets so kühl und elegant gewirkt. Sie war das schönste Mädchen Wasets gewesen, ausgestattet mit einer sagenhaften Mitgift, das Basa als Hartnäckigster unter vielen Bewerbern schließlich heimgeführt hatte. Jetzt schien ihre Jugend schon nach wenigen Jahren ebenso verflogen wie ihre Schönheit. Ruza deckte sie wieder zu. »Für jede Frau kommt irgendwann der Punkt, wo der Mut sie verlassen will. Aber Isis beschützt alle Gebärenden. Sie wird auch dir beistehen.«

Die Amme unterdrückte einen Schrei, denn Sarits spitze Fingernägel hatten sich plötzlich in ihr Fleisch gebohrt.

»Und du?« Mit erstaunlicher Kraft hielt sie Ruzas Gelenk umklammert. »Womit hat er dich geködert? Silbertropfen? Brünstige Umarmungen? Komm schon, verrat es mir! Was ist ihm sein Verbrechen wert?«

»Was meinst du damit?« Allein die Erinnerung an seinen Atem auf ihrer Haut ließ Ruza frösteln. Sie verabscheute Basa. Aber sie fürchtete ihn nicht minder. Wenn er in Zorn geriet, weil man verweigerte, was er begehrte, konnte der Baumeister unberechenbar werden wie ein wütender Elefantenbulle. Sie riss sich los. »Du tust mir weh!«

»Du sollst das Neugeborene ersticken, falls es wie das Kleine ist. Das verlangt er doch von dir! Und anschließend auch das Kleine töten.« Mit einem Seufzer sank Sarit zurück. »Ich bin weder taub noch blind. Mir könnt ihr nichts vormachen!«

»Niemals!« Ruza erschrak, wie dünn ihre Stimme klang. »Du weißt ja nicht, was du da sagst!« Ihr Herz hämmerte gegen die Rippen. Musste sie jetzt darum bangen, ihr sicheres,

bequemes Leben aufzugeben – und das Kleine, das ihr so ans Herz gewachsen war?
Sarit schien sie gar nicht zu hören. »Aber wenn du das tust«, sagte sie, »ist auch dein Leben in Gefahr. Hast du daran schon mal gedacht?«
Ruza starrte sie misstrauisch an.
»Basa kann sich keine Mitwisser leisten. Und er geht immer konsequent vor – bis zum bitteren Ende. Kein Mensch hat jemals mehr von der Hebamme gehört, die das Kleine zur Welt gebracht hat. Verschwunden ist sie, spurlos, als habe sie niemals gelebt. Willst du auch so enden?«
»Soll das heißen, er hat sie ...«
»Dummköpfe, nichts anderes sind wir doch alle in seinen Augen! Nur er ist so klug, so stark, so unbesiegbar. Aber ich weiß, wie wir ihn schlagen können. Wirst du mir helfen, Ruza?«
Die Amme gab sich nicht einmal Mühe, ihre Skepsis zu verbergen. Ausgerechnet diese hilflose Schwangere und sie sollten sich einem Basa entgegenstellen? Die Vorstellung erschien ihr so absurd, dass sie lieber auf eine Antwort verzichtete.
»Rette das Kleine! Sein Leben ist keinen einzigen Deben Kupfer mehr wert, sobald das neue Kind den ersten Schrei getan hat.« Sarit berührte ihren Bauch mit einer hilflosen Geste. »Vorausgesetzt, es ist männlich und ohne Makel wie Khay. Für seinen Erstgeborenen würde Basa alles tun. Aber das Kleine? Niemand weiß besser als ich, wozu Basa fähig ist.«
»Unsinn!«, fiel Ruza ihr ins Wort. Sie wollte nichts mehr davon hören, gerade weil eine innere Stimme ihr sagte, dass es die Wahrheit war. Für das ungeborene Kind konnte sie noch keine Gefühle aufbringen. Aber dem Kleinen, *ihrem* Kleinen, durfte nichts geschehen! Erst neulich hatte es sich im Schlaf erbrochen und wäre, hätte sie nicht rechtzeitig

nach ihm gesehen, womöglich an seinem eigenen Auswurf erstickt. Am glücklichsten fühlte sie sich, wenn es beim Einschlafen sein Köpfchen auf ihre Brust sinken ließ. »Das Kleine ist eine heilige Gabe der Götter …«
»Ich weiß«, fiel Sarit ihr ins Wort. »Ich kenne deinen Schmerz. Ein Meer von Tränen, als deine Tochter zu Osiris gegangen ist. Aber das ist vorbei. Du brauchst nicht mehr zu weinen. Das Kleine ist jetzt dein Kind. Und du bist seine Mutter – für immer. Willst du, Ruza? Du musst dich nur entscheiden.«
Die Amme spürte, wie ihr Mund trocken wurde. Das Kleine niemals wieder hergeben zu müssen? Eine jähe Sehnsucht ließ ihren Körper ganz schwer werden. Dann jedoch gewann die Vernunft wieder Oberhand. Sarit war offenbar dabei, den Verstand zu verlieren. Oder sie trieb ein grausames Spiel mit ihr. Und trotzdem – da war dieser wahnwitzige Hoffnungsfunke, der auf einmal ihr ganzes Sein erfüllte.
»Aber das geht doch nicht«, sagte sie matt. »Das dürfen wir nicht tun.«
Sarits schmale Hand glitt zu ihrem Schoß. Dann konnte Ruza hören, wie sie schwer ausatmete. Das Tuch unter ihr war bereits vom Fruchtwasser durchtränkt. »Uns läuft die Zeit davon. Ihr müsst fort, aus dem Haus, aus Waset. Weit genug, dass er euch nicht finden kann.«
»Aber wohin?«
»Stromaufwärts. Zum großen Isis-Tempel. Gegenüber diesen Mauern ist sogar Basa machtlos.«
»Unmöglich! Weißt du denn nicht, was in der Stadt los ist?« Ruzas Lippen waren vor Aufregung blass geworden. »Alle sagen, die fremden Soldaten sind nicht mehr aufzuhalten. Wer fliehen kann, ist längst mit Hab und Gut verschwunden. Außerdem nehmen die letzten Schiffe schon seit Tagen keine Passagiere mehr auf.«
Statt einer Antwort heulte Sarit auf.

Ruza fuhr zusammen. Inzwischen war es so stickig im Zimmer, dass sie kaum noch atmen konnte. »Wir werden doch die Alte holen müssen«, sagte sie und rieb sich den Nacken mit einem Tuch trocken. Das dünne Kleid klebte an ihrem Körper wie eine zweite Haut. Eine fiebrige Unruhe hatte sie ergriffen. Die Vorstellung, mit dem Kleinen für immer zusammen zu sein, wurde schier übermächtig.

»Nein, das werden wir nicht!« Plötzlich klang Sarit wieder ganz energisch. Sie tastete unter die Unterlage und zog ein halbes Dutzend Goldreifen hervor. »Ein lächerlicher Bruchteil meines einstigen Vermögens. Alles andere hat Basa sich einverleibt. Ich wette, selbst für den Fall einer Scheidung ist bereits alles zu seinen Gunsten geregelt.« Ihr Tonfall veränderte sich. *»Ich bin deine Geliebte, deine Beute / ich gehöre dir wie das Grundstück, / das ich mit Blumen bepflanzt habe ...* Wenn er mich eines Tages verstößt, bin ich kein bisschen reicher als du.« Trotz der Schmerzen war ihr Lachen spöttisch. »Aber hiermit wird sich jeder Kapitän überzeugen lassen. Nach Philae, hörst du, Ruza? Zur Mutter aller Mütter. Warte, bis es dunkel wird! Im Schutz der Nacht habt ihr die besten Aussichten, durchzukommen. Schwöre mir bei deinem Leben, dass du alles dafür tun wirst!«

»Ich schwöre. Aber wozu so lange warten?« Das Kleine und sie für immer vereint – jetzt überfiel sie plötzlich die Furcht, es würde doch ein Traum bleiben.

»Basa wird sich mit eigenen Augen vergewissern, ob seine Handpuppen parieren. Versprich ihm alles! Er muss glauben, dass du Wachs in seinen Händen bist.« Sarit krümmte sich erneut. »Erst danach verschwindest du mit dem Kleinen, anstatt es zu töten.«

»Und du?«

»Es gibt jetzt wahrhaft Wichtigeres zu tun.«

»Aber du brauchst jemanden, der dir beisteht«, beharrte Ruza.

»Selene«, flüsterte Sarit, bevor sie einen schrillen Schrei ausstieß. Jetzt, während die Angst unaufhaltsam wuchs, besaß sie nicht länger die Kraft, den Namen der Freundin zurückzuhalten. »Hol Selene!«

»Ganz ruhig!« Der fremde Akzent war nur noch zu erkennen, wenn man genau hinhörte. Eine schlanke, große Frau stand im Raum, deren Haar wie ein Feuerkranz um das längliche Gesicht leuchtete. Ihr Blick flog über Sarits Lager, dann zu Ruza, die ihr reserviert entgegenstarrte. »Und bereits mitten in der Arbeit, wie ich sehe. Weshalb habt ihr mich nicht schon längst gerufen?«

Ohne eine Antwort abzuwarten, löste Selene das Brusttuch, in das sie ihre Tochter gewickelt hatte, und legte diese kurzerhand in die Binsenwiege. Dem etwa halbjährigen Mädchen mit dem dunklen Schopf schien dieser Wechsel ganz und gar nicht zu behagen, denn augenblicklich ertönte empörtes Schreien.

»Offensichtlich hat Isis nicht nur mein Temperament geerbt, sondern auch die Sturheit ihres Vaters«, sagte Selene und lächelte, während sie ihr zur Beruhigung einen Honigzipfel in den Mund schob, den die Kleine immer wieder ausspuckte, bis sie endlich doch zu nuckeln begann. Anschließend schickte Selene die Amme mit knappen Worten zum Wasserholen. Sichtlich unwillig gehorchte Ruza.

»Hast du auch alles mitgebracht?«, flüsterte Sarit, kaum dass die Tür sich hinter der Amme geschlossen hatte. »Ich will es ihr erst geben, wenn sie das Haus mit dem Kind endgültig verlässt. Die Versuchung ist sonst zu groß.«

»Aber ja!« Selene nahm ihren gewebten Gürtel ab, der sich beim näheren Hinsehen als raffiniert geschneiderte Beuteltasche mit mehreren versteckten Fächern erwies. Sie bewegte ihn leicht hin und her und ließ dabei die unsichtbaren Schmuckstücke klappernd aneinander stoßen. »Und du hast Recht, vorsichtig zu sein. Ich bin froh, dass nicht einmal

Nezem etwas davon zu Gesicht bekommen hat. So viel Gold kann sich ungünstig auf jeden Charakter auswirken.« Lachend legte sie den Gürtel wieder um. »Du hast also endlich mit Ruza gesprochen? Sie hilft dir?«
»Sie muss!« Sarits Ausdruck verriet ihre Anspannung. »Warum bei allen Göttern kannst du nicht an ihrer Stelle sein? Es gibt niemanden, dem ich das Kleine lieber anvertrauen würde.«
»Als ob ich meinen Mondstrahl jemals verlassen könnte!« Ein inniger Blick zur Wiege, in der das kleine Mädchen schlief. Dann wandte sie sich wieder Sarit zu. »Klüger wäre es natürlich gewesen, nicht so schnell wieder schwanger zu werden, auch wenn dein Mann noch so sehr darauf gedrängt hat. Männer, was wissen sie schon? Söhne verlangt er von dir. Dabei sind doch Töchter das Kostbarste, was Isis einer Frau schenken kann.«
Die Gebärende stöhnte schmerzerfüllt.
Selenes Gesichtszüge wurden weich. »Aber was rede ich da? Mächtigere als wir lenken die Geschicke. Und überhaupt ist es höchste Zeit, nur noch an dich zu denken – und an dieses neue Leben, das es plötzlich so eilig hat. Jetzt wollen wir erst mal Platz schaffen!«
Sie räumte die Tawaret-Figuren so energisch zur Seite, dass eine davon umfiel und zerbrach. Abergläubisch sog Sarit die Luft zwischen die Zähne, Selene aber kümmerte sich nicht darum, sondern kehrte die Scherben zusammen, wechselte die Tücher und rieb ihre Freundin behutsam trocken. Danach wusch sie ihr Hände und Arme. Aus einem kleinen Tiegel salbte sie Sarits Scheitel.
»Herab zur Erde. Breite Deine Arme aus! Große Mutter, die alles Lebende hervorbringt, schütze und bewahre diese Mutter!« Mit einem Räuchergefäß fuhr sie dicht an Sarits Leib entlang.
»Was ist das? Mir wird ganz schwindelig«, flüsterte Sarit.

»Minze, Weihrauch und eine Prise Mandragora. Das nimmt dir die Angst.« Anschließend vollführte Selene mit einer Scherbe symbolische Schneidebewegungen. »Löse dich aus dem Bauch deiner Mutter und lebe glücklich und in Frieden!«

Sarit wirkte endlich ruhiger. Auf ihrer etwas zu kurzen Oberlippe glitzerten Schweißperlen, die den zuvor so angespannten Mund weich, fast mädchenhaft wirken ließen. Das Henna auf ihren Nägeln leuchtete wie frisches Blut.

»Ich mag ihn nicht«, sagte sie unvermittelt. »Und inzwischen verabscheue ich ihn manchmal sogar. Aber mein Körper sehnt sich trotzdem noch immer nach ihm. Kannst du dir das vorstellen? Dabei traue ich Basa zu, dass er mich mit bloßen Händen erwürgt, wenn er endgültig genug von mir hat.«

Selene strich ihr das feuchte Haar aus der Stirn.

»Schluss jetzt mit diesen düsteren Gedanken! Willst du Safrantee? Oder nicht doch lieber von den Weihrauchzäpfchen, die ich dir mitgebracht habe? Das Kind hat sich bis zuletzt nicht gedreht. Ich fürchte, du wirst einiges aushalten müssen, wenn es mit den Füßen oder seinem Hinterteil zuerst kommt.«

»Nein, lass nur, ich werde es auch so durchstehen.« Sarit versuchte, sich mit Selenes Hilfe etwas aufzusetzen. »Obwohl es sich anders anfühlt als bei den beiden ersten Malen. Beinahe, als ob ich von innen aufgerissen würde.« Keuchend redete sie weiter. »Aber es sind ja gar nicht die Schmerzen, die mir solche Angst machen, Selene. Was, wenn das Kind wieder wie das Kleine ...«

»Hapis Segen wäre ihm auf jeden Fall gewiss. Und jetzt streng dich gefälligst an, meine Schöne! Was meiner Isis noch fehlt, ist eine lustige, kleine Freundin.«

Er liebte es, in den frühen Morgenstunden durch die Straßen zu laufen, wenn das Leben in den Innenhöfen erst allmählich begann. Sich in diesen geschenkten Stunden in einer Sänfte herumtragen zu lassen war etwas für Protzer oder Faulpelze, nichts jedoch für einen Mann wie Basa, der sich schon immer auf die Kraft seiner Muskeln und Sehnen verlassen hatte. Der Duft nach frischem Fladenbrot, der von unzähligen Feuerstellen aufstieg, ließ seine Schritte schneller und gleichmäßiger werden. Genauso hatte es in dem armseligen Haus in Mennefer gerochen, das er mit seiner Mutter bewohnt hatte, und manchmal waren die hauchdünn ausgerollten Fladen tagelang das Einzige gewesen, was die Witwe und ihr Sohn zu essen gehabt hatten.
Damals hatte er sich die meiste Zeit verzweifelt und niedergeschlagen gefühlt, selbst wenn sein Rücken ausnahmsweise nicht von ihren Stockhieben brannte. Damals hatte er sich geschworen, der Welt zu beweisen, was in ihm steckte, vor allem jedoch dieser unbarmherzigen Rächerin, die ihm zwar das Leben geschenkt hatte, ihn jedoch Tag für Tag härter dafür büßen ließ. Die Flecken und Blutergüsse auf seiner Haut mochten verblasst sein, aber es tat noch immer in den Knochen weh, dort, wo nur er wahrnehmen konnte, was sie ihm angetan hatte.
Unwillkürlich straffte er sich.
Inzwischen trug er seine verblichenen Narben wie Kampfspuren, und die Albträume behielt er für sich. Keiner würde in dem allseits geachteten Ersten Baumeister mehr den mageren, geduckten Jungen erkennen können, der vergeblich darauf gebrannt hatte, unbeschwert wie andere zu spielen – bis zu jenem Tag, an dem er durch einen älteren Freund zum ersten Mal von Imhotep erfahren hatte. Hoherpriester von Heliopolis war er gewesen, Ratgeber des Königs Djoser und Erbauer seiner großartigen Pyramide in Sakkara. Ganz Kemet verehrte ihn als Gott.

Die Vision, jenem Sagenumwobenen nachzueifern, hatte Jahre harter Entbehrungen erträglicher gemacht. Inzwischen hatte Basa trotz mancher Widerstände und Rückschläge erreicht, wovon andere nur träumten. Natürlich gehörte ganz Kemet dem Einzig-Einen; der allmächtige Pharao gebot über das Land und seine Erträge, er ließ Bauwerke errichten zum Lob der Götter. Aber er brauchte Menschen dazu, um Grund und Boden, Materialien und Tiere zu nutzen: Stadtfürsten, Priester, Verwalter – Männer wie ihn, die dabei Ehre und Reichtum erwerben konnten, wenn sie es geschickt anstellten. Basa war beides gelungen: Vom Taglöhner, der unter der Last der Steine schier zusammenbrach und auch die niedrigsten Dienste annehmen musste, um zu überleben, hatte er sich durch Fleiß, Klugheit und schließlich die Einheirat in eine der besten Familien zum Ersten Baumeister des Stadtfürsten Montemhet emporgearbeitet.
Und an einem blanken Morgen wie diesem kam es ihm vor, als sei Waset *seine* Stadt.
Viele der bunt bemalten Häuser trugen seine Handschrift. Seine Arbeiter standen im Ruf, solide Arbeit zu leisten, und errichteten das verzahnte Fachwerk so gekonnt, dass es die getrockneten Lehmziegel für mehr als eine Generation halten würde. Es hatte gedauert, bis er die überlieferten Techniken so weit verbessert hatte, dass sie seinen Ansprüchen genügten. Seine Spezialität waren Fußböden und Decken aus Balkenlagen, die mit Pech und Stroh versiegelt und erst anschließend mit Lehm geglättet wurden. Entwicklungen, die seine wohlhabende Kundschaft zu schätzen wusste. Niemals hatte es so großen Reichtum in Waset gegeben, nie zuvor war so viel Silber und Gold in Umlauf gewesen. Unter der inzwischen mehr als achtzigjährigen Herrschaft der schwarzen Pharaonen war die Stadt immer größer und prächtiger geworden, obwohl das nördlich gelegene Mennefer stets Residenz der Kuschiten blieb.

Eine Mauer schützte die »Siegreiche«, so der offizielle Name Wasets, vor Feinden, ausgedehnte Kanal- und Gartenanlagen verschönerten sie. Immer noch prachtvollere Bauwerke erhoben sich östlich des großen Flusses, der seit jeher das Ufer der Lebenden vom westlichen Totenreich trennte. Aber was waren schon die Lehmziegelbauten, was war selbst der mehrflügelige Palast des jüngst verstorbenen Pharaos Taharka gegenüber dem Haus für die Ewigkeit?
Was einzig und allein zählte, war die Tempelstadt von Ipetswt, erbaut zum Ruhm und zur Ehre des Gottes Amun-Re, dem wahren Herrscher Wasets. Als der gewaltige Säulenkiosk in Taharkas glücklichsten Regierungsjahren entstand, blieb Basa nichts anderes übrig, als ihr unaufhörliches Wachstum in den Himmel voller Sehnsucht und Neid zu verfolgen. Jahre später entschloss sich der Stadtfürst Montemhet, eine Osiris-Kapelle im Heiligtum errichten zu lassen, und beauftragte Basa damit. Nächtelang fand der Baumeister vor Aufregung keinen Schlaf mehr. Ein Teil seines früheren Lebens steckte noch immer wie ein Knochen in seiner Kehle, und kein noch so prall gefüllter Goldsack, kein noch so demütiges Wimmern einer Frau konnte etwas daran ändern. Aber er wusste nun, dass er die Schatten der Vergangenheit besiegen konnte – endgültig. Und nicht einmal der böse Geist seiner Mutter konnte ihn daran hindern.
Montemhet hatte ihn bei Baubeginn gemustert, als sei er durchsichtig wie helles Glas. »Eigentlich bist du ein Krieger, Basa. Mit schnellen Kamelen hast du begonnen, in der Wüste Nagas, zwischen Dünen und in flirrender Hitze. Inzwischen führst du deinen Kampf mit Steinquadern und Balkenkonstruktionen. Du willst hoch hinaus, sehr hoch, und wenn es einem gelingen wird, dann wahrscheinlich dir.« Der Stadtfürst strich sich über das markante Kinn, ein seltsamer Gegensatz zu seinen sonst eher weichen, fast weiblichen Zügen, über denen stets ein Hauch von Melancholie zu liegen schien.

»Solange jedoch der Skorpion des Hasses in deinem Herzen wohnt, wirst du niemals Ruhe finden.«
Wie gelähmt hatte Basa zugehört, unfähig zu einer Reaktion. Montemhet hatte seinen Arm berührt, nur einen Lidschlag lang, was Basa kaum ertragen konnte, und sich dann abgewandt. Niemals mehr war er auf seine seltsame Äußerung zurückgekommen, auch nicht, als die Kapelle längst fertig und ihrer Bestimmung zugeführt war. Dennoch hatte es gedauert, bis Basa sich ihm wieder halbwegs unverkrampft nähern konnte, ohne sich entblößt vor ihm zu fühlen. Und bis zum heutigen Tag war ein Gefühl tiefer innerer Unsicherheit in ihm zurückgeblieben.
Inzwischen war er vor Montemhets Stadtpalais angelangt, einem erlesen eingerichteten Anwesen, das wie die meisten Häuser der Oberschicht einen eigenen Anlegeplatz besaß. Die Mauer, die den Garten umschloss, war nicht hoch genug, um jeden Einblick zu verwehren. Stimmengewirr und undefinierbare Geräusche drangen vom Ufer herüber. Unwillkürlich stellte sich Basa auf die Zehenspitzen. Dunkelhäutige Männer waren damit beschäftigt, schwere Holzkisten auf. zwei bauchige Lastsegler zu laden, die hintereinander geankert zur Abfahrt bereit schienen. Auf keinem von beiden konnte er das Wappen Montemhets entdecken, die blaue Lotosblüte, die jeden seiner Erlasse zierte und sich als Schmuckfries überall in seinem Haus wiederfand.
Für einen Augenblick erfasste Basa leichter Schwindel, und seine Handflächen wurden feucht. Was, wenn der Stadtfürst plante, ohne großes Aufsehen mit seinen wertvollsten Schätzen stromaufwärts zu segeln? Das würde bedeuten, dass Pharao Tanutamun die Stadt bereits aufgegeben hatte, um sie schutzlos den Truppen Aschurbanaplis zu überlassen.
Dann jedoch wurde Basa wieder ruhiger.
Gemeinsam hatten sie den Gefahren der westlichen Wüste getrotzt und den großen Fluss bis hinauf zum vierten Kata-

rakt befahren, wo Napata lag, die sagenhafte Hauptstadt der Kuschiten. Montemhet verdankte er seinen Aufstieg, seinen Reichtum, in gewisser Weise sogar das Leben. Unterwegs hatte er unzählige Male Gelegenheit gehabt, den Charakter des Stadtfürsten zu studieren, und den Reisen waren Jahre ertragreicher Zusammenarbeit in Waset gefolgt. Mochte sein Gönner auch ein Meister der politischen Intrige sein, immer wieder zu Entschlüssen fähig, die alle vor den Kopf stießen – bestimmt aber war er kein Feigling und Verräter, der seine Stadt im Stich lassen würde.

»Du kommst spät.«

Es lag kein Vorwurf in der Stimme Montemhets, und trotzdem war es Basa, als habe er einen gut gezielten Hieb zwischen die Schulterblätter erhalten. Der Stadtfürst war ihm ein Stück entgegen gegangen, das Haar noch feucht von seinem morgendlichen Bad im Nil, das er niemals versäumte.

»Ich wurde aufgehalten«, sagte Basa kurz, weil er es hasste, sich unterlegen zu fühlen. Es kostete ihn Mühe, scheinbar gleichmütig weiterzusprechen, aber schließlich gelang es ihm. »Familienangelegenheiten. Mein Sohn scheint es eilig zu haben, zur Welt zu kommen. Aber es gibt offenbar Schwierigkeiten. Und ich habe seiner Mutter versprochen, bald zurück zu sein.« Sein Atem hatte sich beschleunigt. Die Lüge jedoch ging glatt und wie selbstverständlich über seine Lippen.

»Offenbar ein Held oder ein Narr.« Montemhet kam näher. »Und für beide brechen denkbar schlechte Zeiten an.« Er rieb sich die Augen, und erst jetzt bemerkte Basa die Schatten der Müdigkeit und die hohl gewordenen Wangenknochen. »Ich bin froh, dass meine beiden Söhne noch länger im Goldland bleiben werden. Komm ins Haus, Basa! Wir haben einiges zu besprechen.«

Er ging schnell voran, und seine Schritte waren fest, aber dennoch glaubte Basa, jenes seltsame Netz von Melancholie über ihm zu spüren, in dem man sich wie in einem feinen Gespinst verfangen konnte, wenn man nicht vorsichtig war.

»Sind die Arbeiten an der Mauer abgeschlossen?«, fragte Montemhet, sobald sie den Innenhof erreicht hatten, um den sich seine privaten Gemächer gruppierten. Er bot ihm nicht die kleinste Erfrischung an, was Basa mit leisem Erstaunen registrierte. Obwohl die Sonne noch nicht hoch stand, war es bereits brütend warm, als hätte sich eine Hitzeglocke über die Stadt gestülpt.

»Unsere Stadtmauer ist so hoch und so stark wie nie zuvor«, erwiderte er mit trockener Kehle und entschloss sich, dieses merkwürdige Verhalten als Gedankenlosigkeit und nicht als Brüskierung zu bewerten. »Nur mit Leitern, die für Riesen gebaut wurden, könnten Feinde uns stürmen.«

»Das klingt gut – wäre es nicht ausgerechnet Assur, das die Waffen gegen uns erhoben hat. Was seine Truppen nicht im Sturm nehmen können, lassen sie gnadenlos ausbluten. Mir liegen Berichte über das einstmals prächtige Sidon vor, das sie in monatelanger Belagerung ausgehungert haben, bis auch die letzte Ratte verendet war.«

»Aber jenes Sidon teilte nicht unser Geheimnis«, sagte Basa nicht ohne Stolz.

»Der unterirdische Gang ist also fertig?«

»Seit gestern. Du hättest mich nicht rufen müssen. Ich wäre ohnehin zu dir gekommen.«

»Der Weg des Maulwurfs«, sagte Montemhet, schloss langsam die Augen und öffnete sie dann wieder, wie jemand, der aus einem Traum erwacht. »Manchmal muss man blind sein und bereit, bäuchlings im Staub zu kriechen, um die richtige Lösung zu finden.«

»Es gibt kein Bauwerk, das ich nicht persönlich abnehme«, sagte Basa leicht irritiert, weil er nicht wusste, was der Stadtfürst mit seinem seltsamen Vergleich meinte. »Du wirst mit unserer Arbeit zufrieden sein.«

»Und die Männer, die den Gang gebaut haben?«
»Haben die Stadt bereits verlassen. Wenn alles gut geht, können sie in zehn Tagen in den Steinbrüchen von Sunu mit ihrer Arbeit beginnen. Genau so, wie du befohlen hast.«
Montemhet nickte knapp und wandte sich ab.
Enttäuschung stieg säuerlich in Basa auf – und mehr als das. Seine Leute und er hatten unter schier unmenschlichen Bedingungen gearbeitet, um rechtzeitig fertig zu werden. Wieso kam dem Fürsten kein Lob, ja nicht einmal der Hauch einer Anerkennung über die Lippen? Er schien nicht einmal echtes Interesse aufzubringen. Dabei hätte er ihm so vieles zu sagen gehabt: Wie viele Schwierigkeiten es während des Grabens jeden Tag aufs Neue zu überwinden gab. Dass der Boden zu sandig war, um wirklichen Halt zu bieten. Und es Zeit und nervenaufreibende Mühe gekostet hatte, die komplizierten Balkenkonstruktionen zu planen und zu fertigen, die alles erst ermöglicht hatten.
»Willst du ihn dir nicht ansehen?«, musste Basa dennoch fragen. »Ich könnte dir alles zeigen.«
»Später.« Wie in Trance drehte sich Montemhet zu ihm um. »Du wirst bis zum Abend das westliche Tor bewachen. Begib dich unmittelbar dorthin. Die besten Männer meiner Garde stoßen zu dir. Verlasst euren Posten bis Sonnenuntergang unter keinen Umständen, was immer auch geschehen mag!«
Selten war Montemhet so wortkarg, ja fast schon harsch zu ihm gewesen. Basas Enttäuschung wuchs und war nahe daran, in Wut umzuschlagen. Was wollte der mächtigste Mann Wasets wirklich von ihm? Und was sollte er ausgerechnet am Westtor, das die Assyrer mit Sicherheit als Letztes für einen Angriff wählen würden? Ein Hinhaltemanöver, weil der Fürst ihn nicht ohne Weiteres in die Steinbrüche verbannen konnte?
Eine Flut widersprüchlichster Gefühle durchströmte ihn, und Basa spürte in seinem Mund den bitteren Geschmack des

Hintergangenseins. Plötzlich wusste er, wem die Schiffe draußen am Anlegeplatz gehörten: Pharao Tanutamun, der mit ihnen in Sicherheit bringen ließ, was noch zu retten war. Offenbar dachte Montemhet nicht daran, seinen Ersten Baumeister auch nur mit einem Wort, mit irgendeiner Andeutung in diese Pläne einzuweihen. Ja, Basa hatte auf einmal das sichere Gefühl, dem Fürsten wäre lieber, er würde sehr viel weniger wissen.

Früher hätte er aufbegehrt und etwas gesagt, was er vielleicht schon bald darauf bereuen müsste, inzwischen jedoch hatte er dazugelernt. Kein unvorsichtiger Laut kam über seine Lippen. Stattdessen verneigte er sich, allenfalls eine Spur förmlicher als sonst.

»Wir erwarten deine weiteren Befehle, ›Großer in Waset‹«, sagte er. »Amun schütze und bewahre dich!«

Danach verließ er das Palais.

ooooo

Wie immer, wenn er seinen Bewacherinnen entkommen konnte, lief Khay zu dem Zimmer, das er eigentlich nicht betreten sollte, ohne zu verstehen, weshalb. Denn er liebte das kleine Wesen, das hinter der einfachen Holztüre lebte, und dass Ruza meistens bei dem Kind war, die er ebenfalls gern hatte, vergrößerte seine Freude. Selbst wenn das Kleine in seinem Bett schlief wie jetzt, machte es Spaß, es anzusehen, den warmen Geruch wahrzunehmen, den es verströmte, oder seine zarte Haut zu berühren. Natürlich war es noch viel zu ungeschickt, um mit ihm richtig zu spielen, aber inzwischen konnte es wenigstens einigermaßen stehen. Ruza hatte ihm erst neulich voll Stolz seine ersten schwankenden Schrittchen an ihrer Hand vorgeführt.

Khay war sich nicht ganz sicher, ob das Kleine Ruza gehörte, sicher aber beinahe. Denn der Vater mied seine Nähe, und

Mama benahm sich seltsam, wenn sie es sah. Manchmal weinte sie und drückte es so fest an sich, dass es erschrocken zu schreien begann, dann wieder stieß sie es abrupt weg oder würdigte es keines Blickes, wenn die Amme es ihr reichen wollte.

Ruza war es auch, die es von Anfang an genährt hatte: zuerst an ihrer vollen Brust, was ihn ganz neidisch gemacht hatte, später zusätzlich mit einem feinen Papyrustrichter, durch den sie ihm Milch und Honig einflößte. Es gefiel Khay nicht, dass sie dabei feuchte Augen und einen seltsam abwesenden Gesichtsausdruck bekam, während das Kind das Gemisch gierig einsog und mit seinen Beinchen strampelte. Dann krampfte etwas sein Herz zusammen, und er musste unbedingt auf Ruzas Schoß, um seinen Platz zu behaupten. Aber das waren Gefühle, die schnell wieder vergingen, und wenn er sich beim nächsten Mal auf die Zehen stellte, um die verbotene Türe zu öffnen, konnte er sich kaum mehr an sie erinnern.

»Ibib?«

Das Kind sollte nicht länger schlafen, und weil es noch keinen Namen hatte, nannte er es einfach so, wie der Vater ihn nannte, wenn er besonders guter Laune war. Ihm war langweilig. Zuvor hatte ihn die alte Neshet beim Waschen so fest zwischen die mageren Schenkel geklemmt, dass er nicht hatte weglaufen können. Dann hatte er unter ihren wachsamen Augen auch noch so viel Brot, Datteln und Entenbraten essen müssen, bis sein Bauch ganz rund geworden war. Erst als sie auch den zweiten Krug Bier ausgetrunken hatte, erlahmte ihre Aufmerksamkeit. Ihr Blick wurde glasig, die Bewegungen bekamen etwas Fahriges. Schließlich sackte sie zusammen. Seltsame Knurrlaute drangen aus ihrem halb geöffneten Mund.

Höchste Zeit, unauffällig zu verschwinden! Denn seitdem Ruza bei Mama ausharrte, gab es weit und breit niemanden zum Spielen.

»Ibib?«
Vorsichtig berührte Khay die kurze, leicht nach oben gebogene Nase des Kleinen. Dann spuckte er auf den Zeigefinger und versuchte vergeblich, den dunklen Fleck neben dem Auge des Kindes wegzuwischen, der ihn immer irritierte.
Das Kleine schlug die Augen auf und lächelte, als es Khay sah. Seine Händchen griffen in die Luft und zerrten dann mit erstaunlicher Kraft an seinen Haaren.
Khay riss sich los. Er half dem Kleinen beim Aufsetzen und hätte es am liebsten aus dem Bett geholt, aber die Erinnerung an das, was geschehen war, als er es beim letzten Mal versucht hatte, hielt ihn im letzten Augenblick davon ab.
»Was habe ich dir gesagt?« Er war zu vertieft in sein Tun gewesen, um die Schritte hinter sich zu hören, und hätte das Kleine vor Schreck beinahe fallen lassen. Der Vater hatte im Zimmer gestanden, wutentbrannt, und das Kind so grob ins Bett zurückgestopft, dass es sofort zu schreien begann. Unwillkürlich hatte Khay sich kleiner gemacht und versuchsweise begonnen zu lächeln. Manchmal warf ihn der Vater durch die Luft, wenn er gute Laune hatte. Aber heute hatte er kein Glück.
Die Ohrfeige, die der Vater ihm ohne Vorwarnung versetzte, ließ ihn taumeln. Er schluckte tief, als bekäme er keine Luft, und versuchte tapfer gegen die aufsteigenden Tränen anzukämpfen, was allerdings misslang.
»Wenn du noch einmal hierher kommst, kannst du was erleben! Dann prügle ich dich windelweich, bis du endlich kapierst, dass du hier nichts verloren hast. Verstanden?«
Er versetzte dem Kleinen einen wütenden Stups, dass es neuerlich aufkreischte, und zerrte seinen Erstgeborenen aus dem Zimmer.
Jener Ohrfeige waren weitere gefolgt, mal kräftiger, mal weniger stark, stets jedoch unvorhersehbar wie ein schnell aufziehender Sturm. Seitdem duckte sich Khay vorsichtshal-

ber, wenn er in die Nähe des Vaters kam. Manchmal konnte er seinen Zorn förmlich riechen, dann kroch er schnell unter den Tisch, versteckte sich hinter einer Tür oder versuchte, sich unsichtbar zu machen. Auch wenn der Vater zunächst freundlich wirkte, war es besser, nicht darauf zu vertrauen. Khay erschien es sicherer, den großen Händen auszuweichen, die so hart zuschlagen konnten. Manchmal spürte er sie in seinen Träumen, dann weinte er beim Aufwachen so lange, bis Mama kam und ihn tröstete.

Aber seitdem ihr Bauch so unförmig dick geworden war, dass sie kaum noch ihr Zimmer verließ, schien sie ihn irgendwie vergessen zu haben. Er war viel allein, und die Sehnsucht nach dem Kleinen wurde größer als seine Angst. Deshalb war er auch heute hergekommen – nicht mit leeren Händen. Vorsichtig breitete er seine Geschenke auf der dünnen Decke aus, die das Kleine halb weggestrampelt hatte: einen kleinen Holzwagen, mit dem er besonders gern spielte, obwohl er schon reichlich ramponiert war, und angebissenes Fladenbrot, das er zusammen mit den getrockneten Feigen aus der Küche stibitzt hatte, als Letztes einen Tonkrug, noch halb mit Dattelbier gefüllt, den er unter der schnarchenden Neshet weggezogen hatte.

Das Kind schien richtig hungrig zu sein, denn es packte sofort eine Feige und begann mit offensichtlichem Genuss an ihr zu nuckeln. Dann langte es tapsig nach dem Krug, aber dafür war es noch zu klein. Khay hob ihn an den Mund des Kleinen und half ihm beim Trinken.

»Ich komme jetzt zu dir«, sagte Khay. »Willst du?«

Ein zufriedenes Glucksen schien ihm Antwort genug.

Er kletterte zu dem Kleinen ins Bett und nahm selbst einen großen Schluck aus dem Krug. Aus der Nähe roch das Kind heute etwas streng, aber es war trotzdem gemütlich, dicht neben ihm zu liegen. Beide tranken noch einmal von der warmen, inzwischen schal gewordenen Flüssigkeit. Und noch einmal und noch einmal, bis der Krug leer war. Dann rollte Khay sich zusammen, und schon bald waren die beiden aneinandergeschmiegt eingeschlafen.

ooooo

Jedes Mal, wenn er sie sah, schien sie noch größer und mächtiger geworden zu sein: ein eindrucksvolles Massiv aus bronzefarbenem Fleisch, das sich bei der leisesten Bewegung in ein Meer zitternder Wellen verwandelte. Es erstaunte ihn immer wieder, mit welch wütender Entschlossenheit sie diese Wandlung zustande gebracht hatte. Denn als er sie vor vielen Jahren kennen gelernt hatte, war Schepenupet ebenso schlank und geschmeidig gewesen wie Udjarenes, die er vor einem halben Menschenleben geheiratet hatte. Heute würde es niemandem in den Sinn kommen, die beiden Frauen miteinander zu vergleichen, damals aber waren sie sich so ähnlich gewesen, dass man sie ohne weiteres für Schwestern hätte halten können: zwei schöne Kuschitinnen, die gemeinsam am Pharaonenhof von Napata aufwuchsen.
Er hatte sich nicht gleich in Udjarenes verliebt, die noch sehr jung gewesen war und fast krankhaft schüchtern, sondern zunächst nur Augen für Schepenupet gehabt, die ihm kühner, schlagfertiger und um vieles interessanter erschien. Zudem war sie die beste Kamelreiterin, der er jemals begegnet war.
»Eine Tochter des Windes, ja, das wäre ich am liebsten«, hatte sie lachend gerufen, als sie bei einem Rennen wieder einmal als Erste das Ziel erreichte. »Dann könnte ich mein Leben lang in Zelten wohnen.«
»Was willst du denn bei den Sandfressern?«, hatte er erstaunt gefragt, als sie dann zusammen am Feuer saßen, über sich den sternenübersäten Wüstenhimmel. »Wo es doch weit und breit keinen prachtvolleren Palast als euren gibt!«
Ihr Lachen klang noch immer in seinem Ohr.

»Menschen, die in Häusern leben, gebrauchen ihre Füße nicht. Sie können nicht gehen, wohin sie wollen. Daher sind sie auch nicht frei. Ich aber möchte die Herrin meines eigenen Lebens sein.«

Sie warf den Kopf zurück, dass die schweren goldenen Ringe an ihren Ohren klirrten. Montemhet betrachtete sie hingerissen, überzeugt davon, niemals zuvor eine anziehendere, eine geheimnisvollere Frau gesehen zu haben. Ein paar unbeschwerte Wochen lang machte er ihr den Hof, und zu seinem Glück schien sie seine Gefühle zu erwidern. Damals war er bereits Vierter Prophet des Amun, ein junger, ehrgeiziger Mann aus bester Familie, der es bestimmt noch weit bringen würde.

Dann jedoch gab Pharao Taharka ihm unmissverständlich zu verstehen, dass er ganz andere Pläne mit seiner Schwester habe. »Sie wird die ›Gottesgemahlin des Amun‹«, sagte er, »und damit die eigentliche Herrscherin Wasets. Zu gegebener Zeit wird sie meine Tochter Amenardis adoptieren, damit die Kontinuität gewahrt bleibt. Sieh dich vor, Montemhet! Der Gott ist eifersüchtig und nicht bereit, Schepenupet mit jemand anderem zu teilen – schon gar nicht mit einem gewöhnlichen Sterblichen!«

Bevor er noch richtig begriffen hatte, war er bereits entlassen. Wenige Tage später erhielt er von Taharka die Nachricht, dass er zum »Großen in Waset« und damit zum Fürsten ganz Oberägyptens erhoben war. Es wollte ihm nicht gelingen, sich darüber zu freuen, so benommen fühlte er sich. Und auch Schepenupet gegenüber war er plötzlich gehemmt. Auf einmal empfand er Unsicherheit, wo zuvor nur Freude und rückhaltlose Verehrung geherrscht hatten.

Die Prinzessin freilich schienen die Pläne ihres königlichen Bruders wenig zu interessieren. Nach wie vor begegnete sie Montemhet freundlich und ließ ihn ihre Gunst durch tausenderlei kleine Gesten und Andeutungen wissen.

Allmählich gewann er seine Sicherheit wieder. Er spürte, dass sie an ihn dachte, ihn am liebsten ständig um sich haben wollte, vielleicht sogar von ihm träumte. Und er begehrte sie nach wie vor. Alles andere erschien ihm plötzlich unbedeutend. Sie war seine Gegenwart, seine Zukunft – sein Leben.
Bis zu jenem Abend, an dem sie ihn in einen abgelegenen Winkel des Palastgartens bestellte und ihm unter Palmen und Akazien ohne lange Vorrede eröffnete, dass ihre Adoption durch die amtierende Gottesgemahlin des Amun beschlossene Sache war. In wenigen Tagen würde sie Napata verlassen, um stromabwärts zu segeln. Fortan war ihre Heimat in der Tempelstadt von Ipet-swt – ganz in seiner Nähe, aber dennoch unerreichbar für ihn.
Er schwieg, unfähig zu einer Erwiderung.
»Ich hatte geglaubt, du könntest in meinem Herzen lesen«, sagte sie mit zitternder Stimme.
»Ich dachte das Gleiche. Aber es war eine Lüge, was ich da sah.«
»Es war keine Lüge, und du weißt es. Aber ich bin dem Gott versprochen, und ich werde dieses Versprechen halten.«
Beide standen eng beisammen, Haut berührte Haut. Am schwierigsten würde es sein, ihr Lächeln zu vergessen. Er wünschte, er könnte es noch einmal sehen – in diesem Augenblick.
»Versprochen!«, wiederholte er bitter. »Und das aus dem Mund einer ›Tochter des Windes‹, die geschworen hat, nie jemanden über sich herrschen zu lassen?«
»Allein«, sagte sie nach einer kleinen Weile, »allein mit dir selbst. In dir selbst. Bist du das manchmal, Montemhet?«
»Immer«, flüsterte er. »Außer wenn du bei mir bist. Wie soll ich ohne dich weiterleben?«
»Küss mich!«, sagte sie daraufhin. »Worauf wartest du noch?«
Seine Lippen berührten ihren Mund. Blind, aber mit siche-

rem Griff umfingen sie einander wie in einem Tanz und sanken unter einen blühenden Busch neben einen der unzähligen künstlichen Wasserläufe, von denen die gesamte Anlage durchzogen war. Neugierig, ohne Scham und wie selbstverständlich gab sie sich ihm hin, stöhnte auf vor Schmerz und Genuss. Eine ziellose Lust stieg in ihm auf, zu nehmen und zu besitzen, was er nicht besitzen durfte. Beide sagten nichts, sondern vertrauten ihrer Sehnsucht und dem immer rascher werdenden Schlag ihrer Herzen.

»Das hätten wir nicht tun dürfen«, sagte er, als sein Atem wieder ruhiger ging, noch immer hin- und hergerissen zwischen Angst und Glück.

Sie blieb zunächst still. Da erkannte er an ihren Schultern, dass sie weinte.

»Weshalb nicht?«, sagte sie schließlich. Ihre Haut war lange nicht so dunkel wie die Taharkas, die poliertem Ebenholz glich, aber auch nicht so hell wie die der schüchternen Udjarenes, deren Gesichtsfarbe an altes Elfenbein erinnerte. Im Mondlicht erschien ihm Schepenupets Haut wie poliertes Gold, über dem ein zarter Silberschimmer lag. »Die ›Gottesgemahlin‹ bekommt doch ihre Adoptivtochter, die später wieder eine Tochter adoptieren wird, damit alles so bleibt, wie es ist. Und der Gott wollte eine Frau, kein Mädchen. Die kriegt er jetzt.«

»Und was ist mit mir? Mit uns?«

Ihr Gesicht veränderte sich. Die Traurigkeit verschwand und der vertraute Übermut kehrte zurück. Sie führte seinen Finger in ihren Mund und leckte an ihm wie eine Katze. Sein Leib begann erneut zu glühen.

»Jetzt sind wir niemals mehr allein«, flüsterte sie und grub ihre Zähne spielerisch in seinen Hals.

»Meine innigst Geliebte!«

Und sie liebten sich erneut, bis der Morgen kam und sie im ersten Licht taumelnd vor Übermüdung voneinander Abschied nahmen. Er hatte versprechen müssen, sich nicht nach ihr umzudrehen – und es schließlich doch getan. Ihr wiegender Schritt, die sanfte Bewegung ihrer Hüften und das Wippen ihrer Haare waren seitdem in seinem Gedächtnis eingebrannt.

»Nur wenn wir lieben, sind wir unsterblich«, hatte er ihr hinterher gerufen und geglaubt, im nächsten Augenblick zu Boden sinken zu müssen, so schneidend hatte ihn der Schmerz durchfahren. »Vergiss mich nicht!«

Wie gut sie einander kannten und wie wenig sie doch nach all den langen Jahren voneinander wussten! Fast hätte Montemhet schwören können, dass sie sich bei seinem Anblick ebenso an jene Nacht erinnerte, seit der für ihn Süßes untrennbar mit Bitterem vermischt war, so weich sah sie ihn an. Dann jedoch verengten sich ihre Augen. Sie griff nach den kandierten Früchten, die in einer Schale neben ihr standen, und begann konzentriert zu essen.

»Wie geht es Udjarenes?«, fragte sie scheinbar beiläufig.

»Besser«, erwiderte er. »Der neue Arzt scheint sein Handwerk endlich zu verstehen. Sie sendet dir ihre verbindlichsten Grüße.«

»Meiner Ansicht nach heißt die Krankheit, an der sie leidet, Alter«, erwiderte Schepenupet, schärfer als beabsichtigt. »Einigen Frauen setzt sie so zu, dass sie schließlich weit vor der Zeit an ihr sterben.« Als sie sah, wie er die Stirn runzelte, wurde ihr Ton versöhnlicher. »Ich könnte ihr meinen Koch ausleihen. Aber vermutlich würde deine Gattin die Großzügigkeit dieses Angebots ohnehin nicht ermessen können. Möge ihr Tag duften wie eine Blume! Bitte, bestell ihr das von mir!«

»Der unterirdische Gang ist fertig«, wechselte er abrupt das Thema, während er fasziniert zusah, wie sich die Schale im Nu unter ihren Fingern geleert hatte. Sie waren das Einzige, was noch das Mädchen von damals verriet – lang und

schmal, geschmückt mit Dutzenden goldener Ringe. »Und alle Mitwisser haben die Stadt verlassen.«
»Der Baumeister auch?«
»Ich wollte vermeiden, seinen Argwohn zu wecken. Aber du kannst beruhigt sein. Basa wird keine Zeit finden, uns nachzuspionieren.«
»Selbst im günstigen Fall könnten den Gang ohnehin nur ein paar hundert Menschen benutzen, niemals aber eine ganze Stadt, richtig?« Schepenupet sah ihn an, als hänge von seiner Antwort alles ab. »Mehr lässt ein Gang dieser Größe doch nicht zu.«
Montemhet nickte. Sie hatten diesen Punkt wieder und wieder besprochen.
»Und die anderen? Die vielen, die nicht mehr zu retten wären – Frauen, Greise und Kinder? Haben wir uns richtig entschieden, Montemhet? Oder gibt es doch noch einen anderen Ausweg für Waset?«
»Zu Amun habe ich immer wieder um eine Lösung gefleht. Aber du weißt so gut wie ich, was uns bevorsteht.«
Mit seinem vielköpfigen Gefolge war Tanutamun im letzten Mond in die Stadt geflohen. Als Pharao kaum talentierter denn als Feldherr, hatte der Neffe Taharkas offenbar wenig Gedanken daran verschwendet, was diese Flucht für seine Armee bedeutete, die von den Assyrern bei Mennefer vernichtend geschlagen worden war. Geschweige denn, was mit den Bewohnern Wasets geschehen würde, wenn die Truppen Aschurbanaplis in die Stadt eindringen würden.
»Sie töten lieber, als Gefangene zu machen«, fügte Montemhet hinzu. »Und wen sie lebendig nach Ninive mitnehmen, dem rauben sie Zunge und Hände, damit er künftig weder gegen sie reden noch handeln kann.«
»Hast du deine Söhne deshalb schon vor Wochen nach Napata geschickt?«
Montemhet machte eine Kopfbewegung, die sich als Nicken

deuten ließ. Seit langem stand für ihn fest, dass sein jüngerer Sohn Nesptah ihm einmal im Amt nachfolgen solle, während der ältere, Patjenfi, keinerlei Ehrgeiz in dieser Richtung entwickelte, sondern eher kaufmännische Begabung ahnen ließ. So unterschiedlich sie auch waren, in beiden vermischte sich das Blut Kemets mit dem Tanubs, das Norden und Süden untrennbar verband. Er war ihm wichtig, dass sie ihre Wurzeln niemals vergaßen.

»Ich würde nicht anders handeln, hätten die Götter mir einen Sohn geschenkt. Kein anderes Volk ist so unbarmherzig wie die Söhne Assurs. Niemand, der je in ihrer Gewalt war, kam unversehrt davon.«

»Mit einer Ausnahme.« Jetzt war Montemhet es, der sie gespannt musterte. Wirkte sie deshalb so kühl, weil sie ihr Herz schon vor Jahren gegen einen Stein vertauscht hatte? »Necho von Saïs, der Deltafürst, der mit allen Würden wieder eingesetzt wurde. Allerdings ist er inzwischen tot – es wird gemunkelt, durch die Hand seines eigenen Sohnes.«

»Habe ich eben von Grausamkeit gesprochen?« Die goldenen Reifen an ihren Handgelenken klimperten. Sie waren weit genug, um von einer anderen Frau als Armspangen getragen zu werden. »Sie scheint mir nicht auf Assur begrenzt. Mein Bruder Taharka wäre niemals Pharao geworden, hätte er seinen Vorgänger nicht beseitigen lassen. Ebenso wenig wie Tanutamun vermutlich jemals den Thron bestiegen hätte, wäre Taharka nicht so plötzlich gestorben.«

»Seit seinem Tod ist der Himmel über Kemet dunkel geworden«, sagte Montemhet bewegt. »Ich wusste schon zu seinen Lebzeiten, dass er groß war. Aber noch nicht, wie groß.«

»Und der Himmel wird noch dunkler werden, wenn wir nicht eiligst handeln.« Die »Gottesgemahlin des Amun« erhob sich, erstaunlich geschmeidig für ihre Fülle. Das Rascheln ihres Gewandes verursachte Montemhet Gänsehaut.

»Dir ist bekannt, was mit einer besiegten Stadt geschieht, nachdem sie gefallen ist?«

Er nickte, unfähig, den Blick von ihr abzuwenden.

»Dann lass den Führer des feindlichen Heeres nicht länger warten! Assur ist ihr Krieggott; zu ihm rufen sie, wenn sie ihre Bogen spannen und ihre Schwerter schwingen, zu seinen Ehren plündern, töten und schänden sie, und er kennt keine Gnade. Wir sollten nicht riskieren, den Heeresführer noch ungnädiger zu stimmen, auch wenn es nicht der König selber ist, sondern nur dessen oberster General – nicht in der bedrängten Lage, in der wir uns befinden.« Sie schritt zur Tür. Wie ein silberner Wasserfall floss der überreich gefältelte Stoff hinter ihr her.

»Und Tanutamun?«, murmelte er in ihren Rücken.

»Die Zeit der Kuschiten in Kemet geht zu Ende«, sagte sie, ohne sich umzuwenden. »Und nicht einmal wir beide, die das Goldland so sehr lieben, werden etwas daran ändern.« Er hörte ihr vertrautes Lachen. »Du kannst es ruhig glauben, Montemhet, denn diese Prophezeiung kommt schließlich aus dem Mund einer schwarzen Prinzessin.«

»Und Amenardis? Was wird aus ihr?«

»Die künftige Gottesgemahlin, was sonst? Dem Unsichtbaren ist es gleichgültig, welche Hautfarbe seine Gemahlinnen haben, wusstest du das noch nicht?« Sie lachte abermals. »Pharao Tanutamun hat sich übrigens auf das Westufer zurückgezogen. Aber auch zwischen den Mumien seiner Vorgänger wird er sich nicht mehr lange aufhalten. Deine Lastsegler sind zur Abfahrt bereit?«

»Im Schutz der Nacht wollen sie die Anker lichten«, sagte er, erstaunt darüber, wie gut sie wieder einmal informiert war.

»Ihre Fracht wird noch kostbarer sein, als es nach außen hin erscheint. Du hast vorzügliche Arbeit geleistet, mein treuloser Geliebter.« Er konnte nicht aufhören, auf ihre Schultern zu starren, die fast ebenso breit waren wie seine. »Ich

weiß das zu schätzen. Auch, wenn wir nicht unsterblich geworden sind – weder du noch ich.«
»Das Wichtigste in der Liebe ist die Sehnsucht«, erwiderte er und verging plötzlich vor Verlangen, sie zu berühren. Würde er ihre Kühle zum Schmelzen bringen können und unter den schützenden Fleischbergen sein heißes, zärtliches Mädchen von damals wiederfinden? »Wenn sie auch mit der Erfüllung erlischt. Deshalb ist die leidenschaftlichste Liebe stets die unerfüllte.« Er hielt kurz inne. »Vielleicht haben wir beide Glück gehabt, Schepenupet, trotz allem. Mehr, als wir uns vorstellen können.«
Natürlich erhielt er keine Antwort.
Er hatte auch keine erwartet. Aber zu seiner Befriedigung fiel die Tür hinter ihr mit deutlicher Verzögerung ins Schloss.

ooooo

Das Kind lag verkehrt und kam nicht heraus – auch nach langen Stunden nicht. Inzwischen war es Nachmittag geworden, und noch immer arbeiteten die drei Frauen schweißüberströmt zusammen, Selene, die halblaut Anweisungen gab und alles versuchte, um das unerträgliche Los der Gebärenden zu erleichtern, Ruza, die schweigsam und mürrisch tat, was ihr geheißen wurde, und schließlich Sarit, die mit der schwindenden Kraft auch immer mehr den Mut verlor.
»Er hat mich verwünscht«, sagte sie erschöpft. »Er will mich vernichten.« Sie schrie auf.
Selene legte die Hand auf ihren Bauch, der sich in heftigen Wogen bewegte. Sie hatte gerade ihre kleine Tochter gestillt und gewickelt, die zum Glück wieder eingeschlafen war. »Hilf ihr, allmächtige Isis!«, murmelte sie. »Steh ihr bei!«
»Lasst mich einfach sterben – immer noch besser als diese unerträglichen Schmerzen!«, flehte die Gebärende.
»So kommen wir nicht weiter«, sagte Ruza, »wir hätten erst

gar nicht so lange warten sollen. Vermutlich muss sie sogar aufgeschnitten werden. Wir müssen Hilfe holen, und das schnell, sonst stirbt sie uns wirklich noch.«
Sarit verdrehte die Augen, bis nur noch das Weiße zu sehen war. Jetzt bekam sogar Selene Angst. Der Geruch nach Blut aus der Tiefe des weichen, geschundenen Unterleibs ließ sie unwillkürlich zurückzucken.
»Nicht weggehen!«, murmelte die Gebärende. »Bleib da! Sonst holt Basa mein Kleines.«
»Solange ich atme, wird er dein Kind nicht anrühren, das schwöre ich dir.« Selene wandte sich halb zu Ruza um. »Aber ich fürchte, du hast Recht. Es gibt nur eine, die uns wirklich helfen kann – Itaui, die beste Hebamme der Stadt. Hol sie! Sofort!«
»Und wie soll ich ihr Haus finden?«
»Du erkennst es an der blauen Tür. Es liegt direkt am Markt. Du kannst es gar nicht verfehlen.«
Erstaunlicherweise gehorchte Ruza ohne Widerworte. Allerdings wandte sie sich zuerst dorthin, wohin ihr Herz sie schon seit Stunden zog. Als sie ihr Zimmer betrat, in dem die Luft vor Hitze zu stehen schien, hielt sie inne. Die Kinder schliefen, trotz der Sonnenglut ein schier unentwirrbares Knäuel aus Beinen und Armen. Jetzt, da sie so nah beieinander lagen, fiel die Ähnlichkeit zwischen ihnen auf mehr als sonst: die gewölbte Stirn und der hohe, spitz zulaufende Haaransatz. Beide hatten volle, geschwungene Lippen, lange Wimpern und vom Schlaf rosige Wangen. Aber was bei Khay übermütig und kraftvoll war, wirkte bei dem jüngeren Kind unschuldig und zart.
Sie kam näher und schnupperte.
Die beiden hatten offenbar Dattelbier getrunken, und nicht gerade wenig, darum schliefen sie so fest. Eigentlich hielt sie nichts davon, das Getränk schon kleinen Kindern einzuflößen, auch wenn viele Frauen zu diesem bewährten Mittel

griffen, um ihre Ruhe zu haben. Aber heute war sie froh darüber. Je weniger die Kinder mitbekamen, desto besser. Sie hoffte nur, alles würde bald vorüber sein.
Deshalb ging sie sehr vorsichtig vor, als sie das Kleine ein Stückchen von Khay wegrollte und auspackte.
»Mein Kleines!«, flüsterte sie voller Rührung, nachdem sie die Windel wieder geschlossen hatte, und küsste den dunklen Fleck neben dem Auge, den sie am allermeisten liebte, weil er für sie wie ein Edelstein aussah. »Nur noch ein wenig Geduld! Dann bringe ich dich für immer fort aus diesem schrecklichen Haus. Und niemand wird jemals mehr wagen, dir weh zu tun, das verspreche ich dir!«
Glühende Hitze umfing sie, als sie nach draußen trat.
Die Straße hinunter zum Markt lag wie ausgestorben vor ihr. Alles schien sich in den Schutz der Häuser zurückgezogen zu haben. Aber es war keine friedliche nachmittägliche Stille wie sonst, wenn die Sonne so erbarmungslos herunterbrannte, dass nicht einmal die streunenden Hunde ihre Schattenplätze verließen. Vielmehr kam es Ruza so vor, als halte die ganze Stadt den Atem an.
Sie ging schnell, obwohl sie schon bald zu keuchen begann. Der Schweiß lief an ihr hinunter und sammelte sich als Rinnsal zwischen ihren Brüsten; auch die Handflächen waren feucht. Trotzdem wurde sie nicht langsamer, im Gegenteil, sie versuchte, noch schneller voranzukommen. Fort, dachte sie bei jedem Schritt, bald bin ich fort und das Kleine mit mir. Dann bin ich seine Mutter, und niemand kann es mir wieder wegnehmen.
Das von Selene bezeichnete Haus entdeckte sie auf Anhieb. Sie wollte schon anklopfen, fand zu ihrem Erstaunen die blaue Türe jedoch angelehnt. Unschlüssig trat sie ein. Irgendwo in der Nachbarschaft jaulte ein Hund, sonst war es ruhig, geradezu unnatürlich ruhig.
»Itaui?«

Der erste Raum – ein einziges wildes Durcheinander. Möbel waren umgeworfen, der Inhalt einer Truhe lag am Boden verstreut. Zahllose Fliegen schwärmten herum, angelockt von einem warmen, süßlichen Geruch, der Ruza unangenehm in die Nase stieg.

»Itaui?«, wiederholte sie, um vieles zaghafter. »Ist da jemand? Ich bin es, Ruza. Selene schickt mich.«

Alles blieb still. Zumindest kam es ihr zunächst so vor. Aber atmete nicht da jemand ganz in ihrer Nähe?

Vor dem zweiten Zimmer entdeckte sie eine Blutspur, die zum Innenhof führte, wo wie in den meisten Häusern Wasets die offene Küche lag.

Sie folgte der Spur, wie von einem unsichtbaren Faden geführt.

Später hätte Ruza nicht mehr genau sagen können, was sie voller Entsetzen zuerst wahrgenommen hatte: den Leichnam der halb nackten Frau, der man das Kleid zerrissen und schräg über die Hüften geschoben hatte, ihre klaffende Kehle oder den Krieger, der über der Frau kniete, in der Rechten einen blutbeschmierten Dolch, in der anderen Hand eine dünne silberne Kette, an der ein Anch-Zeichen baumelte.

Sie begann zu zwinkern, im Glauben, die Augen wollten ihr den Gehorsam verweigern. Aber es war kein böser Traum, aus dem sie gleich erwachen würde. Sie sah den Rundhelm mit den ledernen Wangenklappen, die Panzerjacke und den langen Schild, den der Soldat neben sich abgelegt hatte, um sein grausames Werk zu vollenden.

Sie konnte sich nicht rühren.

Der Krieger hob den Kopf und sah sie an. Gleichgültige Augen von einem hellen, verwaschenen Blau, die sie aufmerksam und ohne Scheu musterten, als taxiere er bereits seine nächste Beute.

Ruza drehte sich um und rannte wie von bösen Dämonen getrieben hinaus. Der Schrei, der in ihrer Kehle gesteckt hatte,

löste sich erst, als sie ein paar Ecken weiter war und beim Zurückschauen keinen Verfolger hinter sich entdeckte.
Dann fiel ihr plötzlich ein, was sie am meisten an dem Krieger verwirrt hatte: der dunkle Bart, der bis zu seiner Brust reichte.

ooooo

Sie konnten ihn nicht leiden, das hatte er gleich zu Anfang gespürt, vermutlich aus Neid, weil er in der Gunst des Fürsten so weit oben stand. Inzwischen hätte er wetten können, dass ihre anfängliche Abneigung in Verachtung umgeschlagen war, die einfachste Lösung für schlichte Gemüter wie sie, die lauthals rätselten, weshalb sie ausgerechnet ans Westtor abkommandiert waren – zusammen mit dem Ersten Baumeister. Vermutlich langweilten sie sich kaum weniger als er, aber im Gegensatz zu ihm, der jede Form von Untätigkeit kaum ertragen konnte, waren sie es gewohnt, auf Befehle zu warten.
Die meisten von ihnen kannte er vom Sehen, allen voran Pepi, Montemhets neuen Leibwächter, der vor kurzem den alten Senu abgelöst hatte: ein junger Mann mit einem Nacken wie ein Flusspferd, der ständig fluchte. Die Anwesenheit Basas, der sich bewusst abseits hielt, schien ihn dabei noch anzustacheln.
»Von mir aus können diese stinkenden assyrischen Hyänen ruhig mit ihren verdammten Rammböcken anrücken«, protzte er. »Allerdings werden wir ihnen dabei in ihre Bärte speien, dass sie es niemals vergessen.«
Ein Vorschlag, der den anderen Gardisten besonders gut gefiel.
»Wir schneiden ihnen die Eier ab und rösten sie. Danach schicken wir diese Eunuchen in die Steinbrüche, bis sie allen Saft verloren haben«, fuhr Pepi fort, angestachelt durch

das zustimmende Grölen der Männer, die zum Essen mehr Wein getrunken hatten, als ihnen bekommen war. »Oder wir schlagen jedem, der unsere Stadt betreten will, als Begrüßung die rechte Hand ab. Dann wird er es sich künftig überlegen, Waset noch einmal anzugreifen.«

Angewidert wandte Basa sich ab.

Eigentlich war er gern unter Männern, viel lieber als in weiblicher Gesellschaft. Diese Kerle jedoch, die nichts als Zoten rissen, waren ihm dann doch zu grob. Außerdem bewegten ihn ganz andere Sorgen. Immer wieder war er mit seinen Gedanken bei Montemhet, der alles daran gesetzt hatte, ihn so schnell wie möglich loszuwerden.

Was war der wirkliche Grund für sein Ausweichmanöver? So sehr er seinen Kopf auch marterte, ihm wollte keine plausible Lösung einfallen. Aber das war nicht das Einzige, das ihn quälte. Ein ungutes Gefühl hatte er schon morgens gehabt, als er sein Haus verlassen hatte. Was immer sich dort auch in den vergangenen Stunden zugetragen haben mochte, er musste es erfahren.

Das Bild Sarits auf dem zerwühlten Bett stieg in ihm empor, und seine Bitternis wuchs. Es war ihre Kühle, die ihn inzwischen zur Raserei treiben konnte, ihr Hochmut, den er in jedem Blick, jeder Geste zu spüren glaubte. Er hatte ausgehalten, zähneknirschend, weil er sie zur Mutter seiner Söhne erkoren hatte, um die Vergangenheit auszulöschen. Aber er hatte nicht gewusst, wie hoch der Preis dafür sein würde. Denn Sarit gelang es, ihn so wütend zu machen, dass er manchmal vor sich selbst erschrak. Allerdings wusste er inzwischen, was er tun musste, um wieder zu sich zu kommen, wenn der Zorn übermächtig wurde.

Und vor allem, wo er es tun konnte.

Der Impuls, sich auf der Stelle Erleichterung zu verschaffen, wurde immer stärker. Pepi und die anderen Gardisten schienen gar nicht bemerkt zu haben, dass er sich bereits ein Stück

entfernt hatte. Probeweise vergrößerte er die Distanz, und noch immer fiel keinem seine Abwesenheit auf.
Und plötzlich war es, als gehorchten seine Füße und Beine eigenen Gesetzen. Sie trugen ihn fort, so sicher und schnell, als sei er noch der magere Junge von damals. Jetzt schaute er sich nicht einmal mehr um, denn sein Ziel war nicht mehr fern.

ooooo

»Pressen!«, schrie Selene. »Jetzt!«
»Ich kann nicht mehr«, flüsterte Sarit. »Wieso lässt du mich nicht einfach sterben?«
»Du hast es gleich überstanden. Und jetzt weiterhecheln. Ja, so ist es gut!«
Verzweifelt sah Selene zur Tür. Wieso kam Ruza nicht endlich mit der Hebamme zurück? Inzwischen fürchtete sie wirklich um das Leben ihrer Freundin, die merkwürdig gleichgültig wirkte, beinahe so, als gehe die ganze Prozedur sie gar nichts an. Die kleine Isis in der Wiege schien die unerträgliche Spannung zu spüren und fing an zu weinen.
»Einmal noch – komm schon!«
Sarit presste, so fest sie konnte, aber das Kind steckte fest.
In diesem Augenblick stürzte Ruza aufgelöst ins Zimmer. »Fremde Soldaten ... überall in der Stadt«, rief sie. »Sie haben die Hebamme getötet. Die Assyrer sind da!«
Sarit wimmerte angsterfüllt, Selene jedoch gelang es, halbwegs ruhig zu bleiben.
»Halt deinen Mund und kümmere dich um die Herrin! Kräftig auf den Bauch drücken, aber schnell!«, kommandierte sie.
Endlich kam der Kopf des Kindes frei. In einem Schwall von Wasser und Blut schoss es heraus. Es war so blau und winzig, dass Selene es kaum ansehen mochte. Und es gab keinen Laut von sich.

Selene kappte die Nabelschnur. Dann schlug sie das Neugeborene vorsichtig auf Rücken und Hintern, aber es blieb stumm. Erst als sie es kräftig trocken gerubbelt hatte, ertönte ein leises Quäken.
»Ein Junge«, sagte Selene, aus tiefstem Herzen erleichtert, »und er lebt!« Wie erschreckend dünn und verschrumpelt sie ihn fand, behielt sie lieber für sich.
»Gesund?«, flüsterte Sarit. »Oder wie ... das Kleine?«
»Vollkommen und wunderschön«, sagte Selene ohne große Überzeugung. »Willst du ihn haben?«
Aber anstatt den neugeborenen Sohn an die Brust zu legen, wandte Sarit sich abwehrend zur Seite. Ohne lange zu überlegen, bettete Selene das Kind neben Isis in die Wiege. Neben dem kräftigen Mädchen sah der kleine Junge noch kläglicher aus. Schütze ihn, Mutter aller Mütter!, betete Selene stumm. Dein Atemhauch kann Tod in Leben verwandeln, Deine Gnade Bitternis süß machen. Lass ihn nicht sterben, um Sarits willen!
»Der Gürtel«, Sarit war kaum zu verstehen. »Ruza soll das Kleine holen. Basa, er kommt bald zurück ...«
»Jetzt?«, fragte Ruza entsetzt. »Aber die fremden Krieger ... Sie haben Itaui getötet ...«
»Und wenn schon! Du hast gehört, was sie gesagt hat?« Selene löste ihren Gürtel und band ihn ohne weitere Erklärungen der Amme um. »Gib ihn niemals aus der Hand, hörst du? Und jetzt sieh zu, dass ihr zum Hafen kommt! Worauf wartest du noch?«
»Wenn sie mich auch ...«
Von draußen war Basas Stimme zu hören.
»Dann musst du eben schneller sein. Oder schlauer. Hol das Kleine und lauf, wenn dir sein und dein Leben lieb ist!«, zischte Selene. Sie musste handeln, denn Sarit hatte offenbar das Bewusstsein verloren, bevor sie sich um die Nachgeburt kümmern konnte. »Über den Garten – verschwinde!«

Es gelang ihr gerade noch, ein halbwegs unverfängliches Lächeln aufzusetzen, da stand Basa schon im Zimmer. Furchtlos sah sie ihm entgegen und bemühte sich, das Blitzen seiner Augen ebenso zu übersehen wie die steile Zornesfalte auf seiner Stirn.

»Sieh an, die Fischdämonin! Habe ich dir nicht ausdrücklich verboten, mein Haus noch einmal zu betreten?«

»Du könntest mir eigentlich dankbar sein«, sagte sie. »Denn ich habe alles versucht, um deine Frau und dein Kind zu retten.«

»Sie ist tot?« Mit zwei Schritten war er neben dem Bett. Sarit glich zwar einer Leiche, so bleich und reglos, wie sie dalag, aber sie lebte. Ihr Atem ging ganz flach. Basa neigte sich tief über sie, um ganz sicher zu gehen. »Und das Kind? Ist es ...«

Selene ging langsam hinüber zur Wiege. Isis, die mit ihren Fingern spielte, schaute sie neugierig an. Vorsichtig nahm Selena das Neugeborene heraus. Jetzt war jedes Wort entscheidend, wollte sie nicht ihre Tochter und sich in Gefahr bringen.

»Dein Sohn«, sagte sie und streckte ihm das Kind entgegen wie einen Amulettzauber. Unwillkürlich wich er leicht zurück, was sie insgeheim mit Genugtuung erfüllte. »Mögen alle Götter Kemets seinen künftigen Lebensweg beschützen!«

»Ein ganz normaler Junge?«

»Überzeug dich selbst!« Wenn alles nach Plan verlaufen war, musste Ruza mit dem Kleinen bereits das Haus verlassen haben. Vielleicht gelang es, Basa noch länger aufzuhalten. Jeder Vorsprung konnte nur von Vorteil sein. »Und vergiss nicht, überall gründlich nachzusehen!« Sie verstummte, weil sie hörte, wie spöttisch ihr Ton war.

Ungeduldig riss er die Windel auf und inspizierte das Neugeborene. Dabei zitterten seine Hände, und für einen Augenblick empfand Selene beinahe so etwas wie Mitgefühl für ihn.

Bestimmt war seine Angst, das Kind könne dem Kleinen gleichen, kaum geringer als die Sarits. Auch wenn er sich hüten würde, diese Angst ausgerechnet ihr zu zeigen.
»Du kannst ihn wieder wickeln«, sagte er schließlich barsch. »Er scheint mir in Ordnung. Aber wieso ist er so mager und faltig?« Es klang wie eine Anklage.
Selene tat, was er verlangt hatte. Der kleine Junge begann kläglich zu krähen. Dann trat sie erneut auf Basa zu und legte das kleine Bündel wieder in seine Arme.
»Er lag verkehrt und wollte zunächst nicht atmen. Dann jedoch hat er sich entschieden zu leben. Ich bin sicher, er wird ein prachtvoller kleiner Bursche werden, wenn er genügend Liebe und Pflege bekommt. Und jetzt muss ich mich um deine Frau kümmern. Sonst verlierst du sie.«
Sie wandte sich ab, obwohl ihr das schwer fiel, weil sie noch immer unsicher war, was er mit dem Kind anfangen würde, und beugte sich über Sarit.
Basa blickte eine ganze Weile auf die leichte Last, als könne er sich gar nicht erklären, wie sie dahin gekommen war. Wieder ertönte ein leises, fast schmerzliches Quäken.
»Wenn du also beschlossen hast, doch zu leben, sollst du Anu heißen«, sagte Basa schließlich mit gerunzelter Stirn. »Anu – das ist der Name, den ich für meinen zweiten Sohn bestimmt habe.«

2

SCHU

Überall waren sie plötzlich, auf den Straßen, in den Häusern und Höfen, die gepanzerten Soldaten Aschurbanaplis, allen voran die Bogenschützen, gefolgt von Speerträgern und weiteren mit Doppelschwertern und Dolchen bewaffneten Kriegern. Manche schwangen Furcht erregende Eisenkeulen, die keiner in Kemet jemals zuvor gesehen hatte und mit denen sich die Schädel der Flüchtenden wie Eischalen zerschlagen ließen. Und ständig wurden es mehr und mehr, gespeist aus einer unsichtbaren Quelle, die unerschöpflich sein musste.

»Assur!«, ertönte ihr Kampfgebrüll. »Marduk! Assur!«

Waset, die »Siegreiche«, war überrascht von diesem Überfall, der erste ihrer langen, ruhmreichen Geschichte, und ergab sich kampflos. Abgesehen von den Gardisten Montemhets, die allerdings wie vom Erdboden verschluckt schienen, befand sich kein Militär innerhalb der Mauern. So trafen die bärtigen Krieger nur auf eine vor Schreck gelähmte Zivilbevölkerung, die ihren Waffen außer Flucht und Verzweiflung nichts entgegenzusetzen hatte. Die Passivität der Männer, Frauen und Kinder jedoch schien die Fremden keineswegs zu besänftigen, sondern in ihrer Grausamkeit nur noch anzuspornen. Wie eine Feuerwalze fielen sie her über Menschen, Tiere und Häuser, brandschatzten, schändeten, töteten und nahmen mit, was sie davontragen konnten.

Im Strom der Flüchtenden, der sich durch die Gassen schob, einem blinden Wurm gleich, und immer wieder ziellos die Richtung änderte, weil der Feind von allen Seiten zugleich zu kommen schien, war auch Ruza. Beißender Rauch und von unzähligen Füßen aufgewirbelter Staub ließen ihre Augen tränen. Sie bemühte sich, trotzdem nicht zurückzufallen wie viele andere, die verzweifelt aufgeben mussten und am Straßenrand liegen blieben.

»Isis!«, murmelte sie unablässig. »Große Mutter aller Mütter, schütze mich und das Kleine! Nimm mir nicht auch noch dieses Kind, ich flehe Dich an!«

Sie klammerte sich an ihre Gebete, während um sie herum unter den unbarmherzigen Hufen des Stiers von Assur Wasets Schönheit erlag. Überall brennende Häuser, niedergetrampelte Gartenanlagen, Brunnen, die mit Kalk verstopft waren, Kanäle, in denen Kadaver dümpelten. Auf den überfüllten Straßen machten Sterbende und Verwundete das Vorankommen fast unmöglich. Als die Sonne sank, schien das Kind auf Ruzas Rücken mit jedem Schritt schwerer zu werden. Schließlich war sie so erschöpft, dass sie nicht mehr weiter gehen konnte.
Sie blieb stehen, schaute sich verzweifelt um.
Über dem Hafen standen dicke Rauchwolken, die mit dem Abendhimmel zu schmutzigem Grau verschmolzen. Offenbar war ein Großteil der Schiffe in Brand gesteckt worden, um auch diesen Fluchtweg abzuschneiden. Es schien unmöglich, unversehrt dorthin zu kommen, und noch aussichtsloser, mit einem Segelboot stromaufwärts auszulaufen, auch wenn sie dies Sarit bei ihrem Leben versprochen hatte.
»Zur Mutter aller Mütter«, murmelte sie. »Leichter gesagt, als getan. Da werden wir wohl noch eine Weile warten müssen.«
In einem verlassenen Haus, dessen Bewohner wie so viele in Panik vor den bärtigen Dämonen geflohen waren, fand sie vorübergehend Unterschlupf. Über der Feuerstelle entdeckte sie in einem Tontopf einen Rest Suppe, den sie hungrig hinunterschlang, bis ihr Magen rebellierte und sie alles wieder erbrach. Sie spülte sich den Mund aus, um den ekligen Geschmack loszuwerden.
»Nur ein bisschen ausruhen«, sagte sie zu dem Kleinen. »Dann geht es mit frischen Kräften weiter. Hast du Hunger, mein Liebling?«
Das Kind drehte den Kopf zur Seite, als sie ihm ein Stück Fladenrinde geben wollte, und begann zu weinen, laut und ungewohnt heftig. Als sie es jedoch an ihre Brust legte, wurde

es wieder still. Es trank gierig, als wolle es mit der Milch auch die Illusion von Sicherheit in sich aufnehmen. Seine Wärme ließ Ruza etwas ruhiger werden, und als das Kleine schließlich eingeschlafen war, legte sie es behutsam zur Seite.
Erst jetzt löste sie den Gürtel.
Es dauerte, bis sie den Mechanismus begriffen hatte und das Versteck einen Spalt breit öffnen konnte. Als ihre Fingerspitzen das Metall ertasteten und sie schließlich das Gold aufblitzen sah, entspannten sich ihre Züge.
Dann jedoch verschloss sich ihre Miene wieder.
Vorsichtshalber hatte sie Sarits Reifen, um sie wertlos aussehen zu lassen, vor der Flucht mit Ruß geschwärzt, und erst dann in die Windel des Kleinen gesteckt, die schon längst gewechselt gehört hätte. Was sie jedoch im Gürtel entdeckt hatte, war um vieles kostbarer. In ihrer Brust wurde es eng, und für einen Moment musste sie mit den Tränen kämpfen. Plötzlich schämte sie sich, dass sie oft hässlich über die Herrin gedacht hatte. Und jetzt hatte Sarit ihr nicht nur den größten Herzenswunsch erfüllt, sondern zudem auch noch einen Schatz überlassen. Wenn allerdings einer der Assyrer ihn entdeckte, war ihrer beider Leben nichts mehr wert.
»Sie dürfen uns nicht kriegen, hörst du?«, sagte sie leise. »Keiner von ihnen – niemals! Sonst war alles bisher umsonst.« Vorsichtig bettete sie das Kleine in ihre Armkuhle, damit es möglichst bequem lag, und schloss ihre Augen.
Als sie wieder erwachte, war es dunkel, eine schwüle Halbmondnacht, erfüllt von unheilvollen Lauten. Sie ließ das Kleine einen Augenblick allein, um das Haus zu durchsuchen, und nahm alles Essbare an sich, was sie in der Eile finden konnte: Fladenbrote, ein Stück geräucherten Fisch, getrocknete Früchte. Zum Schluss füllte sie einen kleinen Tonkrug mit Wasser und steckte ihn mit den Speiseresten zu den Windeln in ihrer gewebten Tasche.
»Wird eine lange Reise werden«, sagte sie halblaut, während

sie einen Leinenstreifen von ihrem Saum riss, um dem Kleinen die Augen zu verbinden, damit es weniger Angst haben musste, »und keine ungefährliche dazu. Aber uns beide hält niemand auf. Wir erreichen unser Ziel, wirst schon sehen!«

Eine merkwürdige Gelassenheit hatte sie erfasst, die sie sich selber nicht erklären konnte. Draußen schienen Himmel und Erde die Plätze vertauscht zu haben; auf den Straßen tobte sinnloses, grausames Töten, das sie nicht verstand. Aber was auch geschehen mochte, sie würde das Kleine niemals wieder verlassen. Und trotz aller Furcht machte dieser Gedanke sie glücklich und leicht.

Sie band sich das Kind wieder auf den Rücken, das sich schutzsuchend an ihren Körper schmiegte und im Halbschlaf kleine Laute ausstieß, und verließ das Haus.

Es war furchtbar, was sie im flackernden Schein vereinzelter Öllichter zu sehen bekam: Leichen, die noch im Tod ihre Habe umklammert hielten; andere, von Lanzen zerfetzt oder Pfeilen durchbohrt, die Schädel eine blutige Masse. Tote zwischen scheußlich zermalmten Innereien, enthauptet, geschändet, bis zur Unkenntlichkeit entstellt. Manche hatten sich im Sterben aneinander geklammert, andere lagen da, die Hände erhoben oder zu Fäusten geballt, und in ihrem letzten Blick war noch die Verwirrung oder erlittene Pein zu lesen. Dazwischen alle möglichen malträtierten Tierkadaver, Hunde, Katzen, Esel, als wäre der Hass auf die Menschen nicht ausreichend gewesen und hätte alles sterben müssen, was den Eroberern in den Weg gekommen war.

Man war versucht zu glauben, bereits im Totenreich angelangt zu sein, obwohl sich zwischen all den Leichen und Sterbenden noch Überlebende wie scheue Nachtwesen im fahlen Mondlicht bewegten, unfähig zu begreifen, was eigentlich geschehen war. Im Vorübergehen hörte Ruza Worte und Satzfetzen, sie verbanden sich mit dem Takt ihrer Schritte zu einem eigenartig stampfenden Rhythmus, der ihr ungeahnte Kräfte verlieh und sie unaufhaltsam vorantrieb.

»Kein Mauersturm ... alle Türme unversehrt ...«

»Jemand muss sie hereingelassen haben ...«

»Verrat ...«

Ruza ging weiter, unbeirrt, wie unter Zwang. Wenn das, was sie sah, zu schrecklich war, verengte sie die Augen zu Schlitzen und betete stumm, bis es vorüber war. Das Kind schien zu schlafen; sein warmer Körper bewegte sich im Takt mit dem ihren. Inzwischen wusste sie auch, wohin sie sich wenden konnten, bis das Allerschlimmste vorbei war. Die Söhne Assurs hatten Waset in eine Totenstadt verwandelt. Was lag da näher, als sich bei den Mumien am Westufer zu verstecken, deren ewige Ruhe vermutlich nicht einmal die dreistesten Eroberer zu stören wagten?

Selenes Mann, der Steinmetz Nezem, entstammte dem Dorf, das unmittelbar am Fuß der Königsnekropole lag. Seit Generationen brachte es Maler und Steinbearbeiter hervor und, wie ganz Kemet munkelte, zudem die geschicktesten und raffiniertesten Grabräuber des Landes. Die Herrin hatte sie mehrmals dorthin geschickt, um ihrer Freundin, der Frau aus Keftiu, etwas zu bestellen. Damals war Ruza mit der regulären Fähre übergesetzt, die das West- mit dem Ostufer verband, was sie nicht daran gehindert hatte, Augen und Ohren offen zu halten.

Die leichten Nachen, versteckt im Schilf vertaut, waren ihrer Aufmerksamkeit ebenso wenig entgangen wie die Männer, die mit ihnen auf Fischfang oder Vogeljagd gingen. Sie selbst besaß keinerlei Erfahrung im Umgang mit Booten und konnte nicht einmal richtig schwimmen. Aber der große Fluss führte jetzt im Sommer so wenig Wasser, dass es zu bewerkstelligen sein musste, ein Papyrusboot auf die andere Seite zu bringen. Vielleicht würden sie im Dorf Zuflucht finden, um dann weiter stromaufwärts zu reisen. Und wenn nicht, so ließ sich vielleicht eine andere Lösung finden, über die sie später nachdenken konnte.

Als sie schließlich ohne Zwischenfall das Ufer erreicht und einen vom langen Gebrauch grau gewordenen Nachen entdeckt hatte, wusste sie, dass ihre Überlegungen richtig gewesen waren. Beim näheren Augenschein erschien ihr der Kahn zwar reichlich ramponiert, für ihre Zwecke aber dennoch geeignet. Sie löste das gewebte Tragetuch, in dem das Kleine steckte, und nahm dem Kind die Binde ab. Es blinzelte, rieb sich mit den Fäustchen die Augen und lächelte sie an.

Vor Erleichterung küsste sie es so stürmisch, dass es erschrak und zu weinen begann. Sie herzte das Kind, bis es sich endlich wieder beruhigte.

Vorsichtig bettete sie es in den Nachen, wobei ihr als Unterlage ihre Tasche diente, und tastete inzwischen schon gewohnheitsmäßig nach dem Schatz, den sie eng an ihrem Leib trug. Dann ergriff sie die lange Stange, die sie im Boot gefunden hatte, und begann vorsichtig zu staken.

Langsam trieben sie auf den dunklen Fluss hinaus.

ooooo

Es war still in der »Halle der Neunheit«, in der sich auf Geheiß der »Gottesgemahlin« die wichtigsten Amun-Priester versammelt hatten, so still, dass jedes Hüsteln, jedes Scharren fast schon überdeutlich zu hören waren.

»Wie konnte der Pharao sich einfach so davonstehlen?«, fragte schließlich der Erste Tempelschreiber Meru, der wegen einer entfernten Verwandtschaft mit Schepenupet immer versuchte, Sonderrechte für sich zu beanspruchen. »Und uns damit kampflos den Feinden ausliefern?« Sein schmales Gesicht mit den blanken Augen erinnerte an eine Wüstenmaus; seine Schultern waren eckig wie bei einem zu schnell aufgeschossenen Jugendlichen. Seit Jahren quälten ihn Magenprobleme, die sich schließlich auch auf seinen Charakter ausgewirkt hatten. So war es seine Art, immer das Schlimmste anzunehmen. Jetzt jedoch fand er selbst seine ärgsten Befürchtungen bei weitem übertroffen. »Taharka hätte uns niemals im Stich gelassen!«

»Das Heer des Pharaos wurde bereits im Norden aufgerieben. Er konnte nur knapp den Assyrern entgehen. Was für einen Vorteil hätte seine Gefangennahme der Stadt gebracht?«, erwiderte Schepenupet gelassen. »Außerdem ist Taharka tot. Jetzt trägt Tanutamun die Doppelkrone.«

»Ist er nach Napata gesegelt?«, bohrte Meru weiter. »Dann wird er sicherlich von dort mit ausgeruhten und gut bewaffneten Truppen erneut stromabwärts stoßen und uns helfen! Schließlich wissen wir ja, wie tapfer Kuschiten kämpfen können.« Er versäumte keine Gelegenheit, auf ihre gemeinsame Abstammung aus dem Goldland hinzuweisen, die ihn mit größtem Stolz erfüllte. »Bestimmt hat Tanutamun doch wenigstens dir eine Nachricht zukommen lassen.«

»Der Einzig-Eine ist Sohn des Re. Er dient den Göttern und lässt die Maat über die Welt herrschen.« Auf Fragen, die sie nicht zu beantworten gedachte, reagierte die »Gottesgemahlin« mit einem geheimnisvollen Lächeln, das alles offen ließ.

»Soll das etwa heißen …«

»… dass das Werk der Maat in höchster Gefahr ist, denn ein Fluch liegt auf der Stadt«, unterbrach ihn der Amun-Priester Irti. »Die Götter haben uns verlassen. Amun liebt uns nicht mehr.«

»Ja, du hast Recht. Was wir hier erleben, ist das Ende Wasets«, pflichtete ihm der Hohepriester Horachbit eifrig bei, »wenn nicht gar das Ende ganz Kemets.«

»Wir Sterblichen sind nichts als Wiederholung. Nur die Götter sind Ursprung allen Seins. Müssten Amuns Diener das eigentlich nicht am allerbesten wissen?«

Schepenupet war kaum lauter geworden, und doch zeugte

jedes Wort von ihrer Autorität. Sie war die einzige Frau unter rund drei Dutzend Männern, von denen jeder Einzelne aus anderen Motiven mit ihr haderte. Seit dem Tod ihrer Vorgängerin hatte sich vieles im Tempel geändert. Sie hatte das Amt von unnötigem Ballast befreit und mit neuen Inhalten gefüllt. Inzwischen war die Stellung der »Gottesgemahlin« stärker und angesehener denn je, nicht nur in religiöser Hinsicht. Obwohl ihre Nichte Amenardis seit Jahren ihre designierte Nachfolgerin war, spielte das zurückhaltende junge Mädchen im Tempel noch keine Rolle. Außerdem hatte Schepenupet keinerlei Angst vor Konflikten mit der konservativen Priesterschaft, die auf ihre tradierten Privilegien pochte und Neuerungen ablehnend, oftmals geradezu feindlich gegenüber stand. Keiner der Männer wagte, offen gegen sie aufzutreten. Aber sie hatte nur so mächtig werden können, weil sie stets furchtlos die Waffen der Auseinandersetzung bestimmte und niemand vorhersehen konnte, welche Wahl sie treffen würde.

»Wie könnte Amun uns je verlassen?«, fuhr sie fort, »der Verborgene, der allem Lebendigen seinen Atem einhaucht? Ewig ist der Widderköpfige. Er spendet die Energie, ist König der Götter, Vater der Väter. Amun schützt dieses Land und diese Stadt. Sagt selbst: Hat Kemet nicht schon zahllose Eroberer kommen und gehen sehen?«

Einige der Männer nickten zögernd.

»Und sind wir nicht noch immer hier?«, fragte sie weiter, ohne eine Miene zu verziehen.

Noch mehr Propheten des Gottes wiegten nachdenklich den Kopf.

»Er ist der Schöpfer des Schwarzen Landes, das sich aus den Fluten des Nun erhob, der große Wind, der die Wasser des Nil steigen lässt. Kemet müsste sterben, würde der große Fluss ihm seinen fruchtbaren Schlamm verweigern.« Jetzt sprach Schepenupet wieder mit dem harten, fast metallischen

Ton, der sonst nur den offiziellen Prozessionen vorbehalten war, wenn die »Barke des Gottes« das Allerheiligste verlassen hatte. »Solange aber der Hapi uns gewogen bleibt, werden wir leben!«

Einen Augenblick herrschte betroffene Stille. Dann formierten sich ihre Gegner zum erneuten Angriff.

»Schön und gut, aber hast du nicht gelesen, was sie alles verlangen?« Irtis Stimme war schrill vor Abscheu. »Ihre Beuteliste ist endlos. Und jetzt erheben diese räudigen Hunde aus Assur auch noch Ansprüche auf die beiden großen Obelisken am Tempeltor. Vermutlich würden sie am liebsten ganz Waset an den Tigris verschleppen.«

»Pharao Thutmosis hat sie vor langer Zeit errichten lassen zum Ruhme des Gottes, damals, als unser Land noch stark und mächtig war und keiner wagte, seine Grenzen anzutasten«, rief Harwa, seit ein paar Jahren Oberamtmann Schepenupets. »Niemals dürfen sie in feindliche Hände fallen. Lieber sterben, als sie kampflos übergeben!« Er warf einen Beifall heischenden Blick in die Runde.

Die meisten pflichteten ihm halblaut bei, manche dagegen blieben zurückhaltender, weil sie unsicher waren, wie die »Gottesgemahlin« reagieren würde.

»Genug der Toten!« Ächzend war sie aufgestanden, und ihre massige Gestalt schien auf einmal den ganzen Raum zu füllen. Aus gutem Grund hatte sie die Priester in die »Halle der Neunheit« bestellt. Sie war jenen Göttern vorbehalten, die gewissermaßen den Hofstaat Amuns bildeten, und lag unmittelbar vor dem Heiligtum, das die Gottesbarke beherbergte und als Übergang vom Allerheiligsten zum allgemein zugänglichen Teil des Tempels diente. Nirgendwo sonst war die göttliche Gegenwart so eindrucksvoll; nirgendwo sonst wie an dieser Schwelle zwischen Göttlichem und Irdischem das Bewusstsein der eigenen Sterblichkeit so präsent.

»Wir müssen unsere Toten rächen!«, riefen die Männer. »Zumindest das sind wir ihnen schuldig.«

»Wie tapfer und männlich gesprochen! Aber erlischt dadurch das Leid der Mütter? Und werden dadurch die Leblosen wieder lebendig?« Schepenupet trug ein schlichtes weißes Kleid, das sie am Ausschnitt eingerissen hatte, wie es sich für eine Trauernde gehörte. Plötzlich wurde sie ganz formell. »Was übrigens die Obelisken betrifft – natürlich werden wir sie den Assyrern aushändigen. Ebenso wie alles andere, was sie fordern. Oder sollen vielleicht noch mehr Menschen geopfert werden?«

»Aber sie haben alles abgefackelt und gestohlen, was sie davontragen konnten!«

»Häuser lassen sich wieder aufbauen«, entgegnete Schepenupet ungerührt. »Und was bedeuten schon Möbel und Kleider? Das einzige Gut, das zählt, ist das Leben.« Sie vollführte eine elegante Drehung und sah ihren Gegnern direkt in die Augen. »Wer Amun dienen darf, sollte das eigentlich begriffen haben.«

»Und die Pferde, Rinder und Schafe, die sie uns abpressen wollen?«, fragte Meru ungläubig.

»Sollen sie bis zum letzten Stück erhalten«, sagte Schepenupet. »Ebenso wie Gold und Edelsteine. Sie sind die Sieger, wir die Besiegten. Sie können fordern, wir dagegen müssen uns fügen, wenn nicht noch größeres Unheil geschehen soll.«

Jetzt wurde aus dem Stimmgemurmel lauter Protest. Die »Gottesgemahlin« versuchte erst gar nicht, die Einzelnen zu verstehen. Sie wusste auch so, dass es kaum jemanden gab, der auf ihrer Seite war. Langsam drehte sie den Männern den Rücken zu. Von ihrem Fenster aus hatte sie vorhin lange auf die Stadt geschaut, die aus dieser Entfernung wie immer gewirkt hatte: stolz, stark, unzerstörbar. Die Wunden, die die Söhne Assurs ihr versetzt hatten, waren nicht zu erkennen. Aber sie existierten. Trotz allen Verhandlungsgeschicks hatten sie und Montemhet nicht verhindern können, dass es schließlich doch so weit gekommen war, was sie mit einem Gefühl ohnmächtiger Wut erfüllte. Schlimmer noch: Ihr raffinierter Plan war ganz und gar gescheitert.

Sie waren betrogen worden. Und Waset musste dafür büßen. Würde sich die »Siegreiche« jemals wieder davon erholen können?

»Es gehen äußerst interessante Gerüchte um«, sagte Horachbit, der unauffällig neben sie getreten war.

Sie wandte ihr Gesicht zur Seite, um seinem säuerlichen Geruch auszuweichen. »Welche?«

»Nun, die berühmten Rammböcke der Assurer wurden zwar in großer Anzahl aufgefahren, aber offenbar nicht eingesetzt«, fuhr er fort. »Die Mauern Wasets sind unversehrt. Trotzdem sind die feindlichen Krieger in die Stadt gelangt. Wie konnte das geschehen?« Er fuchtelte mit seinen dunklen Bauernhänden, die keine Salbe, kein noch so erlesenes Öl jemals würden verfeinern können, vor ihr herum. »Außerdem kann sich niemand entsinnen, irgendwo die Garde Montemhets gesehen zu haben. Wo steckte sie, frage ich dich, als der Überraschungsangriff erfolgte? Und weshalb gab es nicht einmal den Ansatz einer Verteidigung?« Die plumpen Finger hielten plötzlich inne. »Äußerst interessante Fragen, wie du zugeben musst. Und noch um einiges interessanter, wenn man sie miteinander verknüpft. Meiner Meinung nach ...«

»Du warst persönlich anwesend?« Schepenupet war herumgefahren.

»Natürlich nicht«, erwiderte er beleidigt, »ich verharrte im Gebet vor der Statue des Gottes. Was übrigens keiner besser wissen kann als du, denn du warst ja die meiste Zeit direkt neben mir.«

»Sonst noch etwas?« Sie musterte ihn kalt.

»Es wird gemunkelt, der Fürst sei von dem Einfall der Assyrer keineswegs überrascht gewesen. Ich vermisse ihn übrigens hier in unserer Runde, wo sein Platz wäre. Schließlich ist er der Vierte Prophet Amuns. Wann kehren eigentlich seine Söhne wieder aus dem Goldland zurück?«

»Wie sollte er auch überrascht gewesen sein?«, sagte sie. Zum Glück war sie auf solche Dialoge innerlich gut vorbereitet. Sie kannte die Priester. Sie wusste inzwischen, was sie von ihnen zu erwarten hatte. »Wo doch selbst das kleinste Kind tagtäglich mit ihrem Angriff gerechnet hat! Montemhet hat alles getan, was in seiner Macht stand, um Waset für diese schweren Stunden zu rüsten. Niemals zuvor waren unsere Mauern so stark, nie unsere Türme so hoch und gut bewehrt.«

Inzwischen stand der Hohepriester so nah bei ihr, dass sie nicht mehr ausweichen konnte. Er hatte die lächerliche Angewohnheit angenommen, sein Gesicht wie eine eitle Frau zu pudern. Seine Haut jedoch wurde dadurch nicht heller, sondern nur fleckig, besonders wenn er schwitzte wie jetzt.

»Und niemals unsere Maulwürfe so eifrig«, sagte Horachbit. Sie sah die losen Falten weichen Fleisches um seine Augen. Er wurde langsam alt. Aber er war noch immer gefährlich – vielleicht sogar gefährlicher denn je. Denn nun, da die politischen Verhältnisse es in seinen Augen erforderten, versuchte er den Anteil schwarzen Blutes, das in seinen Adern floss, mit aller Macht zu verleugnen. Sie aber war und blieb eine Tochter des Goldlandes, was immer auch geschehen mochte. »Es müssen Tausende am Werk gewesen sein, eine echte Invasion. Und offenbar äußerst effizient. Sollte dir etwa der beeindruckenden Erdhügel nahe der Stadtmauer entgangen sein?«

Ihr Gesicht war unbewegt und erinnerte ihn an eine polierte Bronzeschale. Für seinen Geschmack allerdings war es viel zu dunkel. Er konnte es kaum erwarten, es endlich in hässliche Risse zerspringen zu sehen.

»Und das Gerede in der Stadt will und will einfach nicht aufhören«, fuhr der Hohepriester fort. »Es heißt, Montemhet habe das Heerlager der Assyrer seit Tagen nicht mehr verlassen. Man spekuliert bereits, ob er mit seinen neuen Verbündeten schon den Marsch nach Ninive vorbereitet.« Seine Mundwinkel hoben sich leicht. »Oder meinst du, er wird uns auch künftig als ›Großer in Waset‹ erhalten bleiben?«

Bei seinen Worten durchströmte sie keine Angst, sondern klare, helle Wut, die sie am liebsten laut herausgebrüllt hätte. Aber Horachbit sollte niemals in den Genuss einer unbedachten Reaktion kommen – nicht, solange sie die amtierende »Gottesgemahlin des Amun« war. Es gelang ihr, Mimik und Gestik perfekt zu kontrollieren.

»Der Vierte Prophet führt dort Verhandlungen mit dem Turtan«, sagte sie, »dem wohl unbarmherzigsten Heerführer, den die harte Erde Assurs je hervorgebracht hat. Bete zu Amun, dass seine Mission erfolgreich ist! Denn allein Montemhets Geschick wird entscheiden, ob und wie Waset überleben wird.«

Der Hohepriester öffnete den Mund zu einer weiteren Entgegnung, sie aber ließ ihn einfach stehen. Kühl und gefasst beendete sie die Versammlung, indem sie die Aufgaben verteilte und alle notwendigen Anordnungen traf.

Schließlich entließ sie alle Priester und Propheten.

Erst als sie allein in der Halle zurückgeblieben war, erschlaffte sie. Gerade noch schaffte sie den Weg zurück in ihre Räume, die sparsam, fast karg möbliert waren, weil sie keinerlei Enge ertrug. Voll innerer Unruhe lief sie hin und her. Es nützte nichts, dass sie zum Weinkrug griff. In ihrer Kehle steckte ein Kloß, der ständig anschwoll. Wie sehr sehnte sie sich nach einem Zustand ohne peinigende Gedanken, aber an diesem schrecklichen Tag, der kein Ende finden wollte, war ihr dieses Land verschlossen.

Da war ein Brennen unter ihrer Haut, das sie kaum ertragen konnte. Auf einmal schien es, als sei ihr Körper nicht mehr in der Lage, die nervöse Energie, die durch ihn floss, in Zaum zu halten. Als sich die Tür einen Spalt öffnete und Amenardis besorgt zu ihr hereinlugte, scheuchte sie das Mädchen mit einer Handbewegung fort.

Erneut ging sie hinüber zum Fenster.

Schepenupet konnte sich nicht länger belügen, und sie verabscheute sich plötzlich, weil sie es schon zu lange versucht hatte. Nichts war mehr wie zuvor. Jetzt sah sie auf einmal alles, fast schon ins Absurde vergrößert wie durch ein Brennglas: die ausgebrannten Häuserruinen, die zerstörten Höfe und Gärten. Leichengeruch schien plötzlich wie ein Pesthauch die klare Luft zu vergiften.

Ihre Eingeweide krampften sich zusammen. Sie schlug die Hände vor das Gesicht. »Was haben wir getan, Montemhet?«, sagte sie leise. »Was haben wir nur getan?«

ooooo

Wieder hatte Basa den Fürsten nicht angetroffen. Montemhet befinde sich noch immer im feindlichen Heerlager, lautete die Auskunft seines Leibdieners, als er bei ihm vorsprechen wollte. Keiner wisse, wann er zurückzuerwarten sei. Basa spürte, welch niedergeschlagene Stimmung im ganzen Stadtpalais herrschte. Vermutlich konnte man nicht einmal mit Bestimmtheit sagen, ob Montemhet das Lager jemals wieder lebendig verlassen würde. Die Herrin Udjarenes schien ähnliche Befürchtungen zu hegen. Es hieß, sie empfange keinerlei Besuch und habe ihre Gemächer seit Tagen nicht mehr verlassen. Basa verabschiedete sich und ließ ausrichten, er werde wieder kommen.

Tief in Gedanken schritt der Erste Baumeister dahin, vorbei an Häuserruinen und verkohlten Balken, bis er plötzlich auf ein Hindernis stieß. Erst beim Näherkommen erkannte er, warum sich mitten auf der Straße eine Menschentraube gebildet hatte, die wie erstarrt schien in ungläubigem Staunen. Im Staub lagen halb verfaulte Fleischbrocken, vor denen ein nackter Mann kniete. Seine Hände waren auf dem Rücken gefesselt, die Fußknöchel hatte man ihm wie einem widerspenstigen Büffel zusammengebunden. Striemen waren auf seinem Rücken, den die knochige Wirbelsäule scharf wie ein Messer durchschnitt. Neben ihm standen zwei assyrische Soldaten, die trotz der Hitze ovale Kappen aufhatten und schwere, knielange Lederwämse trugen. Einer zeigte mit seiner Schwertspitze auf den Knienden, während der andere seine Anweisungen übersetzte, weil er die Sprache Kemets sprach, wenn auch fehlerhaft und in rauem, abschätzigem Ton.

»Fressen!«, sagte er. »Schnell!«

Als der Gefesselte gequält aufblickte, sah Basa, dass die Assyrer den Ersten Tempelschreiber Meru in ihre Gewalt gebracht hatten. Meru schien ihn ebenfalls erkannt zu haben, denn er verzog bei seinem Anblick das Gesicht zu einer halb anklagenden, halb hilflosen Grimasse. Sie mussten ihn heftig geschlagen haben, denn seine Lippe war blutverkrustet und die Schneidezähne fehlten.

»Fressen!« Die Stimme des Soldaten war schärfer geworden.

Meru rührte sich nicht.

Der Soldat mit dem gezückten Schwert versetzte ihm einen Tritt. Wie ein nasser Sack fiel der Gefesselte vornüber, mit dem Gesicht in die Brocken. Ein Schwarm Fliegen erhob sich, um sich sogleich wieder auf dem Aas niederzulassen.

Der zweite Soldat riss Meru an den Haaren grob hoch. In der Menge schrie jemand erstickt auf.

»Fressen oder sterben«, sagte er drohend.

Der Tempelschreiber starrte ihn an wie eine Erscheinung, und auch Basa, der eigentlich hatte weitergehen wollen, weil sich alles in ihm gegen dieses entwürdigende Schauspiel sträubte, konnte den Blick nicht abwenden. Tief in seinem Inneren klang eine Saite an und ließ eine dunkle, eigentlich längst vergessen geglaubte Melodie ertönen, die er am liebsten sofort wieder zum Schweigen gebracht hätte.

Blitzschnell hatte der Schwertträger sich umgedreht und scheinbar wahllos eine junge Schwangere aus der Menge gegriffen. Die Frau kreischte erschrocken auf, während er sie fest an sich gedrückt hielt und mit seiner Waffe auf ihren Bauch zielte. Er gab ein paar Knurrlaute von sich, die sein Kamerad mit bösem Lächeln übersetzte.

»Fressen. Sonst Frau mit Kind in Bauch tot.«

Fahl vor Entsetzen schaute Meru zu der Geisel auf, die ein kurzatmiges, tierisch wirkendes Wimmern hervorstieß und auf einmal schlaff wie eine Lumpenpuppe im Zangengriff des Soldaten hing. Dann zuckte er mit seinen Achseln. Langsam bückte er sich vornüber, bis sein übel zugerichteter Mund beinahe den staubigen Boden berührte, und verschlang würgend den ersten Brocken.

Es nützte nichts, dass Basa nun endlich die Kraft fand, sich loszureißen und nach Hause zu laufen, das schreckliche Bild wurde er nicht mehr los. Die alte Neshet, die ihn an der Tür empfing, bemerkte sofort, in welch gefährlicher Stimmung sich der Herr befand. Sie verneigte sich übertrieben.

»Lass deine Faxen!«, sagte Basa, der ihr fast einen Stoß versetzt hätte, weil ihre berechnende Unterwürfigkeit ihn nur noch wütender machte. »Sag mir lieber, wie es meinem neugeborenen Sohn geht. Hat er sich erholt?«

»Anu ist noch sehr schwach«, erwiderte sie vorsichtig. »Der Kleine schläft die meiste Zeit. Khay hat übrigens immer wieder nach dir gefragt. Ich glaube, er fühlt sich ein bisschen vernachlässigt.«

»Später! Und die Herrin? Hat sie ihn endlich gestillt?«

Neshet schüttelte den Kopf. »Sie kann nicht«, sagte sie bekümmert. »Und er verträgt die Kuhmilch so schlecht.«
Wütend schubste Basa sie zur Seite und stürmte in das Wöchnerinnenzimmer. »Wieso verweigerst du ihm die Brust?« Er riss an Sarits Gelenken, da sie stumm blieb und den Kopf zur Seite drehte, als sei ihr sein Anblick unerträglich. »Schau mich gefälligst an, wenn ich mit dir rede! Du wirst meinen Sohn nicht verhungern lassen!«
Jetzt sah sie ihn an, wie er es verlangt hatte, allerdings wieder mit jener unergründlichen Mischung aus Müdigkeit und Verachtung, die ihn in der Herzgegend schmerzte. Die dunkle Melodie in seinem Inneren schwoll weiter an.
»Ich bin krank.« Ihr Kopf sank kraftlos zurück.
»Krank? Das bist du erst, wenn ich endgültig mit dir fertig bin.« Mit einem Satz war er bei der Wiege, nahm das Kind heraus und trug es zu ihr. »Du wirst ihn säugen wie eine Hündin ihre Welpen«, sagte er und zerriss ihr dünnes Hemd über der Brust, um den Weg für den hungrigen Kleinen frei zu machen. »Und wenn ich ihm deine hochnäsigen Warzen höchstpersönlich in den Mund stopfen muss!«
Sarit machte keinerlei Anstalten, das kleine Bündel auch nur zu berühren.
»Mein Kind«, flüsterte sie und verdrehte die Augen, bis nur noch das Weiße zu sehen war. »Hast du es gestohlen?«
Ein Schauer überlief ihn.
»Weißt du, wo es ist? Es schwimmt im Nil und die Krokodile werden es fressen. Mein Kleines, mein geliebtes Kleines ...« Ihre Stimme erstarb.
»So geht es schon den ganzen Tag«, sagte Neshet klagend. »Es steht schlimm um sie. Ich habe große Angst, dass sie uns bald verlässt.«
»Kümmere dich lieber um meinen neuen Sohn! Wenn Anu nicht bald Muttermilch bekommt, stirbt er.« Basa starrte in

das faltige, gelbliche Gesicht des Säuglings. »Was er braucht, ist eine junge, kräftige Amme!«
»Und wo willst du die herbekommen? Keine Frau mit auch nur einem Funken Verstand verlässt ihr Haus. Hast du nicht gehört, was die Assyrer anstellen, wenn sie eine von uns erwischen?« Neshet deutete eine obszöne Geste an, die ihn anekelte. »Bestimmt ist es auch Ruza so ergangen. Wahrscheinlich liegt sie längst in irgendeiner dieser schrecklichen Kalkgruben, die sie überall für die vielen Leichen ausgehoben haben. Und das Kleine ...«
»Halt deinen Mund!«, herrschte Basa sie an. »Ich will von diesem Kleinen nichts mehr hören – nie mehr!«
Anu begann zu wimmern, allerdings nicht laut genug, um die dunkle Melodie in Basa zu übertönen. Fast wäre der Baumeister vornüber gefallen, so kraftlos fühlte er sich auf einmal. Schweiß glänzte auf seiner Stirn. Sein Blick wurde hart.
»Die Fischdämonin«, sagte er. »Sie hat genügend Milch. Sie wird gefälligst etwas davon abgeben.«
»Selene?« Die Alte kreischte auf. »Niemals! Du hast ihr doch verboten, noch einmal einen Schritt in dein Haus zu setzen.«
»Sie kommt, darauf kannst du dich verlassen! Richte ihr aus, dass Anu sonst stirbt. Und seine kranke Mutter dann bestimmt den Verstand verliert.« Er lächelte dünn. »Ich wette, diesen Liebesdienst wird sie ihrer Freundin kaum verwehren.«
»Ich? Jetzt?« Neshets Stimme überschlug sich beinahe. »Aber wenn ...«
»Eine ranzige alte Vettel wie dich rührt schon keiner an!«, sagte er grob. »Nicht einmal ein Assyrer. Verschwinde! Worauf wartest du noch?«

ooooo

Als sie ihn endlich zurückbrachten, wirkte er so zerbrechlich, dass Udjarenes erschrak. Ein paar Worte, dann war der kleine, schwer bewaffnete Trupp assyrischer Soldaten, der ihn eskortiert hatte, wie ein Spuk in der Abenddämmerung wieder verschwunden. Vorsichtig, als könne er es noch gar nicht richtig fassen, setzte Montemhet seinen Fuß über die vertraute Schwelle.

Zum erstenmal in all den Jahren sah sie ihn unrasiert, und der grau melierte Bart machte ihn fremd und alt. Und dennoch war er ihr unendlich vertraut, als sei er ein Teil ihres Körpers, so deutlich spürte sie seine Erschöpfung – und seine stumme Enttäuschung.

»Ich bin froh, dich zu sehen«, sagte er leise. »Es gab mehr als einen Augenblick in diesen endlosen Tagen und Nächten, wo ich schon fürchtete ...« Er verstummte.

»Was haben sie mit dir gemacht?«, fragte sie.

Eine wegwerfende Handbewegung. Dann ging er langsam ins Haus. Nachdenklich schaute sie ihm hinterher. Er schlurfte wie ein Greis. Und er roch nach Schweiß, ungewaschenen Kleidern und Pferdemist.

Sie wies die Diener an, ein Bad einzulassen und anschließend seine Lieblingsspeisen aufzutragen, deren Zutaten sie in diesen Tagen des Mangels wie durch ein Wunder aufgetrieben hatte. Montemhet jedoch wollte nichts essen, auch nachdem er sich gründlich gereinigt hatte. Schließlich schickte sie alle Bediensteten weg. Sie konnte es ohnehin kaum erwarten, allein mit ihm zu sein.

Er stieg hinauf in seinen Schlafraum. Für gewöhnlich betrat Udjarenes diesen nur, wenn er ausdrücklich danach verlangte, heute jedoch folgte sie ihm unaufgefordert. An seinem verhaltenen Zögern spürte sie sofort, dass sie ungelegen kam.

»Bitte!«, sagte er und ließ sich schwer auf sein Bett fallen. »Ich muss jetzt unbedingt schlafen. Sie werden mir nicht viel Zeit gönnen, bevor sie mich erneut holen lassen. Und dann

beginnt alles vermutlich wieder von vorn.« Sein Lächeln misslang.
»Aber was soll jetzt werden?« Sie setzte sich neben ihn. »Aus Waset? Und aus uns? Dürfen wir bleiben? Oder werden wir alles verlieren? Du weißt ja gar nicht, was in den letzten Tagen hier alles passiert ist!«
»Es wird nicht ganz so schlimm werden, wie es zunächst ausgesehen hat.« Er wählte seine Worte mit Bedacht, weil er wusste, wie rasch sie aufbrausen konnte. »Natürlich behält der Turtan für sich, was er wirklich vorhat, gerade mir gegenüber. Trotzdem denke ich, sie werden unser Land in absehbarer Zeit wieder verlassen.« Jeder Satz schien ihn anzustrengen. »Kemet ist offenbar nicht Assurs einziges außenpolitisches Problem, das habe ich zwischen all den Drohungen und Forderungen herausgehört. Aber was auch geschieht – wir müssen vor allem Vertrauen haben, Udjarenes, sonst sind wir verloren.«
Ein kleines Lächeln, um sie aufzumuntern. Aber das Gesicht seiner Frau blieb verschlossen.
»Immerhin leben wir und sind damit besser dran als andere.« Leicht abwesend rieb er sich das Kinn, wie immer, wenn ihm ein Thema zusetzte. »Mach dir einstweilen nicht zu viele Sorgen! Allerdings bin ich froh, dass Nesptah und Patjenfi in Sicherheit sind. Unsere Söhne sind zur Zeit überall besser aufgehoben als hier.« Mit einem Seufzer streckte er sich aus und schloss die Augen.
»Hast du jetzt völlig den Verstand verloren?« Sie beugte sich über ihn und rüttelte ihn heftig. »Das Entsetzlichste *ist* bereits eingetroffen. Sie zwingen Priester, wie Schweine vom Boden zu fressen. Sie holen junge Mädchen, fast noch Kinder, aus den Häusern und vergewaltigen sie. Und dann ist da noch die furchtbare Geschichte von dem Neugeborenen, das sie mitten auf dem Markt aufgespießt haben, weil sein Vater sie angeblich verhöhnt hat …«

»Ich weiß«, unterbrach er sie, weil ihre leidenschaftliche Anklage ihn bis ins Innerste traf, »im Lager war davon die Rede. Die Menschen in Waset müssen jetzt viele Opfer bringen. Lass uns beten, dass es bald vorbei ist!«
»Gar nichts weißt du!«, rief sie empört. »Oder hast du schon gehört, dass die schlimmsten Gerüchte dir gelten? ›Vertrauen‹ – dass ich nicht lache! Deine ach so geliebte Stadt misstraut dir. Und vermutlich sollte ich das auch tun.«
Schweißperlen standen auf ihrer Stirn, und die Falten neben dem breiten Nasenrücken kamen ihm tiefer vor als sonst. Das schmale Gesicht sah auf ihn herunter, einsam und verletzt. Ihre Schönheit hatte sich in Bitterkeit verwandelt, und er hatte seinen Teil dazu beigetragen. Als sie noch näher kam, roch er ihren schwachen Sandelholzduft und empfand plötzlich Mitleid. Es gab so viele Geheimnisse in seinem Leben, die sie ausschlossen. Er hatte sie nie geliebt. Sie wussten es beide.
»Vieles mag dir seltsam erscheinen«, sagte er, halb betäubt vor Müdigkeit, aber trotzdem so freundlich, wie er nur konnte. »Aber wenn ich jetzt nicht schlafe, werde ich wahnsinnig. Ein paar Stunden nur, Udjarenes, bitte!«
»Man braucht sich nichts darauf einzubilden, seltsam zu sein«, erwiderte sie ungehalten, weil sie spürte, dass er sich ihr entziehen wollte. »Das ist nichts als eine Art Flucht.«
»Aber ich flüchte ja gar nicht!«, sagte er mit geschlossenen Augen. »Ich bin hier. Bei dir.«
»Dann sag mir hier und jetzt, ob wahr ist, was in der Stadt gemunkelt wird. Hast du Waset verraten? Hattest du bei dem Eindringen der Assyrer in die Stadt deine Hände mit im Spiel?«
Langsam setzte er sich auf. »Das glaubst du doch nicht wirklich!«
»Wo war deine Garde?«
»Beim Leben unserer Kinder – woher soll ich das wissen?« Er hob die Schultern und bemühte sich, Fassung zu bewahren.

»Waset liebe ich mehr als mein Leben. Wir kennen uns so lange. Wenn *du* es nicht einmal weißt, wer dann?«

»Ich bin nicht mehr die, die du einmal gekannt hast«, sagte sie rasch. »Jenes scheue Mädchen, das nur in seinen Träumen lebte, weil es die Schönheit im richtigen Leben nirgendwo finden konnte. Von jener Frau ist nur der Schatten geblieben. Und die Kinder sind zu jungen Männern herangewachsen, die bald schon ihr eigenes Leben führen werden. Außerdem benutzt du sie nur. Nicht anders, wie du auch mich benutzt hast – unseren gemeinsamen Sohn ebenso wie den, den dir die Schwarze geschenkt hat.«

Sie hatte es ausgesprochen, was sie sonst niemals tat. Daran erkannte er, wie verzweifelt sie sein musste.

»Dann bei Amun und Isis, bei Sobek, Bes und allem, was mir heilig ist: Komm endlich zu dir, Udjarenes!«, bat er. »Ich bin der, der ich immer war.«

»Die Wahrheit, Montemhet!«

Er spürte ein Ziehen, das ihn von den Füßen her durchlief und bis in den Kopf stieg. Schwindel erfasste ihn. Sollte er sie einweihen? Seinen Schmerz mit ihr teilen, seine Angst, seine Enttäuschung, versagt zu haben, obwohl er doch nur das Beste gewollt hatte? Die Versuchung wurde einen Augenblick lang fast übermächtig.

Dann jedoch verschloss er die Türe seines Herzens.

Udjarenes würde nicht begreifen können, warum er so gehandelt hatte. Am meisten aber würde sie treffen, dass er es nicht allein getan hatte. Schepenupet und er hatten hoch gespielt und verloren – beinahe alles. Nun galt es zu retten, was noch zu retten war. Waset hatte für ihren Irrtum bezahlen müssen. Er war entschlossen, dafür zu sorgen, dass es nie wieder dazu kommen konnte. Aber wie sollte er das Udjarenes klar machen, für die es nur Schwarz oder Weiß gab, gut oder böse? Sie würde ihn für alle Zeiten verdammen, anstatt seine Motive zu verstehen. Es gab nur eine Frau, die dazu in

der Lage war. Und ausgerechnet sie schien ihm an diesem schwülen Abend unerreichbarer als je zuvor.
»Das ist die Wahrheit«, sagte er und sah Udjarenes furchtlos in die Augen. »Welche andere könnte es geben?«
Die Kälte gekränkten Schweigens lag im Raum.
Udjarenes stand auf und strich ihr Kleid glatt. Schwer kam sie sich vor, fast schon lebendig begraben. Niemals würde sie ihn erreichen, egal, was immer sie auch anstellte. Vielleicht war alles von Anfang an ohnehin nur ein Traum gewesen, und sie hatte ihn niemals besessen – außer in ihren sehnsuchtsvollen Phantasien.
»Es ist *sie*, nicht wahr?«, sagte sie, während sie langsam zur Tür ging. »Schepenupet – damals wie heute, und wenn sie zweimal so fett wie ein altes Nilpferd geworden ist, für dich spielt es keine Rolle. Ihr hältst du die Treue. Sie darf in deinem Herzen wohnen. Am liebsten würdest du mit ihr leben, doch das ist euch leider verwehrt. Aber du kannst dich ja mit ihr begraben lassen. Dann seid ihr für die Ewigkeit vereint. Ich bin fast sicher, sogar das wirst du mir eines Tages antun.«
Montemhet fröstelte, als er endlich allein war.
Zitternd vor Erschöpfung sehnte er den Schlaf herbei. Aber als die ersten Vögel den Morgen begrüßten, lag er noch immer wach.

ooooo

»Du gehst nicht!«
»Und ob ich gehe!«
»Dann verbiete ich dir ausdrücklich, unser Haus zu verlassen!«, schrie Nezem. »Wenn schon nicht meinetwillen, dann wenigstens unserer Tochter zuliebe. Wach auf, Selene! Auf den Straßen treibt sich assyrisches Gesindel herum, das mordet und schändet. Willst du, dass unsere kleine Isis als Halbwaise aufwächst?«

Sie stritten häufig, und für gewöhnlich pflegten ihre heftigen Auseinandersetzungen in kaum minder stürmische Versöhnungen zu münden, die sie noch inniger verbanden. Dieses Mal jedoch schien keiner bereit nachzugeben.

»Ich werde Sarit nicht im Stich lassen«, beharrte sie. »Wozu habe ich sonst geholfen, Anu auf die Welt zu bringen, wenn ich ihn jetzt aus purem Egoismus verhungern lassen soll?«

»Du forderst das Schicksal heraus«, sagte Nezem düster. »Dabei sollten wir dankbar sein, dass wir bislang so glimpflich davon gekommen sind.«

Ihr Haus war aufgebrochen und oberflächlich durchsucht worden, aber bis auf ein paar Töpfe und etwas Silberschmuck war nichts abhanden gekommen. Nur an der massiven Holztüre hatten die Plünderer ihre Wut ausgelassen. Mit aller Kraft hatte Nezem die Lanze aus ihr ziehen müssen, die als Andenken zurückgeblieben war.

»Ich *bin* dankbar«, versicherte Selene. »Sehr sogar. Gerade deshalb will ich ihr ja helfen. Du hast ja keine Vorstellung, was Sarit alles durchgemacht hat! Noch einen Verlust würde sie nicht überstehen. Außerdem war sie die erste Frau hier in Kemet, die freundlich zu mir war und mich nicht als Fremde behandelt hat. Auch, als ich erst ein paar Brocken eurer Sprache verstand.«

»Aber du siehst blass und müde aus«, sagte Nezem, bereits eine Spur sanfter. »Und du isst seit Tagen fast nichts. Meinst du nicht, dass du es mit der Sorge um deine Freundin übertreibst?« Er deutete in Richtung des Zimmers, in dem Isis schlief, falls sie das Geschrei nicht längst aufgeweckt hatte. »Wir sind deine Familie. Um uns solltest du dich kümmern!«

»Glaubst du, das könnte ich jemals vergessen?«, sagte sie leise. »Unser Glück ist so groß, dass ich gern einen Preis dafür bezahle. Und wenn er darin besteht, anderes Leid ein wenig zu mindern.« Sie lächelte. »Komm schon, du alter Dickkopf, gib endlich zu, dass dir allmählich die Argumente ausgehen!«

Nezem zog sie zu sich heran. Ihre Augen waren fast auf gleicher Höhe, wenn sie sich gegenüber standen, aber sie drehte den Kopf beiseite und legte ihn auf seine Schulter. Er vergrub seine Nase in ihrem roten Haar, das ihm als Erstes aufgefallen war, als er ihr in einem Dorf im Norden Keftius begegnet war. Ihr Vater besaß dort zwei stattliche Olivenhaine, und zur Erntezeit war die ganze Verwandtschaft beschäftigt gewesen, die Früchte von den Bäumen zu pflücken. Anschließend wurden sie in die Ölpresse gebracht, die aus ihnen erst das »grüne Gold« machte, das auch im fernen Kemet äußerst begehrt war.

Zunächst noch eher schüchtern, hatte Nezem eine Weile dabei zugesehen und schließlich selbst mit Hand angelegt, angeleitet von dem alten Pandion, der allerdings mit Argusaugen verfolgte, was sich zwischen seiner Jüngsten und dem Fremden entspann. Es war das Ende einer königlichen Expedition gewesen, an der Nezem als junger Steinhauer teilgenommen hatte, mit dem Auftrag, grünlichen Serpentinit in den Bergen Keftius zu brechen und nach Kemet zu verschiffen.

Nur wenige Tage nahezu sprachlosen Glücks waren ihnen vergönnt gewesen, dann lichteten die Segler des Pharaos den Anker. Unter einem Olivenbaum hatte er Selene vor der Abreise geschworen zurückzukommen, um sie als seine Braut heimzuholen. Damals waren sie sich naturgemäß noch fremd gewesen und hatten erst nach und nach lernen müssen, aufeinander zu vertrauen. Inzwischen sprach sie seine Sprache wie eine Einheimische. Und dennoch gab es noch immer diese Unsicherheit in ihm, ob sie ihn auch wirklich verstand.

»Es gibt so viele Gefahren«, sagte er. »Ich habe Angst um dich.«

»Ich verspreche dir, besonders vorsichtig zu sein.«

»Vor allem mag ich nicht, wie dieser Basa dich ansieht. Er spielt sich als Eroberer auf, aber in Wirklichkeit hat er Angst vor Frauen. Das sind in meinen Augen die gefährlichsten Männer. Denn Angst und Hass sind Zwillinge.« Sie streichelte seine Wange. Er stieß einen langen Seufzer aus und presste sie enger an sich. »Sieht aus, als könnte ich mir meine Worte sparen. Du wirst ohnehin wieder einmal deinen Kopf durchsetzen. Aber ich verlange, dass du meine Einwände wenigstens zur Kenntnis nimmst.«

»Aber das tue ich ja.« Selene löste sich sanft aus der Umarmung und zog ihn zu dem kleinen Tisch, der unter dem Fenster stand. »Vielleicht ist es gar keine schlechte Idee, einige Zeit in ihrem Haus zu leben«, sagte sie um einiges zuversichtlicher, als ihr tatsächlich zumute war. Denn die Vorstellung, Basa Tag für Tag auf engem Raum zu begegnen, war auch für sie wenig erfreulich. »Zumindest so lange, bis du aus den südlichen Steinbrüchen zurück bist. Und wenn du mit den neuen Obelisken ankommst, sind wir alle wieder zusammen.«

Sie hatte ihn nur überredet, nicht überzeugt, das spürte Selene, als sie wenig später voneinander Abschied nahmen. Nezem bestand darauf, sie mit dem Kind persönlich zu Basa und Sarit zu bringen. In der Dämmerung hielt er sie vor dem Haus umschlungen, als wolle er sie niemals wieder loslassen. Neben ihnen schlief Isis friedlich in ihrem Weidenkorb.

Selene lauschte dem Geräusch seines Herzens, das gegen ihre Brust schlug.

»Wenn er wagt, dich auch nur einmal anzurühren, bringe ich ihn um«, stieß er hervor. »Das kannst du ihm ausrichten – und wenn er hundertmal der Erste Baumeister Montemhets ist und ich nur ein einfacher Steineklopfer.«

»Pass lieber auf dich auf!« Selene bemühte sich, heiter und guten Mutes zu klingen. »Die Steinbrüche von Sunu sind gefährlich. Ich bestehe darauf, dass du deine Beine nicht verlierst. Und erst recht nicht deine wundervollen Hände.«

Plötzlich hätte sie alles dafür gegeben, bei ihm bleiben zu

können. Aber sie mussten vernünftig sein. Nezem hatte sich den Anweisungen der »Gottesgemahlin« zu fügen, die ihn mit diesem Auftrag vor vielen anderen ausgezeichnet hatte. Und ihre, Selenes' Aufgabe war es, dafür zu sorgen, dass der kleine Anu am Leben blieb.
»Du wirst sehen, die Zeit vergeht so schnell wie ein Traum!«, versuchte sie ihm, vor allem jedoch sich selber Zuversicht einzuflößen. »Wir werden kaum merken, dass wir getrennt waren.«
»Ich möchte dir noch so vieles sagen.« Nezem ließ sie nicht hineingehen. »Aber meine Zunge ist so ungelenk. Mein Meißel dagegen findet seine Sprache immer wie von selbst. Ich kann mich wohl nur in Stein flüssig ausdrücken.«
»Aber ich höre dich ja sprechen, mein Liebster, ich höre dich sogar ganz deutlich, auch wenn du nicht bei mir bist.«
Seine Abschiedsworte klangen in ihren Ohren, als sie Anu zum erstenmal an die Brust legte und er sofort zu saugen begann. Das Kind schluckte zu viel Luft, so gierig trank es, und protestierte, als sie ihm die Milchquelle kurzfristig entzog, bevor sie ihn weiter stillte. Außerordentlich missfiel ihr jedoch, dass Basa zwischendrin hereinkam und eine Weile schweigend auf ihre entblößte Brust starrte, als sei dies sein gutes Recht.
Als der Säugling schließlich schlief, bürstete sie ihr Haar und wusch sich die Hände. Dann ging sie zu Basa, um ihm ohne Umschweife ihre Bedingungen mitzuteilen.
»Ich bin nicht als bezahlte Amme hier«, sagte sie. »Was ich tue, geschieht freiwillig, um das Kind zu retten. Und weil ich seine Mutter liebe. Außerdem wirst du mein Zimmer nicht mehr betreten. Du hörst auch damit auf, mich weiterhin wie ein Stück Vieh zu taxieren.«
»Sonst noch etwas?
»Allerdings! Ich verlange, dass du Sarit anständig behandelst. Siehst du nicht, wie schlecht es ihr geht?«

Er blieb stumm, aber sie sah, wie seine Kiefer mahlten.
»Viele Frauen kommen nach einer Geburt nur langsam wieder zu Kräften. Dazu brauchen sie Ruhe, Fürsorge und Pflege, aber bestimmt keinen Mann, der ihnen das Leben noch schwerer macht. Wenn ich also sehe, dass du grob zu Sarit bist, ziehe ich sofort meine Konsequenzen. Sie hat so viel ertragen müssen. Empfindest du denn gar kein Mitgefühl mit ihr?«
»Spielst du auf das Verschwinden jenes ... Kindes an? Was hast du eigentlich damit zu tun?« Seine aggressiven Fragen trafen sie wie ein Stoß.
»Ich weiß nicht, wovon du redest«, sagte sie vorsichtig.
»Mach mir nichts vor! Ich weiß längst, dass du mit dahinter steckst. Ihr Weiber habt die günstige Gelegenheit benutzt, es aus dem Haus zu schaffen. Dabei kam euch der Überfall der Asssyrer mehr als gelegen. Wo ist es jetzt, frage ich dich? Und wo vor allem ist diese undankbare Schlampe abgeblieben, der ich es anvertraut hatte?«
Selene verzog keine Miene.
»Nicht, dass es mir fehlen würde.« Die Falten auf seiner Stirn vertieften sich. »Und von der Sorte jener Ruza gibt es in jeder billigen Schenke Dutzende. Aber eure dreiste Eigenmächtigkeit stößt mir auf, gelinde ausgedrückt. In diesem Haus gibt es nur einen Herrn. Das gilt auch für dich.«
Aus der Nähe waren ihre Augen grün wie funkelnde Smaragde. Unwillkürlich verhärteten sich seine Muskeln. Was würde er nicht alles darum geben, sie auf seine Weise zu unterwerfen! Je mehr sie sich ihm gegenüber herausnahm, desto stärker wuchs sein Begehren. Er hasste sich dafür, dass er sich nicht besser beherrschen konnte. Und er zürnte sich noch mehr, dass ausgerechnet die Situation, die er selbst herbeigeführt hatte, ihn zum Stillhalten zwang.
»Du brauchst Milch für deinen Sohn? Also brauchst du mich. Besser, du gewöhnst dich schnell an diesen Gedan-

ken«, sagte Selene beiläufig, als sie schon an der Tür war. »Was übrigens nichts Ungewöhnliches ist. Jeder braucht andere Menschen. Selbst du, der große Basa, bildest da keine Ausnahme. Also lass deine dummen Drohungen künftig lieber bleiben!«

Ein wütendes Schnauben war alles, was sie von ihm zu hören bekam. Es gefiel Selene, dass sie das letzte Wort behalten hatte. Noch immer lächelnd ging sie zurück in ihr Zimmer und überzeugte sich, dass Isis schlief, danach sah sie nach Anu.

Sein Mund war leicht geöffnet, und er atmete schnell wie ein Kätzchen.

»Wie sollst du nur überleben, mein Kleiner?« Sie streichelte seinen warmen, runden Kopf. »Ohne die Liebe deiner Mutter, die sich weigert, dich überhaupt zur Kenntnis zu nehmen? Und erst recht mit diesem Vater, der nicht einmal weiß, was das Wort Liebe bedeutet?«

Vorsichtig nahm sie ihn hoch. Sie machte Platz in dem Weidenkorb und schob ihre Tochter behutsam ein Stück zur Seite. Dann bettete sie den Säugling neben Isis.

»Sollst nicht allein bleiben, Anu«, sagte sie. »Ich will versuchen, dir die Mutter zu ersetzen, bis deine eigene wieder gesund ist. Die Kleine neben dir ist übrigens Isis, mein Mondstrahl.«

Der Säugling bewegte sich unruhig. Beim Strampeln stieß sein Bein an das des Mädchens, das sich ebenfalls zu bewegen begann. Es schien, als ob die Kinder sich wohl nebeneinander fühlten.

»Seid ihr beide schon dabei, Bekanntschaft zu schließen?« Selene lachte leise. »Lasst euch von mir nicht stören! Ich weiß ohnehin, ihr werdet Freunde sein. Die allerbesten Freunde!«

ooooo

Der große Fluss fand langsam in sein Bett zurück. Die Nächte waren heiß und klar, durchdrungen von Trägheit und Erwartung.

Wenn Khay aufwachte, stand er leise auf und wanderte durch das stille Haus, bis er vor dem Zimmer angelangt war, das er noch immer nicht betreten sollte. Er wartete, ehe er sich nach oben streckte, um die Tür zu öffnen, und hoffte jedes Mal, es würde wie früher sein.

Aber das Zimmer blieb leer.

Auf dem kahlen Bett zeichnete sich bräunlich der Blutfleck ab, den sie nur nachlässig ausgewaschen hatten. Er war aus dem Schlaf hochgeschreckt, als Ruza plötzlich hereingerannt kam, das Kleine an sich presste und wortlos mit ihm hinaus stürmte. Kurz darauf hatte seine Nase zu bluten begonnen, so stark und lange, dass Neshet die Hände über dem Kopf zusammenschlug, als sie ihn schließlich fand. Mit kalten Umschlägen hatte sie das Blut schließlich gestillt und gehofft, Khay werde sich langsam beruhigen. Sein krampfartiges Weinen jedoch wollte nicht aufhören.

»Das Kleine!«, wimmerte er. »Ibib!«

»Wo ist Ruza?«, wurde er von allen gefragt, aber natürlich wusste er keine Antwort darauf. »Hast du gesehen, wohin sie lief?«

Ohnehin schien keiner mehr Zeit zu haben, sich um ihn zu kümmern. Alles war ganz anders als sonst, und Khay, bislang oft Mittelpunkt der häuslichen Aufmerksamkeit, kam sich plötzlich recht überflüssig vor. Die Dienstboten hetzten herum, angetrieben von den Anordnungen des Vaters, der zorniger schien als je zuvor.

Mama lag blass und stumm in ihrem Bett, neben sich die Wiege, in das sie ein gelbliches verschrumpeltes Ding gesteckt hatten, das sich kaum bewegte.

Irgendwann schlief Khay vor Erschöpfung auf dem Boden ein.

»Das ist Anu«, sagte sein Vater am anderen Morgen, nachdem Neshet ihn gebadet und mit Frühstück versorgt hatte, und hob ihn ein Stück in die Höhe, damit er das Ding besser sehen konnte. »Jetzt habe ich zwei Söhne. Und ich erwarte von meinem Erstgeborenen, dass er sich um seinen kleinen Bruder kümmert.«

Khay mochte das hässliche Kind mit dem verknautschten Gesicht nicht, das nicht einmal richtig lächeln konnte. Er war froh, als der Vater ihn wieder losließ. Wo war das Kleine? Wo hatte Ruza es hingebracht? Und wo steckte sie selbst?

Aber so sehr er auch danach suchte, er konnte sie nirgendwo finden.

»Das ist Anu, dein Brüderchen«, sagte auch Selene ein paar Tage später. »Siehst du, wie klein er noch ist? Willst du ihn einmal streicheln?«

Sie nahm seine Hand, um sie an das Gesicht des Säuglings zu führen, Khay aber riss sich los. Viel mehr als das winzige Wesen interessierte ihn das größere Kind, das neben dem Säugling lag. Seinen Kopf bedeckte dunkles Haar, das ihn an das weiche Fell eines kleinen Hundes erinnerte, und die Augen waren sehr hell. Um den Hals trug es eine Kette mit durchsichtigen goldenen Steinen. Es lächelte ihn an und entblößte dabei zwei winzige Zähne im Unterkiefer.

»Ibib«, sagte Khay spontan, weil er es so hübsch und lustig fand. »Ibib?«

»Isis heißt sie«, verbesserte ihn Selene lächelnd, »und sie ist meine kleine Tochter. Ich habe ihr eine Bernsteinkette umgebunden, damit sie weniger Schmerzen beim Zahnen hat. So eine hast du auch getragen, als du noch klein warst. Magst du Isis? Ich glaube, dein Bruder mag sie auch. Ihr drei werdet schon bald ganz wunderbar miteinander spielen. Wirst sehen, wie schnell die beiden wachsen! Du musst nur noch ein bisschen Geduld haben.«

Khay verzog seinen Mund. Es gefiel ihm nicht, dass die bei-

den Kinder nebeneinander in der Wiege lagen, während er allein davor stand. Er streckte seine Arme nach Selene aus.
»Khay auch«, sagte er und sah sie fest an, weil er herausgefunden hatte, dass auf diese Weise seine Wünsche am schnellsten erfüllt wurden. »Isis!«
»Das würde dir so passen!« Selene lachte, machte aber keinerlei Anstalten, ihn in die Wiege zu legen. »Dafür bist du doch wirklich schon viel zu groß!« Der Säugling begann zu wimmern. »Und Hunger hat er auch schon wieder.« Sie gab Khay einen freundlichen Schubs. »Lauf schnell zu Neshet und lass dir ein Stück Honigkuchen geben! Ich habe jetzt anderes zu tun.«
Es blieb ihm nichts anders übrig, als zu gehorchen, das hatte er aus ihrem Ton herausgehört, der keinerlei Widerrede zuließ. Überhaupt sprach sie ganz anders mit ihm als Mama, die immer leicht abwesend schien, oder Neshet, die er kein bisschen ernst nahm, auch wenn sie noch so zeterte. Langsam ging er hinaus in den Garten. Es war so drückend heiß, dass die Luft zu flirren schien.
Plötzlich begann er zu weinen.
Und als niemand kam, um nach ihm zu sehen, verschränkte er seine rundlichen Arme vor der Brust und versuchte, sich selber zu trösten.

ooooo

In den ersten Nächten im Haus ihres Bruders fand Ruza keine Ruhe. Immer wieder schreckte sie hoch, ohne zunächst zu wissen, wo sie sich befand. Erst als sie die gleichmäßigen Atemzüge des Kindes neben sich hörte, beruhigte sich das aufgeregte Klopfen ihres Herzens.
Vom Untergeschoss stieg das betäubende Aroma der frischen und getrockneten Kräuter und Gewürze empor, die ihr Bruder Pacher auf dem Markt von Sunu verkaufte. In der quir-

ligen Grenzstadt am ersten Katarakt war sie mit dem Kind an Land gegangen. Die Boote des Pharaos fuhren weiter stromaufwärts, und Ruza war erleichtert, als ihre Segel hinter einer Flussbiegung verschwunden waren und sie nicht länger den neugierigen Blicken der Besatzung ausgesetzt war. Außerdem hatte sie Pacher seit Jahren nicht mehr gesehen. Ein Rest von Familiensinn war an ihrer Entscheidung beteiligt, auch wenn sie sie bereits zu bereuen begann.

Da war ein neuer Glanz in seinen Augen, die schmal und hart wurden, wenn es um Preise und Profit ging, und so wortgewaltig sich ihr kleiner Bruder mit seinen Waren auf dem Markt präsentierte, so mundfaul war er innerhalb der eigenen vier Wände. Zu Ruzas Überraschung hatte er keine Frau; er lebte allein, abgesehen von einer ältlichen Dienerin, die, kaum weniger mürrisch als er, das Notwendigste für ihn verrichtete. Den Fragen der Schwester, warum er nicht verheiratet sei, obwohl er doch früher wie kaum ein anderer den Mädchen nachgestellt habe, wich er beharrlich aus.

Ruza beschloss, ihn in Ruhe zu lassen. Immerhin hatte er sie bei sich aufgenommen, wenngleich ihre Anwesenheit ihm eher lästig als willkommen schien. Auch machte er sich wenig aus dem Kind, das ängstlich seinen Kopf zwischen ihren Brüsten vergrub, wenn er ihm zu nahe kam.

Natürlich hatte sie kein Wort über Sarit und Basa verloren, ebenso wenig über Anlass und Ziel ihrer Reise und erst recht nichts über den Goldschatz, den sie Tag für Tag an einem anderen Ort im Haus versteckte, weil Pacher ihn keinesfalls finden durfte. Sollte er nur glauben, sie sei mittellos und auf seine Hilfe angewiesen! Ein Anflug von Mildtätigkeit konnte ihm nicht schaden, und sie hatte ohnehin nicht vor, lange zu bleiben. Sie wusste nicht genau, weshalb sie das Kleine nicht direkt zum Tempel gebracht hatte, wie sie es Sarit versprochen hatte. Irgendetwas, das sie selber nicht benennen konnte, hinderte sie daran. Nur eine Weile ausruhen, sagte sie zu sich selbst, um wieder zu Kräften zu kommen, dann setzen wir unsere Reise fort.

Ruza drehte sich auf dem harten Lager zur Seite, das Pacher ihnen in einer Kammer zugewiesen hatte. Selbst hier hingen Büsche getrockneter Kamille von der Decke, die er irgendwann zu Geld machen würde. Sein ausgeprägter Geschäftssinn erstaunte und verwirrte sie gleichzeitig, weil sie ihn eher als verträumt und unentschlossen in Erinnerung hatte. Dabei schien Pacher mit dem Erreichten noch längst nicht zufrieden.

»Einmal selber eine Karawane ausrüsten, ja, das müsste man!«, sagte er, und sein Gesicht sah auf einmal ganz gelöst aus. »Um ausgefallene Spezereien von weit her zu holen. Selber Weihrauch und Myrrhe einführen und dann direkt an den Tempel weiterverkaufen, damit ließe sich gutes Silber machen.«

»Aber ist das nicht sehr gefährlich?«, hatte sie eingewendet. »Viele Karawanen werden überfallen. Andere erreichen niemals ihr Ziel. Was würdest du machen, wenn du alles verlierst?«

»Wer nichts wagt, wird auch nie etwas gewinnen. Andere Männer mögen zum Krämer geeignet sein, mir steht der Sinn nach größeren Abenteuern.«

Wenn sie sich anstrengte, konnte sie inzwischen im Kanon der vielfältigen Gerüche Sesam und Anis unterscheiden, Kardamom, Kümmel und Fenchel, überlagert von Myrrhe und dem alles durchdringenden Weihrauch, den viele in Kemet auch ehrfurchtsvoll »Gottesschweiß« nannten. Eine Weile ließ sie sich wiegen von diesem betäubenden Duftteppich, der so viele Geschichten zu erzählen wusste. Dann aber kehrten sie zurück, die Bilder jener unvergesslichen Nacht, und verschmolzen mit ihren Träumen, bis sie nicht mehr genau auseinander halten konnte, was wahr war und was nur in ihrer Einbildung existierte.

Auf einmal waren sie überall gewesen, riesige grünliche Schuppenkörper, die den leichten Nachen immer enger umkreisten. Mit seitlichen Bewegungen ihres kräftigen Schwanzes bewegten sie sich erstaunlich behände. Wasser spritzte auf und ließ das kleine Gefährt schaukeln. Sie hatte sich mit beiden Händen an die Stange geklammert und verzweifelt nach Rettung oder Hilfe Ausschau gehalten. Aber der große Fluss war bis auf die gefährlichen Nachtjäger, die sie als Beute ausersehen hatten, dunkel und still.

»Hilf mir, Isis!«, hatte sie gestammelt. »Lass nicht zu, dass die Ungeheuer uns fressen! Und Du, Sobek, krokodilköpfiger Herr der unermesslichen Fluten, aus dessen Schweiß der Nil entspringt, verschone uns!«

Zunächst blieb alles ruhig. Dann peitschte der Schwanz des größten Krokodils eine kräftige Fontäne hoch. Der Nachen schwankte heftig und neigte sich gefährlich zur Seite.

Das Kleine weinte. Ruza schrie vor Angst schrill auf.

Aus dem Dunkel der Nacht lösten sich zwei Schiffskörper, plumpe Lastsegler, die schon fast vorübergeglitten waren, als sie endlich ihre Stimme wiederfand.

»Hilfe!«, schrie sie. »Rettet uns vor den Krokodilen! Lasst uns nicht sterben!«

Der Rest vollzog sich wie im Traum. Halb ohnmächtig nahm sie wahr, wie der zweite Segler seine Fahrt drosselte. Über eine Strickleiter zog man sie mit dem Kleinen hinauf, und sie schaute in das breite Gesicht eines Nubiers. Das Wasser um sie herum war wieder dunkel und glatt, und die mächtigen Echsen schienen längst in Richtung der Sandbänke verschwunden zu sein.

»Wer sind sie?«, ertönte eine tiefe Männerstimme.

»Eine Mutter und ihr Kind in Not«, flüsterte Ruza, als sie im Schein einer Fackel erschrocken erkannte, wer die Frage gestellt hatte: Pharao Taharka. Er trug die eng anliegende Kuschitenkappe, die die Rundung seines Kopfes betonte, und

sah sie ernst an. Eine kalte Hand griff nach ihrem Herzen. War sie denn wirklich schon im Totenreich und alles, was sich vor ihren angsterfüllten Augen vollzog, nichts als Illusion? Denn Taharka war tot und begraben, seit mehr als einem Jahr.
Dann jedoch löste sich Ruzas Verkrampfung. Sie wusste auf einmal, wer vor ihr stand, dem einstigen Pharao ähnlich wie ein leiblicher Sohn: Tanutamun, sein Neffe, der jetzt die Doppelkrone trug. Man munkelte, er habe beim Tod seines Onkels die Hände mit ihm Spiel gehabt, aber daran mochte sie jetzt nicht denken. Sie befand sich auf einem königlichen Schiff und sprach mit keinem anderem als dem Pharao persönlich, das war das Einzige, was zählte.
»Goldhorus, ich ...« Sie wollte in eine tiefe Verbeugung sinken, Tanutamun aber hinderte sie daran.
»Du bist blind und taub, verstanden?«, sagte er eindringlich, während er ihren Arm umklammert hielt. »Und du hast mich weder gesehen noch mit mir gesprochen.«
Sie nickte wie betäubt.
»Nur ein falsches Wort – und meine Gefolgsleute werden dich für immer zum Schweigen bringen, egal, wo du dich befindest. Verstanden? Es ist wichtig, dass du alles ganz genau begriffen hast.«
»Verstanden«, flüsterte Ruza benommen. »Kein Wort jemals. Zu niemandem. Unter keinen Umständen. Nirgendwo.«
»Schwöre!«
»Ich schwöre. Bei meinem Kind und bei allen Göttern!«
»Gut.« Ihre Ernsthaftigkeit schien ihn zu beruhigen. »Dann verschwinde in die Kajüte zu den anderen.« Ganz unerwartet ließ er seine Fackel etwas tiefer sinken. »Hübsches Kind«, sagte er, als sie das kleine Gesicht beleuchtete. »Ein Mädchen?«
Ruza nickte. Sie war so stolz auf das dichte, dunkle Haar des

Kindes. Niemals würde sie es fertig bringen, ihrem Liebling den Kopf zu scheren.
»Wie heißt sie?«
»Meret«, sagte Ruza ohne zu überlegen. »Das ist meine Tochter Meret.«
Das war ihre Lieblingsstelle in den Erinnerungen, und es gab Nächte, da beschwor Ruza sie wieder und wieder herauf, bis sie innerlich ganz warm und müde wurde und endlich einschlafen konnte. Manchmal kam es ihr vor, als könne Meret ihre Gedanken lesen, zumindest jedoch ihre geheimsten Empfindungen spüren, denn das Kind reagierte jedes Mal auf irgendeine Weise darauf. Auch jetzt begann sie zu strampeln, als wolle sie sich bemerkbar machen, und so lange vor sich hinzugurgeln, bis Ruza sie heranzog und liebevoll an sich drückte.
»Unser Geheimnis wird keiner jemals lüften«, wisperte sie. »Auf ewig soll es in unseren Herzen verschlossen bleiben. Aber das gilt nur für die anderen. Du, mein Liebling, sollst von mir jede Einzelheit erfahren, wenn du groß genug bist. Das verspreche ich dir, meine kleine Meret.«
»Mamam«, machte Meret, was Ruza als Antwort genügte.
Schon jetzt begann Meret, den ganzen Tag vor sich hinzubrabbeln. Sie würde bald sprechen können. Dann würden sie sich noch besser verstehen. Wie zum Beweis, dass keiner sie jemals wieder voneinander trennen konnte, hielt Ruza das Kleine die ganze Nacht im Arm wie einen Schatz, der nur ihr allein gehörte.

ooooo

Als Montemhet ihn zum dritten Mal hintereinander nicht empfing, wusste Basa, dass er ihm absichtlich auswich. Bislang war immer er es gewesen, der sich vor den wissenden Augen des Stadtfürsten gefürchtet hatte, nun jedoch hatte sich das Rad offenbar gedreht. Trotzdem wehrte sich noch immer alles in ihm gegen die Einsicht. Der »Große in Waset« war sein Mentor. Wie durfte er überhaupt wagen, ihm zu misstrauen? Aber der Wunsch, die Wahrheit nicht nur zu erahnen, sondern zu wissen, war zu stark.

Ohnehin war ihm jeder Anlass willkommen, sein Haus zu verlassen. Seitdem Selene bei ihnen wohnte, schienen die Wände zusammengerückt zu sein. Er hatte das Gefühl, ihr ständig zu begegnen, und das umso mehr, je eifriger er ihre Nähe mied. Ihr Bild verließ ihn nicht mehr, weder im Wachen noch im Träumen. Manchmal war er beinahe so weit, kurzerhand zu ihr zu gehen und die unerquickliche Situation zu beenden.

Was aber hätte er ihr sagen sollen?

Dass ihm gefiel, wie sie ihr Haar nach hinten gebunden trug? Dass ihre Schlüsselbeine betörend schön waren? Dass ihr tanzender Gang ihn halb um den Verstand brachte? Und er sich nach ihrem Stöhnen sehnte, ihrer Haut, ihren Brüsten? Zwar gab sie sich ihm gegenüber zurückhaltend, gelegentlich jedoch entdeckte er in ihren Augen ein wissendes Blitzen, das mehr verriet. Dann hätte er sie am liebsten gleichzeitig geschlagen und geküsst, wilde, heftige Gefühle, die ihn verwirrten, weil sie ihn an seine Jugend erinnerten, als er vor Scham über das, was in ihm vorging, am liebsten gestorben wäre. In solchen Augenblicken hasste er die Fischdämonin mehr denn je zuvor, weil sie solche Macht über ihn besaß, und verlangte zugleich noch unbedingter nach ihr.

Es half ihm, schneller zu gehen, seine Muskelkraft zu spüren und den Schweiß, der zu rinnen begann. Noch immer lastete die Anwesenheit der fremden Soldaten schwer über der Stadt, die nur zögernd zu ihrem gewohnten Leben zurückfand. Auf dem Markt war anstelle des üblichen Gedränges nur eine Hand voll Händler zugange, und was sie an ihren Ständen feilboten, wirkte kümmerlich und halb verwelkt.

Natürlich blühte der Schwarzhandel an verborgenen Stellen. Wer genügend Kupfer oder Silber besaß, konnte nach wie vor bekommen, was das Herz begehrte, für die anderen jedoch wurde die Lage immer schwieriger.
Ein paar Kinder spielten vor ihm im Straßenstaub, so mager und verlaust, dass sein Herz sich zusammenzog. Einer hatte vom Boden ein schimmeliges Stück Brot aufgeklaubt, vom dem er hungrig abbiss. Wie gut hatten es dagegen seine Söhne, die sich satt essen konnten und in einem schönen Haus lebten! Für ein paar Augenblicke empfand Basa beinahe so etwas wie Zufriedenheit. Bald schon würde eine Flut von Arbeit über ihn und seine Leute hereinbrechen, denn all die zerstörten und niedergebrannten Häuser mussten repariert oder neu aufgebaut werden. Zynischerweise gab es für einen Baumeister nichts Lukrativeres als eine halb zerstörte Stadt. Dann jedoch verstärkte sich seine innere Unruhe. Vor allem gelang ihm nicht mehr, die dunkle Melodie zu übertönen, die inzwischen sein ständiger Begleiter geworden war. Noch rascher schritt er aus, getrieben von einer merkwürdigen Mischung aus Unruhe und Angst, bis er schließlich an der Stadtmauer angelangt war. Zwei Assyrer bewachten das nördliche Tor, finstere, schwer bewaffnete Männer, die ihn von oben bis unten musterten.
Würden sie ihn durchsuchen?
Zu seiner Überraschung ließen sie ihn ohne Umstände passieren. Er ging bewusst langsam weiter, weil er sich sicher war, dass sie ihm nachschauten. Als er jedoch den geheimen Eingang erreicht hatte, konnte er seine Erregung kaum noch zügeln.
Basa blieb stehen, sah sich sorgfältig nach allen Seiten um. Dann bückte er sich, zog den Schlüssel heraus, den er zurückbehalten hatte, und stieg die unebenen Erdstufen hinunter. Erst jetzt, allen Blicken entzogen, entzündete er das Öllämpchen.

Die Tür war unverschlossen, wie er vermutet hatte. Abgestandene Luft schlug ihm entgegen, als er langsam den unterirdischen Gang betrat. Schon nach wenigen Schritten begann es in seinem Schädel zu rauschen, als ob der Kopf auf einmal zu klein geworden sei. Und plötzlich überfielen sie ihn, die alten Bilder, vor denen er sich so fürchtete.
Ich werde dir Gehorsam beibringen, du Bastard! Und wenn ich deinen gottverdammten Eigensinn eigenhändig Stück für Stück aus dir herausprügeln muss!
Trotz aller Anstrengung hatte er ihn nicht hinunterbekommen, jenen Fraß aus halb garem Fleisch und fasrigen Bohnen, den seine Mutter ihm zusammengemantscht hatte, und als er seinen Teller nicht leerte, wie sie verlangt hatte, hatte sie den Rest einfach vor ihm auf den Boden gekippt.
Friss!
Nicht einmal ein ausgehungerter Hund hätte sich darüber hergemacht. Basa schüttelte den Kopf und rührte sich nicht. Dieses Mal würde er nicht tun, was sie forderte. Es war Unrecht, was sie ihm antat, wie so vieles andere, und sie wussten es beide. Er erschrak über diesen neuen Gedanken. Irgendetwas in ihm begann sich zu verändern, aber er begriff noch nicht, was es war.
Komm her!
Nichts hasste er mehr als diesen Satz aus dem Mund seiner Mutter. Ihre Lippen wurden schmal, wenn sie ihn aussprach, ihr Blick wurde ganz leer. Bislang hatte er sich dem Befehl jedes Mal gebeugt, obwohl er ihr inzwischen schon bis zur Schulter reichte. Er wusste, dass ihm nun Prügel bevorstanden. Aber er konnte noch nicht ermessen, wozu sie fähig war. Blind vor Wut riss sie ihn nach oben, stieß ihn voran und verweigerte jede Erklärung.
Erst als die Tür hinter ihm zufiel, erkannte er, dass er in einem Erdloch eingesperrt war. Drei Tage und drei Nächte ließ sie ihn allein in der Dunkelheit, in der er nur einen Krug

brackiges Wasser fand und die Notdurft unter sich verrichten musste. Er schrie sich die Kehle aus dem Leib, er flehte und bettelte, halb ohnmächtig vor Hunger, Durst und Angst, aber sie kam nicht.
Seine Stimme war heiser, die Augen schienen blind, als sie ihn endlich wieder herausließ.
Wieso überfielen ihn ausgerechnet in dieser Situation solche Erinnerungen? War es das hässliche Gefühl, betrogen und verraten worden zu sein, das sie weckte?
Klamm vor Aufregung schritt er weiter, bis sein Fuß plötzlich an etwas Hartes stieß. Er bückte sich und hob einen Dolch auf, eine gefährliche, elegante Waffe, ideal zum Töten. Das Öllicht, das er näher an sie hielt, um sie eingehender zu untersuchen, brachte raschen Aufschluss. Die Klinge war so scharf, dass er sich in den Finger schnitt. Ein Blutstropfen fiel auf den säuberlich in Silber getriebenen Griff, den breite, fein ziselierte Keilschriftbänder schmückten, die er nicht entziffern konnte.
Jetzt war die Melodie zu einem rauschenden Crescendo angeschwollen, das in seinen Ohren dröhnte.
Es gab keinen Zweifel mehr: Durch den von ihm angelegten unterirdischen Gang waren die Assyrer heimlich in die Stadt gelangt. Und kein Geringerer als Montemhet hatte ihnen den Weg des Maulwurfs geöffnet.

3

TEFNUT

Drei Monate lang war Kemet schwarz, nachdem das Hochwasser langsam zurückgegangen war und in unzähligen Gräben und Kanälen fruchtbaren Schlamm freigab, in dem nach und nach die Saat aufging. Die nächsten drei Monate wuchs das Getreide, rötlich wie Gold. Schließlich wurde die Ernte eingebracht. Erst als das helle Sandbraun der abgeernteten Felder stromauf und stromab das Land beherrschte, rüstete das Assyrerheer sich zum Abmarsch.
Bereits im Herbst war eine berittene Vorhut aufgebrochen, die zehn junge Männer aus den vornehmsten Familien der Stadt als Geiseln an den Tigris verschleppt hatte. So konnte Aschurbanapli es sich leisten, nur ein geringes Truppenkontingent in der neuen Provinz seines Großreiches zurückzulassen, das nordwärts ziehen und in der Residenzstadt Mennefer stationiert sein sollte. Zudem war damit gesichert, dass keiner der bisher so aufsässigen Deltafürsten sich noch einmal gegen ihn erheben würde, nachdem der letzte Aufstand so blutig und konsequenzenreich niedergeschlagen worden war. Der Einzige, der seine früheren Machtbefugnisse nicht nur zurückerhalten hatte, sondern sie sogar noch hatte ausweiten können, war Psammetich, Sohn des Necho, der als assyrischer Vasall unter dem Namen Nabuschezibanni in Saïs regierte.
Zu Wasser und zu Land trugen die verhassten Eroberer fort, was sie erbeutet hatten: Kisten voller Gold, Edelsteine und dazu Elfenbein, Hölzer, seltene Felle, Käfige mit Meerkatzen und Pavianen, mehr als ein Dutzend zahme Elefanten, viele Pferde und die schnellsten Rennkamele, vorwiegend aus Montemhets privatem Besitz. Dazu kamen zur allgemeinen Verbitterung unzählige Getreidesäcke, obwohl die Kornspeicher in Waset nicht einmal bis zur Hälfte gefüllt waren. Die diesjährige Flut war ungewöhnlich niedrig ausgefallen, ein böses Omen, wie allgemein geraunt wurde, als habe sogar

der Hapi den Eindringlingen zeigen wollen, wie unerwünscht sie waren.
Am aufwändigsten gestaltete sich der Abtransport der Obelisken, die das Tempeltor beschützt hatten. Trotz aller Proteste und Eingaben der Priesterschaft hatte der Turtan sich von diesem Vorhaben nicht abbringen lassen. In aller Eile waren zwei riesige Schiffe gezimmert und anschließend seetüchtig gemacht worden, die die Kolosse stromabwärts tragen sollten. Halb Waset sah zu, als nun ihre Anker gelichtet wurden. Zunächst blieb alles ruhig. Nicht ein lautes Wort fiel, während die Segler schwerfällig ablegten, denn die Menschen hatten während der vergangenen Monde zu viel erdulden müssen. Überall jedoch sah man düstere Mienen und heimlich geballte Fäuste.
»Zur Hölle mit euch, ihr bärtigen Scheusale!«, rief schließlich ein weißhaariger Mann, dem es wegen seines hohen Alters egal zu sein schien, ob er im letzten Augenblick noch bestraft wurde. »Lasst euch nie wieder in der Heimat Amuns sehen, das rate ich euch!«
»Verflucht sollt ihr sein für das, was ihr uns angetan habt!«, schrie eine Frau. »Und unfruchtbar die Söhne eurer Söhne bis ins siebente Glied!«
»Tod und Verderben allen Assyrern!«, fiel ein anderer ein, der plötzlich ebenfalls seinen Mut wieder gefunden hatte.
Allmählich wurden immer mehr Stimmen laut, denen die lähmende Stille der vergangenen Monate wich. Vieles, was in Angst und geduckter Vorsicht wie erstarrt gewesen war, begann sich zu lösen. Nachbarn und Bekannte umarmten sich, Kinder fingen an umherzutoben, Wildfremde fielen einander um den Hals. Plötzlich war der Himmel über den Menschen wieder lichter und die Sonne schien strahlender.
»Ich hoffe nur, sie vergessen nicht allzu schnell«, sagte Selene, die mit der alten Neshet unter den vielen Zuschauern am Quai stand. Seit Wochen wartete sie sehnsüchtig auf Nezem,

der seine Rückkehr durch einen Boten angekündigt hatte. Die Zeit schien still zu stehen, so quälend langsam vergingen für Selene die Tage ohne ihn; heute jedoch war sie erleichtert, dass die Besatzer, wenn er nach Hause kommen würde, fort waren.

»Was meinst du damit?«, fragte Neshet erstaunt. Sie waren sich in den vergangenen Monden näher gekommen, die beiden so unterschiedlichen Frauen, während sie sich um Basas Söhne kümmerten und ab und zu ein Schwätzchen hielten. Selene war sich nicht zu fein mitzuhelfen, wenn eine zusätzliche Hand im Haushalt gebraucht wurde, was die alte Dienerin ihr hoch anrechnete. Außerdem hatte sie die Frau aus Keftiu als talentierte Köchin schätzen gelernt, die selbst in mageren Zeiten Gerichte so zubereiten und würzen konnte, dass sie schmeckten. »Ist es nicht gut, dass wir Menschen die Fähigkeit besitzen, Schreckliches hinter uns zu lassen, um uns der Zukunft zuzuwenden?«

»Aber wenn es zu rasch geschieht, erinnern wir uns bald auch nicht mehr, weshalb es zu dem Schrecklichen kommen konnte«, sagte Selene. »Und dann wiederholen wir unsere Fehler, ohne etwas dazuzulernen. Komm, lass uns schnell zum Markt gehen! Ich wette, die Auswahl ist heute so üppig wie seit Ewigkeiten nicht mehr.«

»Ich werde dich vermissen«, sagte die alte Dienerin, während sie bei einem Händler sorgfältig frische Datteln und Feigen für das Abendessen aussuchten, die ersten, die seit Monaten zu einem halbwegs vernünftigen Preis angeboten wurden. Ringsumher herrschte dichtes Gedränge, weil es viel nachzuholen gab. Jeder Marktstand war plötzlich wieder mit lang entbehrten Köstlichkeiten beladen. »Und nicht nur ich. Du hast Lachen und Licht in dieses düstere Haus zurückgebracht. Was soll nur aus dem kleinen Anu werden, wenn du uns verlässt?« Ein tiefer Seufzer. »Und was erst aus der armen Herrin?«

»Anu hat sich prächtig entwickelt«, sagte Selene und spürte wieder den scharfen Stich im Herzen. Um den Jungen machte sie sich keine Sorgen mehr, obwohl er feingliedrig geblieben war und kaum jemals Khays agile Kräftigkeit erreichen würde. Was jedoch die Freundin betraf, so war sie mit ihrer Weisheit am Ende. Sarits Zustand hatte sich nicht gebessert, im Gegenteil, er schien ihr bedenklicher denn je. Selene strengte sich an, ihren Gedanken wieder eine erfreulichere Richtung zu geben. »Richtig selbstbewusst ist der kleine Kerl geworden. Und von meiner Brust hat er inzwischen auch genug. Gestern hat er unmissverständlich den Kopf weggedreht, als ich ihn abends noch einmal stillen wollte.« Sie schichtete die Früchte in ihren Korb. »Manchmal sind die Kinder eben klüger als wir. Ich glaube, es wird allerhöchste Zeit, dass ich nach Hause gehe.«
Und dennoch fiel ihr der Abschied überraschend schwer, als Nezem zwei Wochen später in Basas Haus auftauchte. Er war sonnenverbrannt, deutlich magerer und hatte einen geschorenen Kopf, der sie zunächst erschreckte. Als er sie zur Begrüßung ungestüm an sich zog, spürte sie, wie fest seine Muskeln unter der dunklen Haut geworden waren.
»Dunkel wie ein Nubier, kahl wie ein Sträfling und stark wie ein Athlet«, sagte sie, während sie kaum noch Luft bekam. Vorsichtig betastete sie seinen blanken Schädel. »Gib mir ein bisschen Zeit! An diesen neuen Mann muss ich mich erst gewöhnen.«
»Und wie viele Athleten, Sträflinge und Nubier hast du schon geküsst?« Ihr vertrauter Duft ließ ihn schwindelig werden, er spürte den sanften Druck ihrer Brüste an seinem Körper.
»Eines steht auf jeden Fall fest: Du kannst es besser als sie alle zusammen!« Lachend machte sie sich frei.
Während sie ihre Sachen packte, bewachte Nezem wie ein eifersüchtiger Wächter die Schwelle, als befürchte er, sie könne es sich noch im allerletzten Augenblick anders über-

legen. Schließlich war Selene fertig und betrat mit klopfendem Herzen Sarits Zimmer.

Die Hausherrin lag ausnahmsweise nicht im Bett, sondern saß regungslos in einem geschnitzten Sessel. Die Haare waren nachlässig mit einem Band aus der Stirn gehalten, das Kleid roch muffig. Schwermut umschattete ihre Augen unter den feingezeichneten Brauen. Zunächst blieb Sarit still, nur ihre Hände führten ein geheimnisvolles Eigenleben.

»Warte!« sagte sie schließlich, als Selene sich schon resigniert abwenden wollte. »Du verlässt uns?« Ihre Stimme drohte zu kippen. »Sag mir, warum kann nichts so bleiben, wie es ist?«

»Weil alles sich ständig wandelt – wir und die Welt um uns herum. Ich fürchte, das ist eine der schwierigsten Lektionen, die wir lernen müssen«, sagte Selene vorsichtig. »Geht es dir heute ein bisschen besser, Sarit? Ich wünsche mir es so sehr für dich und die Kinder.«

»Trauer macht dich nach und nach zur Aussätzigen. Alle fangen an dich zu meiden, aus Angst, etwas von dem Schwarzen in dir könne auf sie abfärben. Und dann wird die Einsamkeit die Gefährtin der Trauer.«

»Ich gehöre nicht zu all denen. Ich hoffe, du weißt das.«

»Ja, ich weiß. Und ich weiß auch, was ich dir schuldig bin. Ich wünschte nur, ich könnte irgendwann ...« Sarit ließ den Satz unvollendet, wie so oft in letzter Zeit. Ihre Hände, die erschreckend dünn geworden waren, nahmen den unterbrochenen Tanz wieder auf. »Meinst du, es geht dem Kleinen gut?«, fragte sie plötzlich. »Oder ist es gar nicht mehr am Leben?« Ihr Blick wurde starr. »Eines weiß ich jetzt: Ich habe es nicht genug geliebt. Aber es war doch mein Kind, Fleisch von meinem Fleisch! Auch, wenn es anders war. Gerade deswegen hätte es meine Liebe umso mehr gebraucht.«

»Du hast es geliebt und liebst es noch«, widersprach Selene sanft. »Ich weiß, wie sehr!«

»Aber ich hätte es niemals weggeben dürfen. Wieso hast du mich nicht daran gehindert?«
»Weil es das Beste für das Kleine ist.« Sarit sah sie mit einem rätselhaften Ausdruck an. Da war es wieder, jenes unfassbare Gefühl, das Selene in den letzten Monden immer öfter überkam. Beinahe, als ob die Freundin ihre Anwesenheit im Haus kaum ertragen könne. Manchmal glaubte sie sogar, etwas wie Ablehnung oder sogar Hass zu spüren. Aber vielleicht bildete sie sich das alles nur ein, weil die Situation für sie beide nicht gerade einfach war. »Natürlich lebt es. Und natürlich geht es ihm gut!«, sagte Selene voller Überzeugung.
»Trotzdem darfst du nicht vergessen, dass du noch zwei andere Kinder hast, die ihre Mutter brauchen. Schon ihretwegen musst du auf dich aufpassen. Versprichst du mir das?«
»Ich will es versuchen.« Sarit starrte angestrengt zur Wand.
Sie wurden unterbrochen von lautem Kindergeschrei. Isis wehrte sich mit Händen und Füßen gegen ihren Vater, der sie beim Spielen mit Khay unterbrochen hatte. Auch Khay begann loszuplärren, als habe er plötzlich begriffen, dass der Abschied drohte, und als zu allem Überfluss als Dritter Anu heulend einfiel, wurde Selene energisch.
»Jetzt aber sofort Ruhe hier!«
Wenn sie diesen Ton anschlug, wussten die Kinder, dass sie es ernst meinte. Isis klammerte sich an ihre Beine und Khay hielt erschrocken mitten im Weinen inne. Nur Anu wimmerte noch immer vor sich hin. Sie koste und beruhigte die beiden Buben, die ihr fast wie eigene Söhne ans Herz gewachsen waren, bis Nezem langsam ungeduldig wurde.
Schließlich schickte sie ihn mit Isis voraus, weil sie Neshet unbedingt noch Lebewohl sagen wollte. Aber sie konnte die alte Dienerin nirgendwo im Haus finden, nicht einmal an ihrem gewohnten Platz vor dem Backofen. Stattdessen traf sie im schattigen Innenhof auf Basa.
»Du gehst?«, sagte er knapp.

»Nezem ist zurück. Ich muss mich beeilen.«
»Dein Steinmetz? Das freut mich für dich.« Seine Augen, die sie nicht mehr losließen, sagten etwas ganz anderes.
Selene nickte, plötzlich beklommen.
Sein Gesicht erschien ihr weicher als sonst, als habe er versäumt, seine übliche Maske anzulegen. Zu ihrer Überraschung griff er nach ihrem Handgelenk und hielt es mit einer Zartheit umfangen, die sie ihm niemals zugetraut hätte. Basa hob ihre Hand an seine Wange und küsste die Innenfläche, die feucht von Schweiß war. Seine Lippen blieben dort, und Selene, viel zu bang, um ihre Hand wegzuziehen, hielt den Atem an und hörte ihr Herz schneller schlagen. Schließlich löste er sich von ihr, wandte sich um und ließ sie stehen.
Tief in Gedanken lief sie nach Hause.
Dort wartete Nezem bereits auf sie, der ganz gegen seine Gewohnheit so viel zu erzählen hatte, dass ihm ihre Einsilbigkeit zunächst gar nicht auffiel. Von gigantischen Rohblöcken aus Rosengranit berichtete er, die zunächst von ihrer Verwitterungskruste befreit werden mussten. Detailverliebt beschrieb er Dolorit- und Granithämmer, die dazu notwendig waren, sowie die aufwändige Weiterbearbeitung der Blöcke an Ort und Stelle, der schließlich der kaum weniger schwierige Abtransport folgte.
Selene packte schweigend ihre Sachen aus, während er weiter redete.
»Viel besser geeignet als Granitmeißel sind natürlich solche aus Eisen«, sagte er und leerte den Weinkrug zum zweiten Mal. »Der erfahrene Steinmetz erkennt bereits am Klang der Schläge, wann der Block zerspringt. Aber dabei musst du verflixt aufpassen. Wenn du die Meißel nämlich nicht regelmäßig gegen frisch gehärtete austauschst, zerbrechen sie dir unter den Händen wie ungewässerter Ton. Und Rosengranit gehört nun mal zu den Steinen, die es dir am schwersten machen!«

Er griff nach ihrem Arm, als sie mit ein paar Wäschestücken an ihm vorbei wollte, und zog sie auf seinen Schoß.
»Du hörst mir ja gar nicht richtig zu! Wo bist du denn mit deinen Gedanken? Doch nicht etwa schon wieder bei deiner über alles geliebten Sarit?«
»Nein«, sagte Selene wahrheitsgemäß und schämte sich, weil Basas Kuss noch immer in ihrer Handfläche brannte. »Natürlich höre ich dir zu!«
»Vielleicht interessiert dich das hier ja mehr.« Aus einem Lederbeutel holte Nezem eine kleine Figur hervor, aus grauem Stein, der im Sonnenlicht leicht grünlich schimmerte. »Eigentlich sollte sie ja aus Rosengranit sein wie die großen Obelisken, um deinem Hautton zu gleichen. Aber an seiner Härte habe ich mir fast die Zähne ausgebissen. Zudem hätte sicherlich auch die Priesterschaft etwas dagegen gehabt, denn Rosengranit ist nun mal den Göttern und dem Pharao vorbehalten. Gefällt sie dir trotzdem?«
Es war eine schlanke Frauengestalt in Schritthaltung, die die Arme eng am Körper hielt. Ihr plissiertes Kleid war so fein herausgearbeitet, dass man jede einzelne Falte erkennen konnte. Auf dem Kopf trug sie die Mondhörner, zwischen denen die Sonnenscheibe ruhte.
»Die große Göttin Isis«, sagte Selene beeindruckt. »Du bist ein echter Künstler, Nezem. Kein Steinmetz, sondern ein Bildhauer!«
»Das Gesicht«, drängte er. »Schau ganz genau hin! Fällt dir nichts auf?«
»Kann es sein, dass sie mir ein bisschen ähnelt?«, fragte Selene schließlich. »Aber sie ist natürlich viel schöner und anmutiger als ich. Unsere kleine Isis könnte eines Tages so aussehen.«
»›Ein bisschen ähnelt‹ – es ist dein Porträt! Und wenn unsere Tochter dir einmal gleichen sollte, können wir allen Göttern nur danken. Es ist übrigens das Letzte einer schier endlosen

Reihe. Weißt du, wie oft ich neu begonnen habe, weil das Gesicht einfach nicht so werden wollte, wie dein Bild in meinem Herzen?«

Er suchte ihre Augen, die ihn an die Olivenhaine ihrer Heimat erinnerten, und was er darin fand, half ihm, sich ihr ganz zu öffnen.

»Kein Stein macht es dir leicht, sogar wenn du die Figur schon erahnst, die in ihm verborgen ist«, fuhr er fort. »Alles musst du dir erschwitzen, erkämpfen, manchmal sogar erweinen. Nur so kannst du Erfolg haben – vielleicht. Wenn du Geduld hast. Und die Götter dir gewogen sind.«

»Und wenn du der Beste bist! Und das bist du, Nezem.«

»Was ist schon der Mensch?«, widersprach er. »Es liegt einzig und allein am Stein, ob er alles zulässt oder alles untersagt. Weißt du, dass er mit dir spricht, Selene? Aber nur, wenn du gelernt hast, ihm zuzuhören. Dann beginnt er zunächst leise, steigert sich langsam und wird schließlich immer lauter. Das kann sogar bis zum Brüllen gehen, bis du ihn ganz verstanden hast. Dann erst wird er wieder leiser und verstummt schließlich ganz.«

Vor Erregung hatte er zu schwitzen begonnen.

»Ich habe noch mehr von diesem wunderbaren Material mitgebracht. Für viele, viele neue Statuen. Fass mal an! Wenn du den Stein genügend lange polierst, fühlt er sich beinahe an wie schwerer, kostbarer Stoff.«

»Ich mag es, wenn du so über deine Arbeit redest«, sagte Selene. »Dann ist es, als würde ich den Stein auch hören.« Fast andächtig fuhr sie mit dem Zeigefinger die Linien nach. »Diese Isis hier wird immer sprechen, Nezem. Zu jedem, der sie ansieht oder berührt. Ich verspreche, sie in größten Ehren zu halten«, sagte sie lächelnd, »auch wenn ich mich erst daran gewöhnen muss, dass die Göttin ausgerechnet mein Gesicht haben soll.«

Er gab einen Laut von sich.

»Willst du noch mehr Wein?«, fragte sie. »Oder soll ich dir lieber etwas zu essen machen?«
»Dich will ich«, sagte Nezem. »Nichts anderes.«
Als er sie fast unbeholfen zu streicheln begann, musste sie auf einmal weinen. Ihre Tränen flossen heftiger, als er ihre Lippen öffnete und die Küsse immer leidenschaftlicher wurden. Er legte ihr eine Hand auf die Hüften, sie aber nahm sie und führte sie zu ihren Brüsten. Schließlich empfing sie ihn. Nezem war, als habe ihn eine riesige Welle hochgehoben. Er begann zu zittern, konnte sich nicht länger zurückhalten.
»Verzeih!«, sagte er, als sie später in seinen Armen ruhte. »Eigentlich hatte ich mir vorgenommen, dich die ganze Nacht lang zu lieben. Nie wieder darfst du mich allein lassen, nie wieder!«
Sie drehte den Kopf, bis ihr Gesicht seinem ganz nah war, und küsste seine Wange. Er packte sie fester, aus Angst, sie könne ihm erneut entgleiten, und hielt sie umschlungen. Selene ließ es geschehen, weil sie seine innere Not spürte, aber er fühlte dennoch, dass sie ihm im Augenblick nur körperlich nah war.
»Wo bist du, Selene? Doch nicht schon wieder – dort?«
»Ich kann nicht anders, Liebster«, sagte sie. »In jenem Haus wird bald schon Schreckliches passieren. Sarit und Basa verletzen sich gegenseitig und gehen langsam daran zugrunde. Was soll ich nur tun? Ich muss doch irgendetwas tun!«
»Es ist ihr Schicksal, nicht unseres«, sagte er heftig. »Wieso lässt du zu, dass diese Menschen sich in unser Leben einmischen? Sogar unsere Kleine ist schon ganz durcheinander. Ich musste Isis vorhin lange herumtragen, bis sie endlich einschlief.«
»Weil es keine wirkliche Trennung gibt, Nezem, das ist nichts als Illusion. Alles ist mit allem verbunden«, sagte sie sanft. »Und Kinder spüren das manchmal besser als wir

Erwachsene. Aber lass uns jetzt schlafen! Und lieber morgen weiter reden.«

Er strich über ihr Haar, während ihre Beine vor dem Einschlafen zu zucken begannen, wie immer, wenn sie besonders angespannt war. Dann wurde ihr Atem gleichmäßig. Er aber lag lange wach, Selenes Worte hatten ihn mitten ins Herz getroffen. Das Band der Liebe, das er für unzerstörbar gehalten hatte, kam ihm auf einmal verletzlich vor. Was, wenn das Schicksal kein Einsehen hatte und ihn und seine Liebste wieder auseinander riss?

Nezem begann sich vor der Zukunft zu fürchten. Denn er konnte sich ein Leben ohne Selene nicht mehr vorstellen.

ooooo

Jeden Vollmond war Kamelmarkt in Sunu, ein Spektakel, das nicht nur Händler und Käufer anzog, sondern auch jede Menge Neugierige. Seit angenehm temperierte Wintertage die sommerliche Schwüle abgelöst hatten, gehörten auch Ruza und Meret regelmäßig zu diesen Zaungästen. Ein paar Stunden, die nur ihnen gehörten, denn an den anderen Tagen nahm Ruza die Arbeit für Pacher sehr in Anspruch. Irgendwann im Herbst war plötzlich die alte Dienerin weggeblieben. Dass seine Schwester deren Pflichten ohne großes Aufheben übernahm, schien für ihn selbstverständlich. Jedenfalls wurde die Einstellung einer neuen Magd nie zwischen ihnen erörtert. Außerdem erwartete er von Ruza, dass sie Pflanzen auslas und sie zu Zöpfen oder Kränzen flocht, die er später am Markt anbieten konnte.

Seltsamerweise gefiel es Ruza, für das Haus zu sorgen, und auch die Beschäftigung mit Kamille, Minze und Flachs machte ihr Spaß. Zum ersten Mal in ihrem Leben war sie keine Dienerin, sondern selber eine Art Herrin. Allerdings kam es zwischen Pacher und ihr zu keiner wirklichen Begegnung. Er schien sich wenig aus Gesprächen zu machen und ging ihr häufig bewusst aus dem Weg. Ruza war sich nicht einmal sicher, ob ihm überhaupt auffiel, wie sauber die Zimmer jetzt waren und wie gut die Mahlzeiten schmeckten, so sehr lebte er in seiner eigenen Welt, zu der ihr der Zugang verwehrt blieb.

Allerdings interessierte er sich eingehend für die Eroberung Wasets durch die Assyrer, die sie ihm schon einige Male in allen Einzelheiten hatte schildern müssen. Besonders schien ihn zu beschäftigen, was geschah, wenn die Eroberer Kemet wieder verließen. Zu solchen Spekulationen zog er sich dann erneut ganz in sich zurück. Doch gab es auch Momente, in denen sein Blick so eindringlich auf ihr und vor allem Meret ruhte, dass die alte Unruhe in Ruza erneut aufstieg.

»Sie sieht dir so gar nicht ähnlich«, sagte Pacher eines Tages. »Und auch keinem aus unserer Familie. Schau nur, wie zierlich ihre Hände sind! Wir dagegen sind alle immer nur einfache Bauern und Händler gewesen, keine feinen Stadtmenschen.« Leicht anzüglich schielte er auf ihre plumpen Knöchel, für die sie sich ihr Leben lang geschämt hatte. »Und wem sie wohl diesen seltsamen Fleck neben dem Auge zu verdanken hat?«

»Meret gerät ganz nach ihrem Vater«, erwiderte sie schnell. »Übrigens eine Sippe von ausgesprochen schönen, feingliedrigen Männern.« Es war kindisch, aber es machte ihr trotzdem Spaß, ihm diesen Hieb zu versetzen.

»Viele Brüder?« Nach dem Vermögen, das ihn bestimmt mindestens ebenso interessierte, fragte er zu ihrer Verwunderung nicht.

»Drei«, log sie. »Aber die anderen beiden waren wesentlich älter als er. Einer starb schon vor Jahren an Lungenentzündung. Und der andere ist irgendwo im Delta verschollen.«

»Und dein Mann? Hat er gar keine Sehnsucht nach dir?« Pacher versuchte, Meret ungeschickt an sich zu ziehen, die

gerade vorbeilief. Sie aber wehrte sich gegen seine Umarmung und begann zu weinen, bis er sie entnervt wieder los ließ. Schnell brachte sie sich auf Ruzas Schoß in Sicherheit.
»Und vor allem nach seiner hübschen kleinen Tochter?«
»Mein Mann ist tot«, sagte sie. »Von Assyrern erschlagen. Meret hat keinen Vater mehr. Aber das weißt du doch längst. Wie oft soll ich es dir eigentlich noch erzählen?« Pachers Blick blieb skeptisch und Ruza hatte es plötzlich eilig, die Bohnensuppe für das Abendessen aufzusetzen.
Es traf sich gut, dass er die nächsten Tage stromabwärts reisen musste, um seine Safranvorräte aufzufüllen. Ruza holte den Goldschatz aus dem neusten Versteck, dann ging sie mit Meret zum Hafen. Für ein paar Deben Kupfer war ein älterer Mann sofort bereit, sie mit seinem Segelboot nach Philae zu bringen.
Zuerst genoss Ruza die Fahrt zur Tempelinsel. Das Wasser unter dem Bug war grünlich und klar; Löffelreiher landeten elegant auf einer sandigen Landzunge, die weit hinein in den Fluss reichte. Die Erinnerung an Gott Sobeks gefährliche Kreaturen, die sie in jener Nacht auf dem Nil in Todesangst versetzt hatten, war an diesem sonnigen Tag so unwirklich wie ein ferner Traum. Als sie sich jedoch ihrem Ziel näherten, wurde sie immer aufgeregter. Zum Erstaunen des Fährmannes blieb Ruza im Boot sitzen, nachdem er angelegt hatte.
»Was ist los?«, fragte er verwundert. »Eben wolltest du noch so dringend hierher. Was hast du denn auf einmal?«
Kein Mensch war auf der schnurgeraden Prozessionsstraße zu sehen, die mit hellem Stein gepflastert war, und trotzdem fühlte Ruza sich, als würde sie von tausend Augen streng geprüft. Nicht ein Lufthauch. Aber sie spürte dennoch die Last unsichtbarer Schwingen, die nicht nur Schutz und Heil bedeuteten, sondern jeden unerwünschten Eindringling in diesen heiligen Bezirk auch ebenso gut zerschmettern konnten.

»Bring mich sofort wieder zurück!«, sagte Ruza zum Fährmann. »Und ohne dumme Fragen bekommst du das Doppelte dafür.«
Brummend tat er, was sie verlangt hatte.
Unter der Mittagssonne schlief Meret bald ein, während Ruza nur mühsam ihre Ruhe wiederfand. Das Tor des Isis-Tempels war ihr verschlossen, das wusste sie nun. Solange die Angst vor einer Entdeckung sie lähmte, hatte sie im heiligen Bezirk der Göttin nichts verloren. Wie süß ihre heimlichen Mutterphantasien auch sein mochten – war sie denn nicht eine Hochstaplerin, die das Kind einer anderen für ihr eigenes ausgab? Wie hätte sie es wagen können, mit dieser frechen Behauptung der Mutter aller Mütter unter die Augen zu treten, wenn es ihr nicht einmal gelang, das Misstrauen des eigenen Bruders auszuräumen?
Seither achtete sie noch sorgfältiger darauf als bisher, dass Pacher niemals dazu kam, wenn sie das Kind wickelte oder badete. Sie nähte leichte Hemdchen für Meret, die sie nicht beim Laufen behinderten, und ließ ihr lockiges Haar weiter wachsen. Keinem der Nachbarn erlaubte sie, ihrem Kind zu nahe zu kommen. Vor allem aber wurde Ruza nicht müde, nach immer noch besseren Verstecken für ihren geheimen Goldschatz zu suchen, bis sie endlich ganz sicher war, den geeigneten Platz gefunden zu haben.
Am Rand des Marktes stemmten sich weiß getünchte Ziegelhütten gegen den Wüstensand. Fladenbrote wurden hier verkauft, billiges Leinen, dünne Gerten, Lederpeitschen, Safran, Sesam und Kardamom. Dazwischen hatten Melonenverkäufer ihre Früchte für durstige Kundschaft im Sand ausgelegt. Man hatte ein freies Feld behelfsmäßig umzäunt, um die unberechenbaren Kamele am Weglaufen zu hindern. Manche lagen faul im Sand, andere fraßen Bocksdorn oder Klettgras oder waren umringt von ihren heftig gestikulierenden Besitzern. Meret, sonst den ganzen Tag unermüdlich auf

ihren kleinen Füßen unterwegs, quengelte, bis Ruza sie sich auf die Schultern setzte. Sofort war sie friedlich und staunte, was es alles zu sehen gab: Da waren braune, sandfarbene, vereinzelt sogar cremeweiße Kamele und dazwischen ein paar fast schwarze Stuten, einige noch trächtig, andere begleitet von ihren Kälbern, die jämmerlich nach ihrer Mutter blökten, wenn sie sich versehentlich zu weit entfernten. Abgesondert vom Rest standen in einer kleinen Herde zusammengefasst die schlanken, hochbeinigen Rennkamele, das Kostbarste, was hier angeboten wurde, vorwiegend Stuten, weil die Brunft bereits begonnen hatte und die jungen Hengste in dieser Zeit sich nicht nur gern Zweikämpfe mit ihren Rivalen lieferten, sondern auch bissig zu Menschen wurden.
Die meisten Händler behandelten ihre Kamele gut; aber es gab auch vereinzelte, die die Tiere mit Stockschlägen malträtierten, wenn sie zu störrisch waren. Dann spürte Ruza, wie sich das Kind auf ihren Schultern verkrampfte und seine Tränen sofort zu fließen begannen, wenn irgendeine Kreatur in seiner Nähe leiden musste.
Gerade noch rechtzeitig konnte sie nach rechts in einen Nebenweg schwenken, ehe einer der Schlachter die Kehle eines Schafs mit einem frisch geschliffenen Messer durchtrennte. Ein schneller Schnitt, ein kurzes Zucken. Blut floss aus dem offenen Hals und verlief im Sand.
Eine vertraute Stimme brachte Ruza dazu, sich überrascht umzudrehen. Ihr Bruder stand neben einem dunkelhäutigen Nomaden und lachte aus vollem Hals. Sie konnte sich nicht erinnern, ihn jemals so strahlend und ausgelassen gesehen zu haben. Vorsichtshalber drückte sie sich mit dem Kind gegen eine Bretterwand, damit er sie nicht zu früh entdeckte. Breitbeinig und selbstbewusst badete Pacher seine Hand im warmen Schafsblut. Dann zögerte er einen Augenblick. Der Nomade nickte ihm auffordernd zu. Da drückte Pacher seine blutige Hand auf das helle Fell eines Kamels. Der Abdruck

der fünf Finger galt als magische Kraft, die die bösen Geister in der Wüste vertreiben sollte. Und es war die Ehre und das alleinige Privileg des Karawanenbesitzers, die Leitstute auf diese Weise zu kennzeichnen.

So schnell sie konnte, lief Ruza nach Hause. Meret schien ihre Aufregung zu spüren und protestierte nicht, als Ruza sie im Innenhof zum Spielen absetzte. Ruzas Hände zitterten, als sie die staubige Erde unter dem alten Feigenbaum wegscharrte.

Sie wurde erst ruhiger, als sie auf den Gürtel stieß. Ungeduldig nahm sie ihn aus der kleinen Grube heraus und stutzte einen Augenblick, weil er ihr plötzlich leichter vorkam. Sie schüttelte ihn und prüfte sein Gewicht, immer noch unschlüssig. Als sie jedoch die vertrauten Schmuckstücke durch den Stoff betastete und schließlich sogar einige probeweise aus der versteckten Öffnung zog, war alles, wie es sein sollte. Das Gold schimmerte in ihrem Schoß, massiv und solide gearbeitet, die beste Garantie für eine sichere Zukunft. Es fiel ihr noch schwerer als sonst, sich wieder von ihrem Schatz zu trennen.

Als schließlich alles erneut unter dem Feigenbaum vergraben war, ging Ruza mit Meret ins Haus zurück.

ooooo

Unablässig hielt Sarit Ausschau nach ihrem verlorenen Kind – am nächtlichen Sternenhimmel, im Staub, in der kalten Asche des Herdfeuers. Ihr Körper fühlte sich hart und steif an, ein Schmerz, der in den Knochen saß und sich immer tiefer weiterfraß. Sie hatte sich angewöhnt tränenlos zu weinen, schon um Basas Zorn nicht heraufzubeschwören. In ihren Träumen war sie lebendig, konnte laufen, fühlen, sogar weinen. Aber selbst wenn sie träumte, begegnete sie niemals dem Kleinen. Eine verlassene Wiege war alles, was sie sah,

ein weißes Leinentuch, auf dem ein Blutfleck wie eine große Mohnblüte leuchtete.
Falls sie sich überhaupt der Mühsal des Aufstehens unterzog, standen ihr endlos leere Tage bevor, in deren Verlauf sich die Traumreste mit der kalten Missbilligung Basas vermischten.
Er schlug sie nicht. Noch nicht. Aber Sarit spürte, dass die Wand, die ihn davon trennte, mit jedem Tag brüchiger wurde. Manchmal provozierte sie ihn sogar absichtlich, um es endlich auf sich zu nehmen. Vielleicht würde der körperliche Schmerz sie wenigstens wieder halbwegs lebendig machen. Aber so hochmütig sie sich ihm gegenüber auch verhielt, er ließ sich niemals zu Schlägen hinreißen. So verlieh es ihr wenigstens eine Art schaler Genugtuung, zuzusehen, wie viel ihn diese Beherrschung kostete.
Sie wusste längst, dass Basa ein heimliches Leben führte. An vielen Abenden verließ er das Haus, und wenn er irgendwann im Morgengrauen zurückkam, waren seine Schritte unsicher. Er trank mehr, als ihm gut tat, und sein Gesicht verriet ihr, dass er sich anderswo jene Art Befriedigungen zu verschaffen wusste, die er ihr versagte. Angesichts der zunehmenden Entfremdung zwischen ihnen fühlte sie sich jedoch zu schwach und mutlos, um an seine Geheimnisse zu rühren.
Welches Recht dazu hatte sie überhaupt?
Ihr war kein einziger Trumpf geblieben. Sie war krank und verbraucht, Basa verfügte über ihr Vermögen, und er hatte zudem auch die Söhne, die er von ihr verlangt hatte. Sie dagegen war nichts mehr als überflüssiger Ballast.
Sarit hatte gehofft, sich besser zu fühlen, wenn Selene fort war, weil sie dann wenigstens nicht mehr mit ansehen musste, wie Basas gierige Augen ihrer Freundin überallhin folgten, während sie unsichtbar für ihn geworden war. Nach Selenes Abschied aber wuchs der Abgrund in ihr. Niemals würde sie erleben, wie ihre Söhne zu Männern heranwuchsen, das wusste sie inzwischen. Sie hatte dieses Anrecht verwirkt, weil

sie das Kleine nicht genug geliebt hatte, die furchtbarste Sünde einer Mutter. Jetzt bestraften die Götter sie dafür. Tag für Tag. Nacht für Nacht.

Zu dieser Strafe gehörte, dass sie die Nähe ihrer anderen Kinder nicht mehr ertrug. Anu anzunehmen, war ihr von Anfang an schwer gefallen. Als Selene ihn dann auf Basas Geheiß stillte, wurde es schier unmöglich. Selenes Geruch haftete an ihm wie süßliches Öl, das Sarit zum Würgen brachte. Obwohl sie wusste, dass die Brust der Freundin die Rettung des Sohnes bedeutete, hasste sie beide dafür. Selbst jetzt, nachdem Selene fort war, brachte sie es nicht über sich, Anu hochzunehmen, und sie sah angestrengt weg, wenn er seine Ärmchen nach ihr ausstreckte.

Schlimmer noch erging es ihr mit Khay, der sich sehr wohl daran erinnerte, wie sie ihn früher gestreichelt und geküsst hatte, und nicht verstehen wollte, weshalb es jetzt anders war. Er kam zu ihr gerannt wie immer und reagierte auf ihre Zurückweisung zunächst verblüfft. Die nächsten Male, als sie ihn einfach nicht beachtete, weinte er bitterlich und versteckte sich wie ein geprügelter Welpe unter dem Tisch. Inzwischen jedoch verlangte er mit fast aggressiver Beharrlichkeit nach ihr und begann sogar mit seinen kleinen Fäusten auf sie einzuschlagen, wenn sie sich ihm wieder entzog.

»Hau ab!« Sarit erschrak über den hässlichen Klang ihrer eigenen Worte, aber es war bereits zu spät. Sie konnte sie nicht mehr zurückhalten, und wie ein Sturzbach flossen sie aus ihrem Mund. »Fängst du jetzt auch schon so an wie dein Vater? Lass mich endlich in Ruhe, du kleines Scheusal! Keinen von euch will ich mehr sehen, verstehst du? Ich hasse euch alle!«

Das verzweifelte Weinen eines verlassenen Kindes, in das Khay daraufhin ausbrach, war mehr, als sie ertragen konnte. Dabei würden sie ohnehin schon bald wieder die unheimlichen Stimmen überfallen, die sie schon seit vielen Monden

nicht mehr in Ruhe ließen. Es begann als Flüstern, Klagen, die ungehindert gleichzeitig in Herz, Kopf und Bauch zu dringen schienen, bis sie immer lauter wurden und schließlich die ganze Welt mit ihrem entsetzlichen Gebrüll erfüllten. Sarit ließ sich aufs Bett fallen und zog die Decke eng wie eine Schutzhaut um sich. Eines Tages würde sie aufhören zu leiden.
Aber dazu musste sie erst aufhören zu atmen.

ooooo

Montemhet legte den Namen Mantipeanche, den die Assyrer ihm verliehen hatten, mit dem Tag ihres Abmarsches ab und verwendete ihn kein einziges Mal mehr. Nun trugen alle seine Erlässe wieder die blaue Lotosblume, seit Generationen das Wappen seiner Familie. Im gleichen Zug führte er die alte Regelung wieder ein, dass auf jeweils acht Arbeitstage zwei Feiertage folgten. Das Volk von Waset nahm dies dankbar an, ebenso die zahlreichen Götterfeste, die ab sofort wieder eingesetzt und so zahlreich und aufwändig wie immer begangen wurden.
Bald schon waren überall die groß angelegten Bau- und Renovierungsarbeiten des Stadtfürsten zu besichtigen, die die Wunden der Stadt schließen sollten. Aber Montemhet gab sich damit noch nicht zufrieden. Er ließ einige Kapellen im Tempelbezirk erneuern, die lange vernachlässigt gewesen waren, und zudem einen heiligen See für den Tempel des Month anlegen. Außerdem erhöhte er die Opferrationen und sorgte dafür, dass alle geraubten Opfertische und Götterstatuen durch nicht minder prachtvolle ersetzt wurden.
Die Priester verfolgte seine Aktivitäten voller Argwohn. Viele von ihnen hatten damit gerechnet, dass Montemhet unter den Assyrern seine Macht verlieren würde, und auf ein Erstarken des Einflusses der Priesterschaft gehofft. Das Ge-

rücht, er habe die verhassten Feinde heimlich in die Stadt gelassen, kam ihnen gelegen, und sie verbreiteten es eifrig, aber es gab nicht einen einzigen Beweis für die Verdächtigung. Nur einer in der Stadt hätte ihn liefern können. Der Erste Baumeister jedoch hatte sich entschlossen zu schweigen – vorerst zumindest, bis der richtige Augenblick gekommen war, um sein Wissen an passender Stelle zu offenbaren.
Trotz des Truppenabzugs jedoch hielt Assur die Stadt noch immer in unsichtbaren Klauen. Kemet war und blieb assyrische Provinz, der Herrscher saß in Ninive und erteilte von dort aus seine Befehle. Jener immensen Beute, welche die Eroberer in Kisten und Säcken fortgeschleppt hatten, mussten Jahr für Jahr neue Abgaben und Reparationszahlungen folgen, solange der unstillbare Appetit Aschurbanaplis nicht befriedigt war. Blieben sie aus, war mit dem Tod der verschleppten Geiseln zu rechnen.
Es erboste viele in Waset, dass Montemhet seine Söhne rechtzeitig außer Landes gebracht hatte, um sie, wie man behauptete, vor der Verschleppung zu bewahren und an ihrer Stelle lieber andere zu opfern. Als Nesptah und Patjenfi nach ihrer Rückkehr den Vater in den Tempel begleiteten, trafen sie deshalb viele scheele Blicke.
Nesptah, seit jeher gelassener, ließ sich nicht aus der Ruhe bringen, der sensiblere Ältere jedoch konnte es nur mühsam ertragen. Patjenfi, noch magerer als vor seiner Abreise ins Goldland, als hätte der Wüstensand jedes Deben Fett an seinem hoch gewachsenen Körper verbrannt, starrte zu Boden, als könne er kaum erwarten, sich endlich zurückzuziehen.
Auch Montemhet registrierte sehr wohl, was um sie herum geschah, zeigte aber nach außen keine Reaktion. Er wusste, wie sehr sie ihn hassten und seine Nachkommen dazu. Aber er wusste auch, dass sie ihn brauchten, mehr denn je. Keiner würde es wagen, offen gegen ihn aufzustehen. Sollten sie nur in ihren Herzen heimliche Rebellion gegen ihn hegen –

solange er Schepenupet auf seiner Seite wusste, konnte ihm niemand etwas ernstlich anhaben.
In einer der Nebenkapellen hatte er eine neue Inschrift anbringen lassen, einen Hymnus, der das Lob Amuns pries: »Herr der Ewigkeit, die Dauer ist in Deiner Faust, Du befiehlst dem Leben. Du ordnest das Geschick der Götter, der Menschen und der Geister. Sie alle handeln unter Deiner Führung ...«
»Er spielt sich auf, als sei er der Pharao höchstpersönlich«, sagte der Hohepriester Horachbit säuerlich zu Harwa, als die Zeremonie zu Ende war. »Und sieh dir nur mal seine arroganten Söhne an! Man könnte meinen, sie seien die Falken-im-Nest. Dabei stammt der Jüngere von einer schwarzen Sklavin ab. Was die Herrin Udjarenes ihm übrigens bis heute nicht verziehen haben soll.«
»Jedenfalls versteht er es wie kein anderer, die Gunst der Stunde zu nutzen«, erwiderte Harwa halblaut. »Erst hat er schamlos mit den Assyrern kollaboriert. Jetzt, wo sie endlich abgezogen sind, findest du auf einmal keinen treueren Gefolgsmann Tanutamuns als ihn. Und wiederum scheint seine Rechnung aufzugehen.«
»Wer weiß, wie lange noch? Seine Wendigkeit wird ihn früher oder später den Kopf kosten.«
»Hast du denn neue Nachrichten aus Napata?«, wollte Harwa wissen, als sie den Tempel verließen. Vor dem Tor war das Fehlen der beiden großen Obelisken nicht zu übersehen. Angesichts ihrer Spuren im sandigen Boden mussten Horachbit und Harwa an die Schmach denken, die ihr Abtransport für die Priesterschaft Amuns bedeutet hatte.
»Nichts von Bedeutung«, erwiderte Horachbit. »Tanutamun nennt sich immer noch ›Herr beider Länder‹. Er redet sogar davon, ein Heer aufzustellen, um Kemet vom Süden her zurückzuerobern.« Er gab ein skeptisches Schnauben von sich. »Nichts als Träume und Phantastereien, wenn du mich

fragst. Woher soll er Soldaten nehmen? Seine hiesigen Truppen sind aufgerieben, und die Kuschiten sind es Leid, ihre Schädel für uns hinzuhalten. Das berichten meine Spione einhellig. Soll Tanutamun nur weiterhin glauben, Napata sei das bessere Waset und er der fähigste aller Diener Amuns! Von mir aus braucht er niemals mehr wieder zu kommen.«

»Aber Meru hat erst neulich gesagt ...«

»Hör mir bloß auf mit dem Tempelschreiber!«, unterbrach ihn der Hohepriester. »Wir sollten uns schleunigst um einen geeigneteren Nachfolger kümmern. Seitdem die Assyrer ihm öffentlich die Zähne ausgeschlagen haben, ist er endgültig zur Memme geworden. Außerdem ist er einer von ihnen. Ich habe diese Kuschiten niemals leiden können.«

Harwa sah ihn erstaunt an. Selbst die dickste Puderschicht konnte Horachbits dunkle Haut nicht verdecken.

»Ich weiß, dass ich das Blut des Goldlandes in mir trage«, sagte er. »Aber mein Herz schlägt seit jeher für Kemet, wo mein Vater geboren wurde, nicht für Kusch.«

»Auch ich war nie ein großer Freund der Kuschiten«, bekräftigte Harwa. »Außerdem herrscht Amun seit Anfang aller Zeiten über unsere Stadt – nicht seine ›Gottesgemahlin‹, und wenn sie sich seit neuestem noch so sehr mit der Göttin Mut gleichsetzt!« Dass er alles daran gesetzt hatte, ihr Oberamtmann zu werden, schien er vergessen zu haben. »Schon gar nicht ihr Liebhaber. Darf die ›Gottesgemahlin‹ zugleich Metze des Stadtfürsten sein, frage ich dich?«

»Die alte Ordnung ist zerstört«, sagte Horachbit, »und damit ein gefährliches Vakuum entstanden, das Raum für schädliche Neuerungen lässt. Wir aber sind da, um die Traditionen zu schützen, wir, die Diener Amuns. Die Götter allein sind ewig – hat sie das nicht selbst gesagt?« Mit dem Kinn wies er in Richtung der prachtvollen Sänfte Schepenupets, die diese an der Seite ihrer Nichte Amenardis gerade bestieg. »Was freilich nicht heißt, dass wir die Hände in den Schoß legen dürfen. Vielmehr ist Handeln gefragt. Und ich denke, die Zeichen stehen günstig dafür.«

»Was meinst du damit?«, fragte Amun-Priester Irti, der zu ihnen gestoßen war, der Dritte im Bunde, der nichts mehr verabscheute als die Herrschaft einer starken Frau im Tempel. »Befürchtest du, dass Waset seinen Rang an Mennefer abgeben muss?«

»Das liegt einzig und allein an uns.« Horachbit befeuchtete seinen Zeigefinger und hielt ihn in die Luft. »Spürt ihr nichts?«, fragte er. »Ihr müsst es doch auch spüren!«

»Was?«, wollte Irti wissen, während Harwa nur den Kopf schüttelte.

»Der Wind hat sich gedreht«, sagte Horachbit. »Er kommt jetzt aus Norden. Vergesst die schwarzen Pharaonen! Sie haben ihre Chance gehabt – und verspielt. Die Zukunft Kemets wird im Delta bestimmt.« Sein Mund verzog sich. »Und ist sie nicht ebenso wichtig wie unsere ruhmreiche Vergangenheit, vorausgesetzt, sie knüpft an unsere Traditionen an?«

»Du meinst also, wir sollten ...«

»Bedeutet Priestertum denn nicht Königsdienst?«, wandte Irti ein.

»Ganz recht! Was wir brauchen, ist ein starker Pharao, der das Land wieder eint. Nur so kann Kemet zu seiner alten Macht und Stärke zurückfinden. Lasst uns nicht länger eine Herde sein, die ihren Hirten und damit ihre Richtung verloren hat!«

»Jemand muss diesen schmachvollen Zustand beenden«, fiel Irti eifrig ein. »Kemet eine der Provinzen Assurs – das muss sich ändern! Und wer anders könnte das als Nabusche..., ich meine Psammetich, schließlich ist er ein Mann aus Kemet wie wir! Habt ihr schon gehört, dass die Assyrer ihn auch zum Herrn von Mennefer gemacht haben?«

»Natürlich!«, bestätigte Harwa. »Es kann nur Nechos Sohn sein, nach allem, was geschehen ist!«

»Eure Worte waren meine Gedanken«, sagte Horachbit. »Deshalb habe ich bereits einen Unterhändler nach Saïs geschickt, um dem mächtigen Deltafürsten – nun, lasst es mich einmal so formulieren – unsere Sicht der Dinge nahe zu bringen. Ich bin sicher, Psammetich ist klug genug, Interesse zu zeigen. Zudem hat er die volle Rückendeckung Assurs. Eine neuerliche Invasion wäre damit ausgeschlossen. Und ihr wisst so gut wie ich, dass Waset eine solche kein zweites Mal überleben könnte.«

»Gibt es denn schon eine Reaktion aus Saïs?«

»Sie wird vermutlich nicht allzu lange auf sich warten lassen.« Horachbit lächelte dünn. »Ich rechne damit, dass wir zufrieden sein können. Ob sie allerdings Montemhet auch gefallen wird, ist fraglich.«

ooooo

Er kam nachts zu ihr, als der Hofstaat schlief und nur ein paar vertraute Diener noch wachten. Schepenupet war über die späte Stunde verärgert. Dabei war es ihr Vorschlag gewesen, weil sie es vermeiden wollte, das Gerede in der Stadt weiter anzuheizen. Sie empfing Montemhet erstmals in ihren inneren Gemächern, um neugierige Augen und Ohren auszusperren, wie sie betont hatte, aber auch, weil sie gespannt war, wie er auf die Intimität des Ortes, der ihre ganz persönliche Handschrift trug, reagieren würde.

»Wein?« Sie ging zum Tisch und schenkte zwei Becher ein. Die Flammen in zwei ausgehöhlten Straußeneiern tauchten den Raum in warmes Licht und sperrten die dunkle Welt draußen aus. Auf dem Boden lagen golddurchwirkte Sitzkissen. Ein Wandgemälde zeigte eine heitere Tierszene, blaue Affen, die sich im Dickicht um Früchte stritten. Die Tür zum Nebenraum stand halb offen, weit genug, um den Blick auf

ein breites Bett freizugeben. »Wie hat eigentlich Udjarenes auf deinen späten Ausflug reagiert?«
»Ich bin nicht hergekommen, um zu trinken«, erwiderte Montemhet knapp, »und keinem Menschen über mein Kommen und Gehen Rechenschaft schuldig.«
»Nein, du bist hier, weil alle im Tempel dich hassen, so wie deine Frau dich hasst, richtig? Und weil du wissen möchtest, ob ich mich auch auf ihre Seite geschlagen habe.«
Sie trank. Dabei sah sie ihm in die Augen, und er spürte ein vertrautes Ziehen im Bauch.
»Bist du auf ihrer Seite?«, fragte Montemhet.
Er wirkte blass und angestrengt. Wie ein Schiff, das keinen richtigen Hafen hat, dachte sie, und doch Tag für Tag auf gefährliche Fahrt gehen muss. Hätte unter anderen Umständen ich dieser Hafen sein können? Eine Frage, die sie früher ohne zu zögern bejaht hätte. Inzwischen jedoch war sie sich nicht mehr sicher.
»Zweifelst du an mir?«, sagte sie schließlich. »Ist es das, was dich hergeführt hat?«
»Wer nie zweifelt, muss verrückt sein«, erwiderte er. »Ich halte nach wie vor große Stücke auf einen klaren, genau arbeitenden Verstand. Aber ich würde auch gerne wissen, woran ich mit dir bin.« Er suchte nach den richtigen Worten. »Du bist so ... verändert in letzter Zeit«, fügte er hinzu.
»Wer sich nicht ändert, ist dumm«, versetzte sie ihm, nicht minder direkt. »Ich mache mir, wie du weißt, nichts aus dummen Menschen.«
»Genauer gesagt, seit der Invasion der Assyrer.«
Nun griff auch Montemhet nach einem Becher. Der kühle Ton in seiner Hand wirkte beruhigend. Er trank und fand allmählich zu seiner gewohnten Sicherheit zurück.
»Manchmal erkenne ich dich kaum wieder.«
»Das geht mir ähnlich.« Schepenupet kam langsam näher. »Aber ist das verwunderlich? Re wird jeden Morgen geboren

und stirbt jede Nacht wieder. Sogar er verändert sich also unablässig.« Sie war nur eine Armlänge entfernt, aber dennoch unerreichbar. »Du willst unbedingt vorwärts kommen, das ist unübersehbar. Und es scheint dir zu gelingen.«
»Wenn du pflügst und alles gedeiht auf dem Feld, und wenn Gott dir reichlich gibt, dann rühme dich dessen nicht übermäßig und erhebe dich nicht über den, der nichts hat«, zitierte er eine der alten Weisheitslehren, die man schon als Kind beigebracht bekam. »Ich gebe mir Mühe. Mehr nicht.«
»Das meine ich nicht«, sagte sie spitz. »›König von Waset‹, so nennen dich bereits einige Urkunden der Besatzer, obwohl du anderseits öffentlich damit prahlst, deinen assyrischen Namen abgelegt zu haben. Ist es das, was du anstrebst? Haben wir dafür unsere Stadt geopfert?«
»Wir haben getan, was wir in einer schwierigen Lage für das Beste hielten.«
»Nein, sie haben uns für ihre Zwecke benutzt, das ist die Wahrheit«, sagte sie heftig, »ohne jemals ernsthaft zu erwägen, sich an die mit uns getroffenen Abmachungen zu halten. Und wir waren naiv oder selbstherrlich genug, ihren Lügen zu trauen. Kannst du dir diese Schwäche verzeihen, *Montemhet?*« Ihre ganze Wut und ihr ganzer Kummer lagen in diesem einen Wort, seinem Namen.
»So sehr hasst du mich«, sagte er erstaunt.
»Der große Weg ist nicht schwer für jene, die keine Vorlieben haben«, konterte sie mit einer anderen Weisheitslehre. Sie beherrschte alle Register. Selbst darin war sie ihm ebenbürtig. »Gibt es weder Liebe noch Hass, so wird alles klar und unverstellt. Doch schon bei der kleinsten Bevorzugung klaffen Himmel und Erde unendlich auseinander.«
»Und du hast auf einmal keine Vorlieben mehr? Keine Erde? Keinen Himmel?«
»Ich sehe dich mit anderen Augen, das ist alles. Was ich besser schon viel früher hätte tun sollen! Stattdessen jedoch habe

ich wie ein trotziges Kind an meinem Traumbild festgehalten.« Sie lächelte wehmütig. »Du weißt schon, die großen, unerfüllten Geschichten, die alle kennen, weil sie wieder und wieder erzählt werden, bis sie uns so vertraut sind wie die eigene Haut.«

»Und jetzt sind deine Träume zerbrochen?«

Schepenupet sah ihn mit einer unergründlichen Mischung aus Müdigkeit und Gleichgültigkeit an und plötzlich schämte er sich.

»›Das Schicksal zerbricht uns, als seien wir Glas, und unsere Scherben finden niemals wieder zusammen‹«, zitierte sie. »Oder lass es mich prosaischer ausdrücken: Inmitten von Lügen und Intrigen kann es keine unversehrten Träume geben. Alles, was wir tun, hat Wirkungen und Folgen. Ich bin traurig, mein ferner Geliebter, und für mich ist Trauer kein Zeichen von Schwäche.« Ihre Augen wurden schmal. »Willst du dich zum Pharao aufschwingen?«

»Tanutamun trägt die Doppelkrone«, sagte er. »Solange er lebt, diene ich ihm mit meinem Leben. Ich bin ein treuer Mensch, meine Freundin. Gerade du müsstest das wissen.«

»Und das beweist du dem Einzig-Einen, indem du seine ärgsten Feinde heimlich in die Stadt Amuns lässt?«

»Wir«, verbesserte er sie, »wir haben das getan. Nach bestem Wissen und Gewissen. Weil wir um seine Schwäche wussten. Und weil wir hofften, die Stadt damit zu schonen. Nun ist es anders gekommen, was ich mindestens ebenso bedaure wie du. Wir sind eben Menschen, Schepenupet. Und damit leider auch fehlbar.«

»Für manche Fehler gibt es keine Vergebung«, sagte sie und zog sich langsam aus dem Schein der Straußeneierschalen in eine Ecke des Raumes zurück. Ihr nachtblaues Kleid verschmolz mit dem Dunkel, als würde sie sich auflösen. Montemhet konnte nicht einmal mehr ihre Umrisse ausmachen.

»Geh nicht!«, bat er. »Nicht jetzt. Ich kann es nicht ertragen, so fern von dir zu sein.« Fast flehend streckte er seine Hände nach ihr aus. »Wie soll ich dich wieder finden?«
»Bin ich allwissend?«, hörte er sie noch sagen.
Dann stand er plötzlich allein in ihren Gemächern.

ooooo

Sarit war noch wach, als Basa zurückkam. Er ging leise wie eine Katze und erschrak, als er sie zusammengesunken in einem Stuhl fand.
»Du? Was machst du hier unten mitten in der Nacht?«
Das Glimmen des Öllämpchens warf seltsame Muster an die Wand und umgab seinen Körper mit einem dunklen Schimmer, als sei ihm ein Fell gewachsen. Er sah gut aus, wenn er betrunken war, auf anziehende, gefährliche Weise gut. Seine Augen glitzerten und seine Lippen wurden träge, was viele Frauen erregend fanden.
»Ich habe auf dich gewartet.« Sarit erhob sich langsam. Würde ihm auffallen, dass sie ein neues Kleid trug und sorgfältig frisiert und geschminkt war?
»Wozu?« Er konnte es kaum noch ertragen, dieses Gesicht, das in Schmerz schier zu ersticken drohte. Sie hatte dunkle Ringe unter den Augen und hohle Wangen, was die Schminke eher betonte als verdeckte. Manchmal glaubte er auf ihren durchsichtigen Lidern schon den Schatten des Todes zu entdecken. »Um mir wieder Vorwürfe zu machen?«
»Du warst bei ihr? Selene?« Ihre Hand fuhr aufgeregt zum Hals. »Oder sind es wieder deine Huren, zu denen du dich Nacht für Nacht schleichst?«
Das Zimmer schien auf einmal kälter geworden zu sein, als habe eine unsichtbare Macht den Raum in eine düstere Höhle verwandelt.
»Irgendwann haben wir uns verloren, Basa«, sagte sie leise.

»Ich weiß nicht einmal mehr, weshalb. Sag du es mir! Wenigstens jetzt, wo es beinahe zu spät ist.«
»Weil wir uns nie gefunden haben«, erwiderte er nach einer Weile. »Besser, wir wären uns niemals begegnet! Aber dieser Irrtum lässt sich nicht mehr rückgängig machen. Jetzt lass mich schlafen, Sarit! Unsere Stadt braucht viele neue Häuser. Und Montemhet ist ein ausgesprochen ungeduldiger Bauherr.«
»Aber ich wollte immer nur dich!« Sarit verstellte ihm den Weg. »Du warst so anders als die glatten jungen Männer aus den feinen Familien, so eigen und geheimnisvoll. Deshalb bin ich deine Frau geworden. Deshalb habe ich deine Kinder geboren. Das ist keine Lüge, Basa. Das ist die Wahrheit.«
Ihre Finger begannen wieder zu tanzen. Sie hatte sie mit frischem Henna eingerieben, aber ihre mageren Hände erinnerten ihn eher an blutige Krallen.
»Was reizt dich an Selene?«, fragte sie weiter. »Wieso ausgerechnet sie? Weil du mich verletzen willst? Oder sie nicht haben kannst?«
»Was geht dich das an?«
»Bin ich nicht deine Frau?«
»Du weißt nicht einmal, wer ich bin«, erwiderte er. »Du hast dir nie die Mühe gemacht, es herauszufinden. Früher so wenig wie heute.« Er wandte sich ab. »Es ist vorbei. Endgültig. Lass uns diese unerfreuliche Unterhaltung beenden!«
»Willst du die Scheidung? Schickst du mich zurück zu meiner Familie, arm wie eine Bettlerin – ist es das, was du vorhast?«
»Bitte, Sarit!«
»Dann sag es mir!«, beharrte sie. »Wieso versteckst du dich ständig? Macht es dir Spaß, mich zu quälen?«
Er spürte, dass der vertraute Zorn in ihm aufstieg.

Weshalb hatte sie ihm wirklich aufgelauert? Um ihn zu kontrollieren? Oder ihm ihren Willen aufzuzwingen? Zu beidem hatte sie kein Recht – hatte keine Frau ein Recht. Sie verstand nicht, was er brauchte, wonach er verlangte. Konnte sie sich vorstellen, wie es war, ein Niemand zu sein? Sich ständig vor Schlägen fürchten zu müssen und noch mehr vor der höhnischen Stimme seiner Mutter, die nichts und niemand in ihm zum Schweigen bringen konnte?

Sarits vornehme Kühle widerte ihn mittlerweile an. Noch unerträglicher jedoch war ihr Versuch, in ihn zu dringen. Was wäre, wenn die Finsternis ganz über ihn käme und er ihren Schädel zwischen seinen Händen zerquetschte? Würde er dann endlich Ruhe finden?

»Wir haben unser Kleines verloren«, sagte sie und kam ihm wieder näher. Mittlerweile stieß ihn sogar ihr Körper ab, der Leib einer resignierten Frau. »Unser zweitgeborenes Kind. Weil unsere Liebe nicht stark genug war. Ist das nicht genug?«

Sie hatte das Falsche gesagt. Sarit merkte es an der Entschlossenheit, mit der er sich zu ihr umdrehte. Mit einem Ruck wischte er das falsche Rot von ihren Lippen. Zurück blieb ein weinerlich verschmierter Mund.

Plötzlich fröstelten beide.

»Wo ist es?«, stieß Basa hervor.

»Fort«, flüsterte sie. »Für immer. Es wird niemals zurückkommen.«

»Was habt ihr mit ihm gemacht? Und behaupte nicht wieder, du seiest zu krank, um zu antworten, sonst bringe ich dich mit diesen Fäusten zum Reden!«

»Es ist in Sicherheit. Isis beschützt es. Keiner soll ihm mehr etwas antun können. Nicht einmal du, Basa!«

Als er einen Schritt auf sie zutrat, begann Sarit zu summen, ein hoher, durchdringender Ton, der ihn erschauern ließ. Basa packte sie an ihren dünnen Handgelenken und schüttelte sie. Als sie trotzdem nicht zu summen aufhörte, schlug er sie ins Gesicht, um sie zur Besinnung zu bringen.

Sie summte weiter.

Seine Schläge wurden fester. In ihrem Gesicht schien etwas auf, das um Schonung bat, aber dafür war es jetzt zu spät. Er schlug jetzt zu mit aller Kraft.

Ein Blutstropfen lief aus ihrem Mund. Sie stieß einen erstickten Klagelaut aus. Zu ihrem Erstaunen schwiegen auf einmal jene schrecklichen inneren Stimmen, nach so vielen endlosen Nächten.

»Jetzt tust du es«, flüsterte sie. »Davon hast du doch schon lange geträumt. Wieso hörst du schon auf? Weiter, Basa, weiter! Dann ist es endlich für immer vorbei. Für dich. Für uns.«

»Möge Seth dich verschlingen!«, fluchte Basa.

Die Wut überrollte ihn wie eine gewaltige Woge, machte seinen Bauch gefühllos und den Kopf gleichzeitig ganz leicht. Skorpione muss man zertreten, das hatte er schon als Kind gelernt, sonst stechen sie und töten. War diese Wahnsinnige hier vor ihm denn etwas anderes als giftiges Getier?

Sie konnte haben, worum sie ihn so scheinheilig anflehte!

Seine Hände legten sich wie ein Schraubstock um ihren Hals und drückten so fest zu, dass ihre Augen allmählich hervortraten. Er tat dies nicht nur für sich, den erwachsenen Mann, der alles erreicht hatte, was er sich einst vorgenommen hatte. Er tat dies vor allem für den Jungen, den keine Frau jemals mehr demütigen oder hintergehen sollte. Er ließ ihre Kehle los und rammte ihr die Faust an die Schläfe, sodass ihr Kopf mit einem dumpfen Knall an die Wand krachte.

Wie eine Stoffpuppe sackte Sarit zusammen und rührte sich nicht mehr.

Khay war hellwach, weil es auf einmal so ruhig im Haus war. Im Halbschlaf hatte er vorhin die vertrauten Stimmen gehört, die helle der Frau, die vorwurfsvoll immer schrillere Höhen erklomm, und die tiefe, zunehmend zornige des Mannes. Sie stritten wieder einmal, Mama und der Vater, das war nichts Neues für ihn. Viel schlimmer nun war die lastende Stille, die alles plötzlich überdeckte.

Langsam stieg er aus seinem Bett, um Anu nicht zu wecken. Eigentlich mochte er Anu nicht und er hatte ihm sogar vor einiger Zeit ein Kissen auf das Gesicht gelegt und so fest draufgedrückt, wie er nur konnte, in einer plötzlichen Aufwallung aus Enttäuschung, Wut und Trauer, weil Anu nie so sein würde wie das Kleine, das er noch immer vermisste. Irgendwann war Neshet dazu gekommen, hatte ihn weggezogen, wild geschüttelt und ihm schließlich mit weißem Gesicht das Versprechen abverlangt, dass er so etwas nie, nie mehr versuchen werde.

Also schlief er weiterhin neben Anu, was immer noch besser war, als ganz allein zu sein, seit Isis nicht mehr bei ihnen lebte. Er musste sich auf diese Weise wenigstens nicht länger vor der Nacht fürchten, denn seit dem plötzlichen Verschwinden des Kleinen verspürte er die Angst, sein Bett könne in der Dunkelheit den Anker verlieren und wie ein führerloses Boot auf dem großen Fluss einfach davonschwimmen. Der gleichmäßige Atem neben ihm war eine Art Tau, an dem er sich festhalten konnte, dünn und ziemlich brüchig zwar, aber immerhin ein Tau.

Neshet schnarchte auf ihrem Lager neben der Türe, das sie seit Selenes Abschied bezogen hatte. Der Bierkrug neben ihr war leer. Es war ein Kinderspiel, den Fuß zu heben und vorsichtig über sie zu steigen. Er war ein ganzes Stück gewachsen in den vergangenen Monden und dünner, gleichzeitig aber auch schneller und um vieles geschickter geworden, was er sehr genoss.

Tag für Tag lernte er dazu.
»Mein Großer«, so hatte der Vater neulich erst zu ihm gesagt und dabei im Vorübergehen kurz die Hand auf seinen Kopf gelegt. Und zum ersten Mal seit langem hatte er keine Angst vor der Nähe Basas gehabt. Er spürte, dass er ihn dem mickrigen kleinen Anu vorzog, und manchmal schämte er sich ein bisschen deswegen. Dann wieder war er froh darüber. Denn Mama verhielt sich so seltsam, seitdem sein Bruder geboren war. Der Vater dagegen war ein starker Mann, dem alle im Haus gehorchen mussten, auch wenn sie heimlich darüber murrten. Eines Tages würde er auch solch ein Mann sein. Khay wünschte sich manchmal nur, es würde nicht mehr allzu lange dauern.
Auf der Treppe blieb er stehen und lauschte hinunter ins Dunkel. Ob dort die katzenschwänzigen Dämonen auf ihn lauerten, von denen Neshet ihm immer erzählte, wenn er zu frech wurde? Eigentlich bemühte er sich ja, immer folgsam zu sein und zu tun, was die Erwachsenen von ihm erwarteten, aber manchmal wollte es ihm einfach nicht gelingen. In solchen Augenblicken spürte er Furcht und Widerstand, ebenso wie er keine verschlossenen Türen ertrug. Und weder Schreien noch Schläge.
Zunächst hörte er nichts. Als er jedoch angestrengt horchte, war da plötzlich ein ersticktes Stöhnen, das schnell wieder erstarb.
Sein Herz zog sich angstvoll zusammen. Aber er wollte doch groß und tapfer sein. Langsam, Stufe für Stufe, schlich er hinunter.
Die Tür stand angelehnt. Durch den Spalt fiel ein Lichtkegel, der ihn wie magisch anzog. Seine nackten Füße machten keinen Lärm auf dem geäderten Marmor, und wenn doch, dann schien der Vater es nicht zu bemerken. Er kniete neben einem ausgestreckten Körper, der bewegungslos am Boden lag.
Eine Frau – Mama!

Beim Näherkommen sah Khay die dunkle Lache, in der ihr Kopf wie auf einem aufgeschlagenen Fächer gebettet schien. Ihre Augen waren weit aufgerissen. Aus dem leicht geöffneten Mund zog sich ein roter Faden. Woher hatte sie diese Flecken auf den bleichen Wangen und den grell verschmierten Mund? Sie erinnerte ihn an eine Puppe, die man weggeworfen hatte, weil sie nichts mehr taugte.

Aber durfte man Menschen wegwerfen?

»Mama?« In seinem Kopf war ein Brausen, und hinter den Schläfen begann es schmerzhaft zu klopfen. Plötzlich war alles vergessen, ihre Kälte und die hässlichen Worte, die sie zu ihm gesagt hatte. Er wollte nur noch, dass sie sich bewegte. Oder wenigstens einen einzigen Laut von sich gab. Vor lauter Aufregung floss Blut aus seiner Nase, dicke, warme Tropfen, die er kaum bemerkte, so groß war seine Angst inzwischen. »Mama, sag doch etwas!«

Langsam drehte sich der Vater zu ihm um.

Sein Gesicht war wie ausgelöscht, der Mund ein weißer Strich, die Augen zwei leere Höhlen.

»Das kann sie nicht mehr, Khay«, sagte er mit unnatürlicher Ruhe. »Sie hat mich gebeten, sie zu töten. Und ich habe ihren Wunsch erfüllt.«

Der Junge konnte nicht mehr schlucken.

»Komm her zu mir!«, sagte der Vater und riss ihn an seine Brust. »Du musst jetzt ganz genau zuhören, mein Großer: Das ist ab jetzt unser Geheimnis. Nur du und ich teilen es. Sonst niemand. Und keiner darf es jemals erfahren! Verstanden?«

Er drückte ihn noch stärker an sich. Jetzt gab es kaum noch Luft zum Atmen für den Jungen. Khay brachte trotzdem etwas wie ein Nicken zustande.

»Gut«, sagte Basa und ließ ihn abrupt wieder los. »Ein Wort zu irgendjemandem – und du bist auch tot!«

ooooo

Mit einem Schrei schoss Selene empor. »Was hast du?«, fragte Nezem erschrocken, der sofort wach geworden war. »Schlecht geträumt?«
»Hörst du nichts?« Mit rasendem Herzklopfen lauschte sie in die Nacht hinein.
»Isis«, sagte er nach einer Weile. Jetzt war das Kinderweinen deutlich durch die dünne Wand zu hören. »Wie gewöhnlich. Und ich dachte, sie schläft endlich durch.«
»Nein, das meine ich nicht.« Schweißperlen standen auf Selenes Stirn; ihr ganzer Körper war kalt. »Ich rede von dem Schrei. Da war doch eben ein furchtbarer Schrei. Wie in Todesangst. Du musst ihn doch auch gehört haben!«
»Ich habe tief geschlafen. Und das solltest du auch ganz schnell wieder tun.« Nezem entzündete ein Öllämpchen und betrachtete seine Frau besorgt. Sie war blass und zitterte. Er entschloss sich, ganz ruhig zu bleiben. »Vielleicht hat dir die Bohnensuppe zugesetzt«, sagte er und stand auf, um Isis zu holen. Mit dem kleinen Mädchen auf dem Arm kam er wieder zurück. »Sie hat sich furchtbar erbrochen«, sagte er. »Und ganz nass geschwitzt ist sie auch. Was ist nur los mit meinen beiden Frauen?«
Selene schien ihn gar nicht zu hören. Sie presste das Kind an ihre Brust. Isis weinte leise vor sich hin, schien sich in der Nähe ihrer Mutter aber allmählich zu beruhigen.
»Ich hätte sie schützen müssen«, flüsterte Selene. »Alle beide. Aber wie?«
»Wovon redest du eigentlich?«, fragte Nezem. »Das ist nichts als eine leichte Unpässlichkeit. Morgen geht es ihr bestimmt wieder gut. Du musst dir keine Sorgen machen. Sie ist kerngesund, unsere Kleine!«
»Am schlimmsten ist es, wenn die Hoffnung stirbt«, sagte Selene undeutlich und drückte ihr Gesicht an den warmen Hals ihrer Tochter. Wie sollte Nezem sie verstehen? Sie verstand ja selber nicht, was in ihr vorging. Aber das Schreck-

liche, das sie mit kalter Hand berührt hatte, schwebte noch immer im Raum. »Wenn die Hoffnung stirbt, stirbt schließlich auch der Mensch.«
Draußen versank der kleine Garten in Düsternis. Der Mond war untergegangen.

ooooo

Da war ein Scharren vor dem Fenster, als ob große Krallen ungeduldig in harter Erde wühlten. Ruza fuhr auf und sah Meret aufrecht neben sich im Bett sitzen. Sie rief ihren Namen, mehrere Male, aber das Kind zeigte keinerlei Reaktion.
Mit zittrigen Fingern entzündete Ruza ein Licht.
Merets Augen waren weit geöffnet, ihre kleine Brust hob und senkte sich stoßweise. Das Gesicht zeigte keine kindlichen Züge mehr, sondern trug den wissenden Ausdruck einer Erwachsenen.
Sie ist Sand, sie ist Ewigkeit, schoss es Ruza durch den Kopf, obwohl sie nicht wusste, woher diese merkwürdigen Worte auf einmal kamen. Neu beschrieben, glatt poliert, nie geboren, immer schon gewesen. Ich werde sie nicht halten können. Ich werde sie verlieren.
»Meret, mein Liebling, was hast du?«, brachte sie mühsam hervor. Heiliges Erschrecken drohte ihre Zunge zu lähmen.
Langsam wandte Meret sich ihr zu. »Mama!« Sie begann laut und heftig zu weinen. »Mama!«
Ruza fand keinen Schlaf, bis der erste Schimmer des Morgens sich am Horizont zeigte. Meret schlief, das Haar zerzaust, das Gesicht unter den Armen verborgen. Ruza zog schließlich ein Kleid über und schlich auf Zehenspitzen hinunter, eine Rücksichtnahme, die sie sich ebenso gut hätte sparen können, denn nirgendwo gab es eine Spur von ihrem

Bruder, der das Haus wohl noch in der Dunkelheit verlassen hatte.
Zielstrebig betrat Ruza den kleinen Innenhof und ging zu dem Baum, unter dem ihr Schatz lag. Noch bevor sie zu graben begann, wusste sie bereits, was passiert war, denn Pacher hatte sich keine sonderliche Mühe gegeben, seine Spuren zu verwischen. Die Erde war nachlässig zugescharrt. Nur wenige Handbewegungen, dann stieß Ruza bereits auf den Gürtel, den er in die kleine Grube zurückgelegt hatte.
Sie war darauf gefasst gewesen, ihn leer vorzufinden, Pacher aber hatte eine Überraschung für sie vorbereitet. Als sie den Gürtel im weichen Licht der Morgendämmerung bewegte, ertönte nicht das vertraute Klirren der Schmuckstücke, sondern ein hässlicher, dumpfer Klang. Ihre Finger zerrten an den Nähten, die eine kundige Hand einst gefertigt hatte, und es bereitete ihr eine merkwürdige Genugtuung, dass sie sich dabei zwei Nägel abbrach.
Endlich war der Spalt breit genug. Sie schüttelte den Gürtel, und billige Kupferbrocken fielen heraus, Schlackenstücke, die er irgendwo aufgelesen haben musste, um sie zu täuschen. Sie ballte ihre Fäuste und hieb mit aller Kraft auf den harten Boden ein, als sei er verantwortlich für Pachers Verrat.
Und für ihre grenzenlose, unverzeihliche Dummheit.
Ein Geräusch, als würde Feuer trockenes Holz oder Papyrus erfassen, ein Getöse, das all ihre Gedanken wegblies. Für ein paar Augenblicke wurde es schwarz vor ihren Augen.
Als sie wieder zu sich kam, stand Meret neben ihr und stupste sie zaghaft an. Fragend, aber nicht ängstlich war ihr Blick auf sie gerichtet. Zu ihrer Überraschung brachte Ruza sogar ein Lächeln zustande, zutiefst erleichtert, dass Meret wieder ihr vertrautes Kindergesicht hatte.
»Ja, du hast Recht, mein Liebling.« Sie stand langsam auf und klopfte sich den Staub vom Kleid. »Du hast ja so Recht! Wir brechen auf. Wir hätten längst schon aufbrechen sollen,

wenn deine Mutter nicht zu dumm gewesen wäre. Oder zu feige. Hier jedenfalls hält uns nichts mehr.«

ooooo

Dieses Mal betrat Ruza die Insel und, nachdem sie dem Fährmann ihr letztes Kupfer gegeben hatte, die gepflasterte Prozessionsstraße ohne Zögern. Vor ihr reckten sich die Säulen und Pfeiler Philaes in einen metallisch blauen Himmel. Keine einzige Wolke. Die Sonne stach wie mit glühenden Spitzen. Ruza ging so ruhig und gleichmäßig, dass das Kind an ihrer Hand keine Schwierigkeiten hatte mitzuhalten.

Trotzdem war sie schweißgebadet, als sie endlich die wellenförmige Ziegelmauer erreichte, die den heiligen Bezirk umschloss. Der steinerne Pylon erhob sich vor ihr, mächtig und einschüchternd. Ihre Zuversicht drohte zu schwinden. Niemals würde sie wagen, hier um Einlass zu bitten.

Nach längerer Suche entdeckte sie an der Westseite eine schmale Holztüre, die ihr geeigneter erschien, halb versteckt in der Mauer, der Eingang zum Geburtshaus, wie sie später erfahren sollte.

»Jetzt sind wir fast zu Hause, Meret.« Sie nahm allen Mut zusammen und klopfte zweimal kräftig. »Die Mutter aller Mütter erwartet uns sicherlich schon.«

Die Tür öffnete sich.

Vor ihr stand eine schlanke junge Frau, fast noch ein Mädchen. Sie hielt ein Sistrum in der Hand und trug auf dem Kopf einen Kranz aus weißen Blüten.

»Was willst du?«, sagte sie.

»Ich möchte zur Mutter aller Mütter«, erwiderte Ruza wahrheitsgemäß. »Bei meinem Leben habe ich einer Gebärenden geschworen, dieses Kind hierher zu bringen. Hätte ich es nicht getan, so wäre es jetzt tot.« Große Ruhe hatte sie erfasst. Aber sie wusste, dass das Schwierigste noch bevorstand. »Da sind wir nun. Auch wenn es etwas länger gedauert hat. Es war eine lange, gefährliche Reise, die wir zurücklegen mussten.«

Die junge Frau musterte sie mit Zurückhaltung, aber nicht unfreundlich.

»Was kannst du?«, fragte sie.

»Tanzen«, sagte Ruza, ohne lange zu überlegen. »Und singen.«

»Zu Ehren der Göttin tanzen und singen andere, jüngere und schönere als du.«

»Ich kann arbeiten – alles.«

»Wir haben genügend Mägde.« Der Spalt wurde kleiner.

Eine Welle von Furcht drohte Ruza zu überfluten. Sie durften nicht abgewiesen werden, jetzt, wo sie endlich am Ziel angekommen waren!

»Schick uns nicht fort!«, bat sie. »Wir haben alles verloren.«

»Ihr lebt«, erwiderte die junge Frau, »und seid gesund. Ist das nichts?«

Ein leichter Wind hatte sich erhoben, der die Wipfel der großen Sykomoren im Tempelgarten bewegte. Bald schon würden ihre Früchte reif sein. Ruza schaute vorsichtig nach oben. Waren das wieder die unsichtbaren Schwingen der allmächtigen Göttin, die sie beim letzten Mal so unrühmlich in die Flucht geschlagen hatten?

Jetzt zählte jedes Wort. Nur die Wahrheit, die ganze, ungeschminkte Wahrheit, würde sie vor diesen unbestechlichen Augen bestehen lassen.

»Ich bin eine Mutter, aber mein Kind ist gestorben. Das ist jetzt mein Kind, obwohl ich es nicht geboren habe – und ein ganz besonderes Kind dazu. Es braucht euren Schutz. Vor allem aber braucht es eure und meine Liebe.«

Sie hatte noch nicht einmal einen Bruchteil dessen gesagt, was sie auf dem Herzen hatte, aber sie fühlte sich bereits weniger einsam. Und jetzt mussten den Worten Taten folgen.

Ohne den Blick von der jungen Frau zu wenden, hob sie Merets Hemd, schob es bis über die Hüften und ließ es wieder nach unten sinken.
Der Blick der jungen Frau wurde staunend. Dann erhellte ein Lächeln ihr bislang so ernstes Gesicht.
War das das Zeichen, um das Ruza die Göttin immer wieder gebeten hatte?
»Wie heißt du?«, fragte die junge Frau und beugte sich liebevoll zu dem Kind hinunter. »Verrätst du mir deinen Namen?«
»Meret«, murmelte die Kleine und drückte sich verlegen in die Falten des Kleids ihrer Mutter.
»Ich bin Sanna«, sagte die junge Frau, noch immer lächelnd. »Und wie heißt du?«
»Ruza.«
Sie hatte sie nach dem Namen gefragt! Das konnte eigentlich nur bedeuten, dass ...
»Kommt herein«, sagte Sanna und stieß die Tür auf. »Ich heiße Mutter und Tochter willkommen im heiligen Haus der Isis.«

4

G
E
B

Viele in Waset hatten damit gerechnet, dass der Erste Baumeister Montemhets nach dem tödlichen Unfall seiner Frau seine Wiederverheiratung zügig betreiben würde. Basas Wirkung auf Frauen war allgemein bekannt; außerdem wusste man, dass er weiblichen Reizen gegenüber sehr empfänglich war. Ein gesunder Mann in den besten Jahren, der ein angesehenes Amt bekleidete und offenbar seit Jahren das Vertrauen des Stadtfürsten genoss – was konnte man sich Besseres für eine ledige, geschiedene oder verwitwete Schwester, Tochter oder Nichte wünschen?
Zudem verfügte er über ein beachtliches Vermögen. Und seine jungen Söhne brauchten dringend eine Mutter. Aus den besseren Familien der Stadt trafen daher in großer Zahl teils schamvoll verbrämte, teils ungeniert offene Angebote ein, die Basa zur Kenntnis nahm, ohne sich allerdings besonders interessiert oder gar erfreut zu zeigen.
Zunächst schrieb man seine Teilnahmslosigkeit übergroßer Trauer zu. Kein Aufwand für die Verstorbene schien ihm zu groß, kein Preis zu hoch. Er hatte Sarits Leichnam dem teuersten Balsamierer anvertraut, mit der Vorgabe, ihn wie ein Juwel für die Ewigkeit zu präparieren.
Dieser unterzog die Leiche einer Natronbehandlung, der komplizierte Erhaltungsarbeiten an Gesicht und Körper folgten, dafür wurden Öle, Duftstoffe und weitere streng geheim gehaltene Substanzen verwendet. Natürlich waren zuvor die Eingeweide entfernt und in Kanopen aufbewahrt worden. Dann erst kamen getränkte Leinenbinden, eng gewickelt, um die Körperform zu konservieren. Nachdem die Mumie durch Amulette und Totenbuchverse mit magischem Schutz versehen war, bildete den Abschluss ein kunstvoll bearbeitetes Perlennetz, in dessen Brustpartie ein Skarabäus ruhte.
Das Resultat entsprach durchaus höfischem Standard, wovon Basa sich mit eigenen Augen überzeugte. Seltsamerweise

jedoch schloss sich an die Balsamierung kein festliches Begräbnis an, die Mumie verschwand vielmehr in einem abgelegenen kleinen Grab.
Als mehrere Monde ins Land gegangen waren und der Baumeister keine der interessierten Frauen auch nur in Augenschein fasste, schlug die erwartungsvolle Stimmung um. Liebäugelte Basa vielleicht mit einem übertriebenen gesellschaftlichen Aufstieg? Quälte ihn eine heimliche Krankheit, die ihn vor der Ehe zurückschrecken ließ? Bevorzugte er gar Männer? Oder gab es andere Laster, von denen keiner erfahren durfte?
Je mehr man sich in der Stadt den Mund über ihn zerriss, desto weniger wurde bekannt. Es tauchten vereinzelt Gerüchte auf, man habe ihn in übel beleumdeten Schenken gesehen. Einmal erschien sogar eine Frau bei den Behörden und behauptete unter Tränen, sie sei von einem Mann halb tot geprügelt worden, dessen Beschreibung verblüffend genau auf Basa passte. Ihr Bericht war in seinen zahlreichen Details beeindruckend, am nächsten Tag jedoch wiederrief sie ihre Aussage überraschend, behauptete, sie habe sich in der Dunkelheit geirrt, und verschwand spurlos.
Allmählich verringerte sich das allgemeine Interesse. Die Liste der Kandidatinnen wurde spärlicher, und als Basa noch immer keinerlei Anstalten zu einer Wiederverheiratung machte, zogen schließlich auch die Hartnäckigsten ihre Offerte zurück.
So vergingen sieben Jahre, eine schwierige Zeit für Waset, das sich redlich abmühte, die Wunden der Eroberung zu schließen, aber noch immer unter den immensen Forderungen der Assyrer ächzte. Keiner verspürte mehr Lust, sich über Basas Familienstand Gedanken zu machen.
Sein Plan stand seit langem fest. Nun musste er ihn nur noch umsetzen, Schritt für Schritt. Es gab nichts, was er nicht erreichen konnte, das hatte ihm seine Lebenserfahrung gezeigt.

Traf das auch für das delikateste Unterfangen zu, das er jemals in Angriff genommen hatte? Basa war bereit, die Probe aufs Exempel zu wagen.
Als Erstes erwarb er ein neues Haus, etwas kleiner zwar als das bisherige, jedoch günstig aufgeteilt und in einem einfachen, aber angesehenen Viertel gelegen. Den Ausschlag für seine Entscheidung gab ein flaches Gebäude, etwas entfernt vom Haupthaus, im hinteren Gartenteil. Sobald der Kauf abgeschlossen war, veranlasste Basa eine umfassende Renovierung. Bald schon würde sein privates Reich fertig sein, zu dem niemand ohne Erlaubnis Zutritt erhalten sollte.
Es war kein Zufall, dass dieses neue Domizil nur wenige Straßen von einem anderen Anwesen trennten. Hier wohnte seit kurzem Nezem mit seiner Familie. Er hatte sich den Umzug leisten können, weil er zum Ersten Bildhauer der »Gottesgemahlin des Amun« aufgestiegen war und damit als oberster aller Steinarbeiter am rasch expandierenden Hof Schepenupets fungierte.
Als Nächstes entließ Basa alle Diener und Mägde. Nicht einmal Neshet, die schon so viele Jahre im Haus war, wurde von dieser Entscheidung ausgenommen. Die meisten schienen nicht unglücklich darüber, denn der Baumeister war ein strenger Herr, der viel verlangte und selten zufrieden war. Aber es gab auch einige, die ungern fortgingen, schon weil sie Khay und Anu ins Herz geschlossen hatten und sich Sorgen machten, was mit den mutterlosen Söhnen nun geschehen würde.
Die alte Dienerin nahm die Kündigung wortlos entgegen und verrichtete bis zum letzten Tag ihre Arbeiten wie gewohnt. Bevor sie Basas Haus verließ, umarmte sie die beiden Kinder, die sich in seltener Eintracht an ihren Rock klammerten und sie anflehten, doch bei ihnen zu bleiben.
»Ich werde auch niemals wieder frech sein«, versprach Khay, inzwischen elf Jahre alt und im Gegensatz zu seinem jüngeren

Bruder ein vorlauter, aufsässiger Schüler, der den Lehrern viel Geduld abverlangte. »Und immer ohne Murren alles aufessen, was du gekocht hast. Auch wenn es noch so scheußlich schmeckt.«

»Und ich w-w-werde …« Wenn Anu aufgeregt war, stotterte er unweigerlich, was seinen Vater zur Weißglut brachte. »Ich w-w-…«

»Langsam, mein kleiner Liebling, langsam!«, sagte Neshet. »Lass dir Zeit! Dann geht es gleich viel besser.«

Dünne Arme schlangen sich um ihren Hals, und Anu blies ihr seinen salzigen Atem ins Gesicht. Er hängte sich mit seinem ganzen Gewicht an sie, wie früher, als er sie manchmal mit einer Schaukel aus Fleisch und Blut verwechselt zu haben schien. In ihr Haar vergraben, holte er tief Luft.

»Ich w-w-werde dich nie vergessen«, sagte er ernst und wischte seine Tränen weg. »Versprochen! Wirst du jetzt auch tot wie unsere Mama?«

»Das will ich doch nicht hoffen! Obwohl ich schon alt bin, wünsche ich mir, dass die Götter mir noch ein paar schöne Jahre schenken.« Behutsam machte Neshet sich frei. »Und jetzt lasst mich durch! Ich habe mit eurem Vater zu reden.«

Basa saß über Bauzeichnungen gebeugt und sah erst auf, als Neshet ein paar Mal gehüstelt hatte.

»Ja?« An seinem Tonfall erkannte sie, wie ungelegen sie kam.

»Ich wollte mich verabschieden«, sagte Neshet. »Deshalb bin ich hier.«

»Was nicht notwendig gewesen wäre.« Mit dem Zeigefinger fuhr er die Linien nach. Er hatte Papyrus verwendet, nicht gerade das übliche Material für Konstruktionspläne. »Wie du siehst, habe ich zu tun.«

»Ich denke, es war doch notwendig.«

Jetzt musterte er sie leicht verblüfft. »Ist noch etwas? Hast du deinen Lohn nicht bekommen?«

»Zu viel«, sagte Neshet. »Das ist es, was mich stutzig macht.«

»Du hast uns lange Jahre treu gedient«, sagte er und starrte auf die Zeichnung, als fände er dort die Antwort. »Ich wollte mich erkenntlich zeigen. Auch im Namen meiner Söhne. Sie mögen dich. Alle beide.« Mit einem zerstreuten Blinzeln sah er wieder auf. »Ich bin in Eile. Also fass dich kurz! Montemhet hasst es zu warten.«

»Was hast du vor?« Neshet ließ sich nicht einschüchtern.

»Was sollte ich vorhaben?«, Basa klang beinahe amüsiert.

»Nun, das neue Haus, die Entlassung aller Bediensteten, und dass du sogar mich nach all den Jahren fortschickst, obwohl du genau weißt, wie sehr deine Söhne an mir hängen – du führst doch etwas im Schilde!«

Jetzt besaß sie seine Aufmerksamkeit. Er schob den Papyrus ein Stück zur Seite. »Ich wüsste zwar nicht, was dich das anginge«, sagte er bedächtig, als wäge er jedes Wort sorgfältig ab, »aber um deine Neugierde zu stillen und neuerlichen Spekulationen vorzubeugen: Ich habe mich entschlossen, meine Mutter nach Waset zu holen. Die Kinder brauchen eine starke weibliche Hand. Und ich eine würdige Herrin für mein neues Haus. Zufrieden?«

Neshet schnappte nach Luft. Alles hatte sie erwartet, nur das nicht. Gleichzeitig machte es sie misstrauisch, dass er so bereitwillig geantwortet hatte, ihr, einer Dienerin, wo Basa es doch sonst immer so genau mit Standesschranken nahm.

»Ich dachte immer, deine Mutter sei tot«, sagte sie unverblümt. »Lange schon. Jedenfalls sagt man das in der Stadt. Hast du es selber nicht einmal erwähnt?«

»Sagt man das?« Basas Augen waren wieder konzentriert auf seine Zeichnung gerichtet. »Dann kannst du diesen Leuten, die immer alles zu wissen glauben, ausrichten, dass sie sich bester Gesundheit erfreut. Wovon sich jeder schon bald mit

eigenen Augen überzeugen können wird. Und jetzt lass mich endlich arbeiten, ja?«
Neshet blieb nichts übrig, als sich zurückzuziehen.
Kaum hatte sie das Zimmer verlassen, sah Basa auf. »Sie wird niemals sterben«, murmelte er, »nicht sie.«
Am nächsten Tag brachte er Khay und Anu in das neue Haus und übergab sie der Obhut eines Mannes, der soeben den Dienst bei ihm angetreten hatte.
»Wenn du dich anstellig zeigst, wie ich es erwarte, mache ich dich zum Ersten meiner Diener«, sagte er. »Eine Art Majordomus, auch wenn wir hier nicht am Hof sind.«
Das dünne Lächeln seines Gegenübers zeigte ihm, dass der Mann begriffen hatte. Er war hager, hatte einen blanken Schädel, der wie poliert glänzte, und wirkte auffallend gepflegt. Sogar seine Zähne waren mit Natron geweißt, wie Basa zufrieden registrierte.
»Ich brauche jemanden, auf den ich mich verlassen kann, wenn du verstehst, was ich meine«, fuhr Basa fort. »Einen Mann, der seine Zunge im Zaum halten kann über alles, was im Haus vor sich geht.«
»Ich kann schweigen, Herr«, sagte der Diener. »Wenn du es wünscht, bin ich blind und taub dazu.«
»Keine überflüssigen Fragen! Was ich übrigens auch von den restlichen Dienern und Mägden erwarte, die du nach deinen Vorstellungen einstellen wirst. Ich denke an eine Mannschaft, die reibungslos aufeinander eingespielt ist. Allerdings bleibst du mir auch persönlich für sie verantwortlich.« Eine kurze Pause. »Beziehungsweise meiner Mutter, die als Herrin des Hauses hier in Kürze eintreffen wird.«
»Du kannst auf mich zählen, Herr.«
»Dein Name ist Iucha?«
»Ich wäre auch mit jedem anderen zufrieden, Herr.«
»Das wird nicht nötig sein. Aber das Angebot beweist, dass

du deinen Verstand zu gebrauchen weißt. Was ich mir vorstelle, ist eine Art Neuanfang für die ganze Familie. Wer mich dabei unterstützt, wird es nicht bereuen.«
Er übergab Iucha ein schweres Silbersäckchen.
»Für deine ersten Ausgaben. Kümmere dich zunächst um eine verlässliche Frau, die nach meinen Söhnen sieht, bis ich aus Mennefer zurück bin! Ich möchte, dass sie anständig zu essen bekommen, sich die Ohren waschen und vor allem den Unterricht nicht versäumen. Das gilt besonders für Khay, der sich immer lieber irgendwo am Wasser herumtreibt, anstatt über seinen Schreibübungen zu sitzen. Anu dagegen hält sich an das, was man ihm sagt, vorausgesetzt, man tut es nachdrücklich genug.«
Iucha verneigte sich leicht.
»Was soll mit dem Gartenhäuschen geschehen?«, fragte er. »Die Handwerker haben ihre Arbeiten nahezu abgeschlossen.«
»Wenn alles fertig ist, lässt du dort gründlich sauber machen. Danach sperrst du ab und händigst den Schlüssel keinem anderen als mir aus«, sagte Basa. »Nach meiner Rückkehr erhältst du weitere Instruktionen.«
»So soll es geschehen. Du verreist bald?«
»In zwei Tagen«, sagte Basa. »Khay und Anu müssen dringend die Köpfe geschoren bekommen. Ich will nicht, dass sie Ungeziefer ins Haus schleppen. Künftig werde ich dich mit anderen Aufgaben betreuen. Die Jungen fallen dann in den Bereich der Ama.«

ooooo

Die Kinder schauten über das sonnenverbrannte Tal zum träge fließenden Fluss. Der Schemu näherte sich seinem Zenit, und es gab keinen in der Stadt, der den Staub und die flirrende Hitze nicht längst gründlich Leid gewesen wäre.

Wer nur irgendwie die Gelegenheit dazu hatte, suchte den Schutz des Schattens.

»Lass uns hinunter ans Wasser gehen!«, sagte Khay. »Dorthin, wo der Fluss die große Biegung macht. Wir können ein paar Zweige von den Büschen brechen und die kleinen Krokodile aufzuscheuchen. Ich mag es, wenn sie in Windeseile davonflitzen.«

»Ich weiß nicht«, sagte Anu unschlüssig. »Neshet hat immer gesagt …«

»Siehst du hier vielleicht irgendwo die alte Meckerziege?« Khays Jugendlocke baumelte übermütig vom frisch rasierten Schädel, als er in einer übertriebenen Geste beide Arme ausstreckte. »Na, also! Und außerdem nennt sie längst ganz andere Kinder ›kleiner Liebling‹. Und hat uns bestimmt vergessen.«

»Hat sie nicht!«, protestierte Anu.

»Ach, was weißt denn du schon?« Blitzschnell hatte der Ältere ihm eine Kopfnuss verpasst. Es ging Anu nichts an, dass auch er Neshet vermisste. Er fühlte sich sicherer, wenn er nach außen hin möglichst gleichgültig tat.

»Wir gehen zum Wasser, aber wir lassen die jungen Krokodile in Ruhe«, schlug Isis vor, um einem drohenden Streit vorzubeugen. Seitdem Basa in ihre Nähe gezogen war, sahen sie die beiden nahezu täglich. Allerdings hatte das bislang keiner den Erwachsenen verraten. Es war ein süßes, verlockendes Gefühl, dieses Geheimnis miteinander zu teilen. »Es ist zu gefährlich, weil die großen Krokodile immer in der Nähe sind. Mama sagt außerdem, dass Sobek sonst böse wird. Und man darf keinen Gott zornig machen!«

»Man darf nicht, man soll nicht, man hat nicht …«, äffte Khay sie nach. »Ihr beiden seid vielleicht langweilig! Fragt ihr immer vorher artig, ob alles erlaubt ist? Ich denke nicht daran!«

Er ließ sein entwaffnendes Lachen hören, ein Junge, eckig

und unstet wie eine Heuschrecke. Seine schrägen Augen blitzten vor Leben, und sein knochiger Körper, der irgendwie von den Schultern herabzuhängen schien, war mit zahllosen Blessuren bedeckt. Immer und überall war Khay in Bewegung. Deshalb fiel es ihm wahrscheinlich auch so schwer, während der schier endlosen Unterrichtsstunden im Haus des Lebens still zu sitzen.

Er hasste die Schule in dem Maße, wie sein Bruder Anu sie liebte. »Kammer des Unterrichts« lautete ihr offizieller Name, den Khay sofort zu »Kammer des Schreckens« verballhornt hatte. Es langweilte ihn, immergleiche Zeichen auf Tonscherben abzukritzeln, die wenig später ja doch korrigiert wurden, weil sie mal wieder nicht präzise genug ausgefallen waren. Und die angeblichen Klassiker, Lebensweisheiten und einfache Dichtung, mit denen die älteren Kinder konfrontiert wurden, ödeten ihn genauso an. Zeichnen dagegen liebte er, aber nur, wenn er seinen spontanen Einfälle folgen konnte und nicht den Anordnungen der Lehrer.

Isis streckte ihm die Zunge raus und lief los.

Es war nicht einfach für sie, sich gegen zwei Jungen zu behaupten, obwohl Anu eigentlich gutmütig war, zumindest wenn sie mit ihm allein war. Die Gegenwart seines Bruders jedoch schien ihn auf geheimnisvolle Weise zu verändern. Dann wollte er plötzlich auch auftrumpfen und Recht behalten. Die unausweichliche Folge waren Streit und Rangeleien, bei denen der Jüngere unweigerlich den Kürzeren zog. Isis hasste es, wenn Anu in Tränen ausbrach, und wurde gleichzeitig wütend auf Khay, weil er ihn dazu getrieben hatte.

»Wir kriegen jetzt eine Ama«, sagte Anu und starrte hinüber zu den Wildenten, die sich ein Stück entfernt im seichten Wasser niedergelassen hatten. Natürlich war Khay sofort auf die Idee verfallen, sich anzupirschen. Er band sich ein Schilfbündel am Kopf fest und kroch langsam gebückt näher. Sein Rücken schillerte in allen Regenbogenfarben. Er war erst vor

ein paar Tagen nachts die Treppe hinuntergefallen. Zumindest hatte er das Isis gegenüber behauptet. »Sie muss bald da sein«, fuhr Anu fort. »Vater holt sie aus Mennefer.«
»Ist das so etwas wie eine Mama?«, fragte Isis.
Auch Anu hatte solche seltsamen Flecken am Hals, den Armen, vor allem aber an den mageren Schenkeln. Am liebsten hätte sie ihn direkt gefragt, woher sie stammen, aber irgendetwas hatte sie bislang davon abgehalten.
Ein bunt gefiederter Erpel schwamm heran. Mit einem triumphierenden Lächeln drehte Khay sich vorsichtig zu den anderen um. Das Tier gründelte, kam noch näher. Khay schoss aus der Hocke und versuchte es zu packen – umsonst! Die Schwingen spreizten sich, und mit schwirrenden Schlägen gelang dem Erpel gerade noch rechtzeitig die Flucht.
»So ungefähr«, sagte Anu mit unüberhörbarem Lispeln. »Du hast es gut, weil deine Mama immer bei dir ist. Ich dagegen kann mich gar nicht mehr an meine Mama erinnern. Manchmal frage ich mich, ob es sie wirklich gegeben hat. Oder ob sie vielleicht nur ein Traum war.«
»Aber sie hat dich doch geboren«, sagte Isis altklug, »sonst wärst du ja nicht hier. Meine Mama hat mir neulich ganz genau erzählt, wie das vor sich geht. Und auch, wie man Kinder macht. Willst du es wissen?«
Anus Gesicht wurde flammend rot. »Weiß ich längst«, stieß er hervor.
»Außerdem hast du ja noch deinen Vater«, fuhr Isis fort, die spürte, dass sie einen Fehler gemacht hatte. Er sog die Luft scharf zwischen die Zähne und starrte auf seine schmutzigen Füße. »Schlägt er dich eigentlich?«
»N-n-nie. Fast nie«, sagte Anu viel zu schnell.
»Und Khay?«
»D-d-den musst du schon selber fragen.« Anu sprach auf einmal viel leiser. »Oder du lässt es bleiben. L-l-lass es vielleicht lieber bleiben, Isis!«

Es tat ihr fast körperlich weh, wenn er mit einem Wort rang, das in seiner Kehle feststeckte. In Gedanken redete sie ihm dann immer zu, ganz langsam zu machen, aber sie wusste, sobald sie dies aussprechen würde, wäre alles nur noch schlimmer. Dabei war er der beste Schüler im Haus des Lebens, der nie Schelte oder gar Schläge bekam, weil bei ihm jeder Strich sofort saß.

Ein Sperber flog knapp über ihren Köpfen zu seinem Weibchen. Beide schauten dem Vogel nach, erleichtert über die willkommene Ablenkung.

»Freust du dich auf die Ama?« Isis gab sich Mühe, ein unverfänglicheres Thema anzuschneiden.

Khay schien die beiden Jüngeren mittlerweile ganz vergessen zu haben. Er stapfte im Wasser herum, darin vertieft, eine provisorische Reuse zu bauen, und fluchte, als die scharfen Stängel des Röhrichts seine Finger zerschnitten. Trotzdem ließ er nicht davon ab. Fischen und Jagen machten ihm einfach zu großen Spaß. Wovon er träumte, war ein anständiges, solides Wurfholz, mit dem er allein auf Vogeljagd gehen konnte, aber bislang war es ein Traum geblieben.

»Ich weiß nicht«, sagte Anu. »Wenn sie so ähnlich ist wie deine Mama, dann vielleicht schon.«

»Meine Mama war neulich sehr krank«, sagte Isis. »Sie hatte ein neues Kind im Bauch, aber es wollte zu früh heraus.«

Ihre warme Hand legte sich dabei auf seinen Arm. Anu wagte kaum noch zu atmen. Wenn Isis ihn anfasste, dann fühlte er sich wohl und geborgen. Am liebsten hätte er sie ständig berührt, aber das tat ein Junge natürlich nicht. Er war erleichtert, dass Khay im Augenblick zu weit entfernt war, um Witze darüber zu reißen.

»Ein Mädchen«, fuhr Isis fort. Noch immer spürte er die Glätte ihrer Haut. »Eine kleine Schwester. Schließlich hat Osiris sie geholt. Mama weinte viel. Wir waren alle traurig, Papa auch. Ich soll aber eigentlich niemandem etwas davon verraten.« Sie presste den Finger fest auf die Lippen. »Und du wirst es auch nicht tun. Versprochen, Anu?«

»Versprochen!«

Die Sonne brannte unerträglich auf ihre nackten Rücken, aber sie hatten beide keine Lust, den kostbaren Augenblick zu zerstören.

Khay kam langsam näher. Er schwenkte ein paar bunte Entenfedern, die er im Schilf entdeckt hatte.

»Da sind jede Menge Nester«, rief er. »Aber alle leer. Kein einziges Ei mehr – schade! Sonst hätten wir sie auf den heißen Steinen braten können.«

Isis zog ihre Hand zurück. Es war klüger, sich nicht von ihm ertappen zu lassen. Khays Spott konnte so scharf treffen wie ein gut gezielter Wurf.

»Ich hätte auch gerne eine kleine Schwester«, flüsterte Anu schnell, bevor sein Bruder es hören konnte. »D-d-dann wäre ich nie mehr allein.«

Für einen Augenblick verloren ihre Augen jede Farbe, wie immer, wenn sie irritiert oder zornig war. Dann kehrte das helle Grün zurück, das anzusehen er niemals müde wurde.

»Aber du hast doch mich«, sagte sie.

Anu schenkte ihr einen dankbaren Blick.

»Was gibt es denn da herumzutuscheln?« Khays Brauen zogen sich drohend zusammen, aber Isis und Anu schauten so unschuldig drein, dass ihm schließlich nichts anderes übrig blieb, als die Angelegenheit für dieses Mal auf sich beruhen zu lassen. »Worauf wartet ihr noch?«, sagte er gereizt. »Macht schon, nach Hause, ihr Lahmköpfe, bevor sie uns noch auf die Schliche kommen! Oder wollt ihr hier vielleicht Wurzeln schlagen?«

ooooo

Montemhet hatte es sich mit seiner Entscheidung nicht leicht gemacht. Aber die Aufforderung, am großen Tempelfest in Mennefer teilzunehmen, stammte von keinem anderen als Psammetich persönlich. Ein ungewöhnlicher Brief, den er ein ums andere Mal zur Hand nahm und wieder weg legte, um ihn schon kurz darauf abermals zu studieren. Kein Befehl, wie man angesichts der gespannten Lage im Land vielleicht hätte annehmen können, sondern eine klar formulierte Nachricht unter Gleichrangigen. Respektvoll, aber ohne Umschweife, direkt und dennoch vielschichtig zugleich.

Selten hatte Montemhet so feine Zeichen und eine derart kunstvoll gesetzte Schriftführung gesehen. Und doch war hinter den perfekten Linien eine Dringlichkeit zu spüren, die ihn unmittelbar ansprach. Der Fürst von Saïs wollte ihn sehen. Es musste sich um eine wichtige Angelegenheit handeln, die keinen Aufschub duldete.

So nahm er am Ende des Schemu die Strapazen einer Reise stromabwärts auf sich. In seiner Begleitung war Nesptah, sein jüngerer Sohn, während Patjenfi bei seiner Mutter in Waset zurückblieb.

Udjarenes bot ihm eine unterkühlte Verabschiedung. Sie hatten sich ohnehin angewöhnt, das große Haus so zwischen sich aufzuteilen, dass sie sich kaum noch über den Weg liefen. So erleichtert Montemhet auch war, damit unerfreuliche Zwischenfälle zu vermeiden, so einsam fühlte er sich manchmal. Von einer Scheidung allerdings, die er ihr mehr als einmal vorgeschlagen hatte, wollte sie nach wie vor nichts wissen.

»Die Ewigkeit mag dir und deiner fetten Geliebten gehören«, sagte sie, »die Gegenwart jedoch gestalte immer noch ich. Du musst mich schon umbringen, wenn du endlich frei sein willst.« Ein prüfender Blick, dann verzerrte ein unglückliches Lächeln ihre Züge. »Aber so weit bist du noch nicht. Also

lassen wir einstweilen alles beim Alten! Ich leide, aber du sollst auch leiden, ›Großer in Waset‹!«
Der Fluss führte kurz vor der Flut so wenig Wasser, dass sie das Boot verlassen und einen Teil der Reise zu Pferd zurücklegen mussten, bevor sie sich für die letzte Strecke einschiffen konnten. Die ungeplante Abwechslung gab Vater und Sohn Gelegenheit, sich näher zu kommen. Nesptah war richtig erwachsen geworden, wie sein Vater in diesen heißen Tagen feststellen konnte, ein erfreulich selbstbewusster junger Mann, der Gespür dafür besaß, wann es Zeit war zu reden und wann zu schweigen. Auch was seine ureigensten Entscheidungen betraf.
Montemhet wusste schon länger, dass sein Sohn an einem jungen Mädchen aus angesehener Familie interessiert war, aber Nesptah hatte bislang offenbar noch keine Anstalten gemacht, um ihre Hand anzuhalten.
»Ich frage mich, wann du einen eigenen Hausstand gründen willst«, sagte Montemhet beiläufig, als sie in Mennefer das Schiff verließen. »Seltsamerweise scheint es auch mein Ältester damit ebenfalls nicht gerade eilig zu haben.«
»Willst du uns loswerden?«, kam prompt die Antwort. »Außerdem kann ich nur für mich sprechen. Wenn du etwas über Patjenfi erfahren willst, frag ihn lieber selber. Deine Ehe ist nicht gerade ein Anreiz zur Gründung neuen häuslichen Glücks. Deshalb habe ich mich entschlossen, damit zu warten, bis ich mir wirklich sicher bin.«
»Wie Recht du hast! Du bist der Einzige …« Er verstummte. Was machte es für einen Sinn, seinen Jüngsten in seine und Udjarenes' unerfreuliche Streitigkeiten hinein zu ziehen?
»Ich wünschte, es sähe anders aus zwischen deiner Mutter und mir«, sagte er. »Aber ich fürchte, die Gräben sind inzwischen zu tief.«
»Ich bin erwachsen und weder schwerhörig noch mit Blindheit geschlagen«, sagte Nesptah. »Zwischen dir und Udja-

renes schweigen die Waffen so laut, dass einem davon die Ohren dröhnen. Außerdem weiß ich längst, dass sie nicht meine Mutter ist. Meinst du, sie hätte sich jemals große Mühe gegeben, das zu verbergen?«

Sie hatten die hohe, weiße Mauer erreicht, der Mennefer seinen Namen verdankte. Jahrhunderte hatte sie die Stadt erfolgreich gegen Feinde geschützt, bevor König Aschurhaddon, der Vater Aschurbanaplis, sie schließlich mit seinen Truppen im Sturmangriff genommen hatte. Zahlreiche Ausbesserungsarbeiten zeigten, wie sehr man sich angestrengt hatte, diese Schmach wettzumachen. Seite an Seite passierten sie eines der vielfach geflickten Tore. Zwei Maultiere trugen ihr umfangreiches Gepäck hinterher.

»Man sieht kaum irgendwo assyrische Soldaten«, sagte Montemhet. »Fällt dir das nicht auch auf? Ich hatte eigentlich damit gerechnet, überall in der Stadt auf Aschurbanaplis Lederwämse zu stoßen. Man könnte glauben, sie hätten sich in tiefen Löchern verkrochen!«

»Vielleicht hat der Stier von Assur inzwischen zu Hause wieder mehr Verwendung für seine Männer«, erwiderte Nesptah. »Oder er ist dabei, sein Großreich in andere Himmelsrichtungen auszudehnen. Wäre doch gar nicht schlecht, wenn ihm allmählich der Appetit an Kemet verginge! Dann könnten unsere Geiseln endlich wieder nach Hause.«

Er musterte seinen Vater prüfend und nahm allen Mut zusammen.

»Wer war sie eigentlich, meine Mutter?«, fragte er plötzlich. Es war das erste Mal, dass er die Sprache auf sie brachte, obwohl ihn die Frage schon lange zu beschäftigen schien. »Stimmt es, was die Leute sagen? War sie wirklich eine Sklavin?«

»Eine junge Tänzerin, das war Ahza! Glatt wie eine Frucht und heiß wie Feuer. Nur Sehnen und Muskeln, daraus schien ihr ganzer Körper zu bestehen. Jeder Mann hätte sich glücklich geschätzt, sie zu besitzen.« Montemhets Gesicht verdüsterte sich. »Ich habe ihr großes Unrecht angetan, was ich tief bereue.«

»Was?« Nesptah blieb mitten auf der Straße stehen, ohne sich um die Schimpftiraden eines Mannes zu kümmern, dessen hochbeladenen Mauleselkarren er beinahe zum Umkippen gebracht hätte, weil er so scharf bremsen musste. »Dass du mich mit ihr gezeugt hast?«

»Unsinn! Du bist für mich ein Geschenk der Götter. Nein, weil ich sie nie geliebt habe. Während ich sie umarmt habe, musste ich an eine andere denken, die für mich unerreichbar war. Ahza hat sich dadurch verletzt gefühlt. Und dann gab es ja auch noch meine eifersüchtige Frau. Bald nach deiner Geburt blieb mir nichts anderes übrig, als Ahza nach Hause zu schicken.« Er lachte bitter. »Du kannst dir vorstellen, dass Udjarenes darauf bestanden hat. Allerdings ging Ahza nicht ohne stattliches Vermögen. Worauf ich bestanden habe.«

»Hast du sie gewählt, weil sie aus dem Goldland stammte?« Nesptah schien seine Fragen sorgfältig sortiert zu haben.

»Das hat sicherlich eine Rolle gespielt. Ich fühlte mich einsam und unverstanden, und ich glaubte, sie könne vielleicht ...« Er hielt inne. »Aber es gibt niemanden, der dich retten oder erlösen kann, mein Sohn. Es sei denn, du tust es selbst.«

»Was bedeutet eigentlich Glück für dich?«, sagte Nesptah schnell. »Und keine Angst, das ist so gut wie meine letzte Frage für heute!«

»So zu sein, wie man möchte«, erwiderte Montemhet ohne Zögern. »Mit wem man möchte und wo man möchte.«

»Es ist die ›Gottesgemahlin‹, nicht wahr?«, sagte Nesptah. Sie waren am Ziel angelangt. Vor ihnen erhob sich der mehrstöckige Palast, massiver und weniger offen gebaut als der heimische in Waset. »Sie ist deine große Liebe.« Er maß seinen Vater prüfend. »Sind wir etwa auch ihretwegen nach

Mennefer gereist? Ist Schepenupet der wahre Grund unserer Reise?«
Montemhet lachte. »Schepenupet ist eine bedeutende Frau«, sagte er, »der mein ganzer Respekt und meine Zuneigung gehören. Aber ich fürchte, jetzt überschätzt du sie doch ein wenig.«

ooooo

Sie liebte die Mauern und Brunnen, die Tore und Türme, am meisten jedoch liebte Meret die riesigen Säulen des Tempels mit ihren bunten Kapitellen. Wenn sie lange genug nach oben schaute, erfasste sie ein wohliger Schwindel, und sie stellte sich vor, in einem Traumwald voller Edelsteine zu sein. Ein Gefühl von Kraft und Frieden überkam sie, während sie darauf wartete, dass das Rot, das Blau und das Grün durch ihren Körper flossen wie ein Strom, der sie aufnahm und weit, weit davontrug.
Deshalb erschrak sie auch nicht, wenn die Bilder kamen.
Eigentlich wunderte sie sich nicht einmal über sie, denn sie waren ihr ja von jeher vertraut, wenngleich sie früher weniger an Schärfe besessen hatten und weicher gewesen waren, undeutlicher, wie in Nebel getaucht. Manchmal begann es als leiser Wind, der ein tiefes Wasser kräuselte, dann wieder konnte es wie das Entfachen eines Feuers sein, so stark und lodernd, dass sie doch Angst bekam und weinen musste.
Sie verstand nicht, was sie sah, und die Menschen und Orte, die sich ihr darboten, hatte sie niemals zuvor gesehen. Aber sie verstand doch genug, um zu begreifen, dass sie existierten, irgendwo fern von ihr, und untrennbar mit ihr verbunden waren. Ein Bild kehrte immer wieder und schob sich vor alle anderen: ein Junge mit blitzenden Augen und geschorenem Kopf. Jedes Mal, wenn das geschah, wagte sie kaum noch zu atmen, aus Angst, das Bild zu schnell zu vertreiben. Und

verblasste es, erfasste sie eine unbestimmte Sehnsucht, die sie ruhelos und traurig machte.
Sie behielt für sich, was mit ihr geschah. Nicht einmal Ruza verriet sie etwas davon. Meret war ohnehin eine Einzelgängerin, die nur selten mit anderen Kindern spielte und sich gern mit sich selbst beschäftigte. Während die anderen ihren kindlichen Spielen nachgingen, hielt sie sich am liebsten in ihrem Traumwald auf. Sie konnte noch nicht viel lesen, eine der Säulen aber trug eine Inschrift, die sie inzwischen auswendig wusste, auch wenn sie längst nicht die Bedeutung aller Worte verstand:

Große Göttin, Mutter aller Mütter, Isis,
Quell des Lebens, die Du über Philae herrschst
und über den verbotenen Bezirk. Königin der Insel,
trauernde Göttin, die Du den Körper Deines Bruders
Osiris wieder zusammengefügt hast. Große und mächtige
Herrscherin der Götter, deren Namen die Göttinnen
preisen. Wohltätige Zauberin, die Du den Dämon durch
die Worte Deiner Lippen vertreibst. Mächtige Göttin,
Inhaberin aller Macht. Groß im Himmel und Herrscherin
über die Gestirne, die jedem Stern ihren Platz gibt,
Isis, Quell des Lebens, Königin von Philae
und Königin der südlichen Wüsten.

Isis – das war der schönste Name, den sie jemals gehört hatte! Ihn trug die Große Mutter, die Herrscherin des Himmels und dieser Tempelinsel, so viel wusste sie bereits. Ihre Schwingen beschützten jeden Menschen, auch wenn sie unsichtbar waren. Manchmal konnte sie sie trotzdem spüren. Dann wurde es in ihrer Brust ganz weit und frei, und sie fühlte sich dem hohen, blanken Himmel so nah, als ob sie selber fliegen könnte.
Ganz anders war es in der Töpferei, wo Ruza Arbeit gefun-

den hatte. Hier ging es auf engem Raum warm und gemütlich zu. Scherze wurden gemacht, man konnte spielen und lachen. Es bereitete Meret Spaß, Gefäße unter den Händen ihrer Mutter emporwachsen zu sehen, die mal schmal und hoch, dann wieder breit und flach werden konnten, je nachdem, wie die menschlichen Finger dem Klumpen Ton Gestalt verliehen. Wenn es nicht zu heiß war, wurde die Arbeit ins Freie verlagert, was Meret noch besser gefiel, weil sie dann das Rauschen der Bäume hören konnte und die verschiedenartigsten Tierlaute.

Während sie zunächst nur zuschauen durfte, fing Meret irgendwann damit an, phantasievolle Gefäße aus Ton zu kneten. Nach einiger Zeit kamen wie von selbst Ornamente dazu, die sie in das noch feuchte Material ritzte: einfache Muster, dann lebendigere Formen, die sie der Natur abgeschaut hatte, schließlich sogar die Datteln und Papyrusbündel ihres geliebten Juwelenwaldes, die sie mit bunter Paste ausfüllte, damit sie im Ofen gebrannt werden konnten.

»Sie wird dich bald überflügelt haben«, sagte Uma gutmütig, die schon viele Frauen und Mädchen in ihr Handwerk eingewiesen hatte. »Meret besitzt eine Farb- und Formsicherheit, wie ich sie selten zuvor gesehen habe. Als ob in ihrem Herzen alles voller Blumen, Tiere und Bäume wäre.«

»Sie hat mich längst überflügelt«, erwiderte Ruza voller Stolz auf ihr ungewöhnliches Kind. »Sieh dir nur mal diesen Ibis an, den sie gestern modelliert hat! Man könnte meinen, er würde im nächsten Moment auffliegen.«

»Ich denke, wir können sie vielleicht schon im kommenden Jahr an die Töpferscheibe lassen«, sagte Uma. »Dann ist sie groß genug, um die Scheibe antreiben zu können, und bestimmt schon so geschickt, dass sie nur wenig Ausschuss produziert.«

»Von mir aus bräuchte sie es mit dem Wachsen gar nicht so eilig zu haben«, murmelte Ruza und tauchte ihre Hände in eine Wasserschüssel, um den Ton zu benetzen. »Ich wünschte sogar, ich könnte die Zeit anhalten wie meine Töpferscheibe!«

Solange Meret noch ein Kind war, war alles einfach.

Ruza hatte ihr von klein auf Regeln eingeschärft, die sie befolgte, ohne zu murren. Es schien ihr nichts auszumachen, anders gekleidet zu sein als die restlichen Kinder und sich in allem an ihre Mutter zu halten. Meist war sie so folgsam, dass es Ruza geradezu unheimlich schien, lauschte den Märchen und Geschichten, die ihre Mutter zu erzählen wusste, malte mit Feuereifer Zeichen und Buchstaben auf ihre Tonscherben und vergnügte sich, wenn sie abends zusammen in einer geschützten Bucht im Fluss badeten.

Aber es gab auch Tage, die anders verliefen. Dann konnte sie Meret nirgendwo finden, als besitze das Kind die Gabe, sich plötzlich unsichtbar zu machen, und wenn sie es schließlich doch aufstöberte, war sein Gesicht verschlossen. Ruza fasste den Entschluss, nicht weiter in Meret zu dringen. Bald genug drohten ihnen ohnehin die Fragen, vor denen sie sich bereits jetzt fürchtete. Denn so sehr sie sich auch quälte, einleuchtende Antworten waren ihr bis jetzt noch nicht eingefallen.

Aus alter Gewohnheit behielt Ruza ihre Bedenken für sich, bis Sanna sie eines Tages ansprach.

»Du hast mir bei eurer Ankunft nur eine von Merets Besonderheiten offenbart«, sagte sie, als sie einander am Flussufer begegneten. Die Wellen leuchteten wie gleißendes Kupfer, so tief stand die Sonne bereits. »Die weitaus wichtigere hast du für dich behalten. Weshalb?«

Ruzas Herz begann zu hämmern. Sie spürte plötzlich so etwas wie einen Schatten in ihrem Innersten.

»Meret ist ein ungewöhnliches Geschöpf«, sagte sie vorsichtig.

»Du brauchst deine Zunge mir gegenüber nicht in Honig zu baden«, sagte Sanna mit leiser Schärfe. »Ich kann die Wahrheit vertragen. Allerdings hätte ich mir gewünscht, sie aus deinem Mund zu hören. Wir alle werden lernen müssen, mit ihr umzugehen.«

Das Kupfer der Wellen wandelte sich zu mattem Gold. Ruza legte die Hand auf den Mund und murmelte irgendetwas.

»Was hast du gesagt?«, fragte Sanna.

»Sie träumt«, sagte Ruza. »Und in unseren Träumen berühren uns die Götter.«

»Es ist mehr als ein Traum! Meret kann *sehen*. Ich bin aus Zufall dahinter gekommen und wollte es zunächst nicht glauben. Dann aber habe ich sie geprüft. Jetzt bin ich ganz sicher.«

»Weshalb?«, fragte Ruza erschrocken. »Womit? Du hast ihr doch nicht etwa Angst gemacht? Und wieso hat sie mir nichts davon erzählt? Sie sagt mir doch sonst alles. Immer!«

»Weil sie es nicht einmal gemerkt hat, verstehst du? Es ist so selbstverständlich für sie, wie für uns atmen, essen und trinken sind. Meret kann durch den Schleier schauen, der Vergangenheit und Zukunft trennt. Wie eine Schlafwandlerin durchschreitet sie die Türen der Zeit. Weißt du, was das bedeutet?«

Plötzlich war die Erinnerung wieder da, an jene Nacht in Sunu, die sie am liebsten für immer aus ihrem Gedächtnis getilgt hätte.

»Sie ist Sand, sie ist Ewigkeit«, sagte Ruza langsam. Die Worte strömten aus ihrem Mund. »Neu beschrieben, glatt poliert, nie geboren, immer schon gewesen.«

»Du weißt es also«, sagte Sanna. »Du hast es die ganze Zeit über gewusst und dennoch geschwiegen!«

»Weil ich immer gehofft habe, es würde vorübergehend sein.«

»Vorbeigehen wie eine Krankheit? Es ist unvergänglich, Ruza, es ist eine Gabe, kein Gebrechen oder Leiden. Auch, wenn es manchmal Leiden bringen kann.«

»Müssen wir jetzt fort? Bedeutet es das?«
Sannas Lachen war trocken und herzlich.
»Ist das nach wie vor deine größte Sorge? Dann sei ganz beruhigt: Keiner schickt euch weg. Aber wir können unter diesen Umständen Meret nicht einfach zwischen Tonvasen und glasierten Krügen aufwachsen lassen. Ich habe schon mit dem Obersten Priester gesprochen. Akanesch ist ebenfalls meiner Meinung.«
»Was hat er gesagt?« Natürlich hatte Ruza mit dem »Ersten Diener der Göttin« noch nie ein Wort gewechselt. Was in den Werkstätten des Tempels vor sich ging, war für ihn so weit weg, dass es ihn kaum interessierte, so ihr Eindruck. Nicht einmal seine Füße schienen den Boden richtig zu berühren. Allein schon der Anblick seiner Gestalt mit den fülligen Hüften und dem leicht gekrümmten Rücken, den sie während der öffentlichen Zeremonien zu sehen bekam, machte sie befangen.
»Dass wir Meret im Haus des Lebens einer Ausbildung unterziehen werden. Das sind wir ihr schuldig – vor allem aber der Gabe, mit der sie gesegnet ist. Die Göttin hat Ihre Schwingen um dieses Kind gelegt. Es ist kein Zufall, dass du sie hierher gebracht hast. Es war Ihr Wille.«
»Ihr wollt sie mir wegnehmen?«, fragte Ruza verzweifelt. »Im Haus des Lebens wird sie mir ganz fremd werden. Wenn ihr sie dort mit euren Weisheiten voll stopft, was soll sie dann mit einer einfachen Frau anfangen, die mit ihren Händen im Lehm wühlt? Das dürft ihr nicht!«
»Keiner will sie dir wegnehmen. Meret bleibt dein Kind. Aber man muss immer einen Preis bezahlen, für alles. Und manchmal bedeutet zu lieben auch loszulassen.« Ihre Stimme wurde sanft. »Bist du dazu bereit, Ruza?«
Inzwischen war es dunkel geworden. Ruza blickte zu den blassen Sternen empor, die fern und kalt am Nachthimmel standen. Plötzlich schien es nichts mehr zu geben, an dem sie

sich festhalten konnte. Sie musste an ihr totes Kind denken, an Sarit, der sie Meret verdankte, und an den verlorenen Goldschmuck, an dessen Besitz sie einst so große Hoffnungen geknüpft hatte. Dass ausgerechnet Pacher ihn gestohlen hatte, tat noch immer weh. Aber was spielte das jetzt noch für eine Rolle? Unter Schmerzen hatte sie lernen müssen, dass alles ganz anders gekommen war als in ihren Vorstellungen. War diese Lektion denn niemals zu Ende?

»Und wenn nicht?«, flüsterte sie mit ihrer winzigsten Stimme.

ooooo

Es war einige Zeit her, seit Basa zum letzten Mal die Werkstätten im Tempelbezirk aufgesucht hatte, und für den neuen Besuch erwog er den passenden Zeitpunkt gründlich. Zunächst hatte sein Plan gelautet, Nezem inmitten all seiner Arbeiter mit dem Auftrag zu konfrontieren, um ihm vor Zeugen jeden Rückzug abzuschneiden. Schließlich jedoch entschied er sich für ein anderes Vorgehen. Selenes Mann war leicht aufbrausend und konnte ziemlich halsstarrig sein. Fühlte er sich zu sehr in die Enge getrieben, trat er womöglich um sich wie ein verwundetes Tier.

Deshalb kam Basa erst in die Werkstatt, als die Sonne schon tief stand. Sein Gefühl hatte ihn nicht getrogen. Nezem war der Einzige, den er zu dieser Stunde noch bei der Arbeit fand. Der Bildhauer feilte gebückt an einer Standfigur Schepenupets aus Alabaster, einem halb durchscheinenden Stein, der weiche Details ermöglichte. Der Kopf war schmeichelhaft und realistisch zugleich, gab die unverkennbar kuschitischen Gesichtszüge ebenso wieder wie jenen kritischen Ausdruck, der typisch für die Gottesgemahlin war. Bei der Fülle der Gestalt jedoch hatte Nezem einiges weggelassen.

»Eine beeindruckende Frau! Genauso dürfte sie vor einigen

Jahren ausgesehen haben«, sagte Basa anerkennend. »Als der Koch noch nicht der wichtigste Mann an ihrem Hof war. Sie muss einmal sehr schön gewesen sein. Das behaupten alle, die sie von früher kennen.«

»Sie ist immer noch schön. Ich habe Schepenupet geschaffen, wie ich sie sehe«, entgegnete Nezem. »Auf ihr Wesen kommt es mir an, nicht auf jedes Deben Fett.« Er wischte sich den Schweiß von der Stirn und hinterließ dabei nur weitere Spuren hellen Staubs. »Was willst du?«

»Meine Frau ist tot«, sagte Basa bedächtig. »Und es wird Zeit, ihr Haus für die Ewigkeit zu bestellen. Deshalb bin ich hier.«

»Aber das ist Jahre her! Ist Sarit denn nicht längst begraben?«

»Natürlich ist sie das. Aber noch nicht an dem Ort, der ihrer würdig wäre.« Basa senkte seine Stimme. »Bestimmte finanzielle Engpässe mussten erst überwunden werden. Nun ist es mir gelungen, das richtige Grab für sie zu finden – und zu erwerben.«

»Was kann ich dabei tun?«

»Es soll ihr künftig an nichts fehlen«, sagte Basa. »Ich wünsche mir, dass die Götter meine Frau im Totenreich begleiten und beschützen. Als Statuen, verstehst du? Deshalb bin ich hier, um dich zu bitten, einige davon für mich anzufertigen.«

»Ganz und gar ausgeschlossen!« Nezem ließ sein Schleifwerkzeug sinken. »Siehst du denn nicht, was hier los ist? Re stirbt bald, und meine Familie wartet auf mich, ich aber stehe noch immer zwischen halb Fertigem. Schepenupets Appetit ist unstillbar, auch was Kunstwerke angeht. Hinter mir die Statue, auf die sie wartet, dann die Sphinx, die sie erst neulich bestellt hat ... Ich muss dich also abweisen. Such dir einen anderen Steinarbeiter. Was nicht weiter schwierig sein wird. Die Stadt ist voll von ihnen. Und alle lauern auf neue, zahlungskräftige Kundschaft.«

»Für Sarit kommt nur der Allerbeste in Frage«, sagte Basa. »Deshalb bin ich zu dir gekommen.«

»Meine Antwort lautet dennoch nein.« Nezem nahm ein weiches Tuch und begann damit den Rücken der Skulptur zu polieren. »Und noch eine Bitte: Komm künftig nicht mehr hierher! Die ›Gottesgemahlin‹ schätzt es nicht, wenn ihre Handwerker auf diesem Terrain andere Kunden empfangen. Sie kann äußerst empfindlich reagieren. Was ich tunlichst vermeiden möchte.«

Basa deutete ein Nicken an. »Ganz, wie du willst. Ich werde dich hier nie wieder stören«, sagte er, grüßte und ging.

Er ließ Zeit einige verstreichen und wartete so lange bis die nächsten Feiertage angebrochen waren und in ganz Waset die Arbeit ruhte. Dieses Mal lenkte er seine Schritte direkt zu Nezems' Haus. Nicht ganz ungefährlich, wie er wusste, denn er ging das Risiko ein, ihn anzutreffen. Aber er hatte sich innerlich auf alle Eventualitäten eingestellt.

Isis war die Erste, die ihn sah.

Im Allgemeinen freute sie sich, wenn Besuch kam, aber jetzt musste sie plötzlich an Anus hässliche Flecken denken und an Khays merkwürdig schillernden Rücken, und ihre Begrüßung fiel entsprechend zurückhaltend aus.

»Wo ist dein Vater?«, sagte Basa. »Darf ich hereinkommen?«

Sie drückte sich zur Seite und ließ ihn vorbei.

»Im Tempel«, sagte sie. »Aber er wollte bald zurück sein. Ich kann ja Mama einstweilen holen.« Sie sprang schnell davon.

Die Einrichtung zeugte von neuem, gediegenem Wohlstand. Basa sah mehrere schön verzierte Holztruhen mit Einlegearbeiten, kleine Schemel und säuberlich gemauerte Sitze. Auf einem Tisch aus Akazienstämmen standen tönerne Lämpchen. Im Nebenraum glaubte er schließlich zu entdecken, was er erhofft hatte, kleine, gräulich schimmernde Statuen, die ihm selbst aus der Entfernung merkwürdig vertraut vor-

kamen. Ein paar Schritte, dann sah er, was er hatte sehen wollen: Lauter Bildnisse der Göttin Isis. Und alle hatten sie Selenes Gestalt und ihr Gesicht.
»Du? Was willst du hier?« Ihre Stimme war noch immer hell und leicht belegt, wie er sie in Erinnerung hatte. Selene kam ihm sehr dünn vor und blass dazu, von einer aufregenden Zerbrechlichkeit, die seine Phantasie sofort belebte. Fraß ein heimlicher Kummer an ihr? War sie krank gewesen?
Er hütete sich, danach zu fragen. Schon der kleinste Fehler konnte alles verderben.
»Dich in einer persönlichen Angelegenheit um Hilfe bitten«, sagte er, während er die Umgebung taxierte und jedes Detail aufnahm. »Jeder braucht die Hilfe anderer Menschen, so hast du es einmal treffend ausgedrückt, wenn ich mich recht entsinne. Und heute bin ich hier, weil ich dich brauche.«
Der Doppelsinn seiner Worte entzückte ihn. Seine Haltung jedoch blieb weiterhin höflich und distanziert.
»Wozu?«
Wie würde es sein, ihren geheimsten Teil zu berühren? Würde sie stöhnen, schreien, sich an ihn klammern? Die Vorstellung wurde fast übermächtig, aber er hatte schon so lange gewartet, dass es auf etwas mehr Geduld nicht mehr ankam.
»Ich habe endlich das passende Grab für Sarit gefunden«, sagte er, »und bin zudem in der Lage, den hohen Preis dafür zu bezahlen. Sie soll ein Haus für die Ewigkeit erhalten, das ihrer würdig ist.« Die gleichen Worte, die er auch bei Nezem benutzt hatte. Würden sie diesmal wirksamer sein?
»Es fällt dir reichlich spät ein, dich um Sarit zu kümmern«, sagte Selene kühl. »Hättest du schon zu ihren Lebzeiten damit angefangen, so wäre sie womöglich noch bei uns.«
»Ich weiß«, sagte er. »Ich habe Fehler gemacht, die ich heute bereue. Aber keiner von uns kann das Rad der Zeit zurückdrehen. Glaub mir, wenn ich es könnte, ich würde es tun!«
Selene musterte ihn, und er konnte nicht sagen, ob sie er-

staunt oder skeptisch war. »Ich habe mich immer gefragt, wie sie wirklich gestorben ist«, sagte sie schließlich. »Damals hieß es, es sei ein Unfall gewesen.«

»Das war es auch«, antwortete Basa schnell. »Sie ist im Dunkeln die Treppe hinuntergestürzt. Als ich sie fand, war sie bereits tot. Niemals werde ich diesen Anblick vergessen. Deshalb möchte ich jetzt auch alles unternehmen, dass es ihr wenigstens im Totenreich an nichts fehlt. Dazu gehört der Tradition gemäß göttlicher Schutz in Form von Statuen. Genau da jedoch liegen meine Schwierigkeiten.«

Selene hörte ihm inzwischen konzentriert zu, das sah er an der steilen Falte zwischen ihren Brauen.

»Denn dein Mann, den ich um diesen Gefallen gebeten habe, hat mich abgewiesen. Leider.«

»Und genau das wird er auch jetzt wieder tun!« Mit ungehaltenem Gesichtsausdruck tauchte Nezem hinter ihm auf. »Meine Antwort war eindeutig. Lass uns also endlich in Frieden, Basa! Ich möchte ein Bad nehmen und wenigstens einmal ausreichend schlafen.«

»Willst du es dir nicht noch einmal überlegen, Liebster?«, sagte Selene zu Basas Freude. Da war sie, die Reaktion, auf die er insgeheim gebaut hatte! »Mir gefällt die Idee mit Sarits würdigem Haus für die Ewigkeit. Und ich finde, sie hat es verdient, nach allem, was geschehen ist. Mit deinen wundervollen Händen könntest du einen Beitrag dazu leisten.«

Als der Steinmetz sich unwillig abwenden wollte, hinderte sie ihn sanft daran. »Tu es für mich, nicht für ihn, Nezem!«, sagte sie bittend. »Es würde mich froh machen.«

»Als hätte ich nicht schon mehr als genug zu tun!«, protestierte er, bereits halb überredet. »Und du weißt genau, Schepenupet mag es nicht, wenn …«

»Aber du kannst doch hier arbeiten, in deiner kleinen Werkstatt, wo niemand dich stört. Die ›Gottesgemahlin‹ muss niemals etwas davon erfahren.«

»Kein Wort von mir«, sagte Basa eilig. »Und natürlich spielt der Preis keine Rolle. Ich möchte, dass du bei diesem Auftrag voll und ganz auf deine Kosten kommst.«

»Darum geht es doch nicht«, murmelte Nezem, den mehr und mehr ein ungutes Gefühl überkam, gegen das er machtlos war. »Aber mehr als von Sonnenaufgang bis nach Sonnenuntergang …«

»Du hast alle Zeit der Welt, das versteht sich von selbst«, sagte Basa. »Irgendwann in den nächsten Tagen komme ich wieder. Dann besprechen wir alles in Ruhe. Ich bin so froh, dass ich dich – dass *wir* dich umstimmen konnten! Aber jetzt will ich euch wirklich nicht länger stören!«

Er wandte sich um und ging zur Tür.

»Ist es wahr, dass deine Mutter jetzt bei euch lebt?«, rief Selene ihm hinterher. »Isis hat neulich so etwas erzählt. Sie spielt ja ab und zu mit deinen Jungen. Hast du was dagegen?«

»Die Ama?« Gerade noch rechtzeitig gelang es ihm, sein triumphierendes Lächeln wieder verschwinden zu lassen, bevor er Selene ernst ansah. »Ja, ich habe sie aus Mennefer geholt. Sie braucht uns. Vor allem aber brauchen wir sie.« Nicht einmal eine Lüge, wenn man es recht bedachte. Ihm schien, dass Selenes Gesicht bei seinen Worten etwas weicher wurde. »Und was sollte ich schon dagegen haben, dass unsere Kinder zusammen sind? Sind sie nicht beinahe so etwas wie Geschwister?«

ooooo

Psammetich war einer der hässlichsten Männer, die Montemhet je gesehen hatte – und zugleich einer der würdevollsten. Jede Elle ein Fürst, daran änderten weder das Doppelkinn etwas noch die Furchen an den Wangen, schon gar nicht die spitze Nase oder die überdimensionalen Tränensäcke, die ihm das Aussehen eines alternden Hundes gaben. Er balancierte seinen eiförmigen Schädel auf einem dünnen Hals, der in seltsamem Gegensatz zu dem Rest seines gedrungenen Körpers stand. Wer aber einmal in seine Augen geblickt hatte, musste erkennen, wen er vor sich hatte: einen kristallklaren Geist, der alles registrierte und sich von keiner noch so gefälligen Hülle täuschen ließ.

»Du mögest leben, heil und gesund sein, Nabuschezibanni«, sagte Montemhet provokant. Wie würde der Vasall auf den assyrischen Namen reagieren? Und erst auf den Segensspruch, der traditionell dem Pharao vorbehalten war?

»Amun sei mit dir, ›Großer in Waset‹«, erwiderte sein Gegenüber freundlich. »Zu viel der Ehre! Lass uns ganz ungezwungen wie zwei aufrechte Männer miteinander umgehen. Ich danke dir, dass du den weiten Weg auf dich genommen hast, Montemhet. Natürlich grüße ich ebenso deinen jungen Sohn.« Er griff nach seinem Fächer. »Ach ja, und übrigens nennt man mich Psammetich.«

Die Begrüßung hatte vor dem großen Götterfest stattgefunden, das äußerst sorgfältig vorbereitet und so perfekt inszeniert war, dass es eine Weile dauerte, bis Montemhet die politische Dimensionen der Kulthandlung in vollem Umfang begriff. Nach dem festlichen Zug zum Tempel, dem sich viele Gläubige anschlossen, wurde dieser vom Hohenpriester gereinigt, so ausführlich, als handle es sich um eine Art Dämonenaustreibung.

Dann erst erfolgte die Opferung. Weiße Rinder, Myrrhe und süß duftendes Holz waren unter den Gaben, die Ptah, dem Stadtgott Mennefers, dargebracht wurden. Aber auch die anderen Gottheiten, allen voran Re, Atum und Amun, wurden nicht minder reichlich bedacht und geehrt, ja, Montemhet kam es vor, als liege ein ausdrücklicher Schwerpunkt auf der Huldigung Amuns. Die ganze Zeit über verhielt Psammetich sich zurückhaltend, trat weder als Herrscher auf noch als künftiger Pharao, sondern nahm gelassen und demütig seinen Platz als Priester unter anderen Gottesdienern ein. Wollte er ihn damit gewinnen? Und wenn ja, wofür? Oder war es vielmehr ein Zeichen für die Bewohner der Stadt, das seine Ehrfurcht vor allem Göttlichen verdeutlichen sollte? Fragen, die Montemhet noch immer beschäftigten, als er am Abend zum Festmahl im Palast eintraf. Zu seinem Erstaunen hatte Psammetich nichts an den farbenfrohen, etwas pompösen Dekorationen verändert, die die schwarzen Pharaonen an den Wänden ihrer einstigen Lieblingsresidenz hatten anbringen lassen. Immer noch Nildpferdjagden im Sumpf, noch immer Löwinnen, die im hohen Gras ihre Beute anpirschten. Neu dagegen war die unverkrampfte Herzlichkeit fern jeder steifen Hofetikette, mit der man Montemhet und Nesptah begegnete, und neben den erlesenen Speisen und Weinen, die aufgetischt wurden, war sie es, die den jungen Mann besonders beeindruckte.

»Ich habe mir den Hof in Mennefer immer ganz anders vorgestellt«, sagte Nesptah halblaut zu seinem Vater, als das Bankett zu Ende ging und hübsche Tänzerinnen aus Griechenland auftraten, deren akrobatische Vorführung bei der Festgesellschaft großen Anklang fanden. »Förmlicher, distanzierter, anders auf jeden Fall. Aber hier verstehen sie wirklich zu feiern!«

»Psammetich versteht es«, korrigierte ihn Montemhet. »Sein Sohn am anderen Ende der Tafel macht dagegen ein finsteres Gesicht. Noch ein unreifer Knabe und schon so missmutig! Sieht ganz so aus, als hätte er einiges dagegen, dass wir die Ehrengäste sind.«

»Weshalb?«, sagte Nesptah. »Weil wir aus dem Süden kommen? Oder meine Haut nicht ganz so hell ist wie seine?«

»Weil sein Vater nach der Doppelkrone strebt. Und der Prinz zu Recht annimmt, wir seien ihm dabei im Weg.«

Nesptah lachte und wandte sich einer Gruppe von Jüngeren

zu, die sich zum Würfelspiel zusammenfanden. Montemhet lehnte sich zurück und ließ sich frischen Wein einschenken. Er machte keinerlei Anstalten, ein Gespräch mit Psammetich zu forcieren, der genussvoll gegessen hatte und inzwischen, wenn auch maßvoll, nicht minder genüsslich trank.

Auf die Tänzerinnen folgte eine Gruppe Kinder, die einen Reigen aufführten. Die Größte von ihnen, ein schmales, dunkelhaariges Mädchen in einem durchsichtigen Kleid, das ihre Zartheit unterstrich, führte die Kleineren voller Eifer durch die Figuren. Plötzlich schien Psammetich wie ausgewechselt. Kein Scherz kam mehr über seine Lippen, und auch den Pokal neben sich schien er gänzlich vergessen zu haben, so hingerissen folgte er der kindlichen Darbietung.

»Meine Jüngste!«, sagte er, als die Kinder sich verneigten und kräftiger Applaus ertönte. Vor lauter Begeisterung hielt es ihn nicht länger auf seinem Sitz. »Die kleine Nitokris. Mein Augenstern vom ersten Schrei an.«

»Die Kinder sind unsere Zukunft«, erwiderte Montemhet höflich, dem nichts Treffenderes zu dem kleinen verschwitzten Mädchen einfiel. »Und wir nur der fruchtbare Boden, auf dem ihre Saat einmal aufgeht.«

»Ich hoffte, du würdest es so sehen!« Täuschte Montemhet sich oder standen auf einmal Tränen in Psammetichs Augen? »Ein ganz außergewöhnliches Kind, voller Reinheit und tiefer Ernsthaftigkeit.« Mit einer heftigen Bewegung wandte er sich seinem Gast zu. »Ich wünschte, es gäbe mehr von ihrer Sorte. Denn Frieden, Montemhet, Frieden muss von innen kommen. Und Frieden für unser Land und seine Menschen, das ist es, wonach ich mich am meisten sehne.«

»Ein schöner Gedanke«, sagte Montemhet. »Und noch verlockender wär es, könnte er endlich Realität werden. Aber noch bluten unsere Wunden, noch stehen die Truppen Assurs im Land. Noch sind unsere jungen Männer als Geiseln in Ninive.«

»Soll der Süden länger gegen den Norden kämpfen und umgekehrt?« Rote Flecken brannten auf Psammetichs Wangen. »Ist der Nil nicht unser aller Vater?«
»Ja, du hast Recht«, bekräftigte Montemhet. »Seine Fülle ist es, die uns leben lässt.«
»Indem wir uns gegenseitig zerfleischen? Kemet braucht eine Wandlung, sonst geht es jämmerlich zugrunde«, sagte Psammetich leidenschaftlich. »Es darf nicht die falsche Diplomatie der Priester sein, die unsere Zukunft bestimmt! Deshalb habe ich ihre hinterlistigen Vorschläge wie giftige Vipern zertreten – und werde es weiterhin tun. Nein, Montemhet, die Wandlung, die ich im Sinn habe, muss neu und rein sein. Der Segen aller Götter soll auf ihr ruhen. Und meine Nitokris könnte sie zustande bringen, wenn wir es klug genug anstellen.«
Verblüfft schaute Montemhet zwischen ihm und dem Kind hin und her.
»Nitokris kann unsere Rettung sein«, beharrte Psammetich. »Ihretwegen habe ich dich hergebeten. Lass uns miteinander reden, von Priester zu Priester, von Fürst zu Fürst, von Bruder zu Bruder!« Er deutete auf eine Nebentüre. »Aber nicht hier. Unter vier Augen. Niemand soll uns belauschen! Dafür hängt zu viel für Kemet ab!«
»Dann wollen wir gehen«, sagte Montemhet und erhob sich, um ihm zu folgen. »Ich bin bereit.«

ooooo

»Ich mag sie nicht«, flüsterte Khay. »Ihre Haut sieht aus wie ein verknittertes Kleid. Außerdem hat sie eine richtige Vogelnase. Und wie künstlich sie redet!« Er schob das Kinn nach vorn und begann übertrieben zu lispeln: »Ich bin die Ama. Aus Mennefer. Zufällig weiß ich leider alles besser. Und ihr kleinen Tröpfe müsst jetzt tun, was ich euch sage – pah!« Er

schnaubte. »Da war mir ja die alte Meckerziege noch lieber. Neshet konnte man wenigstens mit Schmeicheleien rumkriegen, wenn man es schlau genug angefangen hat.«
»Sie ist doch gar nicht so übel«, sagte Anu. »Vielleicht braucht sie nur ein bisschen Zeit, um sich bei uns einzugewöhnen.«
»Vater kann sie auch nicht leiden«, sagte Khay düster, »obwohl er so tut, als sei alles bester Ordnung. Aber hast du dir mal sein Gesicht angesehen, wenn sie etwas sagt, was ihm nicht passt? Und ihm passt so einiges nicht, was die Alte von sich gibt. Als ob er sich im nächsten Moment auf sie stürzen würde, um sie zu erwürgen.« Er presste die Hände um einen imaginären Hals und verdrehte die Augen.
»Das bildest du dir bestimmt nur ein.«
»Ach, und dass sie ständig mit diesem Iucha herumzuflüstern hat, das bilde ich mir wohl auch nur ein? Wenn ich diesen Glatzkopf schon sehe, wird mir speiübel! Ich wette, der schreibt alles haarklein auf, was wir anstellen. Bestimmt auch, dass ich gestern am Gartenhaus war, um zu probieren, ob die Türe nicht doch aufzukriegen ist. Leider hat er mich dabei erwischt. Ja, ja, ich weiß schon, ich darf nicht, ich soll nicht ...« Khay schnitt eine Grimasse. »Bestimmt petzt er es gerade der Ama. Und wenn die es Vater petzt, wissen wir beide, was passiert!«
Anu schob unruhig die Haut an seinem mageren Knie auf und ab. Er hatte neue Striemen auf den Armen und einen Bluterguss am linken Auge. In einem unbeobachteten Moment schob er den Daumen in den Mund und begann daran zu nuckeln wie ein Säugling.
Khay schlug ihm mit einem leichten Klaps die Hand aus dem Gesicht.
»Nachdem er mich gesehen hat, kann ich ja schlecht behaupten, dass ich *das* nicht gewesen bin.«
Er hatte gelernt, Prügel für seinen Bruder einzustecken. Dazu

gehörte auch, sich für Missetaten zu bekennen, die er niemals begangen hatte. Inzwischen lebte er ganz gut mit diesen und anderen Lügen, für die er sich früher geschämt hätte. Mittlerweile gingen sie ihm mühelos über die Lippen, als schlummere ein großes Talent in ihm. Alles noch besser als jener schale Geruch aus Angst und Verlassenheit, der ihm in die Nase stieg, wenn Anu zu ihm ins Bett gekrochen kam, weil er sich vor dem Vater fürchtete. Er klammerte sich dann unweigerlich an Khay, bis der kaum noch Luft bekam und sich so bedrängt fühlte, dass er den Bruder viel zu grob wegstieß. Mit dem Resultat, dass Anu sich sogar im Schlaf zum Trost den Daumen in den Mund steckte.

Khay hasste jenen Moment, bevor seines Vaters Zorn sich auf Anu oder ihn entlud. Und das Ausmaß dieser Wut, für die er bislang keine Erklärung gefunden hatte, machte ihm Angst. Aber er hatte eine spezielle Methode entwickelt, mit dem körperlichen Schmerz umzugehen. Dann spürte er zwar die Schläge, aber sie erreichten ihn nicht mehr. Sie taten weh, aber er konnte sie ebenso schnell wieder vergessen. Er hatte dicke Mauern um sein Herz gezogen und hielt sein Inneres sorgfältig verschlossen. Wenn er niemanden liebte, konnte ihm auch niemand zu nahe treten, das hatte er inzwischen herausgefunden.

Mit einer Ausnahme – Isis.

Manchmal wollte ihm schier das Herz bersten, so wichtig war sie ihm. Er wollte, dass sie ihn mutig fand, stark und groß. Er wollte, dass sie zu ihm aufsah und ihn bewunderte. Alles, auch jede Verrücktheit, hätte er dafür getan, wenngleich er sich nach außen hin ihr gegenüber besonders ruppig verhielt, damit sie bloß nicht bemerkte, wie es wirklich um ihn stand.

»Glaubst du, es wäre anders, wenn wir Mädchen wären?«, fragte Anu zu seiner Verblüffung, als habe er seine Gedanken erraten. »Meinst du, Vater würde Isis auch so wehtun?«

Beide dachten an die fremden, stark parfümierten Frauen, die manchmal im Morgengrauen das Gartenhaus verließen, manchmal mit Kratzern auf Armen und Schenkeln. Stets war es Iucha, der ihnen das Tor öffnete. Und er sorgte auch dafür, dass sie längst verschwunden waren, sobald Re sich am Himmel zeigte und die Nachbarn wach wurden.

»Ich weiß es nicht«, sagte Khay unschlüssig, weil ihm der Gedanke fürchterlich erschien. »Isis vielleicht nicht.«

»Und Mama?«

»Mama ist tot, du kleiner Idiot«, sagte Khay barsch.

Schon das Wort genügte, damit er sich ganz klamm fühlte. Er hatte sich selbst verboten, an sie zu denken. Aber wenn er einmal nicht aufpasste und seine Erinnerungen sich aus Versehen doch in diese Richtung verirrten, bekam er einen scheußlichen Geschmack im Mund. Außerdem begann sein Herz so wild zu klopfen, als wolle es aus seiner Brust springen.

»Das weiß ich doch«, sagte Anu leise. »Aber meinst du, er hat sie ...«

»Du fragst zu viel, Kleiner«, sagte Khay und knuffte Anu so fest in die magere Brust, dass er zusammenfuhr. »Ein guter Rat von mir, und ich weiß, wovon ich rede: Wenn du weniger fragst, fängst du auch weniger Prügel ein, so einfach ist das!«

ooooo

Inzwischen war Basas Anblick in Nezems häuslicher Werkstatt nichts Ungewöhnliches mehr. Selenes Zurückhaltung begann einer etwas freundlicheren Unbefangenheit zu weichen. Auch Isis schien ihre anfängliche Scheu allmählich verloren zu haben. Manchmal jedoch sah sie ihn so aufmerksam an, dass er sich unbehaglich fühlte. Durchschauten ihn diese hellgrünen Augen?

Sie ist nichts als ein neugieriges, kleines Ding, sagte er sich dann. Beachte sie einfach nicht! Dann wird sie irgendwann schon damit aufhören, dich so ungehörig anzustarren. Nichts als ein gewöhnliches kleines Mädchen.

Aber das war nicht die ganze Wahrheit. Man konnte Isis nicht einfach übersehen, auch wenn man sich anstrengte, denn sie war ein Mädchen von erstaunlicher Schönheit. Mochte sie vergessen, sich zu waschen, mochte sie wie andere ihres Alters halb nackt herumrennen, toben und schreien, sie fiel sofort unter all den Kindern auf. Es lag nicht allein an ihren langen, geraden Gliedern, dem unverwechselbaren Gang und den schönen Augen – es war eine Art inneres Leuchten, das sofort auf sie aufmerksam werden ließ.

Sie selber schien sich ihrer Wirkung nicht bewusst zu sein, und Selene und Nezem unternahmen nichts, um daran etwas zu ändern. Basa entging jedoch nicht, wie die Augen seines Erstgeborenen zu glänzen begannen, sobald er Isis erblickte, und wie eifrig Anu auf einmal zu gestikulieren begann, als könne er damit sein Stottern überspielen. Sie waren noch Kinder, seine beiden Söhne, aber schon ganz in Isis' Bann. Nicht anders, wie er seit langem von Selene regelrecht besessen war.

»Kommt ihr denn voran, Nezem und du?« Ein kaum merkliches Lächeln erschien auf Selenes Gesicht.

Er war fasziniert, wenn sie sprach, aber noch viel besser hätte es ihm gefallen, Selene mit wilden Küssen endlich zum Schweigen zu bringen. Sobald er sie länger betrachtete, überkamen ihn erregende Gedanken: zwei Kerle anzuheuern, die sie nachts in einer dunklen Gasse packten und zu all dem zwangen, was sie ihm bislang verweigert hatte.

»Und ob!« Es kostete ihn Beherrschung, unverbindlich weiterzureden. »Der Anubis ist beinahe fertig. Höchste Zeit, denn ich möchte mit dem offiziellen Begräbnis nicht mehr länger warten. Es ist nur …«

»Ja?« Selene schaute vom Linsensortieren auf.

»Ich weiß nicht, wie ich es sagen soll.«
»Gerade heraus!«
»Da drüben, im anderen Zimmer, stehen so schöne Skulpturen. Ich konnte mich neulich einfach nicht länger beherrschen und musste sie einmal genauer ansehen.«
»Du hast Glück, dass Nezem dich nicht dabei erwischt hat. Die Isis-Figuren sind ihm nämlich besonders heilig.«
»Er würde keine davon verkaufen?«
»Dir? Vergiss es!«
»Schade«, sagte Basa und brachte tatsächlich einen zerknirschten Tonfall zustande. »Sehr schade! Isis war seit jeher Sarits Lieblingsgöttin, und ich dachte ...«
»Du möchtest eine für Sarits Haus für die Ewigkeit?«
Er nickte.
Sie stand zögernd auf, ging hinüber und kam mit einer kleinen Statue zurück. »Für meine Freundin, nur für meine tote Freundin. Mögen die Schwingen der Isis sie für immer sanft wiegen! Jetzt mach aber, dass du damit nach Hause kommst!«
Selenes und Basas Hände hatten sich kurz berührt. Jetzt hielt sie die Arme ganz eng am Körper, wie um sich zu schützen.
Zu spät!, dachte er triumphierend. Du zappelst bereits in meinem Netz! Nichts verbindet mehr als Geheimnisse, die einen Dritten ausschließen. Und schon bald werden es noch gefährlichere Geheimnisse sein, Selene!
»Ich danke dir«, sagte er höflich. »Aber was wirst du Nezem sagen? Das Fehlen der Figur wird ihm doch sicherlich auffallen. Und ich möchte nicht, dass du meinetwegen ... unseretwegen lügen musst. Oder sogar Ärger mit deinem Mann bekommst.«
»Das lass ruhig meine Sorge sein!« Plötzlich klang Selene ganz förmlich. »Wann genau soll das Begräbnis stattfinden?«

»In zwei Wochen«, sagte Basa, »am letzten Feiertag. Es soll ein unvergessliches Fest werden. Ich hoffe, ihr seid dabei.«
»Wir werden sehen«, sagte Selene.
Er hätte pfeifen mögen, als er auf die Straße trat, so übermütig fühlte er sich. Sie dagegen hatte ihn kaum mehr ansehen können. Natürlich hatte sie keine Ahnung, wie gründlich sein Plan war. Er hatte den Tag der Bestattung nicht minder sorgfältig wie das Grab ausgesucht. Auf Geheiß Schepenupets sollte Nezem nämlich, wie Basa rechtzeitig herausbekommen hatte, dringend zu den Alabasterbrüchen aufbrechen, eine lange, mühsame Reise, die es ihm unmöglich machen würde, Sarit auf ihrem Weg ins Haus für die Ewigkeit zu begleiten.

ooooo

»Er möchte, dass ich seine Tochter adoptiere?« Schepenupet war überzeugt, sich verhört zu haben. »Ausgerechnet Nitokris soll einmal ›Gottesgemahlin des Amun‹ werden? Er muss den Verstand verloren haben!«
»Genau das schlägt er vor«, wiederholte Montemhet geduldig. »Ich finde, dass die Argumente des Fürsten von Saïs durchdacht und sinnvoll sind. Willst du sie dir nicht erst einmal in Ruhe anhören?«
»Weshalb? Du weißt doch ebenso gut wie ich, dass es vollkommen ausgeschlossen ist!«, sagte sie aufgebracht. »Amenardis ist seit Jahren meine älteste Tochter, so steht es in der feierlichen Adoptionsurkunde. Das rückgängig zu machen – falls man sich auf diese wahnwitzige Idee überhaupt einlassen möchte –, würde einer offenen Kriegserklärung an das Land Tanub gleichkommen. Und zudem eine junge Frau tief verletzen, die ich nicht nur als meine leibliche Nichte lieb gewonnen habe. Meine Antwort lautet: nein. Das kannst du deinem Assyrerfreund gern bestellen!«

»Aber das verlangt doch keiner von dir!«, sagte Montemhet. »Du sollst keine Tochter verlieren, sondern noch eine zweite dazu bekommen.«
»So weit hat er dich schon gebracht? Gratuliere!« Sie schob ihr Doppelkinn angriffslustig nach vorn. »Wo ist der stolze junge Löwe geblieben, der einst in Wüstennächten so machtvoll seine Stimme erhoben hat? Ich sehe nur noch eine dressierte Maus.« Sie geriet immer mehr in Rage. »Was habt ihr als Nächstes vor? Eine Würfelrunde mit dem Herrscher von Ninive? Und der Gewinner erhält als Preis die Köpfe unserer Geiseln?« Wutentbrannt wandte sie sich ab.
Es war lange her, dass er sie so gesehen hatte. Doch war es nicht wie früher in Napata, wo sie abends am Feuer hitzige Diskussionen geführt hatten. Damals hatten sie sich oft wegen Nichtigkeiten gestritten, heute dagegen ging es um die Zukunft Kemets.
Er streckte ihr ein Schreiben entgegen. »Von Psammetich«, sagte er. »Lies selbst! Ich könnte es mit meinen eigenen Worten nicht besser ausdrücken.«
»Ach, Papyrus ist doch geduldig!«, sagte sie, nahm ihm den Brief aber aus der Hand und begann laut zu lesen:
»Ich werde Amun meine Tochter als ›Gottesgemahlin‹ geben und verspreche, sie besser auszustatten, als dies jemals zuvor geschehen ist …
Du willst dich kaufen lassen?«, sagte sie. »Ich hätte nie gedacht, dass du so tief sinken könntest.«
»Weiter!«, bat er. »Das Wichtigste kommt erst.«
»So habe ich also gehört, dort sei die Tochter Taharkas namens Amenardis als nächste ›Gottesgemahlin‹ bestimmt. Ich werde nicht die Erbin von ihrem Thron vertreiben, da ich ein König bin, der die Wahrheit liebt – meine besondere Abscheu gilt der Lüge –, ein Sohn dessen, der seinen Vater verteidigt hat. Daher soll Nitokris einmal Amenardis, der Tochter Taharkas, nachfolgen so wie Schepenupet bereits

ihre Nichte Amenardis zu ihrer Nachfolgerin ausersehen hat …«
»Sie soll erst Amenardis nachfolgen, nicht mir?«
»So ist es«, sagte Montemhet. Er war froh um die Morgenbrise, die durch die offenen Fenster zog. Gleich nach seiner Ankunft in Waset war er zu Schepenupet geritten, erleichtert, dass sie ihn trotz ihrer Verstimmung zu dieser ungewöhnlichen Zeit sofort empfing. »Das ist es, was Psammetich vorschlägt.«
»Lass es mich in meinen eigenen Worten zusammenfassen«, sagte die »Gottesgemahlin«, »damit ich nichts Wichtiges übersehe. Der Tempel bekäme bei dieser Gelegenheit schier unermessliche Schenkungen zugesprochen, richtig?«
»Das hat der Fürst von Saïs zugesagt. Und ich habe bislang keinen Anlass, seinem Wort zu misstrauen. Der Hohepriester versucht übrigens seit Jahren, gegen uns zu intrigieren. Psammetich hat mir seine gesammelten Pamphlete gezeigt. Nichts als ein Haufen Lügen und gemeiner Verleumdungen – Horachbit und seine Genossen schrecken vor nichts zurück.«
»Ein raffinierter Schachzug, nein, es sind gleich mehrere Züge auf einmal! Nitokris löst als ›Gottesgemahlin‹ die kuschitischen Prinzessinnen ab, während ihr Vater die hiesige Priesterschaft im Zaum hält und gleichzeitig seine Hand nach der Doppelkrone ausstreckt, um sie vom Haupt des schwarzen Pharaos zu reißen – und was hast eigentlich du davon, mein untreuer Geliebter?«
»Ich möchte meine Würde zurück«, sagte er. »Den Irrtum kann ich nicht ungeschehen machen, aber ich kann alles tun, damit er sich niemals wiederholt.«
»Und was ist mit Tanutamun? Und der Treue, die du ihm mehrfach geschworen hast?«
»Psammetich wird nicht Herr beider Länder, solange Tanutamun lebt. Daran gibt es nichts zu rütteln.«
»Dann kommt es euren Plänen ja wahrscheinlich sehr ent-

gegen, dass der Gesundheitszustand des Pharaos zu wünschen lässt. Es ist so gut wie ausgeschlossen, dass Tanutamun Napata jemals wieder verlassen kann. Sein altbekanntes Leiden, die Fallsucht, hält ihn fest in ihren Krallen.«

»Hast du Angst vor seinem Ende, weil deine Heimat das Goldland ist? Du bist die ›Gottesgemahlin des Amun‹, Schepenupet! Keiner in Kemet würde wagen, dich anzugreifen.«

»Tanutamun hat meinen Bruder umgebracht«, sagte sie leidenschaftslos, »obwohl Taharka ihn bereits zum Mitregenten erhoben hatte. Er wusste, wie sehr der Neffe nach dem Thron gierte. Und auch, dass er mit dieser Entscheidung sein Leben aufs Spiel setzte – er hat es trotzdem getan. Was mich betrifft, Montemhet, so weiß ich sehr gut, wer ich bin, und wo meine Heimat ist.«

Eine Weile war es still im Raum. Vom Innenhof drang das Scherzen und Lachen zweier junger Dienerinnen herein, die Fladenbrote backten und sich dabei über ihre Männer lustig machten.

»Die Adoption seiner Tochter Nitokris ist nicht alles, was ich mit Psammetich besprochen habe«, sagte er. Schepenupets Augen bekamen ihren wachsamen Ausdruck zurück. »Wir sind überein gekommen, künftig gemeinsam zu handeln. Der Norden und der Süden, vereint als Brüder, nicht länger als Feinde.«

»Was genau habt ihr vor?«

»In diesem Jahr erklären wir uns noch bereit, wie bislang den unmenschlichen Tribut zu bezahlen, den Aschurbanapli uns abpresst. Im nächsten Jahr werden wir ihn auf eigene Faust halbieren. Und im dritten für alle Zeiten einstellen.«

»Ihr müsst wahnsinnig sein oder tollkühn«, sagte sie nach einem Augenblick, »um dieses Risiko einzugehen. Noch bin ich mir nicht sicher, was von beidem gefährlicher ist. Denn wenn ihr das tatsächlich wagt, werden die Assyrer wiederkommen und ganz Kemet dem Erdboden gleichmachen.«

»Psammetich hat erst kürzlich die Skythen besiegt und Asod eingenommen«, erwiderte Montemhet. »Im Osten erheben sich die Meder unter ihrem mächtigen König Kyaxares. Das sind nur die dringlichsten Probleme, die Aschurbanapli zu lösen hat. Er hat das Kontingent in Mennefer bereits systematisch verkleinert und wird es weiter tun müssen. Wie sollte er da schlagkräftige Truppen nach Kemet entsenden können?«

»Eine Kleinigkeit habt ihr dabei allerdings übersehen: die jungen Männer aus Waset – seine Geiseln. Ist euer Mut ihren Tod wirklich wert?«

»Offenbar ist Aschurbanapli im Lauf der Jahre ihrer Gesichter überdrüssig geworden. Oder er hat aus anderen Gründen die Lust verloren, sie weiterhin durchzufüttern. Alle zehn haben Ninive bereits verlassen, gesund und munter, wie zuverlässige Gewährsleute berichten. Ich will mir die Freude nicht nehmen lassen, diese Nachricht ihren Familien persönlich zu überbringen. Binnen weniger Wochen dürften sie wieder bei uns sein.«

Ein Lächeln erschien auf Schepenupets Gesicht. Sie hob die Hand, als ob sie Montemhet segnen wolle, schien es sich dann aber doch anders zu überlegen. Stattdessen trat sie auf ihn zu, bis sie so nah war, dass er ihren Atem auf seiner Haut spüren konnte, und legte die Hand leicht gespreizt auf seine Brust.

Er wagte keine Bewegung.

»Schön, dass dein Herz noch so stark und mutig schlägt wie in jenen fernen Tagen. Und vergib mir, mein Geliebter! Scheint, als seiest du doch ein Löwe geblieben, Montemhet.«

ooooo

Wenn Söhne unglücklich sind, erinnern sie sich an ihre Mütter – wieso kam Selene plötzlich diese alte Weisheit aus ihrer Heimat in den Sinn?

Dabei wechselten sie kaum einen Blick, Basa und seine Mutter, noch schien die alte Frau besonders interessiert an der Zeremonie, die für ihre tote Schwiegertochter abgehalten wurde. Basas Mutter war groß und hager, aber sie ging nicht gebeugt wie viele ihre Alters, sondern sehr aufrecht. Schön war sie wohl niemals gewesen, dafür schienen ihr Gesicht zu mager und die Nase zu markant. Aber sie strahlte mit ihrem silbernen Haar eine gewisse Würde aus, wenngleich von Liebenswürdigkeit oder gar Wärme nichts zu spüren war.
Die drei Kinder wirkten irgendwie mitgenommen: Isis, die ängstlich auf die verblassten Zeichnungen an den Felswänden starrte; Khay, der auf dem langen Weg in die Totenstadt ununterbrochen vor sich hin gepfiffen hatte, bis ein Knuff Basas ihn zum Verstummen gebracht hatte; und schließlich Anu, der heute noch verlorener aussah als sonst.
»Ist da drin die Mama?« Eingeschüchtert beäugte er den aufwändig bemalten Sarg.
»Ihre Seele hat als Ba-Vogel den Körper verlassen«, erwiderte die Ama belehrend. »Zurück bleibt nichts als eine seelenlose Hülle. Erst wenn der Priester jetzt das Ritual der Mundöffnung vornimmt, kehrt das Leben zurück.«
»Und wird die Mama dann wieder lebendig?«, fragte Anu. »K-k-kommt sie zu uns zurück?«
»Natürlich nicht, du kleiner Idiot«, zischte Khay. »Tot ist tot, kapiert?«
Ein scharfer Blick ihres Vaters brachte sie zum Schweigen.
Die endlosen Litaneien der Priester setzten ein. Selene fühlte sich plötzlich sehr einsam. All die Jahre war sie überzeugt gewesen, Kemet nicht nur lieb gewonnen zu haben, sondern es auch gut zu kennen. Heute aber, in dieser unheimlichen alten Grabkammer, wurde ihr mit einem Mal bewusst, dass sie sich getäuscht hatte. Sie war und blieb eine Fremde in einem Land, dessen Sitten und Gebräuche ihr fern und unverständlich schienen. Sie musste an ihre winzige Tochter

denken, die nicht geatmet hatte, und an das Kleine, dessen Schicksal sie damals in Ruzas Hände gelegt hatten. Inzwischen konnte sie Sarits unstillbaren Schmerz nachvollziehen, jetzt, wo sie selber erfahren hatte, was es bedeutete, ein Kind zu verlieren.

Vor ihr stand leicht erhoben auf einem Gerüst der Sarg, ein kostbares Holzgefäß, mit unzähligen Schutzgöttern bemalt. Der herausgearbeitete Kopfteil zeigte eine Geierhaube, die auf stilisierte Perückenstränge gesetzt war. Mochte der Künstler auch große Sorgfalt auf die Züge verwandt haben – was sie da ansah, war nicht Sarits Gesicht, sondern eine starre, gleichmütige Maske.

Nie wieder würde sie Sarits Lachen hören können, ihren Spott erleben, ihre übersprudelnde Freude, wenn sie etwas entzückt hatte.

Bestimmt lag es am Flackern der rußenden Öllämpchen, die man in großer Anzahl aufgestellt hatte, vielleicht waren es auch die seltsamen Gerätschaften, mit denen die beiden Priester am Sarg hantierten, während sie ihren Singsang anstimmten, oder es waren die Weihrauchschwaden, die aus mehreren Räuchergefäßen drangen – Selene hatte plötzlich das Gefühl, als würde Basas kahlem Diener, der in respektvollem Abstand von der Familie Aufstellung genommen hatte, eine Hundeschnauze wachsen. Und besaß er nicht auch lange spitze Ohren wie der Totengott Anubis?

In ihrer wachsenden Bedrängnis sah Selene sich Hilfe suchend um. Irgendwo zwischen all den Grabbeigaben – Hausrat, Uschebtis, Blumen und Früchten – musste doch die Isis-Figur sein, die sie Basa heimlich zugesteckt hatte! Von Anfang an war Isis unter all den Gottheiten Kemets diejenige gewesen, der sie sich besonders nah gefühlt hatte. Vielleicht konnten sich die Schwingen der Göttin schützend um sie legen und ihr helfen, diese anstrengende Zeremonie besser zu

überstehen. Aber so sehr sie sich auch bemühte, sie konnte die Figur nirgendwo entdecken.
Der Kahle stand auf einmal hinter ihr. Sie konnte nicht sehen, was er tat, aber plötzlich spürte sie einen brennenden Schmerz in ihrem rechten Arm. Empört wollte sie sich umdrehen und den Mann zur Rede stellen. Plötzlich aber war jede Bewegung eine Anstrengung. Wellen von Übelkeit fluteten durch ihren Körper. Die Stimmen um sie herum wurden leiser. Selene klammerte sich an die raue Felswand, um Halt zu finden.
Dann wurde es schwarz vor ihren Augen.
Als sie erwachte, fand sie sich draußen wieder. Sie lag auf dem Boden, einigermaßen bequem gebettet auf einem Tuch. Offenbar hatte jemand mit Hilfe eines Stocks und eines alten Lappens einen provisorischen Sonnenschutz errichtet. Ihr Oberarm schmerzte, und als sie ihn berührte, konnte sie tiefe, schmerzhafte Kratzer ertasten.
Basa beugte sich über sie.
»Wo ist Isis?«, fragte sie, noch immer ganz schwindlig.
»Habe ich mit der Ama und meinen Söhnen schon mal nach Hause geschickt«, sagte er, zog hinter sich einen Krug hervor und tröpfelte ihr Flüssigkeit auf die ausgetrockneten Lippen.
Selene verzog das Gesicht. »Widerlich süß! Was ist das? Und was ist mit meinem Arm?«
»Ein Stärkungsmittel. Je mehr davon du bei dir behältst, desto besser. Und dein Arm? Du musst dich beim Fallen am Felsen verletzt haben. Komm, ich schau es mir mal genauer an!«
»Ich mag es nicht.« Sie drehte ihr Gesicht weg. »Lass mich bitte!«
»Das sagen meine Jungen auch immer, wenn sie Medizin schlucken sollen. Nimm es!«, beharrte Basa. »Es kann wahre Wunder bewirken.« Er machte sich an ihren Kratzern zu schaffen, indem er sie säuberte und mit einer streng riechenden Tinktur bestrich, die das Brennen verstärkte.

Sie zuckte zusammen. »Was ist überhaupt passiert?«
»Zu viel Weihrauch und zu wenig Luft, schätze ich mal. Kannst du dich aufsetzen? Ich möchte, dass du noch ein paar tüchtige Schlucke trinkst.«
»Natürlich«, sagte Selene, war dann aber doch froh, dass er sie dabei unterstützte.
»Hier. Du brauchst jetzt viel Flüssigkeit.«
Sie trank wie ein gehorsames Kind. »Meine Zunge fühlt sich ganz taub an«, sagte sie. »Und mir ist noch immer schwindelig. Es ist doch nichts Schädliches?«
»Sicherlich nur die Erschöpfung«, versicherte Basa. »Ein schnell wirkendes Stärkungsmittel, wie gesagt. Du wirst dich bald besser fühlen.«
»Ist die Zeremonie eigentlich schon vorbei? Ich kann mich an gar nichts mehr erinnern.«
»Das Grab wird in wenigen Stunden versiegelt. Dann kann Sarit endlich ihre ewige Nachtfahrt der Sonne beginnen, wie sie es sich immer gewünscht hat.«
»Wieso tust du das alles?« Selene musste blinzeln, so stark blendete die Sonne. Etwas Seltsames kreiste in ihrem Blut, eine rasch aufsteigende Hitze, die sie schläfrig und hellwach zugleich machte. Ihr war gleichzeitig heiß und kalt. Sie wollte allein sein und wünschte doch, dass Basa in ihrer Nähe war.
»Hätte ich dich vielleicht im Felsengrab zurücklassen sollen?«
»All der Aufwand, das teure Begräbnis nach den vielen Jahren ...« Sie schüttelte den Kopf, um das taube Gefühl, das sich unaufhaltsam in ihrem Körper ausbreitete, zu verscheuchen. »Ich weiß nicht, wie ich es ausdrücken soll. Da war doch immer so viel Streit zwischen euch, eine solch tiefe Zwietracht! Hast du Sarit eigentlich jemals geliebt, Basa?«
Statt einer Antwort legte er seine Hand auf ihren Kopf, und sie wunderte sich, dass sie dies als angenehm empfand.
Er half ihr auf. Leicht verlegen klopfte Selene den Sand aus

ihrem Kleid. Wie im Traum folgte sie ihm zur Fähre. An die Überfahrt hatte sie später keine Erinnerung mehr. Sie wusste nur noch, dass auf der anderen Seite ein Karren auf sie wartete, der sie zu Basas Haus brachte.

Das Gartentor, sonst immer verschlossen, stand einladend offen. Ein schmaler Steinweg führte zu dem flachen Gebäude, das Selene bislang nur aus der Entfernung betrachtet hatte.

»Weiter!«, sagte Basa, der dicht neben ihr ging. »Worauf wartest du noch?«

An der Schwelle blieben sie stehen. Aufmerksam betrachtete er Selene. Kreiste genug von seinem Gift in ihren Adern? Würde sie endlich bereit sein für das, was er von ihr begehrte?

Ihre engen Pupillen und ihr starrer Blick machten ihm Mut. Sie schwankte leicht. Er stützte sie, damit sie nicht hinfiel.

»Du hast mich entzündet«, sagte er leise. »Ich brenne. Und nun wirst endlich auch du brennen.«

Selene starrte ihn stumm an.

Er steckte den Schlüssel ins Schloss, drehte ihn um. Die Tür sprang auf. Ungeduldig zog er sie ins Innere.

5

NUT

»Welches sind die Götter der Neunheit?« Merets Antwort erfolgte prompt. »Am Anfang war nur Wasser, dunkles, endloses Wasser, und weder Zeit noch Raum waren geboren. Doch irgendwann erhob sich Atum aus den Fluten, und er war die Sonne.« Sie schaute zu Sanna, und als diese ihr aufmuntert zunickte, fuhr sie noch sicherer fort: »Aus Atum gingen Schu und Tefnut hervor, die die Luft und die Feuchtigkeit sind. Schu und Tefnut wiederum zeugten Geb und Nut. Bei ihrer Geburt hingen sie zusammen, und so ging Schu hin und löste sie voneinander. Nut hob er empor und veranlasste sie, den Himmel zu bilden. Geb aber ließ er, wo er war, und so wurde Geb zur Erde.«

»Das hast du sehr schön erzählt«, sagte Akanesch. Der Oberste Priester war ein seltener Gast in den Unterrichtsräumen des Lebens, Merets Fortschritte jedoch verfolgte er mit großer persönlicher Anteilnahme. Kaum je zuvor hatten die hohen Steinmauern eine so eifrige Schülerin beheimatet. »Und mehr als das. Mir scheint, du hast die Schöpfungsgeschichte auch wirklich verstanden.«

»Aber ich bin doch gar nicht fertig!«, protestierte Meret. »Das Schönste kommt noch.«

»Gut, dann lass uns auch das Ende hören!«, sagte Akanesch und lehnte sich lächelnd zurück.

»Die Erde und der Himmel hatten fünf Kinder, die an fünf Tagen hintereinander geboren wurden: Osiris, Haroeris, Seth, Isis und Nephthys. Osiris und Isis liebten sich bereits im Mutterleib. Und sie werden sich immer lieben – bis in alle Ewigkeit.«

»Und das gefällt dir am besten?«, fragte Sanna, die schräg hinter Akanesch saß und nicht minder konzentriert zugehört hatte. »Weshalb?«

»Ja«, sagte Meret mit Nachdruck. »Ein Mann und eine Frau, die sich ewig lieben und niemals trennen, das ist wunderschön! Sogar als Seth später böse wurde und seinen Bruder

Osiris umgebracht hat, hat Isis nicht geruht, bis sie alle Teile seines zerstückelten Leichnams wieder eingesammelt hatte. In ganz Kemet war sie, überall.« Ihr Gesicht wurde ernst. »Ruza ist oft traurig, weil sie allein ist. Obwohl ich mich so bemühe, sie zum Lachen zu bringen. Ich glaube, wenn sie einen Mann hätte, wäre es leichter für sie.«

»Man braucht nicht unbedingt einen Mann, um glücklich zu sein«, sagte Sanna. »Komme ich dir vielleicht traurig vor?«

»Nein, du nicht«, erwiderte Meret nach kurzem Nachdenken, »aber ich glaube, bei dir ist es auch anders.«

»Weshalb?«

»Weil du gut mit dir selbst sein kannst«, sagte sie ohne Zögern. »Und weil du eigentlich Frauen lieber als Männer magst.«

Ein sanftes Rot ergoss sich über Sannas Wangen. Sie starrte auf die Wachstäfelchen, die vor ihr auf dem Tisch lagen.

»Wollen wir weiterfahren?«, fragte sie Akanesch.

»Aber ja! Ich kenne natürlich auch all die anderen Götter«, sagte Meret eifrig. »Hathor und Mut, Sachmet und Bastet, Neith und Min, Ptah, Thot und Chnum ...«

»Ich denke, das reicht für heute«, unterbrach sie der Oberste Priester. »Wie kommst du mit deinen Sammlungs- und Entspannungsübungen zurecht?«

»Anfangs geht es immer ganz gut«, sagte Meret. »Aber wenn ich das mit dem Atem zu lange mache, tut mir der Kopf weh. Und manchmal wird er dabei auch so leer, dass ich Angst bekomme, er könnte wegfliegen.« Sanna und Akanesch tauschten einen schnellen Blick.

»Ich denke, sie ist so weit«, sagte er. »Dieses Jahr kann sie dabei sein, wenn wir den Tod und die Auferstehung des Osiris feiern.«

»Wann?«, sagte Meret mit glänzenden Augen.

»Beim nächsten Vollmond. Die Zeremonie dauert einen ganzen Tag und eine ganze Nacht. Das erste Mal ist alles immer am eindrucksvollsten. Ich bin mir sicher, du wirst diese Stunden niemals vergessen.«

Beim Aufstehen massierte er sich mit verzerrtem Gesicht seine untere Rückenpartie. Meret fiel auf, dass Schatten unter seinen Augen lagen. Außerdem schimmerten Schweißtropfen auf seinem geschorenen Kopf.

»Bist du krank?«, fragte sie.

»Ich fühle mich tatsächlich seit ein paar Tagen nicht besonders wohl«, erwiderte er erstaunt. »Ich schlafe schlecht und habe meinen Appetit verloren. Eine kleine Unpässlichkeit, wie ich hoffe. Kaum der Rede wert.«

Ein plötzlicher Ruck ging durch Merets Körper, und auf einmal erstarrte sie. »Das Wasser«, flüsterte sie. »Hüte dich vor dem Wasser!«

»Was meinst du damit?«, fragte Akanesch beunruhigt.

»Das Wasser«, wiederholte Meret, noch immer in Trance. »Ich sehe so viele Götter ... du musst aufpassen!« Sie schrie kurz auf. »Ein Leichnam ... im Seichten ...«

Sanna berührte sie vorsichtig.

»Sprichst du von Akanesch?« sagte sie. »Siehst du eine Gefahr, die ihm droht? Dann musst du es uns ganz genau sagen!«

»Ich weiß nicht«, sagte Meret verwirrt. »Alles ist plötzlich so dunkel und kalt.« Sie begann zu zittern. »Ich habe Angst. Nimmst du mich in den Arm?«

Sanna hielt sie so behutsam wie eine kostbare Blume, bis Meret sich wieder beruhigt hatte. »Wie geht es dir jetzt?«, fragte sie. »Siehst du noch etwas?«

Meret schüttelte den Kopf. »Oft kommen die Bilder als Freunde zu mir«, sagte sie, als Sanna sich schließlich wieder von ihr löste. Am liebsten wäre sie noch länger in dieser zarten Umarmung geblieben, aber sie wusste natürlich, dass das nicht möglich war. »Dann ist alles in mir heiter und hell. Manchmal aber überfallen sie mich wie Feinde, die stechen

und brennen und schneiden, bis ich innerlich ganz wund bin. Dann hasse ich sie. Ihnen scheint es nämlich ganz gleichgültig zu sein, was ich dabei empfinde!«
Sie verzog ihren Mund. »Warum kann ich nicht sein wie alle, zu denen niemals Bilder kommen? Ich habe schon versucht, mit anderen Kindern darüber zu sprechen. Aber ich glaube, sie verstehen nicht einmal, wovon ich überhaupt rede.«
»Du musst die Bilder annehmen, so wie sie sind«, sagte Sanna. »Aber du kannst lernen, deine Seele vor ihnen zu schützen, damit sie nicht zu tief in sie eindringen. Deshalb bringen wir dir ja all diese Übungen bei. Und deshalb wollen wir auch, dass du möglichst viel Wissen erwirbst. Du bist ein ganz besonderer Mensch, Meret, mit einem ungewöhnlichen Schicksal. Danke den Göttern, dass sie dich auf diese Weise ausgezeichnet haben!«
Sie nahm Merets Hand und zog sie nach nebenan, in einen kleinen, rechteckigen Raum, den sie zum ersten Mal zusammen betraten. In einer Nische stand auf einem niedrigen Podest ein verhülltes Gefäß. Sanna zog das Tuch herunter.
»Was siehst du?«, fragte sie.
Meret deutete auf die beiden Anch-Zeichen im unteren Teil der Alabastervase. »Das Symbol für Leben«, sagte sie. »Das Was-Szepter in der Mitte stellt den großen Fluss dar. Er ist unser Vater. Er lässt uns leben.«
»Das ist richtig. Und oben?«
»Lotos und Papyrus, die Symbole von Kemet. Der Papyrus ist Hathor geweiht, der Göttin der Liebe, die auch die Toten beschützt. Der Lotos schließt sich jede Nacht und sinkt unter Wasser, um am nächsten Tag wieder aufzuerstehen. Er gleicht der Sonne, die jede Nacht als Greis von der Himmelsgöttin Nut verschluckt wird, durch ihren Leib wandert und am nächsten Morgen als Kind neu geboren wird …«
»Siehst du«, unterbrach Sanna sie. »Es lohnt sich, zu wissen und dadurch erst richtig sehen zu lernen. Für jemand ande-

ren wären das nur irgendwelche verschlungene Linien eines schönen Gefäßes. Du aber bist in der Lage, das Geheimnis des Lebens in ihnen zu erkennen.«

Meret schwieg, als müsse sie die Worte in sich nachwirken lassen. »Hast du mich eigentlich lieb, Sanna?« Auf einmal klang ihre Stimme wieder ganz kindlich.

»Das fragst du noch?«, sagte Sanna lächelnd. »Vom allerersten Moment an, als ich dich mit deiner Mutter an der Pforte gesehen habe.«

ooooo

Der Quai war schwarz vor Menschen. Seit dem Abzug der Assyrer waren nicht mehr so viele Männer, Frauen und Kinder auf einmal unterwegs gewesen. Hatten damals jedoch überall Unmut und versteckte Rebellion in der Luft gelegen, herrschte heute in ganz Waset eine fröhliche, fast übermütige Stimmung. Wie ein Lauffeuer hatte sich die Nachricht von der Adoption Nitokris' in der Stadt verbreitet, und kaum minder rasant machten stets neue, immer noch phantastischere Gerüchte über Psammetich und seine Tochter die Runde.

»Es heißt, die Kleine sei so rein und so schön wie ein Stern. Wo auch immer ihr Fuß sandigen Boden berührt, dort sollen Blumen sprießen.«

»Ihr Vater hat angeblich zusammen mit seiner Jüngsten Schiffsladungen voller Gold stromaufwärts geschickt. Waset wird nie wieder Not leiden müssen.«

»Er hat Aschurbanapli das Fürchten gelehrt und unsere Kinder aus seinem gefräßigen Maul befreit. Endlich wird Kemet wieder einen starken Pharao haben!«

Vor mehr als drei Monden war der Tod Tanutamuns bekannt geworden, der im heimischen Napata seiner Krankheit erlegen und nun am Fuß des heiligen Berges Gebel Barkal bestattet worden war. Sein Leichnam ruhe, so sagte man, in einer hellen Steinpyramide von geradezu immensem Ausmaß, deren Unterteil eine perfekte Nachahmung des Osireons in Abdju sei – aber wer aus Kemet würde schon Gelegenheit erhalten, dies vor Ort nachzuprüfen?

Die Stadt schien den Herrscher, der nur so kurz regiert hatte, bereits vergessen zu haben. Anders verhielt es sich mit seinem Vorgänger Taharka. Der schwarze Pharao besaß noch immer Anhänger, die seiner Epoche nachtrauerten, in der Regel allerdings ältere, eher konservative Leute, viele von ihnen selbst Kuschiten, deren Zahl ständig abnahm.

Alle Zeichen standen auf Neubeginn, obwohl Psammetich bislang noch keinen offiziellen Anspruch auf die Doppelkrone erhoben hatte. Festlich geschmückt wie eine Braut erwartete Waset, »die Siegreiche«, trotzdem die Ankunft der saïtischen Adoptivtochter. Um eine Massenhysterie zu vermeiden, vor allem aber, um die allerorts in großer Zahl aufgehäuften Opfergaben zu schützen, die später im Tempel dargebracht werden sollten, hatte man versucht, die Schaulustigen mit Holzpfählen und Holzblöcken einigermaßen in Schach zu halten. Aber alle Schranken waren längst gestürmt, als die blumengeschmückte Barke endlich in Sichtweite kam.

Schepenupet und ihre Nichte Amenardis, leicht erhöht über der Menge auf einer Tribüne, warfen sich besorgte Blicke zu. Zu ihren Füßen hatten sich die Spitzen des Hofstaates aufgebaut, vom Majordomus über den Kammerherrn bis hin zum Vorsteher der Türhüter. Auch Nezem war in seiner Eigenschaft als Oberster aller Steinarbeiter anwesend, bevor neue Reisen zur Materialbeschaffung ihn wieder in andere Regionen Kemets führen würden.

»Das läppische Holzding unter uns schwankt bereits wie bei hohem Seegang.« Schepenupet äugte vorsichtig nach unten. »Was ausnahmsweise einmal nicht an meinem Gewicht liegt.

Vielleicht hätten wir Nitokris doch besser ein Stück entgegensegeln sollen. Oder wir engagieren beim nächsten Mal Zimmerleute, die ihre Arbeit wirklich ernst nehmen.«

»Mir wird auf einmal so bang zumute«, sagte Amenardis, ohne auf Schepenupets launigen Tonfall einzugehen. »Meinst du, wir haben wirklich die richtige Entscheidung getroffen?«

Es war das erste Mal, dass Schepenupet solche Worte von ihrer Nichte hörte. Ein Stück entfernt konnte sie Montemhet eingekeilt in einer Menschentraube sehen. Nickte er ihr heimlich zu? Ihre Augen waren zu schwach, um es eindeutig zu entscheiden. Sie machte eine Handbewegung, die er als Gruß betrachten konnte.

»Es gibt kein Zurück«, sagte sie und schob die leise Warnung beiseite, die in ihrem Herzen erklang. »Psammetich wird nicht länger zögern, den Thron zweier Länder zu besteigen. Und seine Nitokris machen wir heute zu unserer geliebten ältesten Tochter.«

»Ist das der Preis für ein geeintes Kemet?«

»Auf jeden Fall ist es der Preis für die Freiheit Wasets«, erwiderte Schepenupet. »Und ich finde, wir sind dabei noch glimpflich weggekommen.«

»Ein hoher Preis«, beharrte Amenardis. »In der Adoptionsurkunde überschreibst du ihr praktisch deinen gesamten Besitz: Ländereien, Schiffe, die regelmäßigen Lieferungen des hiesigen Tempels und anderer Gotteshäuser ...«

»... und bekomme durch ihre Mitgift ein Vielfaches wieder zurück. Was übrigens alles ausnahmslos unter deine Verwaltung fällt, sobald ich einmal nicht mehr bin. Die Stellung der ›Gottesgemahlin des Amun‹ wird stabiler sein denn je. Was stört dich daran, Amenardis?«

»Ich weiß es nicht.« Das schmale, gütige Gesicht sah plötzlich ganz unglücklich drein. »Ich habe auf einmal Angst, Tante, große Angst. Wir waren uns immer so nah, auch ohne

viele Worte. Aber dieses Mädchen aus dem Delta ist eine Fremde.«
»Dann lass uns alles tun, dass sie bald heimisch bei uns wird! Schon wegen dieser Männer dort drüben, die sich das Gegenteil wünschen.« Schepenupet wies mit dem Kinn in Richtung der Priester, die sich ganz vorn aufgebaut hatten. »Soll Horachbit nur weiterhin glauben, die Ankunft der kleinen Saïtin sei einzig und allein seinen Intrigen zu verdanken! Solange er sich als Sieger fühlt, wird er uns wohl in Ruhe lassen.«
»Bist du dir da ganz sicher, Tante?«
Ein Ruck ging durch die Menge. Jubelrufe wurden laut, als die fremde Barke anlegte.
»Worauf wartest du noch, Amenardis? Geh und begrüße unsere neue Tochter!«, sagte Schepenupet.
Leichtfüßig verließ die junge Frau das schwankende Gerüst und fing unter allgemeinem Applaus das Schiffstau auf, um es an einem Pfosten festzumachen. Planken wurden ausgelegt, und an der Hand des Vorstehers des Oleandergaues, General Tef-nacht, kam Nitokris ans Ufer. Amenardis ging ihr langsam entgegen.
»Sei gegrüßt, Tochter Psammetichs«, sagte sie. »Die Stadt Amuns erwartet dich mit offenen Armen. Lass uns eintreten in den Tempel, um den Vater der Götter und all seine göttlichen Kinder zu lobpreisen!«
Das Mädchen, um einiges größer, als sie erwartet hatte, schaute sie ernst an. »Und du?«, sagte sie leise. »Erwartest du mich auch mit offenen Armen?« Sie hatte eine hohe Stirn, schmale Lippen und eine kantige Nase. Ihre Stimme war hoch, die Augen aber, tief liegend unter dichten Brauen, verrieten Skepsis und frühe Reife.
Amenardis war zu überrascht, um sofort zu antworten. Stattdessen umarmte sie Nitokris.
»Klug von dir«, flüsterte das Mädchen an ihrer Wange, »und

geistesgegenwärtig reagiert! Es bleibt uns wohl nichts anderes übrig, als miteinander auszukommen.«

Hand in Hand gingen sie zu Schepenupet, die auf dem Podest thronte. Sie trug ein weites, grünlich schimmerndes Festgewand und balancierte auf dem Kopf mit großer Anmut ihren Kultschmuck mit dem goldenen Geierkopf und den bunten Federn.

»Wie eine Königin spielt sie sich auf«, flüsterte Irti giftig, »dabei ist sie nur die Magd Gottes, die ihr Sistrum zu schütteln hat!«

»›Herrin des Lebens‹, so nennt sie sich jetzt großspurig in einigen Urkunden«, wusste Harwa beizusteuern. Seitdem ihm Gerüchte zu Ohren gekommen waren, dass die »Gottesgemahlin« nach einem neuen Oberamtmann Ausschau halte, hatte sich seine ablehnende Haltung verschärft. »Die reinste Anmaßung!«

»Und wie genüsslich sie die Zähne bleckt!« Schepenupet war gerade dabei, die lange Urkunde feierlich zu verlesen, die die Adoption offiziell besiegelte. »Als ob man ihr gerade eine besonders fette Gans serviert hätte.«

»Ein Gänschen, an dem sie sich allerdings gründlich den Magen verderben könnte«, sagte Horachbit. »Seht ihr nicht, wie jung und erbärmlich mager diese Saïtin ist?«

»Sie wird rasch gedeihen«, beeilte sich Harwa einzuwerfen, »und dann können wir ...«

»Du verstehst wieder einmal überhaupt nichts!«, wies Horachbit ihn zurecht. »Glaubst du vielleicht, ich hätte unter Mühen und Gefahren schon vor Jahren die Verbindung zu Psammetich hergestellt, um jetzt alles einfach laufen zu lassen? Das ist weder in seinem noch in unserem Sinn.« Sein Mund wurde eine dünne Linie. »Er hat seine Lieblingstochter schließlich nicht ohne Grund zu uns nach Waset geschickt.«

Irti und Harwa starrten ihn erwartungsvoll an. Er ließ sich

Zeit, bevor er weiterfuhr: »Angenommen, Nitokris würde durch ein tragisches Missgeschick die liebende Adoptivmutter verlieren – könnte Psammetich da nicht mehr als zufrieden sein? Außerdem wäre fraglich, ob unser Stadtfürst sich von diesem Verlust je erholen würde.«
»Du willst Schepenupet doch nicht etwa ...« Irti versagte vor Schreck beinahe die Stimme. »Immerhin ist sie die Gemahlin Amuns! Und außerdem gibt es ja auch noch Amenardis.«
»Und wenn Amenardis ebenfalls – sagen wir – ganz plötzlich dahingerafft würde? Was läge in so einem Fall näher, als sich wie liebende Väter der Kleinen anzunehmen?«
Schepenupet war mit dem Verlesen der Urkunde beinahe am Ende angelangt: »Hiermit geben wir dir unser ganzes Vermögen auf dem Lande und in der Stadt. Du wirst auf unseren Thron gesetzt für immer und dauerhaft bis zu den Grenzen der Ewigkeit. Zeugen unseres Willen sind alle Propheten, Priester und Freunde des Tempels ...«
»Da hört ihr es! In unserer Gegenwart verzichtet sie ausdrücklich zu Gunsten ihrer geliebten Adoptivtochter. Unsere Aufgabe wird es lediglich sein, diesen Verzicht etwas zu beschleunigen«, sagte der Hohepriester. »Dann kehrt endlich die Maat in unsere Stadt zurück. Der neue Pharao bekommt, was er sich gewünscht hat. Und wir bestimmen, was künftig im Tempel geschieht.«
Das Gerüst schwankte bedrohlich, als Schepenupet herunterstieg und erst Amenardis, schließlich auch Nitokris umarmte. Das Mädchen schien in der Fülle der »Gottesgemahlin« zu versinken. Mit geröteten Wangen tauchte sie schließlich wieder aus der Flut von Gewand und Fleisch auf.
»Bin ich jetzt wirklich für alle Zeiten eure geliebte Tochter?«, fragte sie. Ihr Tonfall und die gespreizte Sprache hatten nichts Kindliches. »Genauso wie mein teurer Vater es mir versprochen hat?«

»Ja, das bist du«, sagte Schepenupet, die ganz unerwartet mit einer jäh aufsteigenden Abneigung zu kämpfen hatte. Das war nicht das kleine, scheue Mädchen ihrer Vorstellungen! Kühl und all zu glatt kam ihr diese Nitokris vor, dazu schien sie von einer Selbstverliebtheit zu sein, die unerträglich war. Weshalb brachte sie ausgerechnet jetzt Psammetich ins Spiel? Genügte nicht, was soeben feierlich zu ihren Ehren zelebriert worden war?
Nebeneinander gingen sie zu den wartenden Sänften.
»Wohin bringen sie uns?«, wollte Nitokris wissen, nachdem sie Schepenupet gegenüber Platz genommen hatten. Träger nahmen die Sänfte auf, in der die »Gottesgemahlin« mit ihrer neuen Tochter saß, wobei die Männer am hinteren Ende wegen des enormen Gewichts nur mit Mühe vorankamen. »In unseren Palast? Und ist er so schön wie der in Saïs?«
»Zu Amun, deinem künftigen Gemahl«, sagte Schepenupet mit deutlicher Zurückhaltung. »Zumindest in die Vorhallen seines Tempels. Ihn wirst du kennen lernen, sobald dein Vater Waset mit seinem Besuch beehrt und als Erster Priester dem Gott opfert.« Sie beschloss, einen Vorstoß zu wagen. Sollte die Kleine nur rechtzeitig begreifen, wer hier das Sagen hatte! »Eigentlich hatten wir alle fest damit gerechnet, dass er dich bereits heute begleiten würde.«
»Das hatte er zunächst auch vor«, erwiderte Nitokris geziert. »Aber ich habe ihn gebeten, noch ein Weilchen damit zu warten.«
»Weshalb?«, fragte Amenardis von der Nebensänfte aus erstaunt.
»Weil ich mir meine Zeremonie nicht mit Staatsgeschäften verderben lassen wollte.«
Unsere Zeremonie, wollte Schepenupet sie schon verbessern, entschied sich dann aber dagegen. Es konnte durchaus lohnend sein, weitere Einzelheiten aus diesem altklugen Mündchen zu erfahren.

»Und der große Psammetich von Saïs, der zukünftige Pharao, hat tatsächlich auf dich gehört?«

»Papa hört immer auf mich«, sagte das Mädchen selbstgefällig. »Für mich würde er alles tun. Sogar Kriege führen. Oder Köpfe rollen lassen. Wusstet ihr das noch nicht?«

ooooo

Die Eidechse klammerte sich an die Ziegelwand, von deren Ocker sie nur eine zarte Grünfärbung ihrer Haut unterschied. Obwohl Khay sie abstoßend fand, konnte er nicht damit aufhören, sie anzustarren. Die dünne Zunge schnellte vor und zurück. Die Augen schienen ohne Ausdruck.

Eigentlich hätte er bei den anderen in der Schule sein sollen, aber dort ließ er sich schon seit Wochen nur noch sporadisch blicken. Sein Überdruss gegen Schreibübungen und Rechenexempel hatte ein Ausmaß erreicht, das ihn manchmal selbst verwunderte. Reine Zeitfrage, bis alles aufflog. Noch aber hielt Khay an der Illusion fest, er könne trotz allem ungeschoren davon kommen. Anu hatte er vorsorglich Prügel angedroht, falls er der Ama oder dem Vater auch nur ein Wort verraten würde, und der Jüngere hatte ihn vorwurfsvoll angestarrt.

»Natürlich halte ich den Mund. Aber ich finde, du machst einen Fehler. Wenn einer der Lehrer es meldet oder wenn Vater dich erwischt, d-d-dann …«

»Er wird mich nicht so einfach erwischen, kapiert? Weil ich nämlich mindestens so durchtrieben bin wie er. Und außerdem hast du einfach keine Ahnung. Wozu brauche ich den ganzen Unsinn überhaupt? Meine Arme sind stark und meine Beine schnell, das reicht, um überall durchzukommen. Glaubst du vielleicht, ich will eines Tages ein buckliger Schreiberling werden wie du, der sich abmüht, es allen nur ja immer recht zu machen?«

»A-a-aber ich möchte ja nur nicht, dass dir etwas passiert, Khay! Du bist doch mein großer Bruder!«
Sofort steckte in Khays Kehle wieder dieser dicke Kloß. Er begriff nicht, woher das kam, aber wenn er Anu ansah und vor allem bei dem, was sein Bruder sagte, geschah das viel zu oft. Er wünschte sich, Anu würde ihn nicht ständig traurig machen. Dann wieder wünschte er sich, so gut zu sein wie er, den alle ins Herz geschlossen hatten, sogar die Ama, die sonst kaum Gefühlsregungen zeigte. Und manchmal wünschte er sich auch, Anu wäre niemals geboren worden – dann fände er endlich Ruhe in seinem Inneren.
Vielleicht lag es daran, dass Khay kein Kind mehr war, im Gegensatz zu Anu, der in unbedingter, schwärmerischer Liebe zu ihm aufsah. Aber ein richtiger Mann war Khay auch noch nicht. Seit einiger Zeit schien er nur noch aus Knochen, Sehnen und Kanten zu bestehen. Alles wirkte irgendwie zu groß: Ohren, Hände, Füße. Frauen, die an ihm vorübergingen, konnten ihm schon die Schamröte ins Gesicht treiben. Gleichzeitig reagierte sein Körper in eindeutiger Weise auf sie, was ihn noch mehr verwirrte.
Er hob einen Stock vom Boden auf und wog ihn in der Hand. Dann schlich er auf Zehenspitzen ein Stück näher an die Ziegelwand. Sollte er das widerliche Vieh mit einem Hieb zerquetschen?
Ein helles Rauschen. In seinem Kopf wurde es ganz weiß. Er hob den Arm und schlug zu. Aus den Augenwinkeln sah er eine schnelle Bewegung, aber als er sich vergewissern wollte, wo sein Opfer lag, war der staubige Boden vor ihm leer. Die Eidechse war entwischt.
Plötzlich fühlte Khay sich erleichtert, weil er sie nicht getötet hatte. Dafür prügelte er mit seinem Stock wild durch die Luft und stellte sich dabei vor, es seien imaginäre Feinde, die unter seinen Hieben schmerzerfüllt zusammenzuckten.
Er hatte die Gewohnheit angenommen, sich am Hafen he-

rumzutreiben, wo er sich einigermaßen sicher vor dem Vater wähnte. Außerdem mochte er den Lärm, der aus den vielen kleinen Spelunken drang, in denen Hafenarbeiter, Kapitäne und Matrosen aßen und tranken. Am meisten jedoch zogen ihn die Frauen an, die dort servierten, und erst recht die, die vor den schäbigen Lehmgebäuden schon am helllichten Tag ihre Liebesdienste feilboten. Inzwischen an seinen Anblick gewöhnt, riefen sie ihm Scherzworte zu, sobald sie ihn erblickten, und manch eine hatte ihm schon ein eindeutiges Angebot unterbreitet.

Bislang allerdings war Khay zu schüchtern gewesen, um darauf einzugehen. Allein die Vorstellung, eine dieser grell geschminkten Frauen anzufassen oder gar zu küssen, reizte und ängstigte ihn so sehr, dass er fürchtete, auf der Stelle ohnmächtig zu werden. Aber wenn er abends allein in seinem Bett lag und sich selbst berührte, ließ er diese Bilder als erregende Phantasiebilder immer wieder vor sich erstehen.

Er hatte längst herausgefunden, wozu der Vater das Gartenhäuschen benutzte. An den Schlüssel heranzukommen, den Iucha als grimmiger Hüter dieser verbotenen Schwelle nicht aus der Hand gab, schien allerdings ein Ding der Unmöglichkeit. Irgendwann war Khay deshalb einfach auf das Dach geklettert und hatte dort so lange an der Verschalung gezerrt, bis sich ein schmaler Spalt geöffnet hatte.

Es war nicht viel, was er sehen konnte, aber es genügte, um seine Vorstellungskraft weiter anzuheizen: ein breites Lager mit Decken und Kissen, an dessen Kopfende eine Reihe merkwürdiger Gerätschaften angebracht waren. Ein schwerer Duft stieg aus dem Raum auf, der ihn ganz kribbelig machte und gleichzeitig all seine Sinne weckte. Was hätte er darum gegeben, heimlich auf der Lauer zu liegen, während der Vater hier unten mit einer Frau zusammen war! Bislang jedoch hatte sich leider noch nie die Gelegenheit dazu ergeben.

Es gab niemand, mit dem er diese verwirrenden Empfindungen hätte teilen können. Anu erschien ihm zu jung und zu harmlos dafür, und anderen seines Alters begegnete Khay voller Misstrauen und Zurückhaltung. Niemand sollte an seine Geheimnisse rühren – nicht einmal Isis. Bisweilen allerdings musterte sie ihn mit diesem seltsamen Blick. Dann war er überzeugt, dass sie alles über ihn wusste, und er schämte sich noch mehr.

Es erleichterte ihn, sie absichtlich zu provozieren. Wenn ihre Augen die Farbe verloren, weil er sie vor den Kopf gestoßen hatte, verspürte er ein Gefühl von Macht und Überlegenheit, das allerdings schnell wieder verflog. Er war fast süchtig danach, sich dieses Gefühl wieder zu verschaffen, und benutzte jede Gelegenheit dazu, die sich ihm bot.

»Ich glaube, ich werde jung sterben«, sagte er, nachdem er Isis auf dem Schulweg abgepasst hatte. An den meisten Tagen klebte Anu an ihrer Seite, heute jedoch kam sie allein um die Ecke. Sie rannte ihm nicht entgegen, wie sie es noch vor Wochen getan hätte, sondern näherte sich langsam und verfiel plötzlich wieder in ihr typisch unregelmäßiges Hüpfen. Ihre Brüste waren klein, aber unübersehbar. Er konnte kaum ertragen, wie sie bei jedem Schritt gegen den dünnen Stoff drängten. »Kommst du noch mit mir zum Fluss?«

»Weshalb sagst du ständig solchen Unsinn?«, fragte Isis unwirsch und folgte ihm in einigem Abstand zu ihrem alten Platz am Ufer. »Um mir Angst zu machen? Oder weil du Streit suchst? Ich hasse es, wenn du so bist, damit du es nur weißt!«

Beide wagten nicht sich hinzusetzen, dafür war die unausgesprochene Spannung zwischen ihnen zu groß.

»Aber ich kann doch nicht anders. Weil nur ein Teil von mir hier ist«, erwiderte er, ohne sie anzusehen. »Der andere ist immer anderswo.« Er warf einen flachen Stein übers Wasser und ließ gleich ein halbes Dutzend weitere hinterher schnellen. »Da ist ständig ein Zerren und Reißen in mir. Manchmal so stark, dass ich schreien könnte. Oder zuschlagen. Oder einfach nur weglaufen. Aber du weißt wahrscheinlich nicht einmal, wovon ich rede.«

Isis wirkte auf einmal fast erwachsen. »Ach ja? Und wieso lauerst du mir dann heimlich auf, wenn ich in deinen Augen doch nichts anderes als eine dumme kleine Gans bin?«

Er legte den Arm um sie und zog sie zu sich heran. Es war lang her, seitdem er sie überhaupt berührt hatte, und die vertrauliche Unbefangenheit, mit der Anu sich solche Annäherungen nach wie vor erlaubte, ließ ihn jedes Mal neidisch werden. Jetzt wagte er es aus einem instinktiven Gefühl des Beschützens heraus, das sich warm und gut anfühlte. Isis ließ es ohne Widerstand geschehen. Außerdem passte ihr Kopf genau unter sein Kinn, als ob er für nichts anderes erdacht sei, als in seiner Umarmung zu ruhen.

»Ich fürchte, ich kann manchmal ein richtiger Idiot sein«, murmelte er an ihrem Haar. Es war so weich, dass alles in ihm sich aufzulösen schien – alle Ecken, Kanten und Knoten.

»Das kannst du wirklich, Khay. Und nicht nur manchmal.« Isis lachte und versuchte, sich frei zu machen, Khay aber ließ sie nicht gehen, sondern verstärkte seine Umklammerung.

»Lass mich los!«, sagte sie plötzlich sehr ernst und entwand sich ihm. »Es ist wirklich genug für heute. Und außerdem wartet Anu auf mich.«

Er sah die feinen Schweißperlen auf ihrer Oberlippe und die sonnengebleichten Härchen auf dem Unterarm. Ihre hellen Augen waren so schön! Und stand nicht eine stumme Aufforderung in ihnen geschrieben?

Unbeholfen, keineswegs sicher, legte er ihr den Arm um die Taille und beugte sich zu ihr hinunter, um sie küssen. Einen Lidschlag lang berührten sich ihre Lippen, und Khay spürte einen süßen Schmerz in seinen Lenden, dann stieß Isis ihn überraschend kraftvoll weg.

Heftig atmend standen sie sich einen Augenblick gegenüber. »Du willst es doch auch! Ich weiß genau, wie sehr du es willst. Und vergiss endlich den kleinen, dummen Anu! Was hast du denn schon von diesem Stotterer? I-i-ich liebe d-d-dich!«, äffte er ihn mit verstellter Stimme nach. »N-n-nur dich allein! Weißt du eigentlich, dass er manchmal sogar noch ins Bett pinkelt – in mein Bett, wohlgemerkt, weil er viel zu feige ist, um endlich allein zu schlafen?«

Sie wandte sich wortlos um und ging einfach fort.

Khay lief ihr hinterher, packte ihr Handgelenk und zwang sie sich umzudrehen. Erneut zog er sie zu sich heran, diesmal jedoch war Isis besser darauf vorbereitet.

Sie hob den Arm und holte aus. Ihr Schlag brannte auf seiner Wange. »Sag das nie wieder über Anu!«, sagte sie scharf. »Hast du verstanden?«

Mit offenem Mund sah Khay ihr hinterher, wie sie geschmeidig die Böschung erklomm und mit schnellen Schritten aus seinem Blickfeld verschwand.

ooooo

Tausendmal hatte sich Selene schon geschworen, nie wieder einen Fuß auf Basas Grund zu setzen. Je mehr Zeit verstrichen war, seit sie wieder zu ihm hatte gehen müssen, desto sicherer war sie sich, ihren Schwur dieses Mal einhalten zu können. Es war einfach, wenn Nezem jeden Abend nach Hause kam, sich wusch und mit großem Appetit das Essen verzehrte, das sie für ihn zubereitet hatte. Seine tiefe Stimme vertrieb alle bösen Geister, und wenn sie sich später in ihrem kleinen Zimmer im Mondlicht liebten, war es, als hätte es Basa und sein verwünschtes Gartenhaus niemals gegeben.

Aber oftmals führten ihren Mann weite Reisen in andere Teile Kemets. Die »Gottesgemahlin« schien zunehmend größeren Gefallen an immer noch kostbareren, immer noch ausgefalleneren Steinen zu finden und beauftragte ihren Ersten Bildhauer damit, nicht nur vor Ort für den Abbau zu sorgen, sondern auch den Transport persönlich zu überwachen. So gab es viele Abende, an denen Selene allein blieb. Manchmal war sie nahe daran, zu Schepenupet zu gehen und sie zu bitten, einen anderen an Nezems Stelle loszuschicken, aber natürlich wagte sie das nicht.

Was hätte sie der »Gottesgemahlin« auch sagen sollen?

Wieso stiehlst du mir meinen Mann? Siehst du nicht, dass ich ohne ihn zugrunde gehe, weil ich zu feige bin, um einen gemeinen Erpresser abzuweisen, den ich eigentlich abgrundtief verachte?

Sie konnten froh sein, dass Nezem diese verantwortungsvolle Stellung bekleidete, die den Wohlstand der ganzen Familie sicherte. Was ihn freilich nicht daran hinderte, jede freie Stunde in seiner häuslichen Werkstatt zu verschwinden. Seine graugrünen Isis-Figuren waren inzwischen so zahlreich geworden, dass sie ihn damit aufzog.

»Bisweilen glaube ich fast, sie sind dir wichtiger als ich. Ist es, weil sie nicht widersprechen können, sondern alles tun müssen, was du ihnen befiehlst?«

Nezem ließ sich Zeit mit seiner Antwort, legte schließlich aber doch den Meißel aus der Hand und zog Selene zärtlich an sich.

»Wenn ich sie berühre, streichle ich eigentlich immer dich«, sagte er ernst. »Spürst du das nicht? Du musst es doch spüren! Sie sind nichts anderes als ein schwaches Abbild meiner Liebe zu dir. Du bist meine Göttin, Selene. Du allein.«

Sie musste sich abwenden, damit er ihre Tränen nicht bemerkte.

Nun aber war Nezem seit mehr als einem Mond unterwegs, und jeden Tag rechnete sie damit, Basas kahlen Diener wie einen stummen Dämon vor ihrem Haus auftauchen zu sehen – das vereinbarte Zeichen, dass Basa sie unverzüglich zu sehen wünschte. Ausreden waren zwecklos, das hatte sie im Lauf der Zeit gelernt. Gehorchte sie nicht auf der Stelle, folgten Drohungen, die sie erschreckten. Iucha war nichts anderes als ein lebender Befehl, und er war zu Selenes Entsetzen bestens darüber im Bilde, wo Nezem sich befand. Noch war er dieses Mal ausgeblieben, aber schon machte sich wieder die altbekannte Unruhe in ihr bemerkbar. Sie schlief schlecht, stocherte nur in den Speisen herum und fand immer wieder neue Ausreden vor sich selbst, warum sie das Haus nicht verlassen konnte. Sie schickte Isis los, um Einkäufe und Besorgungen zu erledigen, die nicht fragte, weshalb, ihr aber besorgte Blicke zuwarf.

Sie war es leid, diese schweißnassen Hände und die Angst, die sie nicht mehr losließ. Wenn sie ihm wütend entgegenbrüllte, er habe sie heute zum letzten Mal gesehen, schien Basa sich ganz besonders zu amüsieren.

»Heute ist unser Abschied, sagst du? Dann wird es dir ja bestimmt auch nichts ausmachen, wenn ich deinem Mann detailliert von unseren Zusammenkünften berichte. Zum Beispiel, wann du zu mir gekommen bist und wie oft, und dass ich dich …«

»Das wirst du nicht tun, du Scheusal! Und außerdem würde Nezem dir kein Wort glauben.«

»O doch, das würde er, meine Schöne! Verlass dich drauf!«

»Er tötet dich, wenn ich ihm sage, wie du mich gefügig gemacht hast. Dein Leben ist kein Deben mehr wert!«

»Wie aufregend! Und warum hast du es dann nicht schon längst getan? Soll ich es dir sagen? Weil du mich brauchst. Weil es dich verlangt nach dem, was ich hier mit dir anstelle. Sei wenigstens einmal ehrlich zu dir, Selene!«

»Ich hasse dich!«

»Und ich liebe es, wenn du mich hasst. Das macht mich nur noch schärfer. Und jetzt komm endlich her und küss mich! Ich denke, wir lassen vorerst lieber doch alles beim Alten!«

Sie verabscheute sich für ihre erbärmliche Feigheit. Am liebsten hätte sie sich ins Bett gelegt und die Augen geschlossen, um erst wieder aufzustehen, sobald sie Nezems Stimme hörte. Aber wie konnte sie ihm jemals gestehen, was sie da hinter seinem Rücken trieb? Schließlich musste sie ja auch an Isis denken, die niemals erfahren durfte, wozu ihre Mutter sich nötigen ließ.

Das Mädchen war vor einiger Zeit bedrückt nach Hause gekommen und hatte sich fast wortlos in ihr Zimmer zurückgezogen. Als Selene aus einem plötzlichen Impuls zu ihr ging, weil sie sich schämte, wie sehr sie mit sich selbst beschäftigt gewesen war, fand sie Isis auf dem Bett, das Gesicht fest gegen die Unterlage gedrückt. Sie weinte erstickt.

»Was ist los, mein Täubchen?«

»Nichts«, sagte Isis schluchzend. »Gar nichts.«

»Willst du es mir nicht doch erzählen?«

Stummes, energisches Kopfschütteln.

Selene begann sanft den Rücken ihrer Tochter zu streicheln, wie sie es schon getan hatte, als Isis noch ein Säugling gewesen war. Unter der vertrauten Wärme der mütterlichen Hand verebbte das Schluchzen allmählich.

»Bist du traurig?«, wagte Selene einen zweiten Anlauf.

Isis nickte in das Kissen hinein.

»Weshalb?«

Plötzlich war jeder Widerstand verschwunden, und Isis stürzte sich in Selenes Arme. Ohne Luft zu holen sprudelte sie alles heraus: wie Khay sie auf dem Heimweg abgepasst und überredet hatte, mit ihm zum Fluss zu gehen, das Geschwafel über seine Verlorenheit, das sie verwirrt hatte, und dann plötzlich die unerwartete Umarmung. Schließlich kam nach einer kleinen Pause auch der flüchtige Kuss zur Sprache. Und wie hässlich Khay seinen Bruder geschmäht hatte. »Dass er so gemein sein kann, Mama! Dabei liebt Anu ihn so sehr. Aber ich hasse ihn, diesen Khay.«

Selene blieb sehr ruhig, obwohl es in ihrem Inneren ganz anders aussah. »Ihr seid beide jetzt in einem schwierigen Alter«, sagte sie schließlich. »Keine richtigen Kinder mehr, aber damit noch lange keine Erwachsenen. Ihr kennt euch schon euer ganzes Leben, und doch ist plötzlich alles anders. Vielleicht liegt es daran, dass Khay ein ganzes Stück älter ist als du und schon andere Bedürfnisse hat. Es ist sehr wichtig, was ich dir jetzt sage. Versprichst du mir, ganz genau zuzuhören?«
Heftiges Nicken.
»Geh besser nicht mehr allein mit ihm an einsame Stellen, das bringt ihn womöglich nur auf dumme Gedanken.«
Isis löste sich von Selenes Schulter. »Aber was soll ich denn machen? Ihn gar nicht mehr treffen? Für mich ist er beinahe so etwas wie ein Bruder.«
»Ich denke, du hasst ihn.«
»Nur manchmal«, sagte Isis ehrlich. »Er kann so widerlich sein. Und dann wieder so nett.«
»Jedenfalls bist du für ihn keine Schwester mehr, das steht nach diesem Nachmittag fest, sondern ein anziehendes, aufregendes Mädchen. Du musst dich ihm gegenüber künftig eindeutig verhalten, Isis. Sonst wird er dich weiter verletzen.«
»Das habe ich doch schon getan, Mama. Ich habe ihm eine Ohrfeige gegeben, als er so gemein wurde. Obwohl er viel größer und stärker ist als ich.«
»Ohrfeigen sind auf Dauer keine besonders guten Argumente«, sagte Selene. »Sag ihm lieber ganz genau, was du willst und vor allem was du nicht willst. Khay ist kein Dummkopf. Und ihm liegt viel an dir. Er wird es verstehen. Auch wenn es ihm vielleicht nicht besonders gefällt.« Sie löste sich sanft. »Außerdem werde ich auch meinen Teil dazu beitragen, dass er dich nicht wieder belästigt. Schlaf jetzt ein bisschen! Das wird dir gut tun nach der ganzen Aufregung.«
»Was hast du vor?«, fragte Isis.

Selene warf ihr eine Kusshand zu. »Mach dir keine Sorgen! Ich bin bald wieder zurück.«

ooooo

»Die Siegel der Gräber sind stets unversehrt. Doch wenn sie geöffnet werden, um einen weiteren Toten aufzunehmen, stellt sich heraus, dass Grabbeigaben fehlen – und stets die wertvollsten.«

Die Priester und Propheten hatten sich in der großen Säulenhalle versammelt, um diesen Missstand zu besprechen. Seit einiger Zeit gingen immer mehr Anzeigen und Beschwerden bei den Behörden ein, aber zu einer Festnahme war es bislang noch nicht gekommen.

»Wer auch immer die Ruhe der Toten zu stören wagt, muss bestraft werden«, forderte der Hohepriester Horachbit. »Und hart dazu. Nur sehr strenge Strafen besitzen abschreckende Wirkung.«

»Allerdings müssen wir die Diebe erst einmal fangen, bevor wir sie bestrafen können«, sagte Schepenupet. »Darauf sollten wir uns vorrangig konzentrieren.«

»Aber wo sollen wir anfangen?« Amun-Priester Irtis Stirn legte sich in Falten. »Die Totenstadt ist ein schier unendliches Areal.«

»Es kommt erst zu diesen Anzeigen, seitdem die alten Gräber wieder benutzt werden, richtig?« Montemhet hatte lange gewartet, bevor er sich in das Gespräch einmischte. Alle nickten. »Und die Übergriffe konzentrieren sich auf einen bestimmten Bereich?«

»Wo früher nur Herrscher die letzte Ruhe fanden, kaufen sich jetzt mehr und mehr Leute ein, die erst vor kurzem zu Geld gekommen sind«, sagte Horachbit mit deutlicher Verachtung. »Nichts mehr ist so, wie es einmal war.«

»Gibt es irgendwelche Pläne von diesen alten Grabanla-

gen?«, fragte Montemhet. »Wäre es denkbar, dass geheime Gänge sie untereinander verbinden?«
»Solche Pläne gibt es«, sagte Schepenupet überrascht. »Im Tempelarchiv liegt ein ganzer Stapel davon. Ich habe sie selbst schon in der Hand gehabt. Aber was willst du mit ihnen anfangen? Auf mich haben sie nur wie ein verwirrendes Labyrinth gewirkt.« Sie zog die Stirn kraus. »Was du jedoch von Gängen sagst, klingt durchaus interessant. Mir ist, als hätte ich solche Verbindungen auf den Zeichnungen gesehen.«
»Man muss sich sicherlich näher mit diesen Plänen beschäftigen«, sagte Montemhet, »um sie wirklich entschlüsseln zu können. Im Grunde sind sie nichts anderes als Konstruktionsentwürfe. Vielleicht sollten wir fachkundige Hilfe hinzuziehen. Ich habe schon eine Idee, wen ich fragen könnte.«
»Du willst sie irgendwelchen Unbefugten aushändigen? Niemals!« Horachbit schwitzte unter seiner dicken Puderschicht. »Ich verbitte mir diesen unüberlegten Schritt!«
Montemhet kam langsam näher.
»Wer das Wort Treue nicht kennt, sollte besser nicht die Treulosigkeit beschwören«, sagte er scharf. »Ich verbürge mich natürlich persönlich, dass kein Wort über diese Pläne nach außen dringt. Aber nur wenn wir wissen, ob und wie die Gräber untereinander verbunden sind, haben wir eine Chance, die Diebe zu erwischen. Wir könnten ihnen eine Falle stellen. Aber dazu müssen wir erst wissen, wo.«
Nach längerem Hin und Her fand sein Vorschlag die Zustimmung der meisten Anwesenden. Horachbit verließ die Versammlung verfrüht, um seinen Unwillen unmissverständlich kundzutun; die anderen zerstreuten sich allmählich.
»Gibt du mir die Pläne gleich?«, fragte Montemhet, der jeden Augenblick genoss, den er mit Schepenupet allein verbringen konnte.
»Wie du willst.«

Gemeinsam betraten sie das Tempelarchiv, und in einem der verstaubten Fächer entdeckte sie nach kurzer Suche schließlich die Unterlagen.

»Sieh dich vor!«, sagte sie, als er die Pläne an sich nahm. »Keiner fordert Horachbit ungestraft heraus. Weißt du nicht, wie sehr er dich ohnedies schon hasst?«

»Dich nicht?«, fragte Montemhet gelassen. »Wieso warst du eigentlich heute allein? Wäre es nicht interessant gewesen für deine Adoptivtöchter, bei solchen Besprechungen dabei zu sein?«

»Amenardis hat sich nicht wohl gefühlt«, sagte Schepenupet kurz. »Sollte ich sie da mitzerren?«

»Und Nitokris?«

»Wenn du es ganz genau wissen willst: Ich mag sie nicht, deine kalte, kleine Saïtin. Hätte ich gewusst, wen du uns da nach Waset bringst, so hätte ich womöglich nicht an deinem fein gesponnen Netzwerk mitgewirkt. Nicht einmal Amenardis kann sie leiden, und die findet sonst noch an jedem Schurken gute Seiten.«

»Weshalb?«

»Sie ist so starr, so aufgeblasen. Und ständig führt sie ihren mächtigen Papa im Mund. Was hast du Psammetich eigentlich noch alles versprochen, wovon wir nichts wissen? Dass wir sie Tag und Nacht auf Händen tragen? Oder dass wir den Boden küssen, den ihr Fuß berührt hat?«

»Vielleicht hat sie einfach nur Angst vor euch«, sagte Montemhet vorsichtig. »Du bist eine große, starke Frau und Amenardis ...«

»Das ist keine Angst, das ist Hochmut«, beharrte Schepenupet und ging ihm so schnell voran, dass er Mühe hatte, Schritt mit ihr zu halten. »Und dabei ist sie noch ein Kind.«

»Ja, das ist sie, vielleicht sogar ein unreifes, verwöhntes Kind. Und weiter? Verurteilst du sie nicht zu voreilig?«

Sie blieb plötzlich stehen und drehte sich zu ihm um.
»Warte!«, sagte er schnell, weil er sah, welcher Sturm im Anzug war. »Lass mich erklären, was ich meine!«
»Ich könnte nicht gespannter sein.«
»Wieso bringst du ihr nicht bei, eine Frau zu werden – eine Frau von deinem Format? Nicht durch Verbote und Anordnungen, die nichts als Widerstand und Trotz hervorrufen, sondern indem du sie einfach zusehen lässt. Sie kann lernen, indem sie dich kopiert. Genauso, wie eine Tochter die Mutter nachahmt. Und eines Tages wird Nitokris erwachsen sein und begreifen, welches Geschenk du ihr auf diese Weise gemacht hast.« Schepenupet wollte widersprechen, aber er ließ sie nicht zu Wort kommen. »Ich habe sie mir genau angesehen. Sie mag hochnäsig sein, aber sie wirkt alles andere als dumm.«
»Ist das nicht nur eine weitere hübsche Einbildung, die perfekt zu deinen übrigen Illusionen passt?« Sie wiegte den Kopf leicht hin und her, was ihm zeigte, wie skeptisch sie noch immer war. »Weil du Angst hast zuzugeben, dass du dich abermals geirrt hast?«
»Versuch es wenigstens! Ich bin sicher, du wirst Erfolg damit haben. Nicht meinetwegen, Schepenupet. Und auch nicht, um Psammetich zufrieden zu stellen. Tu es für Waset, tu es für unser Land! Wir haben so viel gewagt. Soll denn alles vergebens gewesen sein?«
Die »Gottesgemahlin des Amun« schaute zu Boden, um ihre Rührung zu verbergen. »Du bist und bleibst ein unverbesserlicher Idealist, Montemhet«, sagte sie, als sie ihn wieder ansah, und berührte mit einer Hand kurz seine Wange. »Vielleicht ist das genau der Grund, warum ich dich nicht vergessen kann.«

Selene klopfte ungeduldig an die Tür des Gartenhäuschens, und zu ihrer Überraschung öffnete ihr Basa. Er war nackt bis auf ein Tuch, das er sich nachlässig um die Lenden geschlungen hatte. Ihr Anblick überraschte ihn. Sie sah es an der Art, wie seine Augen sich weiteten.

»Was willst du?«, sagte er. »Ich habe dich nicht gerufen.«

»Ich muss dich sprechen«, sagte sie.

»Jetzt?« Er blickte kurz über seine Schulter. »Äußerst ungünstig. Ich bin nicht allein.«

»Dann schick sie weg!«, sagte Selene. »Was ich dir zu sagen habe, duldet keinen Aufschub.«

Einen Augenblick fürchtete sie, er würde wütend werden und ihr die Tür vor der Nase zuschlagen. Aber bei einigem Nachdenken schien er sich für ihren Vorschlag zu erwärmen.

»Komm rein!«, sagte er. »Wir sollten vermeiden, dass dich jemand hier draußen sieht.«

Als sei es das Selbstverständlichste von der Welt, ging er zu dem mageren Mädchen, das gebunden an einem Balken stand, und löste ihre Fesseln.

»Schluss für heute«, sagte er. »Zieh dich an!« Er warf ihr einen kleinen Beutel zu, der auf den Boden fiel, weil die Magere sich die schmerzenden Handgelenke rieb. »Und beeil dich gefälligst! Wenn ich dich wieder brauche, lasse ich es dich wissen.«

Das Mädchen verschwand eilig. Ihr Kleid war so dünn, dass die frischen Striemen auf dem Rücken durchschimmerten.

»Und nun zu dir.« Basa wandte sich Selene zu. »Ich hoffe, du hast gute Gründe, mich zu stören. Oder war es vielleicht Sehnsucht, die dich zu mir getrieben hat?«

Sie zuckte vor seinem Geruch zurück.

»Dein Sohn Khay hat heute meine Tochter belästigt«, sagte sie fest. »Er wollte sie küssen. Ich wünsche, dass du mit ihm redest und ihm untersagst, es noch einmal zu versuchen.«

»Das ist alles?« Basa begann zu lachen. »Khay ist ein kräftiger, gesunder Junge. Irgendwann muss er lernen, mit Frauen umzugehen. Wieso sollte er da nicht bei Isis anfangen?« Er kam näher. »Außerdem hat diese Vorstellung durchaus etwas Pikantes: du und ich und mein Sohn und deine Tochter …«

»Halte Khay von Isis fern! Sonst wirst du es bitter bereuen.«

»Du willst mir drohen?« Das Lächeln verschwand aus Basas Gesicht. »Das würde ich an deiner Stelle besser nicht, Selene! Du könntest es bereuen. Denn uns beide verbindet vieles. Mehr, als dir lieb ist.«

»Es ist eine Sache, was wir getan haben. Aber es ist eine andere, wenn dein Sohn meiner Tochter zu nahe tritt. Isis ist noch ein Kind.«

»Ein Kind soll sie sein? Bist du blind? Ja, ich glaube, das bist du!« Nie zuvor hatte er sie so aufgebracht gesehen. »Aber von mir aus kannst du ruhig blind bleiben. Es gefällt mir. Es reizt mich sogar. Komm her! Wo du schon einmal da bist, könnten wir doch gleich …«

Sie stieß ihn zurück. »Bist du taub? Glaubst du, ich würde jetzt … mit dir … Ruf doch deine billige kleine Nutte zurück, wenn du noch nicht genug hast!«

Er packte ihre Handgelenke und zerrte sie zum Lager.

»Und ob ich das glaube«, sagte er heiser. »Ich weiß es sogar. Bei den anderen reizt mich nur das Fleisch, bei dir aber ist es mehr. Deshalb wirst du gefälligst tun, was ich von dir verlange, so, wie du es immer getan hast. Oder willst du, dass ich mit Nezem spreche, sobald er wieder zurück ist? Wenn ja, musst du es nur sagen. Dann bin ich sofort bei euch.«

»Nimm seinen Namen nicht in den Mund! Du ekelst mich an, Basa.«

Seine Hände rissen an ihrem Kleid, aber sie hörte nicht auf, sich zu wehren.

»Wenn du so weitermachst, wirst du nackt nach Hause

gehen müssen«, sagte Basa zunehmend amüsiert. »Und was dann die Nachbarn von dir denken werden?«

Für einen Augenblick lag sie ganz still. Sie war in der Falle. Und es gab keinen Ausweg, wie sie ihr entkommen konnte.

»Zum Glück wirst du langsam vernünftig«, sagte er. »Kluges Mädchen!«

Er entkleidete sie geschickt. Selene hielt die Augen geschlossen, als könne sie damit alles ungeschehen machen. Einen Augenblick sah es fast aus, als ob er sie streicheln wolle. Seine Hand verharrte unschlüssig über ihrem Körper. Dann aber verengten sich seine Augen. Sie war nichts als ein Weib. Sie musste lernen, wo ihr Platz war. Basa kniff sie fest in die Brustwarze.

Empört vor Schmerz und Erniedrigung schrie Selene auf.

»Beweg dich nicht!«, sagte er, als er grob in sie stieß. »Beweg dich nicht!«

ooooo

Khay wagte erst, seine Glieder zu rühren, als laute Schnarchlaute zu ihm aufs Dach drangen. Sein Rücken war ganz steif vom langen Stillhalten, die Beine waren eingeschlafen und kribbelten scheußlich, als das Blut zurückfloss. Mittlerweile war es viel zu dunkel, um dort unten noch irgendetwas erkennen zu können, aber er hatte schon mehr als genug gesehen. Sein Vater und Selene! Zwei nackte, schweißnasse Körper, verstrickt in einem aussichtslosen, verbitterten Kampf, bei dem die Frau schließlich weinend unterlegen war.

Ein Anblick, den er nicht vergessen würde, solange er lebte. Ganz übel war ihm dabei geworden, und gleichzeitig hatte er größte Erregung verspürt. War dies das große Geheimnis, das die Männer mit den Frauen verband?

Vor lauter Anspannung hatte sogar seine Nase zu bluten begonnen. Große, warme Tropfen waren auf seine Hand gefallen. Khay konnte nur hoffen, alle rechtzeitig aufgefangen zu haben. Wenn sein Vater herausbekam, dass er ihn belauscht hatte, und auch noch mit wem, würde er ihn auf der Stelle totschlagen.

Geduckt schlich er ins Haus zurück.

Zum Glück schlief Anu friedlich in einer Ecke des Bettes und wachte nicht einmal auf, als er sich zu ihm legte. Khay knuffte ihn trotzdem kräftig in die Seite, um genügend Platz zu haben, und für einen Moment beneidete er ihn glühend. Für Anu hatte sich nichts geändert. Er war ein Kind, das stottern durfte und trotzdem von aller Welt geliebt wurde. Er dagegen war vollkommen ratlos. Tausend widersprüchliche Gedanken schossen ihm durch den Kopf.

Sollte er schweigen? Oder alles verraten? Musste Isis nicht wissen, was ihre Mutter trieb? Es würde sie traurig machen und so einsam, wie er sich oft fühlte. Aber dann brauchte sie ihn vielleicht und würde ihn nicht mehr zurückstoßen. Und was wäre gar, wenn er den Vater eines Tages zur Rede stellte?

Für den Rest der Nacht lag er mit offenen Augen grübelnd da.

ooooo

Nach Sonnenuntergang versammelten sich auf Philae alle vor dem Tempel. Sistren erklangen, Trommeln wurden geschlagen. Zwei Priester trugen die Bahre, auf der Osiris in seiner Mumiengestalt lag. Links und rechts davon schritten zwei schöne junge Tänzerinnen, die kupferne Weihrauchgefäße schwenkten.

»Sie stellen Isis und Nephthys dar«, sagte Sanna halblaut zu Meret. »Wenn wir im Untergeschoss sind, werden sie mit ihren lauten Klageliedern beginnen.«

»Beides sind seine Schwestern. Aber nur Isis hat ihn über den Tod hinaus geliebt«, sagte Meret, die erleichtert war, in dieser Nacht nicht allein zu sein. »Wohin gehen wir?«

»In die Kapelle des Osiris. Er hat übrigens Nephthys auch innigst geliebt. Hätte er sonst mit ihr den Gott Anubis gezeugt?«

Hand in Hand stiegen sie mit den anderen die Stufen hinunter. Fackeln steckten in Wandhalterungen und verbreiteten flackernde Schatten. Es war kühl, roch nach Wasser und modernden Steinen. Vor ihnen war undeutlich ein schmaler dunkler Gang zu sehen.

Meret verkrampfte sich unwillkürlich.

»Was ist?«, flüsterte Sanna. »Was hast du?«

»Ich weiß nicht«, sagte Meret. »Ich kenne diesen Ort. Aber ich bin doch noch niemals zuvor hier gewesen! Bitte bleib ganz nah bei mir! Ich fürchte mich sonst.«

Der Raum, in den sie schließlich gelangten, war niedrig und schmal wie eine Gruft. Die Bahre wurde abgesetzt. Lautes Wehklagen erfüllte die alten Steinmauern. Priester trugen große, mit Nilwasser gefüllte Vasen herein und besprengten die Mumie.

»Erwache, Osiris!«, riefen sie. »Zeit, von den Toten wieder aufzuerstehen.«

Meret kam es vor, als würden die Wände immer enger zusammenrücken. Die scharfen Konturen verschwammen mehr und mehr. Weiches, dämmriges Licht herrschte in der die Grabkammer.

War das nicht Geb, die Erde, der sich als kräftiger Mann zu Füßen des Toten legte? Und hinter ihm der Luftgott Schu, der ihn mit seinen starken Armen emporhob? Meret war überzeugt, ein Stück weiter hinten die spitzen Ohren Anubis' zu sehen. Und ganz vorne Nephthys, die ihre tränenüberströmte Schwester Isis stützte.

Irgendwann löste sich die Göttin aus der tröstenden Umarmung und goss abwechselnd Wasser und Öl auf den Leichnam.

»Erwache! Erwache, Osiris! Ich rufe dich. So lange ich noch

selber kann, werde ich zu den Himmelhöhen rufen. Komm zu mir!«

Hatte sich die Mumie nicht soeben bewegt?

Ein Windstoß. Meret zuckte zusammen. Alles war auf einmal stockdunkel, als hätte eine unsichtbare Hand die Fackeln ausgelöscht. Unheimliches Heulen erklang, als tue sich die Unterwelt auf, um sie alle zu verschlingen

»Sanna?« Plötzlich war Meret wieder hellwach. Und voller Furcht. »Sanna, wo bist du?«

Sie erhielt keine Antwort. Im Dunkeln versuchte sie sich weiterzutasten. War sie auf einmal ganz allein in dem feuchten Gewölbe? Sie streckte die Hände nach vorn, um sich zu orientieren. Da stieß ihr Bein unsanft an etwas Hartes.

Die Bahre! Sie musste an das Totenlager des Osiris gekommen sein. Vorsichtig, um seine Ruhe nicht zu stören, zog sie sich zurück und tastete sich wie eine Blinde weiter.

Wieder versperrte nach wenigen Schritten ein Hindernis ihren Weg. Dieses Mal aber war es kein sperriges Holz, sondern etwas Weiches, Großes, das sich organisch anfühlte und trotzdem entsetzlich leblos war.

Es dauerte, bis Meret begriff, was es war. Dann stieß sie einen gellenden Schrei aus.

In ihrer Nähe flammte eine Fackel auf. Sannas besorgtes Gesicht wandte sich ihr zu.

»Was ist passiert? Wieso schreist du?«

Wortlos deutete Meret auf das, was vor ihnen lag. Im seichten, dunklen Wasser dümpelte die Mumie des Osiris. Der Leichnam lag auf dem Rücken, noch immer fest in Leinenstreifen gewickelt, die Gesichtsbandagen aber mussten sich gelockert haben – genug jedenfalls, um Akaneschs eingefallene Züge freizugeben, die im unwirklichen Licht grünlich schimmerten.

ooooo

Das Haus war viel zu still, als Selene vom Markt nach Hause kam. Und trotzdem wusste sie, dass sie nicht alleine war. Sie machte sich nicht erst die Mühe nachzusehen, ob Nezem heimgekehrt war. Wie von selbst trugen sie ihre Beine in die Werkstatt.

Der ganze Raum war von schwerem Staub erfüllt, als ob sich ein grüngrauer Film über alles gelegt hätte. In der Mitte saß Nezem, den Kopf in die Hände gestützt.

Er sah erst auf, als sie ganz nah bei ihm war.

»Warum, Selene?«, sagte er tonlos. »Warum von allen Männern ausgerechnet er?«

Ihre Kehle wurde eng. Vor ihren Augen begann es zu flirren.

»Er hat mich gezwungen«, sagte sie. »Und er hat ...«

»Schweig!« Mit einer Armbewegung löschte Nezem jedes Argument aus. »Mit jedem Wort machst du alles nur noch schlimmer. Ich dachte, du liebst mich. Und ich dachte, du wüsstest, dass du mein Leben bist. Wie soll ich atmen ohne dich?«

Sie trat auf ihn zu,

»Bleib, wo du bist!«, rief er und hob die Hand, als wolle er sich vor ihr schützen.

Jetzt erst fiel ihr auf, was hier geschehen war. Sie badeten beide in Gesteinsstaub. Es gab keine einzige heile Isis-Figur mehr. Er hatte sie alle in abertausend Stücke zerschlagen.

»Sie sind tot«, flüsterte Nezem. »Zerstückelt wie meine Liebe. Was soll ich jetzt mit dir anfangen? Dich zerstören, so wie du mich zerstört hast?«

»Nezem, ich ...«

»Bleib, wo du bist!«, wiederholte er. »Sonst vergesse ich mich. Was wird erst unser Kind sagen, wenn es erfährt, was seine Mutter getan hat?«

»Du willst es Isis sagen?« Selenes Augen weiteten sich vor Schrecken. »Bitte – alles, nur das nicht! Ich flehe dich an. Nicht Isis!«

Er ließ den Kopf sinken. »Geh!«, sagte er. »Verschwinde! Verlasse mein Haus! Du bist tot für mich, Selene. Ich kenne dich nicht mehr.«
Tränenblind stolperte sie nach draußen.

ooooo

»Hilf mir, Khay. Ich kann es nicht alleine.«
»Hilf dir selbst! Du bist groß genug. Ich bin es leid, ständig für dich den Lückenbüßer zu spielen.«
Er wandte sich ab, Anu aber lief ihm hinterher.
»Aber nur du kannst die Bienen streicheln. D-d-dir gehorchen sie. Wenn ich sie anfasse, dann stechen sie mich. Du hast es versprochen. Du wolltest mir zeigen, wie ich es machen muss. Bitte, Khay. N-n-nur ein einziges Mal!«
»Lass mich in Ruhe, ja?«
»W-w-was hast du denn? Wieso bist so wütend?« Anu ließ sich nicht abschütteln. »D-d-du hast doch was. Ich weiß es ganz genau.«
»Was ich habe? Kann ich dir gern verraten. Den blödesten kleinen Bruder der ganzen Welt. Und stottern wie ein Vollidiot tut er noch dazu. Verschwinde! Und zwar sofort. Sonst kannst du was erleben.«
Anus Unterlippe zitterte. Die Augen füllten sich mit Tränen. Aber er schaffte es dennoch, sich umzudrehen und auf seinen dünnen Beinen sehr würdevoll zurück zum Haus zu gehen.
Khay sank auf die warmen Lehmstufen. Sein Kopf dröhnte. Alles in ihm war wund. Niemals in seinem ganzen Leben hatte er sich elender gefühlt.

ooooo

Als die Sonne sich rot färbte, trat Selene aus ihrem Versteck. Sie hatte die Tränen abgewaschen. Jetzt lag ein kleines Lä-

cheln auf ihrem Gesicht. Es war ihr gelungen, Isis noch einmal von fern zu sehen. So hatte sie auf ihre Weise Abschied nehmen können von ihrem wunderschönen Kind.
Niemand sollte Isis die Erinnerung an ihre Mutter zerstören können – auch Nezem nicht. Es gab nur einen Weg, wie sie ihn davon abhalten konnte, und sie war entschlossen, ihn bis zum Ende zu gehen.
Die Wellen glänzten golden und kupfern, als sie langsam in den großen Fluss hineinwatete. Sie hatte sich eine einsame Stelle ausgesucht, an der sie ungestört sein würde. Das Leinenkleid schlug schwer gegen ihre Schenkel. Sie hätte sich lieber vorher gereinigt, frisch gekleidet und wie eine Braut Blüten und Geschmeide angelegt, aber dazu war es jetzt zu spät. Der Gott der Tiefe würde sie auch so in seinen Schoß aufnehmen.
»Ich komme, Sarit«, sagte sie leise. »Nun werde ich dich niemals wieder allein lassen.«
Das Wasser reichte ihr bereits bis zur Brust. In Keftiu gab es nur wenige, die schwimmen konnten, und sie gehörte nicht zu ihnen.
»Vergib mir, Nezem!«, sagte sie. »Ich habe niemals aufgehört dich zu lieben.«
Als das Wasser ihr Kinn erreichte, hielt sie noch einmal inne. Gold und Kupfer waren verschwunden. Wie ein Band aus flüssigem Silber erschien ihr der Fluss.
»Für Isis«, sagte Selene, schloss die Augen und tauchte unter.

6

NEPHTHYS

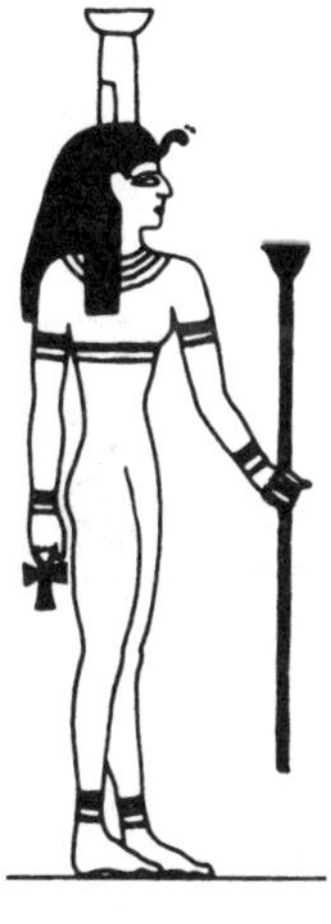

Als der Fluss Selenes Leichnam wieder frei gab, weigerte sich Nezem, das anzusehen, was zwei junge Fischer eines Morgens im Schilf entdeckt hatten: Die Haut der Toten war bleich und dick, das Fleisch sah mürbe aus, als ob man es mit den Händen zerreißen könne. Von der einstigen Schönheit zeugten nur noch die Haare, die sich träge wie ein rötlicher Schleier in der Strömung wiegten.

»Es kann sich unmöglich um meine Frau handeln«, sagte er eigensinnig und legte sein Werkzeug keinen Augenblick beiseite. »Selene ist nicht tot, sondern nur fortgegangen. Ich weiß es ganz genau.«

Die zu Hilfe gerufenen Kollegen, die die Frau aus Keftiu an dem unverwechselbaren Schopf sofort erkannt hatten, brachten ihn schließlich dazu, seine starre Haltung zu ändern. Allerdings warf Nezem auch jetzt nur einen zerstreuten Blick auf die sterblichen Überreste, die man auf eine Bahre gebettet hatte.

»Das ist nicht Selene. Seid ihr denn alle blind geworden? Das kann doch niemals meine Frau sein! Und jetzt stört mich nicht länger! Seht ihr nicht, dass ich zu tun habe?« Unverzüglich kehrte er in die Tempelwerkstatt zurück und trieb den Meißel mit dem Fäustel so ungestüm in den harten Granit, dass gleißende Funken stoben.

Es blieb den Steinmetzen nichts anderes übrig, als Schepenupet den ungewöhnlichen Fall persönlich vorzutragen. Als sie ihren Bericht beendet hatten, verriet die sonst so gefasste Miene der »Gottesgemahlin« tiefe Anteilnahme.

»Offenbar ist Nezem nicht in der Lage, sich der Wahrheit zu stellen – noch nicht«, sagte sie. »Irgendwann wird er wieder zu sich kommen.«

Sie wies ihren neuen Oberamtmann an, einstweilen alle notwendigen Vorkehrungen für Selenes Balsamierung und eine anschließende Bestattung zu treffen. Der bienenfleißige Mann, der erst vor kurzem Harwas Amt übernommen hatte

und es endlich so ausfüllte, wie sie es sich immer gewünscht hatte, kümmerte sich gewissenhaft darum, als sei die Tote aus dem Nil ein Mitglied seiner eigenen Familie gewesen.
Währenddessen arbeitete Nezem wie ein Besessener. Er war nun erst recht morgens der Erste und stets der Letzte am Abend. Allerdings ließen Tränensäcke sein Gesicht welk aussehen, und die einstmals gesunden Züge wirkten plötzlich verfallen. Er achtete nicht mehr darauf, ob sein Schurz sauber war, es war ihm gleichgültig, was er aß und trank. Nezem schien in seiner eigenen Welt zu leben, zu der sonst keiner Zutritt besaß. Die anderen Steinarbeiter wagten kaum noch, ihn anzusprechen. Falls es doch unumgänglich war, brummte er eine beliebige Antwort, um sich dann sofort wieder seiner Beschäftigung zuzuwenden. Offensichtlich, dass er nicht mehr in der Lage war, wie bisher die Arbeitsgänge in der Werkstatt zu koordinieren, geschweige denn auf Reisen zu gehen, um ausgefallene Materialien für neue Statuen und Reliefs zu beschaffen.
So blieb Schepenupet nichts anderes übrig, als einen Stellvertreter zu benennen, der den Posten des Ersten Bildhauers übernehmen sollte. Sie entschied sich schließlich für Kani, der jünger war und damit weniger erfahren, dafür aber große Ambitionen hatte, die ihn freilich nicht bei allen beliebt machten.
Als der junge Mann mit spröder Stimme die ersten Anordnungen gab, schien Nezem wie aus einem Traum zu erwachen.
»Was fällt dir ein?«, herrschte er ihn an. »Zurück zu deiner Arbeit, aber schnell! Du bist mit dem Polieren noch längst nicht fertig.«
»Das kann warten. Einstweilen bin ich dein Stellvertreter, so lange, bis du wieder einen klaren Kopf bekommst«, sagte Kani. »Von der ›Gottesgemahlin‹ höchstpersönlich ernannt. Du wirst dich also an diesen Gedanken gewöhnen

müssen.« Ungerührt fuhr er fort, die anstehenden Arbeitsschritte einzuteilen.
In Nezem flammte Wut auf. Er packte Kanis Arm, riss ihn grob zu sich herum und hieb ihm dabei seine Faust ins Gesicht.
»Mach das nie wieder!«, sagte er keuchend. »Keiner wird künftig mehr wagen, einen Nezem zu hintergehen – auch du nicht, Sohn einer läufigen Hündin!«
Kani taumelte, von der Wucht des unerwarteten Schlags getroffen, fing sich jedoch rasch wieder. Leichter und deshalb um einiges beweglicher als Nezem, wich er zunächst zurück, tänzelte jedoch schnell wieder nach vorn. Eine elegante Folge von Faustschlägen prasselte auf Nezems Gesicht und seine Brust, bis ihn schließlich ein exakt platzierter Magenschwinger auf den lehmigen Boden streckte.
Nezem kam zu sich, als jemand ihm kaltes Wasser ins Gesicht schüttete. Er setzte sich langsam auf, schüttelte ein paar Mal seinen malträtierten Schädel und schaute verdutzt umher, als sähe er Werkstatt sowie Steinarbeiter zum ersten Mal. Schließlich erhob er sich schwankend. Er packte seine Meißel, Schlägel, Bohrer und Raspeln zusammen und ging ohne ein Wort hinaus.
Isis erschrak, als ihr Vater bereits am helllichten Nachmittag nach Hause kam. Seine Lippe war aufgeplatzt, ein Schneidezahn angeschlagen. Am meisten Angst aber machte ihr sein lebloser Blick.
»Was ist passiert, Papa?« Sie versuchte ihn zu umarmen, er aber schüttelte sie ab. »Bist du überfallen worden? Hast du Schmerzen?«
Nezem murmelte Unverständliches.
»So rede doch, bitte! Was ist mit dir?« Tränen standen in ihren Augen. Seitdem sie erfahren hatte, dass ihre Mutter ertrunken war, brauchte sie keinen Anlass, um loszuweinen.
»Er hat mir mein Liebstes genommen«, sagte Nezem dumpf.

»Jetzt zerstöre ich ihn – und alles, was ihm teuer ist. Liebe kennt er nicht. Also wird er Hass kennen lernen.«

»Ich verstehe dich nicht«, sagte Isis ratlos. »Wovon redest du?« Er schien sie nicht zu hören, und angesichts seines unfassbaren Schmerzes kam ihr das eigene Leid auf einmal kleiner vor. »Was hast du denn nur?«

Nezem schob sie zur Seite. »Lass mich!«, sagte er. »Ich muss zu ihnen! Die Steine rufen mich, hörst du das nicht? Weißt du, weshalb viele Sterbliche sie nicht verstehen?« Isis brachte keinen Ton heraus. »Weil unser irdisches Leben viel zu kurz ist. Nur einen winzigen Augenblick glühen wir Menschen auf, ein Funke, der sofort wieder verlischt. Sie aber sind unendlich. Meine Steine werden niemals sterben.«

Mit schleppenden Schritten ging er hinüber in seine Werkstatt. Isis hörte, wie er die Tür hinter sich verriegelte. Ein paar Momente war es still. Dann ertönte lautes, gleichmäßiges Hämmern.

Verwirrt blieb das Mädchen zurück. Sie brauchte jetzt dringend Trost und Beistand, und es gab nur einen, der dafür in Frage kam.

Isis fand ihren Freund Anu vor dem Haus des Lebens im Tempelbezirk, wo die fortgeschrittenen Schüler auf dem staubigen Boden hockten und im Schatten hoher Sykomoren ihre Schreibübungen absolvierten.

Als er Isis sah, stand er sofort auf. Er sprach kurz mit dem Lehrer, packte dann seine Utensilien sorgfältig zusammen und kam zu ihr.

»W-w-wohin wollen wir?«, fragte er. »Hinunter zum Fluss, wie immer?«

»Nicht zum Fluss«, sagte sie schnell. »Lass uns einfach ein bisschen spazieren gehen.«

Beide verspürten keine Lust zu reden, während sie durch die Gassen liefen. Es war warm, aber nicht mehr so unerträglich feucht wie im Schemu. Jetzt herrschte die trockene

Hitze des Achet, die alles Kranke und Schlechte wegzubrennen schien. Schließlich blieb Anu stehen und tippte Isis vorsichtig an.
»Du bist wie aus Glas«, sagte er. »I-i-ich habe Angst, du könntest gleich zerspringen. W-w-was hast du, Isis?«
Sofort kamen wieder die Tränen. »Sie fehlt mir so sehr«, sagte sie schluchzend. »Immerfort muss ich an sie denken. Und jetzt hat auch noch mein Papa ...«
Er zog sie von der lauten Gasse in einen kleinen Park, wo es kühler war und fast menschenleer. An einen Baumstamm gelehnt, begann sie zu erzählen. Anu unterbrach sie kein einziges Mal.
»U-u-und er hat wirklich alle Statuen zerschlagen?«, fragte er, nachdem sie geendet hatte.
Ein Schatten legte sich über ihre Augen. »Keine Einzige hat er verschont. Ich glaube, die Trauer um Mama frisst ihn schier auf. Mich lässt er trotzdem nicht an sich heran. Weshalb nur, Anu? Ich bin doch sein Kind! Aber weißt du, was das Schlimmste ist? Manchmal erinnere ich mich nicht mehr genau daran, wie Mama ausgesehen hat. Ich sehe zwar ihr Gesicht vor mir, aber es ist auf einmal ganz verschwommen. Kannst du dir das vorstellen?«
»M-m-meine Mama fehlt mir auch. S-s-sehr. Obwohl ich sie doch gar nicht gekannt habe.« Er machte eine kleine Pause. »Du bist deiner Mutter sehr ähnlich, Isis. I-i-ich habe Selene auch lieb gehabt.«
»Es tut gut, bei dir zu sein.« Ihr Kinn zitterte, so sehr bemühte sie sich, tapfer zu sein. »Ich bin noch immer traurig, aber wenigstens nicht mehr so furchtbar allein.«
Isis zog ihre Knie schützend heran, umfasste sie mit den Armen und ließ den Kopf darauf sinken. Ihr dichtes Haar fiel nach vorn und legte den schmalen braunen Nacken frei. Dorthin schmiegte er seine Stirn.
»D-d-dein Vater ist vielleicht krank vor Trauer. A-a-aber

mein Vater hasst mich«, sagte Anu leise und setzte sich wieder auf. »Das ist viel schlimmer.«

Wie gern hätte er noch länger den Kopf in ihre Nackenmulde geschmiegt! Aber er hatte das Gefühl, es war für den Augenblick genug. Mehr denn je wünschte er sich, sie beschützen zu können. Dabei vergaß er keinen Moment, dass er nur so schwach wie eine Feder war. Was konnte einer wie er, den alle verlachten, schon gegen das Böse und Gemeine ausrichten?

»Das tut er nicht«, widersprach Isis. »Das glaubst du nur.«

»D-d-doch, er hasst mich. Weil ich nie so wie Khay sein werde. Und weil i-i-ich …«

»Willst du es eigentlich loswerden?«, fragte Isis spontan.

»W-w-was?«

»D-d-das«, sagte sie mutig und sah ihn unverwandt an.

Anu starrte sie entsetzt an. Dunkelrot vor Scham, wollte er sofort auf und davon laufen. Geistesgegenwärtig packte Isis seine Hand.

»Nicht, dass es mir etwas ausmachen würde. Und wehtun will ich dir schon gar nicht – niemals! Aber ich sehe doch, wie unglücklich du bist, weil die anderen dich immer verspotten. Dann fühle ich mich auch ganz krank.«

»I-i-ich h-h-hasse e-e-es …« Sein magerer Körper geriet in wilden Aufruhr.

»Beruhige dich!«, sagte sie. »Es wird nur schlimmer, wenn du dich aufregst. Aber hier sind doch nur wir beide. Also kein Grund, den Kopf zu verlieren, oder?«

»D-d-das hat Neshet auch immer gesagt. Dass ich lieber ganz langsam reden soll, wenn ich möchte, d-d-dass es besonders schnell geht.« Er sah sie an, als hinge sein Leben von ihr ab. »Aber ich weiß nicht, wie ich es schaffen soll.«

»Gibt es denn keinen Lehrer, den du fragen könntest?«

»K-k-keinen Lehrer!«, sagte er bestimmt. »Khay sagt immer, man darf ihnen nicht trauen.«

»Und die Ama?«
Erstaunt fuhr er zu ihr herum.
»Sie lebt schon länger als wir alle. Vielleicht weiß sie eine Lösung. Frag sie! Was hast du schon dabei zu verlieren?«
»I-i-ich kann es ja einmal versuchen«, sagte Anu ernst. »V-v-vielleicht gar keine so schlechte Idee.«

∞∞∞

Es half nichts, wenn Udjarenes jeden Tag noch früher mit ihrer Morgentoilette begann, wenngleich das Badezimmer, das sie bereits zum dritten Mal hatte umbauen lassen, der einzige Raum im Haus war, in dem sie sich einigermaßen geschützt fühlte. Inzwischen waren vier Dienerinnen damit beschäftigt, ihr dabei stundenlang zur Hand zu gehen, junge, in ihren Augen allerdings ziemlich ungeschickte Frauen. Niemals gossen sie das Wasser richtig über sie. Niemals setzten sie den Brei aus gestoßenen Straußeneiern, Schildkrötenpanzern und Tamarisken, der jeden Körpergeruch verhindern sollte, in der richtigen Konsistenz an. Niemals fiel die Massage so aus, dass sie sich anschließend einigermaßen wohl fühlte.
Es hieß, kostbare Öle würden die Haut glätten und Runzeln vorbeugen, aber Udjarenes brauchte sich nur kritisch anzusehen, um zu wissen, dass das nichts als ein Haufen billiger Lügen war. Der Spiegel war zu ihrem bittersten Feind geworden. Immerhin bekam sie ihr Spiegelbild wesentlich öfter zu Gesicht als Montemhet, ihren Ehemann, der jede Gelegenheit zu nutzen schien, ihre Nähe zu fliehen.
Als sie jung gewesen war, hatte sie sich goldene Gewichte in die Haare flechten lassen, damit diese beim Gehen und Tanzen besser schwangen. Inzwischen war ihr Haar mürbe geworden vom häufigen Färben, und sie hatte sich längst angewöhnt, auf aufwändig gearbeitete Perücken zurückzugreifen,

die ihr manchmal das Gefühl gaben, sie trage eine heimliche Krone auf dem Kopf – geschmiedet aus Leid, unerwiderter Liebe und Rachsucht.
Schwarzes Antimonpulver für die Augen, Galenit, um die Wimpern zu betonen, roter Ocker für Wangen und Mund – sie schminkte sich stärker als früher, manchmal so ungehemmt, dass ihr das eigene Gesicht wie eine Maske vorkam. Und hatte sie nicht wirklich eine Maske auf, mit der sie die ganze Welt täuschen konnte, aber nicht ihr wundes Herz?
Das größte Kapital war noch immer die Figur, schlank und rank wie vor Jahren, und sie sorgte mit besessenem Eifer dafür, dass sich das Gewicht um kein Deben veränderte. Jeden Bissen zählte sie, verzichtete auf Wein, fettes Fleisch und Konfekt, weil sie die schlaffen, aufgedunsenen Körper der anderen Frauen ihres Alters zutiefst verabscheute. Und trotzdem, was immer sie auch anstellte, es gab nichts, das jenen schrecklichen Prozess hätte aufhalten können, dem sie so aussichtslos den Kampf angesagt hatte.
Sie würde sterben, ohne jemals die Liebe ihres Mannes erfahren zu haben – und der Abstand, der sie von ihrem Ableben trennte, schwand mit jeder Stunde. Es gab Tage, da kroch der giftige Skorpion dieser Gewissheit so tief unter ihre Haut, dass sie hätte schreien mögen. Dann duckte sich das ganze Personal unter ihrem Keifen und Wüten und versuchte, ihr möglichst aus dem Weg zu gehen, bis sie sich wieder halbwegs gefangen hatte.
An einem solchen Tag begehrte der Hohepriester Horachbit, sie zu sehen. Udjarenes ließ ihn ungebührlich lange warten, bevor sie endlich in den Empfangsraum hinunterstieg, in grünes, steifes Leinen gekleidet, das ihren dunklen Elfenbeinteint betonte, Hals, Arme und Fußgelenke mit schweren Goldreifen geschmückt.
»›*Mit hohem Wuchs und schimmernder Brust / hat sie echtes Lapislazuli zum Haar; / ihre Arme übertreffen das Gold / ihre*

Finger sind wie Lotoskelche‹«, zitierte Hochrachbit galante Liebesverse, obwohl seine Miene verriet, wie ärgerlich er eigentlich war. »Es ist, als würde mir Hathor selbst erscheinen!«

»Deine Schmeicheleien waren früher einfallsreicher.« Sie musterte ihn kühl. »Weshalb bist du gekommen?«

»Wollen wir nicht kurz Platz nehmen? Im Sitzen redet es sich besser.«

Nach unmerklichem Zögern führte sie ihn zur überdachten Veranda, wo Sitzkissen lagen und eine kühle Ostbrise wehte. Vielleicht bedauerte sie inzwischen ihre allzu schroffe Begrüßung, vielleicht war es auch Neugierde, die sie zu einem Umschwenken bewogen hatte. Auf jeden Fall ließ Udjarenes schließlich von einer Dienerin Früchte, Konfekt und Getränke bringen, wie es die Gastfreundschaft gebot. Horachbit nahm reichlich von allem. Dann fasste er sie scharf ins Auge.

»Ich will ganz offen sein«, sagte er. »Es ist eine heikle Mission, die mich zu dir führt. Aber dir, geschätzte Udjarenes, vertraue ich mehr als jeder anderen. So sehr, dass ich sogar unser künftiges Schicksal in deine schönen Hände lege.«

»Komm zur Sache!«, sagte sie ungeduldig. »Worum geht es?«

Er begann und Udjarenes hörte ihm scheinbar unbewegt zu. Der Wind spielte in ihrer hoch aufgetürmten Perücke, die ihr schmales Gesicht beinahe erdrückte.

»Ihr habt also beschlossen, euch der ›Gottesgemahlin‹ zu entledigen«, sagte sie schließlich und starrte die Dattel in ihrer Hand an, als sei sie ein lästiges Insekt. »Und nun sucht ihr jemanden, der euch die schmutzige Arbeit abnimmt. Dabei seid ihr auf mich verfallen.« Ihre dunkelgrün umrahmten Augen glitzerten. »Soll ich jetzt gekränkt darüber sein oder mich geschmeichelt fühlen?«

»Du hasst sie ebenso wie wir.« Horachbit entschloss sich, aufs Ganze zu gehen. »Was uns zusammenschmiedet. Außerdem liegen deine wie meine Wurzeln im Goldland Tanub, eine weitere Gemeinsamkeit, die uns verbindet.«

»Und wenn schon!«, unterbrach sie ihn. »Für mich spielt es keine Rolle, dass unsere Haut vielleicht ein paar Nuancen dunkler ist als die anderer! Da brauchst du schon bessere Argumente.«

»Auf die wollte ich eben zu sprechen kommen«, fuhr er äußerlich ruhig fort, obwohl ihre Schroffheit ihn erboste. »Persönliche Beweggründe müssen bei dem Vorhaben hintan stehen. Es geht schließlich um Waset, Udjarenes, und um Kemet! Wir sind überzeugt, dass der neue Pharao Psammetich hoch zufrieden sein wird, wenn seine Tochter nicht noch jahrelang auf ihr Amt warten muss.«

»Vor allem geht es doch um eure Macht im Tempel.« Er hatte vergessen, wie direkt sie sein konnte. »Dort wäre euch ein ahnungsloses Delta-Mädchen als ›Gottesgemahlin‹ weitaus genehmer als jene fette schwarze Prinzessin, die trotz des Ablebens ihres Bruders noch immer keiner in die Knie zu zwingen vermag. Habe ich Recht?«

»Schepenupet ist ...«

Mit einer Handbewegung schnitt sie ihm das Wort ab. »Ich kenne sie«, sagte sie. »Was soll übrigens mit Amenardis geschehen? Denn Schepenupets Tod löst doch nur einen Teil eures Problems.«

Horachbit schwieg beharrlich.

»Verstehe«, sagte Udjarenes. »Ihr seid entschlossen, das Übel gleich an der Wurzel auszureißen. Seht euch vor! Es wird Gerede in der Stadt geben. Die einfachen Leute mögen das schwarze Nilpferd und seine biedere Nichte. Wenn beide plötzlich tot sind, könnte sich die Stimmung rasch gegen euch wenden.«

»Idealerweise müsste es während des Besuchs Psammetichs passieren. Dann könnte er gleich auf die veränderte Situation reagieren.« Der Hohepriester musterte sie argwöhnisch. Es

war viel, was er ihr zumutete. Wie würde sie seinen Vorschlag aufnehmen? »Und am besten in eurem Haus.«
»Damit man Montemhet und mich als feige Mörder anprangert?« Empört schoss sie empor. »Du musst den Verstand verloren haben, Horachbit! Unsere Unterredung ist hiermit beendet. Du hast meine Schwelle niemals überschritten. Geh!«
»Gemach, gemach! Niemand wird euch verdächtigen«, sagte er, ohne sich von der Stelle zu rühren. »Wir haben alles bis ins Detail geplant. Allerdings ist der Einsatz nicht unerheblich. Aber hat nicht alles einen hohen Preis?«
»Wer ist ›wir‹?« Wenigstens saß sie inzwischen wieder. »Kann ich das erfahren? Und hör endlich auf, in Rätseln zu sprechen, sonst kannst du dich wirklich verabschieden!«
»Die gesamte Priesterschaft des Unsichtbaren«, sagte er. »Wir sind der hochmütigen Schwarzen überdrüssig – mit Ausnahme von Montemhet. Natürlich weiß er von nichts. Und so sieht unser Plan aus ...«
Er beugte sich zu ihr und begann ihr ins Ohr zu flüstern. Udjarenes musste sich beherrschen, um nicht vor seiner säuerlichen Ausdünstung zurückzuschrecken, aber was er sagte, fesselte sie mehr und mehr.
»Es ist viel, was du da von mir verlangst«, sagte sie schließlich. »Wer garantiert mir, dass ich es unbeschadet überstehe?«
»Dir wird nichts geschehen«, versicherte Horachbit. »Vorausgesetzt, du hältst dich genau an alles, was wir vereinbaren. Es wird wie ein perfekt geschmiedetes Komplott aussehen, an dem keinem von uns Hiesigen eine Schuld zuzuweisen ist – schon gar nicht dir.«
Ungeduldig wie ein junges Mädchen erhob sie sich. Es bereitete ihm heimliches Vergnügen, dass ihre Knie dabei knirschten.
»Ich muss erst einmal in aller Ruhe darüber nachdenken«,

sagte sie. »Außerdem sollte man Rache stets mit kaltem Herzen und ruhiger Hand genießen. Auch warte ich schon so lange darauf, dass ich mich von niemandem mehr drängen lasse.«

Es blieb ihm nichts anders übrig, als ebenfalls aufzustehen.

»Vergiss aber darüber nicht, dass die Zeit knapp wird!«, sagte er. »Es gibt noch eine Menge vorzubereiten, wenn unser Vorhaben gelingen will. Wir dürfen uns keine Fehler leisten, sonst sind wir verloren, und alles bleibt, wie es ist – womit keinem von uns gedient wäre!«

Sie zog einen der Reifen von ihrem dünnen Arm und reichte ihn Horachbit. »Ich muss ihn irgendwann im Tempelhof verloren haben«, sagte sie. »Falls ich einverstanden bin mit dem, was du mir dargelegt hast, schicke ich in zwei Tagen meine Dienerin zu dir, um den Reifen holen zu lassen. Dann weißt du, dass du auf mich zählen kannst. Alles Weitere danach.«

»Und wenn nicht?«

»Dann wirf ihn einfach in den Nil«, sagte sie mit rätselhaftem Lächeln, »und weide dich daran, wie wütend die Krokodile ihre Mäuler aufsperren, wenn sie merken, wie wenig er ihnen schmeckt.«

»Weshalb?«, fragte Horachbit verwundert.

»Nun, ganz einfach, um dich schon mal daran zu gewöhnen, wie die schreckliche Totenfresserin mit uns Mördern im Jenseits umspringen wird.«

ooooo

»Du bekommst Brüste«, sagte Ruza leise.

Meret errötete so sehr, dass Ruza ihre Hitze spürte. Sie atmete den Geruch des frischen Schweißes ein, den Duft der Haare und der jungen Schultern, die ganz schwach nach dem Fluss rochen. Dieses Kind ist das Einzige in meinem Leben, das mir wirklich Freude bereitet, dachte sie. Am liebsten hätte sie Meret auf der Stelle erzählt, wer sie wirklich war und woher sie kam: dass sie, Ruza, ihre Nährmutter war und sie von Anfang an gestillt hatte, wenngleich nicht geboren. Aber zwischen ihnen war das Schweigen schon viel zu lange zur Gewohnheit geworden.

»Es sind nicht nur die Brüste«, sagte Meret und starrte auf ihre Füße, die schon groß waren und trotzdem nicht zu wachsen aufhören wollten. »Alles wird anders.«

Ruza wandte sich ab. Es war der vorletzte Abend vor dem Tempelschlaf, zu dem sie ihr Kind verdammt hatten, und sie spürte, wie die Angst in ihr unaufhaltsam wuchs. Weiß Meret es?, fragte sie sich schon seit quälenden Wochen. Hasst sie mich deshalb?

Manchmal war sie überzeugt, dass Meret ihr seit langem bewusst aus dem Weg ging. Sogar wenn sie allein in ihrem kleinen Haus waren, blickte sie oft weg oder konzentrierte sich auf unverfängliche Themen wie Vasen und bunte Tonfiguren. Beim Essen kaute sie unermüdlich, weil Ruza ihr eingeschärft hatte, nicht mit vollem Mund zu sprechen. Und abends schlief sie so schnell ein, dass keine Zeit für einen Plausch blieb.

»Wann erwarten sie dich?«, fragte Ruza schließlich.

»Übermorgen. Vor Sonnenaufgang.« Merets Blick wanderte gierig zu dem Suppentopf, der noch halb voll auf dem Tisch stand. »Ich bin so hungrig, dass ich einen ganzen Elefanten aufessen könnte! Es ist wirklich schwer, tagelang zu fasten. Ich fühle mich innen schon ganz hohl.«

»Ich weiß«, sagte Ruza besorgt. »Aber du wirst es schaffen – so, wie du bisher alles geschafft hast.«

Die Antwort war ein ungeduldiges Schulterzucken.

Am liebsten hätte Ruza Meret an sich gerissen, in ihren Armen gewiegt wie damals als Säugling und sie niemals wieder fortgelassen, schon gar nicht zu diesen Priesterinnen, die sie in ein dunkles Verlies führen würden, wo sie drei Tage lang lebendig begraben blieb.

»Mein Liebling, ich möchte ...« Sie spürte an ihrem eigenen Körper, wie sehr Meret sich schon bei den ersten Worten verkrampfte. »Schon gut«, brummte sie. »Wahrscheinlich glaubst du ja ohnehin, dass deine alte Mutter gar nichts weiß. Und wahrscheinlich hast du damit sogar Recht.«

»Hör endlich auf, dich zu schämen, weil du angeblich nicht gescheit genug bist!«, sagte Meret aufgebracht. »Ich habe nie so etwas zu dir gesagt. Und du solltest es auch nicht ständig tun.« Sie stand auf und streckte sich, als sei der Raum auf einmal zu niedrig für sie. »Ich gehe noch mal zum Fluss. Ich muss nachdenken.«

»Jetzt?« Ruza gelang es nicht, die Besorgnis aus ihrer Stimme zu verbannen. »Aber es ist doch schon dunkel! Und wenn Djedi und die anderen Jungen dich wieder ...«

»Ich passe auf, versprochen? Keiner wird mir etwas tun. Nicht heute Abend.« Steifbeinig ging Meret zur Tür.

»Vielleicht ist es manchmal leichter, als Mann geboren zu werden«, sagte Ruza zu Merets schmalem Rücken. »Frauen müssen ihr ganzes Leben Angst haben.«

»Findest du?« Merets Augen glänzten verdächtig, als sie sich noch einmal umdrehte. »Findest du wirklich?«

ooooo

Die Pläne der Totenstadt gaben Basa Rätsel über Rätsel auf. Auf den ersten Blick hatte alles so einfach, klar und übersichtlich gewirkt. Je länger er sich jedoch mit den verschiedenen Grabanlagen und ihren Verbindungsgängen beschäftigte, desto verwirrter wurde er. Dazu kam, dass Montemhet allmählich die Geduld verlor.

»Ich habe dir die alten Karten nicht überlassen, damit du sie ausbrütest«, sagte er schroff, als er ihn zu einem Zwischenbericht zu sich bestellte. »Was wir brauchen, sind endlich Ergebnisse, Basa, greifbare, verwertbare Ergebnisse. Wo liegt denn die Schwierigkeit? Linien, Gräben und Schächte – das fällt doch eigentlich in dein Ressort!«

»Ja, natürlich, aber die Sache ist weitaus komplizierter, als ich zunächst gedacht habe«, versuchte Basa sich zu verteidigen.

Montemhet streckte gebieterisch seine Hand aus, als wolle die Karten an sich nehmen.

»Heißt das, du kommst mit ihnen nicht zurecht?«

»Ich komme sehr wohl mit ihnen zurecht.« Basa stützte sich schwer auf die verblichenen Papyri. Am liebsten wäre er laut geworden oder hätte um sich geschlagen. Es kostete ihn Kraft, Beherrschung zu bewahren. »Aber ich brauche mehr Zeit. Dann kann ich dir bestimmt weiterhelfen.«

»Mir gefällt nicht, dass bereits überall in der Stadt gemunkelt wird, Dämonen seien am Werk. Denn Lebewesen aus Fleisch und Blut könnten nicht ungehindert durch dicke Ziegelmauern dringen.« Montemhet streckte sich, als sei die Last auf seinen Schultern zu schwer. »Spätestens bis zur Ankunft Psammetichs muss die Angelegenheit unter Kontrolle sein. Dieser ganze Unsinn über Geister und Dämonen darf dem neuen Pharao nicht zu Ohren kommen.«

Eine knappe Verabschiedung ließ Basa unzufrieden zurück.

Wieder zu Hause angelangt, starrte er im Schein der Öllampen auf die Pläne, bis die schwachen Linien vor seinen Augen zu tanzen begannen. Basa hatte den Weg des Maulwurfs keineswegs vergessen, durch den Montemhet damals die Assyrer in die Stadt gelassen hatte. Dutzende von Malen war er schon drauf und dran gewesen, seine Mitwisserschaft vor dem Stadtfürsten endlich zur Sprache zu bringen – um dann doch im letzten Moment lieber zu schweigen. Drohte ihm jetzt ein zweiter Verrat? Zog Montemhet ihn erneut ins Ver-

trauen, um im entscheidenden Moment abermals einen Haken zu schlagen?
Fahrig griff er nach seinem Weinbecher und trank. Ein dünnes Rinnsal lief aus seinem Mund, und paar Tropfen fielen auf einen der Pläne. Als Basa sie mit einem Fluch wegwischen wollte, erstarrte er plötzlich. Die Flüssigkeit war in die Unterlage eingedrungen. Plötzlich erschienen unter den blassen Linien andere, kräftigere und mit entschiedenerer Hand geführt. Er versuchte es an einer anderen Stelle. Mit gleichem Resultat. Und an einer dritten, um ganz sicher zu gehen.
Es gab unter jedem Plan einen geheimen zweiten! Und nur, wer ihn kannte, konnte unbemerkt in die alten Gräber und wieder hinaus gelangen.
Schwer atmend lehnte Basa sich zurück.
Der Weinkrug war inzwischen leer. Gewohnheitsmäßig wollte er schon nach Iucha rufen, um sich Nachschub bringen zu lassen, entschied sich aber dagegen. Kein Bediensteter sollte ihn jetzt stören. Er stieg selber hinunter in den kleinen Vorratsraum, in dem die Weinfässer lagerten. Wie immer, wenn er übernächtigt oder besonders verärgert war, ließ seine Hand die gewohnte Sicherheit vermissen. Beim Versuch, ein neues Fass anzuzapfen, verletzte er seinen Daumen. Der Schmerz zwang ihn, innezuhalten und nach Luft zu ringen, bevor er den Schlägel erneut ansetzte.
Iucha nutzte die Gelegenheit, auf bloßen Sohlen lautlos in Basas Zimmer zu schleichen. Die Pläne der Totenstadt hatte er schon an mehreren Abenden heimlich studiert. Er wusste längst, in welchem Versteck der Erste Baumeister sie aufbewahrte. Heute jedoch sagte ihm sein Instinkt, dass bislang alles nur ein Vorspiel gewesen war. Die kräftigen Linien auf dem Papyrus waren schon wieder leicht am Verblassen, aber noch immer deutlich erkennbar: ein zweites Netz von Gängen unter dem bekannten Stollenplan!
Eine Entdeckung, die pures Gold wert war, vorausgesetzt,

man wusste sie richtig zu nutzen. Aus seinem Stoffgürtel holte Iucha ein kleines Fläschchen und träufelte vorsichtig eine durchsichtige Flüssigkeit in Basas leeren Becher. Im Hintergrund hörte er bereits die schweren Schritte seines Herrn. Bevor Basa um die Ecke bog, hatte Iucha sich bereits wieder zurückgezogen.

Basa goss sich Wein ein und leerte seinen Becher in einem Zug. Eine angenehme Schwere machte sich in seinem Kopf breit. Er schenkte nach. Es war, als würden sich die Linien vor ihm zu seltsamen Knoten zusammenziehen. Unversehens zittrig geworden wie ein alter Mann, versuchte er die Spinnweben wegzuwischen, die plötzlich alles zu bedecken schienen. Und war da nicht auch auf einmal Selenes Gesicht, das ihm mit einem herausfordernden Lächeln entgegenblickte?

»So haben wir nicht gewettet, Fischdämonin!«, sagte er leise. »Mit deinem Sterben hast du mich um das betrogen, was mir zusteht. Mit dir bin ich noch nicht fertig!«

Sein Schwindel verstärkte sich. Schatten jagten an den Wänden entlang, die Decke bekam eine hässliche Ausbuchtung, als ob sie im nächsten Moment auf ihn herabstürzen wolle. Alles um ihn herum begann bedrohlich zu schwanken. Sein Kopf sackte in den Nacken, aber es war, als hätte sein sonst so starker Hals jegliche Kraft verloren. Der Kopf fiel nun nach vorn, bis er schließlich mit einem dumpfen Geräusch auf dem Tisch aufschlug.

ooooo

Isis schreckte aus dem Schlaf hoch, als sie die gedämpften Stimmen hörte. Sie wagte nicht aufzustehen und die quietschende Türe weiter aufzustoßen, weil sie nicht unnötig auf sich aufmerksam machen wollte. Stattdessen lauschte sie angestrengt in das Dunkel. Sehr bald hatte sie den Besucher an seiner schnarrenden Sprechweise erkannt.

Aber was wollte Basas kahler Diener mitten in der Nacht bei ihnen?
Früher hatte er ihr Haus nicht betreten. Aber jedes Mal, wenn Iucha sich nur am Zaun gezeigt hatte, war Mama schon erstarrt, obwohl sie sich eifrig bemüht hatte, es vor ihr zu verbergen. Und doch war ihr abwechselnd die Suppe angebrannt, ein Teller aus der Hand geglitten oder sonst ein Malheur passiert, als hätte allein sein Anblick genügt, um sie vollständig aus der Ruhe zu bringen.
Isis strengte sich an zu verstehen, worüber Basas Diener und ihr Vater stritten, denn das taten die beiden Männer, weil ihre Stimmen immer lauter und härter wurden. Aber sie war zu erschöpft vom vielen Weinen, um lange durchzuhalten. Irgendwann schlief sie über dem Wortwechsel wieder ein.
»Ich habe dir einen großen Gefallen erwiesen.« Iucha stützte sich schwer auf den Tisch. »Das war meine Vorleistung. Jetzt bist du an der Reihe, mein Freund!«
»Indem du mit deinen dreckigen Enthüllungen mein Leben zerstörst hast?« Schwer atmend starrte der schon seit Wochen unrasierte Nezem ihm entgegen. Gesteinsstaub bedeckte seinen Körper wie eine zweite Haut, die Ströme von Schweiß zur Kruste hatten erstarren lassen. Er spuckte auf den Boden. »Ich habe meine Frau verloren. Ohne sie ist mein Dasein nichts mehr wert.«
»Du hattest sie bereits verloren, als ich dich freundlicherweise ins Bild gesetzt habe.« Iucha betonte jedes Wort. »Du wusstest es nur noch nicht.«
»Außerdem war der Kleine schneller als du. Ich wusste schon alles, als du mit deinem angeblich so großen Gefallen ankamst.«
»Aber hättest du ihm denn auch geglaubt?« Iucha bleckte verächtlich die Zähne. »Diesem Bengel, der wie ein brünstiger Jungbock deiner Kleinen nachstellt? Ja, starr mich nicht so ungläubig an! Ich habe schließlich Augen im Kopf. Basas

Khay ist hinter deiner Isis her. Sieh dich vor, Nezem – manche dieser hübschen Mädchen sind einfach zu gutgläubig!«

»Khay?«, sagte Nezem verwirrt. »Das wagt er nicht. Wenn er oder irgendein anderer Isis nur zu nahe kommt – ich erwürge sie alle!«

»Dazu ist später noch Zeit. Vermutlich will er momentan noch mehr, als er wirklich kann, wenn du verstehst, was ich meine!« Iucha lachte meckernd und schob die Pläne über den Tisch. »Darum geht es jetzt. Und dazu brauche ich deine Hilfe.« Er schaute sich um. »Du hast doch bestimmt irgendwo Wein?«

»Wein?«, fragte Nezem begriffsstutzig. »Wozu?«

»Ah, dort drüben.« Iucha kam mit einem Krug in der Hand schon wieder zurück. »Und jetzt pass mal ganz genau auf!« Er ließ ein paar Tropfen auf den Papyrus fallen und verrieb sie dann, um den Wein zu verteilen. Nezem riss die Augen auf, als sich plötzlich die kräftigeren Linien zeigten und sich zu einem kompletten System von Schächten und Wegen verbanden.

»Die Totenstadt«, sagte er verblüfft. »So, wie sie keiner kennt!«

»Bis auf Basa und uns«, sagte Iucha grinsend. »Sowie jene, denen wir diese unschätzbare Kenntnis zu einem unverschämt hohen Preis verkaufen werden, falls wir uns nicht doch noch entscheiden, eigenhändig den Spaten zu schwingen, was auch seine Vorteile hätte. Worauf wartest du, Nezem? Fang endlich an! Wir haben schließlich nicht die ganze Nacht Zeit!«

»Ich soll das alles hier kopieren?«

»Ganz genau! Und so schnell wie möglich. Zwar wird die Bewusstlosigkeit des Ersten Baumeisters noch ein paar Stunden anhalten« – Iuchas Grinsen wurde breiter – »schließlich habe ich ihm eine Dosis verabreicht, die einen Elefantenbullen außer Gefecht setzen würde, aber man kann ja nie wissen.

Jedenfalls müssen die Pläne wieder an Ort und Stelle sein, bevor Basa mit schwerem Schädel aufwacht. Sonst sind wir beide dran. Und das wollen wir doch nicht, oder?«

»Wieso hast du ihm nicht gleich so viel gegeben, dass er nie wieder aufwacht?«, sagte Nezem dumpf.

»Weil du ihn hiermit viel eleganter erledigen kannst.« Iucha sah zu seiner Zufriedenheit, dass der Steinmetz bereits die Kohle in der Hand hielt. »Zwei Dinge: Erst kopierst du die Pläne. Und dann bringst du mich zu den Grabräubern, die sich zum Leidwesen unserer Behörden so eifrig in den alten Anlagen zu schaffen machen. Ich wette, diese Papyri werden für sie von größtem Interesse sein. Du stammst doch aus dem Dorf, das seit jeher die entsprechenden Fachleute beherbergt, oder?«

Nezem nickte. »Aber ich hatte niemals etwas mit ihnen zu schaffen. Außerdem verstehe ich nicht, was das mit Basa zu tun haben soll.«

»Nun, ganz einfach! Montemhet hat ihm die Pläne vertrauensvoll zur Prüfung überlassen. Dass wir sie uns kurzfristig ausgeliehen haben, wird niemand erfahren. Was glaubst du, wird der Stadtfürst sagen, wenn irgendwann herauskommt, dass ausgerechnet sein Erster Baumeister gemeinsame Sache mit den Grabräubern macht?«

Blitzschnell fuhr Iuchas Hand an Nezems Gurgel vorbei.

»Gefällt dir das nicht? Basa wird sozusagen von höherer Stelle aus bestraft. Er verliert nicht nur sein Leben, sondern auch sein Ansehen.«

»Und ob mir das gefällt!« Allmählich kehrte Leben in Nezems Augen zurück. »Der Schurke soll mir alles mit seinem Blut büßen.«

So begann Nezem mit der Kopierarbeit, währenddessen Iucha dafür sorgte, dass der Papyrus stets die richtige Feuchtigkeit behielt.

»Was das Jüngelchen betrifft, so habe ich übrigens auch noch

eine Idee«, sagte der Kahle zwischendrin. »Damit schlägst du mühelos zwei Fliegen mit einer Klappe.«
»Redest du von Khay?« Nezems Hand hielt inne. »Was soll mit ihm geschehen?«
»Weiter, weiter!«, feuerte Iucha ihn an. »Nur nicht nachlassen. Sobald du fertig bist, bekommst du meinen hübschen kleinen Plan in aller Ausführlichkeit zu hören.«
Er lachte so laut und meckernd, dass Isis sich im Schlaf verkrampfte. Im Traum sah sie eine riesige Kobra. Und die war gerade dabei, einen Hasen zu verschlingen.

ooooo

Pharao Taharka hatte sich Waset stets am liebsten als erfolgreicher Feldherr genähert: im Siegeszug mit Elefanten, Straußenfedern, gezähmten Wildtieren und so vielen Bogenschützen wie möglich. Psammetichs Königsbarke dagegen landete fast so dezent wie das Schiff eines reichen Privatmannes im Hafen. Natürlich nahm Montemhet den neuen Herrscher persönlich mit einer kleinen Eskorte am Kai in Empfang. Der Pharao, sichtlich mitgenommen von der Reise, zeigte seine Freude, machte jedoch sofort unmissverständlich klar, dass er Zeit zum Ausruhen brauche.
»Mit meiner Gesundheit stand es in den vergangenen Wochen nicht zum Besten«, gestand er freimütig, als er mit Montemhet in dessen Prachtsänfte zum Palast getragen wurde. »Mein Leibarzt wird mich gleich zur Ader lassen, was mir immer sehr gut tut. Außerdem rechne ich damit, dass der bloße Anblick meines Augensterns die Genesung weiter befördern wird. Wo steckt eigentlich meine Tochter?«
»Deine kleine Nitokris ist ein Mädchen mit starkem Willen«, sagte Montemhet. Er wusste, wie sehr Schepenupet sich bemühte, einen Zugang zu ihr zu finden, und wie schwer es ihr nach wie vor fiel. »Trotz deiner Ankunft konnte keiner sie

davon abbringen, ihren täglichen Pflichten im Tempel nachzukommen.«

»Die echte Tochter ihres Vaters!« Psammetichs Züge verzerrten sich in abgöttischer Liebe. »Dann will ich sie auch jetzt nicht stören und mich bis heute Abend gedulden, wenn ich Amun opfern werde.«

»Anschließend stünde mein bescheidenes Heim festlich zu deiner Begrüßung gerüstet«, sagte Montemhet. »Udjarenes, meine Frau, wäre mehr als entzückt, dich als Gast an unserer Tafel zu begrüßen.«

»Ich werde kommen«, sagte Psammetich ohne langes Zögern. »Ein Festmahl unter Brüdern, die Schulter an Schulter für eine gemeinsame Sache streiten, das gefällt mir.« Er schlug Montemhet spielerisch auf die Brust. »Und haben wir es ihm nicht gezeigt, diesem Aschurbanapli, dass mit Kemet künftig zu rechnen ist?«

»Das haben wir«, bekräftigte Montemhet. »Wenngleich das Glück dabei auf unserer Seite war. Ohne die Feinde, die Assur inzwischen von allen Seiten das Leben schwer machen, wäre unser Aufstand wohl anders ausgegangen.«

»Das Glück?«, wiederholte Psammetich. »O nein, mein geschätzter Freund, das war kein Glück!« Flüssig begann er zu zitieren: »›*Re hat den König eingesetzt auf der Erde der Lebenden, für immer und ewig, um den Menschen Recht zu sprechen und die Götter zufrieden zu stellen. Um die Maat zu verwirklichen und das Chaos zu vertreiben.*‹« Triumphierend schaute er Montemhet an. »Ich bin nichts anderes als der Stellvertreter eines Höheren auf Erden. So sehe ich mein Amt. Und nur so ist es mir gelungen, den Stier von Assur in seine Schranken zu weisen – mit deiner Hilfe wohlgemerkt. Was ich dir niemals vergessen werde.«

Psammetich sank in die Kissen der Sänfte und schloss die Augen.

»Ich habe die Maat groß gemacht, die Gott liebt«, murmelte

er, »denn ich habe erkannt, dass er von ihr lebt. Auch meine Speise ist sie, ich schlucke ihren Tau, indem ich eines Leibes mit ihm bin.«

Danach gab er keinen Ton mehr von sich, bis sie den Palast erreicht hatten.

Später, im Tempel, schien sich eine erstaunliche Verwandlung mit ihm vollzogen zu haben. Von dem erschöpften Mann mit dem gebeugten Rücken war nichts mehr zu erkennen. Psammetich trug den weißen Schurz des Höchsten Priesters und hatte ein kostbares Pektoral umgelegt, das die Vereinigung Amuns mit der Sonnenscheibe darstellte. Aufrecht und würdevoll wirkte er, und seine innere Sammlung schien sich auch auf die anderen Priester zu übertragen.

Er hatte zunächst sich selbst und das Heiligtum gereinigt, danach zündete er die Lampen und Weihrauchgefäße an. Zwei Priester besprengten ihn mit geweihtem Nilwasser. Wegen des ungewöhnlichen Anlasses lagen die Gaben und Blumen noch im Opfersaal. Als Schepenupet eintrat, flankiert von Amenardis und Nitokris, ging ein Leuchten über das Gesicht des Pharaos. Es blieb dort während der gesamten Opferung und schwand auch nicht, als Psammetich sich daran machte, das Heiligtum zu betreten. Während er die Türflügel öffnete, die zum Naos führten, sprach er die traditionellen Worte: »Die beiden Pforten des Himmels tun sich auf, die Pforten der Erde sind aufgeschlossen.«

Dann ging er langsam hinein. Ein einzelner Lichtstrahl fiel nach draußen. Einen Augenblick sah es so aus, als würde Nitokris ihrem Vater ins Allerheiligste nachlaufen wollen, dann jedoch blieb sie ungeduldig wippend auf ihrem Platz, während Schepenupet, wie es das Ritual gebot, dem Pharao mit ihrem Sistrum folgte.

»Ich berühre die Erde und stimme die Gesänge an für den Gott, denn ich habe mich für Ihn gereinigt«, betete er kniend. »Ich liege hier vor Dir, o Herr, und fürchte Dich. Amun, komm zu mir in Frieden, dass ich die Schönheit Deines Angesichts sehe!«

Draußen warfen sich Horachbit und Irti beredte Blicke zu. Montemhet, dem dies nicht entging, verspürte ein unangenehmes Ziehen in der Magengegend, schob die schwache Warnung aber wieder beiseite. Es blieb ihm nicht viel Zeit, um nachzugrübeln, denn Pharao nebst »Gottesgemahlin« hielten sich nicht allzu lange vor der »Barke des Gottes« auf. Der Weg zu Montemhets Haus verlief kurzweilig, weil Psammetich mit Hingabe an den Lippen seiner Tochter hing. Als wäre sie noch immer das kleine Mädchen auf seinem Schoß, sprudelte Nitokris all das heraus, was ihr Herz die vergangenen Monde bewegt haben mochte. Sie sagte nicht direkt, dass sie Schepenupet viel zu streng fand und Amenardis unsäglich langweilig, verstand es jedoch, durch kleine Spitzen und wirksam gesetzte Pausen zu unterstreichen, worauf es ihr ankam. Zur Überraschung Montemhets reagierte Psammetich jedoch nicht nur äußerst verhalten auf ihre Beschwerden, sondern gab ihr unmissverständlich zu verstehen, wo ihr Platz war.

»Du wirst dich einleben müssen, mein Augenstern«, sagte er mit liebevoll väterlicher Strenge. »Das verlangt Geduld und Hingabe, beides Tugenden, die für dein künftiges Amt unerlässlich sind. Und danke den Göttern, dass du sie nirgendwo anders als bei diesen herausragenden Frauen lernen darfst – den besten Vorbildern, die ich mir für mein Kind hätte wünschen können.«

Nitokris schwieg beleidigt, der Pharao jedoch schien bester Dinge. Abwechselnd pries er die Bequemlichkeit der Sänfte und die samtene Lauheit der Nacht, und er vergaß nicht, sich zufrieden über die letzten Steuererträge Wasets zu äußern.

»Ich bin froh, in allem auf dich bauen zu können, mein Freund«, sagte er, als Montemhet ihm beim Aussteigen behilflich war. »Ein paar Fürsten wie dich mehr – und Kemet

wäre schon bald wieder auf dem Gipfel seiner einstigen Stärke.«
Udjarenes kam ihnen entgegen, in schneeweißes Leinen gehüllt, das von schweren Silberfäden durchzogen war. Bis auf silberne Ohrgehänge war sie schmucklos. Nicht einmal eine Perücke lenkte von ihrem Gesicht ab. Ihre Haare waren nach der Mode des Goldlandes streng zurückgekämmt und zu einem kleinen Knoten gezwirbelt. Ihre Hände hielten keinen Augenblick still.
»Wie der Schimmer des Mondes«, sagte Psammetich beeindruckt, »unter dessen Kühle freilich verborgene Glut lodert. Hathor ist uns erschienen als Himmelskuh, wir verbeugen uns vor dem Glanz Ihrer Schönheit.« Er wandte sich zu seinem Gastgeber. »Du musst dich glücklich schätzen, Montemhet, diese Göttin an deiner Seite zu wissen.«
Udjarenes verbeugte sich, dann trat sie einen Schritt zurück, bis sie wie eine weißsilberne Flamme zwischen den dunkelhäutigen Söhnen Patjenfi und Nesptah stand.
»Die ganze Familie ist überglücklich, den Goldhorus empfangen zu dürfen«, sagte Udjarenes mit leicht zittriger Stimme und verbeugte sich abermals, diesmal tief genug, um ihre Brüste zu zeigen. »Möge dieser Abend zu einer unvergesslichen Erinnerung für uns alle werden!«
Flöten, Lauten, Lyra und Tamburin vermischten sich mit zarten Harfentönen. Jeder der Ankömmlinge wurde mit einem Kranz aus Lotosblüten willkommen geheißen und bekam nach Wunsch einen Salbkegel auf den Kopf. Für das Mahl war der dunkle Garten mit Hilfe zahlloser Kerzen, Fackeln und Lampions in einen schimmernden Festsaal verwandelt worden. Man speiste an drei langen Tafeln, die in einiger Entfernung voneinander aufgestellt waren. An der einen saßen Psammetich, Nitokris und Montemhet, an der zweiten die »Gottesgemahlin« und ihre Nichte samt Hofstaat, während die dritte den höheren Amun-Priestern und

den Söhnen Montemhets vorbehalten war. Besonders Psammetich aß und trank nach Herzenslust.

»›*Ich machte festlich meine Tage mit Wein und Myrrhe*«, zitierte er bester Laune, »*keiner ist töricht, der seinem Herzen folgt.*‹«

Die Gastgeberin, überall und nirgendwo zugleich, wies die Dienerschaft an, und es war, als würden immer noch mehr Platten, Schüsseln und Teller aufgetragen, während der Wein unerschöpflich floss. Allerdings schien ihre Nervosität sich auch auf die anderen zu übertragen. Ein Gast sprang wütend auf, weil man ihm versehentlich heißes Fett über den Schurz geschüttet hatte, andere beschwerten sich über den penetranten Geruch der Salbkegel. Mittendrin gab Nitokris einen erschrockenen Schrei von sich. Einer der Lampions hatte Feuer gefangen und loderte nun als brennende Kugel zwischen den dunklen Bäumen. In scharfem Ton trieb Udjarenes die Diener zum Löschen an.

»Wir haben Hathor bereits mit Musik und Wein gehuldigt«, verschaffte sich Montemhet schließlich Gehör, als sich die Aufregung wieder gelegt hatte, »nun wollen wir auch den Tanz nicht dabei vergessen!«

Die Instrumente schwiegen. Dann erklangen die tiefen Schläge einer Trommel. Langsam begannen sie, fast verhalten, um allmählich immer schneller zu werden. Zwei anmutige junge Frauen, nackt bis auf einen durchsichtigen Perlengürtel über der Scham, tanzten dazu. Auf dem Kopf trugen sie einen langen Kugelzopf, in den Händen hielten sie den Spiegel Hathors.

Die Trommeln erzählten von den Wassern des Nils, die aus dem Euter der Himmelskuh flossen. Wichen die Fluten zurück, wurden neue Samen gesät und neue Stecklinge eingepflanzt, die in der Sommerhitze reiften, die geerntet wurden oder verkümmerten. Unerbittlich führte der Rhythmus durch die Stationen von Freude, Genuss, Leid und Tod.

Im Hintergrund waren Dienerinnen dabei, die Becher einzusammeln und neue zu bringen. Sie waren mit einer milchigen Flüssigkeit gefüllt, in der Rindenfasern schwammen. Viele der Gäste griffen bereitwillig zu, ohne genau zu beachten, was sie eigentlich tranken.

Denn jetzt sang das Lied der Trommel von der Flut: Das Wasser stieg erneut und schwemmte alles weg – und der Kreislauf von Geburt und Tod, von Werden und Vergehen begann erneut. Die Trommel wurde leise und immer leiser. Und schwieg schließlich ganz.

Erhitzt verbeugten sich die Tänzerinnen.

Begeisterter Beifall. Psammetich hielt es nicht mehr auf seinem Stuhl, er sprang auf, lief zu Montemhet und umarmte ihn herzlich.

»Welch eine unvergessliche Nacht!«, rief er. »So ist es, wenn Norden und Süden sich verbinden – das ist unser geliebtes Kemet!« Er streckte dem Gastgeber seinen Becher entgegen. »Lass uns den Wein tauschen, wie wir im Kampf gegen Assur unser Blut miteinander verbunden haben«, sagte er. Selbst Nitokris hatte inzwischen ihre mürrische Miene abgelegt und wirkte beinahe fröhlich. »Damit uns künftig nichts und niemand mehr trennen kann!«

Montemhet reichte ihm im Gegenzug seinen Becher, und beide tranken. »Eine Spezialität aus dem Goldland«, sagte der Stadtfürst, als Psammetich den ungewöhnlichen Geschmack lobte. »Keiner versteht sie so zubereiten zu lassen wie meine Frau.«

»Dann lass die schöne Silbergöttin endlich zu uns kommen«, sagte der Pharao. »Wo steckt sie eigentlich? Ich vermisse sie schon die ganze Zeit.«

Montemhet winkte Udjarenes heran, aber bevor sie die Tafel erreichte, wurde sie auf halber Strecke von Schepenupet aufgehalten.

»Einen Augenblick, Udjarenes! Wollen wir es nicht den

Männern gleich tun und in dieser Nacht endlich die alte Feindschaft begraben?« Die Stimme der »Gottesgemahlin« war sehr sanft. »Lass uns wieder Freundinnen sein, so wie früher!«

»Waren wir das je?«, entgegnete Udjarenes steif. »Ich habe dich die ganzen Jahre über eher für eine Diebin gehalten.«

»Ich habe nichts genommen, was dir gehört hätte. Herzen kann man nicht stehlen, Udjarenes. Nur freiwillig verschenken. Hast du das noch immer nicht gelernt?« Schepenupet schüttelte lächelnd den Kopf. »Wirklich unglaublich – du bringst mich wie eh und je dazu, Dinge zu sagen, die ich gar nicht sagen wollte.«

Sie streckte Udjarenes ihren Becher entgegen.

»›*Mein ist dein soll nicht mehr wichtig sein.*‹ Kannst du dich noch an unser altes Lieblingsspiel erinnern? Lass uns also wie damals die Becher tauschen!«

Inzwischen war der Pharao auf ihre Unterhaltung aufmerksam geworden. Zusammen mit Montemhet kam er zu ihnen geschlendert.

»Komm schon!«, sagte Schepenupet. »Das ist ein ernst gemeintes Friedensangebot.«

»Nicht nur wir Männer, sondern nun auch die schönen Frauen«, sagte Psammetich entzückt. »Welch große, würdige Geste in dieser Nacht der Nächte!«

Udjarenes warf Montemhet einen Blick zu, den dieser sich nicht erklären konnte. Dann starrte sie den Pharao an, der ihr unbefangen zulächelte und aufmunternd dabei nickte. Ihre schmale Hand zitterte, als sie mit der »Gottesgemahlin« den Becher wechselte.

Das glatte Gesicht ihrer Konkurrentin war so entspannt, dass sie es am liebsten mit scharfen Fingernägeln verunstaltet hätte. Sie musste nicht einmal hinsehen, um zu wissen, dass die Augen ihres Mannes nicht wohlwollend auf ihr, sondern auf Schepenupet ruhten. Eine kalte Hand griff nach ihrem

Herzen. Niemals würde sie diese Frau als Lebende besiegen können – vielleicht aber als Tote.
Sie setzte den Becher an. Schepenupet tat es ihr gleich. Beide tranken.
Danach wollte die »Gottesgemahlin« nach ihrem Arm greifen, Udjarenes aber wich zurück. »Es kann nur *einen* Frieden zwischen uns geben«, sagte sie und wandte sich schroff ab.
Instrumente nahmen die fröhliche Musik des frühen Abends wieder auf. Einige der Gäste wanderten in kleinen Grüppchen durch den Garten, andere ließen sich auf Bänken nieder. Auf einer provisorischen Bühne begannen Akrobaten mit ihren Darbietungen, während nebenan auf der Veranda eine schlanke junge Frau Liebeslieder sang. Ihr anrührender Vortrag wurde allerdings schon bald von erregtem Stimmengewirr unterbrochen. Montemhet musste sich erst einen Weg durch die Menschentraube bahnen, die sich um die zweite Tafel gebildet hatte, bis er sah, was geschehen war.
Auf dem Boden lag Amenardis. Sie stöhnte und hielt beide Hände gegen ihren Bauch gepresst.
»Ihr ist plötzlich übel geworden«, sagte Schepenupet besorgt, auf deren Stirn Schweißperlen standen. »Vielleicht hat sie zu hastig getrunken.« Sie fächelte der Liegenden Kühlung zu. »Oder es liegt an dieser fürchterlichen Schwüle. Ich fühle mich auch nicht ganz wohl.«
»Bringt sie sofort ins Haus!«, befahl Montemhet. »Wir werden Psammetichs Leibarzt bitten, dass er sich ihrer annimmt. Und dich soll er auch gleich untersuchen!«
»Es ist nichts«, widersprach Schepenupet, begann jedoch zu schwanken. Im letzten Moment gelang es ihm, sie zu stützen. Ihr Körper lehnte schwer an seinem, und er spürte, wie nass geschwitzt sie unter dem dünnen Kleid war.
Eine Dienerin kam aufregt an den Tisch gelaufen. »Die Herrin!«, stieß sie hervor. »Die arme, arme Herrin! Und dann

dieser fremde Bärtige. Er hat mich beiseite gestoßen, als ich ihn ansprechen wollte, und ist einfach fortgelaufen.«

»Welcher Bärtige?«, herrschte Montemhet sie an, der sich von Augenblick zu Augenblick unbehaglicher fühlte. »Und was ist mit der Herrin? Sag endlich, was passiert ist!«

»Udjarenes liegt dort drüben auf den Stufen. Ganz im Dunkeln. Mit verdrehten Blick. Sie rührt sich nicht mehr.« Die Augen der jungen Frau weiteten sich angstvoll. »Und der Assyrer, der sie auf dem Gewissen hat, ist inzwischen bestimmt schon längst über alle Berge.«

ooooo

Es war dunkel und kühl in dem unterirdischen Raum, in den Sanna und eine weitere Priesterin Meret geführt hatten. Sie stellten die mitgebrachten Wasserkrüge auf eine gemauerte Bank und gaben Meret ein Gefäß, in das sie ihre Notduft verrichten konnte. Zum Abschied berührte Sanna kurz Merets Scheitel, dann ließen sie sie allein.

Wasser umfloss die kleine Insel, die in der Mitte des Raumes aufgeschüttet war. Auf ihr stand der steinerne Sarkophag, der sie für die nächsten Tage und Nächte beherbergen sollte. Meret legte sich nicht gleich hinein, sondern ging noch eine Weile auf und ab. Ihre Zunge war schon ganz pelzig von dem bitteren Trank, den sie ihr verabreicht hatten, und zunehmend fühlte sich auch der gesamte Gaumen wie taub an.

Seltsames geschah mit ihr, das sie sich nicht erklären konnte. So schien abwechselnd ein kalter und ein warmer Strom an ihrer Wirbelsäule entlang zu fließen. Dann wieder war ihr, als würde sich die Schädeldecke öffnen und wieder schließen. Als ihre Beine unkontrolliert zu zittern begannen, stieg sie in den Sarg, streckte sich aus und schloss die Augen.

Ihr Körper schien längst nicht mehr ihr zu gehören, war fremd und leblos. Dafür wurde ihr Geist umso lebendiger.

Obwohl sie wusste, dass sie ganz allein war, glaubte sie plötzlich eine warme Frauenstimme zu hören, die ihr sehr vertraut erschien.
War es die von Sanna? Oder von Ruza? Oder nicht doch vielleicht eher die von Uma, der Obertöpferin?
Es fiel ihr schwer, sich zu entscheiden, aber spielte das überhaupt noch eine Rolle? Sie sah niemand, aber sie spürte die Aufmerksamkeit als Wind, als Lufthauch, als Brise, die luftig und wärmend durch das Verließ zog. Meret war, als legten sich große Schwingen um sie, die sie behutsam wiegten. Sie ließ sich halten, ließ sich treiben, voller Vertrauen, dass ihr nichts geschehen konnte. Die Stimme blieb bei ihr, ein stetiges Murmeln, das mal lauter, mal leiser wurde und erst verstummte, als ein heftiges Zucken durch ihren Körper ging.
Dann setzten die Bilder ein.
Soldaten kriechen durch einen Tunnel und ergießen sich als todbringende Flut über die Stadt ... Frauen flüchten kreischend ... dazwischen die Leiber von Toten und Verwundeten ... Eine Gebärende auf einem zerwühlten Laken, die weint und stöhnt ... Ruza, vorwärts hastend, ein Kind auf ihrem Rücken, das sterben muss, wenn sie es nicht weit genug fortbringt ... Krokodile, die einen schmalen Nachen bedrohen ... Das gierige Gesicht eines Mannes, der einen verbotenen Schatz heimlich ausgräbt ...
Meret fuhr hoch. In der alles umfassenden Stille war nur das laute Schlagen ihres Herzens zu hören.
Ein Mann mit wutverzerrtem Gesicht, der eine Frau niederschlägt ... Die röchelnd stirbt, einen Namen auf den Lippen, Merets *Namen ... Ein kleiner Junge, der zu viel Angst hat, um laut zu weinen ...*
»Mama!«, rief sie in das feindliche Dunkel, das sie auf einmal zu verschlingen drohte. »Mama!« Der Druck um ihre Brust verstärkte sich. Meret hatte das Gefühl, als hinderten

sie eiserne Reifen am Atmen. Sie würgte und hustete und bekam so viel Speichel in den Mund, dass sie befürchtete zu ersticken.
Eine Frau und ein kleines Mädchen am Tempeltor ... Sannas Gesicht, das sich freundlich über sie beugt ... Die bunten Säulen ihres Zauberwaldes ... Das vertraute Geräusch der Töpferscheibe ... Dann jedoch Kreischen und Prusten, verächtliches Lachen ... Finger, die heimlich auf sie zeigen ... Sie ist nicht wie wir, ein Krüppel, weder Fleisch noch Fisch ... Wir jagen sie ... Sie darf nicht entkommen ...
»Warum?«, schrie sie schmerzerfüllt auf. »Warum ich?«
Das freundliche Flüstern von vorhin war längst verstummt. Die Steinwände verweigerten jegliche Antwort. Sie ließ sich zurück auf die harte Unterlage sinken. Täuschte sie sich, oder schlossen sich die Wände des Sarkophags auf einmal enger um sie? Jeder Atemzug schien kostbar, denn jetzt fühlte sie sich oben und unten von kaltem Fels umfangen. Stricke wanden sich um den Sarg. Der Deckel wurde mit flüssigem Blei versiegelt. Damit war jeder Versuch zu entkommen vereitelt. Obwohl Meret kein Glied mehr rühren konnte, wusste sie doch genau, wer diese Schandtat begangen hatte: die Komplizen des eifersüchtigen Gottes Seth, die sie mitsamt dem Sarkophag kopfüber in den Nil warfen und stromabwärts treiben ließen, obwohl er doch aus Stein war und eigentlich sofort hätte untergehen müssen. Sie trieb dem Meer entgegen, genau so wie sie es in den alten Geschichten Dutzende Male gehört hatte ...
Irgendwann wurde der Sarg an Land geschwemmt und geöffnet. Grobe Hände machten sich an dem leblosen Körper zu schaffen. Meret spürte, wie ihr Leib in Stücke gerissen wurde, die achtlos verteilt wurden. Tränen flossen aus ihren Augen, aber sie weinte nicht um sich, sondern um Osiris, dessen Tod auch das Sterben des ganzen Landes bedeutete.

Plötzlich schwebte sie als Vogel über dem großen Fluss und sah unter sich, wie die Göttin Isis weinend die Leichenteile ihres Geliebten im Uferschilf zusammenlas. Jede Stelle, an der sie eines der verstreuten Körperteile fand, erklärte sie zum heiligen Ort. Schließlich war alles vollständig – bis auf das Glied des Osiris, das die Fische aufgefressen hatten. Mit ihren Händen bildete Isis es aus Pflanzen, Blumen und Knochen nach. Stark und groß richtete es sich auf.

Zu Merets Erstaunen verwandelte die Göttin sich in ein Sperberweibchen und ließ sich direkt über dem Glied nieder. Das Land lag nicht länger brach, um den Tod des Osiris zu betrauern, sondern erwachte zu neuem, fruchtbarem Leben: Getreide begann zu sprießen, Setzlinge schossen aus dem schwarzen Boden empor, Ähren wiegten sich im warmen Wind. Meret spürte das unbändige Wachsen im eigenen Leib, der sich dehnte und weitete, als sollte er den Himmel umfassen. Die Dunkelheit war flirrendem blauem Licht gewichen, das sie einhüllte. Es gab keinen Menschen mehr, kein Tier, keinen Stein – sondern nur noch einen einzigen, jubelnden Tanz glänzender Spiralen, untrennbar miteinander verbunden.

Aus weiter Entfernung sah sie ein kleines Geschöpf in einem steinernen Sarg liegen und begriff nicht gleich, dass es ihr eigener Körper war, den sie betrachtete. Er schien ihr fremd, allerdings nicht viel fremder als sonst, wenn sie ihn im Dunkel der Nacht verstohlen betastete, um herauszufinden, wer sie wirklich war.

War das der Tod? Fühlte sich so das Sterben an?

Es war gleichgültig, vollkommen gleichgültig, denn die großen, ewigen Wirbel trugen sie fort, bis sich alles auflöste und nur noch reine Energie das Universum erfüllte.

ooooo

In jenen Tagen brach Basas Wut aus wie eine Krankheit. Die Nächte waren drückend, die Tage glutheiß. Nur in der kurzen Morgendämmerung erschien am Himmel ein blauer Schimmer, der Hoffnung verhieß. Immer wenn Khay spürte, dass der Körper des Vaters sich verspannte, rechnete er gleich mit dem Schlimmsten. Meistens war er so schlau, rechtzeitig den Mund zu halten, sogar wenn er wieder einmal Prügel bezog, obwohl er ihm inzwischen schon bis an die Schulter reichte. Anu dagegen wimmerte immer, wenn er geschlagen wurde, und erhielt dann meist zehn weitere Hiebe.
Aber auch die Schläge, denen bisher stets eine Periode der Entspannung gefolgt war, brachten keine Linderung. Es war, als hätte ein Dämon Besitz von Basa ergriffen, der ihm keine Ruhe mehr ließ. Jeder bekam diese Veränderung zu spüren: die Arbeiter, die dem Ersten Baumeister plötzlich nichts mehr recht machen konnten, Iucha, den er wütend herumscheuchte, und natürlich die Söhne, auf die sich der Hauptteil seines Zorns entlud. Sogar die Ama mied jetzt seine Nähe, und ihre sonst so beherrschte Miene verriet großen Abscheu.
»Es nützt nichts, sie ständig zu bestrafen«, begehrte sie eines Abends auf, als Basa sich seinen Jüngsten wieder einmal wegen einer Kleinigkeit vorgenommen hatte. »Du wirst sie eines Tages noch damit umbringen.« Behutsam säuberte sie Anus Wunden und verteilte eine kühlende Salbe auf seinem Rücken. Anu schluchzte in ihren Armen. Mit der Hand strich sie über seinen schmalen Schädel, bis er ruhiger wurde.
»Oder einer von ihnen wird dich umbringen«, sagte sie, als Basa das Gespräch abrupt beenden wollte. Sie war ihm bis in sein Arbeitszimmer gefolgt, obwohl sie genau wusste, wie unangenehm ihm dort ihre Anwesenheit war. »Mit dem Kleinen kannst du vielleicht noch eine Weile so umspringen. Der Große aber wird sich wehren. Schneller, als dir lieb ist.«
»Bevor sie laufen können, müssen sie erst einmal gehen ler-

nen«, sagte Basa. »Das Ohr eines Jungen befindet sich auf seinem Rücken. Er lernt erst zu gehorchen, wenn er eine Tracht Prügel bekommt.« Sein Ton wurde bitter. »Außerdem hat eine harte Hand in der Jugend noch keinem geschadet.«

»Sie fürchten dich bereits«, sagte die alte Frau. »Willst du, dass sie dich hassen? Du bist dabei, sie zu zerstören. Tust du das, weil man dich auch zerstört hat?«

»Was weißt du schon davon?«, sagte er grob. »Kümmere dich lieber um deine Arbeit und lass mich mit deinen ständigen Klagen in Frieden! Du kostet mich ein Vermögen. Meinst du, ich bezahle dich umsonst?«

»Krankheiten sind ansteckend«, sagte sie, schon halb im Gehen. »Verletzte Menschen sind es auch. Du forderst das Schicksal geradezu heraus, Basa.«

»Bist du endlich fertig?« Er packte sie so fest am Oberarm, dass der Abdruck seiner Finger später auf ihrer faltigen Haut wie eine Tätowierung aussah.

»Ich kann deine Angst riechen«, sagte sie leise. »Sie stinkt wie ein Haufen Schakalkot. Eines Tages wird sie dich erledigen.« Furchtlos blickte sie ihm in die Augen. »Und jetzt lass mich auf der Stelle los, sonst wirst du es bereuen!«

»Ich hätte dich in Mennefer verrotten lassen sollen«, sagte Basa, entließ sie aber aus seinem Griff. »Das wäre klüger gewesen.«

»Und warum hast du es dann nicht getan?« Die Ama strich ihr Kleid glatt und ging aus dem Zimmer.

Khay schlich ihr nach. Er wusste längst, was sie heimlich mit Anu anstellte, und es kränkte ihn, dass die beiden ihn davon ausschlossen. Natürlich war ihm aufgefallen, dass sein Bruder flüssiger sprach und erleichtert, manchmal fast unbeschwert wirkte. Zum Glück wusste er genau, was er sagen oder tun musste, um Anu einzuschüchtern. Meist genügte es schon, jenen Namen auszusprechen, den Namen der auch seine Träume beherrschte, seit das Mädchen ihm so geflissentlich aus dem Weg ging.

Ahnte Isis, dass er ihre Mutter bei Nezem verraten hatte?

Er konnte sich nicht vorstellen, dass der wortkarge Steinmetz mit seiner Tochter darüber gesprochen hatte. Außerdem hatte Nezem Khays gestammelte Enthüllungen so gefasst aufgenommen, dass der Verräter sich anschließend um seinen Triumph betrogen fühlte. Nein, es musste Anu sein, sein Bruder, der ihm den Rang bei Isis streitig machte – ein Grund, ihn noch mehr zu hassen als bisher.

»Ich habe Isis heute Nachmittag am Fluss gesehen«, sagte Khay, als Anu ihm über den Weg lief. »Zusammen mit einem Haufen wilder Jungen. Sie haben sie ins Wasser getrieben. Und deine heiß geliebte Isis hat dabei vor Vergnügen gekreischt wie eine dumme kleine Gans. Sie war nackt ...«

»D-d-das ist nicht wahr«, sagte Anu und errötete. »Du lügst. N-n-niemals würde Isis so etwas tun!«

»T-t-tut sie eben doch!«, äffte Khay ihn nach, obwohl sich alles in ihm dabei zusammenzog. »Wenn du nicht dabei bist, m-m-macht deine süße kleine Freundin Dinge mit anderen, von denen du nur träumen kannst.« Er schnaufte heftig. »Wo du noch nicht einmal beschnitten bist! Was kann ein Kind wie du, das Nacht für Nacht am liebsten in mein Bett gekrochen kommt, bei einer Frau wie Isis schon ausrichten?«

Es tat ihm weh zu sehen, wie das Licht in Anus Augen erlosch, aber irgendetwas, das stärker war als er, zwang ihn, weiter und immer weiter zu gehen. Wann hatte der Krieg zwischen ihnen begonnen? Vielleicht, als Anu zum ersten Mal geatmet hatte, so kam es Khay inzwischen jedenfalls vor. Noch konnte er diesen Kampf nicht gewinnen. Aber er lernte dazu. Und eines Tages, da war er sich ganz sicher, würde er über die besseren Waffen verfügen.

Er setzte seine täglichen Streifzüge durch das Hafengelände fort, und jetzt wurde er aufmerksamer und lief nicht mehr verlegen davon, wenn eine der Frauen ihn rief oder ihm zuwinkte. Im Tollhaus seines Schädels wuchsen ihre Brüste ins Unermessliche. Wenn er den Frauen nahe kam, schien die warme weibliche Ausdünstung ihn verschlingen zu wollen. Es gab einige, die ihm gefielen, obwohl keine Isis gleichkam.

Vielleicht folgte er deshalb eines Tages einer von ihnen, die ihn eigentlich eher abstieß. Sie war alt genug, um seine Mutter sein zu können, eine kleine Magere mit Vogelkrallen und einem hungrigen Zug um den Mund. Nur wenn er die Augen schloss und ihre knochigen Hüften berührte, konnte er sich vorstellen, dass sie ein junges Mädchen war.

Sie ließ nicht zu, dass er sie küsste, sondern wich seinem Mund aus. Ihre Knochen stachen in seinen Unterleib, aber immerhin war sie bereit, sein blindes Begehren zu führen. Als sein Atem wieder ruhiger ging, vergrub er seine Nase in ihrem störrischen, schlecht gefärbten Haar und blieb eine Weile reglos liegen.

»Beweg dich!«, sagte sie nach einer Weile. »Mach schon! Runter mit dir! Ich kann schließlich nicht den ganzen Tag vertun.«

Sie wusch sich in einem kleinen Bottich ausgiebig und unbekümmert, als sei er plötzlich durchsichtig geworden. Danach schlüpfte sie wieder in ihr dünnes Kleid, das die ausgezehrten Brüste frei ließ.

»So wirst du *sie* nicht bekommen«, sagte sie beim Abschied. Die Kupfermünzen, die er ihr hatte zustecken wollen, wies sie mit einer müden Geste zurück. »Wer immer *sie* auch sein mag – solange du dich nicht selbst liebst, kann auch sie es nicht tun. Willst du, dass ich dir ein bisschen beibringe, wie es geht?

»Du?«, sagte er verletzt. »Ausgerechnet du? Du hast doch keine Ahnung davon!«

»Ganz, wie du willst!« Scheinbar gleichgültig ließ sie ihn

stehen. »Dann mach, dass du abhaust, du großer Fachmann in Sachen Liebe!«
Wut durchströmte Khay und brach sich in einem lauten Schrei Bahn. Er rannte wie getrieben nach Hause – und lief geradewegs in seinen Vater.
»Du schwänzt die Schule?« Basas gepresste Stimme verhieß nichts Gutes. »Seit Monden bist du nicht mehr im Haus des Lebens gewesen. Glaubst du, du kannst mich einfach so hintergehen?«
»Dort gibt es nichts, was ich noch lernen könnte«, sagte Khay trotzig. »Und einen Schreiber mit müden Schultern und schlaffem Bauch wird niemand aus mir machen – auch du nicht, Vater!«
»Wer hat denn gesagt, dass du ein Schreiber werden sollst?« Zu Khays Überraschung schlug Basa nicht sofort zu, sondern beäugte ihn aufmerksam.
»Und ich tauge auch nicht zum Baumeister«, fuhr Khay fort. Er würde ohnehin Prügel beziehen. Es lohnte sich also nicht, besonders verbindlich zu sein. »Deine Häuser und Paläste interessieren mich kein bisschen!«
»Mein Sohn hat also seine ganz eigenen Anschauungen.« Täuschte sich Khay, oder schwang in dem spöttischen Tonfall beinahe so etwas wie Anerkennung mit? »Was ist es dann, was dich fesseln könnte?«
»Statuen.« Khay nahm seinen ganzen Mut zusammen. Immerhin hatte er soeben bei einer Frau gelegen. Bedeutete das nicht, dass er schon ein Mann war? »Figuren und Reliefs. Ich will Steinmetz werden. Wie Nezem. Schick mich zu ihm in die Lehre!«
»Es gibt noch viele andere Bildhauer in Waset«, sagte Basa und wandte sich halb ab. »Nezem ist bei weitem nicht der Einzige, der dafür in Frage kommt.«
»Aber der Beste. Er wird mir alles beibringen. Bitte, Vater, ich möchte unbedingt zu Nezem!«

Langsam drehte sich Basa wieder zu seinem Ältesten um. »Und er hat eine ausgesprochen anziehende Tochter, nicht wahr, mein Sohn?«
Schweigend standen sie sich gegenüber. Zum ersten Mal hielt Khay dem väterlichen Blick stand.
»Was bringt dich überhaupt dazu zu glauben, Nezem würde dich als Lehrling nehmen, jetzt, wo alle sagen, dass ihn die Trauer um seine Frau halb um den Verstand gebracht hat?«, fuhr Basa nach einer Weile fort.
Für einen Moment wurde Khay ganz starr. Der Vater – hatte er doch Blutflecken im Gartenhaus entdeckt und gemerkt, von wem sie stammen? Sein Gehirn begann fieberhaft zu arbeiten. Verzweifelt klammerte er sich an logische Argumente, um nicht vor Angst ohnmächtig zu werden. Aber dann hätte er dich längst halb totgeschlagen, sagte er sich, und nicht gewartet, bis du ihm irgendwann freiwillig ins Messer läufst.
Er senkte seinen Blick. Und jetzt gelang ihm die bescheidene Pose, für die er vorhin zu stolz und aufbrausend gewesen war.
»Er wird mich nehmen«, sagte er einfach. »Ganz bestimmt. Ich weiß es.«

ooooo

Tagelang hatten sie Montemhet nicht zu ihr gelassen, und seine Unruhe war bis ins Unermessliche gewachsen. Er konnte sich vorstellen, wie schwer krank Schepenupet sein musste, denn in seinem eigenen Haus rang Udjarenes seit dem Festabend mit dem Tod. Als schließlich die Nachricht aus dem Palast drang, Amenardis habe den Giftanschlag nicht überlebt, verging kein Augenblick, in dem er nicht unter Schmerzen an die ferne Geliebte dachte.
Eines Abends stand plötzlich der Bote vor seiner Tür. Mon-

temhet erschrak, als er die ernste Miene des Oberamtmannes sah.
»Ist sie …«, fragte er zaghaft.
»Nein, sie lebt«, versicherte Pepy. »Es scheint ihr etwas besser zu gehen. Sie möchte dich dringend sehen. Ohne großes Aufheben. Deshalb bin ich persönlich gekommen.«
Schweigend legten die beiden Männer den Weg zur Tempelstadt zurück. Es war Neumond und so dunkel, dass sie aufpassen mussten, um nicht zu stolpern.
»Hat man den unbekannten Bärtigen inzwischen gefasst?«, fragte der Oberamtmann, als die hohen Steinmauern vor ihnen in den finsteren Nachthimmel ragten. »Oder gibt es eine neue Spur?«
»Hat man nicht«, sagte Montemhet knapp. »Und was deine zweite Frage betrifft – so möchte ich sie nur mit der ›Gottesgemahlin‹ besprechen.«
»Selbstverständlich.« Der Oberamtmann deutete im Gehen eine leichte Verbeugung an. »Es ist nur die Sorge«, sagte er entschuldigend. »Der ganze Hofstaat hat all die Tage großen Anteil an ihrem Befinden genommen.« Er rang um die richtigen Worte. »Es wäre mehr als schrecklich gewesen, hätten wir nach Amenardis auch noch Schepenupet verloren.«
Im Flur des Palastes fand Montemhet Nitokris, die offenbar Krankenwache gehalten hatte und inzwischen vor Müdigkeit wie eine junge Katze auf einer gemauerten Bank eingeschlafen war. Zuerst wollte er sie aufwecken, dann jedoch ging er weiter, ohne sie zu stören.
Als er das Zimmer betrat, in das man die »Gottesgemahlin« gebettet hatte, und sie so bleich und kümmerlich daliegen sah, wäre er vor Zärtlichkeit beinahe zersprungen. Mit schwacher Stimme schickte Schepenupet die Dienerinnen hinaus, die sie gewaschen und umgekleidet hatten, und bat mit Montemhet allein gelassen zu werden.
»Ich dachte, ich würde dich niemals wieder sehen.« Er griff

nach ihrer Hand. »Du warst die ganze Zeit bei mir. Ich habe dich gespürt wie meinen eigenen Schatten.«
Sie lag reglos da, die Augen halb geschlossen. An den Stellen, wo Kerzenlicht ihre Wangenknochen und die weichen Schultern modellierte, erschien ihm ihre Haut wie mit Gold bestäubt. Einem dunklen Wasserfall gleich floss das Haar über das Kissen.
»Ich war dem Tod sehr nah«, sagte sie leise. »Zuerst habe ich ihn als Feind gesehen und mich gegen ihn gewehrt. Aber als nichts mehr zwischen uns stand, ist er mir eher wie ein Freund vorgekommen. Man muss sich nicht vor dem Sterben fürchten, Montemhet. Es ist nichts als ein Übergang. Das weiß ich jetzt.«
»Rede nicht so!«, bat er sie. »Allein der Gedanke, dich zu verlieren, hat mich fast umgebracht.«
»Du wirst mich niemals verlieren«, sagte sie, »egal ob lebend oder tot. Weißt du das noch immer nicht?« Ansatzlos begann sie zu weinen. »Amenardis ist tot, Montemhet, meine kleine Nichte! Wer hat uns das nur angetan?«
»Ich werde es herausfinden«, sagte er. »Und wenn ich den Rest meines Lebens dafür brauche.«
»Und Udjarenes?«
»Es geht ihr noch immer sehr schlecht«, sagte er. »Ich weiß nicht, ob sie es übersteht. Es sollte wohl so aussehen, als sei das Gift von einer nubischen Hand verabreicht worden.«
»Wie kommst du darauf?«
»Sie haben Rinde des Rotbaumes verwendet, die schon in kleinen Dosen töten kann und zudem der des ungefährlichen Braunbaumes täuschend ähnlich ist. Euer Glück war, dass sie in den Bechern mit reichlich Wasser vermischt war. Sonst wäret ihr heute beide nicht mehr am Leben.«
»Sie hat aus dem Becher getrunken, der eigentlich für mich bestimmt war«, flüsterte Schepenupet. »Und deine Frau wiegt nicht einmal ein Drittel so viel wie ich.« Sie versuchte,

sich etwas aufzurichten. »Halte mich, Montemhet!«, bat sie. »Mir ist auf einmal so schrecklich kalt.«
Er schloss sie in die Arme und spürte, wie ihm die Brust dabei eng wurde. Niemals hatte er ihren Zauber vergessen, ihre Schönheit – sehr wohl aber die Wirkung der Berührung: ihre Schulter an seiner Schulter, die warmen Wölbungen ihres Busens an seinem Brustkorb, ihr Handgelenk, so fein und zart, der empfindsame Mund, den er an seinem Hals spürte. Er zog sie enger an sich.
»Ich bin fett und hässlich«, murmelte sie erstickt. »Ich schwitze und bin zu schwach, um auch nur einen klaren Gedanken zu fassen. Wie kann ich da annehmen, dass du mich noch immer liebst?«
»Du warst immer die Eine für mich«, sagte er. »Und wirst stets die Einzige für mich bleiben, egal, was geschieht.«
»Obwohl ich dir niemals gehören kann?«
»Wer behauptet, zu begehren mache blind, versteht nichts von der Liebe. Der handelt, als sei sie ein vergänglicher Trieb, und hat keine Ahnung von ihr. Wahre Liebe hat nichts mit Besitz zu tun, meine Geliebte. Und das wissen wir beide.«
»Küss mich!«, sagte sie leise.
Als ihre Lippen sich trafen, empfanden beide ein tiefes Glücksgefühl. Danach liebkosten seine Hände ihr eigensinniges schwarzes Haar und spürten ihrer Kopfform nach. Sie war so geschwächt, dass sie in seinen Armen einschlief. Er hielt sie wie ein Kind, bis ein Geräusch vor der Tür beide aufschrecken ließ.
»Geh zu Udjarenes!«, bat sie, als er schließlich von ihr Abschied nehmen musste. »Sie braucht dich jetzt mehr als ich. Und sei großherzig mit ihr! Sie liebt dich so sehr.«

7

SETH

Die Luft in der Tempelwerkstatt war erfüllt von rötlichem Gesteinsstaub, der alle Konturen verwischte. In dem großen, nach Osten hin halb offenen Raum arbeiteten sieben Steinmetzen gleichzeitig an einem Relief, während Khay im überdachten Vorbereich damit beschäftigt war, den Hinterleib einer ruhenden Sphinx aus einem Sandsteinblock zu treiben. Immer wieder musste er absetzen, weil seine Hände zu zittern begannen. Es war nicht die Anstrengung, denn seine Arme waren im Lauf der Ausbildung stark geworden und die Schultern breit und muskulös, es war vielmehr die innere Aufregung, denn zum ersten Mal hatte Nezem ihn selbstständig an eine so wichtige Arbeit gelassen.
Manchmal hatte er schon befürchtet, niemals den Tag zu erleben, an dem seine Hände eine Figur aus dem Stein befreien würden. Viel zu lange für seinen Geschmack war er über Zeichnen und Tonformen nicht hinausgekommen, und jedes Mal, wenn er dagegen aufbegehrte, hatte ihn ein merkwürdiger Blick Nezems schnell wieder zum Schweigen gebracht.
»Du kannst jederzeit aufhören.« Offensichtlich, dass Nezem die Nacht ebenso wenig in seinem Bett verbracht hatte wie vermutlich auch schon die vorhergehende, denn seine Lider waren dick vor Müdigkeit und die Wangen stoppelig. An einem solchen Morgen war es klüger, seine Nähe zu meiden, aber Khay hatte einfach nicht schnell genug reagiert. Außerdem plagte ihn schon seit langem die Neugierde, was der Steinmetz zwischen Sonnenuntergang und Sonnenaufgang wohl zu schaffen hatte. »Mit Steinen kannst du dir keine Halbheiten erlauben. Entweder du stimmst dich ganz auf sie ein – oder du lässt besser die Finger davon.«
»Und wie soll ich das herausfinden, wenn du sie mich nicht einmal richtig anfassen lässt?«
»*Du* bist zu mir gekommen«, lautete die Antwort. »Wenn dir meine Art nicht passt, steht es dir frei zu gehen – auf der Stelle, wenn du willst.«

Damals hatten sie noch in Nezems Anbau gearbeitet, weil er sich weigerte, einen Fuß in die Tempelwerkstatt zu setzen, solange Kani dort das Regiment führte. Als der junge Stellvertreter jedoch in den südlichen Steinbrüchen einen schweren Unfall erlitt, der ihm die Beine zerquetschte, kehrte der Erste Bildhauer so selbstverständlich zurück, als seien seit seinem überstürzten Weggang nur Tage vergangen und nicht viele Monde. Noch wortkarger als früher, aber nicht minder zuverlässig, nahm er seine Tätigkeiten wieder auf, und die anderen Steinarbeiter, die den ehrgeizigen Kani nie besonders gemocht hatten, waren froh darüber.

Selbst Schepenupet ließ sich von seinen Leistungen überzeugen, wenngleich sie sich eine gewisse Skepsis bewahrte. Was nicht zuletzt daran lag, dass Nezem schon am ersten Tag besondere Bedingungen für sich verlangte.

»Für deine Reisen musst du dir aber einen anderen suchen«, erklärte er ihr unverblümt. »Ich kann und werde Waset nicht mehr für längere Zeit verlassen.«

»Darf ich vielleicht den Grund erfahren?«

»Privatangelegenheiten«, erwiderte er schroff.

»Es gibt außer Kani eine ganze Menge talentierter Steinarbeiter, die dein Amt noch heute mit Freuden antreten würden«, sagte Schepenupet kühl. »Sieh dich vor! Ich mag es nicht, wenn man meine Geduld überstrapaziert.«

»Ich brauche meine Beine. Und ich habe bereits meine Frau verloren. Ich will nicht auch noch die Tochter verlieren.«

Nach kurzem Zögern willigte sie ein und bestellte einen anderen als künftigen Expeditionsleiter.

Khay dagegen, den Nezem mit in die Tempelwerkstatt genommen hatte, war zunächst begeistert. Aber auch unter dem Schutz des Tempeldaches war seine leidige Wartezeit noch nicht zu Ende. Zwar bekam er zum ersten Mal einen Meißel in die Hand, aber nicht, um ihn eigenständig in den

Stein zu treiben, sondern nur, um die Linien nachzuziehen, die der Alte vorgezeichnet hatte.
»Nur so lernt dein Auge«, sagte Nezem. »Erst wenn du die Umrisse genügend vertieft hast, kannst du auch den Grund so wegschlagen, dass die Figuren plastisch wirken.« Er trat einen Schritt zurück und prüfte die Arbeit aus weiterer Entfernung. »Gar nicht so übel. Ich denke, Ende des Jahres kannst du dich eigenständig daran wagen.«
Aus Wut und Enttäuschung hätte Khay beinahe nach ihm getreten. Er hatte es satt, immer noch als unwissender Junge behandelt zu werden. Er besaß Talent, das merkte er spätestens dann, wenn er seine Zeichnungen mit denen der anderen verglich. Bei ihnen sahen die Pflanzen und Tiere auf den Übungsblättern oft steif und leblos aus, während seine Bäume, Reiher und Nilpferde belebt wirkten. Vielleicht war es diese Gewissheit, die ihn bewog, seinen Ärger hinunterzuschlucken und einfach weiterzumachen, damit ihm keine patzige Antwort entfuhr. Vielleicht war es aber auch die Sonderbehandlung, die Nezem ihm zuteil werden ließ, eine merkwürdige Mischung aus extremer Schroffheit, mit der er die anderen weitgehend verschonte, gepaart mit einzelnen Momenten überraschender Vertrautheit.
»Die Steine sprechen«, enthüllte er Khay eines Abends, als alle anderen schon gegangen waren.
»Ich weiß«, sagte Khay und drehte sich langsam zu seinem Lehrmeister um. »Aber man muss sehr leise sein, um sie zu verstehen. Und selbst dann gelingt es nicht immer.«
»Du kannst sie hören?« Von oben bis unten mit Gesteinsstaub bedeckt, baute Nezem sich vor ihm auf. Es war einer jener heiklen Tage, wo man ihm den fehlenden Schlaf ansah und ihn etwas Dunkles, Bedrohliches zu umgeben schien. »Das glaube ich nicht. Du lügst.«
»Ich lüge nicht.« Khay hielt dem bohrenden Blick stand.

»Was ich dir sage, ist nichts als die Wahrheit. Und das, wie du weißt, nicht zum ersten Mal.«
Weder Nezem noch er waren jemals auf jenen unglückseligen Abend zurückgekommen, der Selenes Tod zur Folge gehabt hatte. Sie mussten nicht darüber reden. Die Erinnerung war auch so stets zwischen ihnen gegenwärtig.
»Du bist anders als die anderen.« Nezem wandte sich wieder seiner halb fertigen Skulptur zu. »Von ihnen versteht keiner diese Sprache. Deshalb sind sie in meinen Augen auch nichts als ein Haufen gewissenhafter Dilettanten.«
»Und ich?«
»Auf jeden Fall musst du noch sehr viel lernen.«
»Bist du deshalb immer so grob zu mir?«
»Wenn du dir Mühe gibst, kannst du es vielleicht in dem Handwerk zu etwas bringen. Allerdings bin ich mir nicht sicher, ob dein Atem dazu ausreicht.«
»Ich kann ausgesprochen hartnäckig sein. Und ich liebe die Steine.«
»Und schweigen? Kannst du das auch, Sohn Basas?«
Da war er wieder, jener merkwürdige Blick, der Khay eine Gänsehaut verursachte! Worauf spielte Nezem an? Auf Selenes und Basas Verrat? Oder darauf, dass *er* sie verraten hatte?
»Was meinst du damit?«, fragte er vorsichtig.
Jetzt schien der Bildhauer über ihn hinwegzuschauen.
»Ein Geheimnis«, sagte er leise. »Und ein gefährliches dazu. Es ist nur für mutige Männer geeignet, die den Mund halten können.«
»Natürlich kann ich schweigen!«, behauptete Khay eifrig. Er brannte darauf, mehr zu erfahren. »Was ist es? Verrat es mir!«
Erwartungsgemäß blieb Nezem ihm die Antwort schuldig.
Aber schon in der nächsten Woche nahm er ihn ohne lange Vorreden zum ersten Mal zum Westufer mit. Natür-

lich wusste Khay, wohin sie fuhren und dass es strengstens untersagt war, was sie vorhatten. Ein Gefühl der Beklemmung ergriff ihn, als sie im Mondschein das schwarze Wasser überquerten, das die Welt der Lebenden vom Totenreich trennte, und er war schweigsam wie selten zuvor.

Seit Nezem ihn in sein Geheimnis eingeweiht hatte, war ihm dieses so sehr in Fleisch und Blut übergegangen, dass er es als Teil seiner selbst empfand. Er wurde unruhig, wenn zwischen den nächtlichen Besuchen zu viel Zeit verging, weil er es kaum erwarten konnte, wieder in die Grabkammern einzudringen. Nezem hielt ihn bewusst kurz, was seinen Anteil an der Beute betraf, und manchmal ging Khay sogar leer aus. Aber ihm kam es ohnehin nicht auf die Silbertropfen an, obwohl sie sich für bestimmte Zwecke gut verwenden ließen. Der Kitzel, etwas absolut Verbotenes zu tun, dessen Entdeckung mit härtesten Strafen geahndet wurde, hatte ihn wie eine Sucht überfallen.

Die da leblos vor ihm lagen, in Mumienbinden gewickelt, waren einst hohe Beamte, Priester oder gar Pharaonen gewesen. Und jetzt war er es, der Macht über sie besaß! Manchmal fühlte er sich wie der Herr des Westreiches persönlich, für den es keine Grenzen gab und dem nichts unmöglich war.

Hatte Khay allerdings gehofft, durch seine Mittäterschaft Nezem und vor allem Isis näher zu kommen, so musste er schon bald einsehen, dass er sich in diesem Punkt gründlich getäuscht hatte. Der Erste Bildhauer veränderte seine Haltung ihm gegenüber ebenso wenig wie die Tochter ihre kühle Distanz, die sie so konsequent beibehielt, dass er manchmal befürchtete, darüber den Verstand zu verlieren.

Allein schon an sie zu denken, bereitete Khay Höllenqualen. Denn er sah Isis, ohne jemals richtig mit ihr sprechen zu können, war in ihrer Nähe von früh bis spät, ohne jede Hoffnung, ihr wirklich nah zu sein. Seit jenem Tag am Fluss, an dem er ihr den Kuss abgerungen hatte, kam es ihm vor, als sei

das Mädchen von einer gläsernen Hülle umgeben, an der er sich blutig stieß, ohne dass sie überhaupt Notiz davon nahm. Daran hatte auch die Tatsache nichts geändert, dass er ihr viele Monde lang im Haus ihres Vaters begegnet war. Isis hatte leicht abwesend gelächelt, einen Gruß gemurmelt, um dann zu ihren täglichen Pflichten zu verschwinden, von denen sie scheinbar nur sein kleiner Bruder ablenken konnte.
Wenn er Isis und Anu heimlich beobachtete, fletschten die Dämonen in ihm die Zähne. Um Anu zu bestrafen, ließ er den Jüngeren links liegen und genoss es, dass dieser darunter litt. Aber es war bestenfalls ein halbherziger Triumph.
Solange sein Bruder sich noch bei jedem dritten Wort verheddert hatte, war es leichter für Khay gewesen, sich ihm überlegen zu fühlen. Anu jedoch hatte Fortschritte gemacht, nicht nur, was das Reden betraf, und galt inzwischen als einer der fähigsten jungen Schreiber, die das Haus des Lebens je hervorgebracht hatte. Natürlich fehlte ihm Khays Kraft, aber er war inzwischen ein ganzes Stück gewachsen, und seine zarte, beinahe grazile Erscheinung war von einem ganz eigenen Reiz, der viele Frauen ansprach und dem älteren Bruder nicht verborgen blieb.
Deshalb war Khay auch in dieser Hinsicht erleichtert, endlich in der Tempelwerkstatt arbeiten zu können, um beiden aus dem Weg zu gehen. Das Aufatmen dauerte jedoch nur bis zu jenem Tag, an dem Isis plötzlich zur Mittagszeit mit einem Handkarren erschien und sich daran machte, selbst gekochtes Essen für die Steinarbeiter auszuteilen. Inzwischen hatte sie sogar im Innenhof eine provisorische Küche eingerichtet, wo sie tagtäglich ihre Mahlzeiten zubereitete, die großen Anklang fanden. Khay wusste genau, dass es nicht nur an den Linsengerichten und den gerösteten Entenstücken lag, dass auch ihre Fladenbrote nicht der einzige Grund der Begeisterung waren, und dass es auch nicht an dem würzigen Dattelbier lag, das sie mit großem Geschick zu brauen

verstand. Jeder der Männer in der Werkstatt wurde unruhig, nestelte an seinem Schurz oder strich sich das Haar glatt, sobald er Isis nur erblickte.

Sie stand inzwischen an der Schwelle zwischen Mädchen und Frau und vereinigte Unschuld und Weiblichkeit auf verblüffende Weise. Dazu kam ihr Lächeln, dem keiner widerstehen konnte, gepaart mit dem unverwechselbaren Gang, den sie sich aus Kindertagen bewahrt hatte. Die langen, noch immer staksigen Beine standen in reizvollem Kontrast zu ihren zarten Rundungen. Das Haar war glatt wie Seide; manchmal ließen Sonnenstrahlen rötliche Lichter darin aufglänzen. Das Schönste an Isis aber waren die Augen, nicht so kräftig gefärbt wie die Selenes, aber doch unverkennbar das Erbe ihrer Mutter aus Keftiu: ein helles, manchmal fast milchiges Grün, das ins Grau umschlagen konnte, wenn sie zornig wurde.

Es fraß Khay innerlich schier auf, wenn sie mit den anderen lachte und scherzte, ohne ihn einzubeziehen. Am wütendsten wurde er jedoch, wenn sie Anu in unbefangener Unschuld anlächelte. Aber was sollte er tun? Er sah keine Möglichkeit, auch nur irgendetwas an der Situation zu ändern. Denn selbst der kleinste Schritt, den er auf Isis zu machen wollte, hatte zur Folge, dass Nezem ihn scheinbar ganz beiläufig mit irgendeinem Auftrag in die hinterste Ecke scheuchte.

Heute aber, wo seine Hände erstmals dem Stein Leben eingehaucht hatten, entschloss Khay sich zu einem Vorstoß. Seit den Morgenstunden erfüllte kräftiger Fleischgeruch die Werkstatt, der ihn auf mehr als eine Weise hungrig gemacht hatte. Um Isis wenigstens zu irgendeiner Reaktion zu provozieren, ohne sofort wieder den argwöhnischen Vater auf den Plan zu rufen, verfiel er auf seine alte Methode.

»Du riechst wie eine Küchenmagd«, sagte er im Vorbeigehen und zog die Nase verächtlich kraus. »Gibt es denn wirklich nichts, was dich mehr reizt als Fleischtöpfe und Linsensuppen?«

»Du meinst doch nicht etwa dich damit?« Schwungvoll hatte Isis sich umgedreht. Ihre Lippen leuchteten in der Farbe gestoßener Rosenblätter, die Wangen waren von der Ofenhitze gerötet. Ein schwacher Brotduft ging von ihr aus, und er hätte nichts lieber getan, als sie in seine Arme zu ziehen. »Dann bleibe ich lieber weiterhin Küchenmagd.«
Ein bisschen ungelenk reckte er sich. Andere Mädchen sahen ihm nach, und er besaß seit seinen regelmäßigen Besuchen am Hafen entschieden größeres Selbstvertrauen, was Frauen betraf. Einzig und allein in Isis' Nähe schien seine sonstige Sicherheit sich in Luft aufzulösen.
»Weil ich keinen schlaffen Schreiberbauch zu bieten habe und keine eingesunkenen Schultern? Wie schwach oder hässlich muss ein Mann eigentlich sein, damit du ihn magst?«
»Falls du damit auf deinen Bruder anspielst – Anu ist weder das eine noch das andere. Für mich ist er der beste Freund. Und der klügste dazu!« Und schon war sie scheinbar mit Feuereifer wieder über ihren dampfenden Töpfen.
Nun machte es Khay keinen Spaß mehr, an der Sphinx weiterzuarbeiten. Als Einziger verschmähte er das kräftige Ragout, das die anderen wie immer übertrieben lobten, und meißelte mit leerem Magen weiter, bis der Hunger ihn immer wütender machte.
»Ich muss früher los«, sagte er zu Nezem, bevor er vollends seine Fassung verlor. »Ich kann dafür morgen eher da sein.«
»Sei aber heute Nacht an der Anlegestelle!«, sagte Nezem leise. »Zur gleichen Stunde wie immer. Ich werde nicht warten.«
»Ausgerechnet heute? Wieso hast du nicht schon früher etwas gesagt?«
Ein gleichgültiges Schulterzucken. Nezem tat, als sei Khay gar nicht mehr vorhanden.
Verärgert machte der sich auf den Weg, geradewegs zu dem bunten Haus am Hafen. Die Frau, die ihm auf sein Klopfen

hin öffnete, war schlank und helläugig, das Einzige, was sie mit Isis gemein hatte. Ihr Mund war übertrieben rot bemalt; scharfe Falten verrieten das nahende Alter und ihren Abscheu vor dem Leben.

»Du bist früh dran«, sagte sie. »Es wird doch nicht etwa Sehnsucht gewesen sein, die dich zu mir getrieben hat?«

»Und du siehst mitgenommen aus«, sagte er grob, »wie ein altes Weib. Warst du wieder bei ihm?« Er packte ihr Kinn und zog sie näher zu sich heran. Er verstärkte seinen Griff, als sie sich wehrte. »Stell dich bloß nicht an! Ich muss bald wieder weg.«

»Du tust mir weh.« Mit einem unwilligen Schnalzen machte sie sich los. »Peinigen kostet extra. Und das nicht zu knapp. Hat dein Vater dir das immer noch nicht beigebracht?« In aufreizender Pose ließ sie sich auf dem Bett nieder. »Dann wird es aber höchste Zeit bei einem so großen, ungezogenen Jungen! Wo ist das Silber?«

»Du *warst* bei ihm!«

»Du kennst die Regeln.« Gleichgültig hob sie die Brauen. »Sie gelten für dich wie für jeden anderen.«

Mit einem Satz war Khay bei ihr, zwang ihr die Beine auseinander und schob seinen Schurz beiseite.

»Hat er dich geschlagen?«, sagte er keuchend. »Oder hast du die Peitsche bekommen? Du stinkst wie eine läufige Hündin. Ich hasse es, wenn du noch nach ihm riechst.«

Die Frau lag reglos unter ihm wie ein Stück Holz, und er konnte fühlen, wie seine Erregung kümmerlich zusammensackte.

»Wozu der ganze Aufruhr?«, sagte sie ruhig. »Machen wir uns doch nichts vor: Deshalb bist du doch überhaupt hier.« Sie schob ihre dünnen Finger durch sein kurz geschnittenes Haar. »Weil du unbedingt haben musst, was zuvor deinem Vater gehört hat.« Ihr Ton wurde sachlich. »Also, wo hast du das Silber versteckt?«

Er hätte schreien können vor Ekel, sie schlagen oder würgen, aber er rührte sie nicht an. Zu seinem Erschrecken spürte er, dass seine Wange feucht wurde.

»In meinem Gürtel«, sagte er erstickt. »Bedien dich!«

Ihre gierigen Finger zögerten keinen Augenblick. Zwischen Stoff und Haut ertasteten sie einen kleinen Lederbeutel. Sie zog ihn heraus und öffnete ihn. Glänzende Silbertropfen fielen auf das nicht ganz saubere Bett. Sie legte fünf beiseite, dann nach kurzem Zögern noch drei weitere.

»Ich denke, das wird reichen.« Sie presste ihren mageren Leib an Khay. »Du bist in Eile? Macht nichts. Komm her, mein Liebling, ich glaube, wir beide müssen noch einmal ganz von vorne anfangen.«

Er fühlte sich kaum entspannter, als er nach Einbruch der Dunkelheit die Anlegestelle erreichte. Zu seiner Überraschung war von Nezem nichts zu sehen, obwohl der wortkarge Steinmetz normalerweise überpünktlich war. Ein leichter Nachtwind hatte sich erhoben, der raschelnd durch das Schilf strich.

Irgendwo schrie heiser eine Eule.

Der Nachen lag fest vertaut. Khay blieb erst eine Weile unschlüssig stehen, dann näherte er sich langsam. Als er nur noch wenige Schritte entfernt war, schoss plötzlich eine dunkle Gestalt aus dem Boot empor.

»Nezem?«, rief Khay halblaut. »Wieso hast du dich versteckt?«

Es kam keine Antwort.

Er ging noch näher heran, obwohl sein Herz härter zu klopfen begann, bis er schließlich unmittelbar vor dem Papyrusboot stand. Auf der Ruderbank stand ein dünner, hochgeschossener Junge, der etwa Anus Alter haben mochte.

»Nichts tun!«, sagte er flehentlich und hob seine Hände, um zu zeigen, dass er unbewaffnet war. »Bin unschuldig.«

»Was machst du hier mitten in der Nacht? Bist du allein?«

Der Junge nickte. »Du bist auch allein. Ganz allein.«
Er war in einen Singsang verfallen und wiegte seinen kümmerlichen Rumpf dabei hin und her. Und plötzlich wusste Khay, wen er vor sich hatte: einen jener Debilen, die vom Betteln leben konnten, wenn sie sich in kleinen Gruppen organisierten.
»Raus mit dir!«, sagte er forsch. »Du hast in unserem Boot nichts zu suchen. Geh nach Hause!«
»Kann nicht«, sagte der Junge ängstlich. »Überall Soldaten – böse, böse Soldaten.«
»Soldaten? Hier? Das bildest du dir nur ein. Ich sehe nirgendwo Soldaten!«
Wie auf ein Stichwort hin flammten im Schilf auf einmal kleine Lichter auf, fünf, sieben, mehr als ein Dutzend, wie Khay blitzschnell feststellte. Er wusste sofort, was geschehen war: Er war in eine Falle der Flusspolizei gelaufen, die die Ufer kontrollierte.
Vermutlich war der Junge nichts als ein billiger Köder gewesen. Dunkle Silhouetten näherten sich von allen Seiten. Noch ein paar Augenblicke und Khay war verloren.
»Soldaten!«, schrie der Junge gellend. »Sie kommen und machen uns alle tot.«
Es gab nur noch einen einzigen Ausweg, auch wenn er nicht ungefährlich war. Ohne zu zögern rannte Khay in das dunkle Wasser und tauchte unter.

ooooo

Zunächst war es nur ein Segler, dann waren ein paar weitere gekommen. Inzwischen legten Mond für Mond mehr Boote an der Tempelinsel an. Seit die Kunde sich in Sunu und weit darüber hinaus verbreitet hatte, machten sich zahlreiche Frauen und Männer auf den Weg zu der geheimnisvollen Seherin. Im Einvernehmen mit der Isis-Priesterschaft, die nach langen internen Auseinandersetzungen schließlich die Erlaubnis dazu erteilt hatte, empfing Meret die Besucher in einer eigens dafür errichteten Lehmhütte unmittelbar neben dem Quai.

Es war ein kleiner, ganz schlicht gehaltener Raum, den eine vergitterte Wand unterteilte, weil die Heilsuchenden sonst manchmal zu aufdringlich waren. Außerdem verbarg das Gitter Merets Gesicht und ihre Gestalt. Nicht einmal ihre ungewöhnlich dunkle Stimme hätte darauf schließen lassen, dass die berühmte Seherin noch sehr jung war.

Meret musste die Menschen nicht berühren. In der Regel reichte es, die Anwesenheit der Fragenden auf sich wirken zu lassen. Meist hielt sie die Augen dabei geschlossen, um sich ganz dem Strom der Bilder zu überlassen, die ihr nun keine Angst mehr einflößten. Trotzdem quälte sie immer öfter die Frage, wie sie mit dem umgehen solle, was sie ihr zeigten.

»Wie kann ich ihnen das geben, was sie von mir wünschen?«, fragte sie Sanna. Wenn der letzte Besucher die Insel verlassen hatte, fühlte sie sich oft ausgelaugt. Sie hatte sich angewöhnt, in Sannas Haus Zwischenstation zu machen, bevor sie zu Ruza zurückkehrte, die schon seit längerem kränkelte und oft in seltsame Stimmungen verfiel. »Ich kann doch einer Frau nicht sagen, dass ihr Kind sterben wird. Oder dass ihr Mann nie mehr zu ihr zurückkommt.«

»Du bist nicht dazu da, um ihre Erwartungen zu erfüllen«, erwiderte Sanna energisch. »Dein Geschenk stammt von Isis selbst. Sie ermöglicht dir, hinter den Schleier zu schauen, der Gestern und Morgen trennt.«

»Aber bin ich nicht verpflichtet, ihnen die Wahrheit mitzuteilen, wenn ich sie sehen kann?«

Es war drückend in Sannas niedrigem Zimmer, das die Sonnenglut des langen Tages gespeichert hatte, aber die Schwüle war nicht das Einzige, was sie beide unruhig machte. Meret stand auf und goss sich Wasser ein. Inzwischen war sie so

groß, dass sie auf Sannas Scheitel herabsah. Es rührte sie an, silberne Fäden in dem Schwarz aufblitzen zu sehen. Die Priesterin war ihr immer so jung, ja fast mädchenhaft erschienen. Jetzt aber hatte sie selbst beinahe jenes Alter erreicht, das Sanna bei ihrer ersten Begegnung gehabt hatte.
Die Priesterin ließ sich Zeit mit ihrer Antwort.
»Je älter ich werde, desto mehr scheint mir, dass das Muster der künftigen Ereignisse schon lange festliegt«, sagte sie schließlich. »Die Menschen bewegen sich ihnen entgegen, mal schneller, dann wieder langsamer. Deine Gabe ermöglicht dir zu erkennen, wohin die Richtung geht.«
»Welchen Sinn macht es dann, sie zu warnen oder aufzuklären, wenn es ohnehin ihr Geschick ist, auf das sie unaufhaltsam zusteuern?«
»Vielleicht hilfst du ihnen ja, vorsichtiger zu reagieren. Manche könnten durch deinen Rat einem Schicksalschlag ausweichen, ihn abmildern oder sich wenigstens auf ihn einstellen.«
»Und wenn sie es nicht tun?« Behutsam berührte Meret Sannas Hand, und dieses Mal zog die Priesterin sie nicht zurück. »Wenn sie nicht hören und sehen *wollen?*«
»Du kannst ihnen ein Angebot machen«, sagte Sanna, die auf einmal schneller atmete. »Was schon sehr viel ist. Und überhaupt sollte sich jeder, der dir begegnen darf, glücklich schätzen.« Sie lächelte. »Selbst wenn es nur durch ein grobes Lehmgitter ist.«
Meret zog Sannas Finger an ihre Lippen. »Und du? Was ist mit dir?« Zu ihrem Erstaunen hatte sie endlich in Worte gefasst, was schon so lange in ihr rumorte. Sie war kein Kind mehr. Aber was war sie dann? Wenn es jemanden auf der Insel gab, der ihr dabei helfen konnte, das herauszufinden, dann Sanna. »Was ist zwischen uns?«, fuhr sie mutiger fort.
»Freundschaft«, sagte Sanna eine Spur zu schnell. »Das weißt du doch!«
»Freundschaft«, wiederholte Meret enttäuscht und ließ die

Hand sinken. »Früher hast du gesagt, dass du mich liebst. Ist es, weil du wieder zu Usha zurück willst?«
»Meret, bitte!« Die Priesterin wandte sich ab. »Lass uns vernünftig sein! Das mit Usha ist endgültig vorbei. Und du bist schon lange nicht mehr die Kleine an der Hand ihrer Mutter.«
»Ich weiß. Aber wer bin ich dann?«
»Du bist, die du bist.«
»Ist es, weil ich ...« Merets Stimme wurde brüchig. »Weil ich nicht den Mondfluss mit dir teile? Und weil ich niemals ein Kind empfangen werde?«
»Nein«, sagte Sanna. »Bei den Fragen, die dich quälen, geht es um dich. Du hast Dinge gesehen in deinen jungen Jahren, die für viele, viele Leben reichen. Über kurz oder lang aber wirst du herausfinden wollen, wo deine Wurzeln sind. Das ist eine Reise zu dir, die du allein antreten musst.«
»Du weichst mir aus«, sagte Meret, »genauso wie alle anderen. Ich bin eure Feigheit so leid! Wieso sagt ihr nicht endlich, was ihr wirklich denkt?«
»Geh bitte!«, sagte Sanna leise. »Ich muss mich für das Nachtgebet vorbereiten.«
Mit hochgezogenen Schultern lief Meret hinaus. Vor Ruzas Haus wurden ihre Schritte langsamer, und sie blieb schließlich stehen. Sie brauchte ein paar kräftige Atemzüge. Erst dann konnte sie mit halbwegs fröhlicher Miene eintreten.
Ruza, die Merets Anspannung sofort spürte, lächelte mühsam. Trotz der sommerlichen Wärme fror sie von Tag zu Tag mehr. Schon seit langem aß sie überhaupt nur noch, weil sie Meret nicht weiter beunruhigen wollte. Bislang war es ihr gelungen, das zurückweichende Zahnfleisch ebenso zu verbergen wie den blutigen Auswurf. Den Husten freilich, der ihren abgemagerten Körper schüttelte, konnte sie ebenso wenig verstecken wie ihre Beine, die vom eingelagerten Wasser unförmig geschwollen waren.

»Da habe ich mich ein Leben lang vergeblich nach schlanken Fesseln und eleganten Waden gesehnt«, versuchte sie scherzend über ihre missliche Lage hinwegzutäuschen, »um jetzt im Alter endgültig einer trächtigen Elefantenkuh zu ähneln.«

»Wie geht es dir?«, fragte Meret vorsichtig. »Hattest du einen annehmbaren Tag?«

»Wenn ich wieder an meinen geliebten Brennofen könnte, würde ich mich bestimmt besser fühlen. Aber angeblich schadet das Feuer ja meiner kranken Lunge. Sanna behauptet sogar, es habe mein Leiden verursacht.« Ruza machte ein paar ungelenke Schrittchen in Richtung Bett. »Du kommst spät«, sagte sie betont beiläufig. »Du warst wieder bei ihr?«

Meret nickte, vermied aber, sie dabei anzusehen.

»Sanna hatte noch zu tun«, murmelte sie. »Bist du hungrig?«

»Ich schätze sie sehr, das weißt du. Aber in Liebesdingen ist sie offenbar mit Vorsicht zu genießen. Sie hat Usha verlassen und zuvor schon zwei andere Frauen, die bis heute nicht darüber hinweg gekommen sind. Ich habe Angst, dass sie auch dir eines Tages wehtun könnte«, sagte Ruza. »Und vergiss nicht, dass ich vielleicht schon bald nicht mehr da sein werde, um dich zu schützen! Sei vorsichtig, mein Liebling!«

»Du wirst wieder gesund werden«, widersprach Meret. »Außerdem kann ich inzwischen ganz gut selber auf mich aufpassen.«

»›Die Augen des Nil‹, so nennen die Menschen dich stromaufwärts wie stromabwärts. Und da willst du nicht sehen, was bei mir los ist?« Sie tastete nach Merets Hand. »Vor dem Tod habe ich keine Angst. Nur davor, dass ich dann nicht mehr bei dir sein kann. Ich bin so gerne deine Mutter.«

»Und ich werde immer dein Kind bleiben.« Meret kämpfte gegen jäh aufsteigende Tränen. »Soll ich dir einen Brustwickel machen? Oder willst du lieber frischen Tee?«

»Lass nur, ich gehe besser früh schlafen. Morgen ist wieder ein neuer Tag.«

Bald schon würde das Fieber weiter steigen. Manchmal ging es so schnell, dass es Ruza ganz schwindelig machte. Inzwischen liebte sie diese Stunden leiser Benommenheit, dann konnten ihre Gedanken ungehindert auf die Reisen gehen, zu denen ihr geschundener Körper nicht mehr in der Lage war. Sie spürte, dass es unaufhaltsam dem Ende zuging, und sie haderte nicht länger damit – hätte es da nicht Meret gegeben. Ich werde mit Sanna sprechen müssen, dachte sie, und wusste im gleichen Augenblick, dass sie doch wieder tausend Ausreden finden würde, um diese Unterredung auf später zu verschieben. Ich kann nicht zulassen, dass sie mein Kleines verletzt. Wenn sie sich nachts unruhig im Bett wälzte, schien alles ganz einfach. Am nächsten Morgen jedoch blieben ihre Lippen verschlossen, als hätte jemand sie mit heißem Wachs versiegelt.

Beinahe hätte sie über ihre eigene Feigheit gelacht. Der nächste Hustenanfall jedoch, der mit stechenden Schmerzen in der Brustwand verbunden war, ließ ihr keine Möglichkeit mehr dazu.

ooooo

»Du stotterst gar nicht mehr.« Mit einem Ächzen kam die Ama hoch. Anu hatte sie dabei überrascht, wie sie ihre Kleider sorgsam in einer Kiste verstaute. »Ich bin richtig stolz auf dich.«

»Doch«, sagte er, »manchmal schon. Wenn ich sehr aufgeregt bin oder verblüfft. Aber du hast mir trotzdem entschieden geholfen. Ohne deine Übungen würden heute noch alle über mich lachen.«

»Ein bisschen Stottern macht noch keinen schlechteren Menschen aus dir«, erwiderte sie. »Trotzdem bin ich froh, dass du dich jetzt wohler fühlst.«

Er starrte auf die Kiste. »Was tust du da eigentlich?«

»Ich packe«, sagte sie. »Ich bin beinahe fertig.«
»Wozu? Willst du verreisen?«
»Ich gehe zurück nach Mennefer. Komm her! Ich möchte mich von dir verabschieden.« Sie zog ihn an sich, und er spürte ihren knochigen Körper, der ihm vertraut war.
»Du darfst nicht gehen«, sagte Anu und schlang die Arme fester um sie. »Du bist unsere Ama. Wir brauchen dich hier.«
»Niemand braucht mich mehr.« Behutsam löste sie sich von ihm. »Dein Bruder ist mit sich selbst beschäftigt. Und du bist erwachsen genug, um dein eigenes Leben zu führen – der jüngste Schreiber des Stadtfürsten, wenn das kein Grund ist, um sich zu freuen!« Flüchtige Röte überzog Anus Wangen. »Bald wirst du dir ein Mädchen suchen und deine eigene Familie gründen.« Sie begann zu lächeln, als sie seine Verlegenheit bemerkte. »Vielleicht hast du dein Mädchen ja schon gefunden.«
»Weiß Vater davon? Ich kann mir nicht vorstellen, dass er einverstanden sein wird.«
»Das glaube ich auch nicht«, erwiderte die Ama heiter. »Aber mein Entschluss steht fest. Ich sage es ihm, sobald ich mit dem Packen fertig bin.«
Basa war völlig unvorbereitet, als sie mit ihren Bündeln und Kisten plötzlich vor ihm stand.
»Was fällt dir ein? Du kannst unmöglich weg!«
»Ich gehe zurück nach Hause. Und niemand wird mich davon abhalten.«
»Es wird nach Streit aussehen. Oder als hätte ich dich schlecht behandelt. Ich mag es nicht, wenn die Leute Anlass bekommen, dummes Zeug zu reden.«
»Du hast mich geholt, damit ich deine Söhne aufziehe«, sagte sie. »Khay und Anu sind erwachsen. Damit ist dieser Teil unserer Abmachungen erfüllt. Und was das andere betrifft …«
Ihr Mund war schmal geworden und der Blick ging über ihn hinweg. Basa spürte, wie er sich innerlich verkrampfte. Sie war

nichts als eine sturköpfige Alte, nicht einmal gleiches Blut verband sie. Wie konnte sie da solche Macht über ihn besitzen?
»Keiner verlässt dieses Haus, wenn ich es nicht will«, sagte er in leisem, gefährlichem Ton. Er hasste es, wenn er seine eigene Angst riechen konnte. Es gab nur einen Weg, um sich davon zu befreien, das hatte er in all den Jahren gelernt: schneller zuzuschlagen als der Gegner, gezielt und um vieles härter.
»Was willst du denn dagegen machen? Mich einsperren? Oder gleich für immer zum Schweigen bringen? Dann sollte es am besten wieder wie ein Unfall aussehen, damit die Behörden dich nicht weiter behelligen.«
»Du weißt ja nicht, was du sagst!« Langsam kam er auf sie zu. »Scheinbar hast du vergessen, mit wem du sprichst.«
»Das weiß ich sehr gut.« Sie blieb, wo sie war. Mit ihrem silbernen Haar und der aufrechten Haltung strahlte sie schnörkellose Rechtschaffenheit aus, und plötzlich bedauerte er, dass sie nicht wirklich die Frau war, die ihn geboren hatte. Wäre sein Leben dann anders verlaufen? Hätte er nicht so verzweifelt versuchen müssen, sich von ihr zu befreien?
»Lass uns noch einmal über alles reden!«, versuchte er einzulenken. »Willst du mehr Silber? Du kannst ganz offen sein.«
»Ich habe genug, um nicht zu verhungern. Und reden willst du auf einmal? Nun gut, dann lass uns also reden!« Auf ihrer Stirn bildeten sich steile Falten, die nichts Gutes verhießen. »In Mennefer wird gemunkelt, dass du etwas mit dem Brand zu tun gehabt hast, bei dem deine leibliche Mutter vor Jahren umgekommen ist. Bist du damals deshalb so schnell aus der Stadt verschwunden?«
»Nichts als dummes Geschwätz. Und natürlich gibt es keinen einzigen Beweis.«
»Ich brauche keine Beweise. Du solltest dich einmal selbst sehen, wenn du über sie redest! Jedenfalls habe ich die Lust verloren, weiter als lebende Tote herumzulaufen, nur um deinen Ruf zu wahren. Ich habe mich entschieden, den Rest

meiner Tage in Mennefer zu verbringen. Und genau das werde ich nun tun.«

»Wieso hast du dich dann überhaupt darauf eingelassen, hier als meine Mutter aufzutreten, wenn dir alles so zuwider ist?« Inzwischen war er ihr so nah gekommen, dass sie seinem Atem auswich. »Aus Geldgier? Oder um mich eines Tages zu erpressen, sobald du genug ausspioniert hast? Dann sei auf der Hut, Alte! Den wenigen, die das bislang gewagt haben, ist dieser Versuch nicht bekommen.«

»Du kannst dir deine Drohungen sparen. Mich schreckst du nicht damit. Du willst einen Grund hören? Ich war einsam und mittellos. Und deine kleinen Söhne haben mich gedauert – besonders Anu, der kaum ein Wort herausbekommen hat.« Ihr Ton wurde schärfer. »Immerhin konnte ich verhindern, dass du sie zu Krüppeln geschlagen hast. Was du ihren Seelen angetan hast, musst du vor dir selber verantworten. Kinder werden ohne Sünden geboren und sind daher den Göttern sehr nah. Allerdings nur, solange ihre Eltern sich nicht an ihnen vergreifen, wie du es getan hast.«

Sie schob ihn ungeduldig zur Seite. Basa war so verblüfft, dass er sich nicht dagegen wehrte.

»Sieh deinen Khay und deinen Anu doch nur einmal an! Beide zusammen genommen könnten einen phantastischen Mann ergeben«, fuhr sie fort. »Aber du hast dafür gesorgt, dass dem einen wie dem anderen etwas Entscheidendes fehlt. Eines Tages werden sie dir die Rechnung dafür präsentieren. Und glaube mir, Basa, sie wird erschreckend hoch ausfallen!«

»Du gehst nicht!«, schrie er aufgebracht.

Die Ama ergriff unbeirrt ihr Gepäck. »Mich siehst du nicht mehr wieder. Deine hässlichen Dämonen hier drin« – sie tippte an seine Stirn – »wirst du allerdings bis zum letzten Atemzug nicht loswerden.«

ooooo

Der Tag von Nesptahs Einführung als Priester war angebrochen. Montemhet hatte ihm beinahe mehr entgegengefiebert als sein jüngerer Sohn, der alle notwendigen Vorbereitungen mit Ruhe über sich ergehen ließ. Es schien ihn nicht zu stören, dass er sich nicht nur den Kopf rasieren lassen musste, sondern dass auch sein restlicher Körper mit heißem Wachs von jeglichem Haarwuchs befreit wurde. Die Leinensandalen zog er ebenso bereitwillig an wie den neuen gefältelten Schurz. Einzig das Keuschheitsgebot schien ihm leises Kopfzerbrechen zu bereiten.

»Ich muss nur an Nefertiti denken, und schon begehre ich sie«, sagte er. »Ihre Stimme, ihr Lachen, ihre Haut – alles erscheint mir gleichermaßen verführerisch.«

Montemhet hatte sich Mühe gegeben, die Bedenken Nesptahs zu zerstreuen. »Es gilt ja nur für die Zeit des Gottesdienstes. Und natürlich schaffst du es! Unser Blut ist stark, ebenso wie das nubische Erbe deiner Mutter. Horachbit und die anderen sollen ruhig sehen, dass wir uns nicht bezwingen lassen«, sagte der Stadtfürst, als sie gemeinsam zum Tempel aufbrachen, auf Nesptahs besonderen Wunsch zu Fuß und nicht in der Sänfte. »Ich mache dich zu meinem Nachfolger. Unser Haus wird weiterleben in dir und den Kindern, die die Götter euch hoffentlich zahlreich schenken werden.«

»Wieso ›hoffentlich‹?«, sagte Nesptah trocken. »Hast du schon vergessen, dass dein erstes Enkelkind in wenigen Monden zur Welt kommt?«

»Natürlich nicht. Ich mag deine schöne Nefertiti. Du hättest dir keine prächtigere Frau aussuchen können.«

Erst vor kurzem hatten sie festlich die Hochzeit begangen, wenngleich Udjarenes den neuen Familienzuwachs nicht gerade freundlich aufgenommen hatte. Sie hatte zwar das Gift in ihrem Getränk überlebt, war seitdem jedoch eine kranke, körperlich wie seelisch gebrochene Frau. Arme und Hände konnte sie inzwischen wieder leidlich bewegen, die Beine aber waren steif geblieben und ähnelten dürren Holzstecken. Außerdem war sie stumm geworden, als habe das Gift ihre Zunge für immer verätzt. Nur ihre Augen sandten ununterbrochen zornige Botschaften in die Welt.

»Es empfiehlt sich, beizeiten zu freien«, fuhr Montemhet nachdenklich fort. »Du siehst ja, wohin es führt, wenn man zu lange zögert. Dein Bruder ist noch immer allein. Allmählich beginne ich zu zweifeln, dass Patjenfi jemals eine passende Gefährtin finden wird.«

»Immer noch besser allein als mit einer ungeliebten Gefährtin einsam. Mein Bruder hat schon immer seinen eigenen Kopf gehabt. Ich denke, er weiß genau, was er tut, Vater«, lautete die Antwort.

Sie schwiegen eine Weile, bis sich vor ihnen die hohen Mauern der Tempelstadt erhoben. Als sie von einem Wab-Priester eingelassen wurden, den Gottesdienern der untersten Tempelrangleiter, schritt Nesptah so rasch voran, dass Montemhet sich anstrengen musste, ihm zu folgen.

Im Opfersaal war die Schar der Priester bereits um den Kultschlitten versammelt. Die jungen Adepten, neben Nesptah noch vier weitere, reihten sich ein und halfen, Körbe voller Früchte, Brot und Fleisch zum Dachtempel zu bringen. Vor dem Bildnis des Gottes bekamen sie die Hände gesalbt und wurden damit feierlich als demütige Diener Amuns aufgenommen. Weihrauch vermischte sich mit den schnell aufsteigenden Schwaden des Brandopfers, das dem Unsichtbaren dargebracht wurde.

»Eine Freude, ihn anzusehen! Für mich ist er fast so etwas wie unser Sohn«, sagte Schepenupet halblaut, als sie mit Montemhet nach der Beendigung der Zeremonie wieder hinunter stieg. Nitokris folgte ihnen wie ein Schatten, was die »Gottesgemahlin« nicht zu stören schien.

»Als ob das Beste von uns in ihm vereinigt sei«, stimmte er

ihr zu und blickte sich leicht irritiert nach Psammetichs Tochter um, die jedes Wort verfolgte. »Nesptah hat deine Willensstärke, meine Hartnäckigkeit und dazu eine Gelassenheit, um die ich ihn schon oft beneidet habe.«

Als später überall in der Tempelstadt Fackeln im Nachtwind loderten, saßen sie beim Mahl zusammen.

»Was ist eigentlich mit dem Jungen, der am Fluss festgenommen wurde?«, sagte Schepenupet. »Hat er etwas mit den Grabräubern zu tun, die ihr nicht zu fassen bekommt?« Gedankenverloren griff sie nach ihrem Becher, Nitokris jedoch war schneller und trank aus ihm einen Schluck.

»Du weißt, was wir ausgemacht haben«, sagte sie vorwurfsvoll.

»*Sie* kostet dein Essen vor?«, fragte Montemhet verdutzt.

»Jeden Schluck und jeden einzelnen Bissen. Nitokris ist meine Zunge und mein Gaumen, so eifrig, dass ich manchmal gar keine Lust mehr habe zu essen. Sie besteht darauf, obwohl es mir nicht recht ist. Schließlich bin ich ihre Mutter. Und Mütter sollten vor ihren Töchtern sterben.«

»Du darfst nicht sterben«, sagte Nitokris heftig. »Nicht auch noch du!« Aus ihren herben Zügen sprach echte Besorgnis. »Außerdem würde mein Vater auf der Stelle jeden hinrichten lassen, der sich an dir vergreift.«

»Dazu müsste Psammetich den Verbrecher allerdings erst einmal zu fassen bekommen«, versetzte ihr Montemhet, »was, wie du weißt, nicht immer gelingt.« Er wandte sich an Schepenupet. »Du rechnest mit einem zweiten Anschlag?«

»Du nicht? Schließlich haben sie ihr Ziel verfehlt.« Ihr Blick ging zu einer Gruppe von Priestern, die sich um Horachbit geschart hatte und ab und zu wenig freundlich zu ihnen herübersah. »Falls wir mit unseren Vermutungen richtig liegen. Denn bis heute gibt es ja keinen einzigen Beweis.«

»Aber auch keinen geheimnisvollen Mörder aus Assur, das darfst du mir glauben!«, sagte Montemhet zornig. »Aschurbanapli hat wahrlich andere Sorgen, als sich um die interne Nachfolge im Amun-Tempel zu kümmern. Er soll ernstlich krank sein. Und seine Söhne sind, wie man hört, bis aufs Blut zerstritten.«

»Keiner kann seinem Schicksal entfliehen«, sagte die »Gottesgemahlin« nachdenklich. »Seitdem ich das am eigenen Leib erlebt habe, bin ich ruhiger geworden. Und um vieles demütiger.« Sie nahm einen Bissen Fleisch, nachdem Nitokris ihr den Teller mit aufmunterndem Nicken zurückgegeben hatte. »Was ist nun mit dem Jungen?«, wiederholte sie. »Du bist mir noch die Antwort schuldig.«

»Er hat einen kostbaren alten Ring bei sich gehabt, der offenbar aus einem der Gräber stammte, und wirres Zeug gestammelt von einem alten und einem jungen Mann. Mehrmals will er sie nachts in den Grabanlagen beobachtet haben. Nach seiner Aussage soll sich der junge Mann dann vor seinen Augen in ein Krokodil verwandelt haben. Er ist im Nil verschwunden, bevor die Flusspolizei ihn erwischen konnte.«

»Zumindest scheint der Knabe eine ausgeprägte Phantasie zu haben.«

»Ich fürchte eher, er ist ein bedauernswerter Idiot. Man hätte ihn behutsamer befragen sollen. Vielleicht wäre dann mehr aus ihm herauszubringen gewesen.«

»Ihr habt ihn wieder freigelassen?«

»Das war nicht möglich. Sie haben ihn am nächsten Morgen tot in seiner Zelle gefunden. Erhängt.«

»Selbstmord?«, fragte Nitokris erstaunt.

»Zumindest sollte es so aussehen«, erwiderte Montemhet. »Aber es gibt da eine ganze Reihe von Ungereimtheiten, denen wir weiter nachgehen werden. In meinen Augen ist er eher zufällig in die ganze Geschichte gestolpert. Die wahren Drahtzieher sitzen im Hintergrund und lassen sich durch niemanden von ihrem schändlichen Treiben abhalten.«

»Ich hasse diese Kreaturen, die nicht einmal Achtung vor den Toten haben«, sagte Schepenupet leidenschaftlich. »Was sie tun, ist ein Frevel gegen die Götter und gegen das Leben selbst. Sie sind schlimmer als Aasgeier. Sie in die Wüste zu verbannen wäre eine zu milde Strafe.«
»Ich hasse und verachte sie ebenso«, sagte Montemhet. »Aber eines Tages fassen wir sie. Alles nur eine Frage der Zeit. Nesptah soll sich noch einmal die alten Pläne vornehmen. Vielleicht kommt er mit ihnen weiter.«
»Dein neunmalkluger Baumeister hat es seinerzeit jedenfalls nicht geschafft.«
»Nein«, sagte Montemhet. »Zu meiner Überraschung konnte Basa uns nicht helfen. Manchmal scheint mir sogar, als würden die Diebe seitdem noch dreister. Aber genau das ist es, was sie früher oder später zu Fall bringen wird – Unvorsichtigkeit und Größenwahn. Ich bin dabei, eine Sonderkommission einzusetzen, die dieses Verbrechen weiterverfolgt. Dazu gehört auch, dass alle Siegel an den Gräbern kontrolliert werden. Erst danach können wir das Ausmaß des Schadens richtig bemessen.«
»Die Angelegenheit lässt dir wohl keine Ruhe«, sagte die »Gottesgemahlin«.
»Wie könnte sie das? Je mehr Kostbarkeiten aus den alten Gräbern Waset überschwemmen, desto jäher schnellen die allgemeinen Preise in die Höhe. Emmer kostet inzwischen das Dreifache des Vorjahres. Sollen unsere braven Leute hungern, nur weil ein paar Frevler ihre Gier befriedigen wollen?« Er leerte seinen Becher. »Außerdem ist mir zu Ohren gekommen, dass sie die Gräber nicht nur plündern, sondern auch die Mumien schänden.«
»Dieser Abschaum!«, rief Nitokris. »Den Tod haben sie verdient!«
»Sie zerbrechen sie in kleine Teile oder pulverisieren die Gebeine, um sie außer Landes weiterzuverkaufen. In Grie-

chenland beispielsweise sollen sie sich als Medizin großer Beliebtheit erfreuen.« Er senkte die Stimme. »Um von der Gicht zu befreien oder die Potenz zu stärken.«
»Das kann nicht wahr sein!«, sagte Schepenupet erstickt. »Kein Bürger Kemets kann so tief sinken!«
»Es ist offenbar leider wahr. Was mich betrifft, so habe ich meine persönlichen Konsequenzen gezogen. Jeden Tag im Leben sind wir vom Tod umgeben, das ist mir nun erst recht bewusst geworden. Zeit zu handeln.«
»Was meinst du damit?«, fragte Nitokris neugierig, die im Lauf der Unterhaltung immer näher gerückt war, um ja nichts zu verpassen.
»Das ist nun etwas, was nur die ›Gottesgemahlin‹ und mich angeht«, sagte er. »Lässt du uns bitte einen Moment allein?«
Wie ein trotziges Mädchen sprang Nitokris auf und verschwand.
»Jetzt hast du sie verletzt«, sagte Schepenupet. »Musste das sein? Wo sie sich solche Mühe gibt, seitdem ich krank war. Von ihrem Vater redet sie höchstens nur noch einmal am Tag. Ich glaube, sie fängt an, mich wirklich zu mögen.«
»Ich beginne schon sehr bald mit dem Bau meines Grabes«, sagte er, ohne den Blick von ihr zu lassen. Es war ihm egal, ob neugierige Augen sie beobachteten, er griff nach ihrer Hand und presste sie an sein Herz. »Es liegt an einem verborgenen Ort, den keiner dieser Frevler jemals aufspüren wird. Ich möchte es prachtvoll ausmalen lassen. Und es wird sehr groß sein – zu groß für *einen* Sarkophag.«
»Ich verstehe nicht ganz«, sagte sie langsam.
»Ich glaube, du verstehst ganz gut, Geliebte. Das Leben mit dir hat man mir verwehrt. Aber die Ewigkeit gehört uns. Dein Sarg soll neben meinem ruhen. Im letzten Schlaf wird keiner uns mehr trennen.«

ooooo

Auf dem Totenbett sah Ruza so klein und zart aus, dass Merets Tränen unaufhaltsam flossen.
»Weine ruhig, Liebes, weine!«, sagte Sanna und berührte sie sanft. »Aber sei nicht zu verzweifelt! Schmerzen und Qualen hat sie hinter sich. Jetzt wiegen sie andere Arme als die unsrigen. Ruza hat ihr ganzes Leben die Göttin so geliebt. Isis wird sich ihrer im Westreich mütterlich annehmen.«
»Lässt du mich mit ihr allein?«, bat Meret. Sie hatte ihr Kleid zerrissen, wie es der Brauch war, sich aber die Klageweiber verbeten. Es schien ihr richtiger, auf ihre Weise Abschied von Ruza zu nehmen, bevor der Leichnam in die Hände der Balsamierer gegeben wurde.
Nachdem Sanna gegangen war, blieb Maret neben dem Bett sitzen. Sie konnte spüren, dass Ruzas Seele als Ba-Vogel den Körper längst verlassen hatte und nur noch eine leere Hülle zurückgeblieben war. Und dennoch fühlte sie sich ihr so nah wie nie zuvor.
»Ich war gemein zu dir und oftmals ungerecht«, flüsterte sie. »Weil ich nicht aushalten konnte, wie sehr du mich geliebt hast. Manchmal war es mir sogar lästig. Denn ich habe dich insgeheim dafür verantwortlich gemacht, dass ich nicht so bin wie die anderen. Dabei trifft dich keine Schuld. Keiner ist schuld daran.«
Sie warf sich über die Tote und begann noch heftiger zu weinen.
»Was soll ich nur ohne dich anfangen? Du hast mich nicht geboren. Aber du wirst für mich trotzdem immer meine Mutter sein, das verspreche ich dir!«
Als ihre Tränen getrocknet waren, wusch sie sich Gesicht und Hände. Dann verließ sie die Tote und ging direkt zu Sannas Haus.
»Du?«, sagte die Priesterin überrascht, als sie ihr öffnete. »Ich hätte dich nicht erwartet. Nicht heute Nacht.«

»Schick mich nicht weg!«, bat Meret. »Ich brauche dich jetzt.«
Sanna ließ sie eintreten, bot ihr Wasser an, schließlich Wein, von dem Meret gern einen Becher annahm. Nebeneinander saßen sie auf der gemauerten Bank, ganz in Gedanken versunken, bis Meret schließlich das Schweigen brach.
»Du ahnst, weshalb ich hier bin?«
Sanna nickte.
»Ich muss endlich wissen, woran ich bin. Wie lautet deine Entscheidung?«
»Es gibt keine Entscheidung«, sagte Sanna langsam. »Wie kommst du nur auf die Idee, ich hätte jemals eine Wahl gehabt?«
Meret fuhr zu ihr herum.
»Natürlich liebe ich dich, Meret, schon vom ersten Tag an. Wie hätte ich dich nicht lieben können? Du bist ein Zauberwesen. Aber du musst dich vorsehen, versprich mir das! Viele Menschen sind nicht in der Lage, so viel Besonderheit zu ertragen, und können sich nicht anders helfen, als hässlich und gemein darauf zu reagieren.«
»Das hat Ruza auch immer gesagt. Dass ich mich vor den Menschen in Acht nehmen soll. Und dass sie traurig ist, weil sie mich nicht länger beschützen kann.«
»Deine Mutter war eine kluge Frau«, sagte Sanna, »auch wenn sie selbst stets das Gegenteil behauptet hat.«
»Ich weiß. Aber ich bin nicht hier, um über Ruza zu reden.« Meret nahm Sannas Hand. »Mit dir will ich endlich zusammen sein – ganz.« Sie sah ihr offen ins Gesicht. »Du bist schon so lange in meinen Träumen bei mir«, murmelte sie. »Ich möchte wissen, ob du dich in Wirklichkeit auch so anfühlst.«
»Warum probierst du es dann nicht einfach aus?«, fragte Sanna lächelnd und nahm sie in die Arme. Sie küsste sie auf die Wangen, ganz zart, und küsste sie wieder, diesmal auf den Mund, behutsam und innig.

Ein sanfter Schauer durchlief die junge Seherin.

»Ich hatte nicht mehr gedacht, dass es doch noch geschehen würde«, sagte sie leise zwischen zwei Küssen. »Aber es musste sein. Mein ganzes Leben lief darauf zu. Wir beide gehören zusammen.«

»Schscht, nicht so viel denken!«, sagte Sanna. Eng umschlungen bewältigten sie die kurze Strecke zum Bett. »Dazu ist später noch Zeit genug.« Sie streichelte Merets Brüste, ihre Schultern, Arme und Hüften. Als sie versuchte, das Kleid nach oben zu schieben, spürte sie, wie Meret sich in ihren Armen verkrampfte.

»Ich möchte nicht, dass du es siehst«, sagte die Seherin. »Ich habe inzwischen gelernt, meinen Körper zu lieben – aber nicht das. Für mich ist es wie ein Fremdkörper. Am liebsten würde ich es für immer loswerden.«

»Was ist das denn für ein Unsinn?« Spielerisch knabberte Sanna an Merets Ohrläppchen. »Du bist, die du bist, und wer immer dir das Gegenteil einreden möchte, ist ein Dummkopf, der deine Nähe nicht verdient.« Ihre Hände wanderten unaufhaltsam weiter, obwohl Meret den Atem anhielt.

»Ich bin keine richtige Frau«, wehrte sie ab. »Ich will dich nicht enttäuschen oder gar abschrecken.«

»Zwei segnende Kräfte walten«, sagte Sanna, »die Große Göttin und der Große Gott. Wenn sie sich liebend umfangen, wird die Welt erschaffen. In dir sind beide Kräfte vereinigt, das ist eine gewaltige und seltene Auszeichnung der Götter. Denn nur da, wo diese Kräfte einander in Liebe zugetan sind, herrscht Friede. Krieg dagegen entsteht, wo sie sich voneinander abwenden.« Sie lachte leise. »Und sieht das, was wir beide hier gerade tun, vielleicht nach Kampf oder Krieg aus?«

»Heißt das, du …«

»Das heißt, das ich *dich* liebe, nicht dein Geschlecht. Du bist wunderschön. Und so vollkommen, dass es mir fast den Atem verschlägt.«

Sie küsste sie wieder, diesmal voller Leidenschaft, und Meret spürte, wie Wogen von Glück sie durchliefen. Die ganze Nacht hielten sie sich in den Armen. Sie schliefen beide kaum, sondern dösten zwischendrin in einem fiebrigen Dämmerzustand, bis die ersten Vogelstimmen sie weckten.

»Ich möchte, dass du die Tempelinsel verlässt«, sagte Sanna, sobald Meret ganz wach geworden war.

»Du schickst mich fort, nach dieser Nacht?«

»Gerade nach dieser Nacht«, sagte Sanna sehr ernst. »Und ich schicke dich nicht fort. Aber ich glaube, es ist wichtig, dass du dich auf den Weg machst. Finde heraus, wer du wirklich bist. Erst dann kannst du ganz bei mir sein. Und hab keine Angst, mein Liebling.« Sie streichelte Merets Wange. »Ich habe Philae nicht mehr verlassen, seit ich zehn war. Du wirst mich also hier vorfinden, wenn du wieder zurückkommst. Das verspreche ich dir!«

»Aber wie soll ich das anstellen?« Meret setzte sich auf. Im ersten Tageslicht sah sie so jung und verzweifelt aus, dass Sanna sie am liebsten sofort wieder in die Arme genommen hätte. »Jedes Mal, wenn ich versuche, meine Vergangenheit zu beschwören, wird alles ganz schwarz. Der Strom der Bilder fließt offenbar nur, wenn es sich um andere handelt. Mir selber gegenüber bin ich blind.«

»Und dein Tempelschlaf? Hat er dir nichts gezeigt?«

»Doch, aber ich kann so wenig damit anfangen. Feuer und Rauch, Soldaten, ein dunkler Fluss und glitzerndes Gold ...« Sie schlang die Arme um ihren Körper. »Mir wird ganz schwindelig, wenn ich nur daran denke. Es ist, als würde ich versuchen, eine verbotene Tür aufzustoßen.«

»Dann quäl dich nicht weiter! Vielleicht kommt eines Tages alles wie von selbst. Es könnte helfen, die Orte deiner Kind-

heit aufzusuchen«, schlug Sanna vor. »Möglicherweise kehrt dann auch die Erinnerung zurück. Ich weiß jedenfalls, dass Ruza mit dir aus Sunu gekommen ist.«
»Pacher«, sagte Meret nachdenklich. »Sie hat immer wieder ›Pacher‹ gemurmelt, bevor sie das Bewusstsein verloren hat. Und noch etwas anderes. Was war es noch einmal? ›Mein Bruder in Sunu. Er schuldet dir alles‹ – oder ähnlich.« Fast flehentlich sah sie Sanna an. »Weißt du, was das bedeuten könnte?«
»Mir gegenüber hat sie niemals einen Bruder erwähnt. Aber Ruza konnte, wie wir beide wissen, sehr verschlossen sein.«
»Kamele«, sagte Meret plötzlich. »Es hatte irgendetwas mit Kamelen zu tun. Flirrende Luft, überall Staub, Dunggeruch und lautes Tiergeblök ...«
»Hört sich ganz nach dem Kamelmarkt in Sunu an«, sagte Sanna, »dem Treffpunkt für die großen Karawanen aus dem Süden. Vielleicht solltest du genau dort mit deiner Suche beginnen.«

∞∞∞

Wohin Nezem auch schaute, überall glitzerten Edelsteine, überall funkelte Gold. Es war lange her, dass er in Iuchas Räuberhöhle gewesen war, die tief in einem alten verlassenen Stollen lag. In der Zwischenzeit mussten sich die gestohlenen Grabschätze mindestens vervierfacht haben, wie er schnell überschlug.
»Ja, inzwischen haben wir eine hübsche kleine Sammlung«, sagte der Kahle zufrieden. »Und obwohl der Bedarf ständig steigt, wird sie dank unserer Emsigkeit von Mond zu Mond größer. Ich habe übrigens meinen Beteiligungssatz bei den anderen Grabungstrupps drastisch erhöht. Du kannst dir vorstellen, wie sie zunächst gemurrt haben.« Er lachte

schnarrend. »Aber was bleibt ihnen schon anderes übrig, als weiterhin brav bei mir abzuliefern?«

»Wieso haben sie dich eigentlich nicht längst davongejagt?«, sagte der Steinmetz. »Sie wissen doch längst, wo sie graben müssen.«

»Jetzt unterschätzt du mich aber. Sie bekommen die Pläne natürlich nur stückchenweise zugeteilt. Für jeden neuen Abschnitt müssen sie erneut Abgaben liefern.« Er lächelte selbstgefällig. »Und ich habe dafür gesorgt, dass die Pläne in sehr kleine Parzellen unterteilt sind!« Emphatisch breitete er die Arme aus. »Komm schon, bedien dich! Nur nicht so schüchtern, Nezem! Was immer du haben möchtest, es ist dein.«

»Ich habe, was ich brauche. Ich kann mit diesem ganzen Kram nichts anfangen«, sagte der Steinmetz düster. »Und die Frau, die diese Juwelen hätten schmücken können, lebt schon lange nicht mehr.«

Es ging Iucha nichts an, was er in dem dunklen Stollen empfand, dem einzigen Ort, wo er Selene ohne Bitternis nahe sein konnte. In diesem Vorhof des Totenreiches fühlte er sich mit ihr verbunden, es war ein Ort, wo niemand sie ihm jemals wegnehmen konnte.

»Dann nimm für deine Tochter!« Der Kahle streckte ihm einen Stirnreif mit goldenen Gazellenköpfen entgegen. »Sieh doch mal, welch exzellente Arbeit! Sie muss einmal einer Ahhotep gehört haben. Jedenfalls stand der Name in einer Kartusche. Deine Kleine ist inzwischen ja so schön und anmutig wie ein junger Baum geworden. Sie könnte ...«

»Lass gefälligst Isis aus dem Spiel! Sie darf niemals etwas hiervon erfahren.« Scheinbar gekränkt wandte Nezem sich ab.

»Du musst nicht gleich verschnupft sein, nur weil unser hübscher Plan nicht auf Anhieb funktioniert hat. Dabei lief alles gut an. Die Flusspolizei hätte ihn beinahe gehabt. Wer konnte schon ahnen, dass Khay wie ein Nilpferd im Fluss abtauchen würde!«

»Die Wachen am Fluss haben sie seither verdoppelt«, sagte Nezem. »Wenn wir sie damit nicht erst auf unsere Spur gebracht haben!«

»Haben wir nicht«, versicherte der Kahle. »Und dass dieser kleine Idiot für immer den Mund hält, dafür habe ich gesorgt. War nicht ganz einfach, wie du dir denken kannst. Aber es gibt da einen Polizeihauptmann, der mir einen Gefallen schuldig war. Außerdem ist seine Frau verrückt nach Gold. Kein Wunder. Welche Frau könnte diesem hier schon widerstehen?«

Auf seinem haarigen Handgelenk nahm sich das breite Perlenarmband reichlich seltsam aus. Türkise, Lapislazuli und Korallen waren abwechselnd mit kleinen Goldperlen in schimmernden Reihen aufgefädelt.

»Wie sie wohl ausgesehen hat, diese Ahhotep, die das hier einmal getragen hat?«, fuhr er fort. »Egal, das meiste davon lässt sich leicht einschmelzen und später weiterverarbeiten. Aber es gibt auch immer mehr reiche Privatleute, die ihre Frauen und Töchter mit solchem Geschmeide ausstatten möchten. Und dann erst das Ausland! Ich habe gehört, dass vor allem Griechen nach alten Stücken aus Kemet gieren sollen.«

»Mich bekommst du jedenfalls nicht mehr in die Totenstadt. Keinen Fuß setze ich noch einmal auf das Westufer«, sagte Nezem. »Ich bin nämlich hier, um dir das zu sagen.«

»Schade! Ich habe dich für einen konsequenteren Mann gehalten.«

»Was soll das heißen? Es ging darum, Basa zu bestrafen. Nur deshalb habe ich mich überhaupt auf diesen Wahnsinn eingelassen.«

»Und warum willst du dann so kurz vor dem Ziel aufgeben?«

»Der Erste Baumeister ist noch immer im Amt, als sei nichts

geschehen. Deine Idee mit den gestohlenen Plänen, die den Verdacht auf ihn lenken sollten, mag gut gewesen sein, aber sie hat nicht funktioniert. Kein Mensch in Waset bringt Basa bislang mit den Grabplünderungen in Verbindung. Und sein Sohn …«

»… wäre um ein Haar geschnappt worden«, sagte Iucha. »Vergiss das nicht! Und dass es schnell gehen wird, habe ich niemals behauptet. Wozu die ganze Eile? Die beste Rache ist doch die, die man ganz langsam genießt, nicht wahr? Bissen für Bissen.«

»Aber ich beginne das Interesse daran zu verlieren«, sagte Nezem langsam, der ihm den Rücken zugekehrt hatte. »Ich bin den Leichengestank leid. Ich will endlich in mein normales Leben zurück.«

»Weil du beginnst, Selene zu vergessen?«

Wütend fuhr Nezem herum. »Sag das niemals wieder!«

»Schon gut, schon gut! Ich kann verstehen, dass du auf Ergebnisse drängst. Was übrigens auch ganz in meinem Sinn ist. Glaubst du, es macht mir Spaß, mich von Basa Tag für Tag herumscheuchen zu lassen? Aber aus verschiedensten Gründen empfiehlt es sich, diese kleine Maskerade noch etwas weiterzuführen. Alles, worum ich dich bitte, ist lediglich noch ein bisschen Geduld.« Er wühlte mit beiden Händen in einer Schatulle voller Goldmünzen. »Du hast diese nächtlichen Ausflüge satt. Einverstanden! Aber wenn du Khay ans Messer liefern willst, musst du noch durchhalten.«

»Wie lange?«, fragte Nezem dumpf.

»Nicht mehr lange. Beim nächsten Mal machst du ihn zum Kopf eurer heimlichen Unternehmungen. Was ihn mit Stolz erfüllen und leichtsinnig machen wird, darauf gebe ich dir mein Wort. Dann ziehst du dich unter einem Vorwand zurück, was ihn weiter beflügeln wird – schließlich habe ich jeden Tag Gelegenheit, seinen Charakter zu studieren. Sobald er jede Vorsicht vergisst, lassen wir die Falle zu-

schnappen. Danach erledigen wir in einem zweiten Schritt seinen Vater.«
»Und wie willst du das anstellen? Manchmal glaube ich, dass dieser Basa neun Leben wie eine Katze hat!«
Grazil wie ein Tänzer drehte Iucha sich um die eigene Achse. »Basa ist aber keine Katze, und genau da liegt der Unterschied. Jedes Gewissen, jede Moral hat ihren Preis. Mit einem Bruchteil dessen, was hier vor unseren Augen liegt, können wir kaufen, wen wir wollen. Ich habe Listen über die bereits geflossenen Beträge und verkauften Kleinodien angefertigt, mit denen wir unsere Helfer und Helfershelfer in der Hand haben. Manche sind teurer als andere, wirst du sagen? Kein Problem!« Sein Grinsen wurde breiter. »Wir haben genug, um halb Waset zu kaufen.«
Nezems Miene blieb nach wie vor skeptisch.
»Habe ich gesagt, halb Waset?«, trumpfte Iucha auf. »Vergiss es! Halb Kemet wird tun, was wir verlangen.«

ooooo

»Alles ist anders, seitdem die Ama uns so plötzlich verlassen hat«, sagte Anu, als er mit Isis wieder einmal am Flussufer saß.
Irgendwann hatte sie sich zu seiner Erleichterung plötzlich nicht mehr gegen ihren alten Lieblingsort gesträubt. Seitdem kamen sie hierher, wenn sie allein sein wollten. Khay wäre ihnen zwar gern nachgeschlichen, aber da er in der Tempelwerkstatt arbeitete, fehlte ihm die Zeit dazu.
»Dabei weiß ich noch immer nicht, warum sie überhaupt gegangen ist. Jedenfalls hat unser Haus seitdem seine Seele verloren. Mein Bruder kommt nur noch zum Schlafen heim und führt sich auf, als sei ich abwechselnd unsichtbar oder aussätzig. Und Vater ist so wütend, dass man ihn besser gar nicht erst anspricht.«

»Du hast sie sehr gemocht, nicht wahr«, sagte Isis, »deine Ama?«
Ein schnelles Nicken.
»Mich hat sie immer eingeschüchtert, weil sie so streng und zurückhaltend war. Vielleicht kam das daher, weil ich die Wärme und Lustigkeit meiner Mutter gewöhnt war. Aber so wie Selene war, ist ohnehin kein anderer Mensch.«
Anu starrte auf die glitzernden Wellen. »Die Ama war keine Mutter. Und schon gar nicht wie Selene. Aber sie war eine gute Großmutter. Obwohl sie immer zurückhaltend geblieben ist, beinahe, als würden wir gar nicht wirklich zu ihr gehören.« Er begann sich an der Wade zu kratzen, ein untrügliches Zeichen seiner Verlegenheit. »Sie fehlt dir noch immer, deine Mama?«
»Keiner kann sie ersetzen. Papa denkt und fühlt das Gleiche, das weiß ich, obwohl er niemals darüber spricht. Aber ich glaube, er scheint sich allmählich zu festigen.«
»Wie kommst du darauf?«
»Er lächelt wieder öfters. Und er schläft nicht mehr in der Tempelwerkstatt. Im vergangenen Mond hat er nicht ein einziges Mal außer Haus übernachtet.«
Anu musste lachen. »So genau kontrollierst du ihn?«
»Wir passen gegenseitig aufeinander auf«, sagte Isis ernst. »Wir haben doch nur noch uns beide.«
Sie schwiegen eine Weile.
»Allerdings fängt er an, sich Flausen in den Kopf zu setzen«, sagte sie schließlich. »Ich habe ihm schon mehrmals gesagt, dass es nichts als dummes Zeug ist. Aber er scheint mich gar nicht zu hören. Du weißt ja, wie eigensinnig er sein kann.«
»Worum geht es denn?«, fragte Anu.
»Ach, er meint, es sei allmählich Zeit, mich zu verheiraten. Viele andere Mädchen meines Alters hätten längst einen Mann. Was soll *ich* mit einem Mann, kannst du mir das

verraten? Wo ich doch schon einen Vater habe, den ich kaum aus den Augen lassen kann!«

»Und mich«, sagte er leise, »mich hast du auch.«

»Das weiß ich doch«, sagte sie herzlich. »Du bist mein allerbester Freund, Anu. Fast mein Bruder.«

»Ein Freund und ein Bruder. M-m-mehr nicht?«

Mit einem Mal spürte sie wieder jenes warme Gefühl in ihrem Magen. »Vielleicht«, sagte sie. »Aber ich bin mir noch nicht ganz sicher.«

»Wir gehören zusammen. Das weiß ich schon, seitdem ich lebe.«

»Weil unsere Mütter uns in die gleiche Wiege gesteckt haben?«, sagte sie lächelnd. »Dann müsste ich eigentlich auch zu Khay gehören. Denn der war die meiste Zeit mit dabei.«

Die Nennung des Namens hatte alles verändert. Plötzlich fühlten beide sich befangen.

»Ich scherze nicht, Isis«, sagte Anu nach einer Weile. »Und ich wünschte, du würdest es auch nicht tun. Nicht in dieser wichtigen Sache.« Er atmete tief aus. So viel hatte er noch nie von sich preisgegeben. »Am liebsten würde ich dich in einem Papyrusboot durch das Schilf rudern. Ich lebe nur für die Augenblicke, in denen ich dich sehen kann. Und wenn du nicht dabei bist, dann träume ich von dir – immer.«

»Ich bin aber kein Traum, Anu.« Sehr sanft berührte sie seine Hand. »Sondern aus Fleisch und Blut. Kannst du es fühlen?«

Das Rot auf seinen Wangen vertiefte sich. »Und außerdem bin ich alles andere als vollkommen. Mir wäre wirklich wohler, wenn du mich so sehen würdest.«

Er spürte die Wärme ihrer Haut und den sanften Druck. Keine plötzliche Bewegung!, dachte er. Sonst fliegt sie weg wie ein Vogel und ich bin wieder allein. Er konzentrierte sich auf seinen Atem.

»Außerdem sind wir beide sehr jung«, fuhr sie fort. »Lass uns noch ein bisschen Zeit!«

»Natürlich«, sagte er und wurde traurig, als sie ihre Hand wieder wegzog. »Ich bin sogar ein halbes Jahr nach dir geboren. Wäre ich älter und in besserer Stellung, wäre alles einfacher. Aber wirst du mir trotzdem eines versprechen?«
»Was soll ich dir versprechen, Anu?«
Die Schatten waren tiefer geworden. Bald würden die Wellen wie flüssiges Gold glänzen. Er musste sich räuspern, bevor er weitersprechen konnte.
»D-d-du wirst auf mich warten. Schließlich werde ich ja von Tag zu Tag älter. Und irgendwann bin ich erwachsen und wohlhabend genug, um dein Mann zu werden.«
»Das verspreche ich dir gern«, sagte Isis. »Ich heirate keinen anderen. Nur dich – falls ich überhaupt jemals heirate.«

ooooo

Erregung lag in der Luft, Schweißgeruch und das Aroma getrockneter Gewürze, die er nicht genau unterscheiden konnte. Im Licht der untergehenden Sonne schien die Wüste am anderen Flussufer bis zum Horizont zu wachsen. Nach den anstrengenden Tagen in den südlichen Steinbrüchen verspürte Khay auf dem Kamelmarkt von Sunu ein fast betäubendes Freiheitsgefühl.
Links von ihm wurden Rennkamele mit einem Spezialgemisch aus Datteln, Eiern und Getreide gefüttert. Eines von ihnen, eine schwarze Stute, trat nach ihrem Besitzer, der sie dennoch geduldig weiterfütterte, als habe sie jedes Recht, nach ihm auszuschlagen. Es waren hochbeinige, unberechenbare Geschöpfe, die Khay an launische Frauen erinnerten.
Er war ihrer so überdrüssig!
Es tat gut, unter Männern zu sein, die ihr Hirsebrot kauten und ihm alle wie Krieger vorkamen. Einige trugen Ziernarben als Stammeszeichen auf der unterschiedlich dunklen

Haut, andere hatten ihre Arme und Beine mit Ocker gefärbt, im gleichen Farbton, den auch ihre Tiere hatten, weil die rötliche Farbe angeblich böse Geister abhielt. Auf manchen Stuten prangte zudem ein gemaltes Udjat-Auge, Zeichen ihres hohen Wertes.

Am Ende des Marktes lag der neu angelegte Rennplatz, auf dem er nun schon zwei Läufe verfolgt hatte, nach deren Ende die besten Stuten den Besitzer gewechselt hatten. Das dritte Rennen schien sich zu verzögern, weil eine der Favoritinnen aus unerfindlichen Gründen plötzlich lahmte. Khay benutzte die Gelegenheit, zwischen den Bretterbuden herumzuschlendern.

An einem Stand kaufte er sich einen Fladen, gefüllt mit einer roten Füllung, die so scharf war, dass sie ihm beinahe den Gaumen verbrannte. Es blieb ihm nichts anderes übrig, als schnell einige Becher Bier hinterher zu trinken, das würziger schmeckte und um einiges stärker war als das seiner Heimatstadt. Er merkte es an der leichten Benommenheit, die seine Schritte unsicher machte.

Khay hatte nichts dagegen.

Zum ersten Mal seit langem fühlte er sich ruhig, beinahe ausgelassen. Die Schwere der vergangenen Wochen schien ebenso von ihm abzufallen wie die quälende Sehnsucht nach Isis, die ihm unerreichbarer schien als jemals zuvor.

Gleiches galt für seinen Ärger über Nezem. Natürlich hatte er ihn zur Rede gestellt, nach jener Nacht am Ufer, als ihn nur sein beherzter Sprung in den Fluss vor einer Festnahme gerettet hatte. Der Bildhauer jedoch ließ sich nicht fassen wie ein perfekt eingeölter Ringer. Er habe sich plötzlich nicht gut gefühlt, lautete die wenig zufriedenstellende Antwort, und versucht, Khay rechtzeitig Bescheid zu sagen, ihn jedoch zu Hause nicht angetroffen. Was Iucha, bei dem Khay später unter einem Vorwand nachfragte, bestätigte. Plötzlich war Khay sich wie ein dummes Kind vorgekommen, das mit dem

Kopf gegen unsichtbare Wände rannte. Alles, was sie sagten, klang so logisch, so einleuchtend.
Warum hielt sich dann trotzdem in ihm das hartnäckige Gefühl, betrogen und verraten worden zu sein?
Die schwere Arbeit in den südlichen Steinbrüchen hatte geholfen, das Chaos in seinem Schädel zu lichten. Es war die richtige Entscheidung gewesen, sich freiwillig zu dem Trupp zu melden, der südöstlich von Sunu den passenden Granit für Montemhets Grabmalausstattung brechen sollte. Natürlich bedeutete das, dass Khay für die Dauer der Reise seine Besuche auf dem Westufer einstellen musste. Aber war es nicht ohnehin besser, zunächst einmal Gras über die ganze Angelegenheit wachsen zu lassen?
Wenn er wieder in Waset zurück war, musste sich allerdings einiges ändern. Künftig würde er sich nicht mehr von Nezem herumscheuchen lassen, das stand inzwischen für ihn fest. Er war entschlossen, eine Art Partnerschaft von ihm zu verlangen, was die Grabschätze anbetraf. Nach allem, was er inzwischen wusste, konnte der Erste Bildhauer ihm diese Forderung kaum abschlagen.
Langsam kehrte Khay zum Rennplatz zurück. Ein paar Kaufleute hatten sich inzwischen am Rand versammelt, Karawanenbesitzer, wie Khay vermutete, denn sie trugen kostbare Perücken und schwere goldene Ringe. Einer von ihnen unterhielt sich eifrig mit einem der Reiter, einem schmächtigem Winzling, der Khay gerade bis unter die Nase reichte.
»Ich fürchte, wir müssen den Start verschieben«, sagte der Kaufmann. »Meine Schöne lahmt. Ich will ihre Gesundheit nicht aufs Spiel setzen.« Er tätschelte die Brust einer cremeweißen Kamelstute, die seine Berührung zu genießen schien. »Sie könnte an Wert verlieren. Und ich habe so viel in ihre Aufzucht investiert!«
»Sie gehört dir?«, fragte Khay respektvoll. »Ich habe selten ein schöneres Tier gesehen.«

»Ihre Seele ist weit wie die Wüste«, schwärmte der Kaufmann. Er war leicht gebaut, trug aber einen ansehnlichen Bauch vor sich her. Eine scharf geschnittene Nase verlieh seinem Gesicht einen leicht missmutigen Zug. Jetzt aber, da er von seinen Kamelen erzählte, glänzten seine Augen. »Ein alter Kindheitstraum, der irgendwann einmal wahr geworden ist. Mit ihren derberen Schwestern und Brüdern habe ich vor Jahren die Grundmauern meines Vermögens gelegt.«
»Ich finde, sie sind respektlose Tiere, die die Gerte verdienen«, unterbrach ihn ein anderer Mann. »Kamele können stur wie Esel sein.«
»Sie nehmen selbst die mühseligsten Wege auf sich und tragen schwere Lasten über weite Strecken«, widersprach der Stutenbesitzer. »Wer klug ist, kann sich von ihnen unterweisen lassen. Im Schatten der Zelte lernt man schnell, Wichtiges von Unwichtigem zu unterscheiden.«
Unruhe entstand unter den Männern, denn eine große, auffallend gut aussehende Frau kam langsam näher. Sie hatte schwarzes Haar, das glatt bis auf die Brüste fiel. Um die Taille hatte sie eine ungewöhnlich breite rote Schärpe geschlungen, die bei jedem Schritt an ihre schlanken Schenkel schlug.
»Ich suche Pacher«, sagte sie, als sie bei ihnen angelangt war, »den Gewürzhändler. Könnt ihr mir dabei vielleicht weiterhelfen?«
Khay starrte sie an wie eine Erscheinung. Neben ihrem Auge saß ein dunkles Mal. Es juckte ihn in den Fingern, es wegzuwischen.
»Dir würde ich mit Freuden bei allem Möglichen weiterhelfen«, rief einer der Männer. Die anderen lachten anzüglich. »Leider jedoch wird es nicht nötig sein.«
»Weshalb?« Ihre Stimme war dunkel.
»Weil ich Pacher bin.« Der Kaufmann mit der lahmenden Stute tippte auf seine fleischige Brust. »Allerdings gehört

mein Beruf als Gewürzhändler der Vergangenheit an. Inzwischen habe ich mein Sortiment sozusagen erweitert. Was willst du von mir?«

»Ich kenne dich«, entfuhr es Khay, der die Frau weiterhin unverwandt anstarren musste. Ein Gesicht, das ihm in jeder Menge aufgefallen wäre! »Ich weiß nicht mehr, woher, aber ich habe dich schon einmal gesehen. Es muss lange zurückliegen.«

»Ich bin Meret«, sagte die Frau unbeirrt zu Pacher. »Ruzas Tochter. Erinnerst du dich noch an mich?«

»Meret?«, sagte Pacher verblüfft. »Ruzas Kleine? Ich hätte dich nicht mehr erkannt.«

»Kein Wunder, so lange, wie das zurückliegt! Ich hatte dein Gesicht ebenso vergessen wie deinen Namen. Ruza hat mir alles erst wieder in Erinnerung gebracht.«

»Ruza?« Seine Miene bekam etwas Abwehrendes. »Ist sie etwa auch hier?«

»Sie ist tot«, sagte Meret und blickte aus den Augenwinkeln den jungen Mann an, der seinen Blick nicht von ihr wenden konnte. »Vor kurzem gestorben.«

»Ich kenne dich«, wiederholte Khay. Es machte ihn ganz krank, dass er nicht wusste, woher. Er kam einen Schritt näher. »Ich bin Khay, ein Steinmetz, und stamme aus Waset. Sagt dir das etwas? Bist du dort schon einmal gewesen?«

»Waset«, wiederholte Meret. »Ich glaube nicht. Und ein Steinmetz? Nein.« Hilfe suchend sah sie zu Pacher. »Weißt du vielleicht etwas davon?«

»Meine Schwester konnte schon als Kind gewisse Dinge sehr gut für sich behalten«, knurrte er. »Und daran scheint sich später nichts geändert zu haben.« Sein prüfender Blick umriss Merets Gestalt. »Wenn du willst, kannst du bei mir wohnen. Mein Haus ist groß genug.«

»Das würde ich gern«, sagte Meret, »zumindest für einige Zeit.«

Jetzt zeigte sich beinahe so etwas wie ein Lächeln auf Pachers feisten Zügen. »Ich lasse meine Stute noch zu den Stallungen zurückbringen. Dann können wir gehen.«
»Ich muss dich wiedersehen«, sagte Khay zu Meret, als Pacher mit seinem Reiter verschwunden war. »Bald. Denn ich fahre nach Hause zurück.«
»Wozu?«
»Weil du sehr schön bist. Und weil du mich an jemanden erinnerst. Nein, das ist es nicht.« Beinahe wütend schüttelte er seinen Kopf. »Ich kenne dich. Ich bin ganz sicher. Ich muss nur lange genug nachdenken, dann fällt es mir bestimmt ein.«
Die Dämmerung war angebrochen. Weiches Licht hüllte den Markt ein, der sich nach und nach leerte.
»Das halte ich für keine besonders gute Idee«, sagte Meret, die sich immer unbehaglicher in seiner Nähe fühlte. Dieser Mann war so drängend, so direkt, so fordernd. Und dennoch besaß er eine unerklärliche Anziehungskraft, gegen die sie sich zu wehren versuchte. Verwirrende Gefühle stürmten auf sie ein, und sie wusste nicht, ob sie weglaufen oder bleiben sollte.
Warum hatte sie den Schutz der Tempelinsel überhaupt hinter sich gelassen – und die Geliebte? Mehr denn je zuvor sehnte sie sich nach Sannas sanften Umarmungen.
»Weshalb?«, insistierte er. »Weil du schon verheiratet bist? Oder hast du etwa Angst vor mir?«
Meret schüttelte stumm den Kopf.
Zu ihrer Erleichterung kam Pacher zurück. Misstrauisch beäugte er zuerst den jungen Mann, dann sie.
»Belästigt er dich etwa noch immer? Soll ich ihm Beine machen?« Drohend erhob er seinen Arm.
»Ich kenne dich«, rief Khay noch einmal furchtlos.
»Ich kenne ihn wirklich nicht«, sagte Meret. »Aber er scheint sich ganz sicher zu sein. Lass ihn in Frieden! Es war ein langer, heißer Tag. Ich würde mich gern ausruhen.«

»Dann wollen wir mal«, sagte Pacher. »Höchste Zeit, dass wir nach Hause kommen!«

Meret folgte ihm schweigend. Aber als sie neben Ruzas Bruder den leeren Markt überquerte und versuchte, den Kamelfladen auszuweichen, spürte sie bei jedem Schritt Khays bohrenden Blick zwischen ihren Schulterblättern.

8 OSIRIS

Die Lungen kratzig von Staub, Hände und Knie vom Kriechen aufgescheuert, so schob Khay sich leise fluchend als Erster durch den dunklen Stollen. Ihm folgten, bäuchlings oder wenn es die Höhe erlaubte auf allen vieren, die Männer aus Keftiu, die Nezem ihm geschickt hatte. Es waren drei kräftige Kerle, die in ihrer Heimat als Bergarbeiter gearbeitet hatten, entfernte Vettern Selenes. Besonders geheuer allerdings war Khay keiner von ihnen. Es lag nicht daran, dass die Fremden seine Sprache nur lückenhaft kannten, denn die Verständigung klappte mit Handzeichen und ein paar Satzbrocken verblüffend gut. Eher machte ihm zu schaffen, dass er sich in ihrer Gegenwart selber wie ein Fremder fühlte, obwohl sie taten, was er verlangte, und er keine Angst haben musste, dass sie irgendetwas ausplauderten.
Das Siegel der Grabkammer, die er für den neuen Beutezug ausgewählt hatte, war unversehrt geblieben, ein wichtiger Bestandteil von Khays Strategie. Denn seit Montemhet die Nekropolensiegel immer wieder kontrollieren ließ, wäre es Wahnsinn gewesen, sich auf diese Weise Eingang zu verschaffen. Ihn störte nicht besonders, dass immer mehr Wachen abkommandiert wurden, denn er wusste, dass ihre Aufmerksamkeit erlahmte, sobald es dunkel wurde. Manche der abergläubischen Medjai, aus denen die Polizeitruppe hauptsächlich bestand, weigerten sich regelrecht, auf dem Westufer Dienst zu tun, wo die Sonne allabendlich starb, weil sie befürchteten, die Toten könnten sich aus den Gräbern erheben, sie beim Genick packen und es umdrehen wie das einer Gans. Und selbst die, die sich schließlich dazu bereit fanden, ließen lieber an den Feuerstellen den selbst Gebrannten kreisen, als zu zweit oder gar allein im Dunklen auf Streife zu gehen.
Deshalb hatte Khay nach einer längeren Abstinenz seine nächtlichen Aktivitäten wieder aufgenommen, ja sogar verstärkt. Dabei kam ihm entgegen, dass Nezem sich schnell einsichtig gezeigt hatte.

»Ich bin einverstanden«, sagte der Erste Bildhauer, als Khay seine Forderungen vorbrachte. »Von mir aus kannst in Zukunft du die Unternehmungen leiten.«
»Und ich möchte mehr von der Beute. Mit ein paar Almosen lasse ich mich nicht länger abspeisen!«
Nezem wiegte den Kopf. »Du trägst das Hauptrisiko. Natürlich steht dir dann auch mehr zu. Vergiss dabei allerdings nicht, dass ohne einen guten Hehler nichts funktioniert. Oder willst du die Ringe, Reifen und Edelsteine zwischen Feigen und Datteln ganz öffentlich auf dem Markt feilbieten?«
»Natürlich nicht! Und wer sagt mir, wo ich graben soll?«
»Kartenmaterial erhältst du nach wie vor von mir. Das ist allerdings der Part, auf den ich ab jetzt meine Aktivität beschränken werde. Ich wollte mich ohnehin schon längst zurückziehen.«
»Weshalb?« Die schnelle Kapitulation ließ Khay für einen Moment misstrauisch werden. »Weil dir alles wegen der vielen Posten zu brenzlig wird?«
»Ich bin zu alt, um mir weiterhin die Nächte in dunklen Schächten um die Ohren zu schlagen. Zudem hat meine Gesundheit gelitten. Ich denke, es ist an der Zeit zu übergeben. Du wirst mich sicherlich nicht enttäuschen.«
Ein Haufen Steinschutt, der sich vor ihm auftürmte, zwang Khay abrupt zum Innehalten. Mit bloßen Händen konnte er das scharfkantige Geröll nicht beiseite schaffen. Es blieb ihm nichts anderes übrig, als seinen Hintermann mit einem kurzen Pfiff zu verständigen.
»Wir müssen schaufeln«, sagte Khay, als einer der drei Begleiter nah genug herangerobbt war. »Aber ganz vorsichtig, verstanden?« Er befürchtete, alles könne einstürzen.
Er drückte sich seitlich an die Wand und machte sich so flach wie möglich. Trotzdem musste sich der Mann mit seinem schweren Leib über ihn wälzen, ebenso der zweite, der zu-

dem penetrant nach Zwiebeln und Bohnen stank. Vor Ekel und innerer Anspannung hätte Khay aufschreien können, und nur mühsam gelang es ihm, sich zu beherrschen.
Geschickt hatten die Fremden schließlich die Schaufeln von den Stricken befreit, mit denen sie sie sich auf den Rücken gebunden hatten, und sie begannen zu graben. Öllämpchen, die sie auf ihren Köpfen befestigt hatten, spendeten ein unstetes Licht, das ständig zu ersticken drohte. Ächzend brachten sie das Kunststück zustande, eine Öffnung zu schaffen, die groß genug war, um durchzukriechen.
»Entweder handelt es sich wieder einmal um eine Finte«, murmelte Khay mit zusammengebissenen Zähnen, als er sich als Erster erneut in Bewegung setzte, »oder wir sind fast am Ziel.«
Wie oft hatte er schon unverrichteter Dinge umkehren müssen! Breite, gut ausgebaute Gänge konnten plötzlich blind enden oder in einer auffällig getarnten Grabkammer münden, die zunächst Aufregendes verhieß. Hatten sie sie dann aufgebrochen, stellte sich heraus, dass sie entweder leer war oder nur mit wertlosen Kopien einstiger Schätze bestückt. Dieses Mal hatte er sich daher für einen schmalen, gut versteckten Nebenstollen entschieden, der allerdings so niedrig und eng war, dass ihm inzwischen jeder Knochen weh tat.
Abgestandene Luft schlug ihm entgegen, vermischt mit einem unangenehm süßlichen Gestank, der ihn zum Würgen brachte. Mit knappen Atemzügen versuchte Khay sich seiner Übelkeit zu erwehren. Inzwischen war er nah genug um zu erkennen, dass hinter dem Loch ein dunkler Raum lag, dessen Größe er in der Bauchlage nur schwer abschätzen konnte. Er zwängte sich durch die Öffnung und stand vorsichtig auf.
Was für ein Anblick!
Überall Särge, so weit er sehen konnte, alle aufgebrochen. Er war umgeben von Mumien, die ihn blicklos anzustarren

schienen. Einige hatten Reste getrockneter Blütenkränze um den Hals, andere waren halb aus ihren Binden gerissen, als wären gierige Hände beim Durchwühlen gestört worden. Viele aber besaßen offenbar noch ihren ursprünglichen Grabschmuck, kostbare Amulette und juwelenbesetzte Ringe, Armbänder und Halsketten, die im Halbdunkel aufblitzten, sobald das Licht sie streifte.
Halb benommen ging Khay weiter. Nach seiner ersten Schätzung mussten vierzig Tote und mehr hier liegen. Auf einigen der Särge entdeckte er Kartuschen. Als er sich bückte, um sie zu entziffern, überliefen ihn kalte Schauer. Amenophis, Ahmose, Siamun, Seqenenre – sie hatten offenbar ein ganzes Grabgewölbe voll früherer Pharaonen aufgestöbert. Aber wieso lagen sie hier alle zusammen im wilden Durcheinander dieser provisorischen Kammer, in die ganz offensichtlich mehr als ein Eindringling vorgestoßen war?
Khay wollte keine plausible Antwort einfallen, und hinter seinen Schläfen begann es zu pochen. Er spürte, wie seine Nase zu bluten begann, und suchte nach einem Halt. Als er ein Stück entfernt an der Wand einen Holzsarg entdeckte, den einzigen verschlossenen weit und breit, stützte er sich kurz ihn. Doch der morsche Deckel gab unter seinem Gewicht nach. Khay versuchte sich mit den Händen einzuhalten, griff aber ins Leere. Unter dem hässlichen Knirschen von Holz und Knochen fiel er in eine zerbrochene Mumie.
Eine dicke Staubwolke hüllte ihn ein. Zu Tode erschrocken, brachte er zunächst keinen Ton heraus.
»Hilfe!«, schrie er schließlich erstickt, als er wieder halbwegs denken konnte. »Hier bin ich! Holt mich sofort raus – beeilt euch!«
Die drei Männer aus Keftiu packten ihn an Armen und Beinen und zogen ihn mit vereinten Kräften heraus. Leicht verlegen wischte er mit dem Handrücken das Blut ab.
»Was das?«, fragte der älteste der Fremden, ein Bärtiger mit

großen, gelblichen Zähnen, und deutete auf die Mumien. »So viele. Wieso?«
»Das wüsste ich auch gern«, erwiderte Khay, erleichtert, seine Fassung wieder gefunden zu haben. Er riss der nächsten Mumie das goldene Pektoral von der Brust und streifte einen Reif mit Einlagen aus Lapislazuli von dem ledrigen Arm. »Packt erst einmal in eure Taschen, was ihr tragen könnt!«
»Aber nicht genug«, sagte der Bärtige angesichts der Schätze unschlüssig. »Viele, viele Taschen nötig.«
»Das weiß ich auch«, sagte Khay ungeduldig. »Aber ich muss erst herausfinden, was das hier ist. Sobald ich besser Bescheid weiß, können wir zurückkommen. Und kein Ton darüber, zu niemandem – sonst ...«
Kein weiteres Wort war nötig. Die Männer hatten seine unmissverständliche Geste sofort verstanden.

ooooo

In Pachers Haus empfing den Besucher ein Vorhof, von dem aus man das säulengetragene Speisezimmer erreichte. Nach hinten hinaus gingen mehrere Schlafzimmer und die einfacheren Wirtschaftsräume. Meret, die als menschliche Behausung außer ihrem geliebten Säulenwald nur die einfachen Lehmbehausungen der Priesterinnen kannte, war von der ungewohnten Pracht halb erschlagen. Viele Wände waren mit koloriertem Stuck dekoriert, Türen und Gesimse zeigten farbige Einlagen aus Fayence und vergoldete Verzierungen. Den Fußboden im Speisezimmer schmückte ein Sumpfdickicht, so realistisch gemalt, dass sie zunächst Bedenken hatte, überhaupt darauf zu treten.
In Pachers Schlafraum hatte sie beim Rundgang durch das Haus, den er ihr zu Ehren angesetzt hatte, nur einen kurzen Blick geworfen, ausführlich genug jedoch, um das mächtige Bett zu bewundern, das von Möbeln aus teuren Hölzern um-

geben war. Aber selbst das Gästezimmer, das im ersten Stock lag, war so ungewohnt üppig ausgestattet, dass ihre Augen immer neue Details entdeckten.

»Du musst ungeheuer reich sein«, sagte sie, als Diener abends das reichhaltige Essen auftrugen.

»Sagen wir lieber, ich habe Glück gehabt.« Pacher spielte mit dem breiten Goldreif an seinem Arm, den er offenbar niemals ablegte, ein schön ziseliertes Schmuckstück, das allerdings besser zu zarten Frauengelenken gepasst hätte. »Das Glück des Tüchtigen, wenn du willst. Dazu kamen ein paar geschickte Unternehmungen, die schließlich Früchte getragen haben. Und viel Fleiß, natürlich. Ich habe aber auch schon schlechtere Tage gesehen. Schadet nichts, sich ab und an daran zu erinnern!«

»Und jetzt lebst du hier ganz allein?« Meret konnte kaum glauben, dass er all die Pracht mit niemandem teilte.

»Bisher war mir das so am liebsten. Aber ich fange an, mich an deine Gesellschaft zu gewöhnen. Ist lange her, dass ich so etwas zu jemandem gesagt habe.«

Meret, der der ungewohnte Weingenuss schnell zu Kopf stieg, ging bald schlafen. Tagsüber, wenn Pacher bei seinen Kamelen war oder andere Geschäfte betrieb, gehörte das Haus ihr allein. Sie liebte den Garten mit seinem künstlich angelegten Teich, der von Palmen und Sykomoren umstanden war, zog sich aber während der Mittagshitze in ihr luftiges Zimmer zurück.

Viel Zeit zu dieser Muße blieb ihr allerdings nicht. Denn nach kurzer Zeit wusste ganz Sunu, wer Pachers Nichte war. Die Kunde, dass die berühmte Seherin die Tempelinsel verlassen hatte, um jetzt mitten unter den Bewohnern Sunus zu leben, verbreitete sich in der ganzen Stadt. In den frühen Morgenstunden versammelten sich die ersten Ratsuchenden vor Pachers Haus. Zunächst wollte Meret sie erschrocken abweisen, aber sie hatte nicht mit der Hartnäckigkeit die-

ser Menschen gerechnet. Bis Mittag hatte sich bereits eine Schlange gebildet, die ständig länger wurde.
Schließlich wusste Meret keinen anderen Ausweg, als die Leute nach und nach zu empfangen. Um Pacher nicht zu verärgern, wählte sie dazu einen der kleinen Wirtschaftsräume, eine Art Besenkammer, in der nur zwei Stühle standen. Jetzt verbarg sie kein Gitter mehr, und der Schleier, den sie anlegte, um sich wenigstens etwas zu schützen, erfüllte den Zweck nur ungenügend.
Angesichts der ersten Besucher waren Pachers Brauen fragend hochgeschnellt. »Was wollen sie von dir? Sie behaupten, du seiest eine Seherin. Was kannst du ihnen geben?«
»Sie möchten ihre Zukunft wissen. Jedenfalls die meisten von ihnen. Manche fragen mich auch nach Ehemännern, von denen sie verlassen wurden. Oder nach verlorenen Freunden. Andere sorgen sich um die Gesundheit ihrer Eltern und Kinder.«
»Also kannst du auch in die Vergangenheit blicken?« Kleine Schweißperlen hatten sich auf seiner Stirn gebildet. Unablässig fuhren seine Hände über den Bauch.
»Manchmal«, sagte Meret. »Ich kann es dir gar nicht so genau sagen. Die Bilder kommen und gehen, ohne dass ich irgendeinen Einfluss darauf hätte.«
»Und bei dir selbst?«, fragte er nach. »Was ist mit deiner eigenen Zukunft?«
»Darüber möchte ich nicht sprechen«, sagte sie. »Aber ich kann meinem Schicksal ebenso wenig entgehen wie du.«
Er warf ihr einen seltsamen Blick zu und machte sich auf den Weg zu seinen Ställen.
»Wir müssen eine andere Lösung finden«, sagte er, als er nach Hause kam und seine Schwelle noch immer von Wartenden belagert fand. »Wenn du so weitermachst, wirst du bald erschöpft sein oder sogar krank werden. Außerdem habe ich keine Lust, mir erst einen Weg durch Menschen-

leiber bahnen zu müssen, bevor ich mein eigenes Haus betreten kann.«

Er wies seine Diener an, den Schuppen hinter dem Haus herzurichten, in dem bislang nur Gerätschaften untergebracht gewesen waren. Ein schmaler Pfad führte vom Eingang des Gartens direkt dorthin. Wer warten musste, konnte dies nun im Baumschatten tun. Meret folgte schließlich sogar seiner Empfehlung, nur vormittags Ratsuchende zu empfangen, und zu ihrer Überraschung hielten sich die Leute an diese Regel.

Im Gleichmaß der Tage verstrichen Wochen, und schließlich musste Meret feststellen, dass bereits Monde vergangen waren, ohne dass sie ihrem eigentlichen Ziel auch nur einen Schritt näher gekommen wäre. Pacher war zuvorkommend, allerdings nur, solange sie nicht versuchte, das Gespräch auf Ruza zu bringen. Dann verschloss sich seine Miene und die Stimme wurde gepresst.

»Meine Schwester und ich haben uns nie verstanden«, war alles, was ihm zu entlocken war. »Zu unterschiedliche Charaktere, nehme ich an. Ich bedaure, dass Ruza früh sterben musste, aber wenn sie noch an Leben wäre, würde ich alles tun, um ihr aus dem Weg zu gehen.« Wohlgefällig ruhten seine Augen auf Meret. »In deiner Gegenwart dagegen fühle ich mich wohl. Mein Haus lebt erst richtig, seit du hier bist.«

Ächzend erhob er sich aus seinem geschnitzten Sessel und kam zu ihr herüber. In letzter Zeit hatte er sich angewöhnt, sie manchmal am Arm oder der Schulter zu berühren, auf freundliche, eher väterliche Art, aber Meret zuckte dennoch jedes Mal zusammen.

»Was hast du?«, fragte er gekränkt, sobald er auch diesmal ihren Widerstand spürte, und zog sich wieder zurück. »Darf dein alter Onkel nicht ein bisschen nett zu seiner schönen Nichte sein?«

Ich bin aber nicht deine Nichte!, dachte Meret. Denn Ruza

war nicht meine leibliche Mutter. Manchmal war sie sich nicht sicher, ob Pacher etwas davon wusste. Aber wie sollte sie es anstellen, ihn zum Reden zu bringen? Und dann gab es noch eine leise Furcht in ihr: Wie würde Pacher sich ihr gegenüber verhalten, sobald klar war, dass sie nicht verwandt sein konnten?
»Ich bin müde.« Sie schenkte ihm ein unverbindliches Lächeln. »Mein Bett wartet schon auf mich.«
»Und süße Träume von schönen jungen Männern? Ist es das, was du meiner Gegenwart vorziehst?«
Sie spürte, dass sie errötete. Denn in ihren Träumen gab es sehr wohl einen jungen Mann, der immer wiederkehrte – jenen Steinmetz Khay, der behauptet hatte sie zu kennen. Sein Lachen, seine irritierende körperliche Präsenz hatte sie bis heute nicht vergessen können. Manchmal gab es unter den Ratsuchenden jemanden, dessen Stimme oder Statur sie an ihn erinnerte, dann schlug ihr Herz ein paar Augenblicke schneller, bevor es zu seinem gewohnten Rhythmus zurückfand.
Jetzt murmelte sie etwas und beeilte sich, auf ihr Zimmer zu kommen.
Am nächsten Nachmittag erhielt sie überraschenden Besuch, den die Dienerin zu dieser Tageszeit nicht einlassen wollte.
»Du?«, sagte Meret überrascht, als sie Sanna an der Pforte warten sah. »Aber du hast doch die Tempelinsel seit Jahren nicht verlassen!«
»Jetzt schien es mir wichtig zu kommen.« Sannas Blick glitt prüfend über Merets Gesicht. »Wir müssen reden, Meret!«
Als sei sie bei etwas Verbotenem ertappt worden, führte die Seherin Sanna ins Haus. Die Priesterin musterte all den Prunk ebenso unbeeindruckt wie das Zuckerwerk und den schweren Wein, die eine Dienerin auf Merets Bitte hin servierte.
»Ein Becher Wasser und ein Stück Brot. Das genügt.«

»Weshalb bist du hier?«, fragte Meret, als sie wieder allein waren. Sie spürte genau, dass weder Sehnsucht noch Verlangen die Geliebte zu ihr geführt hatten. Eine ungewohnte Kühle ging von Sanna aus, die Merets Befangenheit wachsen ließ.
»Wir haben erfahren, dass die Menschen dich nach wie vor um Rat bitten. Sie kommen jetzt hierher?«
Meret nickte.
Sanna schien um die richtige Formulierung zu ringen. »In Philae standest du unter dem Schutz des Tempels. Die Leute in einem Privathaus zu empfangen, ist eine andere Sache.« Sie sah Meret eindringlich an. »Du musst aufpassen, dass du nicht in den Verdacht billiger Wahrsagerei gerätst. Das wäre deiner Gabe nicht würdig. Dazu hast du sie nicht von Isis erhalten.«
Ihre Offenheit traf Meret wie ein Hieb.
»Ich habe keinen gebeten zu kommen«, versuchte sie sich zu verteidigen, »geschweige denn einer Menschenseele verraten, wer ich bin. Sie haben mich trotzdem gefunden. Erst kamen wenige, schließlich immer mehr. Niemand wollte sich abweisen lassen.«
»Weißt du denn inzwischen, wer du bist?« Sannas Stimme war ungewohnt scharf. »Bist du nicht eigentlich deswegen von Philae aufgebrochen?«
»*Du* hast mir doch geraten zu gehen!« Meret spürte, wie ihre Kehle eng wurde. Weshalb war Sanna so kühl, so distanziert?
»Damit du dich ganz findest. Kannst du das hier?«
Es war, als sei ein Schleier gerissen. Mit einem Mal konnte Meret den Pomp ringsumher kaum noch ertragen.
»Nein.« Sie senkte den Kopf. »Das ist wohl nicht möglich.«
»Was willst du tun?« Sannas Ton war wieder eine Spur sanfter geworden.
»Ich weiß es nicht«, sagte Meret. »Pacher weicht mir aus, wenn ich Ruzas Namen nur erwähne. Entweder er hat sie wirklich so wenig gemocht, wie er vorgibt, oder …«

»Oder?«
»… er weiß längst, dass sie nicht meine Mutter war, und hat triftige Gründe, das Spiel dennoch weiterzutreiben.«
»Und deine Bilder?«, fragte Sanna. »Was sagen sie dir?«
»Alles schwarz«, sagte Meret verzweifelt. »Nur Dunkelheit.« Sie berührte Sannas Hand. »Kann ich nicht wieder mit dir nach Hause? Ich fühle mich so schrecklich einsam ohne dich.«
»Ich vermisse dich auch. Sehr sogar. Und ich wünschte von ganzem Herzen, du kämst«, sagte Sanna ruhig. »Aber es wäre nichts als eine Flucht, die du irgendwann einmal bereuen würdest. Geh weiter, Meret! Du bist noch nicht am Ziel. Aber du wirst finden, wonach du suchst. Bete zu Isis, damit Sie dir dabei hilft! Ihre Schwingen werden dich schützen und führen.«
Zum Abschied umarmte Sanne sie innig, nicht wie eine Geliebte, sondern eher wie eine ältere Schwester, und Meret musste alle Kraft zusammennehmen, um sie auch wirklich gehen zu lassen.
Sie war blass und in sich gekehrt, als Pacher nach Hause kam, später als sonst und auffallend gut gelaunt. An seinen übertrieben kontrollierten Bewegungen erkannte sie, dass er getrunken hatte.
Sofort stand sie auf, um sich zurückzuziehen.
»Kannst mir gratulieren, Mädchen!«, rief er. »Ich habe heute vermutlich das Geschäft meines Lebens gemacht. Weihrauch vom Allerfeinsten, direkt aus dem fernen Punt. Dein Tempel wird tief in seine Silberschatullen greifen müssen. Denn wenn er es nicht tut, bekommen ihn eben andere.«
»Gratuliere!«, sagte sie matt und wollte nach draußen.
»Halt, nicht zu hastig! Ich möchte mit dir feiern.« Lallend verstellte er ihr den Weg. Seinem Befehl nach mehr Wein war ein gähnender Diener bereits nachgekommen, und Pacher trank ungezügelt weiter. »Wenn du willst, kannst du dir ein

paar neue Kleider machen lassen. Ich mag es, wenn du ganz besonders hübsch aussiehst.«

»Ich brauche keine neuen Kleider.« Meret hatte beinahe seine Größe, aber nicht einmal die Hälfte seines Gewichts. Als sie versuchte, an ihm vorbeizukommen, versetzte er ihr einen kräftigen Stoß. Sie stolperte, verfing sich mit einem Fuß in ihrem Saum und stürzte auf den Rücken. Eher aus Schreck als aus Schmerz schossen ihr die Tränen in die Augen.

»Aber mein Kleines weint ja!« Pacher war über ihr. »So schlimm?« Seine Hand tätschelte unbeholfen ihre Wange. »Da werden wir uns einen Trost ausdenken müssen, der ganz schnell hilft.« Jetzt spürte sie seine heißen Finger an ihrem Schenkel, den das verrutschte Kleid freigegeben hatte.

»Lass mich los!« Meret versuchte sich aufzurichten. Aber sein Gewicht drückte sie weiterhin zu Boden.

»Weshalb auf einmal so scheu?« Er blies ihr seinen schalen Atem ins Gesicht. »Ich wette, bei jungen Männern bist du weniger prüde. Glaubst du vielleicht, ich sehe nicht, wie sie dich angaffen? Wie sie dich in Gedanken ausziehen und von oben bis unten betatschen? Und du, meine Kleine, du genießt es auch. Oder warum empfängst du sonst die ganze Meute Tag für Tag in meinem Schuppen?«

»Du bist ja verrückt! Lass mich sofort los!« In ihrer wachsenden Verzweiflung suchte sie nach halbwegs brauchbaren Argumenten. »Du bist doch mein Onkel!«, war alles, was ihr einfiel.

»Ja, ich bin verrückt«, sagte er keuchend. »Verrückt nach dir, du kleines Luder, und du weißt es ganz genau. Lang genug hast du deinen Spaß gehabt. Jetzt bin ich an der Reihe.« Er packte einen Träger ihres Kleides. Der dünne Stoff riss unter seinen Fingern, die gierig über ihren Busen glitten. »Von mir aus können wir die hübsche Farce von Onkel und Nichte gern noch ein Weilchen beibehalten. Du magst sie?« Er klang amüsiert. »Ja, du magst sie! Dann mag

ich sie auch. Dabei wissen wir doch beide, dass du nicht das Kind meiner Schwester bist.«
Er presste seinen feuchten Mund auf ihre Brust.
Der Gedanke an Sanna, deren Lippen ihren Körper bislang als Einzige berührt hatten, verlieh Meret neue Kraft. Wie wild begann sie zu strampeln und um sich zu schlagen, was Pacher offenbar verblüffte, denn er lockerte seinen Griff. Gelegenheit für Meret, das Knie anzuziehen und ihm einen Stoß in den Unterleib zu versetzen.
Wutentbrannt heulte er auf.
Sie drehte sich zur Seite und kam geschmeidig wieder auf die Beine. Mit beiden Händen versuchte sie ihre Blöße zu verdecken.
»Wer war meine Mutter?«, fragte sie. »Was weißt du?«
»Nichts.« Schwerfällig rappelte Pacher sich auf. »Gar nichts! Hast du den Verstand verloren?« Er betastete seinen Schurz. »Du hättest mich eben beinahe zum Eunuchen gemacht!«
»Es tut mir Leid«, sagte Meret. Zum Glück schien der Schreck ihn ernüchtert zu haben.
»Das sollte es auch! Du genießt meine Gastfreundschaft, und wenn ich dich ein einziges Mal bitte, ein bisschen freundlich zu sein …« In seinen Augen glomm schon wieder die Gier auf.
»Kein Mann darf mich jemals berühren«, sagte Meret, die einer plötzlichen Eingebung folgte, ohne erst lange nachzudenken. »Es war nicht gegen dich gerichtet. Ich darf niemandem gehören.«
»Und weshalb nicht?« Voller Argwohn sah er sie an. »Bist du etwa krank?«
»Ein Gelübde«, sagte sie schnell. »Ich habe es vor Isis abgelegt. Und werde mich ein Leben lang daran halten.«
Meret hätte nicht sagen können, ob Pacher ihr glaubte, aber wenigstens ließ er sie in Ruhe und verschwand leise schwankend.

In der Sicherheit ihres Zimmers, die sie mit einem Stuhl vor der Tür verstärkt hatte, begann sie zu weinen. Mochte es auch nur eine Illusion gewesen sein, in der sie die letzten Monde gelebt hatte, jedenfalls hatte sie ihr Zuhause abermals verloren. Irgendwann fiel sie in einen unruhigen Schlaf.
Plötzlich fuhr sie hoch.
Ihr Herz hämmerte, sie war schweißnass. Da war ein Rufen, dem sie nicht widerstehen konnte. Sie stand auf, schob den Stuhl beiseite und öffnete die Tür. Barfüßig ging sie hinunter in den Innenhof, wo ein großer Baum stand. Wie von selbst begannen ihre Hände zu graben. Und während sie mit ihren Fingern die rissige Erde wegwühlte, wurde es gleißend hell um sie …
»Du weißt es. Du hast es immer gewusst!« Pacher stand hinter ihr, in der Hand einen schlanken Dolch. »Grab ruhig weiter, schöne Nichte!« Er lachte höhnisch. »Leider wirst du nichts finden. Denn den Schatz, den du hier suchst, habe ich unter einem anderen Baum schon vor vielen Jahren gehoben!«
Noch im Knien wandte sie sich halb zu ihm um.
»Das Gold meiner Mutter«, sagte sie. »Alles, was sie besessen hat.« Die Worte fielen wie Kiesel aus ihrem Mund, als hätten sie die ganze Zeit nur darauf gewartet, endlich ausgespuckt zu werden. »Du hast es mir gestohlen.«
»Natürlich habe ich das! Aber wie willst du das jemals beweisen?« Er deutete auf den Reif an seinem Arm. »Das hier ist alles, was davon übrig geblieben ist, eine kleine, sentimentale Erinnerung, an der ich mich Tag für Tag erneut erfreue. Ich brauchte schließlich Kamele, Waren, Einlagen, Sicherheiten. Den stinkenden Markt von Sunu hatte ich längst satt. Da kam mir meine unbedarfte Schwester gerade gelegen. Denkst du, ich habe euer Märchen jemals geglaubt? Selbst ein Blinder hätte gemerkt, dass ihr nicht Mutter und Tochter sein könnt.«

»Du wirst es mir zurückgeben!« Meret war aufgestanden und ging langsam auf ihn zu. »Alles, was du mir schuldest. Bis zum letzten Stück. Auch diesen Reif.« Unwillkürlich streckte sie ihre Hand danach aus.

»Niemals! Ich warne dich: Noch einen Schritt – und ich steche zu!«, schrie Pacher.

War sie gestolpert oder einfach weitergegangen? Meret spürte plötzlich einen scharfen Schmerz in ihrem linken Arm. Helles Blut tropfte auf den Boden. Für einen Augenblick war Pacher abgelenkt. Sie packte seine Hand mit dem Dolch, hielt sie fest und biss hinein, so fest sie konnte.

Er jaulte auf wie ein Schakal. Die Waffe entglitt ihm und fiel klirrend zu Boden. Dann stürzte Pacher sich auf Meret und riss sie mit sich. Sie wälzten sie sich im Staub, ein ungleicher Kampf, denn sie besaß wenig Kraft und der Blutverlust schwächte sie zudem. Pacher gewann die Oberhand. Sie spürte seine Hände an ihrem Hals, die langsam zudrückten. Er würde sie töten, das wusste sie plötzlich. Er *musste* sie töten, wollte er nicht, dass sein Verbrechen bekannt wurde!

Kurz erlahmte ihr Widerstand, dann jedoch dachte sie an Ruza, die er so gemein hintergangen hatte, und an Sanna, die auf der Insel vergeblich auf sie warten würde. Ihre Rechte tastete über den harten Boden, bis sie auf etwas Metallisches traf. Merets Finger schlossen sich um den Griff. Sie packte den Dolch und stieß zu.

Gurgelnd sackte Pacher über ihr zusammen.

ooooo

Nach dem Morgenopfer bestellte Horachbit Irti, Harwa sowie eine Hand voll weiterer Priester aus seiner engsten Gefolgschaft zum Heiligen See. Eine schwache Morgenbrise kräuselte das Wasser, es war keine Wolke am Himmel. Der

Tag versprach so blank, fast metallisch blau zu werden, wie dies typisch für den nahenden Winter war.

»Ist euch nichts aufgefallen?«, wollte der Hohepriester wissen, nachdem die Männer sich am Ufer niedergelassen hatten. »Es muss euch an den Opfergaben doch irgendetwas aufgefallen sein!«

»Es gab Früchte, Brot und Geflügel wie immer«, sagte Harwa bedächtig. Nachdem er sein Amt bei der »Gottesgemahlin« verloren hatte, war er schließlich Vorlesepriester im Amun-Tempel geworden. Er war froh darum, wenngleich die ständige Nähe zum launischen Horachbit ihn vorsichtiger hatte werden lassen. »Und der Blumenschmuck war heute besonders prächtig.«

»Davon rede ich nicht. Seid ihr alle blind?« Da niemand Anstalten machte zu antworten, sprach Horachbit weiter. »Seit Monden schwinden die Opfergaben. Irgendwann bin ich stutzig geworden. Wenn das so weitergeht, werden wir Amun eines nicht mehr allzu fernen Tages vermutlich Gras und Steine darbringen – und sie anschließend verspeisen müssen.«

»Wir hatten eben keine gute Ernte«, wandte Irti ein. »Und auch die vorjährige blieb hinter den Erwartungen zurück. Dazu diese entsetzliche Teuerung in der Stadt, die allen zusetzt. Die Preise steigen unaufhaltsam. Noch hungert niemand, aber viele beginnen bereits zu murren. Und unsere Vorräte schwinden bedenklich.«

»Ja, die legendären Wasserstände des Nil zur Regierungszeit Taharkas gehören leider der Vergangenheit an!«, rief Ramose, einer der ehrgeizigen, jüngeren Priester. »Damals wurden überall im Land neue Speicher errichtet, um Weizen und Emmer zu lagern. Mein Vater hat mir oft davon erzählt.«

Horachbit musterte ihn kühl. »Du musst nicht alles glauben, was du hörst. Bei den alten Geschichten ist auch immer viel Übertreibung dabei.« Die ungleich aufgetragene Puder-

schicht ließ seine Haut fleckig und ungesund erscheinen. »Im Delta jedenfalls scheint es den Menschen selbst in diesen Tagen an nichts zu mangeln.«
»Vielleicht ist das der Grund, weshalb der Pharao so lange nicht mehr nach Waset gekommen ist«, sagte Harwa. »Psammetich scheint den Süden ja geradezu zu meiden.«
»Glaubst du das wirklich?« Horachbit war aufgesprungen und begann unruhig auf und ab zu gehen. Sein Bauch hatte in den vergangenen Jahren an Umfang gewonnen, die Beine jedoch waren dünn geblieben, was ihn wie einen aufgeplusterten Vogel auf dünnen Stelzen wirken ließ. »Ich glaube, es gibt ganz andere Gründe dafür.«
Er ließ seinen Blick in der Runde schweifen.
»Psammetich hat das Interesse an Waset verloren. Für ihn sind wir nichts als eine Provinz, die von einem mittelmäßigen Provinzkönig regiert wird – und schlecht dazu.«
»Aber Waset ist doch die Stadt der Städte«, protestierte Irti, »die wahre Tochter des Nil. Das Wasser und das Land waren von Anbeginn hier. Und einzig unser schöner Tempel heißt ›Ort der Erwählung‹ …«
»Träum ruhig weiter!«, unterbrach ihn Horachbit, »zumindest solange sich deine süßen Phantasien noch nicht in den Albtraum der Bedeutungslosigkeit verwandelt haben. Denn was für die Stadt gilt, gilt gleichermaßen für unseren Tempel: Was hat der Pharao schon zu schaffen mit einem Gotteshaus, das von einem fetten schwarzen Weib beherrscht wird?« Sein Tonfall bekam etwas Verführerisches. »Was sich allerdings schnell ändern könnte, käme endlich sein eigenes Fleisch und Blut an die Reihe.«
»Psammetich war damals sehr empört über den Giftanschlag«, gab Harwa zu bedenken. »Er hat strengste Strafen für die Verbrecher angedroht.«
»Wundert dich das? Psammetich ist ein Sieger, der alle Verlierer verachtet. Immerhin konnten wir zumindest Amenar-

dis ausschalten. Aber das war leider eben nicht genug.« Horachbit seufzte. »Noch solch ein Fehler darf uns nicht unterlaufen. Sonst sind wir für alle Zeiten erledigt.«

»Soll das heißen, dass Schepenupet zum zweiten Mal …«

»Nilpferde erledigt man nicht mit Gift. Wir hätten schon früher daran denken sollen.« Jetzt starrten ihn alle erwartungsvoll an. Der Hohepriester senkte seine Stimme. »Sondern traditionsgemäß mit Pfeil und Bogen.«

ooooo

Bis auf den Pylon aus getrockneten Lehmziegeln, der sich über der Mauer erhob, war alles vollendet. Das Grab selbst war in den Kalkstein getrieben, die Wände mit teils versenkten, teils erhabenen Reliefs geschmückt. Die vielen Fackeln vertieften die Schatten und ließen die Darstellungen plastisch hervortreten.

Montemhet fuhr mit der Hand über die eingeritzten Papyrusbündel, zwischen denen sich in gleichen Abständen die Eingänge zu den Nebenräumen befanden, die schon jetzt Kessel, Wasserkrüge und Bronzegefäße enthielten. Irgendwann einmal würden kostbare Gewänder und Duftsalben dazu kommen. Befangenheit überfiel ihn, als er die Skulptur sah, die ihn selbst darstellte, bekleidet mit Panterfell und versehen mit den Insignien seines Priesterstandes.

Vor dem Abbild Schepenupets blieb er eine Weile stehen. Sie hatte den Kopf leicht erhoben, auf dem Mund ein Lächeln, das Gesicht entspannt. Ihr Haar fiel auf den Rücken, das weite Kleid ließ die Rundungen nur erahnen. Am eindrücklichsten jedoch waren die mädchenhaften, mit vielen Ringen geschmückten Finger, jeder von ihnen meisterhaft ausgearbeitet.

Schließlich riss er sich los, um auch noch den westlichen Säulenportikus zu inspizieren. Hier befand sich der Geheim-

eingang, der zur eigentlichen Grabkammer führte, während unzählige blinde Nebengänge jeden Eindringling unweigerlich in die Irre führen würden.
Langsam zog Montemhet eine Feder aus seinem Gürtel.
»Befreie vorsichtig mit einer Schwingenfeder den Stein vom Staub«, murmelte er. Selbst er, der sich diese Konstruktion ausgedacht hatte, musste genau hinsehen, um die haarfeinen Fugen zu entdecken, mit denen die Granitplatten aneinanderstießen. Mit seinem Körpergewicht stemmte er sich dagegen. Der Mechanismus setzte sich knirschend in Gang. Der Weg in die Grabkammer war frei.
Niemand wusste, was Montemhet über eine Stunde allein in der Dunkelheit suchte. Als er wieder herauskam und den Eingang ebenso sorgfältig verschloss, wie er ihn zuvor geöffnet hatte, wirkte er wie von einer großen Last befreit. Mit ruhiger Stimme erteilte er die notwendigen Anweisungen.
Kein einziger der Arbeiter stammte aus der Umgebung Wasets. Montemhet hatte dafür gesorgt, dass ausschließlich Bauleute, Steinmetzen und Maler aus dem Delta eingesetzt worden waren, die nun in ihre Heimat zurückkehrten. Zusätzlich zu dem ungewöhnlichen hohen Lohn erhielt jeder eine großzügige Prämie, die erst ausgehändigt wurde, sobald er sich persönlich zum Stillschweigen verpflichtet hatte. Zudem gab es eine Liste, auf der nicht nur die Namen der Arbeiter, sondern auch die ihrer engsten Familienangehörigen aufgeführt waren. Falls jemand also wirklich wagen sollte, das Grab in absehbarer Zeit zu schänden, würde der Kreis der Verdächtigen schnell einzugrenzen sein.
Auf der Rückfahrt über den Nil wusste Montemhet, was noch fehlte, damit alles vollständig war: die Statuen von Isis und Osiris, den beiden großen Liebenden, die durch ihre Treue sogar den Tod überwunden hatten.

ooooo

»Ausgerechnet Khay will die Grabkammer der verschwundenen Pharaonen entdeckt haben?« Iucha konnte nicht aufhören, den Kopf zu schütteln. »Ausgeschlossen. Du musst dich irren!«

»Es gibt keinen Zweifel.« Nezem reichte ihm ein schweres Pektoral. Mehrreihige Perlenschnüre aus Gold, Karneol, Türkis und Lapislazuli mündeten in stilisierte Lotosblüten, auf denen eine goldene Mondbarke thronte. Er zeigte ihm die Rückseite. »Siehst du nicht, was da am unteren Teil eingraviert ist? Dies hat garantiert keinem Beamten gehört.«

»Ahmose«, buchstabierte Iucha langsam. »Ich kann es nicht fassen! Seit Generationen gibt es schon Gerüchte über jene Herrscher, die man angeblich aus ihrem Haus für die Ewigkeit gerissen und irgendwo tief in der Erde verscharrt hat. Ich wette, in deinem Dorf kennt sie jedes Kind. Ein Pharao namens Ramses soll die Anweisung dazu gegeben haben, weil unter seiner Herrschaft die Grabräuber immer dreister wurden. Unsere Vorgänger haben also offenbar schon damals den Behörden das Leben schwer gemacht.« Sein Lachen klang künstlich. »Das ist unter Garantie der dickste Fisch, der uns jemals ins Netz gegangen ist.«

»Beamtengräber zu plündern ist eine Sache«, sagte Nezem, »aber die letzte Ruhe der Großen zu stören …«

»Siehst du denn nicht, wie gut das Schicksal es mit uns meint?« Vor Aufregung konnte Iucha nicht mehr still stehen. »Es liefert uns diese unermesslichen Schätze direkt in die Hände. Wieso sollten wir nicht zugreifen und nehmen, was unsere Vorgänger freundlicherweise übrig gelassen haben?«

»Und wenn die Medjai davon Wind bekommen?«

»Kannst du dir etwas Schlimmeres vorstellen, als nur mit einem Schafsfell bekleidet, lebendig so lange auf einen Stab gespießt zu werden, bis die Geier ihr Werk getan haben? Ich nicht!«

Nezem wich angeekelt zurück.
»Das erwartet jeden, der beim Grabraub erwischt wird.« Der Kahle baute sich vor ihm auf. »Es gibt folglich keine Steigerung der Strafe, egal ob Beamten- oder Pharaonengrab, es gibt nur bessere und größere Beute. Aber beruhige dich, mein Freund! Uns beide wird keiner jemals fassen. Du hast dich rechtzeitig zurückgezogen, und ich bleibe weiterhin im Hintergrund, um dafür zu sorgen, dass die Schätze auch die richtigen Liebhaber finden.« Er kratzte sich am Ohr. »Für Khay allerdings sieht es nicht ganz so günstig aus, fürchte ich. Was soll ich ihm sagen?«
»Die vielen Mumien auf einmal haben ihn offenbar nervös gemacht. Und einen größeren Anteil an der Beute fordert er auch. Was soll ich ihm sagen?«
»Na, was schon? Dass er alles rausholen soll und zwar so schnell wie möglich. Über die Mumien soll er sich keine Gedanken machen. Und einen größeren Anteil will er?« Iucha zog eine Grimasse. »Warum nicht? Soll er ihn doch haben! Er wird ohnehin nicht mehr viel Zeit haben, sich daran zu erfreuen.«
»Du willst ihn endlich ans Messer liefern?«
»Du etwa nicht?« Jetzt glich Iuchas Lachen wieder dem gewohnten Meckern. »Aber lass mich nur machen!«
»Du wartest für meinen Geschmack schon viel zu lange.«
»Wer eine Schlange fangen will, muss sie erst reizen. Und vergiss nicht: Nichts macht so blind wie Hass, denn er trübt den Blick. Zorn aber schärft ihn. Wir werden dafür sorgen, dass Khay gefasst wird, verlass dich darauf, aber erst, nachdem er uns alles brav abgeliefert hat. Sag selber, Nezem! Wer würde schon freiwillig ausgerechnet die Kuh schlachten, die die fetteste Milch gibt?«

»Ich habe heute leider nicht viel Zeit, Isis.« Anus Blick wanderte immer wieder nervös zum Himmel, um den Sonnenstand zu beobachten. »Nesptah erwartet mich an der Fähre.«
»Der Sohn Montemhets?«, fragte sie beeindruckt.
Anu nickte. »Er sagt, ich sei der Schreiber, mit dem er am liebsten zusammenarbeitet. Weil ich schnell bin und keine unnötigen Fragen stelle.« Er vermied, sie direkt anzusehen. »Er kann ja nicht wissen, warum ich nicht gern rede. Weil ich insgeheim noch immer Angst habe, ich könnte doch wieder zu stottern anfangen.«
»Meinst du, es würde ihm etwas ausmachen?«
Anus Augen wurden dunkel. »Ihm vielleicht nicht. Aber mir. Ich mag es, dass er mich schätzt. In seiner Gegenwart fühle ich mich so erwachsen.«
»Du *bist* erwachsen, Anu«, sagte sie leise. »Wir sind inzwischen alle ziemlich erwachsen.«
»Aber nicht erwachsen genug, um zu heiraten?« Jetzt sah er sie voll an. »Wie lange willst du mich noch warten lassen, Isis?«
»Ich wusste, du würdest wieder darauf zurückkommen.« Isis erhob sich von dem morschen Baumstamm, Anu aber griff nach ihrer Hand und zog sie wieder neben sich.
»I-i-ich werde immer wieder darauf zurückkommen«, sagte er langsam. »So lange, bis du mich endlich erhört hast.«
Das warme, sehnsuchtsvolle Gefühl in seinem Magen, das ihn immer in ihrer Gegenwart überfiel, hielt noch an, während die Fähre bereits den Nil überquerte. Nesptah unterhielt sich halblaut mit dem Obersten der Medjai, einem drahtigen, mittelgroßen Mann mit scharfen Zügen, der mit ihm in der Sonderkommission tätig war.
»Sie müssen ihre Strategie geändert haben«, sagte der Oberst. »In der letzten Zeit haben wir nur zwei frisch erbrochene Siegel entdeckt. Und das waren Gräber, die schon vor vielen Jahren geplündert worden und noch einmal neu

verschlossen waren. Viel können sie in denen nicht mehr gefunden haben.«

»Und trotzdem expandiert der Schwarzmarkt mit Dingen aus Gräbern in Waset auf eine Weise, die mich ganz schwindelig macht«, sagte Nesptah. »In letzter Zeit sind mehr kostbare Stücke angeboten worden denn je zuvor. Und alle stammen aus alten Häusern für die Ewigkeit. Wir müssen sie endlich zu fassen bekommen!« Er blinzelte gegen die Sonne. »Gib mir mal die Pläne, Anu!«

Anu zog ein dickes Paket aus seiner Leinentasche und reichte es ihm. Nesptah starrte auf die Abschriften, die vom vielen Herumgetragen werden schon ganz fleckig geworden waren.

»Vielleicht haben wir beim Kopieren irgendetwas Wesentliches übersehen. Ich denke, wir müssen vielleicht noch einmal ganz von vorn beginnen.«

Sie verließen die Fähre. An der provisorischen Polizeistation, die man wegen der Grabräuber erst vor kurzem eingerichtet hatte, setzte sich ein Trupp Medjai mit ihnen in Bewegung. Nesptah teilte die Männer in eine Gruppe, die der Oberst anführen, und eine andere, die ihm folgen sollte. Schon bald waren alle schweißüberströmt, weil das Herumklettern in den Felsen so anstrengend war. Und ärgerlich, denn sie konnten nirgends etwas Auffälliges entdecken. »Es ist wirklich, als ob sie sich unsichtbar machen könnten«, sagte Nesptah, als sie eine Pause machten, um Wasser zu trinken. »Wie Dämonen, für die es weder Wände noch Türen gibt.« Sein Gesicht verzog sich voller Abscheu. »Aber es sind keine Geister, die wir jagen. Sondern gemeine, skrupellose Verbrecher, die vor nichts zurückschrecken.«

Anu, der seinen Durst bereits gestillt hatte, kletterte ein Stück weiter und untersuchte den felsigen Untergrund.

»Hier sind überall Fußspuren«, rief er zu den Rastenden hinüber. »Und sie sehen ziemlich frisch aus.«

»Kein Wunder«, sagte einer der Medjai, »wir haben erst heute Morgen das gesamte Gelände durchkämmt.«
Anu kroch gebückt ein Stück weiter. »Sieht aus wie der Eingang zu einer Höhle. Und noch mehr Fußspuren.«
Plötzlich ein halb erstickter Schrei.
»Was ist geschehen?« Nesptah sprang auf. »Hast du dich verletzt?«
Anu kam angelaufen. In seiner Hand schwenkte er einen verblichenen Papyrusfetzen.
»Schau, was ich dort drüben entdeckt habe!« Triumphierend hielt er den Fetzen dem jungen Priester entgegen. »Könnte ein Teilstück einer Karte sein. Vielleicht haben die Räuber es beim Graben verloren.«

ooooo

Meret musste ihr Anliegen einige Male wiederholen, bis sie endlich zur »Gottesgemahlin des Amun« vorgelassen wurde. Schepenupet empfing sie in einem hellen Zimmer, dessen Schlichtheit die Seherin nach dem Pomp in Pachers Haus als besonders wohltuend empfand. Sie ließ die junge Frau ausreden, ohne sie ein einziges Mal zu unterbrechen, und selbst als Meret geendet hatte, schwieg sie zunächst.
»Eine ungewöhnliche Bitte, mit der du da zu mir kommst«, sagte sie schließlich und musterte Meret aufmerksam. »Ratsuchende im Tempelbereich zu empfangen!«
»Ich kann die Menschen nicht davon abhalten, zu mir zu kommen, das weiß ich inzwischen. Sie finden mich, wohin ich mich auch verkrieche. Ich bin gern bereit, diese Gabe weiterhin zur Verfügung zu stellen. Aber dazu brauche ich Schutz«, sagte Meret mit aller Offenheit, »genauer gesagt, den Schutz des Heiligen Hauses, dem du vorstehst. Nur so kann ich meiner Gabe wirklich gerecht werden.« Sie zögerte kurz, bevor sie weiterfuhr. »Es war nicht meine Idee, mich an

dich zu wenden. Eine Isis-Priesterin, die mir sehr nahe steht, hat den Anstoß dazu gegeben.«

»Ich verstehe sehr gut, worum es dir geht«, sagte Schepenupet, »und mir gefällt die Vorstellung, dass du deinen Auftrag innerhalb unserer Mauern erfüllen willst. Aber ich werde trotzdem mit den Priestern reden müssen, bevor ich eine endgültige Entscheidung treffen kann. Schließlich dienen wir alle dem Unsichtbaren.«

»Ich weiß«, sagte Meret. »Und ich weiß auch, dass dieser Ort Amun geweiht ist. Mich haben bisher die Schwingen der Isis geleitet. In Ihrem Tempel bin ich aufgewachsen. Auf Ihrer Tempelinsel liegt auch die Frau begraben, die ein Leben lang Mutterstelle an mir vertreten hat.«

»Weshalb hast du Philae eigentlich verlassen? Und warst du anschließend nicht eine ganze Weile in Sunu?«

Für einen Augenblick tauchte Pachers blutverschmierte Gestalt vor Merets Augen auf, und sie spürte, wie Übelkeit in ihr hochstieg. Sie hatte ihn nicht getötet. Er hatte geatmet, als sie ihm den Armreif abgezogen hatte. Flucht schien die einzige Lösung, die ihr eingefallen war. Aber nicht nur deshalb war sie nach Waset gekommen. Pacher konnte sie immer noch mit seinem Zorn verfolgen. Und ob sie dann ein heiliger Ort vor seiner Rache schützen würde?

»Ich habe Philae verlassen, und um nach meinen Wurzeln zu suchen. Und nach meiner Familie«, erwiderte sie, ohne auf die zweite Frage einzugehen. »Ich habe sie verloren, als ich gerade laufen konnte.«

»Und du glaubst, sie ausgerechnet in Waset wieder zu finden?«

»Ich hoffe es. Es gibt ein paar Anzeichen, dass ich von hier stammen könnte. Aber es kann auch ganz anders sein.«

»Eine seltsame Antwort aus dem Mund einer Seherin, deren ungewöhnliche Fähigkeiten alle preisen«, sagte Schepenupet. »Du bist auch selbst für mich keine Unbekannte, Meret. Dein

Ruf ist bis zu uns gedrungen. ›Die Augen des Nil‹, so wirst du voller Respekt genannt …«

»Das gilt nur für andere«, unterbrach Meret sie. »Mein eigenes Schicksal bleibt mir verborgen.«

»Und meines?« Furchtlos sah die »Gottesgemahlin« ihr in die Augen. »Was siehst du da, Meret?«

Die Enge in Merets Brust, die sie schon die ganze Zeit gespürt hatte, verstärkte sich. Ihre Fingerspitzen begannen zu kribbeln.

»Dafür ist weder der richtige Zeitpunkt, noch ist dies der richtige Ort«, versuchte sie auszuweichen. »Außerdem möchte ich dich nicht länger aufhalten. Vielleicht ein anderes Mal …«

»Mir war bereits zu Ohren gekommen, dass du schön sein sollst«, sagte Schepenupet ruhig. »Und klug dazu. Von beidem konnte ich mich soeben überzeugen. Allerdings war niemals die Rede davon, dass du feige bist.« Schweigend sahen sie sich an. »Rede!«, verlangte die »Gottesgemahlin«. »Ich will wissen, was du kannst.«

»Der Tod wird auf raschen Schwingen zu dir kommen«, sagte Meret schließlich und wandte sich ab. »Du wolltest es hören.«

»Ja, das wollte ich. Und es ist keine Neuigkeit für mich. Man hat schon einmal versucht mich zu vergiften. Seit langem rechne ich mit einem zweiten Anschlag.«

»Kein Gift. Du wirst nicht durch Gift sterben.«

»Was ist es dann?«

Meret schloss die Augen. »Hass«, sagte sie langsam. »Ich sehe eine Frau mit dunklen Augen … Sie redet nicht … sie ist stumm … sie bäumt sich auf, voller Schmerzen … Dein Ende bedeutet auch ihr Ende …«

»Udjarenes«, flüsterte Schepenupet. Ihr Gesicht war fahl geworden. »Weiter!«, drängte sie. »Verheimliche mir nichts! Ich will alles wissen.«

»Das ist alles.« Meret sah sie offen an.
»Und wann? Wie viel Zeit bleibt mir noch?«
»Die Bilder sagen nichts über die Zeit – niemals!«
Schepenupets Finger fuhren in die Konfektschale, aber sie steckte sich das Zuckerwerk nicht in den Mund, sondern ließ es in ihrem Schoß liegen. Ihre Hand glitt zu ihrem Gesicht, und sie wandte sich zum Fenster, um die Tränen zu verbergen.
»Ich hätte es dir nicht sagen dürfen«, sagte Meret bedrückt.
»Das weiß ich jetzt. Auch wenn du mich noch so sehr darum gebeten hättest.«
»Doch – ich musste wissen, woran ich bin«, sagte die »Gottesgemahlin«. Ihre Stimme gewann die gewohnte Festigkeit zurück. »Ich will in Frieden gehen, wenn ich schon gehen muss. Und ich will mein Haus bestellt wissen. Nicht einmal meine Feinde sollen etwas finden, woran sie ihre Bosheit wetzen können.« Sie begann zu lächeln. »Du hast mir einen großen Dienst erwiesen, Meret. Ich danke dir dafür.«
Sie stand langsam auf. »Komm mit!«, sagte sie. »Ich möchte dir etwas zeigen.«
Seite an Seite gingen sie durch die Tempelstadt, die von Meret staunend betrachtet wurde. »Alles ist so groß hier, so erhaben! Angesichts dieser mächtigen Säulen kommt mir sogar mein steinerner Wald in Philae ganz klein vor.«
»Segen und Fluch liegen gleichzeitig auf all dem Reichtum, den du hier siehst«, sagte Schepenupet ernst. »Ein reicher Tempel wie der unsrige bringt eine ganz bestimmte Priesterschaft hervor. Je mehr Ansehen, Macht und Reichtum die Priester besitzen, desto stärker wächst der Wunsch, dies alles noch zu vermehren. Manchmal denke ich, dass Amun am besten damit gedient wäre, leise und innig zu ihm zu beten.«
Schon von weitem war das Klopfen und Schlagen zu hören, das aus der Tempelwerkstatt drang. Wolken von gelblichem

Staub hingen in der klaren Luft. Sie mussten ausweichen, als ihnen ein junges Mädchen mit einem Handkarren voller Töpfe und Schüsseln entgegenkam. Sie senkte ehrfurchtsvoll den Kopf, als sie die »Gottesgemahlin« erkannte, hob ihn jedoch wieder, um Meret neugierig anzulächeln. Ihr Strahlen und ihre hellgrünen Augen trafen die Seherin wie ein Schlag. Noch nie hatte sie so viel Schönheit in einem Menschen vereint gesehen.

»Wer ist sie?«, fragte Meret, als das Mädchen vorüber war. »Sie ist so wunderschön!«

»Ja, das ist Isis wirklich«, sagte Schepenupet. »Sie ist die Tochter meines Ersten Bildhauers. Ein schwieriger, aber sehr begabter Mann.«

»Ihr Name lautet Isis?«

»So heißt sie. Armes Ding! Die Mutter hat sie schon früh durch einen Unfall verloren. Seitdem sorgt sie für ihren Vater und seine Arbeiter.«

Schepenupet presste sich den Saum ihres Gewandes vor den Mund, um sich gegen den Staub zu schützen, und Meret tat es ihr nach. Sie bahnten sich einen Weg durch Steinblöcke, Holzgestelle und Tonklumpen, bis sie schließlich die hinterste Ecke der Werkstatt erreicht hatten. Ein junger Mann arbeitete an einer halbhohen Skulptur aus grauem Schiefergestein. Neben ihm stand eine bereits fertige Osirisstatue, der nur noch die Politur fehlte.

Meret brauchte nur einmal hinzusehen, um zu erkennen, was unter seinen Händen entstand: eine schlanke Frauengestalt in Schritthaltung, beide Arme eng am Körper. Sie trug ein knöchellanges Gewand, das erst grob herausgearbeitet war, sowie einen ebenfalls noch angedeuteten Halskragen. Der Kopf dagegen war beinahe perfekt. Über einer Strähnenperücke lag der Geierbalg. Ein Kranz aus halb aufgerichteten Uräusschlangen bildete den Untersatz des Kopfputzes, dem Kuhgehörn mit der Sonnenscheibe.

»Isis«, entfuhr es Meret, und sie konnte nicht verhindern, dass ihre Augen feucht wurden. »Das ist ja Isis!«
»Du?« Der Steinmetz ließ sein Werkzeug sinken und starrte sie an. »Hier?«
»Ihr kennt euch?« Leicht irritiert sah die »Gottesgemahlin« zwischen Meret und Khay hin und her.
»Wir sind uns in Sunu begegnet«, sagte Meret schnell. »Auf dem Kamelmarkt.«
»Ich wusste, wir würden uns wiedersehen.« Khay begann zu lächeln. »Ich wusste nur nicht, dass es ausgerechnet hier sein würde.«

ooooo

Der Lichtschein, der aus den verhängten Fenstern des Gartenhauses drang, verriet ihm, dass der Vater dort für die nächsten Stunden beschäftigt sein würde. Dennoch schritt Khay einige Zeit wie ein gefangenes Tier in seinem Zimmer auf und ab, bevor er wagte, das Versteck zu öffnen. Hinter dem Bett, nur ein kleines Stück über dem Boden, hatte er einen Hohlraum geschaffen, der seine Schätze barg. Er hatte lange getüftelt und gefeilt, bis die sorgfältig halbierten Ziegel, die das Versteck tarnten, so genau abschlossen, dass man mit bloßem Auge kaum etwas erkennen konnten.
Seine Hände waren unruhig, als er das raue Sackleinen aufschlug und den feineren Leinenbeutel öffnete, der darin lag. Erst als er die Reifen, Ringe und Ketten berührte, die er den Mumien abgezogen hatte, entspannten sich seine Züge allmählich. Er fuhr mit der Fingerspitze die feinen Einlegearbeiten nach und versuchte das Gewicht eines Pektorals abzuschätzen. Ein Schmuckstück gefiel ihm von allen am besten: ein schmaler Hüftgürtel aus Lapis- und Karneolperlen, die regelmäßig von massivgoldenen Kaurimuscheln unterbro-

chen waren. Sich ihn an Isis vorzustellen, auf ihrer zarten Haut ...
Seine Stimmung verfinsterte sich. Er konnte niemandem zeigen, was er besaß, am allerwenigsten ihr. Was einst als prickelndes, gefährliches Abenteuer für ihn begonnen hatte, war mittlerweile zu einem eng gewebten Netz geworden, das ihn mehr und mehr gefangen hielt. Nicht einmal hinter Nezem konnte er sich mehr verstecken. Auf seinen eigenen Wunsch grub er nun selbstständig in der Nekropole, und alle Last, alle Verantwortung lag auf seinen Schultern.
Am liebsten hätte er die Kleinodien an die Wand geschmettert. Was hatte ihm die Gefahr, die er immer wieder auf sich nahm, schon gebracht? Nicht einmal ein eigenes Haus, geschweige denn die einzige Frau, die er wirklich begehrte. Allein Isis hätte ihn aus diesem Panzer befreien können, der sich immer fester um sein Herz schloss, aber sie dachte offenbar nicht daran, sondern machte Anu schöne Augen.
Früher hatte er sich dem jüngeren Bruder gegenüber überlegen gefühlt, aber das war lange vorbei. Er war nichts als Anus glückloser Schatten, der andere, dunkle Bruder, der alles verdarb, was er berührte.
Was hatte er schon vorzuweisen? Wie ein unmündiges Kind lebte er noch immer unter dem Dach seines Vaters. Er war allenfalls ein leidlich begabter Steinmetz geworden, der freilich die Fertigkeit seines Lehrmeisters noch lange nicht erreicht hatte – und vermutlich niemals erreichen würde. Ein angeblicher Frauenheld, der bei vielen Huren gelegen hatte, und dennoch bei keiner Befriedigung fand. Und ein Verbrecher, dem der Tod gewiss war, sollte man ihn jemals zu fassen bekommen.
Eine gefährliche Stimmung, in der er sich befand und die noch unberechenbarer werden würde, wenn es ihm nicht gelang, sich irgendwie abzulenken. Eigentlich war Khay nicht nach lauter Gesellschaft zumute, aber die lärmenden Betrun-

kenen in der Hafenkneipe waren immer noch besser als diese fürchterlichen Dämonen, die seinen Kopf von innen her auffraßen.

Er stopfte die Schätze wieder in den Beutel zurück, schlug das Sackleinen darüber und verstaute alles in der ausgehöhlten Wand. Nachdem er die Ziegel ungeduldig wieder in die richtige Position gerückt hatte, verließ er das Haus in Richtung Hafen.

Die angenehme Nachtluft und die Bewegung taten ihm gut. Der Himmel über ihm war klar. Als er stehen blieb und hinaufschaute, kam es ihm vor, als habe er noch nie so viele Sterne gesehen. Plötzlich fühlte er sich erleichtert, dass er heute und die nächsten Tage nicht in einen engen Stollen kriechen und sich mit den Männern aus Keftiu abplagen musste.

Er betrat die kleine Taverne, die er meistens aufsuchte, wenn er sich in Ruhe betrinken wollte, und bestellte erst Wein, bevor er zu dem selbst Gebrannten überging, der wie flüssiges Feuer durch seine Kehle rann. Irgendwann setzte sich einer der Nil-Schiffer zu ihm, der von den Gefahren des Flusses zu schwafeln begann und von den Katarakten, die er bereits erfolgreich passiert hatte.

Khay hörte gar nicht richtig zu, sondern nickte nur hin und wieder, während er auf das Gefühl leichter Benommenheit wartete, das die Dämonenstimmen aus seinem Kopf vertreiben würde. Er spürte die Anwesenheit der Frau erst, als sie unter dem Tisch ihr Bein an seinem rieb.

Überrascht blickte er auf.

»Bekomme ich auch etwas davon?« Ihre kleine, nicht ganz saubere Hand griff nach dem Krug.

»Bedien dich!«, sagte er. »Ich kann mehr bestellen, wenn du möchtest.«

Sie trank wie ein Mann. Er sah, wie der Branntwein durch ihren dünnen Hals rann und ihr Gesicht sich langsam rötete. Sie hatte Augen, die eine Spur zu nah zusammenstanden, und volle, rote Lippen. Im Vergleich zu den Hafenhuren, deren Direktheit er gewohnt war, verhielt sie sich geradezu zurückhaltend. Und dennoch waren die Signale ihres Körpers eindeutig. Als ihn gleichsam zufällig ihre Brust streifte, spürte er, wie seine Erregung wuchs.

»Ich will dich haben«, sagte er.

»Ich bin nicht gerade billig«, lautete ihre Antwort.

Khay begann so durchdringend zu lachen, dass alle Köpfe zu ihnen herumfuhren.

»Was hast du?«, fragte sie beunruhigt. »Habe ich etwas Falsches gesagt?«

»Gehen wir!«, sagte er und zog sie vom Stuhl. »Und keine Angst, du wirst bekommen, was du verdienst.«

Als er sie verließ, bevor es hell wurde, fühlte er sich zerschlagen und so müde, dass er beinahe im Gehen eingeschlafen wäre. Seine Lippen brannten von ihren Küssen, und er trug ihren Geruch auf seiner Haut – und doch musste er die ganze Zeit nur an Isis denken. Die Tavernenbekanntschaft hatte sich alle Mühe gegeben, ihn zu befriedigen. Was konnte sie dafür, dass es nur eine Frau in seinen Träumen gab, die immer unerreichbarer zu werden schien, je mehr andere er in den Armen hielt?

Vom vielen selbst Gebrannten hatte er einen schweren Kopf. Er war froh, als sein Zuhause endlich in Sicht kam. Zu seiner Überraschung war das Gartentor nicht abgeschlossen. Jetzt konnte er gar nicht anders, als den kleinen Kiesweg zu betreten, der direkt zum Lusthaus seines Vaters führte.

Die Tür stand einen Spalt offen. Ein winziger Stoß genügte – und er hatte die verbotene Schwelle übertreten. Wenig schien sich inzwischen verändert zu haben, wenngleich er von seinem Lauschposten auf dem Dach nicht jedes Detail hatte sehen können: das breite Bett mit den zerwühlten Decken, die halb leeren Becher, eine Gerte, wie man sie für Kamelrennen verwendete.

Er wog die Peitsche in seiner Hand, bevor er neugierig weiterging. Ein strenger, leicht säuerlicher Geruch hing in der Luft, überlagert von schalem, schwerem Parfüm. Die Morgendämmerung sandte das erste Licht durch das Fenster. Es beleuchtete eine kleine Statue, die auf einem Hocker stand und ihm zunächst nicht aufgefallen war. Khay stutzte, weil ihm die Frau mit den ausgebreiteten Schwingen selbst aus einiger Entfernung bekannt vorkam. Als er sie aufhob und ans Fenster hielt, um ganz sicher zu gehen, erkannte er, dass er sich nicht getäuscht hatte. Es war eine geflügelte Isis-Statue, die sein Vater neben dem Bett stehen hatte.
Und sie trug ganz unverwechselbar Selenes feine Züge.

ooooo

»Da, sieh doch nur! Ich habe mich nicht getäuscht.« Anu hatte den ganzen Tisch in Nesptahs Zimmer leergeräumt, um ausreichend Platz für die Kartenabschrift und das Fundstück zu haben, die er nun nebeneinander legte. »Da, diese Anhöhe. Und dort das Felsenstück. Alles passt genau zusammen. Es handelt sich um ein und denselben Ort. Irrtum ausgeschlossen!«
»Aber hier sind keine Grabeingänge eingezeichnet.« Nesptah deutete auf die fleckige Kopie.
»Hier jedoch, auf dem Papyrusfetzen, sehr wohl!« Anus Augen leuchteten. »Das kann nur eines bedeuten: Woran wir uns bisher orientiert haben, das waren gar nicht die wirklichen Pläne der Nekropole. Damit kannten wir auch nicht die tatsächlichen Eingänge zu den Grabkammern. Kein Wunder, dass die Verbrecher stets entwischen konnten!«
»Ich lasse das Original holen. Ich will sehen, ob es auch passt.«
Als die alte Karte aus dem Tempelbesitz gebracht wurde, rollten sie sie auf, um die entsprechende Stelle mit dem Fund-

stück zu vergleichen. Alles stimmte überein, nur die Linien, die die Grabeingänge markierten, fehlten.
»Moment, Moment!« Nesptah kräuselte die Stirn. »Das würde ja heißen, dass die Räuber die richtigen Pläne besitzen, wir dagegen nicht.«
Anu nickte eifrig.
»Und wie sollen sie an die gekommen sein?«
»Das ist erst die zweite Frage, um die wir uns kümmern sollten. Zunächst geht es doch darum, ob der Tempel nicht ebenfalls ein Exemplar der richtigen Pläne besitzt.«
»Offenbar nicht«, sagte Nesptah. »Und mit dem Abzeichnen hatte wohl alles seine Richtigkeit. Unsere Kopie ist in jedem Detail zuverlässig.«
»Und dennoch fehlen die Grabeingänge. Hier muss irgendwo der Schlüssel zu dem Geheimnis liegen.« Anu tippte auf den Papyrus. »Wir sind der Lösung ganz nah, das kann ich genau spüren. Vielleicht sogar zu nah, um sie zu erkennen.«
»Mir gefällt dein Eifer«, sagte der junge Priester lächelnd, »und dass du nicht aufgibst.«
»Aufgeben? Niemals!«, sagte Anu und sandte ein stummes Dankgebet an die Ama, die ihn diese Weisheit gelehrt hatte. »Im Gegenteil, je schwieriger es wird, desto mehr reizt es mich. Außerdem liebe ich alles, was mit Papyrus und Tinte zu tun hat.«
»Ich bin sicher, du wirst es noch weit bringen«, sagte Nesptah. »Es sei denn, du stirbst bereits in jungen Jahren einen schrecklichen Hungertod. Mein Magen knurrt jedenfalls schon seit Stunden. Deiner etwa nicht?«
»Doch, etwas zu essen könnte ich gut vertragen. Und Durst habe ich auch!«
Eine Dienerin brachte gebratenes Gazellenfleisch, eine Delikatesse, die Anu zum ersten Mal probierte, sowie geschmorte Nieren mit Linsengemüse. Da der Koch offenbar mit dem Salz nicht gespart hatte, schlürften die beiden jungen Männer

genussvoll größere Mengen kühles Bier. Anu, der selten trank, stieg das berauschende Getränk besonders schnell zu Kopf.

»Auf Osiris!«, sagte er und erhob seinen Keramikbecher mit dem Lotosblütenmuster. »Ohne ihn würden wir jetzt auf dem Trockenen sitzen.«

»Auf Osiris und die Liebe!«, bekräftigte Nesptah. »Wir müssen sehen, dass wir irgendwann zu einem Ende kommen. Mein kleiner Hori wartet schon auf mich.«

»Ich hätte auch gern einen Sohn«, sagte Anu mit einem Anflug von Neid. »Kinder sind das Schönste, was man sich vorstellen kann.«

»Dazu brauchst du aber erst einmal eine Frau. Sonst bleibt alles nur ein Traum.«

»Ich weiß. Aber für mich kommt nur *eine* in Frage«, sagte Anu und seufzte. »Leider lässt sie mich noch immer warten. Ich gebe jedoch nicht auf. Niemals!«

»So sicher? Kenne ich sie?«

»Bestimmt«, sagte Anu. »Denn wer sie einmal gesehen hat, kann sie nie vergessen.«

»Komm schon, spann mich nicht länger auf die Folter! Wer ist es?«

»Isis«, sagte Anu leise.

»Die Tochter des Ersten Bildhauers?« Vor Überraschung hatte Nesptah beim Nachschenken nicht ganz aufgepasst. Etwas Bier floss daneben und tränkte die Karte aus dem Tempelbesitz. Mit einem halblauten Fluch wollte Nesptah die Flüssigkeit wegwischen, aber er erstarrte mitten in der Bewegung, als er merkte, welch seltsame Veränderung sich auf dem Plan vollzog. Plötzlich traten neue Linien zu Tage. Und es waren haargenau die, welche auf dem Fetzen eingezeichnet waren, den Anu auf dem Westufer gefunden hatte.

»Alaun«, sagte der junge Schreiber, nachdem er sich von seiner ersten Überraschung erholt hatte. »Natürlich! Ein

Gemisch aus Essig und Alaun, das erst sichtbar wird, wenn es mit Flüssigkeit in Berührung kommt.«

»Ein altes Mittel?«, fragte Nesptah gespannt.

»S-s-sehr alt. Und, wie du siehst, noch immer wirkungsvoll.«

Der Priester schien ihn gar nicht zu hören. Sein Blick war zum Fenster gewandt, als lausche er einer unsichtbaren Stimme.

»Jetzt kriegen wir sie«, sagte er. »Der hässliche Spuk wird bald ein Ende haben.«

ooooo

»Ich will nicht rein!« Isis sträubte sich, als Khay sie über die Schwelle des Gartenhauses zu ziehen versuchte. »Was sollen wir dort? Und was ist mit der Tür passiert? Sieht ja aus, als hätte sie jemand aufgesprengt!«

»Kümmere dich jetzt nicht um die Türe!« Sein Vater würde erst morgen zurückkehren, und Iucha hatte um Urlaub gebeten, weil einer seiner zahlreichen Verwandten bestattet wurde. Da blieb noch reichlich Zeit, um alles wieder in Ordnung zu bringen. Khay spürte, dass er langsam die Geduld verlor, und änderte seine Taktik. »Wenn du überhaupt nicht willst – bitte schön! Allerdings wirst du diese Entscheidung vermutlich ein Leben lang bereuen.«

»Was sollte es da schon geben, das mich dazu bringen könnte?« Wenn sie aufgeregt war, erinnerten ihn ihre Augen an schimmernden Achat.

»Überzeuge dich selbst!«, sagte er so gleichgültig, wie es ihm möglich war. »Aber diese Chance hast du nur einmal – und zwar jetzt.«

Er hatte gewonnen, das sah er an ihrer neugierigen Miene. Aber er spürte auch, wie misstrauisch sie trotzdem noch war. Vorsichtig betrat Isis den Raum und sah sich prüfend um.

»Was gibt es hier schon zu sehen? Ein Bett, Kerzen und all das komische Zeug dort an der Wand …«
»Sieh genauer hin!«, sagte Khay, der sich ganz dicht hinter ihr hielt. »Fällt dir gar nichts auf?«
Sie hatte die Statue erblickt, das merkte er daran, wie steif ihr Körper wurde. Langsam, fast widerwillig ging sie zu dem Hocker, nahm sie hoch und drehte sie hin und her.
»Mama«, sagte sie mit zittriger Stimme. »Das ist ja Mama!«
Khay gab keinen Ton von sich, voller Erwartung, was als Nächstes geschehen würde.
»Aber er hat sie doch alle zerschlagen«, sagte Isis. Tränen liefen über ihre Wangen. »Nicht eine Einzige hat Papa heil gelassen. Ich weiß es ganz genau!«
»Diese hier offenbar doch«, sagte er. »Sonst wäre sie ja kaum hier.«
Sie fuhr zu ihm herum. »Wieso ist sie das? Ausgerechnet bei deinem Vater, den Mama nie leiden konnte?«
»Das kann ich dir nicht sagen. Vielleicht hat Selene sie ihm irgendwann gegeben, auch wenn wir nicht wissen, weshalb.« Er vermied ihr dabei in die Augen zu sehen. Isis hatte das seltsame Gefühl, dass er die Wahrheit sagte, aber nicht die ganze Wahrheit. »Jedenfalls steht sie wohl schon eine ganze Zeit hier.«
Isis presste die Statue fest an ihre Brust.
»Ich werde sie mitnehmen«, sagte sie in entschlossenem Ton. »Und deinem Vater alles erklären. Basa kann mich nicht daran hindern. Dies Abbild ist schließlich das Einzige, was mir von Mama geblieben ist.«
»Bist du wahnsinnig? Er würde dich vor Wut umbringen und mich gleich dazu. Du kennst ihn nicht. Du weißt nicht, wozu er fähig ist.«
Bei seinen Worten kamen Isis wieder die Striemen auf Anus Schenkel in den Sinn und die blauen Flecken auf dem Rücken des kleinen Khay. Eine Woge von Mitgefühl durchströmte

sie. Wie mussten die beiden unter dem brutalen Vater gelitten haben, während sie von ihren Eltern nur Liebe und Zuneigung erfahren hatte!
»Es tut mir Leid«, sagte sie und wusste eigentlich gar nicht genau, was sie damit meinte. »Es tut mir alles so Leid.«
Khay kam langsam näher und legte seine Arme um sie. Es war so lange her, dass er sie zum letzten Mal berührt hatte, dass er ganz unsicher wurde. Er hielt sie eine ganze Weile, und Isis ließ es geschehen, dann zog er sie enger an sich.
»Die Flügel der Isis-Statue stechen mich«, flüsterte er in ihr Ohr. »Willst du sie nicht wenigstens einen Augenblick wegstellen?«
Vorsichtig zog er die Figur aus ihrer Umarmung und stellte sie auf den Hocker.
»Für mich gab es immer nur dich«, sagte er leise. »Seit ich denken kann. Weißt du das eigentlich?«
»Ich glaube schon«, flüsterte sie. »Aber es macht mir Angst.«
»Weshalb?«
»Weil ich dir nicht vertrauen kann. Du bist so wild, so unbeherrscht. Den einen Moment lustig und strahlend und dann wieder verschlossen und hart. Ich weiß nie, woran ich mit dir bin. Und das ist es, was mir Furcht einflößt.«
Er beugte sich zu ihr hinunter. Ihre Lippen trafen sich. Er küsste sie ganz zart und spürte, wie ihr Körper weich wurde. Dann jedoch versuchte sie ihn wegzuschieben.
»Das dürfen wir nicht!«, sagte sie.
»Wer sollte es uns verbieten? Wir beide gehören zusammen. Schließlich habe ich dich schon geliebt, als du noch in der Wiege gelegen bist.«
Er versuchte, sie zum Bett zu ziehen. Isis machte sich zunächst steif in seinen Armen, gab aber ihren Widerstand irgendwann auf und ließ sich mit ihm auf das Lager fallen. Wo er sie berührte, fühlte sich ihr Körper plötzlich ganz anders an. Ihr Atem ging schneller, die Haut begann zu

kribbeln wie nach einem kühlen Bad. Es war aufregend, was mit ihr geschah, und ein bisschen unheimlich zugleich.
»Kannst du mein Herz hören?«, flüsterte sie aufgeregt
»Es schlägt.« Khay musste lachen. »Und wie!«
Mutiger geworden, streifte er ihren Träger ab und begann ihre Brust zu streicheln. Es war alles so, wie er sich es immer erträumt hatte: die schönen Schultern, die zarte Haut, die sich unter seinem Kosen zusammenzog, ihr unverwechselbarer Geruch. Er wollte sie, nur sie, so sehr, dass es sich beinahe wie Schmerz anfühlte.
Seine Finger tasteten sich zu ihren Schenkeln weiter. Isis schob sie beiseite, als er, erst sanft und eher spielerisch, dann energisch, versuchte das Kleid hochzustreifen.
Schließlich packte er ihre Hände und hielt sie fest.
»Das ist genau, wovon ich zuvor gesprochen habe.« Isis sah ihm voll ins Gesicht. »Ich kann dir eben nicht vertrauen. Lass mich sofort los!«
»Das sagst du doch bloß. Du willst es nicht wirklich.«
»Und ob ich das will!« Isis begann zu strampeln und mit den Beinen um sich zu schlagen. »Wenn du nicht sofort tust, was ich sage, schreie ich das ganze Haus zusammen.«
»Da kannst du lange schreien. Wir sind ganz allein. Keiner wird dich hören.«
»Willst du, dass ich Anu davon erzähle?«
Es war ihr gelungen, sich halb unter ihm herauszuwinden. Wenn er ihr nicht ernstlich weh tun wollte, blieb Khay nichts anders übrig, als sie freizugeben.
»Dieser Memme? Damit er mich einmal ordentlich zusammenschlägt?« Er stieß ein spöttisches Lachen aus. »Da kriege ich ja richtig Angst!«
»Anu hat im kleinen Finger mehr Gefühl und Anstand als du«, sagte sie und befestigte ihren Träger wieder.« Er würde niemals eine Frau zu etwas zwingen, das sie nicht will.«
»Aber du wolltest es doch! Ich weiß es.«

»Nicht so, Khay. Nicht auf diese Weise. Und nicht mit dir.«
Sie stand auf, während er liegen blieb, wütend und traurig. Alles, was er mit seinen Händen berührte, verdarb. Jetzt hatte er es sogar fertig gebracht, seinen Traum zu zerstören.
»Ich gehe jetzt.« Sie wandte sich halb ab. »Am besten, wir beide vergessen diesen Nachmittag so schnell wie möglich.«
Khay schoss in die Höhe. »Du wolltest wissen, weshalb mein Vater diese Statue besitzt? Dann hör mir jetzt mal ganz genau zu! Weil deine Mutter es mit ihm getrieben hat.« Er klopfte auf die Unterlage. »Hier. In diesem Bett!«
»Das glaube ich nicht. Du willst mir nur weh tun.«
Er sah den Schmerz in ihren Augen, was ihn dazu brachte, erst recht weiterzureden.
»Ich habe es selber gesehen. Vom Dach aus, wo ich eine ausgezeichnete Sicht auf das ganze Geschehen hatte. Und es war wirklich amüsant, was ich beobachten konnte. Wie eine läufige Hündin hat Selene sich unter ihm gewälzt, hat geschrien und gestöhnt.«
»Ich will das nicht hören!« Isis presste sich die Hände an die Ohren. »Du lügst. Niemals hätte meine Mutter so etwas getan.«
»Ich lüge nicht!«, rief er laut. »Und sie hat es sehr wohl getan. Warum glaubst du, hat sie sich sonst umgebracht? Weil sie treu und anständig war? Sie war eine Ehebrecherin, deine heiß geliebte Mama!«
»Sie hat sich nicht umgebracht! Das weiß ich genau. Es war ein Unfall. Sie ist beim Baden ertrunken.«
»Das glaubst du?«, schleuderte er ihr entgegen, inzwischen vollkommen außer sich. »Dann frag mal deinen Vater! Vielleicht hat Nezem ja Mut genug, dir endlich die Wahrheit zu sagen.«
»Du lügst! Nie wieder will ich etwas mit dir zu tun haben, hörst du?«
Blind vor Tränen lief sie zur Tür. Fast schon draußen, schien

Isis es sich noch einmal zu überlegen. Sie rannte zurück zu dem Hocker und packte die Skulptur.
»Ich hasse dich!« Ihr Spuckestrahl traf ihn mitten auf der Wange. »Du, du … Scheusal!«
Langsam kroch das Grauen in Khay hoch. Vor dem, was er getan hatte. Und vor dem, was er jetzt tun musste.

ooooo

Die Türe zum Gartenhaus war zu. Trotzdem bemerkte Basa sofort beim Aufschließen, dass etwas nicht in Ordnung war. Iucha, den er herbeirief, schlug die Hände über dem Kopf zusammen und beteuerte, von nichts zu wissen.
»Da muss sich jemand zu schaffen gemacht haben, während ich auf der Bestattung meines Vetters war«, wiederholte er ein ums andere Mal, was Basa nur noch zorniger machte.
»In deiner Verwandtschaft sterben mir die Leute in letzter Zeit ein bisschen zu häufig. Falls sich das nicht ändert, sehe ich mich gezwungen, unsere Abmachungen zu ändern.«
»Und deine Söhne? Haben die denn nichts mitbekommen?«, fragte Iucha scheinheilig.
»Anu verbringt seine Abende lieber mit seiner Schreibbinse als im Haus seines Vaters«, lautete die bittere Antwort. »Und welche Wege Khay geht, will ich mir lieber erst gar nicht vorstellen. Und jetzt lass mich allein! Morgen sorgst du als Erstes dafür, dass die Tür repariert wird – und zwar so, dass ich künftig nicht mehr mit ungebetenem Besuch zu rechnen habe.«
Er ließ sich auf das Bett sinken und schloss die Augen. Vor ihm entstand das Bild Selenes, das ihn seit einiger Zeit auch in seinen Träumen verfolgte, aus denen er gehetzt und schweißgebadet erwachte. Hatte er versehentlich auf irgendeine Weise die Tote gerufen?
»So haben wir nicht gewettet, Fischdämonin!«, sagte er leise.

»Du gehörst mir. Nicht ich dir. Ich hoffe, du hältst dich daran.«
Er streckte die Hand nach der Isis-Statue aus – und griff ins Leere. Der Schreck war so groß, dass er sich für einen Moment nicht mehr bewegen konnte. Schließlich erhob er sich, noch immer unsicher auf den Beinen, und zwang sich, den ganzen Raum gründlich zu durchsuchen. Basa kannte das Ergebnis, noch bevor seine Nachforschungen abgeschlossen waren. Nur die Statue fehlte. Alles andere war auf seinem gewohnten Platz.
Langsam wie ein alter Mann verließ er das Gartenhaus. Iucha, der noch mit einem Bierkrug seinen Weg kreuzte, scheuchte er zurück in den Anbau, der die Dienstbotenräume enthielt. Die Treppenstufen zu den Zimmern seiner Söhne empfand er zum ersten Mal als Last.
Der kleine Raum, den Anu bewohnte, war blitzblank und aufgeräumt. Sauber gefaltet lagen die Decken auf dem Bett. Auf einem kleinen Schemel lag seine tragbare Schreibpalette. Daneben sein zweiter Federkasten, den er schon seit der Schulzeit mit sich herumschleppte. Basa ließ ihn aufschnappen. Frisch angespitzte Rohrfedern, je ein Gefäß mit roter und schwarzer Tinte.
Er bückte sich, um unter das Bett zu schauen. Ein paar Ledersandalen, die Anu längst zu klein geworden waren, war alles, was er entdecken konnte. Ebenso wenig gab die Truhe Aufschluss. Ein Stapel gefalteter Schurze, ein paar Hemden. Ganz anders sah es bei Khay aus. Sandalen und Kleidung lagen unordentlich in einer Ecke, in der anderen stand ein halb voller Bierkrug neben angeschimmelten Brotfladen. Auch hier öffnete Basa die Truhe, konnte aber nichts entdecken.
Mit einem Ausdruck des Ekels wollte er schon das Zimmer verlassen, als er plötzlich innehielt. Auf dem Boden zeichnete sich eine feine Staublinie ab. Er verfolgte ihre Spur bis zur Wand, wo sie abrupt endete. Jetzt war der Baumeister in ihm

geweckt. Mit dem Knöchel klopfte er die Ziegel ab und erkannte am unterschiedlichen Klang sehr rasch, dass es da einen Hohlraum gab.
Das Loch war größer, als die Öffnung vermuten ließ. Ungeduldig riss er das Sackleinen heraus. Schon das Tasten sagte ihm, dass es nicht die Statue sein konnte, die hier verborgen war.
Seine Augen weiteten sich, als er den feineren Leinenbeutel öffnete. Das Gold und die Edelsteine ließen nur eine Schlussfolgerung zu: sein Erstgeborener – war ein Grabräuber!
Basas ummittelbarer Impuls war aufzuspringen und durch die ganze Stadt zu laufen, um Khay zu finden und ihn mit dieser ungeheuerlichen Tatsache zu konfrontieren, bevor er ihn totschlug. Dann jedoch formte sich ein Gedanke in seinem Schädel, so kalt und kristallklar, dass er zu frösteln begann. Die Pläne waren hier in seinem Haus gewesen. Nur hier konnte Khay sie an sich gebracht haben. Damit betraf der Verrat die gesamte Familie. Jetzt sah er plötzlich die hoch schlagenden Flammen wieder vor sich, in denen damals seine Mutter jämmerlich umgekommen war. Jetzt würden sie seine ganze Familie vernichten. Denn die einzige Antwort, die Montemhet auf dieses Verbrechen haben würde, war der Tod – für jeden von ihnen.

ooooo

Sie fand Anu in der Mittagspause mit den anderen jungen Schreibern beim Würfelspiel. Sie hatten sich vor dem Amtssitz Montemhets im Schatten der Dattelpalmen niedergelassen, wo sie nach dem Verzehr ihrer einfachen Mahlzeit darauf warteten, dass die Sonne weniger heiß herunterstach.
Er sprang sofort auf, als er Isis erblickte.
»Ist etwas passiert?«, fragte er besorgt. »Etwa mit deinem Vater? Du machst ein so ernstes Gesicht.«

»Ja«, sagte sie und nahm seine Hand. »Ich weiß jetzt, dass das Wort Liebe in Wirklichkeit Vertrauen bedeutet. Das ist passiert.«
»Natürlich«, sagte Anu, »was sonst? Aber ich verstehe nicht ganz ...«
»Die Zeit wandelt die Menschen, Anu. Das habe ich inzwischen endlich begriffen. Es gab einmal ein Mädchen, das hatte mein Herz und mein Gesicht, aber es war nicht wirklich ich. Ich trauere ihm nicht nach. Denn dieses Mädchen namens Isis war dumm, blind, voller Eitelkeit und Hochmut.«
»Das darfst du nicht sagen! Das warst du niemals.«
»Doch, ich war es«, erwiderte sie fest. »Aber ich bin endlich aufgewacht, Anu. Ich schlafe nicht mehr. Ich weiß jetzt, dass ich dich brauche. Und dass ich mit dir leben möchte. Heirate mich, Anu!« Sie lächelte ihn an. »Das heißt natürlich, wenn du mich nach dem ganzen Hin und Her überhaupt noch willst.«
Er umarmte sie, unfähig, ein Wort hervorzubringen, und sie spürte, wie seine langen, schmalen Knochen sie dabei ein wenig stachen. Er wird mich niemals verletzen, dachte Isis, bei ihm bin ich behütet und beschützt. Niemand wird uns beide jemals wieder trennen können – am wenigstens Khay.

ooooo

Es war Nachmittag, als Montemhet mit der Fähre auf das Westufer übersetzte, und die Sonne stand schon tief. Sein einziger Begleiter war sein jüngerer Sohn. Der Stadtfürst war dankbar für Nesptahs Schweigsamkeit, die er nach den kräftezehrenden Besprechungen eines langen Arbeitstages als besonders angenehm empfand.
Sie passierten die Polizeistation, wo die wachhabenden Medjai eifrig salutierten, und verschwanden in dem engen Tal, das zur geheimen Grabstelle Montemhets führte.

»Nicht mehr lange und sie werden wieder ruhig in ihren Betten schlafen können«, brach Montemhet schließlich das Schweigen. »Das Netz wird schon gespannt. Die Falle schnappt bald zu.«
»Ich kann es kaum erwarten«, sagte Nesptah. »Diese Verbrecher haben wirklich den Tod verdient.«
Beide schwiegen wieder, bis sie am Seiteneingang angelangt waren, den ein großer Felsen verschloss. Mit gemeinsamen Kräften gelang es ihnen, ihn zur Seite zu schieben.
»Weiß sie, was du hier tust?«, fragte Nesptah, als sein Vater die Osiris-Statue aus dem Tuch nahm.
»Noch nicht«, sagte Montemhet. »Aber sie wird es schon sehr bald erfahren.« Beinahe zärtlich berührte er die Atef-Krone, dann den Götterbart. Nicht minder behutsam fuhren seine Finger über Krummstab und Wedel.
»Er hat deine Züge«, sagte Nesptah anerkennend. »Eine wundervolle Arbeit!«
»Und die Isis, die dazu gehört, versprach nicht minder gelungen zu werden. Eigentlich hätten ja beide Skulpturen längst fertig sein sollen, aber dem jungen Steinmetz, Basas Sohn, ist offenbar ein Missgeschick passiert. Ein falscher Schlag – und alles zersprungen! Nun muss Khay mit der Isis-Figur noch einmal ganz von vorn beginnen.«
Ein Lächeln spielte um seine Lippen.
»Einstweilen wird Osiris im Haus für die Ewigkeit auf die innig Geliebte warten.«

9

ISIS

Tötet sie! Udjarenes' Schrift war schwierig zu entziffern, zeugte aber noch immer von Herrschsucht und Anmaßung. Es waren hingeworfene Zeichen, aus denen die Verbitterung sprach, dass die Hand dem Gehirn nicht mehr recht gehorchte. *Das seid ihr mir schuldig.*

Am liebsten hätte Horachbit sie aus dem Tempel gewiesen. Aber was blieb ihm anderes übrig, als die Frau des Fürsten schließlich doch zu empfangen? Er kam der verhängten Sänfte ein Stück entgegen, und nachdem die Diener sie im Tempelhof abgestellt und sich zurückgezogen hatten, um jenseits der Mauer zu warten, erschrak er, als die Vorhänge aufgerissen wurden.

Ein abgezehrtes, faltiges Gesicht, Zerrbild der einstigen Schönheit. Nur die Augen erinnerten noch an die Frau, die er früher gekannt hatte: zwei dunkle Spiegel, in denen Rachsucht brannte. Schwer atmend lehnte Udjarenes sich zurück, während ihre Rechte ungelenk auf ein Wachstäfelchen kritzelte.

Worauf wartet ihr noch? Ich will endlich ihren Tod erleben.

»Du magst ja Recht haben mit deinen Forderungen«, sagte der Hohepriester unverbindlich, dem nicht gefiel, dass sie saß, während er wie ein Sklave vor ihr stehen musste. »Aber ich fürchte, du stellst dir alles viel zu einfach vor.«

Mit einer tragischen Geste deutete Udjarenes auf ihre eingefallene Brust.

»Dein Schicksal tut uns Leid, das musst du mir glauben«, versicherte er. »Keiner wollte, das es so kommen musste.«

Psammetich, drückte ihr Stift in das Wachs. *Ihm habe ich zu verdanken, dass ich zum Krüppel geworden bin.*

»Der Pharao? Weshalb?«

Er hat mich gezwungen, ihren Becher auszutrinken. Sonst wäre alles noch in jener Nacht aufgeflogen – und damit auch ihr. Beeilt euch! Sonst werde ich handeln.

»Beruhige dich!«, versuchte der Hohepriester sie zu besänftigen, obwohl sein Gefühl ihm sagte, dass nichts und niemand diese Augen jemals würde besänftigen können. »Wir sind alles andere als untätig. Schepenupet wird sterben. Aber wir müssen jedes Risiko ausschließen. Ein weiterer Fehler wäre tödlich.«

Meine Zeit geht zu Ende. Aber ich will nicht sterben, ohne zuvor ihre Leiche verhöhnt zu haben.

Plötzlich hasste er sie, diese launische, anspruchsvolle Frau, die nicht nur Montemhet schon seit Jahren das Leben zur Hölle machte. Was bildete sie sich ein, ihm Vorschriften machen zu wollen? Schließlich hatten damals ihre Hände das Gift in die Becher geträufelt. Ein Wort nur von ihm – und Udjarenes wäre einen Kopf kürzer.

»Es liegt nicht an uns, dass du jetzt leiden musst«, sagte er scharf. »Denn unser Plan war perfekt. Du solltest nur eine geringe Giftdosis zu dir nehmen, um jeden Verdacht von dir abzulenken. Und hättest du dich daran gehalten, wäre dir nichts Schlimmes zugestoßen. Das kannst du an Schepenupet sehen. Sie mag kurzfristig ihren Appetit verloren haben, aber sie hat es überstanden.«

Wenn ihr weiterhin zaudert, werde ich dem Pharao alles sagen.

»Das würdest du niemals tun!«

Ich habe nichts zu verlieren. Wenn ich mein Schweigen breche, müsst auch ihr sterben. Also – wann?

Er konnte sie nicht länger hinhalten. In Gedanken überschlug Horachbit, was noch vorzubereiten war, und rechnete eine großzügige Extrafrist dazu. »Sagen wir, spätestens während des Opet-Festes.« Er lächelte dünn. »Welch hübscher Zufall, dass Schepenupet ausgerechnet dann ihr Leben aushauchen wird, während fröhlich die Erneuerung ihres göttlichen Gemahls zelebriert wird!«

Zu lange!

»Etwas Spielraum musst du uns schon lassen! Außerdem

wird das allgemeine Getöse unser Vorhaben nur begünstigen.«

Danach ist sie wirklich tot? Gebieterisch klopften die ausgezehrten Finger auf das Täfelchen.

»Die ›Gottesgemahlin‹ wird für immer in Osiris' Armen ruhen. Du kannst ganz sicher sein.«

Wie wird sie sterben?

Horachbit graute regelrecht vor den feuchten Lippen und den aufgerissenen Augen. Udjarenes erinnerte ihn schon jetzt an die Mumie, die sie sicherlich schon bald sein würde. Kurz durchzuckte ihn der Gedanke, sie noch vor der »Gottesgemahlin« zu beseitigen, um endlich Ruhe zu haben. Dann jedoch sagte er sich, dass sie sich diesen Aufwand ebenso gut sparen konnten. Udjarenes war schon jetzt eine lebende Tote. Es war vernünftiger, sich um ihr wirkliches Problem zu kümmern: Schepenupet.

»Besser, wenn du nicht zu viel weißt.« Er vermied, sie anzusehen. »Aber niemand sehnt ihren Tod mehr herbei als ich.«

Horachbit weigerte sich, ihr letztes Gekritzel anzusehen, sondern winkte die Diener herbei, die die Sänfte wieder aufnahmen und Udjarenes zurück nach Hause trugen.

ooooo

Mittlerweile kannte Meret die Stadt. Sie empfing die Ratsuchenden nur während der Vormittage in einem halb verfallenen Anbau in der Tempelstadt und nutzte die Nachmittage meist, um durch die Straßen und Gassen Wasets zu streifen. Am liebsten mochte sie den Markt mit seinen Ständen und kleinen Bretterbuden, wenngleich er es bei weitem nicht mit der Vielfalt des Angebots in Sunu aufnehmen konnte. Bauern aus der Umgebung verkauften ihre Bohnen und Linsen, Händlerinnen boten Fische für die Ärmeren an, die sich kein Fleisch leisten konnten. Es roch nach in Fett gebackenen

Kuchen. Manchmal blieb sie stehen, wenn ihr jemand entgegenkam. Jedes Mal jedoch verflog dieser schwache Hauch von Erkennen ebenso rasch, wie er gekommen war. In vernünftigen Momenten sagte Meret sich, dass es sinnlos war, was sie da versuchte. Sie war nicht einmal zwei Jahre alt gewesen, als sie mit Ruza die Stadt verlassen hatte – wie sollte sie sich da erinnern? Und doch setzte sie schon bald ihre ruhelosen Wanderungen wieder fort. Was in ihr nach Antwort drängte, ließ sich nicht länger übergehen. Vielleicht würde es ja weiterhelfen, sich überall nach Ruza zu erkundigen.
Aber schon bald musste Meret einsehen, dass sie auch damit ihr Ziel nicht erreichte. Denn wen immer sie nach ihrer Ziehmutter befragte, niemand schien etwas von ihr gehört zu haben. Ruza war ihre Amme gewesen, das wusste Meret inzwischen. Doch wer konnte sich nach so vielen Jahren noch an eine Amme erinnern?
Schließlich beschloss sie, mit Khay zu reden.
Schweigend und schmallippig arbeitete er in der Tempelwerkstatt, zu Merets Überraschung an der gleichen Statue, die sie schon einmal unter seinen Händen hatte entstehen sehen. Diese Isis jedoch war allenfalls eine schlechte Kopie der anderen, der Körper plump, die Arme nur angedeutet. Der Kopf hätte einer Bäuerin gehören können. Einzig die Sonnenscheibe zwischen den Hörnern schien halbwegs gelungen.
Er musste ihre prüfenden Blicke bemerkt haben.
»Was willst du?«, sagte er unfreundlich. »Siehst du nicht, dass ich zu tun habe?«
»Wo ist die andere Skulptur?«, fragte sie.
»In abertausend Stücke zerschlagen. Ebenso wie die drei folgenden. Und ich denke, das wird dieser Missgeburt hier auch sehr bald blühen.« Er gab der Statue einen Stoß, der sie bedenklich zum Schwanken brachte.

»Weshalb?«
»Hast du keine Augen im Kopf?«
»Die erste Isis fand ich sehr schön«, sagte Meret vorsichtig. »Voller Anmut und Leben.«
»Vielleicht. Aber jetzt ist alles ganz anders. Ich bin eben kein mittelmäßiger Steinmetz mehr, sondern nur noch ein Stümper.« Meret fiel auf, dass er immer wieder hastig auf den Hof hinausschaute, von woher Suppengeruch durch die Werkstatt zog. »Und weißt du auch, weshalb?« Er wartete Merets Antwort nicht ab. »Sie hat mich verschmäht, verstehst du? Sie, die Einzige, die ich jemals wirklich wollte.«
»Und was hat das mit Isis zu tun?«
Er lachte höhnisch.
»Jede Menge!« Khay ließ seinen Meißel sinken und kam Meret nah. »Du bist doch auch eine schöne Frau. Stell dir vor, ich würde dir meine Liebe gestehen. Würdest du mich auch zurückweisen, als wäre ich verkrüppelt oder aussätzig? Komm schon, sag es mir ganz offen ins Gesicht!«
Er schien plötzlich so wütend, dass sie zurückwich.
»Dazu weiß ich zu wenig von dir. *Du* bist doch derjenige, der behauptet, mich zu kennen.«
»Ach, das.« Khay winkte müde ab. »Aber ich weiß noch immer nicht, woher.«
»Mir liegt sehr viel daran, mehr darüber herauszufinden. Ich war sehr klein, als ich Waset verlassen habe. Vielleicht könnten wir unsere Erinnerungen austauschen.«
Er antwortete nicht und nahm dafür sein Werkzeug wieder lustlos auf.
»Bitte!«, sagte sie. »Ich muss es herausfinden. Und ich weiß nicht, an wen ich mich sonst wenden könnte.«
»Meinetwegen. Unterhalten wir uns mal!« Khay schien jede Ausrede recht, aus der Werkstatt zu verschwinden. »Aber nicht im Tempel, das kannst du gleich vergessen! Ich habe

unter diesen Abergläubischen, die dich in Scharen heimsuchen, nichts verloren.«
»Vielleicht bei dir zu Hause?«, schlug Meret vor.
»Wo ich jetzt nächtige, das kann ich dir nicht zumuten.«
»Dann komm doch zu mir! Gleich morgen Abend? Ich wohne in dem blauen Haus links vor der Tempelmauer. Du kannst es gar nicht verfehlen.«
Beim Hinausgehen machte Meret einen kleinen Umweg durch den Hof. Im Schatten einer Holzwand stand Isis erhitzt vor ihren Töpfen. Sie lächelte, als sie die Seherin erblickte. Sie mochten sich, auch wenn sie kaum etwas voneinander wussten.
»Du strahlst heute ja noch mehr als sonst«, sagte Meret. »Verrätst du mir den Grund?«
»Ich werde heiraten«, antwortete Isis. »Endlich weiß ich, zu wem ich gehöre.«
»Heiraten – wie schön! Und wen? Kenne ich ihn?«
»Anu ist Schreiber beim Stadtfürsten. Und sehr viel mit dessen jüngerem Sohn unterwegs.« Isis Miene wurde ernster. »Aber bitte, sag vorerst noch niemandem etwas davon!«
»Wollt ihr es geheim halten?«
»Nein, aber ich muss erst den richtigen Moment abpassen, um mit meinem Vater zu reden.«
»Weil er nur noch dich hat«, sagte Meret voller Mitgefühl. »Ich weiß, dass du deine Mutter früh verloren hast. Ein Schicksal, das uns beide verbindet.«
Isis schien plötzlich ganz verändert.
»Manche Geschichten sind zu traurig«, sagte sie. »Sie liegen in der Hand wie schwere Steine. Erzählt man sie, dann ist es, als würde man sie losschleudern, ohne die Richtung zu kennen, die sie nehmen werden. Aber man darf niemals vergessen, dass sie dabei möglicherweise einen Schaden anrichten, den keiner wieder gutmachen kann.« Mittlerweile rührte sie so heftig, dass die Suppe überschwappte.

»Was hast du, Isis?«, fragte Meret.
Sie erhielt nur ein Kopfschütteln als Antwort.
»Ja, du hast Recht, Geschichten können verletzen«, fuhr sie fort. »Aber manchmal ist es auch sehr erleichternd, sie mit jemandem zu teilen.« Ganz sanft berührte Meret Isis an der Schulter. »Wenn dir irgendwann danach zumute sein sollte – ich kann sehr gut zuhören.«
»Aber ich kann nicht«, sagte Isis und wandte sich jäh ab.

ooooo

Nachdem Khay zwei Nächte nicht nach Hause gekommen war, überfiel Basa fiebrige Unruhe. Es kostete ihn Überwindung, am Morgen das leere Zimmer seines Erstgeborenen zu betreten, aber ihm blieb nichts anderes übrig. Schnell erkannte er, dass einige Sachen fehlten. Aber ihm fiel auch auf, dass Khay nur das Allernötigste mitgenommen hatte.
Basa atmete tief aus, bevor er das Bett wegschob und begann, die Wand zu untersuchen. Nach dem ersten Klopfen stutzte er, legte das Ohr an die Wand und pochte weiter. Ein gleichmäßiges Geräusch, wohin seine Knöchel auch trafen. Alle Fugen waren dicht. Wenn es jemals einen Hohlraum hinter den Lehmziegeln gegeben hatte, dann war er inzwischen sorgfältig verschlossen worden.
Basa wusste sofort, was das hieß: Der geraubte Grabschatz war aus seinem Haus verschwunden. Entweder hatte Khay bemerkt, dass sein Vater ihn entdeckt hatte, oder aber er hatte die gefährliche Beute aus anderen Gründen weggebracht. Was immer Basa unternahm – ihn zur Rede stellen, ihn niederschlagen oder sogar totprügeln – , er würde niemals die Wahrheit erfahren. Als kleiner Junge hatte Khay gejubelt, wenn Basa ihn durch die Luft geworfen hatte, aber er hatte sich auch schon früh vor ihm unter dem Tisch versteckt, die dünnen Arme schützend über dem Kopf erhoben.

Und dennoch war da immer etwas gewesen, was sie beide verbunden hatte.
Jene Nacht jedoch, in der Anu geboren wurde, hatte alles verändert. Ruza war verschwunden und mit ihr dieses seltsame Wesen, das Basa niemals als sein Kind hatte anerkennen können. Sarit war unaufhaltsam dem Wahnsinn entgegengetrieben, und er hatte Selene verloren. Und Waset, nicht zu vergessen, war grausam von den Assyrern eingenommen worden und hatte sich nie mehr ganz davon erholt. Den von Basa angelegten unterirdischen Gang, den Weg des Maulwurfs, hatte Montemhet damals benutzt, um die Stadt zu verraten. Jetzt grub sich sein Sohn wie ein Maulwurf durch dunkle Stollen, auf der Suche nach verbotenen Schätzen ...
Ein Gedanke begann in Basa Gestalt anzunehmen, und ihm würde glühend heiß dabei. Aber was ihm da durch den Kopf schoss, war so wahnwitzig, so vermessen, dass er es sofort wieder verwarf. Die Idee jedoch ließ ihn nicht mehr los. Kurz erwog er sogar, mit Anu zu reden, der in letzter Zeit so auffallend gut gelaunt war, aber dann entschied er sich, es bleiben zu lassen. Jeder Mitwisser würde unweigerlich mit in den Strudel des Verbrechens gerissen, das wie ein riesiger Krake seine Tentakel bereits nach ihnen ausgestreckt hatte.
Sein Gehirn arbeitete fieberhaft, aber dennoch wollte ihm keine Lösung einfallen, die das Schlimmste hätte abwenden können. Es gab kein Delikt, das verabscheuungswürdiger war als Grabraub, keines, das härter geahndet wurde. Er stand auf, ging ans Fenster und schaute hinaus.
All die Jahre hatte er versucht, dem Grauen zu entgehen, das seine ersten Lebensjahre überschattet hatte. Dazu hatte er gelogen, betrogen, sogar getötet. Alles sinnlos, wie er inzwischen wusste. Denn seine Glückssträhne war vorüber. Er war schon längst kein Sieger mehr, sondern dabei, unaufhaltsam zu verlieren. Seitdem die Isis-Statue aus seinem Haus

verschwunden war, schien ihm endgültig alles aus den Händen zu gleiten.
Selene wird dir nie verzeihen. Ebenso wenig wie ich dir verzeihe.
Da war sie wieder, die Stimme seiner Mutter, hämisch, voller Bosheit. Den ganzen Raum schien sie ausfüllen. Basa versuchte, sich klein zu machen, wie er es schon als Kind getan hatte, aber er konnte ihr trotzdem nicht entrinnen.
Du hast sie in den Tod getrieben. Du hast Sarit erwürgt. Und mich hast du auch auf dem Gewissen. Nicht einmal eine gekaufte Mutter hat es bei dir ausgehalten. Du bist ein Scheusal, Basa, ein Ungeheuer in Menschengestalt. Ich hätte dich sofort bei der Geburt töten sollen, anstatt dir das Leben zu schenken. Aber du wirst sterben … ihr alle werdet sterben …
Ein irres Lachen, das er nicht länger ertragen konnte. Und, was das Schlimmste daran war, er trug es tief in sich. Der Baumeister presste die Hände auf die Ohren.
Aber er wurde es nicht mehr los.

ooooo

»Ich werde heiraten, Papa.« Isis ließ den Becher sinken und stützte sich auf den Tisch. An Nezems Miene erkannte sie, dass sie festen Grund brauchen konnte.
»Bist du endlich vernünftig geworden?« Die ersten Worte hatten beinahe noch heiter geklungen. »Und wen, wenn ich fragen darf?« Jetzt war sein Tonfall schon anders.
»Es gibt nur einen für mich. Du kennst ihn ebenso lange wie ich – Anu.«
»Anu.« Er wiederholte den Namen, als höre er ihn zum ersten Mal. Dann erhob er sich schwerfällig. »Das wirst du nicht tun, Mädchen!«
Zunächst glaubte Isis, sich verhört zu haben.
»Anu«, wiederholte sie. »Anu, mein allerbester Freund.

Mama hat uns schon als Kinder in die gleiche Wiege gelegt, und wir …«
»Sei still!« Nezems Gesicht hatte sich auf gefährliche Weise verändert. Der Mund war erschlafft, die Augen traten hervor. »Nicht Anu!«
»Und weshalb nicht? Alle mögen ihn. Und er macht seine Arbeit als Schreiber ausgezeichnet. Was hast du gegen ihn?«
Isis war ebenfalls aufgesprungen. Ihre Augen funkelten aufgebracht. Genauso hatte Selene immer ausgesehen, wenn sie gestritten hatten, und ihn meistens zum Nachgeben gebracht. Heute aber durfte er sich keine Schwäche leisten. Nezem wandte sich halb ab, bevor die Erinnerung an die Tote übermächtig wurde.
»Gegen ihn persönlich – nichts«, sagte er. »Aber eine ganze Menge gegen seinen Bruder. Und noch mehr gegen den Vater. Sie sind alle miteinander nichts wert.«
»Aber ich will doch weder Khay noch Basa«, sagte Isis. »Mit Anu möchte ich Kinder haben und alt werden.«
»Ich lasse nicht zu, dass du in diese Sippe kommst – niemals!« Polternd fuhr er zu ihr herum.
»Du wirst mich nicht davon abhalten«, sagte sie mit zitternder Unterlippe. »Ich habe mir deinen Segen so sehr gewünscht. Aber ich werde auch ohne ihn an meiner Entscheidung festhalten. Willst du deine Tochter verlieren?«
Sie sahen einander an, ohne dass einer nachgab.
»Komm endlich zur Vernunft, Isis!«, versuchte Nezem schließlich einzulenken. »Ich habe meine Gründe, das kannst du mir glauben! Wahrhaft triftige Gründe.«
»Dann sag sie mir!«, verlangte sie.
»Das kann ich nicht.«
»Weshalb?« Isis suchte seinen Blick, Nezem aber sah an ihr vorbei. »Du warst es doch, der mir von klein auf beigebracht hat, sich nicht mit Ausreden zufrieden zu geben! Bitte, Papa, rede! Mir zuliebe.«

»Ich kann nicht.« Sein Gesicht verriet die große innere Qual.
»Das muss dir genügen.«
»Ist das dein letztes Wort?«
»Du wirst Anu nicht heiraten!«
Isis ging langsam zur Tür, verschwand kurz im Nebenraum und kam mit einem verhüllten Gegenstand zurück. Sie zögerte, bevor sie ihn auf den Tisch stellte. Dann zog sie das Tuch weg. »Deswegen?«, fragte sie. »Ist das vielleicht der Grund?«
Ein Gurgeln war alles, was Nezem zustande brachte. Er streckte die Hand nach der Isis-Statue aus, seine Tochter jedoch zog die Figur schnell zurück.
»Woher?«, fragte er dumpf.
»Sag du es mir!«, verlangte sie. »Und den Rest dazu, den ich bis heute nicht verstanden habe. Du hattest alle Statuen zerschlagen, als ich nach Hause kam.« Er nickte müde. »Aber zu diesem Zeitpunkt konntest du noch gar nicht wissen, dass Mama tot war. Ihre Leiche wurde erst sehr viel später angetrieben.«
Nezem schwieg beharrlich.
»Wieso hast du es dann getan?« Ihre Stimme drohte zu kippen. »Weil du dir sicher warst, dass Mama nicht mehr nach Hause kommen würde?«
»Du hast ja keine Ahnung, Isis! Du warst noch ein Kind.«
»Aber jetzt bin ich kein Kind mehr. Ich will es wissen, Papa. Ich muss es wissen! Was ist passiert?« Atemlos redete sie weiter. »Sie ist gar nicht ertrunken, nicht wahr? Es war kein Unfall, sondern sie ist in den Fluss gegangen, weil sie keinen anderen Ausweg wusste. Was ist geschehen, dass sie nicht mehr leben wollte? Es muss etwas Schreckliches gewesen sein, denn sonst hätte Mama uns niemals verlassen. Ich will endlich alles erfahren. Ich bin ihre Tochter. Ich habe ein Recht darauf.«
»Hör auf!« Mit aufgerissenen Augen starrte Nezem sie an. »Ich halte es nicht länger aus. Hör sofort damit auf!«

»Ich werde erst aufhören, wenn ich die ganze Wahrheit weiß. Was ist mit Basa? Haben Mama und er …«
Nezem drehte sich mit einer Geschmeidigkeit um, die sie ihm nicht zugetraut hatte. Er lief hinaus und sperrte die Türe zu. Isis hörte ihn davonrennen, als sei eine Hundemeute hinter ihm her.
Dann wurde es still.

ooooo

Schepenupet legte den Brief zur Seite, als sie das vorsichtige Klopfen hörte. »Komm rein!«, rief sie.
»Du bist noch wach?« Vorsichtig schob Nitokris ihren schmalen Kopf durch die halb geöffnete Türe. »Ich habe Licht bei dir gesehen.«
»Ja, ich bin viel zu aufgekratzt, um schon zu schlafen. Eigentlich wollte ich dir die Überraschung erst morgen verkünden. Aber da du schon einmal hier bist – lies!« Sie reichte der Adoptivktochter den Papyrus.
Nitokris erkannte sofort das königliche Siegel.
»Von meinem Vater?«, sagte sie erstaunt und begann zu lesen. »Und er kommt uns zum Opet-Fest besuchen. Ich freue mich – ich hatte schon befürchtet, er hätte mich ganz vergessen.«
»Unsinn! Psammetich hat weder dich vergessen, geschweige denn Waset und den Tempel, egal, was Horachbit und seine Getreuen verbreiten.«
»Du weißt davon?«
»Natürlich«, sagte Schepenupet heiter. »Sie geben sich ja keine allzu große Mühe, ihre Meinung zu verbergen.« Beide lachten. »Der Pharao ist dabei, die Armee zu reorganisieren«, fuhr sie fort. »Keine unserer Grenzen ist ausreichend gesichert. Mag auch der Stier von Assur nicht mehr ganz so laut brüllen, weil er mit den Nachbarn im Westen

zu tun hat, es gibt andere, deren Appetit nicht minder groß ist.«
»Besteht denn Gefahr?«, fragte Nitokris. »Wird es bald wieder Krieg geben?«
»Hoffentlich nicht. Es gibt kein größeres Übel als den Krieg. Einmal glaubte ich schon, das Schrecklichste verhindern zu können, aber ich habe mich gründlich getäuscht. Seitdem weiß ich, dass man niemals sicher sein kann. Und dein Vater, der Pharao, weiß es auch.«
Die »Gottesgemahlin des Amun« trank einen Schluck Wein. »Deshalb hat er sich mit dem lydischen König Gyges verbündet, deshalb holt er immer mehr karische und ionische Söldner ins Land. Außerdem rüstet Psammetich die Flotte auf, weil er davon überzeugt ist, dass Kemet künftig auch als Seemacht stark sein muss. Ich denke, er beweist damit große Voraussicht. Denn auch rund um das große grüne Meer gibt es Völker, die gierig nach unseren Schätzen sind.«
»Es wird also niemals aufhören, dieses fürchterliche Kämpfen und Sterben«, sagte Nitokris nachdenklich. »Kaum ist irgendwo Frieden geschlossen, brodelt anderswo schon wieder ein neuer Konflikt. Weißt du, weshalb die Menschen so grausam sein müssen, Mutter?«
Zum ersten Mal seit langer Zeit, dass sie Schepenupet so nannte. Die »Gottesgemahlin« spürte eine Welle von Freude. Montemhet hatte Recht gehabt mit dem, was er über Nitokris vor langer Zeit gesagt hatte. Sie war froh, dass sie nicht vorzeitig aufgegeben hatte.
Sie fasste Nitokris bei der Hand. »Ich habe mich stets bemüht die Menschen zu verstehen«, sagte sie, »auch wenn es mir beileibe nicht immer gelungen ist. Ich glaube, Nitokris, wir können nur bei uns selbst beginnen. Solange wir neidisch, hasserfüllt oder rachsüchtig sind, dürfen wir nicht erwarten, dass andere uns gütig und friedfertig begegnen.

Nur wenn *wir* uns ändern, ändert sich eines Tages vielleicht auch die Welt.«
»Das klingt ja fast wie ein Abschied!« Die Augen der jungen Frau musterten sie aufmerksam. »Geht es dir nicht gut? Bist du vielleicht krank?«
»Ich bin nicht krank, und ich freue mich, dass ich eine so kluge Tochter habe.« Schepenupets Lächeln wurde tiefer. »Du hast Recht. Es ist ein Abschied.« Sie nahm eine andere Papyrusrolle, die sie zuvor ein Stück beiseite geschoben hatte, in die Hand. »Die Tinte ist eben getrocknet. Den ganzen Nachmittag bin ich daran gesessen. Soll ich dir etwas verraten? Beim Opet-Fest werden wir beide den Pharao mit einer Neuigkeit überraschen, die ihn sehr glücklich machen wird.«
»Welche Neuigkeit? Wovon redest du?«
»All die Jahre bin ich gern die Gemahlin des Unsichtbaren gewesen. Mit ganzem Herzen habe ich Amun gedient, auch wenn ich mir mein Leben anfangs ganz anders vorgestellt hatte.« Schepenupet hielt kurz inne.
»Montemhet«, sagte Nitokris. »Du hast ihn heimlich geliebt.«
Schepenupet lachte schallend. »Du weißt es also auch schon? Eine schöne heimliche Liebe, wenn es inzwischen schon die Spatzen von den Dächern pfeifen! Aber es stimmt. Als ich sehr jung war, träumte ich davon, seine Frau zu werden. Dann jedoch kam meine Entscheidung für Amun. Und jetzt bist du an der Reihe, Tochter.«
»Soll das heißen ...« Nitokris starrte sie ungläubig an.
»... dass ich mein Amt an dich übergebe. Ich könnte mir keine würdigere Nachfolgerin vorstellen. Jetzt schau mich nicht so erschrocken an, Nitokris! Alles, was ich weiß, habe ich dir längst beigebracht.« Ihr Lächeln erstarb. »Aber es gibt noch andere, traurige Gründe. Ich musste erleben, wie Amenardis vor meinen Augen starb. Und ich habe den Tod

selbst zu kosten bekommen. Bevor ich seine Schwingen abermals spüre, soll mein Haus bestellt sein.«
»Aber du bist doch noch nicht alt! Und inzwischen wieder ganz gesund. Du wirst nicht sterben.« Ungestüm umarmte Nitokris sie. »Du darfst mich nicht allein lassen!«
»Eines Tages werde ich es tun müssen«, sagte Schepenupet. »Und allein bist du nicht. Der Unsichtbare, dein göttlicher Gemahl, ist immer bei dir.«
»Ich will dieses Amt nicht – nicht, wenn du ...« Nitokris begann zu weinen.
Schepenupet nahm sie in die Arme und wiegte sie sanft. »So groß und noch so klein!«, sagte sie leise. »Du musst keine Angst haben! Ich weiß genau, du wirst alles sehr gut machen.«
»Nein«, sagte Nitokris, »ich habe keine Angst. Es ist doch nur, weil ich dich ...«
»Ich weiß«, sagte Schepenupet, »ich weiß.« Das Schluchzen wurde leiser. Schließlich brachte Nitokris sogar ein zaghaftes Lächeln zustande. »So ist es schon viel besser. Außerdem will ich dich noch um etwas bitten.«
»Alles, was du willst!«
»Behalte unser Gespräch für dich! Psammetich weiß bereits Bescheid. Die anderen im Tempel aber«, ihr Mund verzog sich zu einem fröhlichen, fast mädchenhaften Grinsen, »wollen wir ruhig noch ein bisschen zappeln lassen. Ich finde, sie haben nichts Besseres verdient.«

∞∞∞

Ein Trupp Medjai brachte den Toten am anderen Morgen nach Hause. Die Männer wunderten sich, als sie das Haus zugesperrt fanden und auf ihr Klopfen hin von innen eine müde Mädchenstimme ertönte.
»Er hat mich eingesperrt. Ich kann nicht raus.«

»Aufbrechen!«, ordnete der Hauptmann an, der den Transport überwacht hatte. Mit Hilfe eines Stemmeisens verschafften sie sich Zutritt.

Isis kam ihnen sofort entgegen. »Was ist geschehen?« Sie wurde noch blasser, als sie den Toten auf der Bahre sah. »Vater? Das kann nicht sein!«

»Leider doch«, sagte der Hauptmann. »Offenbar eine Rauferei in einer Taverne. Plötzlich muss ein Messer ins Spiel gekommen sein. Er hat jedenfalls einen Stich in den Bauch abgekommen. Allerdings war er da vermutlich stockbetrunken.«

»Mein Vater hat Tavernen gehasst.«

»Zeugen sagen, er sei irgendwann hereingetorkelt. Wir konnten ihn nicht mehr danach fragen. Jedenfalls begann er nachts in der Zelle zu schreien. Zwei Wachhabende sind sofort zu ihm gegangen. Aber es war zu spät. Sie konnten ihm nicht mehr helfen. Vor ihren Augen ist er verblutet.«

»Verblutet«, wiederholte Isis tonlos. »Aber wieso steckte mein Vater überhaupt in einer Zelle?«

»Dein Vater hat vor dem Haus des Ersten Baumeisters randaliert und Morddrohungen ausgestoßen. Zum Glück hat er Basa nicht angetroffen. Aber er wollte nicht gehen. Der glatzköpfige Diener hat uns schließlich geholt. Als wir anrückten, war dein Vater jedoch längst verschwunden. Erst in der Taverne konnten wir ihn schließlich festnehmen.«

»Iucha«, flüsterte Isis unter Tränen, »der Kahle! Hat er meinen Vater auf dem Gewissen?«

»Wie kommst du zu dieser Annahme?«

»Ich glaube, die beiden kannten sich ganz gut. Auch wenn keiner von beiden es zugeben wollte.«

»Was meinst du damit?«

Statt zu antworten ging Isis zu Bahre. Als sie sich über Nezem beugte, fielen ihre Tränen nicht auf das Gesicht eines friedlichen Toten. In seinen Zügen standen vielmehr Angst und eine so tiefe Verlassenheit, dass sie sich abwenden musste.

»Verzeih mir!«, sagte sie leise. »Ich hätte nicht so mit dir reden dürfen, Papa. Aber ich konnte nicht anders. Ich musste doch endlich wissen, woran ich bin.«
Der Hauptmann war ihr gefolgt. »Wenn du etwas über einen Streit weißt, musst du es uns unbedingt sagen.« Seine Stimme war kühl. »Jeder, der wichtige Hinweise unterschlägt, macht sich strafbar.«
»Aber ich weiß doch gar nichts!«, sagte Isis, plötzlich viel vorsichtiger. Sie wischte die Tränen weg. »Das letzte Mal, als ich die beiden zusammen gesehen habe, war ich noch ein halbes Kind. So lange liegt das zurück.«
»Du kannst in große Schwierigkeiten kommen, wenn du etwas verheimlichst«, beharrte er.
»Mein Vater ist tot!« Jetzt schrie sie beinahe, und die Wut, die sie auf einmal spürte, verlieh ihr ungeahnte Kraft. »Kann ich jetzt endlich in Frieden von ihm Abschied nehmen?«
Sie ließ gerade noch zu, dass die Medjai den Toten ins Haus trugen. Dann gingen sie. Mit einem Hocker, den sie vor die aufgebrochene Tür stellte, schloss sie das Haus hinter ihnen. Jetzt erst holte sie die geflügelte Statue und bettete sie in Nezems Arme.
»Ihr beiden seid jetzt wieder vereint.« Sie weinte bitterlich. »Keiner kann euch mehr trennen. Aber was ist mit mir?«

ooooo

Bevor der junge Steinmetz zu ihr kam, verspürte Meret große Unruhe. Das kleine blaue Haus, das früher einen Wab-Priester beherbergt hatte und ihr von Schepenupet auf unbestimmte Zeit überlassen worden war, kam ihr auf einmal wie ein Gefängnis vor. Sie schritt auf und ab, rückte hier ein Öllämpchen zurecht, dort einen Becher. Immer wieder flog ihr Blick über die spärliche Einrichtung, aber sie entdeckte nichts, mit dem sie sich noch hätte ablenken können.

Als es schließlich klopfte, war es so spät geworden, dass sie halb eingeschlummert war. Schlaftrunken ging sie zur Tür.
»Nezem ist tot«, rief Khay beim Hereinkommen. »Irgendjemand hat ihm ein Messer in den Bauch gerammt.«
»Der Erste Bildhauer?«
»Isis' Vater, ja, mein Lehrmeister, dessen Format ich nie erreichen werde. In keinerlei Hinsicht.« Khay war betrunken, sie roch es an seinem Atem und sah es an seinen Bewegungen. »Ich war bei ihr, sofort nachdem ich davon gehört hatte. Ich wollte ihr Hilfe anbieten und Silber, damit sie ihm wenigstens ein schönes Grab bereiten kann. Aber Isis will mein Silber nicht. Und meine Hilfe. Gar nichts will sie von mir!«
Er schwankte derart, dass Meret unwillkürlich die Hände ausstreckte, um ihn zu stützen. Schließlich gelang es ihr, ihn auf einen Schemel zu schieben. Im Sitzen wiegte er sich wie ein Kind hin und her.
»Willst du nicht lieber nach Hause gehen und dich erst einmal gründlich ausschlafen?«, fragte sie.
»Ich habe kein Zuhause mehr. Ich habe nichts mehr, verstehst du, jetzt, wo Nezem tot ist. Nicht einmal mehr das Abenteuer, das mich noch ablenken könnte. Aber wie solltest du das auch verstehen, wo doch keiner mich versteht!«
»Ich glaube, ich verstehe dich ganz gut«, sagte Meret vorsichtig. »Du fühlst dich verletzt und allein gelassen. Und du bist sehr traurig.«
»Traurig? Wütend bin ich! Sie will ausgerechnet ihn heiraten, meinen verdammten kleinen Bruder. Isis will Anu heiraten! Aber wenn sie schon mich nicht will, ihn soll sie auch nicht kriegen.«
»Anu ist dein Bruder? Und Isis die Frau, die dich zurückgewiesen hat?«
»Genau so ist es«, sagte er dumpf. »Aber mich weist keine Frau zurück. Ich weiß nämlich, was die Frauen wirklich wollen. Sie wollen doch alle nur das eine.«

»Sicher irrst du dich da.« Meret legte zögernd die Hand auf seinen Kopf. »Wenn du das glaubst, musst du noch sehr viel über Frauen lernen, Khay.«

Zu ihrem Erstaunen schüttelte er ihre Hand nicht gleich ab. »Vielleicht bist du anders,« murmelte er in sich hinein. »Ich weiß nicht, warum ich gerade dir das alles erzähle. Bei dir war es vom ersten Augenblick an anders.« Er hielt inne, nur um gleich darauf abrupt hochzufahren, die Augen glitzernd vor Zorn. »Dabei bist du gewiss auch wie alle anderen.«

»Woher kennst du mich?«, fragte Meret, die einen Schritt zurücktrat.

Er starrte sie einen Augenblick lang an, und sie hoffte, er würde es ihr endlich sagen. Aber Khay fuhr sich mit der Hand über die Augen und schüttelte heftig den Kopf.

»Keine Ahnung. Wollte dich sicher nur anmachen, ihr fallt doch gerne auf den ersten Besten rein! Nur mein kleiner Bruder hat da andere Methoden sich bei den Weibern einzuschleichen.« Sein Blick schien etwas Irres zu bekommen, er stierte an Meret vorbei. »Aber das wird ihm auch nichts nützen.«

»Du willst ihn umbringen«, sagte Meret plötzlich. »Du hast vor, Anu zu töten.«

»Woher weißt du das?« Khay machte Anstalten, sich auf sie zu stürzen. »Wer hat dir das erzählt?«

Langsam wich Meret zurück. »Ich sehe es in deinen Augen«, sagte sie. »Und in deinem Herzen. Aber das darfst du nicht! Brudermord ist ein schreckliches Verbrechen – das schrecklichste von allen.«

»Misch dich nicht in Angelegenheiten, die dich nichts angehen!« Der dunkle Bartschatten ließ Khays Gesicht schmäler wirken. »Was weißt du schon von Verbrechen?«

»Ich bitte dich, Khay: Lass Anu in Frieden! Du darfst ihn nicht töten! Ihr seid doch Brüder! Das gleiche Blut verbindet euch.«

»Brüder? Tiere sind wir, denn wir alle müssen sterben. Und jeden Tag werden die Schatten länger. Fürchtest du dich nicht? Ich fürchte mich manchmal.«
Die letzte Gelegenheit, ihn doch noch zur Umkehr zu bewegen – Meret spürte es ganz deutlich. Wenn sie jetzt das richtige Wort fand, den richtigen Satz! Aber ihr Kopf war auf einmal ganz leer, die Zunge wie gelähmt.
Khay schien wie aus einem Traum zu erwachen, wieder ganz der Alte, misstrauisch, aggressiv. »Und wer sollte mich daran hindern? Du vielleicht? Eine Frau, die nicht einmal weiß, wer sie eigentlich ist? Dass ich nicht lache!«
»Ich werde mit Anu reden.« Meret suchte verzweifelt nach Argumenten. »Ich sage ihm, was du vorhast.«
»Tu das ruhig! Aber wird er dir auch glauben?« Wie ein selbstverliebter Tänzer drehte er sich um die eigene Achse. »Anu wird es nicht, das garantiere ich dir!«
»Dann spreche ich mit Isis. Wir werden auf jeden Fall alles unternehmen, um ein scheußliches Verbrechen zu verhindern!«
»Und du willst eine Seherin sein?«, höhnte er. »Nichts als eine billige Betrügerin bist du!«
Meret spürte, wie alle Kraft aus ihrem Körper wich. Hatte er etwas über sie in Erfahrung gebracht? Sie zwang sich zur Beherrschung. Khay bluffte. Er wusste nichts. Niemand konnte ihm etwas über sie verraten haben. »Weshalb?«, sagte sie, äußerlich ruhig.
»Weil du sonst wissen würdest, dass Anu sterben wird. Den Tag seiner Hochzeit überlebt er nicht. Isis wird Witwe, bevor sie Gelegenheit hat, das Brautbett zu besteigen.«
Wie von Sinnen lief Khay hinaus.

ooooo

Das Flattern der Segel. Knarzendes Holz. Leises Glucksen, sobald die Ruder eintauchten. Die Jubelschreie der Menschen. Wenn Schepenupet die Augen schloss, hörte sie bereits all die Geräusche, die für sie seit jeher mit dem Opet-Fest verknüpft waren.

Morgen würden die Kultstatuen eingeschifft. Vier mit Blumen geschmückte Barken brachten die Götterbilder Amuns, seiner Gattin Mut, des Sohnes Chons und Pharao Psammetichs nilaufwärts. Soldaten, Musiker, Tänzer, Frauen und Kinder begleiteten den Zug, wenn die Heiligtümer an Land gebracht und die lange Allee aus widderköpfigen Sphingen entlang getragen wurden, um schließlich wieder hinter Tempelmauern zu verschwinden.

In der Mitte der Überschwemmungszeit war die Ausgelassenheit immer am größten, wenngleich die diesjährige Nil-Flut alle Erwartungen aufs Neue enttäuscht hatte. Vielleicht sehnten sich deshalb alle so sehr nach Fröhlichkeit, um wenigstens für kurze Zeit zu vergessen, dass die Ernte wieder zu gering ausfallen würde. Es gab mehr Bettler in Waset als je zuvor; ärmere Familien lebten nur noch von Brot, Zwiebeln und Bier. Man sah es an den aufgetriebenen Bäuchen der Kinder, die in seltsamem Gegensatz zu den dünnen Beinchen standen.

Das war einer der Punkte, die Schepenupet unbedingt mit Psammetich besprechen wollte. Der Hohepriester Horachbit hatte sich bislang geweigert, die Notspeicher zu öffnen, was ihrer Meinung nach schon längst angestanden hätte. Sie war gespannt auf Horachbits erstauntes Gesicht, denn bislang wusste außer Nitokris und ihr niemand, dass der Pharao gegen Mittag im Hafen eintreffen würde.

Auf dem Bett lag ihr Festgewand, ein in unzählige kleine Fältchen gelegtes Leinenkleid, leuchtend rot gefärbt mit dem Saft der Purpurschnecken. Dazu würde sie einen breiten Kragen aus Gold und Lapislazuli tragen sowie die Geierhaube, Insignien der amtierenden »Gottesgemahlin«. Sie schwitzte, wenn sie an den schweren Prunkschmuck nur dachte. Mit einem Tuch rieb sie sich den Nacken trocken.

Seit Wochen ächzte die Stadt unter einer unerträglichen Schwüle, die alle müde und reizbar machte. Nicht einmal die Nächte brachten irgendeine Abkühlung. Freilich durfte Schepenupet sich auf die Klarheit der Herbsttage freuen, die sie zum ersten Mal seit Jahren nicht in Waset verbringen würde. Sie hatte sich entschlossen, stromaufwärts zu reisen, in ihre alte Heimat, um am Heiligen Berg das Grabmahl Taharkas und seines weniger glückreichen Neffen Tanutamuns zu besuchen. Galt ihr Respekt inzwischen auch Pharao Psammetich und seinen Reformen, in ihrem Herzen fühlte sie sich noch immer als Tochter des Goldlandes Tanub.
Sie trat hinaus in den Garten. Eine schmale Mondsichel stand am Himmel, ziehende Wolken ließen ab und zu Sterne aufblitzen. Plötzlich sehnte sie sich nach der Weite und Klarheit der Wüste. Endlich keine Gefangene des Tempels mehr sein, endlich wieder tun und lassen können, wonach ihr wirklich war – wie hatte sie das strenge Protokoll nur so viele Jahre ertragen können?
Eine schwere Last würde schon morgen von ihren Schultern genommen. Dabei machte Schepenupet sich keine Illusionen darüber, welchen Wirbel ihre unerwartete Abdankung zunächst verursachen musste. Aber nach und nach würden sich alle daran gewöhnen. Und außerdem konnte sie mit einem rechnen, der sie sofort verstehen würde: Montemhet, der selbst dem Tag entgegenfieberte, an dem er seinen jüngeren Sohn als Nachfolger einsetzen konnte.
»Ich danke ab, sobald die Grabräuber gefasst sind«, hatte er ihr anvertraut. »Dann soll Nesptah mein Werk weiterführen – in deinem und meinem Sinn.«
Sie musste unwillkürlich lächeln, wenn sie an den ernsthaften jungen Mann dachte, der so ausgelassen mit seinem kleinen Sohn spielen konnte – ihrem und Montemhets Enkel, wie sie manchmal scherzhaft sagte.
»Weil ich dich niemals festhielt, Montemhet, bliebst du bei

mir«, sagte sie leise. »Du besitzt große Kraft. Und hast deine Träume dennoch nicht vergessen. Das ist es, was ich an dir so liebe.«

Ein Rascheln.

Sie drehte sich halb um, starrte in die Dunkelheit, konnte aber nichts erkennen. Alles war still. Dann flammte ein Licht auf.

»Wer ist da?«, rief sie, erhielt aber keine Antwort.

Bevor sie einen Schritt machen konnte, traf der Pfeil sie mitten ins Herz.

ooooo

Schweißgebadet wälzte Udjarenes sich auf ihrem Lager. Ihre Lunge schien den Dienst verweigern zu wollen. Pfeifend rang sie nach Luft. Die Klingel, mit der sie eine Dienerin hatte rufen wollen, war längst ihrer zittrigen Hand entglitten und irgendwohin gerollt, zu weit entfernt, um sie jemals aus eigener Kraft wieder zu erreichen.

Nur ihr Gehör hatte sich verfeinert, ein Sinnesorgan, so geübt inzwischen, dass sie selbst das leiseste Geräusch aus großer Entfernung wahrnehmen konnte.

Draußen schrie ein Käuzchen. Sie glaubte Ruderschläge zu hören. Und dann das Sirren eines Pfeils.

Ein heißer, brennender Schmerz.

Udjarenes bäumte sich halb auf, griff an ihre Brust und sank mit einem letzten Röcheln auf das Bett zurück.

ooooo

Nachdem sie bislang so oft vor dem blauen Haus wieder kehrt gemacht hatte, entschloss sich Isis, dieses Mal nicht zu kneifen. Sie schob die in ein Tuch eingeschlagene Statue unter den anderen Arm und klopfte, erhielt aber keine Antwort.

Mehr aus Versehen als aus Absicht lehnte sie sich gegen die Türe. Die schwang auf und gab den Blick auf einen kleinen Flur frei.

»Jemand zu Hause?«, rief sie. »Ich bin es, Isis. Bist du da, Meret?«

Als nichts zu hören war, ging sie hinein. Das kleine Zimmer war sauber und karg eingerichtet. Zwei Schemel, eine Truhe, ein paar Becher und Teller auf einem Wandregal. Isis ging weiter und war sich bei jedem Schritt bewusst, dass sie in einen Bereich eindrang, der wohl kaum Besucher kannte. Aber hatte Meret sie nicht aufgefordert zu kommen, wenn sie reden wollte? Und diese Aufforderung erst gestern wiederholt, so eindringlich, dass Isis ganz befangen geworden war?

Eine alte Holztreppe führte nach oben. Vielleicht war Meret dort zu finden. Die erste Türe öffnete Isis schwungvoll, weil sie so schmal war, dass sie sie für eine Wäschekammer gehalten hatte.

Sie wurde einer schlanken, nackten Frau gewahr, die gerade dabei war, sich einzuölen. Meret fuhr erschrocken herum. Sie griff nach einem Kleid und presste es an ihren Körper – einen Augenblick zu spät.

Isis starrte sie fassungslos an. Dann drehte sie sich um und lief nach unten.

Es dauerte eine Weile, bis Meret nachkam. Äußerlich schien sie ruhig wie immer, wenngleich ihre Stimme leicht belegt klang.

»Gut, dass du gekommen bist, Isis. Wir müssen reden«, sagte sie.

Befangen deutete Isis auf die Statue. »Die Züge meiner Mutter. Mein Vater hat Dutzende davon gemacht. Er war ganz besessen davon. Aber als ich eines Tages nach Hause kam, hatte er alle zerschlagen. Weshalb? Ich möchte endlich die Wahrheit erfahren! Deshalb bin ich heute hier.«

Die Bilder kamen sofort, so stark und deutlich, dass Meret

ein Zittern unterdrücken musste. Sie sah Verzweiflung, Hinterlist und Gewalt, eine Frau, die jede Hoffnung verloren hatte und nur noch den Tod als Ausweg wusste.

Und ein kleines verlassenes Mädchen …

»Deine Mutter hat dich sehr geliebt«, sagte sie, als ihr die Stimme wieder gehorchte. »Deshalb ist sie gestorben. Das ist die Wahrheit.«

»Das ist alles?«, sagte Isis.

»Ist das nicht genug?«, fragte die Seherin. »Es ist mehr, als viele jemals erfahren dürfen.«

Isis starrte auf die Statue. Meret senkte den Blick. Plötzlich wurde das Schweigen zwischen ihnen lastend.

»Du hättest das vorhin nicht sehen sollen«, sagte Meret schließlich. »Ich kann verstehen, wenn du jetzt verwirrt bist.«

»Du hast gesagt, ich soll kommen«, sagte Isis. »Zweimal sogar. Und als auf mein Klopfen keine Antwort kam … Wie hätte ich ahnen können …«

»Keiner weiß davon«, sagte Meret, »außer einer Priesterin, die mir sehr nahe steht, und meiner toten Ziehmutter Ruza. Sie hat mich immer davor gewarnt, mich jemandem anzuvertrauen. Ich weiß inzwischen, wie Recht sie damit hatte.«

Meret nahm den Krug. Ihre Hand war unsicher, aber es gelang ihr trotzdem einzuschenken. »Wasser?«

Isis nahm den Becher und trank.

»Du hast eben den Namen Ruza erwähnt«, sagte sie, inzwischen schon etwas ruhiger. »Meine Mutter hat manchmal von einer Ruza gesprochen.«

»Deine Mutter? Was hat sie gesagt?«

»Dass Ruza eine tapfere Frau war. Sie lebte in Basas Haus, bis sie eines Tages spurlos verschwand. Wenn ich mich nicht täusche, war sie dort Amme. Ja, ich glaube, das hat Selene gesagt.«

Meret fiel es schwer weiterzusprechen. »Was weißt du noch von ihr?«, brachte sie schließlich heraus.

»Das ist eigentlich alles«, sagte Isis. »Vielleicht hat sie Khay gestillt. Denn als Sarit gestorben ist …«

»Sarit? Wer war Sarit?«

»Khays und Anus Mutter. Basas Frau. Sie hat sich, so viel ich weiß, von Anus Geburt nie richtig erholt. Das war auch der Grund, weshalb wir eine ganze Zeit bei ihnen gelebt haben. Aber ich war noch zu klein, um mich daran zu erinnern.«

Meret war sehr blass geworden. Schweiß stand auf ihrer Stirn. Die Augen waren weit geöffnet.

Ein dunkler, schmaler Kopf, schöne Hände. Eine Stimme, mal weich und zärtlich, dann wieder schroff … »Mein Kleines, was soll nur aus dir werden? Er wird dich töten! Eines Tages wird er dich töten …«

»Was ist mit dir?«, fragte Isis besorgt. »Bist du krank? Ich werde nichts sagen. Zu niemandem. Du kannst mir vertrauen.«

»Ich vertraue dir«, sagte Meret und schien mit ihren Gedanken von sehr weit her zu kommen. »Aber ich weiß jetzt, wer meine Mutter war: Sarit.«

»Bist du sicher? Aber das würde ja heißen, dass Khay und Anu …«

»Sie sind meine Brüder«, flüsterte Meret. »Und einer will den anderen umbringen. Die Schatten werden länger. Uns bleibt nicht mehr viel Zeit.« Sie packte Isis' Hand. »Anu ist in großer Gefahr. Und du bist es ebenso, denn Khay will mit allen Mitteln eure Hochzeit verhindern. Und seinen Bruder töten. Mein Bruder will meinen Bruder töten – hast du verstanden?«

»Anu?«, sagte Isis. »Er will Anu töten?«

ooooo

Pacher war mit einem Segelboot aus Sunu gekommen und suchte sich als Erstes eine Unterkunft in einer einfachen Her-

berge. Dies gestaltete sich schwieriger, als er zunächst gedacht hatte, weil die Stadt wegen des Opet-Festes überfüllt war. Aber schließlich hatte er einen geeigneten Schlafplatz ergattert.
Danach begann er sofort mit seinen Erkundigungen.
Seine Händlerseele führte ihn zunächst auf den Markt, wo er von Stand zu Stand ging, aus alter Gewohnheit Angebote und Preise verglich und schließlich scheinbar zufällig mit ein paar Marktfrauen ins Gespräch kam. Nicht lange, und er wusste, was er wissen musste.
In der drückenden Schwüle war der Weg zur Tempelstadt anstrengend. Immer wieder musste Pacher Rast machen, um sich auszuruhen und etwas Wasser zu trinken. Die Wunde, die Meret ihm mit dem Dolch zugefügt hatte, war verheilt. Eine lange Narbe unter dem Brustkorb würde ihn jedoch ein Leben lang an diese Nacht erinnern. Schließlich erreichte er am späten Nachmittag die Tempelmauer.
Von einem der jungen Wab-Priester erfuhr er, wann die Seherin für gewöhnlich anwesend war. Und auch, dass während des Opet-Festes keine Besucher in dem halb verfallenen Anbau empfangen würden. Pacher kam diese Auskunft nicht ungelegen. Damit hatte er Gelegenheit, sich ausführlicher umzusehen und genau zu überlegen, welche Schritte er als Nächstes unternehmen sollte.
Noch gemächlicher, um seine Kräfte zu schonen, trat er den Rückweg an. Er aß in einer der Tavernen am Hafen und überlegte kurz, ob er die Dienste einer der Huren in Anspruch nehmen sollte. Dann jedoch entschloss er sich, auf ein solches Vergnügen lieber zu verzichten.
Denn das, was vor ihm lag, würde ihm sehr viel mehr Befriedigung schenken als der Körper einer käuflichen Frau.

Es war sein letzter Gang in den Stollen, denn nun gab es keinen Nezem mehr, der ihn weiterhin mit Kartenmaterial versorgt hätte. Außerdem waren die nächtlichen Wachen in der Nekropole, wie er schätzte, inzwischen mindestens verdreifacht worden. Überall konnten die Medjai plötzlich in der Dunkelheit auftauchen; Khay musste Haken schlagen wie ein Hase, um ihnen auszuweichen. Zum ersten Mal spürte er so etwas wie Furcht. Erst als er sein Ziel erreicht hatte, gelang es ihm, den Kopf wieder frei zu bekommen.

Natürlich hatten die Männer aus Keftiu ihn im Stich gelassen, aber er war fast froh darüber, wenngleich es auch bedeutete, dass er ganz auf sich allein gestellt war. Vorsichtshalber hatte er sich Schaufel und Spaten zusammen mit einem Sack auf den Rücken gebunden und ein Öllämpchen auf dem Kopf befestigt. Den engen Weg bewältigte er ohne besondere Schwierigkeit. In seinem Gehirn war jede Krümmung, jede Biegung, die der Stollen nahm, verzeichnet. Irgendwann musste jetzt der Geröllhaufen kommen, den sie beim letzten Mal beseitigt hatten. Langsam robbte Khay auf die Stelle zu und bemühte sich, gleichmäßig zu atmen.

Er war bei dem Loch angelangt und schob sich mit einiger Mühe durch. Dahinter lag die Kammer mit den vielen kostbar geschmückten Mumien. Er richtete sich auf, als es die Höhe erlaubte, nahm das Lämpchen vom Kopf und versuchte das Dunkel zu erhellen.

Ihm war, als herrsche ein größeres Durcheinander als bei seinem ersten Besuch. Einige der Toten hingen zum Teil aus den Särgen, andere waren halb von den Mumienbinden befreit. Bestimmt war es nur seine Erinnerung, die ihm einen Streich spielte! Oder seine Gefährten waren beim Abziehen der Schmuckstücke noch grober vorgegangen, als er es ihnen zugetraut hatte.

Dennoch war es seltsam, dass er nur so wenig Gold fand. Er musste buchstäblich in die Särge kriechen, bis schließlich

genügend beisammen war, um seinen Sack einigermaßen zu füllen.
Das Licht begann bedenklich zu flackern. Wenn er den Rückweg nicht bald antrat, musste er ihn in vollkommener Dunkelheit zurücklegen. Khay warf einen letzten Blick auf die toten Pharaonen und kroch durch das Loch zurück in den Schacht.
Wieder draußen, umfing ihn die Schwüle wie ein feuchtes dunkles Tuch. Er blieb zunächst neben vor Eingang liegen, regungslos wie eine Echse an den Boden gepresst, und versuchte herauszufinden, wo die Wachen gerade steckten. In der Ferne glomm ein Feuerschein, aber er musste damit rechnen, dass die Medjai dergleichen benutzten, um ihn in die Irre zu führen.
Dann hörte er sie kommen.
Sie waren zu zweit, der eine schwerer als der andere, weil seine Schuhsohlen härter auf dem felsigen Untergrund aufschlugen. Sie waren noch so weit entfernt, dass er einen kleinen Vorsprung herausholen konnte. Er sprang auf und lief ein Stück bergauf, wo ihm eine Felsnase Schutz gab.
Die beiden machten vor dem Stollen Halt, den er soeben verlassen hatte. »Ob sie heute noch kommen?«, sagte der eine.
»Irgendwann müssen sie ja kommen. Immerhin haben wir noch genügend zurückgelassen, um ihnen den Mund wässrig zu machen.«
»Für wann ist eigentlich die Umbettung geplant?«, fragte der Erste.
»Der Oberst wird uns noch Bescheid geben. Und kein Wort darüber – zu niemandem! Sonst riskierst du deinen Kopf.«
Allmählich wurde es Khay unbequem, denn die Stelle, an der er stand, war sehr abschüssig. Außerdem hatte er genug gehört. Wenn er nicht bald das Weite suchte, würden sie ihn noch entdecken. Vorsichtig verlagerte er sein Gewicht, trat

dabei aber Geröll los. Eine kleine Steinlawine prasselte nach unten.
»Da oben ist jemand!«, schrie eine Männerstimme.
»Hilf lieber mir!«, jammerte der andere. »Mein Kopf! Es hat mich ganz schön erwischt.«
Khay zögerte keinen Augenblick mehr. Er packte seinen Sack und rannte los, so schnell er nur konnte.
Atemlos erreichte er die Stelle, wo er sein kleines Boot vertaut hatte. Er schob den Nachen ins Wasser und ruderte los. Es schien ihm sicherer, ein ganzes Stück weiter stromabwärts anzulegen als gewöhnlich, auch wenn der Rückmarsch dann um einiges weiter war. Alles war dunkel, als er das Ostufer erreicht hatte. Von der Flusspolizei, die ebenfalls ihre Kontrollen verstärkt hatte, war niemand zu sehen. Künftig brauchte er kein Tau mehr und kein neues Versteck. Er gab dem leichten Papyrusboot einen Stoß und sah zu, wie es langsam in Richtung der Strömung dahintrieb.
Seltsamerweise fiel es ihm schwer, sich loszureißen, obwohl er sich sagte, dass es vernünftig war zu gehen, solange es noch ganz dunkel war. Die Stadt schlief, die Straßen war leer. Nicht einmal eine streunende Katze begegnete ihm.
In den engen Gassen, die zum Hafen führten, roch es nach Abfällen und Fisch. Khay hatte sich längst daran gewöhnt, auch wenn ihn der Schmutz und der Gestank manchmal noch störten. Von einem alten Fischer, der früher mit seinem Boot Elfenbein aus Tanub transportiert hatte, hatte er sich einen Schuppen als Unterschlupf gemietet. Und er war froh, diesen endlich zu erreichen. Als er die Tür aufstoßen wollte, löste sich ein Schatten von der Wand gegenüber.
»Du kommst spät.« Iucha lächelte breit. »Oder sollte ich lieber sagen, früh?«
Voller Misstrauen musterte Khay den Vertrauten seines

Vaters. »Hat *er* dich etwa geschickt? Wieso weißt du überhaupt, wo ich zu finden bin?«
»Ich weiß so allerhand«, sagte der Kahle. »Und du kannst beruhigt sein: Dein Vater hat keine Ahnung, dass ich hier bin.«
»Was willst du?«
»Ich könnte dir eine Menge Schwierigkeiten abnehmen. Natürlich nur, falls du einverstanden bist.« Iuchas Blick ging zu dem Sack, den Khay unwillkürlich fester umklammerte.
»Kein Bedarf!« Khay wollte an ihm vorbei.
»Ich glaube, da täuscht du dich, mein junger Freund«, sagte der Glatzkopf langsam. »Wenngleich ich es dir nicht übel nehme, dass du mich unterschätzt – was Nezem übrigens auch lange Zeit getan hat. Und es ist ihm, wie wir beide wissen, nicht gut bekommen.«
»Nezem?« Khay starrte ihn an. »Was hattest du mit Nezem zu schaffen?«
»Dies und das«, sagte der Kahle. »Leider ist er zum Schluss ziemlich unvernünftig geworden. Aber wollen wir nicht hinein gehen und alles in Ruhe besprechen?«
Widerstrebend ließ Khay ihn eintreten. Iucha musterte das zerwühlte Bett und den nackten Lehmboden. Er setzte sich auf den einzigen Schemel.
»Was war mit Nezem?«, fragte Khay. »Hast du ihn getötet?«
»Ich?«, erwiderte der Kahle mit gespielter Empörung. »Sehe ich vielleicht aus wie einer, der sich gern die Hände schmutzig macht? Dafür gibt es andere.«
»Aber warum?«, sagte Khay. »Nezem war …«
»Hast du eigentlich nicht ganz andere Sorgen?«, unterbrach Iucha ihn. »Das Pharaonengold brennt dir doch unter den Nägeln. Du musst es loswerden, so schnell wie möglich. Ich könnte dir dabei behilflich sein.«
»Du? Ausgerechnet du? Außerdem – ich weiß gar nicht, wovon du überhaupt sprichst.«

»Lass deine Faxen!« Die Stimme des Kahlen war scharf geworden. »Und heb dir deinen Hochmut für andere auf. Ohne mich wäret ihr schon längst aufgeflogen. Oder wer glaubst du, hat damals dafür gesorgt, dass der kleine Idiot am Fluss so rasch zum Schweigen gebracht wurde? Ich weiß genau, was du in deinen Nächten machst, Khay. Ich weiß sogar, wo du das Zeug versteckt hast. Ein Teil ist hier in diesem unscheinbaren Sack.« Er versetzte dem Sack einen leichten Tritt. »Den Rest hast du vorsichtshalber aus der Wand geholt. Kluges Kerlchen! Ich wette, er ist jetzt irgendwo in der Tempelwerkstatt.« An Khays Miene sah er, dass er richtig getippt hatte. »Genau der Ort, den ich mir auch ausgesucht hätte. Sozusagen direkt unter Amuns Fittichen.«
»Was willst du?«, sagte Khay, der inzwischen jede Farbe verloren hatte. »Mich anzeigen?«
»Anzeigen? Wozu? Ich will dir ein Geschäft vorschlagen. Heiße Ware gegen Silber. Ist doch eigentlich ganz einfach: Ich habe Kunden, die schöne alte Dinge lieben, und du möchtest deinen hübschen Kopf behalten. Habe ich Recht?«
Khay starrte ihn wortlos an. Schließlich begann er zu nicken.
»Ausgezeichnet!«, sagte der Kahle. »Jetzt kommen wir beide endlich zusammen!«

ooooo

Mit versteinerter Miene hatte Nitokris der Parade der geschmückten Barken beigewohnt. Auch der Pharao wirkte ernst und in sich gekehrt. Die Jubelnden hatten zunächst vergeblich Ausschau nach Schepenupet gehalten, bald jedoch hatte sich die Nachricht von ihrem Tod überall verbreitet. Plötzlich war das strahlende Fest überschattet; das Winken wurde spärlicher, und die wenigen Zuschauer, die den Zug noch begleiteten, folgten ihm jetzt so gemessen wie bei einer Bestattung.

Psammetich wartete ab, bis die Kultbilder den Tempel erreicht hatten. Dann bat er Montemhet an seine Seite und ließ die gesamte Priesterschaft zusammenrufen.
»Ihr wisst, was geschehen ist?«
Die Opferhalle war gut gefüllt. Alle nickten.
»Ein verabscheuungswürdiges Verbrechen«, sagte Horachbit. »Wir müssen alles daran setzen, um den Mörder so schnell wie möglich zu fassen.«
»Das wird nicht nötig sein«, sagte Nitokris, die unter der ungewohnten Geierhaube sehr jung wirkte. »Meine geliebte Mutter wusste sehr genau, wer ihre Feinde waren. Schepenupet hat mit einem Anschlag gerechnet – seit langem schon.«
»Dann sag es uns!« Der Hohepriester begann heftig zu schwitzen. »Damit wir augenblicklich ...«
»Es gibt nur eine einzige Konsequenz, die ich aus diesem entsetzlichen Vorfall ziehen kann«, unterbrach ihn der Pharao. »Das Leben der ›Gottesgemahlin‹ ist in diesem Tempel nicht sicher. Zweimal hat man versucht, sie zu töten. Wie könnte ich es da wagen, mein eigenes Kind dieser Gefahr auszusetzen?«
»Es wird ein Einzelfall bleiben, Goldhorus«, versicherte Irti unter vielen Verneigungen. »Du kannst ganz beruhigt sein. Nitokris ist bei uns aufgehoben wie im Schoß einer Mutter.«
»Eine Mutter, die ihr Kind erst vergiften will und schließlich mit einem Pfeil erlegt?«, sagte Montemhet.
»Wie kannst du es wagen, so etwas zu behaupten!« Horachbit und seine Getreuen wollten sich auf Montemhet stürzen.
»Schweigt!«, donnerte Psammetich, und angesichts seiner Stimme wichen sie ängstlich wieder zurück. »Wie könnt ihr es wagen, euch im Angesicht von Schepenupets Tod derart aufzuführen? Sie war eine große Frau. Wer sie auf dem Gewissen hat, wird dafür büßen.« Er klammerte sich an den Krummstab.
»Genau!«, rief Horachbit, der noch immer nicht verstand,

was gerade vor sich ging. »Ganz richtig! Wir müssen dafür sorgen, dass so etwas nie wieder …«
»Ich habe genug. Endgültig!« Der Pharao hatte sich von seinem Sessel erhoben. »Wir beschließen hiermit, dass keiner von euch mehr im Amt bleibt. Ihr habt die Gemahlin Amuns nicht beschützt und behütet. Demnach seid ihr es auch nicht wert, dem Unsichtbaren weiterhin zu dienen. Ich enthebe euch eurer Ämter – ohne Ausnahme. Ihr seid alle entlassen. Morgen will ich keinen von euch mehr im Tempel sehen!«

ooooo

»Er hat sie wirklich alle hinausgeworfen?« Nesptah konnte kaum glauben, was er soeben gehört hatte. Wegen eines Skorpionstiches an der Ferse, der allerdings schon wieder am Verheilen war, hatte er dem Fest sowie dem Tempel fern bleiben müssen. Umso erstaunter war er über das, was sein Vater ihm nun berichtete.
»Auch du bist entlassen«, sagte Montemhet. »Ebenso wie ich. Aber ich denke, wir werden schon morgen von Psammetich wieder eingesetzt werden. Vielleicht sollten wir diesen Anlass benutzen, um eine weitere tief greifende Änderung vorzunehmen.« Er musterte seinen Sohn ernst. »Du weißt, wovon ich spreche?«
»Ich glaube schon, Vater. Allerdings solltest du dir auch wirklich sicher sein.«
»Ich bin mir sicher. Du dir nicht?«
»Doch«, sagte Nesptah. »Aber es ist alles so neu für mich. Der Gedanke, dass ich künftig an deiner Stelle die Stadt regieren soll – daran muss ich mich erst gewöhnen.«
»Aber lass dir nicht zu viel Zeit damit«, sagte Montemhet. »Waset ist keine Stadt, die Geduld für Zauderer aufbringt. Es ist eine launische Schöne, mit der du dich da einlässt, voller Tücken und Geheimnisse, aber auch mit einem großen Her-

zen. Du wirst sie lieben, so wie ich sie mein Leben lang geliebt habe. Alles habe ich getan, um sie zu schützen. Auch wenn es mir nicht immer gelungen ist.«

»Der Einfall der Assyrer«, sagte Nesptah. »Es bedrückt dich noch heute, dass es überhaupt dazu gekommen ist.«

»Nicht so sehr dass, sondern *wie«*, sagte Montemhet. »Schepenupet und ich hatten einen großartigen Plan entwickelt, um die Gefahr einzugrenzen, jedenfalls glaubten wir das damals. Aber dann ist alles doch ganz anders gekommen.«

»Sie fehlt dir?«, sagte Nesptah.

»Mehr, als ich sagen kann.«

»Und Udjarenes?«

»Seltsamerweise vermisse ich auch sie. Jetzt, da sie tot ist, ist sie mir näher als zuvor. Wir haben einen großen Teil unseres Lebens miteinander geteilt. Vielleicht hätte sie nicht so hassen müssen, wenn ich sie mehr geliebt hätte.«

Vater und Sohn schwiegen eine Weile. Sie brauchten keine Worte, um sich nah zu sein.

»Sie sind jetzt beide in der Obhut der Balsamierer«, sagte Nesptah schließlich. »Zur gleichen Zeit. Irgendwie merkwürdig, findest du nicht?«

»Sie sind gemeinsam aufgewachsen und fast zur selben Stunde gestorben«, sagte Montemhet. »Beide waren Töchter Tanubs. Und jede von ihnen war einzigartig.«

»Und das Grabmal? Muss Osiris noch lange auf seine Isis warten?«

Montemhet stand auf und drehte ihm den Rücken zu.

»Ich denke, ja. Denn ich habe meine Pläne geändert«, sagte er. »Schepenupet war die Gemahlin des Unsichtbaren, nicht meine – so sehr ich mich auch danach gesehnt habe. Ich habe kein Recht, sie für mich zu beanspruchen. Sie wird folglich allein ruhen. Mit dem Segen Amuns.«

»Und Udjarenes?«

»Mein Haus für die Ewigkeit soll auch ihr Haus für die Ewigkeit sein«, sagte Montemhet. »Meinst du nicht, dass ich ihr wenigstens das schulde?«

ooooo

Der Stadtfürst saß noch über seinen Aufzeichnungen, als ein Diener Basa anmeldete. »Jetzt? Am späten Abend?«

»Er wollte sich um keinen Preis abweisen lassen, Herr. Er wartet noch immer draußen.«

»Dann führ ihn herein!«

Er erschrak, als er seinen Ersten Baumeister erblickte. Basas Bewegungen waren fahrig, das Gesicht wirkte eingefallen. Und auf dem sonst stets blütenweißen Schurz entdeckte Montemheb ein paar Flecken.

»Ich hoffe, du hast gute Gründe, mich so spät zu stören«, sagte der Stadtfürst. »Und ausgerechnet an diesem Tag.«

»Ja, die ›Gottesgemahlin‹«, sagte Basa zerstreut. »Entsetzlich! Ich habe natürlich davon gehört, aber ...«

»Was willst du, Basa?«

»Ich bin als Vater gekommen. Als Vater, der zu einem anderen Vater um Gnade fleht.«

»Du musst schon etwas deutlich werden«, sagte Montemhet. »Worum geht es? Um deine Söhne?«

»Um Khay, meinen Erstgeborenen. Kein schlechter Junge, das musst du mir glauben, aber wild und ungehorsam seit jeher. Er hat ...« Basa wischte aufgeregt an seinem Mund herum.

»Was ist mit Khay?« Montemhet begann allmählich ungeduldig zu werden. »Was hat er getan?«

»Das Schlimmste, ›Großer in Waset‹, das Allerschlimmste. Meine Lippen weigern sich, das Wort auszusprechen. Khay hat gesündigt, schwer gesündigt. Aber muss er deshalb gleich sterben?«

»Jedes Verbrechen muss bestraft werden«, sagte Montem-

het, »denn es verletzt die Maat. Was hat dein Sohn getan? Sag es mir!«
»Der Weg des Maulwurfs«, flüsterte Basa mit irrem Blick. »Erinnerst du dich noch? Mein unterirdischer Gang, der die Rettung für die Stadt bedeuten sollte.« Seine Hände fuhren unruhig hin und her. »Ich habe ihn damals in deinem Namen gebaut, unter großen Mühen. Keiner sollte etwas davon erfahren ... Aber er hat Waset nicht gerettet, Fürst, sondern dazu gedient, die Feinde im Schutz der Nacht in die Stadt zu lassen. Ich weiß es, ich habe es immer gewusst, und dennoch bis heute geschwiegen. Wenn du willst, werde ich das Geheimnis mit in mein Grab nehmen – aber rette meinen Jungen! Verschone Khay, ich bitte dich!«
»Du willst mich erpressen?« Montemhets Stimme war kühl.
»Natürlich nicht! Ich möchte dir einen Handel vorschlagen: Dein Geheimnis gegen das Leben meines Sohnes. Du willst wissen, was sein Verbrechen ist?« Basa senkte den Kopf. »Der Weg des Maulwurfs, verstehst du denn nicht? Jemand, der heimlich in dunklen Stollen gräbt ...«
Montemhet wandte sich ab, sonst hätte er auf der Stelle auf Basa eingeschlagen. Es gelang ihm aber, den Impuls rechtzeitig zu unterdrücken. Hier war die Möglichkeit, den Spuk so rasch wie möglich zu beenden. Die Lösung, nach der er so lange vergeblich gesucht hatte, lag direkt vor ihm.
»Ein durchaus interessantes Angebot«, sagte er, noch immer zum Fenster gewandt. »Aber natürlich müsste alles unter uns bleiben.«
»Kein Wort wird jemals über meine Lippen kommen«, beteuerte Basa, offensichtlich hin- und hergerissen zwischen Angst und leise aufkeimender Freude. »Das schwöre ich dir!« Immerhin hatte Montemhet ihn angehört. Immerhin schien der Stadtfürst sich ernsthaft mit dem Angebot zu beschäftigen! Vielleicht war ja doch nicht alles verloren, und das Schlimmste ließ sich noch abwenden. »Du kannst dich

auf mich verlassen. Eher sterbe ich, bevor ich dich verraten würde!«

»Setz dich!«, verlangte Montemhet und drehte sich langsam wieder zu Basa um. »Und beginne am besten ganz von vorne. Ich möchte alles genau wissen.«

ooooo

Inzwischen wusste Pacher, wo Meret wohnte, wie sie ihre Tage verbrachte, wann sie zum Einkaufen auf den Markt ging. Er beobachtete, dass sie sich oft mit einer Frau von auffallender Schönheit traf, aber sein Interesse war jetzt nicht auf Schönheit gerichtet. Manchmal kam auch ein junger Mann dazu, ein Schreiber, wie seine Utensilien erkennen ließen, offenbar der Freund oder gar der Bräutigam der unbekannten Schönen.

Schließlich brachte er in Erfahrung, dass die drei heimlich eine Hochzeitsfeier vorbereiteten. Dass Meret heiraten würde, konnte er sich kaum vorstellen, wenngleich er ihr das Gelübde, von dem sie gesprochen hatte, nie recht abnahm. Welche Rolle spielte sie also dabei?

Beinahe bedauerte Pacher, dass er das vermutlich niemals erfahren würde, denn der Termin der Hochzeit schien ihm der bestmögliche Zeitpunkt, um endlich zu bekommen, wonach er sich so lange gesehnt hatte: Genugtuung.

Seine Anzeige über den gestohlenen Goldreifen lag längst bei der Polizei. Und er hatte sich den Hinweis erlaubt, dass eben diese Hochzeitsfeier eine günstige Gelegenheit sein würde, die freche Diebin zu fassen.

Jetzt blieb ihm nur eines übrig: abzuwarten und der perfekt eingefädelten Intrige ihren Lauf zu lassen.

ooooo

»Du bist die schönste aller Bräute!«, flüsterte Meret, als Isis neben Anu ihr Elternhaus betrat. Ein Kranz aus blauen und weißen Blüten ließ ihre Augen schimmern. Um ihren Hals hing eine Silberkette, das Hochzeitsgeschenk ihres Bräutigams.

»Und ich bin der glücklichste Mann der Welt!«, sagte Anu, der seinen Blick nicht von Isis lassen konnte. »Mein ganzes Leben habe ich mich nach diesem Tag gesehnt. Ich kann noch immer nicht ganz glauben, dass ich nicht nur träume!«

»Träum ruhig weiter!«, sagte Isis lächelnd. »Das ist es nämlich, was ich so an dir mag.«

Beide kosteten von dem Salzgebäck, das Meret ihnen reichte, dann gaben sie sich die Hände über einem Teller, auf dem ein Skarabäus abgebildet war.

»Du bist mein Gatte.«

»Du bist meine Gattin.«

Sie sagten die Worte so innig, als wären sie ein Gebet. Aus ihren Gesichtern strahlte das Glück, das sie gemeinsam gefunden hatten.

Meret hatte mit den Frauen der Steinmetzen ein Festmahl vorbereitet, zu dem nach und nach immer mehr Gäste kamen, darunter auch einige von Anus Schreiberkollegen. Zu gebratenen Tauben und Enten wurden Wein und selbst gebrautes Bier aufgetragen, und die Stimmung war fröhlich und ausgelassen.

»Ich habe es ihm immer noch nicht gesagt«, gestand Meret, als sie mit Isis die Krüge nachfüllte.

»Weshalb? Anu würde sich freuen, dich als Schwester zu bekommen. Du musst es ihm endlich sagen!«

»Ich weiß. Aber nicht heute. Heute ist euer Tag«, sagte Meret. »Ich wünschte nur, es gäbe nicht Khays schreckliche Drohung. Hast du ihn wieder einmal gesehen?«

»Seit Tagen nicht mehr«, sagte Isis. »Er ist der Arbeit in der Tempelwerkstatt einfach fern geblieben. Keiner weiß, wo er

steckt. Sie werden ihn bald rauswerfen, wenn er so weitermacht.«
»Und Anu?«, fragte Meret. »Wie hat er reagiert, als du ihm von Khays Drohung erzählt hast?«
»Anu glaubt es natürlich nicht. Sein großer Bruder – für ihn ist Khay noch immer eine Art Held. Er hat ihn angebetet, seit er denken kann. Wahrscheinlich würde er Khay noch verteidigen, während der ihm schon die Gurgel zudrückt.«
»Wir müssen vorsichtig sein«, sagte Meret. »Besonders du.«
»Das werden wir! Aber hier, unter all den Leuten, kann er ihm ja kaum etwas antun.«
Trinksprüche machten die Runde, als plötzlich Basa mitten unter den Festgästen in des toten Nezems Haus stand.
»Vater!« Anu sprang auf und lief zu ihm. »Dass du doch noch gekommen bist!«
»Wo ist Khay?« Basa schien ihn gar nicht zu hören.
»Khay?« Anus Augen verdunkelten sich. »Ich glaube, er hatte zu tun«, sagte er. »Jedenfalls ist er bisher nicht gekommen.«
»Wo ist dein Bruder?« Basa packte Anu an den Schultern und schüttelte ihn. »Es ist wichtig. Ich muss es wissen!«
»Khay ist hier nicht«, kam Isis ihrem Mann zu Hilfe. »Und ich bin alles andere als traurig darüber.« Sie funkelte Basa furchtlos an.
»Die Augen der Fischdämonin«, sagte er. »Das gleiche unergründliche Grün!«
»Falls du damit Selene meinst ...« Es fiel Isis schwer, ihm gegenüber freundlich zu bleiben. Aber heute war ihr Hochzeitstag, und was immer Basa ihrer Mutter auch angetan haben mochte, er war und blieb Anus Vater. »Nimm dir einen Becher und trink mit uns!«, forderte sie ihn auf. »Du hast heute eine sehr glückliche Tochter bekommen.«
»Tochter?«, wiederholte Basa. »Ich habe keine Tochter!« Er wandte sich um und ging einfach davon.

»Und das ist mein Vater?«, fragte Meret leise. Sie wartete auf die Bilder, aber alles blieb dunkel. »Ich habe nicht eine Erinnerung mehr an ihn.«
»Du warst noch sehr klein damals«, sagte Isis.
»Vielleicht hätte ich ihm den Reifen zeigen sollen, Sarits Schmuck. Ob er ihn wieder erkannt hätte? Ob er mich erkannt hätte?«
»Du gehst später zu seinem Haus«, sagte Isis. »Dann kann er dir nicht mehr entkommen.«
Sie feierten weiter, bis ein Bote an der Festtafel erschien.
»Eine Nachricht von Nesptah«, sagte Anu, als er die Zeilen überflogen hatte. »Ich muss sofort zu ihm.«
»Heute?«, sagte Isis. »Ausgerechnet heute?«
»Es scheint sehr wichtig zu sein, sonst hätte er mich bestimmt nicht gestört. Nesptah weiß, welch besonderer Tag für uns das ist. Ich bin schnell wieder zurück, mein Herz, das verspreche ich dir.« Anu küsste sie zärtlich. »Vergiss mich einstweilen nicht!«, sagte er scherzhaft.

ooooo

Er hörte das Keuchen erst, als Khay schon dicht hinter ihm war.
»Was machst du hier?«, fragte er unbefangen. »Und wieso bist du nicht auf unserer Hochzeit?«
»Du hast sie tatsächlich geheiratet?«
»Ja«, sagte Anu. »Mein größter Traum. Heute hat er sich endlich erfüllt.«
»Warum hat sie dich genommen – und nicht mich?« Khay gab ein seltsames Jaulen von sich. »Aber du wirst sie nicht behalten, Bruder. Wenn ich sie nicht haben darf, dann du auch nicht!«
»W-w-was meinst du damit, Khay?« Anu wurde es langsam unbehaglich. Um möglichst schnell zu Nesptah zu kommen,

hatte er eine Abkürzung genommen. Jetzt standen sie beide in einer verlassenen Gasse, die wenig Anheimelndes hatte. »Außerdem muss ich weiter. Nesptah erwartet mich.«
»Da irrst du dich, Kleiner. Die Botschaft stammt von mir. Ich hatte Sehnsucht nach dir. Ich wollte mit dir noch einmal allein sein – zum letzten Mal.«
»Khay!« Anu wich langsam zurück. Hinter ihm stand ein Schuppen, in dem Fische geräuchert wurden. Plötzlich brachte ihn der bittere Geruch nach Rauch fast zum Würgen. »Khay, komm zur Vernunft! D-d-du wirst doch nicht …«
»D-d-doch, ich werde!« Khay sah den Schmerz in den Augen seines Bruders, als er ihn nachäffte, aber das trieb ihn nur an, weiter zu machen, schnell weiter zu machen, damit er es endlich hinter sich hatte. »Ich kann sie dir nicht lassen. Und da du auf ihr beharrst, muss ich dich leider aus dem Weg räumen.«
»Du willst mich töten?« Anu starrte ihn fassungslos an.
Khay stieß ein wildes Gelächter aus. »Du glaubst es nicht! Ich habe es Meret gleich gesagt, dass du es nicht glauben würdest. Aber es ist wahr, kleiner Bruder!« In seiner Hand blitzte plötzlich ein Messer auf. »Komm schon, Anu, tu mir den Gefallen und lauf wenigstens davon! Dann kann ich dich zumindest von hinten abstechen.«
Anu blieb ganz ruhig. »Du kannst es nicht«, sagte er schließlich. »Mach dir nichts vor, Khay, du bringst es nicht über dich!«
Khay stand da wie angewurzelt.
»Ich weiß, du kannst es nicht«, wiederholte Anu und streckte die Hand nach ihm aus. »Und jetzt lass uns endlich diesen fürchterlichen Ort hier verlassen!«
»Und ob ich es kann!« Khay machte einen Schritt auf ihn zu, holte aus und rammte ihm das Messer in die Brust.
Ohne jede Gegenwehr sackte Anu zusammen.

»Mir wird auf einmal so kalt«, flüsterte er und fasste an sein Herz. »Isis? Wo bist du? Isis … ich sehe dich nicht mehr …« Seine Beine zuckten, dann bewegte er sich nicht mehr.
Khay warf sich über ihn. »Verdammter Idiot«, sagte er erstickt. »Du hast nicht gestottert. Wieso hast du plötzlich nicht mehr gestottert?«

ooooo

Als Anu nicht zurückkam, schwärmten alle männlichen Hochzeitsgäste aus, um ihn zu suchen. Zwei Schreiber waren es, die ihn schließlich vor dem Räucherschuppen entdeckten, auf ihre Schultern nahmen und zurücktrugen.
Es war Nacht geworden, und nachdem sich die Festgesellschaft wegen der langen Suche zerstreut hatte, wachte nur Meret noch bei Isis.
»Sieh nicht hin!«, sagte sie, als die Männer den Toten in Nezems alte Werkstatt legten, und sie versuchte mit ihren Händen den Anblick abzuschirmen. »Es ist vielleicht besser für dich.«
Aber Isis ließ sich nicht zurückhalten. »Er sieht so schön aus«, sagte sie und legte sich neben Anu auf den Boden. »Wie ein Schlafender. Nie war Anu so schön!« Sie streichelte seinen Kopf. »Warum heute, Meret? Warum ausgerechnet heute?«
»Er hat es also getan«, sagte Meret. »Khay hat seine Drohung wahr gemacht. Ich hätte es wissen müssen. Sie werden ihn sicherlich bald finden. Es ist nur eine Frage der Zeit.«
Isis begann zu weinen, haltlos und verzweifelt wie ein Kind. »Jetzt haben mich alle verlassen, Mama, Papa, und nun auch Anu. Was ist nur an mir, dass keiner bei mir bleibt? Was habe ich Schreckliches an mir, dass alle mich allein lassen?«
Meret nahm sie in die Arme und wiegte sie sanft.
»Es liegt nicht an dir, Isis«, sagte sie. »Unser Schicksal wartet

irgendwo auf uns. Wir können uns dagegen auflehnen oder es annehmen – es kommt letztlich auf das Gleiche hinaus.«
»Worte!«, sagte Isis und schob Meret beiseite. »Alles nur Worte! Was ich bin ich für eine Braut, die keinen Bräutigam hat? Eine Ehefrau ohne Mann? Nicht einmal ein Andenken habe ich von ihm. Nichts habe ich, gar nichts!«
»Doch«, sagte Meret leise. »Mich. Du hast mich. Und meine Liebe.«
»Dann beweis sie mir!« Isis schien plötzlich wie von Sinnen. »Beweis mir deine Liebe – jetzt! Auf der Stelle.«
»Was soll ich tun?«, fragte Meret unsicher.
»Du weißt schon, was ich meine. Anu, mein Bräutigam, ist tot, ermordet von seinem Bruder – deinem Bruder. Ich wünsche mir, dass du heute Nacht Anus Platz einnimmst.«
»Das kann ich nicht!« Meret sprang auf und hielt die Hände schützend vor ihren Körper. »Das darfst du nicht von mir verlangen!«
»Doch, ich darf«, sagte Isis. »Und du kannst es. Du musst, Meret, bitte!«

ooooo

Beim ersten Licht des Tages erhob sich ein Wind, so stark, dass das Sperberweibchen zu schwanken begann. Es musste immer wieder mit den Flügeln schlagen, um sich in der Luft zu halten, aber es gelang schließlich.
Der Geliebte lag unter ihr, schöner als vor seinem Tod: der wiederauferstandene Osiris, der Leben und Sterben in seinem Leib vereinte. Das Land, das lang getrauert hatte, spürte, wie neues Leben erwachte, winzig und keimend noch, aber dennoch stark.
»Zwei Kräfte gibt es«, sagte Meret leise, »die Große Göttin und den Großen Gott. Liebend umfangen sie sich und lassen damit die Schöpfung erwachen …«

»Ich danke dir«, flüsterte Isis und schmiegte den Kopf an ihre Schulter. »Du hast mich sehr, sehr glücklich gemacht.«

ooooo

Im Halbschlaf fuhren sie auseinander, als laute Schritte ins Haus gepoltert kamen. Bevor sie sich noch richtig bedecken konnten, stand schon der erste Medjai im Zimmer.

»Zwei Frauen«, rief er. Sein Blick schweifte gierig über ihre Körper. »Und beide nackt.«

»Eine von ihnen muss die Diebin sein«, rief ein anderer. »Sie trägt einen goldenen Armreif. Daran erkennst du sie.«

Meret schlang eine Decke um sich.

»Es ist der Reif meiner Mutter«, sagte sie ruhig, obwohl ihr Herz hart gegen die Rippen schlug. Sie hatte mit Pachers Rache gerechnet. Aber nicht, dass sie sie ausgerechnet in diesem Augenblick einholen würde.

»Das kann jeder sagen!« Der Medjai macht keinerlei Anstalten beiseite zu treten. »Und meine Mutter hat mir einen halben Elefanten vererbt.« Er lachte hämisch. »Auf der Wache hast du Zeit genug, uns dein hübsches Lügenmärchen in aller Ausführlichkeit zu erzählen. Und jetzt raus aus dem Bett, aber schnell! Zwei Weiber unter einer Decke – wie ekelhaft! Habt ihr denn keine Kerle, die es euch besorgen können?«

»In der Werkstatt liegt ein Toter«, schrie der Medjai von unten. »Wird ja immer noch schöner hier. Ich glaube, wir kümmern uns besser erst einmal um Verstärkung.«

»Lass uns jetzt einen Moment allein«, sagte Meret zu dem Mann vor ihr, »damit wir uns wenigstens anziehen können!«

Er zauderte, ging aber schließlich doch aus der Kammer.

»Bleib stark!« Sie küsste Isis zum Abschied und warf sich das Kleid über. Danach ging sie zum Fenster und öffnete es.

Ein kurzes Zögern.

Furchtlos sprang sie hinaus.

VERGEHEN

Es war so still im Zimmer, dass ich erschrak. Dann hörte ich ihren gleichmäßigen Atem und wurde wieder ruhiger.

»Du?«, sagte sie schließlich mit brüchiger Stimme. »Du hast mich gezeugt? Aber du bist doch eine Frau!«

»Gezeugt haben dich zwei große, liebende Kräfte, die sich zu etwas Wunderschönem verbunden haben: dir. Aber du hast Recht, Isis. Ich fühle mich als Frau. Seit ich denken kann, habe ich mich so gefühlt. Und dennoch …« Ich suchte nach den richtigen Worten. »In mir, einem einzigen Wesen, sind beide Kräfte verbunden. Eine Gabe der Götter, die Segen und Fluch zugleich ist wie alle großen Gaben.«

»Ich muss mich erst an diesen Gedanken gewöhnen. Immer habe ich mich gefragt, wer wohl mein Vater sein mag – und jetzt das!«

»Keiner weiß davon«, sagte ich. »Und ich denke, dabei sollten wir es auch belassen.«

Isis spielte mit ihrem Haar.

Ich konnte ihr ansehen, wie sehr sie mit der Wahrheit, die sie so unbedingt von mir gefordert hatte, kämpfte. Wieder hätte ich sie am liebsten umarmt, aber ich wusste, dass ich ihr Zeit lassen musste, wer weiß wie viel.

»Aber du hast die Geschichte noch nicht ganz zu Ende erzählt«, sagte sie schließlich. »Was geschah mit Khay? Und mit Basa – meinem Großvater?«

»Montemhet hatte niemals vor, auf Basas Erpressung einzugehen. Es war nichts als eine Finte, um ihn zum Reden zu bringen. Zumal Iucha den Behörden bereits einen entscheidenden Hinweis auf Khay gegeben hatte. Natürlich erst, nachdem die beiden die Beute aus der Tempelwerkstatt geholt hatten. Der Kahle hatte die Schmuckstücke in Kisten mit Lumpen und alten Mumienbinden gepackt. Ein Schiff wartete schon auf ihn. Er hatte vor, sich stromabwärts abzusetzen.«

»Das klingt, als sei er niemals angekommen«, sagte Isis.

Ich musterte sie überrascht. Sie besaß das gleiche Talent wie ihre Mutter, jenes feine, untrügliche Gespür, das sich von niemandem täuschen ließ.

»Es stimmt, was du vermutest. Das Schiff lief auf Grund. Der Pharaonenschatz versank im Nil. Von Iucha hat niemand wieder etwas gehört. Aber ich könnte mir vorstellen, dass er immer noch irgendwo sein Unwesen treibt. Es gibt viele Menschen, die sich verführen lassen. Und der Boden Kemets steckt voller Grabschätze.«

»Du weichst mir aus«, sagte Isis. »Weshalb?«

»Weil es mir noch immer schwer fällt, über Khay zu reden«, sagte ich. »Mein Bruder ist vom Weg abgekommen, aber nicht, weil er wirklich schlecht war. Im Grunde wollte er immer nur anerkannt werden.«

»Er hat gestohlen und gemordet«, sagte Isis. »Und die ewige Ruhe geschändet.«

»Aber er hat dafür bezahlt«, sagte ich.

»Doch nicht etwa diese fürchterlichen Stäbe?«, flüsterte sie und wurde blass. »Und das Schafsfell ...«

»Nein«, sagte ich. »Das nicht. Manchmal glaube ich, dass der Stadtfürst trotz allem die väterliche Bitte Basas letztlich erhört hat. Khay wurde gefasst, in Ketten gelegt und eingesperrt. Aber irgendjemand muss einen Strick in seine Zelle geschmuggelt haben. Er hat sich erhängt. Das Allerschrecklichste blieb ihm erspart.«

»Und dann?«

»Man warf seinen Leichnam in die Wüste.« Ich sah sie offen an. »Ein furchtbarer Gedanke, ich weiß. Und doch: Ist die Wüste, das rote Land, nicht Seths Reich? Und hat Khay nicht wie Seth seinen Bruder aus Neid getötet?«

»Und Basa?«, verlangte Isis.

»Basa konnte den Flammen in seinem Inneren nicht entkommen«, sagte ich. »Das große Feuer, das er einst gelegt hatte, hat ihn am Ende selbst erfasst. Er ist wahnsinnig geworden.«

Isis blieb lange still.
»Meine Mutter hat niemals etwas davon erzählt«, sagte sie. »Und trotzdem wusste ich schon von klein auf, dass bei uns etwas anders war, ganz anders: Sie konnte so fröhlich sein, so strahlend. Aber dann kam plötzlich eine so tiefe Traurigkeit über sie, dass ich ganz hilflos wurde. Ich habe mich immer bemüht, sie wieder heiter zu stimmen. Und ich fühlte mich verzweifelt, wenn es mir nicht gelang.«
»Du bist das, was deine Mutter sich immer ersehnt hat«, sagte ich, »das größte, schönste Geschenk.«
Jetzt lächelte sie mich zum ersten Mal voll an.
»Etwas Wichtiges hast du noch vergessen«, sagte sie und zog die Brauen hoch. »Dich.«
»Mich? Ich floh vor den Medjai, vor den Gedanken an Anu, Khay und Basa, vor meinen eigenen Gefühlen. Die Nacht mit Isis hatte mich zutiefst verwirrt. Auf einmal wusste ich nicht mehr, was richtig war und was falsch. Die Seherin – verstehst du – war plötzlich blind geworden.«
»Hast du damals deine Gabe verloren?«, fragte Isis.
Ich nickte. »Ich merkte es nicht sofort, vielleicht weil ich zunächst sehr krank war. Auf meiner Flucht geriet ich in eine Tierfalle und musste das Eisen lange mitschleppen. Ein Bauer befreite mich schließlich daraus, aber den Zeh konnte man nicht mehr retten. Nur der geflügelten Göttin habe ich zu verdanken, dass ich überlebte. Es waren einfache Leute, die mich gepflegt haben, und sehr fromme. Isis war die Göttin, zu der sie Tag und Nacht für mich gebetet haben. Seitdem weiß ich, dass mein Leben der Mutter aller Mütter gehört.«
Der Blick des Mädchens schoss zur Statue. »Ist sie das?«, sagte sie. »Ist das Selene? Ich wollte dich schon die ganze Zeit danach fragen.«
»Ja, es ist Selene«, sagte ich. »Aber die Göttin selbst hat das Antlitz jeder Frau. Das Bild, das Nezem damals gemacht hat, hat er mit ins Grab genommen. Erst viel später, als ich schon

wieder lange im Tempel lebte, kam plötzlich dieses Geschenk zu mir.«

»Ich weiß, von wem es stammt«, sagte Isis.

»Ich auch«, sagte ich lächelnd. »Und ich denke, du bist hier, um die Figur wieder nach Hause zu bringen.«

Ich stand auf, ganz steif vom langen Sitzen, und ging zu der Statue. Im ersten Morgenlicht schimmerten die Schwingen rötlich. Die Skulptur wog schwer in meinen Händen. Der Abschied fiel mir leicht.

Es gab keine Regeln in der Liebe, keine Gesetze, das wusste ich nach dieser Nacht. Ich zögerte nicht länger, mich der Liebe so zu unterwerfen, wie *Sie* es mich gelehrt hatte.

»Für dich«, sagte ich und legte die Statue in ihren Schoß. »Für dich – Isis.«

NACHWORT

»Allzu oft wird die Geschichte der ägyptischen Kunst nur bis zum Ende des Neuen Reiches abgehandelt«, heißt es in dem beeindruckenden Kunstband »Ägypten – Spätzeit und Hellenismus« von Jean Leclant. »Mit ein paar verächtlichen Zeilen verunglimpft man den Rest als einen langen Niedergang.« Kaum anders ergeht es der politischen Geschichte des Nilreiches. »Das pharaonische Ägypten verbinden wir vor allem mit den drei machtvollen Perioden des Staates – dem Alten, Mittleren und Neuen Reich«, schreibt Karol Myśliwiec in »Herr Beider Länder«, einer informativen und spannenden Analyse über Ägypten im 1. Jahrtausend v. Chr., die ich für Interessierte zur Vertiefung des Themas besonders empfehlen möchte.

Was geschah jedoch in Ägypten zwischen 1070 und 332 v. Chr., das heißt im Lauf der mehr als sieben Jahrhunderte, die vom Untergang des Neuen Reiches bis zu den Eroberungen Alexanders des Großen vergangen sind?

Was nicht länger Bestand hat, ist das triumphierende ägyptische Großreich. In einer Zeit sich ständig und rasch verändernder politischer Konstellationen erlebt das Land am Nil erst unter den schwarzen Pharaonen Pianchi (730–713), Schabaka (um 713–698) und schließlich Taharka (690–664) wieder eine Art Renaissance, wenngleich Historiker diese kulturell und besonders architektonisch fruchtbare Epoche der »Äthiopenzeit« lange als bloße Episode abgetan haben. Als Taharka 664 stirbt und ihm sein Neffe Tanutamun als Pharao folgt, ziehen assyrische Truppen nach Kemet, erobern Mennefer (Memphis) und zerstören Waset (Theben, heute Luxor). Tanutamun flieht nach Kusch; der nächste Pharao heißt Psammetich (664–610), stammt aus dem Delta und ist – zunächst – ein treuer Gefolgsmann des assyrischen

Herrschers Aschurbanapli, heute besser bekannt unter dem Namen Assurbanipal. Nach einer Phase der Konsolidierung zögert Psammetich nicht, die Einheit, vor allem aber die Unabhängigkeit des Reiches von Lotos und Papyrus wiederherzustellen.

Von nun an orientiert sich Ägypten zum Mittelmeer hin. Das gesamte Deltagebiet mit der immer wichtiger werdenden Stadt Saïs öffnet sich für den Handel mit Griechen und Phöniziern und überholt nach und nach das vormals so wichtige Oberägypten, bislang Hüterin der traditionellen Kultur. Psammetich gelingt die Versöhnung zwischen Nord und Süd mit einem geschickten politischen Schachzug: Er lässt seine Tochter Nitokris von der amtierenden »Gottesgemahlin des Amun« adoptieren.

Vor diesem Hintergrund ist mein Roman »Isis« angesiedelt; Tanutamun, Psammetich und Nitokris sind historisch bezeugte Personen, die in dieser Episode gelebt haben, wenngleich die Beschreibung der Charaktere dichterische Freiheiten enthält. Gleiches gilt für Schepenupet, die amtierende »Gottesgemahlin« in Karnak, und Montemhet, jene faszinierende Gestalt, der als »Großer in Waset« die Geschicke der Stadt sowie des Gaues lenkte und das Kunststück fertig brachte, den Kuschiten ebenso treu und ergeben zu dienen wie später den Saïten. Die Liebesgeschichte, die beide im Roman verbindet, ist Fiktion. Sie wurde aus dem Anliegen heraus erdacht, »große« Geschichte mit der persönlichen, ganz individuellen zu verbinden – und damit zu verdeutlichen.

Alle anderen Personen – Basa, Sarit, die Kreterin Selene, Nezem, Khay, Anu, Meret und Isis sind frei erfunden; gleiches gilt für all die auftretenden Priester, Steinmetzen, Grabräuber sowie das übrige Personal. Und dennoch spricht aus ihnen allen die Besonderheit dieser Epochenzerissenheit, die Suche nach Neubeginn und Orientierung.

Natürlich lässt sich im Konflikt der ungleichen Brüder Khay und Anu vieles vom Bruderzwist der Götter Osiris und Seth entdecken; natürlich heißt das Mädchen, das die beiden lieben, aus gutem Grund Isis. Wie kaum eine andere Göttin wurde Isis in der Spätzeit geliebt und verehrt. Sie galt als Ideal der liebenden Frau und Mutter schlechthin, das bis weit in die christliche Zeit hinein seinen Niederschlag u. a. in den Madonnendarstellungen mit dem Jesuskind fand. Darüber hinaus galt Isis als Meisterin wirksamer Magie und als Göttin, die das Schicksal nach ihrem Willen beeinflussen konnte.
Ich habe mich bewusst für ein so genanntes Zwitterwesen entschieden, das diese Geschichte der Leidenschaften, Verwicklungen und Verstrickungen erzählt: Meret, die Männliches und Weibliches in sich vereint und damit als Wandlerin zwischen der Welt der Frauen und der der Männer agieren kann. Ihre Rolle lässt sich zunächst am ehesten mit der des griechischen Chors vergleichen, der kommentiert, aber nicht eingreift – bis schließlich die Liebe von ihr ein großes Opfer fordert und sie sich selbst mitten im Strudel der Geschehnisse findet. Die Göttin, der sie sich tief verbunden fühlt, ist Isis; ihr Tempel auf der Insel Philae wird Meret schließlich wieder zur Zuflucht. Aus den Zeiten Taharkas bezeugt der Fund eines Tors bereits einen Vorgängertempel; die große Anlage, die wir noch heute – sicher verbracht auf die Nachbarinsel Agilkia – bewundern, ist deutlich jünger und stammt aus der Ptolomäerzeit. Ich habe mir dennoch erlaubt, sie schon zur Zeit meines Romans in großartiger Blüte zu beschreiben, um eine Ahnung der Anbetung und Verehrung der Göttin Isis zu geben.
Nach und nach gewinnt der Kult um Isis und Osiris im Ägypten der Spätzeit mehr und mehr an Bedeutung. Als Universalgöttin wird Isis an vielen Orten verehrt, in Dendera ebenso wie in Byblos (Syrien); am berühmtesten war und blieb jedoch ihr Heiligtum auf der Insel Philae an der Grenze zwi-

schen Ägypten und Nubien. Dort überlebte der Kult bis ins 6. Jahrhundert n. Chr. und wurde noch ausgeübt, als bereits ganz Ägypten christianisiert war. In nachpharaonischer Zeit entwickelte sich der Isis-Kult zu einem der Mysterienkulte des klassischen Altertums, der sich allmählich über die hellenistische Welt und später das gesamte Römische Reich ausbreitete. In Rom selbst finden sich noch heute die Reste eines stattlichen Isis-Heiligtums auf dem Marsfeld.

NAMENSVERZEICHNISSE

1. Toponyme / Ortentsprechungen

Abdju	Abydos
Ipet-swt	Karnak
Keftiu	Kreta
Kemet	Ägypten
Kusch	Nubien
Mennefer	Memphis
Punt	ein Teil Nubiens
Saïs	einstige Stadt im Nil-Delta
Sunu	Assuan
Tanub	Nubien
Waset	Theben

2. Götter

Amun	Gott des Windes, Reichsgott Ägyptens im Neuen Reich
Anubis	Totengott
Assur	assyrischer Reichsgott
Atum	Sonnengottheit, Lokalgott von Heliopolis
Baset	katzenköpfige Göttin der Freude und der Liebe
Bes	volkstümlicher Schutzgeist
Chnum	Wasserspender, Schöpfer der Erde und der Unterwelt
Chons	Mondgott
Geb	Gott der Erde
Hapi	Hochwasser führender Nil
Haroeris	Horus, Falkengott, Verkörperung des göttlichen Königtums, Beschützer des Pharao

Hathor	Göttin der Liebe, der Fruchtbarkeit und des Todes
Isis	Muttergottheit, Frau des Osiris
Maat	Verkörperung der Weltordnung
Marduk	zentrale Gottheit der Sumerer
Min	alter Fruchtbarkeitsgott
Month	falkengestaltiger Kriegsgott
Mut	Gattin des Amun, Mutter des Chons
Neith	Kriegsgöttin
Nephthys	Gattin des Seth, Mutter des Anubis
Nut	Göttin des Himmels
Osiris	Gott des Jenseits und des Fortlebens nach dem Tod
Ptah	alter Schöpfungsgott, Schutzgott der Handwerker
Re	Sonnengott
Sachmet	löwenköpfige Gattin des Ptah
Schu	Gott der Luft und der Atmosphäre
Seth	Gott der Wüste und der Fremdländer
Sobek	Krokodilsgott, Sohn der Neith
Tawaret	Schutzgöttin für Schwangerschaft und Geburt
Tefnut	Göttin der Feuchtigkeit und des Taus
Thot	ibisköpfiger Gott der Schreiber

3. Die Personen des Romans

Ahmose	Pharao
Ahza	junge Tänzerin, Mutter Nesptahs
Akanesch	Oberster Priester auf Philae
Ama	Großmutter
Amenardis	Tochter Taharkas, Adoptivtochter Schepenupets
Amenophis	Pharao
Anu	Sohn Basas und Sarits, Bruder Khays

Aschurbanapli	Herrscher der Assyrer
Aschurhaddon	Vater Aschurbanaplis
Basa	Erster Baumeister in Waset
Djedi	Vorlesepriester auf Philae
Djoser	König von Heliopolis
Gyges	König von Lydien
Harwa	Oberamtmann Schepenupets
Horachbit	Hoherpriester im Amun-Tempel
Hori	Sohn Nesptahs
Imhotep	Hoherpriester in Heliopolis
Irti	Amun-Priester
Isis	Tochter Nezems und Selenes
Itaui	Hebamme
Iucha	Vertrauter Basas
Kani	Stellvertreter Nezems
Khay	Sohn Basas und Sarits, Bruder Anus
Kyaxares	König der Meder
Maram	junge Priesterin auf Philae
Meret	Tochter Basas und Sarits, Seherin
Meru	Erster Tempelschreiber
Montemhet	Stadtfürst von Waset
Nabuschezibanni	assyrischer Name Psammetichs
Necho von Saïs	Herrscher im Nil-Delta
Nefertiti	Gattin Nesptahs
Neshet	alte Magd Basas
Nesptah	jüngerer Sohn Montemhets
Nezem	Erster Bildhauer Schepenupets
Nitokris	Tochter Psammetichs, Adoptivtochter Schepenupets
Pacher	Bruder Ruzas, Gewürzhändler
Pandion	Vater Selenes
Patjenfi	älterer Sohn Montemhets
Pepi	Leibwächter Montemhets
Psammetich	Sohn Nechos von Saïs, Pharao

Ramose	junger Priester
Ramses	Pharao
Ruza	Amme Merets
Sanna	Priesterin auf Philae
Sarit	Gattin Basas
Schepenupet	Schwester Taharkas, »Gottesgemahlin des Amun«
Selene	Gattin Nezems
Senu	Leibwächter Montemhets
Taharka	Pharao
Tanutamun	Neffe Taharkas, Pharao
Tared	Oberster Priester auf Philae
Tef-nacht	General
Udjarenes	Gattin Montemhets
Uma	Obertöpferin auf Philae
Usha	Priesterin auf Philae

WEITERFÜHRENDE LITERATUR

Dieter Arnold: Die Tempel Ägyptens. Götterwohnungen – Baudenkmäler – Kultstätten, Zürich 1996

Sergio Donadoni: Theben – Heilige Stadt der Pharaonen, München 1999

Jean Leclant (Hrsg.): Ägypten – Spätzeit und Hellenismus, München 1981

Karol Myśliwiec: Herr Beider Länder. Ägypten im 1. Jahrtausend v. Chr., Mainz 1998

Helene von Zeissel: Äthiopien und Assyrer in Ägypten. Beiträge zur Geschichte der ägyptischen Spätzeit, Glückstadt und Hamburg 1944